HEYNE BÜCHER

Vom gleichen Autor erschienen außerdem
als Heyne-Taschenbücher:

Erfahrungen · Band 01/5185
Christoph und sein Vater · Band 01/5298
Im Jahre Null · Band 01/5342
Palazzo · Band 01/5396
Wie einst David · Band 01/5453
Staub im September · Band 01/5534
Weg ins Dunkel · Band 01/5577
Das Netz · Band 01/5656
Drei über die Grenze · Band 01/5802
Die Mission · Band 01/5885
Ilona · Band 01/5996
Im Namen des Teufels · Band 01/6068

HANS HABE

DIE TARNOWSKA

Roman

WILHELM HEYNE VERLAG
MÜNCHEN

HEYNE-BUCH Nr. 01/622
Im Wilhelm Heyne Verlag, München

Hans Habe
Gesammelte Werke im Taschenbuch

13. Auflage

Genehmigte, ungekürzte Taschenbuchausgabe

Printed in Germany 1984
Umschlaggestaltung: Atelier Heinrichs, München
Gesamtherstellung: Presse-Druck Augsburg

ISBN 3-453-00085-4

Die in diesem Buch erwähnten geschichtlichen Ereignisse entsprechen historischen Tatsachen; Ort und Zeit sind an einzelnen Stellen unwesentlich verändert worden. – In der Auslegung der Ordensregeln hielt sich der Autor möglichst genau an die Vorschriften; einzelne dichterische Freiheiten sind absichtlich. Die Gestalt des Pater generalis ist erfunden. – Einige Ausdrücke aus der psychoanalytischen Terminologie wurden wenige Jahre nach der Zeit der Wandlung Gemeingut. –

Da die meisten biblischen Zitate von dem Dominikaner Andrej Antonowitsch Wyrubow gebraucht werden, wurde der Einheitlichkeit halber auch an anderen Stellen die von der katholischen Kirche anerkannte Schrift angeführt. Als Grundlage diente die von Dr. Joseph Franz Allioli mit Approbation des Apostolischen Stuhles herausgegebene Heilige Schrift, Landshut, 1842. – ›Tarnowska‹, statt Tarnowskaja, widerspricht dem russischen Brauch, wurde jedoch beibehalten, da sich die Heldin selbst so genannt hat.

Die Hauptpersonen der Handlung

Graf Nikolaj Wladimirowitsch O'Rourke, Adelsmarschall der Provinz Poltawa
Gräfin Katharina O'Rourke geb. Steletzkaja, seine Frau
Olga Nikolajewna O'Rourke, Prinzessin Katerinowitsch
Maria Nikolajewna O'Rourke, Gräfin Tarnowska
seine Töchter
Graf Nikolaj Nikolajewitsch O'Rourke, sein Sohn aus erster Ehe
Graf Tioka Wassilijewitsch Tarnowskij, Marias Sohn
Graf Andrej Antonowitsch Wyrubow, ein Dominikaner
Graf Wassilij Wassilijewitsch Tarnowskij, Edelmann aus Charkow
Graf Pjotr Wassilijewitsch Tarnowskij, sein jüngerer Bruder
Sergej Iwanowitsch Burintzew, Student und Revolutionär
Baron Wladimir Michailowitsch Stahl, ein Morphinist
Graf Pawel Ergrafowitsch Kamarowskij, Verlobter der Tarnowska
Donat Dimitrijewitsch Prilukow, Rechtsanwalt in Moskau
Nicolas Grigorijewitsch Naumow, Sohn des Gouverneurs von Orel
Graf Alexis Iwanowitsch Bozewskij, der ›schönste Offizier der kaiserlichen Garde‹
Der Pater generalis des Dominikanerordens
Oberlandesgerichtspräsident Antonio Tusitano, Vorsitzender des Prozesses
Professor Enrico Ceresa, ein Psychiater
Giorgio Garzoni, Staatsanwalt
Commendatore Roberto Randi, Staatsanwalt
Cavaliere Francesco Vecchini, Verteidiger der Tarnowska
Dr. Hugo Friedlieber, ein Journalist aus Wien
Elise Perrier, Schweizer Zofe

Die Entstehung der Tarnowska

Auf meinem Schreibtisch steht ein Zirkuspferd. Aus weißen Seidenschnüren ist es gebastelt, mit einem roten Federbusch, einem Sattel aus violettem Velours, Mähne und Schwanz aus Seidenhaaren, winzige Pailletten auf den Hufen. Bei all seiner Pracht ist es ein häßliches, armseliges Pferd. Auf Jahrmärkten gewinnt man derlei; man stellt es nicht auf den Tisch.

Mein Pferd stammt nicht vom Jahrmarkt; Gefangene haben es gebastelt. Es stammt aus dem Gefängnis von Trani, einer versengten Stadt an der adriatischen Küste, nördlich von Bari, nahe der Ferse des italienischen Stiefels. Dorthin hat man die Tarnowska gebracht, vor fünfzig Jahren, an einem lustlosen Sommertag. Dort habe ich diesen Roman begonnen; seine Niederschrift, richtiger; denn wer könnte sagen, wann er einen Roman ›beginnt‹?

Meine Erinnerungen gehen zurück auf das Jahr neunzehnhundertunddreißig. In Wien war es, ich war mit einem seltsamen Mann befreundet, einem Kauz. Raoul Korthy hieß er: man findet seinen Namen noch gelegentlich unter den Abbildungen historischer Bücher. Korthy sammelte Bilder. Nicht etwa Renoirs oder Degas' oder Picassos: es waren Fotografien. Eine Million Fotografien besaß er; er liebte sie mehr als alle Picassos der Welt. So sehr, daß er sie für sich behalten wollte. Wen oder was sie darstellten – nur er wußte es.

Eines Tages wühlte ich in seiner Sammlung. Ein Bild fiel mir in die Hand; es ließ mich nicht mehr los. Eine schlanke junge Frau stellte es dar, in der Witwentracht der Jahrhundertwende, zauberhaft. Über die Stufen des Justizpalastes zu Venedig wurde sie hinaufgeführt, von Carabinieri in napoleonischer Verkleidung, im Hintergrund der Palazzo da Mosta. War sie Klägerin, Zeuge einer Bluttat, Witwe eines Ermordeten? Nein, die Mörderin war sie, erklärte Korthy; sie trauerte dem Mann nach, den sie hatte ermorden lassen.

Damals hörte ich zum erstenmal den Namen der Gräfin Tarnowska.

Mehr als dreißig Jahre sind es her, ich war damals knapp zwanzig. Ich begann dem Schicksal der Tarnowska nachzugehen. Ich sammelte Material, verlor es. Mein Schicksal war der Vergangenheit nicht hold. Kam ich wieder nach Venedig, packte mich die Erinnerung an das verlorene Bild. Bei einem Antiquar fielen mir die Memoiren der Tarnowska in die Hand, ein vergilbtes Buch: Vivanti Chartres, die Freundin Carduccis, hatte es herausgegeben. Ein spärliches Dokument, verlogen, vergilbt wie seine Blätter. Auf Seite zweihundertneunundsechzig das Bild, das ich bei Korthy gesehen hatte. Nun mußte ich die Wahrheit erfahren.

Vor drei Jahren traten meine Frau und ich die Reise in die Vergangenheit an. Im Gepäck schon die Protokolle öffentlicher und geheimer Gerichtsverhandlungen, polizeilicher Vernehmungen, psychiatrischer Gutachten, Bände von Briefen, zeitgeschichtliche Dokumente aus dem Zarenreich, dem Geburtsland der Maria Nikolajewna Tarnowska.

Dann standen wir im venezianischen Gerichtssaal mit seinen schwarzen Lederfauteuils, gleich über dem Gemüsemarkt, Tauben auf dem Fenstersims. »Nur Sensationsprozesse finden hier statt«, sagte unser Führer. Zuletzt der Prozeß Montesi, Italiens ›*Dolce-vita*‹-Prozeß. Beileibe, es hat sich nichts geändert. Später, auf dem Friedhof San Michele, Europas tödlichstem Friedhof: Suche nach dem Grab des ermordeten Grafen Pawel Ergrafowitsch Kamarowskij. Das Haus auf dem ehemaligen Campo Santa Maria del Giglio, wo er ermordet worden war. Zwei Advokaten haben dort ihre Kanzlei, Brüder. In dem Mordzimmer lebt ein Student, Gino Battistello: am Todestag, sagt er, klopft der Geist des Verstorbenen. In Italien ist es nicht schwer, der Vergangenheit nachzugehen, sie ist gegenwärtig. Das Frauengefängnis auf der Insel La Giudecca, unberührt vom Fortschritt des Jahrhunderts. Meine Frau fragt, ob es hier auch männliche Wärter gibt. Die Wärterin antwortet: »Keine Männer und keine Frauen – nur Nonnen.« Von Venedig nach Rom. Meine Vision ist Wirklichkeit geworden, die Wirklichkeit wird jetzt Vision. Als sähe ich die Gestalt des Dominikaners Andrej Antonowitsch Wyrubow durch das Tor des Klosters Santa Maria sopra Minerva verschwinden. Grabmal und verwittertes Bild des Torquemada. Dominikaner geben mir Auskunft, bereitwillig, ohne Furcht. So, ohne Furcht, sah ich Andrej. Es geht nach dem Süden. Die Autostraße führt der Bahnlinie entlang. Die Sonne brennt, meilenlang kein Mensch; Maulesel, weißer Staub, die Akazien duften. Südwärts brachte der Zug Maria Tarnowska. Ihr Vater hatte ihr gesagt, die O'Rourkes stammten von Maria Stuart ab. Die Stirn preßte sie gegen die Fensterscheibe; wohin war sie geraten, von Otrada? Es ist lange her, vielleicht nicht so lange. Ein Zug rasselt vorbei; ich glaube, die Tarnowska sieht mich an. Schreibt man von Menschen, die gelebt haben, wird man ihr Zeitgenosse. *»Es handelt sich nicht* *mehr darum, zu ›dichten‹. Das wichtigste ist das Beobachtete.«* In Trani fragen wir nach dem Frauengefängnis. Gleichgültig weist man uns den Weg: hierher kommt niemand, es sei denn, er besuche einen Gefangenen. Die letzte Nonne, die Maria Tarnowska kannte, ist tot, aber sie hat den anderen Nonnen von der berühmten Gefangenen erzählt. Die Zelle unverändert. Italien.

Die Reise durch die Wirklichkeit ist zu Ende, die Reise durch die Phantasie beginnt.

Ich mußte vieles erfinden, wollte ich der Wahrheit gerecht werden. Im Wort ›erfinden‹ ist das Wort ›finden‹: man findet nur, wenn man erfindet. Ich mußte auch viel weglassen. Das Leben ist nicht immer wahrscheinlich. Möglichst genau hielt ich mich an die Wirklichkeit dort, wo ihr die Phantasie nicht zu folgen vermochte. Maria Tarnowskas Ausflug aus dem Gefängnis ans Grab des Ermordeten; das Duell in Kossino; die Jahre ihrer Sucht; der Eid beim Leben Tiokas; das Versteckenspiel der drei Männer im Hotel; der Tod Alexis' und Stahls Verführung: dies und manches andere hätte ich, stünde es nicht schwarz auf weiß in den Akten, kaum niederzuschreiben gewagt. Der Wirklichkeit Wahrheit einzuhauchen: darauf kommt es an. Die meisten Gestalten haben gelebt. Die anderen, hoffe ich, hätten leben können.

Jeder Romancier fragt sich, warum er ein Buch schreibt — richtiger: warum er es geschrieben hat?

Wer je an einem Strom stand, der weiß, daß er sich gefragt hat: Wo entspringt er, wohin fließt er? Jeden ergreift einmal die Sehnsucht, den Strom entlangzugehen. Wenigen ist der Gang zur Quelle gegeben. Der Weg zur Quelle ist Zwang und Gnade des Romanciers.

Was zwang mich, den Lebensstrom der Maria Tarnowska entlangzugehen?

Die Überraschung, was im Leben, Untergang und Prozeß der Tarnowska alles eingefangen war: der Bazillus unserer Krankheit, die Entstehung neuer Heilkunst, die Auseinandersetzung zwischen Religion und Wissenschaft, Justitia mit offenen Augen, Ungeduld der Evolution.

Die Erkenntnis, daß die Zeit, die wir die ›unsere‹ nennen, irgendwann, zwischen achtzehnhundertundachtzig und neunzehnhundertundfünf, im Osten entsprungen ist. Nicht nur die Sonne, auch die Finsternis geht im Osten auf. Wer sagt, daß die Euphorie der Agonie folge? Vielleicht sind sie identisch. Was jetzt auf Roms Via Vittorio Veneto geschieht, begann vor einem halben Jahrhundert auf dem Twerskaja-Boulevard Moskaus. Nur was auf tönernen Füßen steht, zerbricht.

Das Gefühl, daß die Tarnowska zwar ein Mensch, doch auch ein Symbol war. Zwischen dem Sündenfall der Tarnowska und dem

Tag, da sie Rechenschaft ablegen mußte, just damals war eine Wissenschaft entstanden, Psychoanalyse genannt, die ihre Taten in neuem Licht erscheinen läßt. Zwischen Untersuchung und Prozeß — der Tatbestand. Ersetzt die Couch den Beichtstuhl? Verdrängt das ›Christentum ohne Liebe‹ das Christentum?

Die Überzeugung schließlich, daß sich in der Schuld der Tarnowska unsere eigene Schuld spiegelt. Noch war der ›Fall Tarnowska‹ ein Sonderfall. Heute gibt es Tausende ›erfolgreicher‹ Frauen wie sie, und nur wenige enden auf der Anklagebank. Die männliche Welt, die in jenen Jahren zu versagen begonnen hat, sucht in der Frau ihre Geißel. *»An die Ersehnte«*, nannte Richard Dehmel sein Gedicht, in dem es hieß: *»Ich habe dich Gerte getauft, weil du so schlank bist und Gott mich mit dir züchtigt.«* Andrej Wyrubow setzt sich mit dem Teufel auseinander. Die Hexen sind unter uns.

Was also der Strom heute trägt — das süße Leben und die Lust der Qual, Dummheit der Besitzenden und Hochmut der Besitzlosen, Exzeß der Freiheit und selbstgewählte Sklaverei, Triumph über den Tod und Sehnsucht nach dem Tod, Blindheit vor dem Teufel und nutzlose Erkenntnis —: das alles trägt der Strom, seit er aus dem Felsen brach.

Das Bild, das ich vor dreißig Jahren sah, war ein flüchtiges Bild des Stromes. Ihm entsprang die Sehnsucht nach der Quelle.

Ascona, Ticino
Im Sommer 1962

Hans Habe

Erstes Buch

Die Untersuchung

ERSTES KAPITEL

1

Die Männer kamen auf Maria Tarnowska zu, ohne ihre Hüte zu lüften. Da wußte sie, daß sie gekommen waren, um sie zu verhaften. Sie war es gewohnt, daß die Männer sie grüßten, die bekannten und auch die unbekannten, devot, voll Bewunderung, herausfordernd. Diese grüßten nicht.

Die Gräfin Tarnowska haßte die schmutzige Brüderlichkeit der Bahnhofshallen. Die Menschen trieben den Schmutz, der Schmutz trieb die Menschen vor sich hin.

Jetzt dachte sie nur an Tioka. Ihr Sohn kletterte aus dem Schlafwagen; die Zofe, Elise Perrier, half ihm. Er war zwölf Jahre alt, liebte noch Bahnhöfe. Er beachtete die beiden Männer nicht. Immer tauchten Männer um seine Mutter auf.

Die Tarnowska beugte sich zu ihm nieder, küßte ihn schnell. »Wir treffen uns im Hotel.« Einer der Männer faßte sie beim Arm. Sie ließ es geschehen, sah das Gesicht der Zofe. Elise Perrier lächelte. Ihr Lächeln war wie die heitere Musik, die mancherorts im Süden das Begräbnis eines Kindes begleitet.

Dann fiel der Tarnowska das Kokain ein, das sich in ihrem Gepäck befand. Kokain, Liebesbriefe, unzüchtige Bilder. Und die Rute aus den mageren Ästen der Trauerweide, die sie am Grab Wladimir Stahls geknickt hatte. Man würde ihr Gepäck durchsuchen. Sie schämte sich nicht, sie hatte nur Angst.

Aus der Lokomotive entwich der letzte Dampf, wie Atem aus dem Mund eines Sterbenden. Die Tarnowska trat auf das Gehäuse eines Apfels. Der Kriminalbeamte hielt sie fest; sie sagte: »Danke!«

Sie hätte vorhin protestieren sollen, aber das hätte Tiokas Aufmerksamkeit erregt. Renitente Verbrecher waren lächerlich; die Hüter des Gesetzes, machtlos, hüteten nur ihre dumme Pflicht.

Vor dem Bahnhof blieben die Männer stehen, schwarz gekleidet, Melonen auf dem Kopf, trauernde Verwandte neben einer Witwe.

Eine Kutsche fuhr vor, ein häßlicher schwarzer Würfel, von einem mageren Pferd gezogen. Einer der Männer setzte sich zum Kutscher, der andere, den groben Spazierstock zwischen den dünnen Knien, neben Maria Tarnowska.

Die geschlossene Kutsche, als Polizeiwagen nicht kenntlich, wirkte zwischen den offenen Wagen doch fremd. Es war der siebente September neunzehnhundertundsieben, ein Nachmittag, der dem Sommer nachjagte, von unruhigem Blau überzogen.

»Was wollen Sie eigentlich von mir?« wandte sich Maria Tarnowska endlich an den Mann.

Er antwortete nicht, sah sie nicht an. Sie fühlte, daß er Angst vor ihr hatte. Das war ihr nicht neu; die meisten Männer hatten Angst vor ihr. Aber dieser fürchtete sie nur, weil sein Amt ihn auf ein glattes Parkett geschickt hatte.

Sie nahm das Spitzentaschentuch aus ihrer Handtasche, befeuchtete es mit Parfüm, hielt es sich unter die Nase. Jetzt beobachtete der Beamte sie von der Seite.

Einen Tag war sie gefahren, eine Nacht, einen halben Tag, von Kiew nach Wien. Hatte sie ihre Verhaftung erwartet? Sie hatte geschlafen bei Tag und gewacht bei Nacht: Tag und Nacht waren eins geworden. Die Nächte traumlos und die Tage voll von Alpträumen. Das Grab Wladimir Stahls, der Schwur Nicolas'. Das Grab ihrer Mutter. Kinderlachen, das Haus in Otrada, Klaviergeklimper, der tollwütige Hund, die Pariser Gouvernante, der Stallknecht, Andrej in der Dominikanerkutte, Kinderlachen, der Arzt im Hotelzimmer Alexis', die Zigaretten, der geprügelte Mann, Elises Lachen unter Tränen, die Geburtswehen, Wladimir mit der Injektionsspritze, Kinderlachen, Morphium, der Sturz in den Abgrund. Man fiel, fiel in die Glückseligkeit. Donat, immer wieder Donat: hinter Portieren, hinter der Balkontür, hinter der Badekabine. Trauergesang der Eisenbahnräder. Aus dem Nebenabteil das Lachen Tiokas. Elise Perrier: »Brauchen Sie etwas, Madame?« Stationen, Schmutz und Menschen. Ihr Gewissen war nicht tot, es gehörte nur einer anderen. Ihr Leben war unglaublich gewesen, deshalb glaubte sie nicht, daß es gewesen war. Es hieß, daß mit der Sühne die Angst abgelöst wurde. Kokain, Liebesbriefe, Bilder, die Weidenrute, mit der sie Nicolas gezüchtigt hatte. Tioka würde Fragen stellen. Elise würde lachen und weinen.

Wo war das Telegramm? Pawels Telegramm, das sie vor drei Tagen erhalten hatte, an seine *duska* gerichtet, in Pawels süßlichem Stil. Das Telegramm allein bewies ihre Unschuld: kein Mann rief nach seiner Mörderin. Es gab keine Wunder: sie hatte das Telegramm in ihrem Necessaire vergessen, als führe sie selbst, mit Kind und Zofe, ins *Hotel Sacher*, während eine andere, in einem Würfelsarg, durch den zitternden Nachmittag trottete. Sie überlegte, ob sie etwas sagen sollte, aber die Kriminalbeamten hatten den Anschlag auf das Leben des Grafen Kamarowskij mit keinem Wort erwähnt; sie tat gut daran, den Namen nicht zu nennen.

Die Schatten der Vorstadtkasernen fielen auf den Asphalt, als wollten ihnen die Wände nachsinken. An den Schienen hatten solche Häuser gestanden. Gleich würde man in Venedig sein. Pawel würde ihr entgegenkommen. Die Gondel würde über den Canale Grande schaukeln. »Gut, daß du gekommen bist, *duska.*« Vorbei an der Seufzerbrücke. Die Livrierten des *Danieli* würden die Türen aufreißen.

»Steigen Sie aus!« sagte der Mann in Schwarz.

2

Im Polizeigebäude auf der Rossauer Lände waren die Polizeibeamten zu Hause; sie fühlten sich nicht mehr auf glattem Parkett. Andere, uniformierte Proleten gesellten sich zu ihnen. Einer nahm der Tarnowska die Handtasche weg. Schlüssel, Ohrringe, ein Kamm, ein goldenes Zigarettenetui, ein Medaillon mit zwei Miniaturen wurden auf den Tisch geleert. Einer der Polizisten herrschte sie an: »Es wird Ihnen nichts gestohlen!« Er händigte ihr eine Bestätigung aus. »Zigarettenbehälter, Gold, ein Stück.« Man befahl ihr, den Hut abzulegen. Die Männer standen um sie herum, stieläugig, als zöge sie sich nackt aus. Ihre dunkelblonden Haare waren unordentlich, die helleren Strähnen wie weiß. Sie nahm den Kamm vom Tisch. Ein Polizist registrierte die Hutnadeln. »Drei Stück, Perlen, falsch.«

Sie fuhr aus ihrer Lethargie, als man sie aufforderte, die Schnürsenkel zu entfernen. Hohe, eingelegte Schuhe trug sie, nur die Spitzen lugten unter dem Kleid hervor. Sie weigerte sich. Ein junger Mann mit einem Pflaumengesicht kniete nieder, berührte ihren Rocksaum. Die Schuhspitze traf ihn in den Bauch; er taumelte zurück. Die anderen lachten.

Ein älterer Mann mit einem Goldkragen kam herein. Sie mußte aufstehen. Stehend gab sie ihre Personalien an. Gräfin Maria Nikolajewna Tarnowska geborene Komtesse O'Rourke. Dreißig Jahre alt, geboren in Otrada bei Kiew, Provinz Poltawa, am neunten Juni achtzehnhundertsiebenundsiebzig. Verheiratet mit Graf Wassilij Tarnowskij, Ehe annulliert. Zwei Kinder. Staatsbürgerschaft russisch. Der Mann mit dem Goldkragen ließ sie abführen.

Die Gänge waren leer. Obwohl die Fenster offenstanden, roch es nach Pissoir, Geruch der Schulen und Gefängnisse. Man hörte das Singen eines Drehorgelspielers. Die Tarnowska wunderte sich, daß sie nichts empfand. Sie dachte an Tioka. Seinethalben durfte sie sich nicht tiefer fallenlassen, in eine gnädige Vernichtung.

Plötzlich blieb sie stehen. Am Ende des halbdunklen Korridors hatte sich eine Glastür geöffnet, und hervor trat, zwischen zwei Wärtern, ein Mann, den sie in Sicherheit gewähnt hatte. Donat Dimitrijewitsch Prilukow war an beiden Händen gefesselt, aber er trug einen hellen, eleganten Sommeranzug mit einem Borsalino, als käme er aus einem Restaurant oder vom Rennen. Schwankend näherte er sich, wie ein Betrunkener. Schief saß der Hut auf seinem Kopf. Er lachte und rasselte mit den Ketten, ein trunkener Tschinellenspieler. Als er an ihr vorbeigeführt wurde, blieb er stehen. Die Hände hob er an den Kopf; mit der herabhängenden Kette schob er den Hut grüßend aus der Stirn. Er verneigte sich zeremoniell, mit dem rechten Bein einen Kratzfuß beschreibend; wiederholte zweimal das Wort: »*Molci!*«; duldete es, daß ihm der Wärter den Hut zurechtpuffte; entfernte sich mit grotesker Würde. Nun wußte die Tarnowska, daß er weder betrunken war noch den Verstand verloren hatte. Er hatte sich so närrisch benommen, damit die Polizisten sein »Schweige!« für eine russische Galanterie hielten.

Die Tafel mit der Aufschrift: *Hofrat Dr. Emil Stuckart* strich an ihr vorbei. Sie erinnerte sich an den ersten Brief Donats. »*Wohin Du gehst, dahin werde ich Dir folgen, und wo Du bist, da werde ich sein. Nur im Tod werden wir uns trennen, denn die Teufel werden mich von Deiner Seite jagen, aus Angst, ich könnte die Hölle für den Himmel halten.*« Sie waren beide in der Hölle und waren doch nicht tot. *Molci!* Sie würde schweigen, nicht weil Donat es ihr befohlen hatte, sondern weil sich mit jedem Wort die Gedanken verwirrten.

3

Als sie mit dem Hofrat allein geblieben war, fiel die Müdigkeit von der Tarnowska. Sie richtete sich die Haare und setzte sich nieder.

»Man hat mir meinen Hut abgenommen«, sagte sie.

»Es geschah wegen der Hutnadeln, Gräfin.«

Der Hofrat nahm an seinem Schreibtisch Platz. Mit gestreiften Beinkleidern, grauhaarig, soigniert, wirkte er wie ein *Chef de réception,* der sich nach den Wünschen eines geschätzten, zu längerem Aufenthalt eingetroffenen Gastes erkundigt. Er sprach das Wiegenlied-Wienerisch der höheren Beamten, einschläfernd, halb im Schlaf; bediente sich aber zugleich geschraubter, ja arabesker Redewendungen. Die Tarnowska empfand es als angenehm, daß er sie ›Gräfin‹ nannte, ohne ›Frau‹.

»Ihre Verhaftung, Gräfin«, begann er, »erfolgte auf Ansuchen der italienischen Behörden, der venezianischen, um genau zu sein. Was ich Ihnen zu sagen habe, wird Ihnen nicht unbedingt neu erscheinen, doch muß ich es Ihnen vorhalten, so will es die Ordnung. Am Morgen des dritten September also ist der kurz vorher aus Kiew in Venedig eingetroffene vierundzwanzigjährige Student Nicolas Naumow, Sohn des Gouverneurs von Orel und Baudelaire-Übersetzer von einigem Rang, Ihnen wohlbekannt, in die Wohnung Ihres Verlobten, des Grafen Pawel Ergrafowitsch Kamarowskij auf dem Campo Santa Maria del Giglio eingedrungen und hat dort den Grafen durch vier Revolverschüsse schwer verletzt. Naumow gelang es, nach Verona zu entkommen; er wurde dort aber in einem Eisenbahncoupé, wo er sich gerade einer Dame Blumen zu kaufen anschickte, ohne Widerstand zu leisten, von dem tüchtigen Polizeikommissar Caruss festgenommen. Naumow gab sich anfangs als Belgier aus – Henri Duran aus Brüssel nannte er sich –; bald offenbarte er jedoch seine wahre Identität und legte alsogleich ein reumütiges Geständnis ab. Wie manche Ihrer Landsleute, Gräfin, scheint der junge Naumow einer gewissen Theatralik zuzuneigen, denn bei Unterzeichnung des Protokolls besah er ständig seine Hände, wobei er: ›Das ist die Hand, die einen Menschen gemordet hat!‹ murmelte; auch küßte er ekstatisch ein kleines Kruzifix aus Gold, das Sie wohl früher oder später als das Ihre erkennen dürften; schließlich bestand er darauf, daß die an ihn gerichteten letzten Worte des Grafen – ›Guter, Lieber, warum? Was habe ich dir getan?‹ – protokollarisch festgehalten wurden. In dem gleichen Protokoll erklärte Naumow nun, er habe keineswegs aus eigenem Antrieb gehandelt: Sie, Gräfin, hätten ihn, möglicherweise auf Anraten des ehemaligen Rechtsanwaltes Donat Dimitrijewitsch Prilukow, zur Mordtat angestiftet, ja hätten ihn am Grab eines gemeinsamen Freundes, des Hauptmanns Baron Wladimir Stahl, schwören lassen, nicht eher zu ruhen, als bis er Ihren Verlobten beseitigt habe. Er, Naumow, habe Ihnen beteuert, lieber Selbstmord begehen zu wollen, als Sie zu verraten, doch habe die Waffe, die er, mag sein, gegen sich gerichtet hatte, versagt, und so sei ihm, wie manchem Sünder zuvor, statt des Todes nur noch die Reue geblieben.«

Nach diesem Akrobatenakt des Gedächtnisses – er hatte kein einzigesmal in seine Papiere geblickt – musterte der Hofrat die Tarnowska interessiert, ohne sie jedoch zu einer Äußerung aufzufordern.

Sie richtete sich ihr Kleid, ein Pariser Reisekostüm, das sich an ihre Formen schmiegte; an eine vollendet gerundete Büste; an eine Taille, die man mit den Händen umfassen zu können glaubte; an die schmalen Gelenke einer weichen und weißen Hand. *Molci, molci,* dachte sie, während sie über die enge Bluse und den weiten Rock fuhr, als wollte sie sich von ihrer eigenen Gegenwart überzeugen – *molci, molci!*

Es fiel ihr nicht leicht. In ihrer Kindheit war sie freiwillig zur Beichte gegangen, manchmal insgeheim. Sünden hatte sie erfunden, je entsetzlicher, desto besser. Anfangs hatte sie nicht gewußt, was sie erregte: das Geständnis oder das Entsetzen des Zuhörers. Eine wollüstige Erregung war es immer gewesen, wie bei sündigen Spielen. Später hatte sie ihren Frevel erkannt, den Trieb ihrer Vermessenheit, aber noch lange hatte sie im Beichtstuhl leichter als in den Betten ihrer Geliebten Wonne erfahren.

Die Tarnowska war versucht, diesem *Chef de réception* mehr zu gestehen, als er zu hören erwartete. Daß sie Nicolas Naumow versprochen hatte, ihn an einer Leine nackt hinter ihrem Schlitten herlaufen zu lassen; daß Alexis Bozewskij gestorben war, während im Nebenzimmer Wladimir Stahl sie geliebt hatte; daß sie, verborgen im Grün, gelauert hatte, um das Blut Wassilijs zu sehen. Und die Fastnacht im *Eremitage*, und die Fahrt vom Friedhof, und die Versuchung des Dominikaners.

»Sie sprechen von Mord, Herr Hofrat«, sagte sie. »Mein Verlobter ist, Gott sei's gedankt, nicht tot. Oder wollen Sie behaupten, daß das Telegramm, das er mir aus dem *Hospital SS. Giovanni e Paolo* in Venedig gesandt hat, gefälscht war?«

»Durchaus nicht, durchaus nicht«, entgegnete Dr. Stuckart. »Graf Kamarowskij ist seinen Wunden erst gestern erlegen.«

»Aber sein Telegramm . . .«, stammelte sie.

Der Hofrat lehnte sich zurück und hob zu einem Vortrag an. »Besagt wenig, Gräfin. Sehen Sie, es liegt in der menschlichen Natur, daß wir nicht wissen, wer unsere Mörder sein werden. Wenn wir alle Ermordeten zum Leben erweckten — nicht um Haaresbreite würde es die Polizei fördern. Die meisten Ermordeten würden uns nicht glauben, von wem sie ermordet worden sind; würden uns, als Entlastungszeugen für ihre eigenen Mörder, Schwierigkeiten bereiten; würden am Ende gar aus Enttäuschung ein zweitesmal sterben. Andererseits stünde es günstiger um Sie, wenn Donat Prilukow gleichfalls das Zeitliche gesegnet hätte, doch ist das nicht der Fall, und da dieser Mensch zwar seine bürgerliche Existenz abgestreift, zugleich aber, wie das oft geschieht, seine bürgerlichen Gewohnheiten beibehalten hat, haben wir bei ihm, wohlverwahrt und wohlgeordnet, Telegramme gefunden, die Sie auf das schwerste belasten. Ich erwähne nur die Namen *Bertha* und *Adele;* was sie bedeuten, brauche ich wohl nicht näher zu explizieren. Sollten Sie also das Bedürfnis empfinden, Ihr Gewissen zu erleichtern, stehe ich Ihnen zur Verfügung, obschon ich Sie beileibe nicht zu überreden gedenke, da ja ein leichtsinniges Geständnis immer revociert werden kann, und es Ihnen unbenommen bleibt, Ihre Lage in aller Ruhe zu überdenken. Das Auslieferungsbegehren der italienischen Behörden ist mit der Beihilfe zum Mord an dem Grafen Kamarowskij hinreichend begründet, die verhängte Haft besteht zu Recht.«

»Es ist ein schrecklicher Irrtum«, sagte die Tarnowska. »Ich bin unschuldig.«

»Ich will es hoffen, Gräfin.«

Der Hofrat öffnete das Fenster. Es begann zu dämmern. Man hörte die Drehorgel, aber der Mann sang nicht mehr.

»Ich wohne im Hause«, sagte der Hofrat. »Sie können Ihren Wärter nicht nur bei Tag, sondern auch zu jeder nächtlichen Stunde rufen; immer werde ich bereit sein, Sie anzuhören.«

»Ich verlange einen Anwalt!«

»Gewiß. Einen bestimmten?«

»Irgendeinen. Aber sofort.«

»Es ist spät, Gräfin. Sie werden sich bis morgen gedulden müssen.«

»Tioka! Was geschieht mit Tioka?«

»Er befindet sich im Hotel; Ihre Zofe hat wohl die Familie verständigt. Noch weiß er die Wahrheit nicht. Auf die Dauer freilich wird sie ihm nicht verborgen bleiben«, fügte er hinzu.

Maria Tarnowska sprang auf. Sie schrie: »Lassen Sie mich zu meinem Kind! Lassen Sie mich zu Tioka!« Etwas anderes schrie sie nicht; aber die vernarbten Jahre brachen in ihr auf und begannen zu bluten. Sie klagte Wassilij Tarnowskij an, der Tanja in die Sicherheit seines elenden Lebens gerettet, aber Tioka ihr überlassen hatte; klagte ihren Vater an, der geduldet hatte, daß sie tat, was er ihr verboten; klagte Nicolas an, der seinen Schwur gebrochen hatte. Sie schrie: »Tioka! Tioka!«, die Fäuste geballt, ununterbrochen.

»Sie tun besser daran, schlafen zu gehen«, sagte freundlichbesorgt der Empfangschef des Hotels auf der Rossauer Lände.

4

Als Maria Tarnowska in ihre Zelle geführt wurde, war es beinahe dunkel. Erst als sie sich niedersetzte, bemerkte sie, daß auf der anderen Pritsche eine Frau saß.

Eine Zeitlang saßen sie sich wortlos gegenüber. Dann sagte die Frau:

»Haben Sie jemanden ermordet?«

Die Tarnowska lachte gereizt. »Warum hätte ich jemanden ermorden sollen?«

»Sie sind eine Dame. Damen geben sich nicht mit Kleinigkeiten ab.«

»Nein, ich habe niemanden ermordet.«

»Sind Sie Ausländerin?«

»Russin.«

»Sie haben recht: leugnen Sie! Ich bereue es, daß ich gestanden habe. Die Menschen, die über Sie zu Gericht sitzen, sind unersättlich: je mehr Sie ihnen geben, desto mehr verlangen sie.«

»Sie sind eine gebildete Frau.«

»Halbgebildet. Ich war Lehrerin.«

»Warum sind Sie hier?«

»Verbrechen gegen das keimende Leben.«

»Sind Sie verheiratet?«

»Er war der erste Mann in meinem Leben. Ich bin vierzig. Er hat mich verlassen, rechtzeitig.«

Der Schrecken, der Maria Tarnowska beim Anblick der Zellengenossin erfaßt hatte, schwand.

»Ich beneide Sie«, sagte sie. »Sie haben niemanden in Ihr Unglück gezerrt.«

»Haben Sie Kinder?«

»Zwei. Aber meine Tochter habe ich schon lange nicht gesehen.«

»Sie sind schön und wahrscheinlich reich.«

Schön und reich, dachte die Tarnowska. In spätestens einer Woche wird Elise die Hotelrechnung nicht bezahlen können. Pawel wird sie nicht bezahlen, denn Pawel ist tot. Donat wird sie nicht bezahlen, denn er ist im Gefängnis. Und wenn man Elise verhaftet? Tioka allein – nur das nicht! Wem nichts bleibt, dem sollte auch die Furcht genommen werden. Noch im Nichts bleibt die Furcht. Schönheit? »Jetzt siehst du wie eine Mörderin aus«, hatte Mademoiselle Larue gesagt. Sie war damals sechzehn, und die jungen Männer bewunderten ihre frühen Formen, die weichen blonden Haare, die blauen Augen, den Mund, dessen Unterlippe sich, nach vorn strebend, anbot. »Mein Engelsgesicht, meine keusche Braut«, hatte Pawel gesagt.

»Ich war einmal schön und reich«, sagte sie.

»Das ist gut. Sie können noch werden, was Sie waren. Wissen Sie, man kann nur werden, was man schon gewesen ist. Ich war nie etwas.« Sie begann sich auszuziehen. »Mit der Hölle stimmt etwas nicht«, sagte die Frau. »Wenn Gott gerecht wäre, müßte jeder seine eigene Hölle haben. Es gibt keine Sünden, die sich ähneln, aber die Strafen gleichen sich alle.« Sie stand auf. »Ziehen Sie sich aus; versuchen Sie zu schlafen. Sie ahnen nicht, wieviel Leid man ertragen kann.«

Die Tarnowska war entschlossen, sich nicht zu entkleiden. Nach Morphium sehnte sie sich, wie in den Tagen ihrer Sucht. Die Sünden glichen sich nicht. Andrej hatte ihr einmal etwas Ähnliches gesagt. Wenn Andrej hier wäre! Die Frau hatte einen einzigen Mann gekannt, und der hatte sie verlassen. Sie hatte viele Männer gekannt, aber sie hatten sie nur im Tod verlassen. Pjotr und Alexis und Wladimir und Pawel: alle waren tot, und einen hatte sie gemordet. Oder alle? Andrej hatte sie nicht morden können. Sie dachte an Elise, die es immer verstanden hatte, ihre Gedanken zu erraten. Wenn sie, durch die Kerkermauern, über die Stadt hinweg, Elise eine Botschaft zudenken könnte ... Rufe Andrej! Rufe Andrej!

ZWEITES KAPITEL

1

Die Zeitung, die von der Verhaftung der Gräfin Maria Nikolajewna Tarnowska berichtete, lag auf dem Holzsitz neben dem Dominikaner. Das Telegramm der Zofe Elise Perrier, das er in Krakau erhalten hatte, kannte er auswendig.

Bruder Andrej – oder Graf Andrej Antonowitsch Wyrubow, wie er mit seinem beinahe vergessenen Namen hieß – preßte die Stirn gegen die Fensterscheibe des Eisenbahnabteils. Der Septemberregen fiel und fiel. Wie schweißgebadet war das Gesicht in der Fensterscheibe.

Seit vielen Jahren hatte Andrej die Spiegel gemieden. Das Gesicht, das er jetzt sah, mißfiel ihm. Es war das Gesicht eines jungen römischen Senators: die Stirn hoch und gerade, die sattellose Nase knochig, die Augen streng, der volle Mund beinahe viereckig. Die weiße Kutte, Skapulier und Kapuze unterstrichen die Männlichkeit, die sie verbergen sollten. Männliche Schönheit hatte ihm die Natur geschenkt, wie sie andere als Unwürdige und Schwächlinge abstempelt. Andrej Wyrubow hatte sich längst ein anderes Gesicht gewünscht.

Er kannte Maria Tarnowska von ihrer Geburt, ja ihre Geburt war eines der ersten Ereignisse gewesen, an das er sich zu erinnern glaubte, wie es mit Ereignissen geschieht, die später bedeutsam werden. Sein Vater hatte den Sechsjährigen zur Taufe der zweitgeborenen Tochter des Grafen O'Rourke nach Otrada mitgenommen. Dreißig Jahre waren vergangen, aber Andrej schien es, als spannte sich das Leben Maria Tarnowskas wie eine Brücke über sein eigenes. Das Telegramm der Zofe hatte ihn erschreckt, nicht überrascht. Was ihn in gereizte Stimmung versetzte, das war die unerbittliche, also teuflische Logik, mit der das Leben der einzigen Frau, die er geliebt hatte, dem Unheil zugewachsen war. Er machte sich keine Gedanken darüber, ob Maria an dem Mord in Venedig beteiligt gewesen sein konnte. Er hielt sie des Mordes für fähig, aber er kannte niemanden, den er des Mordes für unfähig gehalten hätte.

Maria Tarnowska! Wenn man das Bild eines Verstorbenen betrachtet, meint man manchmal, den Tod hinter lächelnden Augen zu erblicken. Es war leicht, die Vergangenheit zu prophezeien. Seine eigene Mutter war im Wochenbett gestorben; er hatte keine Geschwister gehabt; Spielgefährten hatten das Palais in Lipki, der Lindenstadt Kiews, nur selten besucht; dort hatte Sparsamkeit, Regel und stiller Anstand geherrscht – in Otrada hatte es drei Kinder gegeben, später fünf; aus den geöffneten Fenstern hatte man fast immer klimpernde Fingerübungen gehört; aus der Küche das Klirren der Gläser – und doch wollte es Andrej so scheinen, als hätten über Otrada schon damals die Schatten der Friedlosigkeit gegeistert. Als Maria die Frau des Grafen Tarnowskij geworden war; als sie ihn an ihr Krankenbett gerufen und verflucht; als er ihrem Geständnis gelauscht und ihrer Versuchung widerstanden hatte.

Der Zug näherte sich Wien. Der Regen trommelte gegen die Fensterscheiben; die Räder drehten sich schneller, als wollte der Zug dem Regen entkommen.

Andrej fragte sich, warum er dem Ruf der Zofe gefolgt war. Er war in Krakau gewesen, bei dem Prior Johannes Redlich, um diesem bei der Errichtung einer Predigerschule beizustehen. Die Erlaubnis des Priors, nach Wien zu reisen, hatte er unschwer erhalten; einmal, weil ihn seine Missionen ohnedies kreuz und quer durch die Länder führten; zum anderen, weil er sein Vorhaben freimütig bekannt hatte; schließlich, weil ihm das Vertrauen seiner Mitmenschen zuflog, wie ihm die Vorzüge seines Aussehens zugemessen waren. »Ich reise dem Teufel nach, Pater Prior, schon manches Jahr. Es geschieht selten, daß ich ihn erkenne, doch erkenne ich ihn in Maria Tarnowska.« So hatte er gesprochen. Und der Abt hatte ihm geantwortet mit dem Brief des Paulus an die Philipper: *»Denn so sollet ihr gesinnt sein, wie auch Jesus Christus gesinnt war.«*

Aber reiste er wirklich dem Teufel nach?

2

Zwei oder drei Reisende standen an der Portierloge. Andrej wartete, bis die Reihe an ihm war. Dann sagte er schnell, noch ehe ihm der Portier ein Almosen zustecken konnte:

»Ich möchte den kleinen Sohn der Gräfin Tarnowska sehen. Ich bin ein Freund der Gräfin.«

Er hätte sagen können, daß er ein Freund der Familie war, aber das schien ihm ein falscher Ausweis.

»Die Polizei ist im Appartement. Einhundertvier. Wenn Sie hinaufgehen wollen ...«

Andrej durchquerte die Halle, an festlich gekleideten Menschen vorbei; es ging auf sieben.

Sobald er die Tür geöffnet hatte, flog ihm Tioka entgegen. Er rief: »Andrej! Andrej!« und klammerte sich schluchzend an seine Kutte.

Der Salon befand sich in beschämender Unordnung. Die Koffer hatten ihren Inhalt über Teppiche, Tische und Stühle erbrochen. Ein Kriminalbeamter, einem eiligen Einbrecher gleich, kniete über einer Reisetasche.

Aus einem Nebenzimmer vernahm der Mönch die Stimme der Zofe. Er sah nur einen breiten Rücken, denn ein Kriminalbeamter stand vor dem zerwühlten Bett, auf dem Elise Perrier saß, totenbleich zu ihrem Inquisitor emporblickend.

Nachdem Andrej seine Anwesenheit erklärt hatte, ließ der Mann sich zu einer Erklärung herbei: »Die Person hat wichtiges Beweismaterial verborgen. Sie steckt mit der Tarnowska unter einer Decke.«

Auf dem Bett lag, neben Injektionsspritzen, Flaschen, Briefen, Telegrammen, eine Reihe von Fotografien, nackte Männer und Frauen darstellend; daneben Zeichnungen von Flagellanten und Frauen, die sich mit Hunden und Pferden vergnügten. Andrej breitete sein Skapulier über das Gesicht des Kindes.

»Wir nehmen die Perrier gleich mit«, sagte der Beamte. Er verstaute die Bilder. »Können Sie sich um den Jungen kümmern?«

Tioka riß sich los, schlang seine Arme um die Zofe. Die kleine Frau lächelte über seine Schulter hinweg, wie jemand, der früher einmal zu lächeln begonnen hat und sich seither an nichts mehr erinnern kann.

Als sie allein geblieben waren, zog Andrej den Knaben an sich. »Du bist jetzt zwölf Jahre alt, nicht wahr, Tioka? Beinahe ein Mann.« Seine Worte gefielen ihm nicht. Wenn sie etwas Unverständliches getan hatten, appellierten Erwachsene an das Verständnis der Kinder. »Du und ich wissen, daß es ein Irrtum sein muß.«

»Bleibst du bei mir?«

»Selbstverständlich. Und jetzt wollen wir Ordnung machen, damit sich Mama freut, wenn sie heimkommt.«

Nachdem die Ordnung hergestellt war, begann Tioka wieder, von seiner Mutter zu sprechen. Wie denn ein solcher Irrtum hätte geschehen können, wollte er wissen, da ja, während er sich mit seiner Mutter in Kiew befunden hatte, Onkel Pawel in Venedig ermordet worden sei. Er bietet sich zum Zeugen an, dachte der Dominikaner, führt einen Indizienbeweis. Allein der Glauben ihrer Kinder ist das Alibi der Unschuldigen.

Er beantwortete die Fragen des Knaben, schlug ihm aber ein Spiel vor. Zu seiner Überraschung ging Tioka darauf ein, wählte aus einem Berg von Spielzeug ein Pferderennen. Die Ordensregeln verboten Andrej jegliches Spiel; dennoch setzte er sich zu Tioka auf den Boden, um mit ihm zu würfeln. Tioka lag auf dem Bauch; den Kopf zwischen die Hände gestützt, das Kinn an die Unterlippe gepreßt, so daß der kleine Kopf noch kleiner erschien. Tioka war gut gebaut, aber die rechte Schulter trug er höher als die linke; er pflegte den Kopf an die Schulter zu neigen, als wollte er mit dem Arm die Augen verdecken. Andrej warf sich vor, daß ihm Tioka manchmal unaufrichtig, ja hinterhältig erschienen war, während dieses Kind doch nichts anderes hatte tun können, als den Arm vor die Augen zu halten. Hatte es die schamlosen Bilder gesehen? Bei jedem anderen Kind hätte sich das unschwer sagen lassen, aber Tiokas ganzes

Wesen war danach angetan, Geheimnisse zu wahren, erfaßte oder nur geahnte. Wie er jetzt würfelte, die Pferdchen bewegte, lachte und in Schweigen verfiel, schien es Andrej, als spiele der Junge nur ihm zuliebe; aus der harten Gewohnheit, niemandem zur Last zu fallen, da das Leben so lästig gewesen war.

Erst als das Spiel beendet war und Andrej den Jungen zur Bettruhe mahnte, begann Tioka wieder zu weinen. Er weinte aus Furcht, Andrej könnte ihn verlassen. Oft mußte er allein gewesen sein, aber er hatte sich daran nicht gewöhnt, weil das Alleinsein, statt zur Gewohnheit zu werden, immer schwieriger wird.

»Ich bleibe«, sagte Andrej. »Ich verspreche es dir«, fügte er hinzu, und er wunderte sich, daß sein Wort, Vertrauen erweckend, ihn auch jetzt nicht im Stich ließ.

Tioka schlief ein. Andrej blieb an seinem Bett sitzen. Er betrachtete den Jungen, dessen Gesicht so ruhig war, als bedürfte er seiner Arme nicht mehr: der Schlaf hatte schützend seine Augen bedeckt.

3

Hofrat Stuckart empfing Pater Andrej mit öliger Liebenswürdigkeit.

»Ihre Anwesenheit in Wien ist mir eine große Beruhigung«, sagte er. »Die russische Botschaft hat mich über Ihre ehrwürdige Person gebührend unterrichtet.«

Andrej wehrte ab.

»Die Gräfin«, fuhr der Hofrat fort, »leugnet beharrlich. Sie scheint sich auf eine sichere Verteidigungslinie zurückgezogen zu haben, die sie freilich bald in ungeordnetem Rückzug wird verlassen müssen. Nicolas Naumow, so behauptet sie, habe den Grafen aus Eifersucht ermordet; der Gedanke an ihre Verlobung mit Kamarowskij sei dem jungen Mann übers Vermögen gegangen. Auch für die Rolle Prilukows wartet sie mit einer spitzfindigen Erklärung auf: sie habe ihn nach Venedig delegiert, um Naumow, der mit der Ermordung Kamarowskijs gedroht hatte, an der Ausführung seines Vorhabens zu hindern. Prilukow allerdings sei zu spät gekommen; sie hiervon zu unterrichten, sei er ihr nach Wien entgegengeeilt. Das widerspricht nicht nur der gleichfalls verschlagenen, doch eben völlig andersgearteten Verteidigung Prilukows, sondern auch dem Brief- und Telegrammwechsel zwischen der Gräfin und ihrem Geliebten — ich meine Prilukow diesmal.«

»Welches Motiv also, Herr Hofrat?«

»Graf Kamarowskij hat auf die Tarnowska bei der Wiener *Anker*-Gesellschaft eine Versicherung in Höhe von einer halben Million Francs abgeschlossen; angesichts der völlig zerrütteten finanziellen Situation der Dame eine mehr als beachtliche Summe. Andererseits, so wird die Verteidigung einwenden, hätte die Ehe mit dem Grafen Frau von Tarnowska zu einer der reichsten Frauen Rußlands gemacht. Ich neige, möchte ich betonen, zur Ansicht der imaginären Verteidigung, doch glaube ich keineswegs, daß sie die Beweise gegen die Gräfin entkräftet, sondern uns nur mahnt, nach anderen als bloß materiellen Motiven zu forschen. Sie haben alle Beteiligten gekannt, Pater: können Sie mir vielleicht einen Fingerzeig geben, der die Tat, wenn auch nicht aus der Welt schafft, so doch verständlich erscheinen läßt?«

»Solange die Gräfin leugnet, möchte ich mich weder zum Verteidiger noch zum Ankläger aufwerfen.«

»Sie haben um Besuchserlaubnis angesucht?«

Andrej nickte.

»Sie könnten der Gerechtigkeit und zugleich der Gräfin einen Dienst erweisen . . .«, sagte der Hofrat.

»Ich möchte Frau von Tarnowska trösten, nicht aushorchen.«

»Ich nehme an, daß Sie mit der Familie in Verbindung stehen . . .«

»Mein Telegramm an den Grafen O'Rourke ist unbeantwortet geblieben. Ich versuche, die Schwester der Gräfin ausfindig zu machen.«

»Und der Vater des Kindes . . .?«

»Wassilij Tarnowskij hat das Recht auf seinen Sohn verwirkt.«

»Das Gericht mag zu einem anderen Schluß kommen. Gleichwohl – was gedenken Sie zu tun?«

»Tioka und ich haben vorerst in einem Hospiz meines Ordens Aufnahme gefunden.«

»Wir werden die Gräfin nach Venedig ausliefern. Wenn es nicht schon geschehen ist, so Prilukows halber, dem hier in Wien noch allerlei andere Vergehen zur Last gelegt werden. Prilukow ist die unbekannte Größe, insofern wenigstens, als die Frage, ob er Frau von Tarnowska verführt hat oder, umgekehrt, ihr Opfer geworden ist, der Lösung harrt.« Er erhob sich. »Sosehr wir es begrüßen, daß Sie den unschuldigen Knaben unter Ihre Fittiche genommen haben, so möchte ich Ihnen doch nicht verhehlen, daß Ihre Sorge um die Gräfin an eine Unwürdige verschwendet ist. Im Mittelalter hätte man sie verbrannt. Ich habe die Hexenverbrennung für eine Barbarei gehalten; nun frage ich mich, ob man nicht anfangen sollte, den Hexenjägern größeres Verständnis entgegenzubringen.«

»Verstehe ich richtig, daß mir die Besuchserlaubnis versagt worden ist?« fragte Andrej.

»Es ist zu früh, der Gräfin Tarnowska geistlichen Beistand zu bieten«, entgegnete der Hofrat.

Dann ging Andrej durch den Septembernachmittag. Der Himmel war glasgrau; von den Bäumen fielen die Blätter, langsam, einzeln, als fürchteten sie, sich auf dem Boden niederzulassen.

Verschwendete Sorge, dachte der Priester – als ob es das gäbe!

Als ob nicht erst die Verschwendung die Luft reinigte. Wer liebte, der atmete aus; der allein entzog der Luft keinen Sauerstoff; die Luft war voll vom Sauerstoff der Liebe. Die anderen, die nicht liebten, atmeten ihn ein. Hatte ihn die Liebe hierhergeführt oder nur die Suche nach dem Teufel? Man durfte nicht aufhören, sich zu mißtrauen. War er gekommen, um Maria in ihrer Demütigung zu sehen? Hatte sich nicht auch in seine reine Liebe jenes Verlangen nach der Qual des anderen genistet, von dem Maria zu ihm gesprochen hatte, eben in dieser Stadt, vor kurzer Zeit? Rette mich! hatte sie ihn damals beschworen, und vielleicht hätte er sie retten können, wenn er dem Teufel seine Seele zum Tausch gegen die ihre geboten hätte. Es wäre ein guter Tausch gewesen, für den Teufel, ein zu guter Tausch. Hochmut? Pawel Kamarowskij würde noch leben, Nicolas Naumow wäre frei. Der Graf Andrej Wyrubow aber und die Gräfin Tarnowska würden von Land zu Land reisen, von Stadt zu Stadt; elend und verdammt würden sie den Sauerstoff der Reinen atmen. Das war nicht der Weg gewesen, Marias Seele zu retten.

Andrej blickte zu den Türmen der Votivkirche empor. Er trat ein.

DRITTES KAPITEL

1

Als Maria Tarnowska das Büro des Hofrats betrat, stand Donat Prilukow zwischen zwei Polizisten an der Wand. Er trug noch den hellgrauen Anzug, aber er war barhaupt. Seine Hände waren frei.

Die Tarnowska versuchte, sich an sein Gesicht zu erinnern, aber es gelang ihr weniger, als es ihr in seiner Abwesenheit gelungen war.

Der Hofrat hatte sich diesmal nicht erhoben.

»Gräfin Tarnowska«, sagte er, »Herr Prilukow hat ein Geständnis abgelegt; hat auch, wie ich betonen möchte, gestanden, daß er Ihnen im Korridor zugeraunt habe, nichts zu verraten. Es wäre an der Zeit, daß Sie meine Fragen beantworten, wahrheitsgemäß, wenn angenehm. Waren Sie im Frühjahr in Venedig?«

»Ja.«

»Mit Prilukow und Graf Kamarowskij?«

»Herr Prilukow war zufällig dort.«

»Wußten die beiden Männer voneinander?«

»Nein.«

»Sie unterhielten Beziehungen zu beiden?«

»Ich hatte mit Herrn Prilukow längst gebrochen.«

»Als Sie heimreisten, fuhr er aber im selben Zug von Venedig nach Wien?«
»Ja.«
»Im Zug befahlen Sie Prilukow, Ihren Verlobten zu töten?«
»Das ist eine Lüge.«
»Sie haben ihm einen Revolver gegeben?«
Sollte sie sagen, daß Donat mit Selbstmord gedroht hatte: die Drohung so leer wie seine Versprechungen?
»Wenn ich es ihm befohlen hätte, hätte er Pawel getötet«, sagte sie.
Der Hofrat gab dem Schreiber ein Zeichen. »Prilukow war also Ihr willenloses Werkzeug«, erklärte er.
Die Tarnowska antwortete nicht.
»Leugnen Sie«, fuhr Dr. Stuckart fort, »daß Sie später Ihre Absicht änderten, weil Sie in Naumow ein gefügigeres Werkzeug gefunden hatten?«
»Es ist absurd.«
»Sie befahlen Naumow nach Wien. In Wien haben Prilukow und Naumow den Mordplan zusammen ausgeheckt.«
»Warum wäre dann Naumow nach Kiew gefahren? Das ›Opfer‹ war schließlich in Wien.«
»Naumow war zur Tat noch nicht bereit.«
Dr. Stuckart reichte ihr ein Telegramm: *»Ihr Naumow ist ein Nichtsnutz. Es tut mir leid um meine guten Absichten. Sie sind auch nicht besser. Kamarowskij.«*
Ja, antwortete sie, das Telegramm sei ihr bekannt.
»Diese Depesche«, sagte der Hofrat, »hat Prilukow im Namen Kamarowskijs und ohne dessen Zustimmung gesandt, damit Sie den beleidigten Naumow leichter zur Mordtat überreden konnten.«
»Ich hatte keinen Grund, an der Echtheit des Telegrammes zu zweifeln. Kamarowskij war eifersüchtig . . .«
Wieder schob der Hofrat ein Telegramm vor die Tarnowska hin. Es war ihr eigenes, in Kiew aufgegeben: *»Telegramm hat seine Wirkung auf Bertha getan.«*
»Bertha, der Deckname für Naumow«, sagte der Hofrat.
»Aber es hat nichts mit dem Telegramm Pawels zu tun.«
Prilukow trat vor. Er sprach russisch. Gefaltet hielt er die Hände vor die Tarnowska hin, als betete er sie an und betete für sie.
»Bei unserer Liebe!« rief er. »Sag die Wahrheit! Sie werden dich quälen, bis du die Wahrheit sagst. Ich will nicht, daß sie dich quälen, Mura.« Tränen und Schweiß rannen über seine Wangen.
Sie kehrte ihm den Rücken. Er verstummte. Flüsternd übersetzte der Schreiber.

Sie fühlte nur Ekel. Nun, da sie sich abgewandt hatte, erinnerte sie sich wieder an seine Gesichter. Der Mann riesengroß, dichte Augenbrauen schirmen die Augen, große Zähne in einem zarten

Mund. Im Schlafzimmer ein anderes Gesicht, nicht mehr häßlich; ein Körper, der keine Müdigkeit kennt, dreimal, viermal zur Liebe bereit; am Morgen, abends, am Nachmittag; eiliger Erfüllung und endlosen Wartens fähig. Jetzt: ein zerstörtes Gesicht, schlaff, impotent, in den Augen die Mordlust der Entmannten.

»Ich glaube, Sie sollten diesen Advokatenkniffen ein Ende bereiten, Herr Hofrat«, sagte sie. »Herr Prilukow war eifersüchtig auf Kamarowskij, wie Naumow, und außerdem war er feig. Sollte ich einen Mann wie Kamarowskij, der mir das schönste Leben verhieß, eines kranken Knaben und eines verkommenen Anwaltes halber verraten?«

Sie glaubte, sich gut zu verteidigen. Wenn Prilukow nur bei allen Verhören anwesend sein könnte! Die Demütigung des anderen hatte sie mit Wonne erfüllt; jetzt wuchs ihr Mut aus seiner Demütigung.

»Ein verkommener Anwalt«, wiederholte der Hofrat. »Sprechen Sie von seinen Unterschlagungen?«

»Davon weiß ich nichts.«

»Fünfundsechzigtausend Rubel. An Sie vergeudet.«

»Ich habe mein eigenes Vermögen.«

»Ihre Zofe konnte die Hotelrechnung nicht bezahlen.«

»Meine Zofe verfügt nicht über mein Geld.«

»Auf Ihrem Konto befinden sich achtzig Rubel.« Der Hofrat reichte Prilukow einen Brief. »Haben Sie diesen Brief geschrieben? Wir fanden ihn bei der Gräfin Tarnowska.«

Prilukow bejahte. Der Dolmetscher übersetzte.

Der Hofrat las: *»›Ich habe es nicht ertragen, daß Du diesem Menschen gehören könntest. Ich habe Dich in seinen Armen gesehen. Ich habe ihn erschossen.‹* Was haben Sie zu diesem Brief zu sagen?«

»Herr Prilukow hat Kamarowskij nicht erschossen«, erwiderte sie.

Prilukow griff ein. »Ich habe den Brief geschrieben, als ich ihn ermorden wollte. Du solltest damit deine Unschuld beweisen.«

Die Tarnowska sprach zum Hofrat. »Eine Ausgeburt seiner kranken Phantasie. Warum hätte ich nicht lieber Naumow zu einem solchen Brief veranlaßt?«

Der Hofrat ließ den Gefangenen abführen.

»Ich habe schlechte Nachricht für Sie«, wandte er sich an die Tarnowska. »Wollen Sie sich nicht die Konfrontation mit Ihrer Zofe ersparen?«

»Ist Elise hier?«

»Sie ist verhaftet.«

»Was ist mit Tioka geschehen?«

»Er ist in Sicherheit.«

»Bei wem?«

Der Hofrat entfernte den Strohhalm aus seiner Virginia-Zigarre. »Denken Sie daran, daß Sie eine Mutter sind, Gräfin.«

Sie würden ihr also nicht sagen, wo Tioka war. War ihr Vater gekommen? Oder Olga? Oder Wassilij Tarnowskij? Sollte Wassilij triumphieren? Tiokas halber hatte sie Tanja geopfert; das Gespenst Alexis' verjagt; Granjas Launen erduldet; Tiokas halber hatte sie sich mit Pawel verlobt. Sie hatte kein Mitleid mehr mit sich, nur noch mit ihrem Kind. Immer hatte sie Mitleid mit ihm gehabt – dieses unergründliche Mitleid; dieses Gefühl seiner Unschuld, durch das ihre Schuld größer wurde; dieses Bangen um ihr eigenes Opfer; Mitleid, Mitleid, Mitleid – Tioka hing noch an der Nabelschnur. Erst das Geständnis machte sie zur Mörderin.

Sie blickte nach der Tür, durch die Donat Prilukow verschwunden war. Es war keine Tür, die Wand hatte ihn verschlungen, wie in Kiew, Nizza, Venedig.

Die Wand öffnete sich, Elise Perrier trat ein.

2

Es war der Morgen des sechsundzwanzigsten Oktober. Wie Kohlenstaub fiel der Regen, fein und schmutzig.

Maria Tarnowska war zur Bahn gebracht worden. Vor einigen Tagen hatte man ihr einen Koffer geliefert. Sie trug ein langes dunkelgrünes Kleid mit einem breiten weißgefaßten Kragen, Seidenplastron bis ans Kinn, dazu einen weiten Mantel. Der kleine Reisehut war von einem Schleier bedeckt und gehalten, unter dem Kinn lose geknüpft. Der Wind griff in den Schleier, als wollte er nur ihre Haare zurechtkämmen. Sie mußte nicht befürchten, für eine Gefangene gehalten zu werden, denn der Wärter ging hinter ihr, und ein zweiter trug ihren Koffer.

Dieser Mann war ein Ungar namens Fenyvesi, ein Heiratsschwindler von internationaler Reputation, der nach Rom ausgeliefert werden sollte. Etwa fünfzig, klein und wendig, mit gefärbten Haaren und einem strichartigen Spitzbart: Herr Fenyvesi im kurzen braunen Mantel war so adrett gekleidet, daß man ihn für den Diener der Dame hätte halten können.

Das Paar erregte die Aufmerksamkeit der Mitreisenden erst, als sie in einem Abteil dritter Klasse Platz genommen hatten, die Delinquenten an den Fenstern, der Wächter an der Tür. Es gab keinen Vorhang, so daß die Passagiere immer wieder an Tür und Fenstern erschienen, um die Tiere in ihrem Zwinger zu bestaunen.

Sobald der Zug die Bahnhofshalle verlassen hatte, erkundigte sich Herr Fenyvesi – Imre Fenyvesi aus Miskolcz –, ob die Gräfin deutsch, französisch, englisch, spanisch oder italienisch zu konversieren wünsche.

»*Voyez-vous, Madame*«, begann er, »*c'est une chose drôle, le destin.* Ich habe immer von Frauen profitiert, und tue es *de nouveau,* in dieser *situation pénible,* da man für mich allein keinen Gefängniswagen ankoppeln wollte und ich solcherart, sozusagen als blinder Passagier« — er verbeugte sich — »den Luxus einer Fahrt in der angenehmsten Gesellschaft genießen darf.« Er sprach von sich, seine Taten rechtfertigend, doch auch mit einer gewissen Eitelkeit. »Meine Abneigung gegen die Ehe ist prinzipieller Natur. Wie kommt, frage ich Sie, ein Mann dazu, die Tochter eines wildfremden Mannes zu erhalten; denn darum geht es ja in der Ehe, *au fond.* Und warum soll man sich von einer Frau, die einem bis dato unbekannt war, *désormais et dorénavant* nicht mehr trennen; ihr seine Gewohnheiten anpassen; ihre Küche der Varietät eines Restaurants vorziehen; ihre Freunde adoptieren; sich allabendlich neben sie legen? *Ma foi, c'est paradox!*«

Während Herr Fenyvesi philosophierte, blickte die Tarnowska zum Fenster hinaus. Die Gegend war ihr bekannt; auf ihren Reisen nach Venedig hatte sie meistens die Pontebbabahn genommen. Wenn man einen der Tunnels verließ, sah sie, daß der Wärter die Hand auf der Türklinke hielt. Tioka hatte es geliebt, die Tunnels zu zählen, vierzig bis Venedig.

Der Hofrat hatte ihr einen Brief gegeben, von Andrej. Tioka war in Sicherheit: nun hatte sie geheime Instruktionen an Elise Perrier geschmuggelt, die sich bei der Konfrontation ohnedies einfältiger gestellt hatte, als es dem Hofrat lieb gewesen war. Seit Andrejs Brief hungerte es sie nach dem Leben. Bisher hatte sie Hunger nach etwas Bestimmtem empfunden; also keinen Hunger. Man sagte, Menschen retteten ihr nacktes Leben. Dann retteten sie das Beste. Eine Tote war aus dem Schlafwagenabteil gestiegen, in Wien. Nach dem Tod Alexis' hatte sie keine Zeit gehabt zur Überlegung. Alles Unglück geschah, weil man keine Zeit hatte. Im Gefängnis hatte sie Zeit gehabt. Sie hatte sich längst nicht mehr an die Frau erinnert, die sie gewesen war. Jetzt erinnerte sie sich. Prilukow würde alle Schuld auf sich nehmen. Aber er würde es nicht tun, wenn er sie auch nur einen Augenblick schwach sah. Sie umklammerte den Lederriemen des Fensters. Man konnte auch im Gefängnis die Peitsche in der Hand behalten.

Der Geruch verbrannter Kartoffelblätter zog durch die Fensterritzen. Die Tarnowska fühlte sich zu einem Gespräch aufgelegt und wandte sich lächelnd an ihren Gefährten.

»Sie fühlen sich nicht schuldig, Monsieur?«

»Höchstens im Sinne eines unsinnigen Gesetzes, Madame. Es gibt in dieser Zeit der Feministinnen kein unzeitgemäßeres Gesetz als jenes, das den sogenannten Heiratsschwindel bestraft. Tausende Frauen versprechen täglich die Ehe, bringen die Männer um deren Spargroschen, doch würde es, kommt es zur Hochzeit nicht, niemandem einfallen, sie des Heiratsschwindels zu zeihen. *Est-ce que c'est juste, je vous demande? Le mariage,* Madame, ist der einzige Vertrag, der nur einer Seite frommt und dennoch seit Jahrhunderten erneuert wird. Die ganze Welt spricht gerührt von der seligen Verlobungszeit, denn es ist die Zeit der wunderbaren, nie erfüllten Hoffnungen. Ach, wie lieben die Frauen Versprechungen; wie lieben sie es, an Plänen zu häkeln! Ein Heiratsschwindler, Madame, ist ein Märchenprinz der Illusionen, die sich auch dann nicht, und dann erst recht nicht, erfüllen würden, wenn er seine Versprechungen eingelöst hätte. Die Ehe, *voyez-vous,* ist eine Institution zum leichteren Ertragen von Leiden, die man nicht erlitte, hätte man nicht geheiratet ...«

Die Strecke wurde steiler, der Zug fuhr langsamer. An der österreichischen Grenzstation Pontafel verabschiedete sich der gleichgültige Wärter. Zwei Carabinieri lösten ihn ab.

Es dämmerte. Chiusaforte, Resiutta, Venuone, Gemona, Udine. Der Abend war lau. Die italienischen Dörfer lagen im violetten Halbdunkel; die Häuser aneinandergedrängt, als suchten sie bei Tag den Schatten der anderen, als fürchteten sie bei Nacht, sich zu verlieren. Dann wurde es dunkel, und nur das verstärkte Dröhnen der Schienen deutete darauf, daß man einen Tunnel durchfahren hatte, vielleicht den vierzigsten.

Nach siebzehn Stunden und fünfundvierzig Minuten, kurz nach Mitternacht, traf man in Venedig ein. Einer der beiden Carabinieri spielte Karten mit Herrn Fenyvesi. Der andere schlief mit hängender Unterlippe, pausbäckig, ein böses Kind. Im Korridor stand nur ein hochzeitsreisendes Paar, seit Stunden zu einem Schatten verschmolzen. Der Heiratsschwindler hob Maria Tarnowskas Koffer aus dem Netz. Ein Carabiniere drückte ihn der Gefangenen in die Hand.

Als sie auf dem Perron stand, im Gaslicht, hörte sie »Madame!« rufen. Herr Fenyvesi beugte sich aus dem Fenster und winkte ihr zu. *»Bonne chance et au revoir!«*

3

Das Gefängnis auf der Insel La Giudecca. *Istituti Penali Femminili, Fondamenta de la Convertite 712.* Domenico, der Oberaufseher, läßt sich nur selten blicken. Da ist die Oberin, Schwester Angela, seine rechte Hand. Dick und doch knochig, mit einem geröteten Hals, einem Schnurrbart, ein verkleideter Mann. Schwarze Ordenstracht; der Orden *Maria Bambina,* das Marienkind. Häubchen auf den Köpfen, vorn gerafft, dunkle Schlafhäubchen. Manchmal eine weiße Schürze, wie weibliche Dominikaner. Schwester Rosa, so hoch, daß sie sich bücken muß, wenn sie die Zelle betritt; Warze auf der spitzen Nase; zuerst ist nur die Warze da; das Parfüm der Tarnowska bereitet ihr Übelkeit. Schwester Sofia, bleich, die Augen rot gerändert, von aufdringlicher Güte, die ununterbrochen: »Arme, verlorene Seele!« zu jammern scheint. Die Schlüssel am Gürtel der Nonnengewänder; lange, dünne Schlüssel, wie Scheren von Hummern. Die Zelle kalt, feucht, aber hell. Kein Oberlicht, wie im Wiener Gefängnis. Ein großes vergittertes Fenster in der dicken Festungsmauer. Drüben, vielleicht, Venedig. Die Steinspiralen von Santa Maria della Salute. Dahinter der Dogenpalast, die Markuskirche, der gestürzte Campanile. Die Lagune, weit und hoffnungslos. Das Leben wogt am Gefängnis vorbei: Gondeln, Marktfahrer, Ausflügler, Prozessionen, Fischer, Leichenzüge, Hochzeitsreisende. Zum Greifen nahe, Tantalus. Die Fische stinken, das Gemüse stinkt, die Lagunen stinken, das Gefängnis stinkt. Noch kein Verhör; das hat Zeit. Die Tarnowska verlangt einen Spiegel. Schwester Angela lehnt ab. »Selbstmordabsicht, bekannt.« Schwester Sofia bringt einen Spiegel. Die Tarnowska versteht nicht, daß ihr Gesicht unverändert ist. »Arme, verlorene Seele.« Schwester Sofia nimmt den Spiegel mit. Essen im Blechtopf. Spaghetti, Makkaroni, Spaghetti. Sie rührt nichts an. Hungerstreik? Nein, kein Hunger. Schwester Angela läßt sie vorführen. Ein behagliches Zimmer; rote Möbel, viktorianisch, in der Vitrine Murano-Glas. Palmen im Garten, ein Klosterhof. »Es ist Geld für Sie gekommen.« – »Von wem?« Keine Antwort. »Wollen Sie sich selbst verköstigen?« Am Abend läßt sich die Tarnowska Kaviar, Tournedos Rossini, Cremetorte aus dem *Savoy* kommen. Sie ißt nur den Kaviar. Schwester Sofia verzehrt den Rest, gierig, mit schlechtem Gewissen. Der Gesang der Nonnen. Rasseln der Schüssel. Beim Geschirrwaschen: Mitgefangene. Eine dicke mütterliche Frau; hat ihren Mann erschlagen. Eine Juwelendiebin, elegant, Mode neunzehnhundertunddrei. Ein diebisches Geschwisterpaar, schwindsüchtig. Noch immer kein Verhör. Ein Brief von Tioka, mit dem Zensurstempel des Gefängnisses. Es geht mir gut, wirklich, Mama. Wir werden uns bald sehen, denn Andrej will mich nach Venedig bringen. Die Tarnowska weint die ganze Nacht. Jeden Tag ein anderes Kleid; manchmal wechselt sie die Kleider zweimal am Tag, knausert mit ihrem Parfüm. Sie fürchtet die Träume mehr als die Schlaflosigkeit. Wassilij schläft mit seiner Geliebten, Julia Terlezkaja, ein vergessener Name; er überredet die Tarnowska, am Bett zu stehen; sie genießt; träumt weiter, als die Gefängnisglocke sie weckt. Pawel bringt ihr eine Perlenkette; sie will sie nicht annehmen, Perlen bedeuten Tränen; ihr Kissen ist naß. Einmal träumt sie von Zolotariew, dem Hauslehrer; sie hatte ihn gezwungen, das Tuch zu halten, wenn sie aus dem Bad stieg. Sie hört ihren Namen rufen, tastet zum Fenster, glaubt zu träumen. Vollmond. Sie hat nicht geträumt. Aus einer Gondel ruft eine Männerstimme. Rost und schmutziges Wasser. Das Dach einer rostbraunen Fabrik; Spaghetti werden dort erzeugt. Sie verlangt, ihren Anwalt zu sehen. »Später!« Romane aus der Gefängnisbibliothek. Junger Graf heiratet arme, aber brave Gouvernante. Mademoiselle Larue und die Theatertruppe in Kiew. Sie versteht das Unglück der Romangestalten nicht, alle sind frei. Warnungsrufe der Gondolieri. Die Oberin sagt ihr, daß ein Brief aus Rußland eingetroffen sei, aber sie darf den Brief nicht sehen: »Nur zwei Briefe im Monat.« Im Zimmer der Oberin eine Pendeluhr, es ist halb vier. Der Schlüssel pendelt am Gürtel. Rechts geht die Sonne auf, links geht sie unter, immer tiefer zieht sie ihre Bahn, alles im Rahmen. Ein junger italienischer Pfarrer zelebriert die Sonntagsmesse. Sie versteht kein Wort; bekreuzigt sich, wo sie nicht soll; verlangt zu beichten. Der Pfarrer versteht sie nicht. Sie flüstert ihm Unflätigkeiten ins Ohr, auf russisch. Keine Wonne; ihr Körper ist tot. Sie bittet Kamarowskij um Vergebung. Kamarowskij ist im Himmel; weiß, warum sie ihn ermorden ließ. Sie schlägt Gott einen Handel vor; »ich werde ins Kloster gehen«; weiß, daß sie Gott belügt; glaubt, daß Er es nicht weiß. Das Gitter hat sechs Längsstäbe, vier Querstäbe, warum nicht umgekehrt? Als sie am sechzehnten Tag noch immer keinen Anwalt sprechen darf, tobt sie. Sie zerschlägt die Parfümflasche, die Zelle riecht nach Rosenöl. Auf der Pritsche liegt sie und überlegt, wie sie Prilukow vernichten kann. In der Nacht träumt sie von der ersten Nacht mit Prilukow.

Endlich, am siebzehnten November, es ist Sonntag, teilt ihr Schwester Angela mit, daß der Staatsanwalt sie am kommenden Morgen zu sehen wünsche.

VIERTES KAPITEL

1

Das Haus des Rechtsanwaltes Ricardo Calzini befand sich in einer Nebengasse der Merceria dell'Orologio, wo der Lärm des Handelsviertels einer weihevollen Stille weicht, als weigerte das alte Venedig dem jungen die Antwort.

Andrej betrat das Haus durch einen Seiteneingang in der Calle Morosoni della Regina e dei Pignoli. Er hatte versucht, Maria Tarnowska zu besuchen. Man hatte ihn an den Anwalt verwiesen, doch hatte ihn dieser tagelang nicht empfangen. Schon hatte er einen Brief aufgesetzt, in dem er sie über Tiokas Schicksal unterrichtete; da gelang der letzte Versuch.

Der Mann, der ihm gegenübersaß, erschien ihm stilgerecht. Auch er trotzte den Massen: der schöne, leichtergraute Kopf, der eisige Bart wie aus Stein, die Augen von kaltem Feuer; der Körper zart, verwöhnt, weichlich.

»Sie wollten mich sprechen«, sagte Dr. Calzini. Es klang, als sagte er: Sie wollten mich sprechen, doch wüßte ich nicht, weshalb.

Es sei ihm endlich gelungen, sagte Andrej, die Schwester Maria Tarnowskas, Prinzessin Olga Katerinowitsch, ausfindig zu machen. Die Prinzessin, an der Riviera weilend, habe ihn gebeten, ihr nach Venedig entgegenzufahren; von hier werde sie Tioka nach Rußland mitnehmen. Noch zögere er, wollte er hinzufügen, Tioka der Prinzessin anzuvertrauen, aber er verstummte vor den spöttischen Augen des Anwaltes. Er begnügte sich, zu erwähnen, daß Maria Tarnowskas Vater Briefe und Telegramme unbeantwortet gelassen habe.

»Der Graf hat mich mit der Verteidigung seiner Tochter betraut«, entgegnete Dr. Calzini. »Unter der Bedingung allerdings, daß sein Name nicht erwähnt werde, auch nicht gegenüber der Gräfin.«

Andrej wollte gehen, aber der Anwalt traf keine Anstalten, ihn zu verabschieden. Sein Kopf, sich abhebend vom Samt des Renaissancesessels, ähnelte den bleichen Infanten und den bösen Zwergen Velasquez'.

»Warum haben Sie sich dieser Frau angenommen, Pater?« fragte er.

»Ich bin ihr Freund.«

»Kamen Sie deshalb nach Venedig?«

»Ich wollte ihr von Tioka berichten.«

»Das hätten Sie auch schriftlich tun können.«

»Persönlich ist es etwas anderes.«

»Sie können sie nicht sehen.«

»Ich kann für sie beten.«

»Das können Sie auch aus der Ferne.« Er lehnte sich zurück. »Halten Sie die Gräfin für unschuldig?«

»Das wird das Gericht entscheiden.«

»Was würden Sie tun, wenn es bei Ihnen läge, ihr die Freiheit zu geben?«

»Alles, was mit meinem Gelübde und der Gerechtigkeit vereinbar ist.«

Die Fragen des Anwaltes überraschten Andrej nicht. Er war es gewohnt, daß sich die Menschen durch die Kutte herausgefordert fühlten und versuchen zu müssen glaubten, was sich heilig gab. Er erhob sich.

Der Anwalt blieb sitzen. »Ich könnte die Gräfin überzeugen, daß Sie ihr helfen wollen«, sagte er.

»Wie sollte ich ...?«

»Ihre Aussage wäre von unschätzbarem Wert.«

»Ich weiß nichts vom Gegenstand der Anklage.«

»Aber Sie kennen wie kein zweiter die Vergangenheit Maria Tarnowskas. Die Gräfin verläßt sich auf ihre Schönheit und ihren Charme; Eigenschaften, die sich hinter Kerkermauern in erschwerende Umstände verkehren. Die Menschen verfallen dem Charme und fühlen sich durch ihn betrogen.«

»Seit ihrer Freundschaft mit Kamarowskij habe ich Maria Tarnowska nur selten gesehen«, sagte Andrej.

»Die moderne Psychiatrie sucht die Beweggründe einer Tat vor allem in der Kindheit. Ich habe die psychiatrische Untersuchung beantragt.«

»Sie wollen doch nicht behaupten, die Gräfin sei geistesgestört?«

Belehrend sagte der Anwalt: »Die moderne Psychiatrie enthebt nicht nur Geistesgestörte der Verantwortung. Ich möchte sie mit Professor Ceresa zusammenbringen.«

Die moderne Psychiatrie, dachte Andrej. Er wußte nicht viel von der neuen Wissenschaft, aber Dr. Calzini bestätigte ihm, was er davon wußte. Sie sammelte Beweise, wonach der Mensch unter dem Zwang seiner Erlebnisse handelte. Die christliche Freiheit wußte nichts von solchem Zwang.

»Wenn Maria Tarnowska schuldig ist«, sagte er, »muß die Gerechtigkeit ihren Lauf nehmen.«

»Sie sprechen wie der Staatsanwalt.«

»Ich klage nicht an.«

»Aber Sie sind ein Freund geständiger Reue?«

Unverkennbar war Andrej die Feindseligkeit des Anwaltes.

»Sie scheinen Ihrerseits von der Schuld der Gräfin überzeugt zu sein«, sagte er.

»Es kommt nicht auf die Tat, sondern auf ihre Motive an. Und auf den Menschen, der die Tat ausübt.«

»Vielleicht bezieht sich das auf das Strafmaß. Sie geben mir nicht viel Hoffnung, Herr Doktor.«

Die Dinge lägen nicht so schlimm, erwiderte Dr. Calzini selbstgefällig. Neue Momente seien aufgetaucht, sehr zum Mißbehagen der Behörden. Einer der behandelnden Ärzte des Grafen Kamarowskij, ein junger, doch erfahrener Arzt, Dr. Menini mit Namen, habe bei ihm, Dr. Calzini, eine Aussage deponiert, wonach der Graf nicht seinen Wunden erlegen, sondern einem Kunstfehler des Primarius Professor Cavazzini zum Opfer gefallen sei. Aus unerklärlichen Gründen habe der Chirurg, just im Augenblick sicherer Heilung, die Bauchnähte entfernen und den Magen des Patienten auspumpen lassen: dies allein habe die Bauchfellentzündung verursacht, den Tod eigentlich herbeigeführt. Eine Wahnsinnstat, so urteile nicht nur Dr. Menini, sondern auch ein Assistenzarzt, Dr. Facta: beide aber hätten keinen Grund, ihren Vorgesetzten zu beschuldigen, da sie weder Alter noch Qualifikation besäßen, seinen Posten einzunehmen. »Läßt sich diese Theorie aufrechterhalten«, meinte er, »dann würde es sich, bei aller Vorsätzlichkeit, nicht um Mord, sondern um Mordversuch handeln. Milder Optimismus scheint somit berechtigt.«

Andrej fragte sich, in welche Wirrnis er sich begeben habe. Hätte die Hand des Studenten Nicolas Naumow gezittert oder wäre Kamarowskij schwer verletzt, dennoch nicht gestorben oder ließe sich der Kunstfehler des Chirurgen beweisen — zählte dann Marias Absicht nicht, wäre sie dann null und nichtig? Es überraschte ihn nicht, daß die Menschen wider das Gesetz handelten, aber es erschreckte ihn, daß auch das Gesetz wider das Gesetz stand; daß es sich selbst dem Zufall unterwarf; daß es statt des bewegenden Grundes nur die Tat, statt der Tat nur deren Ausgang wog.

»Ein Mordversuch«, sagte Dr. Calzini. »Wenn es mir noch gelingt, den Richtern die Person der Gräfin zu erklären ... Sie wollen also nicht aussagen?«

»Wenn mich das Gericht braucht, wird es mich zu finden wissen.«

Als er sich erhob, fiel sein Blick auf den Schreibtisch. Er war nicht gewiß, richtig gesehen zu haben. Eine große Flasche Parfüm aus geschliffenem Kristall, *Origant, Coty;* ein Seidentuch; ein Bild des Grafen Tarnowskij mit seiner Tochter; ein Bild von Marias Mutter; zwei oder drei Fotografien Tiokas.

Der Anwalt lächelte. »Die Wünsche der Gräfin. Ich habe die Erlaubnis erwirkt, ihre Zelle ein wenig schmücken zu dürfen.«

»Richten Sie der Gräfin aus, daß Tioka wohlauf ist«, sagte Andrej.

Schnell verbeugte er sich, schnell ging er.

2

Olga O'Rourke, Prinzessin Katerinowitsch, sollte spät am Abend in Venedig eintreffen. Andrej streifte mit Tioka den ganzen Tag durch die Stadt.

Da Tioka mehrere Male in Venedig gewesen war, erstaunte es Andrej, wie wenig der Knabe von der Stadt kannte. Wohl sprach er vertraut vom *Danieli,* dem *Grand Hotel des Bains;* wußte Bescheid über das Motorboot, das zwischen Venedig und dem Lido hin und her pendelte; kannte die ihrer Eisspezialitäten halber berühmten Kaffeehäuser *Quadri* und *Florian,* aber er hatte den Dogenpalast nie von innen gesehen, hatte die Accademia di Belle Arti nie betreten, nie Santa Maria della Salute, die ›Erretterin von der großen Pest‹.

Es war ein südlicher Novembertag, sonnig, von törichter Wärme. Nur wenige Fußgänger bevölkerten die Plätze, wie auf den Gemälden des Antonio Canal, der sie durch seine *Camera obscura* gesehen hatte: genug Gestalten gerade, um seinen ersten und hellen Bildern Leben einzuhauchen. Schindel, Marmor und Stukkatur schienen fleckig wie das Silber einer Familie, die lange keine Gäste empfangen hatte. Das *Scia stali!* und *Scia premi!* und *Scia di lunga!* der Gondolieri widerhallte von den Brücken, ein Echo der Einsamkeit.

Höflicher als aufmerksam lauschte Tioka den Erklärungen Andrejs. Endlich, auf dem Campo San Giovanni e Paolo, unter dem Reiterstandbild des Colleoni, sagte er:

»Ich bin müde; können wir uns nicht niedersetzen?«

Sie setzten sich auf die Stufen der Ponte del Cavallo. Der Junge rieb sein Knie.

»Wo ist das Gefängnis?« fragte er.

»Auf der Giudecca, einer Inselgruppe, die aus acht Inseln besteht.«

»Können wir nicht hinfahren?«

»Man würde uns nicht einlassen, Tioka.«

»Vielleicht könnte ich Mama im Fenster sehen.«

»Die Fenster sind hoch.«

Der Knabe nickte. Sein Verständnis griff Andrej ans Herz. In den Wochen, die sie zusammen verbracht hatten, hatte Tioka selten nach seiner Mutter gefragt, als wollte er Andrej die Antwort ersparen. Nur sein Äußeres hatte er ein wenig vernachlässigt; sein Anzug war oft staubig, und die Socken hingen ihm über die Schuhe. Den Kopf trug er noch mehr zur Seite geneigt, die rechte Schulter zog er noch höher. Wenn Andrej den strohblonden Jungen mit den blauen Augen und der leicht vorgeschobenen Unterlippe betrachtete, schmerzte es ihn, daß Tioka so früh aufgehört hatte, sich zu empören. Manchmal wollte er ihn schütteln; sprich, weine, fluche, frage! Aber er war nicht sicher, wo das Geschwür saß und ob es blutete. Er sah Tioka, wie man einen Menschen sieht, der krank gewesen ist, ohne daß man es gewußt hat, und nun doch glaubt, es gewußt zu haben, so daß das Mitleid nachholt, was es versäumt. Je mehr er sich anklagte, desto mehr rührte ihn die Anhänglichkeit des Kindes, als ob Tioka ihn geliebt hätte, lange bevor er ihn geliebt hatte.

Die Herbstsonne fiel auf das kleine Gesicht. Nach einer Weile sagte Tioka:

»Warum bist du Priester geworden, Andrej?«

Gott, steh mir bei, dachte der Pater. Sommer in Otrada, der erste Kuß, die heißen Träume. Die Schlittenfahrt, verschlungene Hände unter der Pelzdecke. Ihre Flucht mit Tarnowskij. Das Gespräch mit dem Grafen O'Rourke. Das Gespräch mit seinem Vater. »Ich will ins Kloster gehen.« – »Enttäuschung ist ein schlechter Berater, Sohn.« Der Hohn Sergej Burintzews. »Und du? Hättest du deinen Gott gefunden, wenn sie dich nicht verlassen hätte?«

»Das ist eine lange Geschichte«, sagte er. »Warum fragst du?«

»Glaubst du, daß Gott Mama befreien würde, wenn ich Ihm verspräche, Priester zu werden?«

»Man soll Gott keinen Handel anbieten, Tioka.«

»Wieso nicht? Man verspricht Ihm doch auch, gut zu sein.«

»Aber man erwartet dafür nichts.«

»Es heißt, die guten Taten werden belohnt.«

Der Theologe im Kind, dachte Andrej. »Es ist Gott gefällig, daß du einem Bettler ein Almosen gibst, aber es ist Ihm nicht gefällig, wenn du dabei denkst, daß Er dich belohnen wird.«

»Man denkt es aber doch. Und dem Bettler kann es schließlich egal sein.« Er strich sich über die Stirn. »Ist Gott gerecht, Andrej?«

»Natürlich ist Er gerecht.«

»Warum kann ich dann nicht bei Mama sein?«

»Du wirst bei ihr sein.«

»Auch wenn ich nicht ins Kloster gehe?«

»Auch dann.«

»Du mußt es ja wissen, Andrej.« Keine Auflehnung mehr. Er blickte zum Reiterstandbild empor: »Was ist eigentlich ein Condottiere?«

Andrej erklärte es ihm, aber er wußte, daß Tioka nur gefragt hatte, um seine eigenen Gedanken zu verscheuchen, oder um Andrej zu trösten, der offenbar mehr von Kirchen, Malern und Condottieri verstand als von Gott.

Sie standen wieder auf dem Platz. Ein paar Bettler dösten auf den Stufen; Kinder spielten vor dem Kaffeehaus; hier und da zog eine Gondel langsam durch den Kanal, an den grauen Wänden des Spitals vorbei, wo Kamarowskij gestorben war. Andrej war froh, daß es Tioka nicht wußte.

Er nahm schließlich eine Gondel, obwohl es ihm verboten war, mit Geld umzugehen; er fürchtete, das müde Kind könnte sich erkälten. Der Abend fiel über Venedig, die Farben der Stadt verschmolzen zu einer einzigen; goldgelb schimmerten die Paläste und die Armeleutehäuser, die Kirchen und die Hotels, das Straßenpflaster und die Dächer.

Andrej breitete sein Skapulier über Tioka.

»Ich möchte bei dir bleiben«, sagte der Junge.

»Tante Olga . . .«

»Ich kann Tante Olga nicht leiden.«

»Warum nicht?«

»Weil sie Mama nicht leiden konnte.«

Nun begann Tioka zu schluchzen. Er umklammerte Andrej. »Bitte, verlaß mich nicht, Andrej; bitte, verlaß mich nicht!«

»Ich verlasse dich nie«, sagte Andrej.

Er fühlte sich wie ein Betrüger, denn er wußte, daß Tioka für bare Münze nahm, was er selbst sinnbildlich gemeint hatte.

3

Andrej wußte, daß er dem Mann, der sich aus einem Lehnstuhl erhob und auf ihn zukam, einmal begegnet war, aber er erinnerte sich nicht genau. Der Mann hatte ihn schon längere Zeit beobachtet. Es war in der Halle des *Hotels Danieli.* Olgas Zug hatte sich verspätet; Andrej erwartete sie.

Der Fremde war nicht ärmlich, doch sorglos gekleidet. Er befestigte den Kneifer, den er an einem schwarzen Seidenband trug, auf der Nase. Verständnisvoll lächelnd sagte er:

»Friedlieber. Dr. Hugo Friedlieber aus Wien. *Neue Freie Presse.*«

Ein unangenehmes Gefühl überkam Andrej, nicht des Mannes, sondern der Erinnerungen wegen.

»Orel«, sagte der Fremde. »Die Hinrichtung Ihres Freundes Burintzew. Wir Journalisten gleichen dem Fliegenden Holländer. Die Begegnung mit uns verheißt nichts Gutes.«

»Was führt Sie nach Venedig?«

»Sie fragen? Die Affäre Tarnowska natürlich.« Er fuhr sich durch die krausen grauen Haare. »Sie erwarten die Schwester der Tarnowska?«

»Sie sind gut unterrichtet.«

»Davon lebe ich. Es würde mir daran liegen, mit der Prinzessin zu sprechen.«

»Um einen Artikel zu schreiben?«

»Sie sagen das verächtlich.«

»Ich meine es verächtlich.«

Andrej blickte nach der Portierloge. Es hatte zu regnen begonnen. Durch die halbgeöffnete Tür hörte man das Fluchen eines Gondoliere. Friedlieber zündete sich eine Zigarre an. Der Geruch erinnerte Andrej an Orel.

»Ich hatte ein langes Gespräch mit Burintzew in der Todeszelle«, sagte der Journalist. »Interessiert Sie, was Burintzew gesagt hat?«

»Alles, was Sergej betrifft, interessiert mich.«

»Es war ein seltsames Jahr. In Frankreich war Dreyfus freigesprochen worden. Es berührte mich; ich bin Jude. Aber das brauche ich Ihnen nicht zu sagen.« Er lachte. »Burintzew war voller Widersprüche. Er verneinte die Existenz Gottes und war von einem Gottesgericht überzeugt. Er sprach von der Sintflut, als stünde es bei Marx, nicht in der Bibel.«

»Hat Sergej von der Sintflut gesprochen?«

»Unsere Welt, sagte er, geht an moralischer Pestilenz zugrunde. Anarchist, Bolschewik – ich habe ihm keines geglaubt. Wahrscheinlich war er etwas Schlimmeres: ein Moralist. Wenn man Moralisten henkt, findet man zur Entschuldigung immer einen anderen Namen.« Er folgte Andrejs Blick nach der Tür. »Die Tarnowska ist einer Vision Burintzews entsprungen.«

»Kennen Sie die Gräfin so genau?«

Wieder lachte Friedlieber. Er hatte eine verletzende Art zu lachen, wie jemand, der einen Witz halb erzählt und sich über die Pointe amüsiert, ohne sie dem anderen mitzuteilen.

»Ich bin ihr öfter begegnet«, sagte er. »Mißverstehen Sie mich nicht, ich nehme es ihr nicht übel, daß sie mich wie einen mittelalterlichen Hausjuden behandelt hat. Ihre Taten nehme ich ihr übel, ihr Leben.«

»Es ist noch kein Urteil gesprochen. Wissen Sie, daß just die Gräfin Tarnowska versucht hat, Burintzew zu retten?«

»Sie wird persönliche Gründe gehabt haben. Außerdem sind die Tarnowskas und die Burintzews keine natürlichen Feinde. Eher Konkurrenten. Die Welt der Tarnowskas benimmt sich so anarchistisch, daß die Anarchisten nicht mehr wissen, was sie zerstören sollen. Das ist die Chance der Kommunisten.«

»Sehen Sie zwischen Anarchisten und Kommunisten einen großen Unterschied?«

»Sie natürlich nicht, denn beide sind gottlos. Burintzew machte da feinere Unterscheidungen. Die Anarchisten schaffen Unordnung zum Zwecke späterer Ordnung; die Kommunisten Ordnung zum Zwecke späterer Unordnung. Ich ärgere mich über die Tarnowska, weil sie es ihnen leichtmacht. Das Volk sieht nicht die Ursachen des Aussatzes, sondern nur den Aussatz. Als Jude ärgert mich die Tarnowska besonders. Wir gewöhnen uns an die, die uns unterdrücken. Die Monarchie hat ihre Pogrome schon hinter sich, die Revolution noch vor sich.«

»Wie wäre es, wenn Sie die Sensation, der Sie nachjagen, als bedauerlichen individuellen Fall sehen würden?«

»Burintzew hat mir von Ihnen gesprochen«, antwortete Dr. Friedlieber. »Sie sind zu klug, um das selbst zu glauben. Im fünfzehnten Jahrhundert wären Sie gekommen, Frau von Tarnowska auf den Scheiterhaufen zu geleiten; jetzt, um Wasser auf den Scheiterhaufen zu gießen.«

»Frau von Tarnowska muß Sie einmal beleidigt haben, Herr Doktor.«

»Ich bin es gewohnt, beleidigt zu werden«, sagte Dr. Friedlieber.

Bewegung um die Portierloge kündete die Ankunft der Prinzessin.

4

Die Kinder waren zu Bett gebracht worden; die Prinzessin und Andrej blieben allein im Salon des Hotelappartements.

Es schien Andrej, daß sie sich nicht verändert hatte. Obwohl sie etwas kleiner als Maria und dunkelhaarig war, hätte sie beinahe ein Gemälde ihrer Schwester sein können; sie wirkte so leblos wie ein

Gemälde. Olga hatte, nach dem Willen ihres Vaters, den um zwanzig Jahre älteren Prinzen Gabriel Katerinowitsch geheiratet, einen Mann ohne Eigenschaften; hatte ihm in drei aufeinanderfolgenden Jahren drei gesunde Kinder geschenkt; hatte, wie alle sorglosen Menschen, immer Zeit für andere; galt bei den Armen als Wohltäterin; verstand es, mit einem Mann, den sie nicht liebte, eine hygienische Ehe zu führen. Andrej hatte in ihrer Nähe immer eine gewisse Gereiztheit empfunden, als erführe er eine Ungerechtigkeit.

Auch diesmal hatte Andrejs Gespräch mit Olga in gereizter Stimmung begonnen.

Morgen schon, sagte sie, werde sie weiterreisen: sie habe keine Absicht, in den ›Skandal Tarnowska‹ verwickelt zu werden. Er könne es ja selbst sehen: schon habe dieser Jude aus Wien sie belästigt; auch habe ihr Vater sie vor jeder Verbindung mit Mura gewarnt; nicht anders dächten ihre Brüder, Alexander und Zoä, während sie von ihrem Halbbruder Nikolaj ›natürlich‹ nichts gehört habe.

»Soll ihr niemand beistehen?« fragte Andrej.

»Sie hat es selber verschuldet.«

»Um so mehr bedarf sie der Barmherzigkeit.«

»Die Sünder sind arm, krank und schuldig.«

»Das sagst du? Warum hilfst du dann den Kranken und Armen?«

»Bist du deshalb hier?«

Er hörte die Herausforderung in ihrer Frage. »Du haßt Maria«, sagte er.

»Wir sind keine Familie wie jede andere«, erklärte sie. »Einer unserer Ahnen war Brian, der erste christliche König von Connaught. Der Franziskanerpriester Cornelius O'Rourke wurde fünfzehnhundertachtundsiebzig zusammen mit dem Bischof von Mayko zu Tode gemartert. Ich hasse Mura nicht; ich verachte sie.«

»Ich denke, man sollte aus dem Wort ›Hochmut‹ das Wörtchen ›Mut‹ streichen.«

»Offenbar muß man schuldig werden, um dein Gefallen zu finden. Du verwechselst Stolz mit Hochmut. Ich verachte Mura, weil sie vergessen hat, wozu unser Name sie verpflichtet.«

Die Prinzessin blieb erregt am Fenster stehen. Ihre Hände umklammerten das silberne Kreuz, das sie um den Hals trug.

Es hätte Andrej nicht gewundert, wenn sie ihm das Kreuz vorgehalten hätte. Er mußte an Otrada denken. Maria war fort. Olga hatte sich weinend an seinen Hals geworfen. »Warum Mura, warum nicht ich?« Ihre kleinen Brüste hatten sich an ihn gepreßt. Die reife Frucht. Jetzt wollte er sie fragen, ob sie auch damals an den Franziskanerpriester Cornelius O'Rourke gedacht hatte, fünfzehnhundertachtundsiebzig.

»Ich bin allein Tiokas halber gekommen«, sagte Olga. »Du liebst Mura immer noch.«

Er folgte ihr zum Fenster. »Ich frage mich, ob man die Sünder haßt, weil man sie beneidet«, sagte er.

»Du bist nur ihrethalben ins Kloster gegangen.«

»Was hast du mit Tioka vor?« fragte er.

»Ich werde ihn mit meinen Kindern erziehen, wie mein eigenes. Unglücklicherweise ist er schon zwölf Jahre alt. Aber meine Kinder sind, hoffe ich, gegen schlechte Einflüsse gefeit.«

»Kennst du Tioka?« Er bemühte sich, arglos zu fragen, aber er schämte sich, weil ihm ihre harschen Worte willkommen waren. Seit seinem abendlichen Gespräch mit Tioka hatte er ein Ziel, und sie machte es ihm leicht, es zu erreichen.

»Das Kind ist im Sumpf aufgewachsen«, sagte sie. »Mura hat es von Stadt zu Stadt geschleppt, von Hotel zu Hotel. Die einzige Person, die sich ihm je gewidmet hat, war diese Schweizer Dirne. Die Männer gaben sich im Schlafzimmer seiner Mutter die Klinke in die Hand. Bevor Kamarowskij sie aushielt, war sie ununterbrochen auf der Flucht vor ihren Gläubigern. Unser Schneider in Kiew erzählte mir, sie sei eines Nachts, mit Tioka im Arm, durch einen Hintereingang ihres Hotels vor dem Gerichtsvollzieher geflohen. Gleichwohl – ich werde aus Muras Sohn einen Menschen machen.«

»Unter der Bedingung, daß er seine Mutter vergißt?«

»Ihr Name wird in meinem Haus nicht erwähnt werden.«

»Ich behalte Tioka«, sagte Andrej.

»Du hast den Verstand verloren.«

»Die Liebe, die du ihm geben würdest, wäre nichtig, müßte er darüber seine Mutter vergessen.«

»Hältst du dich für Jesus Christus, daß du dir das Recht anmaßt, dieser Sünderin zu vergeben?«

»Es bedarf keiner Göttlichkeit, um zu vergeben, Olga.«

Die Liebe zu dem Jungen durchflutete ihn, und er fragte nicht, ob es die Liebe zum Sohn Maria Tarnowskas war.

»Ich glaubte, du bist ständig auf Reisen«, sagte Olga.

»Es gibt Internate.«

»Du meinst Klosterschulen. Den Kindern wird dort so viel Schuld aufgebürdet, daß sie sie nur abtragen können, wenn sie sich für immer der Kirche verschreiben.«

»In Rußland?«

»Nein, nicht in Rußland.«

Habe er denn nicht, fragte Olga, das Gelübde der Armut geleistet? Woher wolle er das Geld nehmen? Auf sie und ihre Familie könne er beileibe nicht rechnen. Das Geld werde sich beschaffen lassen, erwiderte er, obwohl er nicht mehr sein eigen nannte als die paar Münzen, die er bei sich trug. Er wollte sagen, daß der Herr mit fünf Broten und zwei Fischen fünftausend gespeist hatte, aber er wußte, daß die Internate nichts von fünf Broten und zwei Fischen hielten. »Sie wird dich noch aus dem Kerker verderben«, sagte

Olga und ließ das Kreuz nicht los. Er sah Tioka im Palais Katerinowitsch: ein kleiner Aussätziger unter drei gesunden Kindern; ein Waisenknabe, dessen Mutter lebte; ein Namenloser, von dessen Namen die Welt widerhallte; der einzigen Liebe beraubt, der die Sünderin fähig war. Die Gewißheit, daß er das Kind vor der Lieblosigkeit und für Maria die Liebe retten konnte, gab ihm jene Kräfte, die Olga Katerinowitsch, immer erregter, als ›blinden Fanatismus‹ bezeichnete. Sie ließ von ihrer Forderung, den Knaben mitzunehmen, nicht ab; mit ihrer Schwester schien sie um Tioka zu ringen. Als sie schließlich mit der Intervention bei der russischen Botschaft, ja mit einer Anzeige bei Andrejs Vorgesetzten drohte, erwiderte er, daß ihm das ganz recht sei, denn just dabei fiele ihm ein, daß Maria nicht abgeurteilt und durchaus noch Herrin ihrer Entschlüsse sei, zumal was ihr Kind beträfe; sein Fehler sei es gewesen, sie nicht nach ihrem Willen zu befragen; das werde er nun tun, um sich einzig und allein danach zu richten.

Es ging auf Mitternacht, als er unter dem prasselnden Regen, die Kapuze über dem Kopf, durch die verlassenen Straßen Venedigs dem Kloster zustrebte.

FÜNFTES KAPITEL

1

Maria Tarnowska betrat das Zimmer des Staatsanwaltes in gehobener Stimmung. Dieses Zimmer im Justizpalast war kein eigentlicher Amtsraum; eher das Herrenzimmer eines Privatgelehrten, mit dunklen Bücherregalen, zwei Reproduktionen, Veroneses *Untreue* und Savoldos *Venezianerin*, weinroten Plüschfauteuils, familiären Stehlampen.

Staatsanwalt Giorgio Garzoni, von dem es hieß, er stamme aus der berühmten Familie, deren Palazzo die Reisenden auf dem Canal Grande bewunderten, sah wie eine Tuschzeichnung von Goya aus, diese sehr akkuraten und doch beiläufigen, beweglichen, aber im Flug festgehaltenen Zeichnungen.

Maria Tarnowska war es längst klar, daß Garzoni sie öfter hatte vorführen lassen, als es notwendig gewesen war.

Heute waren ein Schreiber und ein Dolmetscher anwesend. Sie sollte Nicolas Naumow gegenübergestellt werden.

An den jungen Mann, der hereingeführt wurde, hatte die Tarnowska kaum mehr gedacht. Sie hatte von Prilukow geträumt, von Pawel und Wassilij, von Iwan, dem Stalljungen. Jetzt glaubte sie zu träumen. Er war aus dem Material, aus dem Träume gewebt sind, durchsichtig, fehlerlos. Sein schlanker Körper schien gewichtlos zu schweben; Schleier schienen ihn einzuhüllen; seine langen weißen Hände bewegten sich, als dirigiere er ein unsichtbares Orchester. Als er die Tarnowska erblickte, begann er zu zittern, nicht ängstlich oder erregt, eine Silbertanne, durch die der Wind fegt.

»Beruhigen Sie sich«, sagte der Staatsanwalt, ohne seinen Ekel zu verbergen, »— wiederholen Sie, was Sie zuletzt zu Protokoll gegeben haben.«

Naumow schwieg.

Der Staatsanwalt seufzte. Dann las er leise, monoton, wie man mit der Stimme eines anderen spricht:

»Am siebenundzwanzigsten August bat mich Frau von Tarnowska, mit ihr das Grab ihrer Mutter im Allerheiligen-Friedhof von Kiew zu besuchen. Es war beinahe dunkel, als wir dort eintrafen. Nach längerem Suchen fanden wir das Grab der Gräfin O'Rourke. Frau von Tarnowska sank schluchzend auf den Grabstein, umklammerte die Marmorfigur und schrie: ›Mutter, Mutter, muß er sterben?‹ Dann richtete sie sich auf, sah mich an und sagte: ›Ja, er muß sterben!‹ Sie begann zu laufen; ich hatte Mühe, ihr zu folgen. Als ich sie einholte, hatte sie die Friedhofsmauer erreicht, wo die Selbstmörder in ungeweihter Erde liegen. Bei einem Holzkreuz, auf dem ich den Namen ›Wladimir Stahl‹ entzifferte, blieb sie stehen. Sie beugte sich tief über das Grab, so daß ich meinte, sie wollte die Erde küssen. Als sie sich endlich erhob, sagte sie: ›Er befiehlt dir, ihn zu töten!‹ Ich versuchte, die Gräfin zur Besinnung zu bringen. Den Namen Stahl hatte ich wohl gehört, wußte aber nicht, daß er einer der Geliebten der Gräfin gewesen war. Sie sagte, daß Stahl sie geliebt habe, und wiederholte: ›Er hätte mich von ihm befreit. Er befiehlt dir, ihn zu töten.‹ Sie forderte nun, daß ich beim Andenken ihrer Mutter und beim Seelenheil Wladimir Stahls schwöre, den verhaßten Mann zu töten. Ich hob die Hand zum Schwur, war aber entschlossen, den frevlerischen Eid zu brechen. Spät abends kehrten wir in das Hotel der Gräfin zurück. Sie erzählte mir, daß sie gelobt habe, den Grafen Kamarowskij zu töten. Nachdem sie dieses Gelübde geleistet habe, sei ihr Sohn Tioka, von den Ärzten bereits aufgegeben, auf wunderbare Weise gerettet worden. Sie sagte ferner, Donat Prilukow sei bereit, Kamarowskij zu töten; dieser Mord würde sie jedoch für immer an einen nicht minder ungeliebten Mann ketten. Ich muß annehmen, daß die Gräfin die Wahrheit sprach, denn in Wien hatte mir Prilukow gesagt, Kamarowskij sei nur noch ein ›lebender Leichnam‹. Ich versuchte, die Gräfin von dem Verbrecherischen ihres Vorhabens zu überzeugen. Ich erinnere mich noch genau, gesagt zu haben: ›Dein Leben wird von Toten beherrscht; sie sind der Kompaß, der nach den Friedhöfen weist.‹ Indessen gestehe ich, daß ihre Besessenheit von mir Besitz ergriffen hatte. Ich war auf Kamarowskij wie auf Prilukow eifersüchtig. Obwohl ich in meiner Kindheit

gegen Kamarowskij keine Abneigung empfunden hatte, verstand ich den Abscheu, der Frau von Tarnowska erfüllte. Die Gräfin zeigte mir überdies ein Telegramm, in dem mich Kamarowskij aufs gröblichste beleidigte. Ich wollte den Grafen zum Duell fordern, aber Frau von Tarnowska erklärte, sie würde meinen Tod nicht überleben. Da ich Prilukow der Tat für durchaus fähig hielt, wollte ich ihm zuvorkommen und eilte am nächsten Morgen nach Venedig. Heute weiß ich, daß ich mit meiner Tat eigentlich Prilukow hatte aus dem Weg räumen wollen.«

Garzoni hatte geendet. »Haben Sie dieser Aussage etwas hinzuzufügen?« wandte er sich an die Tarnowska.

Etwas hinzufügen? Der Augustabend, der bleierne Himmel, das Gewitter, das sich über Lukjanowskaja zusammenzog. Der Jüngling, der sie vom Grab Wladimirs hob. »Nur die Toten werden Zeugen unserer Liebe sein, Mura.« Sie selbst hochaufgerichtet. »Die Toten lachen dich aus, Nicolas.« Die Äste der Trauerweide. Sein Körper zitterte vor Erregung, während sie die Äste knickte. »Trage sie, Nicolas!« Die Fahrt vom Friedhof. Der nackte Jüngling im Hotelzimmer, von engelhafter Schönheit, auf dem Boden kriechend wie ein Hund; sie, noch im schwarzen Kleid, die Rute in der Hand. »Beschimpfe mich, Maria, ich flehe dich an, bestrafe mich!« Die Prügel prasselten nieder. Unter den Schlägen erhob sich sein Geschlecht. Kein Hund mehr, ein vierundzwanzigjähriger Jüngling, sein wunder Körper über ihr: »Befiehl mir, nicht zu genießen, ich bin dein Sklave, Maria!« Herr Staatsanwalt, es ist die Wahrheit. Draußen, im Friedhof Allerheiligen, vielleicht, hatte er den Eid noch brechen wollen. Im Bett: »Du mußt mir versprechen, daß du mir ins Gesicht spuckst, wenn ich wieder kläglich versage.« Sie: »Ich werde dich nie mehr prügeln, wenn du versagst.« Fünf Minuten allein mit Nicolas, und winselnd würde er sich selber der Lüge zeihen.

»Herr Staatsanwalt«, sagte sie, »Sie sehen ja, daß Herr Naumow es nicht wagt, seine Lügen in meiner Gegenwart zu wiederholen. Die Wahrheit ist, daß er gedroht hat, Kamarowskij zu töten, wenn ich die Verlobung nicht auflöse. Wahr ist, daß er mich an das Grab meiner Mutter begleitet hat und daß wir nachher eine heftige Auseinandersetzung hatten. Sie erregte mich so sehr, daß ich von einem Nervenfieber befallen wurde. Als meine Zofe mich am nächsten Morgen fand, sagte sie mir, Herr Naumow sei nach Venedig abgereist. Da entschloß ich mich, Herrn Prilukow zu bitten, ihm unverzüglich nachzureisen.«

»Warum haben Sie den Grafen Kamarowskij nicht telegrafisch gewarnt?« fragte Garzoni.

»Mein Verlobter war eifersüchtig. Eine solche Warnung hätte ihn in seinem Argwohn bestätigt.«

»Diese Gefahr hätten Sie auf sich nehmen müssen.«
»Ich habe Herrn Naumow nicht ernst genommen.«
»Warum haben Sie ihm dann Prilukow nachgeschickt?«
»Als er fort war, begann ich, seinen Wahnsinn zu fürchten.«
»Die Aussage Naumows stimmt im großen und ganzen mit der Prilukows überein. Jedoch behauptet Prilukow, Sie hätten ihn nur nach Venedig geschickt, damit er Naumow nach der Tat anzeige: so wollten Sie sich beider ungeliebter Männer, Kamarowskijs und Naumows, entledigen.«
Naumow schwankte.
Der Staatsanwalt beachtete ihn nicht. »Herr Naumow hat ausgesagt, daß Sie alle Erkennungszeichen aus seinen Kleidungsstücken entfernt haben, damit er bei seiner eventuellen Verhaftung nicht identifiziert werden könne.«
Die Tarnowska fühlte, daß ihr Garzoni helfen wollte.
»Sie sagen es selbst, Herr Staatsanwalt«, erklärte sie. »Einerseits soll ich Prilukow überredet haben, Naumow anzuzeigen; andererseits soll ich seine Erkennungszeichen entfernt haben. Ich bin ein Opfer des Komplotts dieser beiden Männer.«
»Wenden Sie sich bitte Herrn Naumow zu«, sagte Garzoni. »Stehen Sie auf, Naumow! Wiederholen Sie, daß Frau von Tarnowska Sie zum Mord angestiftet hat.«
Kaum vernehmlich sagte Naumow: »Sie hat es getan.«
Die Tarnowska sagte: »Nicolas, gesteh, daß du lügst.«
»Sie bestehen also darauf, daß Naumow aus eigenem Antrieb gehandelt hat?« fragte der Staatsanwalt.
Sie, immer noch zu Naumow: »Zwinge mich nicht, zu sagen, daß du ein Hund bist, Nicolas! Denke an deinen Vater! Soll er vor Gericht hören, daß sein Sohn ein Hund ist? Ist es nicht besser für ihn, daß du aus Eifersucht gemordet hast?«
Garzoni unterbrach sie. »Ich habe gefragt, ob Sie bei Ihrer Aussage bleiben.«
Sie wies auf Naumow. Er war in die Knie gesunken; rang die Hände; flehte, der Staatsanwalt möge ihn entlassen. Der Anblick der Tarnowska, stammelte er, sei ihm unerträglich; er müsse lügen, wenn er von ihrer Anwesenheit nicht befreit werde. Wirr sprach er, russisch, italienisch, französisch; klagte an; zog seine Anklagen zurück; bezichtigte sich des Mordes; bezichtigte die Tarnowska der Anstiftung; zog zurück, was er soeben gesagt hatte; nahm alle Schuld auf sich; flehte um Milde; klagte wieder an. Er kroch auf die Tarnowska zu, wie ein Hund, der um einen Bissen Brot bettelt; bäumte sich auf, als wollte er sie anspringen; schlug sich auf die Brust, bekreuzigte sich, rief die Mutter Gottes an.
Der Staatsanwalt gab dem Beamten ein Zeichen, Naumow abzu-

führen. Nachdem er auch die anderen entlassen hatte, stand er auf und begleitete die Tarnowska zur Tür, wie zufällig ihren Arm berührend.

»Wir werden das Gespräch im Gefängnis fortsetzen«, sagte er.

2

Zwei Tage nach ihrer Konfrontation mit Naumow legte der Gefängnisdirektor Maria Tarnowska, in Anwesenheit des Rechtsanwaltes Calzini, Briefe und Papiere vor. Die Briefe stammten von Olga und Andrej. Beide waren kurz; in beiden ging es um Tioka. Nachdem sie die Briefe gelesen hatte, beriet sie sich mit ihrem Verteidiger. Dann tat sie, wovor er sie gewarnt hatte: sie unterschrieb ein Dokument, wonach sie die vormundschaftliche Betreuung ihres Sohnes, Graf Tioka Wassilijewitsch Tarnowskij, geboren zu Kiew am achtzehnten April achtzehnhundertfünfundneunzig, ›bis auf weiteres und auf Widerruf‹ dem Pater Andrej Antonowitsch Wyrubow übertrug.

In der Nacht fand die Tarnowska keinen Schlaf. Sie dachte an ihre Kindheit.

In der Mitte ihrer Kindheit saß ihr Vater, eine riesige Spinne. Den ›schrecklichen O'Rourke‹ hatte man ihn genannt, bewundernd; man bewunderte alles Schreckliche. Hatte er je geliebt? Seine erste Frau, die Fürstin? Zweimal im Monat hatte er sich auf den Friedhof fahren lassen. Schwarzer Anzug, schwarzer Hut, schwarze Zwirnhandschuhe. Die Mahlzeit karg an diesem Tag, das Klavierspiel verstummt. An der Spitze der Tafel hatte der schreckliche O'Rourke gesessen, wortlos, als wollte er die Lebenden bestrafen.

Ihre Mutter. Langsam war sie verwelkt, man hatte sich daran gewöhnt, daß sie starb; sie hatte sich selbst daran gewöhnt; der Tod hatte ihr vorgelesen, wie eine geduldige Gesellschafterin. Wie hatte sie das Leben erdulden können, neben diesem Mann? War allen Töchtern die Liebe ihrer Mütter rätselhaft? Ihr Vater hatte die Blumen nicht zertreten, er hatte ihnen das Wasser verweigert, bis sie verdorrten. Seit ihrer Kindheit, schien es Maria Tarnowska, hatte sie ihre Mutter rächen wollen, obwohl sie ihre Mutter nicht mehr, vielleicht weniger geliebt hatte als andere Kinder. Mißlungen auch dies, mißlungen alles.

Für einen Moment lächelte die Gefangene. Das Bild der beiden Tanten war vor ihr aufgetaucht: Tante Anna und Tante Sonja. Man hatte die Schritte der alten Zwillinge auf den Steinfliesen gehört. Immer schienen sie unterwegs gewesen zu sein, auch bei Nacht. Und immer waren sie zusammen gegangen, tripp-trapp; nicht vier Füße, nur zwei; nie waren sie aus dem Takt gefallen, tripp-trapp, tripp-trapp. Beinahe nie hatten die beiden gesprochen, hatten nur einfältig vor sich her geblickt; gleichzeitig hatten sie gelächelt, wie sie die Stricknadeln gleichzeitig bewegt hatten. Woran hatten sie gestrickt? Eines Tages hatten ihre Schritte nicht mehr durch die Gänge gehallt, die Stricknadeln hatten sich nicht bewegt. In einen Wagen waren sie gestiegen, schwarze Häubchen mit schwarzen Pailletten auf den Köpfen; genickt und gewinkt hatten sie, gleichzeitig die Hände hebend, auf Wiedersehen. Kein Wiedersehen. Zorn stieg in der Tarnowska auf, wie damals, als sie erfahren hatte, daß ihr Vater die Zwillinge nach Warschau hatte bringen lassen, in eine Irrenanstalt. Es ist besser für die beiden, hatte man in Otrada gesagt; alle hatten immer alles für besser gehalten, was der schreckliche O'Rourke einsam beschlossen hatte. Woher hatte er alles besser gewußt, woher war er sich aller Dinge so tödlich gewiß gewesen? Und warum hatten alle getan, was er für besser gehalten hatte — Alexander, du wirst Ingenieur; Zoä, du bleibst unverheiratet; Olga, du bekommst Kinder; Katharina, du stirbst; Mura, du endest im Gefängnis.

Nikolaj, ihr Halbbruder: er allein hatte sich aufgelehnt. Die Mutter Nikolajs hatte ihr Vater vielleicht geliebt, aber seine Liebe hatte sich erschöpft, nichts war geblieben für den Sohn. Nie hatte er ihn mitgenommen, auf den Friedhof. Wo war Nikolaj? Sein Name nur in den Fahndungsblättern der politischen Polizei. Onkel Edward! Er hätte ihr helfen können, aber er war tot, wie ihre Mutter. Die verdunkelte Bibliothek, in der er sie hinausgeführt hatte aus der Dunkelheit. Wie hatte der Arzt geheißen? Die Tarnowska glaubte, daß nicht alles verloren wäre, wenn sie sich an den Namen erinnerte; hinter Kerkermauern sproß der Aberglaube, rankte sich an einem Namen empor. Warum waren sie alle tot oder verschwunden — ihre Mutter und der Arzt und Onkel Edward und die Tanten und Nikolaj?

Der Brief Olgas. Deshalb war die Kindheit zurückgekehrt. Aus Olgas Brief hatte die gleiche verhaßte Gewißheit gesprochen, die Gewißheit des schrecklichen O'Rourke. Warum für Tioka dies richtig wäre und jenes falsch. Warum alles falsch gewesen sei. Woher wußte es Olga? Woher wußte sie, daß eine Mörderin ihrem Kind nicht mehr Liebe geben konnte als die sicheren O'Rourkes?

Die Tarnowska setzte sich auf. Ihre Augen füllten sich mit Tränen. Selten weinte sie, aus Zorn nur oder vor Glück. Sie war nicht zornig. Ein Glücksgefühl überflutete sie. Die Gewißheit, einmal ihr unbegreiflich zuteil, daß sie richtig gehandelt hatte. Nur an Tioka hatte sie gedacht, nur für ihn sich entschieden. Sie war nicht ihr Vater. Tioka war bei Andrej. Er war in Sicherheit.

3

Sie hatte die Zelle geschmückt wie ein Boudoir. Die Bilder in silbernen Rahmen standen auf einem Tisch neben der Pritsche. Da sie nur grobe Pferdedecken besaß, hatte sie ein Samtkleid über die Pritsche gebreitet. Über einen der beiden Stühle ein Seidentuch. Es roch nach *Origant*.

Früh war es dunkel geworden. Der Dezemberwind hastete an den Gefängnismauern vorbei, als fürchtete er den Anblick von La Giudecca. Hin und her pendelten die Lampen; zuweilen fiel ihr Licht in das müde Licht der Zelle.

Eine der Wärterinnen ließ den Staatsanwalt eintreten. Er wartete, bis die Tür zugefallen war, ging auf die Tarnowska zu, nahm ihre Hand.

»Mein Besuch ist ungewöhnlich«, sagte er. »Ein Verhör in der Zelle ist nur in besonderen Fällen gestattet. Hier liegt ein besonderer Fall vor. Ich habe die Erlaubnis für einen Lokalaugenschein erwirkt.«

»Einen Lokalaugenschein?«

Er zögerte, welchen der beiden Stühle er nehmen sollte; setzte sich schließlich auf jenen, der unbedeckt war. Sein Atem ging schwer, wie nach einem langen Weg.

»Die Beweise sind erdrückend«, begann er. »Ihr Verhältnis zu Naumow ist geklärt; Ihre Beziehungen zu Prilukow lassen verschiedene Auslegungen zu, doch ist die eine so belastend wie die andere. Nur Ihre Zofe entlastet Sie. Ungeklärt jedoch sind Ihre Motive – will man von einem Versicherungsmord absehen.« Er sprach schnell, in fehlerlosem Französisch. »Ich möchte Sie mit Kamarowskij konfrontieren.«

Sie erbleichte. Für ihren Freund hatte sie Garzoni gehalten. Es konnte sein, daß er heimtückischer war als der aalglatte *Chef de réception* in Wien.

»Pawel ist tot«, sagte sie.

»Sie waren mit Naumow am Grab Ihrer Mutter?«

»Ja.«

»Und am Grab Wladimir Stahls?«

»Ja.«

»Haben Sie nicht gesagt, daß die Toten zu Ihnen sprechen?«

»Das hat Naumow behauptet.«

»Ich glaube nicht, daß er gelogen hat. Die Toten sprechen zu jenen, die sie hören wollen. Meine Frau ist vor drei Jahren gestorben. Unser Sohn war damals kaum zwei. An einem Augustabend bin ich auf den Friedhof gefahren, wo auch Pawel Kamarowskij begraben liegt. Meine Frau und ich haben uns sehr geliebt. Ich habe seit ihrem Tod nie mehr eine Frau berührt.« Seine Stimme zitterte vor Erregung. »Als ich mich über ihr Grab beugte, hörte ich eine Stimme.

›Eile nach Hause, Francesco ist in Gefahr.‹ Ich fand meinen Sohn mit schweren Brandwunden, die er sich durch brühendes Wasser zugezogen hatte. In der Bestürzung hatte mein Personal den Arzt zu rufen versäumt. Eine Stunde, und es wäre zu spät gewesen.«

»Sie wollen mich an das Grab Pawels führen?« Sie mißtraute ihm nicht mehr. »Wir sind verwandt«, sagte sie.

Sie nahm ihren Reisemantel, den kleinen Reisehut, knüpfte den Schal unter dem Kinn. Sie zog sich so langsam an, als zöge sie sich aus.

»Ich habe keinen Spiegel«, sagte sie.

»Sie sind schön«, sagte der Staatsanwalt.

Schwester Sofia öffnete die Zellentür. »Die Erlaubnis . . .«, sagte sie.

»Ich habe sie Ihnen schon ausgehändigt«, fuhr sie Garzoni an.

Schwester Sofia nestelte an ihrem Schlüssel. »Ihre Unterschrift, Herr Staatsanwalt.«

Es dauerte eine Weile, bis die Wärterin Feder und Tinte gefunden hatte. Maria Tarnowska und der Staatsanwalt standen in der offenen Zellentür. Als ob Elise ins Boudoir liefe, um die vergessene Handtasche zu bringen, dachte die Tarnowska. Der Korridor war leer. Die Zellentüren reihten sich aneinander wie Grabsteine. Schwester Sofia kehrte zurück, der Staatsanwalt unterschrieb.

Die Straßenfront des Gefängnisses lag an einem schmalen Kanal. Gegenüber finstere Vorstadthäuser, Warenlager des Elends. Die Gondel wartete an den Stufen. Die Längsseite schlug gegen die schweren Quadersteine. Aus der Dunkelheit leuchtete der weiße Kragen des Gondoliere. Er trug einen Matrosenanzug, wie die Gondolieri der *grandes familles*. Maria Tarnowska legte ihre Hand auf seinen Arm; er half ihr, über die teppichbedeckte Stufe, in die Gondel.

Die Nacht war kalt. Sie atmete tief. Nur ihre Finger froren; sie hatte ihre Handschuhe vergessen. Es schien ihr, als atmete sie seit Wochen zum erstenmal. Im Hof des Gefängnisses war auch die Luft gefangen.

Garzoni, im schwarzen Mantel, barhaupt, hatte sich ihr zugewandt. Sie erinnerte sich, daß er ihr nie sein Profil zugekehrt hatte. Sein Hinterkopf fiel schief zum Nacken ab, wie das Dach eines Schweizer Chalets. Es rührte sie, daß er den Schönheitsfehler zu verbergen suchte.

»Sind Sie ein Verwandter der Garzonis, deren Palais neben dem der Mocenigos steht?« fragte sie leise.

»Wir sind ein altes Geschlecht«, antwortete er. »Ein aussterbendes Geschlecht, wie die O'Rourkes. Unsere Kinder leben, aber sie sind zum Tode verurteilt.«

Die Gondel überquerte den Canale della Giudecca, schwamm lebendigen Lichtern zu. Rechts die Insel San Giorgio Maggiore. Die

Stadt, der Markusplatz, der Dogenpalast. Mußte der Gondoliere unter der Seufzerbrücke hindurchfahren, unter dem steinernen Sarkophag, auf den Ufern ruhend, als trügen ihn steinerne Tote? Die Tarnowska zählte die Ruderschläge. Schlafende Paläste, kleine Balkone über dem Wasser, verhallende Schritte über den Köpfen. Nur hier und da begegneten sie einer Gondel. Die Gondolieri riefen sich Gruß und Warnung zu.

»Sie halten uns für ein Hochzeitspaar«, flüsterte Garzoni.

»Um diese Jahreszeit?«

»Um jede Jahreszeit.«

Sie folgte seinem Blick. Der Condottiere ritt aus der Dunkelheit. Eine verschlossene Kirche; Gott schloß sich nachts ein in Venedig. Daneben ein beleuchtetes Portal, aus grauem Marmor; zwei Löwen, voneinander abgewandt; kaltes Mosaik. *Ospedale civile.* Hinter schmutzigen Scheiben vereinzelte Lichter. Hier war Pawel gestorben. Ihr Mißtrauen erwachte, schwand gleich wieder. Da waren die Lagunen. Eine Brise vom offenen Meer; sie atmete freier; vor ihnen die Friedhofsinsel San Michele.

Die Gondel legte an. Der Gondoliere entfernte eines der Windlichter, das in einem goldenen Kerzenhalter gesteckt hatte. Garzoni leuchtete der Tarnowska voran. Sie hob ihren Rock, um auf den feuchten, moosbedeckten Stufen nicht auszugleiten.

Der Eingang war aus weißem Marmor, ein riesiges Grabmal. Darüber ein Engel, eine Waage in der Hand. Über dem Gefängniseingang hatte sie eine ähnliche Gestalt gesehen, nur war es kein Engel, sondern die Göttin der Gerechtigkeit.

Langsam folgte sie dem Staatsanwalt. Je langsamer sie ging, desto länger würde die Freiheit währen, mochte es auch nur die Freiheit eines Friedhofes sein.

Sie hatte geglaubt, den Friedhof ganz dunkel zu finden, aber er war, wenn auch spärlich, beleuchtet. Streng war der Friedhof, wie der Engel über dem Eingang. Ein Feld mit weißen Kreuzen, eins dem anderen gleich; nur Nonnen ruhten hier, dort nur Priester, noch im Tod klösterlich getrennt. Stufen zu einem marmornen Halbkreis, prachtvolle Tafeln an den Wänden, Efeu in schmiedeeisernen Hängevasen, davor Steinvasen mit Chrysanthemen, Astern, Winterblumen: die Gräber der Reichen. Durch kleine Höfe führte Garzoni. Nirgends ein Baum. Die Höfe waren von Mauern umgeben, aus weißem Stein, die Wände Marmor und Alabaster. Reliefs mit steinernen Gesichtern: ein Bart aus Stein, ein jungfräuliches Lächeln aus Stein, ein Kindergesicht, ein Greisengesicht aus Stein.

Die Tarnowska schrie auf. Eine Katze war ihr über den Fuß gelaufen. Garzoni reichte ihr die Hand.

Ein freies Feld, eine Zypressenallee. Der Staatsanwalt ging ihr voran, zwischen den Bäumen. Mitten im Feld stand ein großes, steinernes Kreuz, frische Gräber ringsumher, hölzerne Kreuze.

»Graf Pawel Ergrafowitsch Kamarowskij, 1868–1907« stand auf dem Holzkreuz. Der Wind griff in das Seidentuch um ihren Hals.

Es war schwer, sich Menschen, die man gekannt hatte, in der Enge eines Sarges vorzustellen. Pawel konnte sie sich tot vorstellen. Das Bett war sein Sarg gewesen; jetzt war der Sarg sein Bett. *»Duska, duska!«* Jede Nacht hatte er sie aus dem Schlaf gerüttelt. »Erzähl mir von Prilukow!« »Das habe ich mir aus Paris kommen lassen, *duska,* das wirst du genießen.« »Wie hat dich Tarnowskij geliebt?« »Steig ins Bad, *duska!*« »Erzähl mir von Bozewskij!« Dann der erschöpfte, totengleiche Schlaf. Schlaf gut, Pawel, dachte sie. Ich habe dich nicht gemordet.

Die Lampe warf ihr Licht auf das Grab neben dem Kreuz Kamarowskijs. Blumen in einer irdenen Vase, wie zufällig hingestellt. Die Tarnowska trat näher, nahm die Chrysanthemen, legte sie auf das Grab Kamarowskijs. Sie war ihm dankbar, weil er nicht sprach. Hätte er nie gesprochen, wäre er noch am Leben. Als sie sich bückte, mit den gestohlenen Blumen, übermannte sie der Ekel, als wäre der Sarg ein Bett. Sie fühlte den Atem Garzonis in ihrem Nacken.

»Wollen Sie nicht gestehen, daß Sie ihn gemordet haben, Maria Nikolajewna?« flüsterte er. Sie schüttelte den Kopf. »Warum haben Sie es getan?« Sie schüttelte den Kopf. »Fürchten Sie Gott nicht?« Sie schüttelte den Kopf. »Gott ist allwissend.«

Sie nickte. Da Gott allwissend war, wußte Er, warum Pawel Kamarowskij hatte sterben müssen. Sie wußte es nicht.

Dann gingen sie wieder durch den Friedhof. Die Grabsteine waren wie Kerkertüren. Der Wind trug den Geruch der toten Blumen. Kleine rote Öllampen wiesen den Weg, wie von unsichtbaren Zwergen getragen.

In einem der Höfe blieb der Staatsanwalt stehen. Es mußte der Hof venezianischer Patrizier sein. Er sagte:

»Ich will nicht, daß Sie gestehen. Ich werde die Anklage so führen, daß man Sie freispricht.«

Sie wandte sich ihm zu. Er stellte das Licht auf einen Grabstein. Seine Hände umfaßten ihre Hüften, glitten ihren Rücken hinauf.

»Du wirst mir gehören«, sagte er.

Sie erwiderte seine Küsse mit geschlossenen Lippen.

»Ich will dich besitzen . . .«

»Wenn ich frei bin . . .«, sagte sie.

»Jetzt!« Seine Hände berührten ihre Brüste. »Du hast Naumow im Friedhof geliebt.«

»Woher weißt du . . .?«

»Er hat es gestanden. Er wird alles gestehen, was ich will.«

Er zog sie auf den Grabstein. Die Lampe fiel um. Das Glas zerbrach, das Kerzenlicht erlosch. Er suchte ihren Körper. Sie befreite sich sanft.

»Später . . .«, sagte sie. »Wenn ich frei bin.«

»Jetzt!«
»Später!«
»Schwörst du?«
»Ich schwöre.«
»Bei den Toten?«
»Bei den Toten.«
»Bei deinem Seelenheil?«
»Bei meinem Seelenheil.«

Als sie aufblickte, sah sie eine steinerne Frau, die sich über sie neigte.

Zwischen Gräbern und Kränzen und Steinen und Bäumen tasteten sie sich durch den Friedhof, zur Gondel.

4

Es war Anfang Januar; die Tarnowska war nicht mehr verhört worden. War der ›Lokalaugenschein‹ ein Vorwand Garzonis gewesen; hatte er sich nur in die Rolle Naumows versetzen wollen: Friedhof in Kiew, Friedhof in Venedig? Warum hatte er sie dann zu einem Geständnis bewegen wollen? Wie hatte er die Erlaubnis des Gerichts erwirkt? Die Stille war unheimlich.

Die Zelle war kalt; es regnete fast jeden Tag. Die Nebel stiegen zu den Gittern empor, als stiege die Sintflut. Manchmal dachte die Tarnowska, die Nebel würden durch die Fenster fließen, sie mitnehmen.

Die Tarnowska war froh, als ihr der Besuch des Anwaltes angekündigt wurde, obwohl ihre Abneigung gegen Calzini mit jeder Begegnung gewachsen war. Seine Hast, sich niederzusetzen, weil er sitzend mächtiger wirkte; sein wichtigtuerisches Wesen, das ihm verbot, einen Irrtum einzugestehen; die Mischung aus Vormundschaft und Betteln um Anerkennung: in Freiheit wäre es ihr nur lächerlich erschienen, jetzt beleidigte es sie.

Im Besuchsraum kam der Anwalt Maria Tarnowska entgegen; nahm schnell an dem leeren Tisch Platz, der beinahe die ganze Länge des schmalen Raumes einnahm. Sie setzte sich nieder, gegenüber.

Calzini breitete seine Papiere aus. »Der Ordnungssinn meines ›Kollegen‹ Prilukow«, begann er, »hat uns wieder einen Strich durch die Rechnung gemacht. Die Wiener Polizei vermutete, daß die bei ihm gefundenen Papiere nicht vollständig waren; Hofrat Stukkart hat nicht geruht, bis weitere Gepäckstücke in einem Bahnhofsdepot gefunden wurden. Sie enthalten Ihre gesamte Korrespondenz mit Prilukow, oder ist es nicht die ganze, so ist sie doch jedenfalls ausreichend. Der Ordnungssinn! Wer auf anständige Art Geld verdient, führt nicht immer regelmäßig Buch; wer unterschlägt, tut es unbedingt.«

Seine Anklagen gegen Prilukow waren der Tarnowska nicht neu. Seine gesamte Verteidigung schien er auf die Vernichtung Prilukows gestellt zu haben. Indessen hatte Maria Tarnowska das Gefühl, daß er nicht gekommen war, um von Prilukow zu sprechen.

Zögernd setzte er die Brille auf; sie ließ ihn älter erscheinen. Bald griff er nach einem Papier, bald nach dem anderen. Er wartete ihre Erlaubnis nicht ab; begann, aus den Abschriften der Briefe zu lesen.

»Heute habe ich wieder von Dir geträumt, Geliebter. Ich saß nackt vor dem Spiegel, auch Du warst nackt. Du knietest vor mir, Dein Kopf in meinem Schoß. Ein schamloses Licht reflektierte sich im Spiegel. Ich erwachte, wie vom Fieber geschüttelt, inmitten höchster Wonne.« Ein Blick hinter den Brillengläsern. Calzini las weiter: *»Ich konnte nicht einschlafen. Immer, wenn wir voneinander getrennt sind, träume ich wilde Träume, und ich verspreche mir dann, sie das nächstemal in die glücklichste Wirklichkeit zu verwandeln — warum sollte nicht einmal die Wirklichkeit den Träumen folgen? —, aber wenn Du Dich über mich beugst, wage ich es nicht, alle meine Verführungskünste spielen zu lassen. Es soll anders werden . . .«*

Zorn überflutete die Tarnowska. Sie war nackt, gefesselt; ein Mann trieb seine Späße mit ihr. Was erhoffte sich Calzini von ihrer Demütigung?

Mit gerötetem Kopf, mit schriller Stimme, fuhr er fort:

»Ich treibe K. zur Verzweiflung. Gestern habe ich ihm von unserer Nacht in Nizza erzählt; habe dabei manches ausgeschmückt, obwohl die Wahrheit genügt hätte, ihn zu töten. Ich sagte ihm, daß Du eine volle Stunde in mir geblieben bist — Du weißt, er wird schwach, wenn ich ein tiefes Dekolleté trage.« Calzini las wie ein Komödiant. *»Ich glaube, ich könnte ihn in den Selbstmord quälen — aber wollen wir das . . .?«*

Die Tarnowska wollte aufspringen, aber ihre Müdigkeit zog sie nieder. Er war nur lächerlich. Die Männer waren eifersüchtig aufeinander und genossen doch die Vorstellung der Frau in den Armen eines anderen: so nahe lagen Qual und Wonne beieinander, so ähnlich waren sie Nicolas Naumow, den sie für einen Verdammten hielten.

»Warum lesen Sie mir diese Briefe vor?« sagte sie. »Sie haben nichts mit dem Prozeß zu tun.«

»Sie täuschen sich: die Justiz beurteilt die Angeklagten nicht nach ihren Taten, sondern nach dem, was ihnen zuzutrauen wäre. Die Opfer der Justizmorde hätten ein Verbrechen begehen können — sie haben es bloß nicht begangen. Der Staatsanwalt wird diese Briefe weidlich nützen.«

»Wollen Sie mich ängstigen?«

Er legte die kleinen Hände, wie seinen Besitz schützend, auf die Papiere. »Rechnen Sie nicht damit, daß der Staatsanwalt auf belastendes Material verzichten wird. Nicht Garzoni wird die Anklage vertreten. Ihr nächtlicher Ausflug ist bekanntgeworden.«

»Es war ein Lokalaugenschein.«

»Und was sollte in Augenschein genommen werden? Der Tatort? Niemand behauptet, daß Sie ihn auch nur gekannt haben. Das Zimmer des Täters? Es bietet keine Aufschlüsse. Niemand glaubt Signor Garzoni das Märchen, er habe Sie am Grab des Opfers zu einem Geständnis bewegen wollen.«

»Er hatte die Erlaubnis des Gerichts.«

»Sonderbar genug. Ich weiß nicht, wie er den senilen Präsidenten von der Notwendigkeit dieses Schabernacks überzeugt hat.«

»Jedenfalls hat er es getan.«

»Er strauchelte, nichts Ungewöhnliches, über einen Formfehler. Bei einem Lokalaugenschein müssen bestimmte Gerichtspersonen anwesend sein. Und er darf nicht ohne zwingenden Grund bei Nacht stattfinden. Ich habe den Antrag gestellt, Signor Garzoni seiner Funktionen zu entheben.«

»Sie haben ihn abgelehnt, Sie . . .?«

»Warum nicht?«

»Sie sind mein Verteidiger!«

»Ich vertrete Ihre Interessen. Ich muß das Bild zerstören, das sich das Gericht von Ihnen gemacht hat. Wenn Sie noch im Kerker mit Ihren Verführungskünsten, wie Sie selbst schreiben, fortfahren, liefern Sie dem Gericht die gewünschten Beweise.«

»Ich entziehe Ihnen meine Verteidigung«, sagte sie.

»Sie haben kein Geld.«

»Das Gericht wird mir einen Verteidiger stellen.«

»Einen kleinen Anwalt. Niemand als ich kann Sie retten.«

»Sie sind größenwahnsinnig.«

»Wenn ich Ihre Verteidigung niederlege«, sagte Calzini, »würde die Öffentlichkeit Ihre Beziehungen zu Garzoni aufgreifen.«

»Ich habe keine Beziehungen zu Garzoni. Sie sind eifersüchtig.«

Calzini beugte sich näher, über den Tisch. »Sie haben recht, Maria Nikolajewna. Ihr Leben liegt ausgebreitet vor mir. Deshalb weiß ich, daß Sie unschuldig sind. Schuldig sind die Männer, die Sie geliebt haben. An was für jämmerliche Kreaturen haben Sie Ihre Schönheit, Ihre Jugend vergeudet! Ich bin eifersüchtig auf die verlorenen Jahre. Aber es ist nicht zu spät. Ich werde beweisen, daß Sie das Opfer Prilukows geworden sind. Sie werden an meinem Arm den Gerichtssaal verlassen. Ich werde Ihnen ein Haus in der Toskana kaufen. Für Sie und Ihr Kind. Ich werde dafür nichts verlangen. Sie werden schnell vergessen . . .«

Die Tarnowska empfand nur eine bleierne Müdigkeit. Ausgebreitet lag ihr Leben vor dem Dr. Calzini, und doch ahnte er nicht, wie oft sie die gleichen Worte gehört hatte, von den Männern, die er verachtete. Mit der Erklärung ihrer Stärke begann ihre Schwäche, jeder ein jämmerlicher Lebensretter. Und sie hatte geglaubt, daß Calzini sie demütigen wollte! Nur ein Vorspiel war es gewesen zu seiner eigenen Demütigung. Den Lebenden und den Toten neidete er die Qualen, die sie ihnen zugefügt hatte. Er besaß eine Frau und drei Kinder, eine verheiratete Tochter. Was nützte es, ihn zu beschimpfen? Was nützte es, ihm zu sagen, daß ihr die eigenen Waffen verhaßt geworden waren? Zwischen ihr und dem Kerker auf Lebenszeit stand nur der Dr. Calzini.

Sie reichte ihm die Hand mit einer Geste, die ihr so widerwärtig war, wie die eigenen Gesten, die man bis zum Überdruß kennt. Als er ihre Hand mit Küssen bedeckte, schloß sie die Augen. Sie segnete die Kerkermauern, die Gitter und die lauschenden Nonnen.

SECHSTES KAPITEL

1

Aus den Fenstern der städtischen Bibliothek zu Genf blickte Andrej hinaus auf die verhärmten Häuser der Altstadt. Es ist Februar, ein aussichtsloser Nachmittag. Wasser gewordener Schnee tropft von den steilen Dächern auf die Straße. Aus einem kleinen Antiquariat fällt das Gaslicht in die Pfützen.

In den letzten Stunden hat Andrej in den *Confessions* geblättert. Am Abend soll er im *Cercle catholique* über den berühmten Sohn der Stadt sprechen. Ein Wagnis selbst in katholischem Kreise, da der Vagant, Dirnenheld, Rabenvater, Philosoph, Verleumder, das Genie Rousseau hundertdreißig Jahre tot ist und also umleuchtet von dem Heiligenschein, den die Dauerhaftigkeit der Sünde allemal verleiht.

Es fällt Andrej heute schwer, sich über den Scheinheiligen zu erheben. In einer Stunde will er Tioka besuchen, zum erstenmal, seit er ihn, vor drei Monaten, in das Knabenpensionat am Lac Léman gebracht hat. Seine eigene Heuchelei kommt ihm jetzt zu Bewußtsein.

Vor dreizehn Jahren, als er die Ordenszucht gewählt hatte, hatte er auf die väterliche Erbschaft verzichtet. Das Palais in Kiew, Liegenschaften, Schmuck, Vermögen in bar und festverzinslichen Anleihen. Dazu waren die Renditen aus dem Vermögen seiner Mutter gekommen, einer französischen Prinzessin L'Ardennois. Diese Schenkung an den Orden hatte nicht mit einem einzigen Federstrich erfolgen können; einmal der wechselnden Werte halber, zum anderen, weil er sie mit Verwandten seiner Mutter teilen mußte. Das war die Versuchung gewesen, und er war ihr erlegen. Statt, wie sonst, die halbjährlich einlaufenden Beträge mit seiner Unterschrift dem Orden zu überweisen, hat er die Unkenntnis des Ordens über die Höhe der jeweiligen Summen mißbraucht; hat einen Teil benutzt, um ein auf den Namen Tioka Wassilijewitsch Tarnowskij lautendes Guthaben bei der *Banque Commerciale de Bâle* zu eröffnen; hat also, will er gerecht sein, den Orden bestohlen. Fruchtlose Erklärung, daß er nicht reicher geworden war, nicht Besitzer, kaum Verwalter des Geldes; daß jeder Centime dem Pensionat zufließt. Nur wer besitzt, kann schenken.

Warum aber hat er die Sorge um den Sohn der Delinquentin nicht seinem Orden überlassen? Weil der heilige Dominikus den Predigerorden zur Bekehrung der Albigenser geschaffen hatte, nicht um den Sieg über sie zu mißbrauchen. Weil das Unglück der Mutter nicht vorausbestimmt gewesen sein kann, um den Sohn der Kirche zuzuführen. Weil Johann Calvins ketzerische Lehre von der Vorausbestimmung aus Gott und Teufel Partner macht, die sich brüderlich in die Seelen teilen. Gute Antworten – wenn Tioka nicht der Sohn Maria Tarnowskas wäre. Man darf nicht aufhören, sich zu mißtrauen.

Seine Seele will nicht zur Ruhe kommen. Es könnte sein, daß der Teufel, der nicht durch das Tor Weib hatte schlüpfen können, sich durch das Tor Kind in sein Herz geschlichen hat. Jedenfalls hat er in den letzten Monaten, in denen ihn seine Missionen durch vier Länder geführt haben, nie aufgehört, an Maria Tarnowska zu denken, an Tioka richtiger, doch durch den Sohn wieder an die Mutter, so daß ihn der Teufel vielleicht an einer langen Leine im Kreise führte, wie der Stallknecht das Pferd; so daß er, der den Teufel zu treiben glaubte, vielleicht vom Teufel getrieben wurde.

Andrej stellt die Bücher auf ihren Platz zurück, dankt dem Bibliothekar, geht.

Über die Genfer Altstadt fällt die Dämmerung; die Gaslichter sind wie müde Augen in der Dunkelheit. Der Dominikaner hastet über die Kopfsteine, die engen Gassen abwärts, eine trotzige Erscheinung in der Stadt Rousseaus und Calvins.

2

Der Präfekt des Knabenpensionats *La Glycine*, einer vielgerühmten Schule, in der die Kinder adeliger Familien aus Österreich-Ungarn, Frankreich, Italien sowie wohlhabender Schweizer erzogen wurden, religiös, doch nicht bigott – Monsieur de Vauthier hatte Andrej auf die gedrückte Stimmung Tiokas vorbereitet. Kinder seien sonst, hatte er doziert, Bankrotteuren nicht unähnlich; sie lebten in den Tag, den Freuden des Augenblicks zugetan. Eine ›harte Haut‹ besäßen sie; die Quellen der Selbsterhaltung sprudelten noch frisch.

Weder Leichtsinn noch ›harte Haut‹ seien dem kleinen Tarnowskij anzumerken. Und wie soll man es erklären, daß sich Tioka gerade erst gestern wieder als der provozierende Teil erwiesen habe; er selber habe von seiner Mutter zu sprechen begonnen; habe seine Kameraden, die an ihrer Unschuld zu zweifeln wagten, bedroht. »Sie sollten auf ihn einwirken«, hatte der Präfekt gesagt, »damit er sich nicht ins Unrecht setze.«

Als Andrej das Besuchszimmer betrat, einen Raum mit kühlen Möbeln, kühlen Gummibäumen und kühlem Kachelofen, lief ihm Tioka mit überströmender Freude entgegen. Andrej tat, als bemerkte er nicht das Heftpflaster über dem Auge des Jungen. Sie unterhielten sich über Tiokas Fortschritte, über einen Ausflug auf den Salève, über eine Schlittenfahrt nach Nyon. Dann bemerkte Tioka Andrejs fragenden Blick.

»Ich hatte eine Rauferei«, sagte er.

»Weshalb?«

»Einer der Jungen hat Mama beschimpft.«

»Wer hat angefangen?«

»Ich. Aber nur, weil er mir eine Zeitung mit lauter Lügen aufs Kissen gelegt hat.« Er rückte Andrej näher. »Bist du sicher, daß es Lügen waren?«

»Wie kommst du darauf?«

»Sie wollte Onkel Pawel nicht heiraten — nicht wirklich. Ich konnte ihn nicht leiden. Und Granja wollte ich nicht zum Bruder haben.«

Die Aufrichtigkeit des Jungen schmerzte Andrej. Wieviel Leid mußten ihm grausame Kinder zugefügt haben, bis ihm nur die Aufrichtigkeit geblieben war?

Tioka sagte: »Warum hat sich Mama von meinem Vater scheiden lassen?«

»Deine Mutter war sehr, sehr jung, als sie heiratete. Sie verstand deinen Vater nicht; er verstand sie nicht.« Er dachte: Nun verteidige ich nicht einmal mehr das Sakrament der Ehe.

»Die Jungen«, fuhr Tioka fort, »glauben natürlich, daß er für mich bezahlt. Warum bezahlst du für mich, Andrej?«

»Wer sagt dir . . .?«

»Der Präfekt hat es gesagt.« Er kramte in seiner Tasche. Allerlei Jungenutensilien kamen zum Vorschein: Federmesser, Schleuder, Glaskugeln, ein alter Kalender, endlich zwei sorgsam gefaltete Briefe. »Du darfst sie lesen, Andrej. Du bist der einzige, der sie lesen darf.«

»Deine Mutter kann jetzt nicht über ihr Geld verfügen.« Er las die Briefe nicht.

»Sie hat kein Geld. Deshalb wollte sie Onkel Pawel heiraten. Weißt du, daß ich einmal Onkel Donat Geld geliehen habe?«

Tarnowskij, Prilukow, Kamarowskij: wie viele Namen wird er noch nennen, überlegte Andrej.

Tioka lachte. »Es war sein Geld. Früher hat er mir immer Geld geschenkt. Dann wollte er einmal mit Mama ausgehen und hatte nichts bei sich. Er fragte mich nach meinen Ersparnissen. Wir brachen zusammen meine Sparbüchse auf. Ich konnte ihn gut leiden.« Er strich über das Heftpflaster. »Glaubst du, daß ich wieder bei Mama sein werde? Ehrlich, Andrej?«

»Sicher. Eines Tages . . .«

»Aber wenn man sie verurteilt . . .?«

»Du mußt daran glauben, daß sie unschuldig ist. Wir müssen an die Menschen glauben, die wir lieben.« Hohle Phrasen, dachte er, Phrasen für Erwachsene. »Schuld, siehst du, läßt sich beweisen. Mit der Unschuld ist es manchmal anders. Als ich so alt war wie du, hatten wir einen Diener. Ein goldener Teller verschwand, und die ganze Dienerschaft beschuldigte den alten Iwan; auch die Polizei kam und beschuldigte ihn. Nur mein Vater sagte, Iwan könnte es nicht gewesen sein. Warum? fragte man meinen Vater. Weil ich Iwan kenne, sagte er. Alle zuckten die Schultern, denn das war natürlich kein Beweis. Viele Jahre später wurde der Teller gefunden. Mein Vater hatte recht behalten, weil er Iwan geliebt hatte.«

Tiokas Gedanken schienen fern zu sein. »Aber du versprichst mir, daß du mir die Wahrheit sagst?« sagte er.

»Das verspreche ich dir.« Er drückte die Hand des Jungen. »Du mußt Streitigkeiten aus dem Weg gehen. Denk daran, daß die Jungen nichts von deiner Mutter wissen. Sie lesen das ungereimte Zeug in den Zeitungen oder schnappen Bemerkungen ihrer Eltern auf. Monsieur de Vauthier sagte mir, daß du der drittbeste in deiner Klasse bist. Das ist gut, sehr gut. Werde der erste — das ist die beste Antwort, die du ihnen geben kannst.«

»Richtig — kannst du mir ein russisches Mathematikbuch schikken? Das französische verstehe ich nicht.«

»Wird gemacht« — und sie sprachen nicht mehr von Maria Tarnowska.

Andrej glaubte, der Junge habe sie für den Rest des Nachmittags vergessen. Aber als er ihn zum Tor begleitete, sagte Tioka:

»Warte einen Moment. Ich laufe schnell in mein Zimmer. Ich habe Mama einen Brief geschrieben. Es ist besser, du gibst ihn auf, Andrej.«

3

Wenige Tage nach seiner Abreise aus Genf erhielt Andrej einen Brief Dr. Calzinis, in dem ihm dieser mitteilte, daß seinem Gesuch, die Gräfin Maria Nikolajewna Tarnowska zu besuchen, stattgegeben worden sei. Andrej befand sich in Paris, um an Besprechungen über die Gründung des ersten Dominikanerklosters in Rußland teilzunehmen. Obwohl der Plan auch diesmal im Sand verlaufen war, mußte er seine venezianische Reise aufschieben. Am zehnten März wurde ihm die Reiseerlaubnis des Priors gewährt. Drei Tage später traf er in Venedig ein.

Er war mit schlimmen Befürchtungen nach Venedig gekommen. Seit Ende des Jahres hatten die Zeitungen den Fall Tarnowska nur flüchtig erwähnt; seit vierzehn Tagen waren wieder spaltenlange Berichte erschienen. Einer insbesondere, in der *Neuen Freien Presse*, von Dr. Hugo Friedlieber gezeichnet, aus Venedig datiert, hatte Andrejs Aufmerksamkeit erregt.

»Diverse Ereignisse«, hieß es darin, *»rücken die Mordaffäre Kamarowskij neuerlich in den Mittelpunkt des Interesses und fügen sich zu einem wenig gefälligen Mosaik zusammen. Wie gemeldet, ist der königliche Staatsanwalt Dr. Giorgio Garzoni vor einiger Zeit durch Staatsanwalt Commendatore Randi ersetzt worden, was um so lebhafter kommentiert wird, als sich der venezianische Oberstaatsanwalt in diesem Jahr wegen einer schweren Krankheit in den Ruhestand zurückziehen wollte. Und nun erfährt man, zu allem Überfluß, daß der bekannte, allseits geachtete Rechtsanwalt Dr. Ricardo Calzini die Verteidigung der Tarnowska niedergelegt hat. In Venedig heißt es, der Anwalt habe sich unter dem Eindruck schwerer Schicksalsschläge zu diesem Schritt entschlossen. Die Explosion eines Petroleumofens hatte im Haus Calzini in der Calle dei Fabri einen Brand zur Folge, bei welchem die seit Jahren an einen Rollstuhl gefesselte Gattin des Anwaltes verbrannte und ein Dienstmädchen schwere Brandwunden erlitt. Mehrere prominente Anwälte haben sich geweigert, die Verteidigung der Tarnowska zu übernehmen. Dazu kommt, daß die venezianischen Behörden heute nach längerem Zögern zugeben mußten, der mitangeklagte ehemalige Moskauer Rechtsanwalt Donat Dimitrijewitsch Prilukow habe, nach einer neuerlichen Gegenüberstellung mit der Tarnowska, durch Aufschneiden der Adern einen Selbstmordversuch verübt. Er konnte indes gerettet werden und wurde in das Inquisitenspital eingeliefert. All dies hat die venezianische Bevölkerung, welche überraschenderweise der verführerischen Frau anfangs Sympathien entgegengebracht hatte, in maßlose Erregung versetzt. Man darf nicht vergessen«*, fuhr der Bericht fort, *»daß wir uns in Italien befinden, wo der Aberglaube noch tief im Volk wurzelt. Das Volk ist überzeugt, daß die Tarnowska den ›malocchio‹, den bösen Blick habe, und jedem, der mit ihr in Berührung kommt, Unheil bringe. Die katholische Kirche tritt dem Aberglauben nicht mit gebührender Schärfe entgegen, ja führt ihm, wenigstens indirekt, neue Nahrung zu. So hat der Oberaufseher Domenico des Frauengefängnisses auf der Insel La Giudecca erklärt, daß sich zwei Nonnen, nach dem ›ge-*

heimnisvollen Verschwinden‹ ihrer Zellenschlüssel, geweigert haben, den Trakt zu betreten, in welchem die russische Aristokratin untergebracht ist. Daß die wachsende Feindseligkeit gegen die Tarnowska ein Ausdruck der sozialen Spannungen ist und mit der Auflehnung der niedrigen Stände gegen eine leichtlebige, fortwährend in Liebesaffären, Duelle, Schlägereien und Skandale verwickelte Aristokratie Hand in Hand geht, will natürlich niemand wahrhaben. Man glaubt, allen Gefahren zu begegnen, wenn man die Wachen vor den ›Istituti Penali Femminili‹ *um vier Mann verstärkt«.*

Dr. Friedlieber hatte nicht übertrieben. Als Andrej in Venedig eintraf, warteten die Zeitungen mit einer neuen Sensation auf. Vier russische Studenten hatten den Plan gefaßt, die Tarnowska zu entführen; zwei waren verhaftet worden, den anderen war die Flucht über die österreichische Grenze geglückt.

Aus den Schaufenstern blickten Andrej Karikaturen an, die Maria Tarnowska als männerfressenden Polypen darstellten: ein verführerisch-schöner Kopf, zappelnde Männer zwischen den Fangarmen. Die Lieder der Gassenjungen: »*Calzini verbrachte bei der Tarnowska die Nacht, / Am Morgen ist er bei 'ner Hexe erwacht; / Der Staatsanwalt schlief bei ihr lang, / Jetzt sitzt er auf der Anklagebank*«, verfolgten ihn über die Rialto-Brücke und durch die Merceria. Vom Haus auf dem Campo Santa Maria del Giglio, wo Kamarowskij ermordet worden war, hing eine Fahne mit einem Totenkopf: ›An den Galgen mit der Tarnowska!‹ Im Kloster auf Sestiere di Castello erzählte ihm ein Mönch, am Sonntag werde in der Kirche San Moise gegen die ›Hexe aus Kiew‹ gepredigt werden. Und je mehr Andrej las, hörte und sah, desto näher fühlte er sich der Gefangenen, wie sich der Lebensretter einem Ertrinkenden nahe fühlt, mag er auch nicht wissen, wen er rettet.

Der März war kalt. Von den Lagunen fegte der Wind über die Stadt. Andrej zog seinen Mantel enger zusammen, eilte mit gesenktem Kopf an Auslagen und Zeitungsständen vorbei.

Er mußte lange warten, bis ihm in der Kanzlei des Dr. Calzini geöffnet wurde. Endlich kam ein ältliches Mädchen heraus, ungekämmt, mit entsetztem Blick, wie jemand, der aus einer Höhle kriecht. Dr. Calzini sei abwesend, sagte es; wo er sich befände und wann er zurückkehren würde, wisse es nicht. Das Mädchen log schlecht. Andrej wies den Brief vor. Ob ihm der Dottore nichts hinterlassen habe, forschte Andrej. Er möge warten, erwiderte das Mädchen, schlug die Tür vor seiner Nase zu, kehrte schließlich mit einem Papier zurück. An Professor Ceresa möge er sich wenden, Campo delle Veste. Ein Anwalt? Nein, ein Arzt. Die Tür flog zu.

4

Der Palazzo Professor Ceresas befand sich an der Ecke des Campo delle Veste, in der Nähe des Teatro Fenice. Obwohl es ein großes und vornehmes Haus war, öffnete der Professor selber; er schien allein zu sein.

»Es ist ein Zufall«, erklärte er mit einem mühsamen Lächeln, »– ich bin mit Dr. Calzini befreundet, und das Gericht hat mich als Psychiater beigezogen. Kein Zufall jedoch, daß mein Freund mir Ihre Besuchserlaubnis anvertraut hat: ich habe ihn darum gebeten. Ich wollte Sie kennenlernen, Pater.«

Die Bibliothek war vom gehässigen Grau des Nachmittags überzogen. Im Kamin brannten ein paar Holzscheite, aber man fühlte ihre Wärme nur, wenn man ganz nahe davorsaß.

»Ich brauche Ihre Hilfe«, sagte Dr. Ceresa. »Ihnen allein vertraut die Gräfin. Morgen werden Sie sie sehen . . .«

»Haben Sie mit ihr gesprochen?«

»Wiederholt, mit geringem Erfolg. Sie mißtraut mir. Dabei bin ich wahrscheinlich der einzige Gegner des Gerichts. Im neuen Jahrhundert haben sich Medizin und Jurisprudenz den Krieg erklärt. Der Richter untersucht, ob der Angeklagte an der Gesellschaft, der Arzt, ob die Gesellschaft an dem Angeklagten schuldig geworden ist.«

Andrej glaubte, wenn nicht den Arzt, so doch seine Augen zu kennen. Sie lagen in tiefen dunklen Höhlen, aber weil sie hell waren, leuchteten sie wie das ferne Licht am Ausgang eines Tunnels. Es war kein beruhigendes Licht: als könnte man das Ende des Tunnels sehen, aber nicht erreichen.

»Sie halten die Gräfin für krank?« fragte er.

»Im Mittelalter behandelte man die Pestkranken wie Verbrecher; die moderne Psychiatrie behandelt Verbrecher wie Kranke.«

»Sind Sie von der Schuld der Gräfin überzeugt?«

»Ich bin überzeugt, daß sie Naumow zum Mord an Kamarowskij angestiftet hat.«

»Davon ist auch das Gericht überzeugt.«

»Das Gericht forscht nach dem Motiv der Tat; ich forsche nach dem Motiv der Person. Es könnte sein, daß Frau von Tarnowska, aus einem überkompensierten Minderwertigkeitsgefühl, von einem Machtkomplex befallen und schließlich beherrscht wurde, der sie zwang, ihre Macht ununterbrochen zu erproben. Möglicherweise überredete sie Naumow zum Mord nur, weil sie erfahren wollte, ob er ihrethalben eines Mordes fähig sein würde, ohne daß sie dabei Kamarowskijs Tod ernstlich erwogen hätte. Keine Diagnose; eine Möglichkeit. Wenn Sie die Gräfin bewegen könnten, sich mir zu erschließen . . . Ohne den Tatbestand ist die Untersuchung wertlos.

Der Tatbestand: das ist die Vergangenheit, die Jugend, die Kindheit.«

»Das Gericht spricht von einem anderen Tatbestand.«

»Sie haben recht – ich muß es Ihnen erklären. Haben Sie je von Professor Freud gehört?«

»Nur dem Namen nach.«

»Professor Freud hat die Seelenlehre revolutioniert. Wie mit dem Fortschritt der Medizin der menschliche Körper allmählich seine Geheimnisse verloren hat, so verliert jetzt auch die menschliche Seele ihr Geheimnis.«

Unmöglich sei es ihm, sagte er, dem Pater in kurzen Zügen die neue Lehre zu erklären, doch widersprach er sich, indem er zu einem Vortrag anhob, vom verdrängten Geschlechtstrieb sprach, von Libido und Ödipus-Komplex, von Traumanalyse und dem Unterbewußten, von Disharmonien und Fehlleistungen.

Während Andrej zu folgen versuchte, wurde ihm klar, an wen ihn die Augen des Gelehrten erinnert hatten. Sergej Burintzew, sein Freund, der hingerichtete Rebell! Die gleiche Glut; der gleiche Zwang, den anderen zu überzeugen; die gleiche Unfehlbarkeit. Es reizte ihn, dem Professor zu antworten.

»Angenommen«, sagte er, »ich könnte die Gräfin bewegen, Ihnen ihre Vergangenheit zu enthüllen, Sie in ihre Träume einzuweihen – würde das die Tat entschuldigen?«

»Ich dachte, Sie seien ein Freund der Gräfin?«

»Daran hat schon Dr. Calzini gezweifelt. Ich bin ihr Freund, aber das bedeutet nicht, daß ich ihr auf die gleiche Art beistehen möchte wie der Psychiater. Sie suchen Motive, mir geht es um Reue.«

»Es fällt mir schwer zu glauben, daß sich die Kirche dem Fortschritt widersetzt«, sagte der Professor.

»Man hat zu allen Zeiten von Fortschritt gesprochen. Meistens war es nur ein schönes Wort für Hochmut.«

»Die Kirche hat den Fehler begangen, uns zu gestatten, Scharlach, Masern und Tollwut zu heilen, Pater; sie wird uns nicht verbieten können, die kranken Seelen zu heilen. Gott hat den Menschen nun einmal aus dem Paradies der Unwissenheit vertrieben. Also war es Gottes Wille, daß der Mensch wissend werde. Was wir von der Seele wissen, das wissen wir: es läßt sich nicht fortbeten.«

»Ich bin kein Feind der Wissenschaft«, entgegnete Andrej. »Aber unsere Visionen des zwanzigsten Jahrhunderts sind verschieden. Immer mehr verliert sich die Wissenschaft in einem Labyrinth. Wenn sie aber einmal die Wahrheit gefunden hat, dann wird sie dort anlangen, wo die Kirche längst angelangt ist: bei Gott.«

»Die Gräfin Tarnowska ist dreißig Jahre alt«, sagte der Professor.

»Was wollen Sie damit sagen?«

»Daß die Seligkeit noch fern liegt. Die Psychoanalyse ist eine

Heilwissenschaft. Wir wollen Frau von Tarnowska nicht nur vor dem Übermut der Ämter bewahren, sondern es ihr auch ermöglichen, mit sich zu leben – hinter Kerkermauern, wenn es sein muß; in Freiheit, wenn es uns gelingt. Verzeihen Sie, wenn ich davon spreche: es handelt sich hier um einen sexualpathologischen Fall. Ich habe mit Naumow und Prilukow gesprochen, und ich kenne Dr. Calzini . . .«

»Dr. Calzini? Ich verstehe den Zusammenhang nicht.«

Der Professor senkte die Stimme. »Stellen Sie sich eine Frau vor, der es noch im Kerker gelingt, einen Mann zu verderben. Auch der Fall des Staatsanwaltes . . .«

»Nun muß ich meinerseits fragen: Wollen Sie die Gräfin anklagen oder rechtfertigen?«

»Bemerken Sie nicht, daß ich von den Männern gesprochen habe, die sie liebten? Ich weiß nicht, wer Kamarowskij war, aber ich kann mir ein Bild von ihm machen. Das Jahrhundert, das vor kurzem zu Ende gegangen ist, war ein schuldbeladenes Jahrhundert. Es war wahrscheinlich auch das letzte, in dem die Männer den größten Teil der Schuld trugen. Daher auch die Emanzipation: sie ist der, übrigens von den Männern ausgehende Versuch, einen Teil der Verantwortung den Frauen aufzubürden. Noch ist es indes nicht so weit. Der schuldbewußte Mann will bestraft werden, will es freilich auf möglichst angenehme Art. Er will seine Sünden abtragen, indem er sich zum Sklaven der Frau macht. Nicht jede Frau ist jedoch zur erbarmungslosen Sklavenhälterin geeignet. Nur wo sich die Sehnsucht des Mannes nach Unterwerfung mit dem Willen der Frau zur Macht paart, können wir – verstehen Sie mich richtig – von einem ›perfekten Paar‹ sprechen. Naumow wollte geprügelt werden; nur wenn er geprügelt wurde, war er der geschlechtlichen Befriedigung fähig, Frau von Tarnowska hielt ein ganzes Arsenal von Folterwerkzeugen für ihn bereit.«

»Das ist nicht möglich!«

»Das ist erwiesen. Aber ich kann mich damit nicht begnügen. Es genügt mir auch nicht, daß es mehr und mehr Frauen geben wird, die bereit sind, Männern jene Qualen zu bereiten, nach denen diese hungern. Ich bin einer der Psychiater im Fall Tarnowska, also muß ich ergründen, wie der krankhafte Trieb dieser Frau, der zugleich krankhafte Triebe befriedigt, entstanden ist. Seit Freud ist die Zahl der unheilbaren seelischen Krankheiten gering geworden. Sobald der Patient die Natur seiner Krankheit erkennt, befindet er sich auf dem Weg der Heilung. Glauben Sie mir, es ist nicht einmal ausgeschlossen, daß Frau von Tarnowska eine gesunde, vielleicht eine glückliche Frau wird.«

»Und Sie halten das alles für neu, Herr Professor? Wir sind durch die Erkenntnis aus dem Paradies vertrieben worden, und nun sollen wir durch die Erkenntnis wieder dorthin gelangen? Ihr Professor

Freud hat das Geschlecht entdeckt! Hat er nicht die Bibel gelesen, in der gleich zu Beginn vom Geschlecht die Rede ist? ›*Da wurden beiden die Augen aufgetan, und als sie merkten, daß sie nackend waren, flochten sie Feigenblätter und machten sich Schürzen.*‹ Nun aber kommt die neue Lehre und reißt die Feigenblätter von unserem Körper, als ob an unserer Krankheit die Scham Schuld trüge, während doch in Wirklichkeit die Begehrlichkeit daran Schuld trägt, die mit der Erkenntnis begonnen hat, daß es diese Liebe gibt, doch auch eine andere; daß ihr Adjektive beigefügt werden können, ›geschlechtlich‹ beispielsweise; daß Mann und Frau, gottähnlich, Liebe im anderen erzeugen können. Von welchem Glück sprechen Sie? Gott, dem Sie ähnlich werden wollen, ist nicht glücklich. Vom zornigen oder verzeihenden, vom weisen oder strafenden Gott spricht die Heilige Schrift, aber von einem glücklichen Gott sprechen nur die Mythologien der Heiden. Seit der Schöpfung der Welt ist unser Gott ein enttäuschter Gott. Das Glück auf Erden hat allemal nur der Teufel versprochen; wenn es Ihr Professor Freud verspricht, dann ist der Teufel in ihn gefahren.«

Es war dunkel geworden. Von der benachbarten Kirche San Fantino hörte man das Schlagen der Glocken.

Der Professor öffnete eine Schublade, entnahm ihr ein Papier, legte es auf den Tisch. Dann entzündete er ein Streichholz und führte es zu den Glühstrümpfen der Gaslampen. Die Gegenstände nahmen Formen an, unklare, vibrierende Formen, als spiegelten sie sich in einem Wasser.

Keine Antwort Ceresas hätte Andrej mehr bestürzt, als sein Schweigen. Er hatte den Anwalt unterstützen wollen, warum nicht den Arzt? Weil er von der Jurisprudenz nichts, von der Heillehre Gefahr für die Kirche fürchtete? Bedeutete seine Liebe zu Maria, daß sie ein Leben hinter Kerkermauern verbringen mußte? Wo stand es geschrieben, daß es nur hinter Kerkermauern Reue gab? Und Tioka? Sollte man ein Leben, noch so nutzlos, nicht des anderen halber bewahren?

»Morgen werde ich die Gräfin besuchen«, sagte er, sich erhebend. Er hielt inne, weil sein Herz heftiger zu klopfen begonnen hatte. »Ich glaube, wir haben uns beide hinreißen lassen, Herr Professor. Ich weiß nur, was ich von anderen weiß, also nichts. Ich weiß weder, ob sie schuldig, noch ob sie krank ist. Ich bin nach Venedig gekommen, um sie zu trösten. Erwarten Sie von mir kein Versprechen, aber ich sage auch nicht nein.«

»Darf ich Sie nach Ihrem Besuch bei mir erwarten?«

Andrej nickte.

Der Professor reichte ihm das Papier: »Morgen, zwischen zehn und elf, im Frauengefängnis La Giudecca.« Er begleitete Andrej durch eine dunkle Halle in den Vorraum. Zusammen mit dem Dominikaner trat er vor das Tor.

5

Domenico, der Oberaufseher, prüfte Andrejs Besuchserlaubnis mit der wichtigtuerischen Miene des Bürokraten, dem Amtssiegel so viel bedeuten, daß er an ihrer Echtheit zweifelt. Endlich begleitete er Andrej an das Gittertor, vor dem ein Polizist stand; hieß diesen, das Tor öffnen; überließ den Besucher Schwester Angelica, die dahinter gewartet hatte.

In dem Korridor, Zellen zu beiden Seiten, scheuerten weibliche Sträflinge den Boden. Braune Sträflingskleider trugen sie, schmutzige, bis an die Schultern reichende Schürzen, als gäbe es Nonnen eines Sträflingsordens. Sie blickten auf, überrascht, einen Mann zu sehen; enttäuscht, weil es ein Priester war. Beim Anblick der Aufseherin beugten sie sich schnell über ihre Eimer.

Die Nonne öffnete eine Tür. Das Zimmer, das sie betraten, glich nicht jenem Besuchszimmer, in dem die Gefangenen ihre Anwälte sehen durften. Es war ein Raum ohne Fenster, kalt, feucht, von einer Gaslampe beleuchtet, auch sie in einem Drahtnetz, als wäre das Licht eingesperrt. Ein Drittel des Raumes war durch eine Wand abgetrennt, darin nur ein vergittertes Fenster, dahinter ein Stuhl, das einzige Möbelstück.

»Ich lasse Sie allein«, sagte Schwester Angelica. »Es ist gegen die Vorschrift, aber in Ihrem Fall ...«

SIEBENTES KAPITEL

Maria Tarnowska war der Besuch Andrejs nur eine halbe Stunde vorher angekündigt worden. Sie hatte in den Reiseberichten des Marco Polo gelesen, die sie nach Bagdad und Ormus, nach Kanibaluk und in die Provinz Kiangnan entführt hatten; die einzige Lektüre, deren sie fähig war, weil sie mit der Wirklichkeit weniger zu tun hatte als ein Märchen.

Nun streifte sie ihr Kleid ab, unter den Augen Schwester Rosas. Die lange Nonne betrachtete sie, wie man die Sünde betrachtet: voll Haß und Neid. Was dachte die Wärterin? Hexe, du machst dich schön, für den Priester. Seit die Tarnowska wußte, daß man sie für eine Hexe hielt, liebte sie es, die guten Schwestern zu erschrecken; und weil sie nicht auf einem Besen durch die Nacht reiten konnte, stand sie wenigstens lange in ihrem durchsichtigen Unterkleid, wählte sie sorgfältig unter ihren Kleidern. Ein hochgeschlossenes schwarzes Kleid legte sie an, puderte sich die Nase, befeuchtete mit

Parfüm den Hals hinter den Ohren: kokett gab sie sich vor der Nonne und dachte dabei an Tioka.

Erst als sie an den Zellen vorbeigeführt wurde, überkam sie die Angst vor dem Anblick Andrejs. Wenn Andrej von Tioka sprechen würde, hatte ihn der Himmel gesandt, aber wenn er von Einkehr sprechen würde und Reue, sollte er erfahren, daß ihr keine Hoffnung geblieben war als der Bund mit den Dämonen.

Schwester Rosa öffnete die stählerne Tür, und die Tarnowska befand sich in dem vergitterten Teil des Besuchszimmers. Durch das Loch in der Wand sah sie nur einen weißen Flecken. Erst als sie, allein geblieben, sich niedersetzte, erblickte sie Andrej. Erst als er »Maria!« sagte, erkannte sie ihn.

»Wir haben wenig Zeit«, sagte er, »ich will dir von Tioka erzählen.«

Er zog seinen Stuhl ans Gitter. Sie hatte sich verjüngt, glich nicht der Frau Wassilij Tarnowskijs, der Braut Pawel Kamarowskijs; glich dem Mädchen, das er in Kiew gekannt hatte, nur daß sie damals von dem morgigen Unheil gezeichnet gewesen war, jetzt von dem gestrigen. Es war Andrej, als könne er sie bei der Hand nehmen und hinausführen aus dem Gefängnis und ihr zeigen, was vor ihr lag, damit es nicht geschehe, aber er besann sich, daß es hinter ihr lag und geschehen war.

Er begann mit dem Tag, an dem er sich entschlossen hatte, Tioka nicht mit Olga nach Rußland zurückkehren zu lassen. »Sie wollte ihn dir nehmen, deshalb habe ich ihn behalten.« Von der Entwicklung Tiokas sprach er, von seinen Fortschritten, seinen Studien: ein Präzeptor, welcher der Mutter eines Zöglings berichtet. Er erzählte von dem Internat, erwähnte jedoch nichts von den Mitteln, die es ihm erlaubten, Tioka in Genf erziehen zu lassen. »Glaube mir, er ist nicht unglücklich. Er weiß alles, und ist doch nicht unglücklich. Er glaubt an dich.«

»Er glaubt an mich? Was glaubt er?«

»Daß du das Opfer eines Irrtums bist.«

»Und wenn ich verurteilt werde?«

»Er wird dich immer für ein Opfer halten.«

»Quälen ihn die anderen Kinder?«

»Er hat gelernt, sich zu verteidigen.«

Sie biß die Zähne zusammen. Tausenderlei wollte sie Andrej fragen, aber ihr Gehirn war leer.

»Weiß er, daß du mich besuchst?« fragte sie.

»Ja.«

»Sag ihm nichts von diesen Gittern.«

»Sei unbesorgt, Maria.«

»Hast du von Olga gehört?«

»Sie zürnt mir, wegen Tioka.«

»Und Alexander?«

»Er ist auf Reisen.«

»Und Zoä?«

Andrej senkte die Augen.

»Ich hätte ihn damals ertrinken lassen sollen«, sagte die Tarnowska.

»Ich verstehe deine Bitterkeit . . .«

»So, du verstehst sie? Und du verstehst auch die O'Rourkes. Nur ich habe keinen Besuch erhalten. Seit einem halben Jahr habe ich kein Wort Russisch, keine vertraute Stimme gehört. Was ist aus meinen Freunden geworden? Niemand hat mir einen Brief geschrieben. Niemand auch nur zwei Zeilen . . . ›es tut mir leid‹.«

»Was würde es dir nützen, wenn ich dir sagte, daß du die falschen Freunde gehabt hast?«

»Es gibt keinen richtigen. Hat dir mein Vater endlich geantwortet?«

Er schüttelte den Kopf.

»Er hat mich immer gehaßt«, sagte sie. »Er hatte recht. Ich habe ihn gehaßt.«

»Er bezahlt deine Verteidigung.«

Sie begann zu lachen, lachte aus voller Kehle, halb Schluchzen, halb Lachen; lachte wie die Menschen, denen nichts übrigbleibt, als die Menschen lächerlich zu finden. Das Lachen schien das Leben aus ihr zu schütteln, bis sie leer wurde und leblos. Andrej wollte ihre Hand ergreifen, aber sie hielt sich mit beiden Händen am Gitter fest, als kennten sie keinen anderen Halt.

»Er fühlt, daß sein Ende naht«, sagte sie. »Mit Rubeln will er sich loskaufen. Wenn ich noch beten könnte, würde ich beten, daß Gott ihn bestrafe und verderbe.«

Er schwieg.

»Warum bist du gekommen?« fragte sie. Sie strich sich über die Haare.

»Ich dachte, es würde dir wohltun.«

»Natürlich. Du bist barmherzig.«

»Du solltest von Tioka hören . . .«

»Und du? Glaubst du an mich?«

»Ich weiß nicht, ob du schuldig bist.«

»Aber du hältst es für möglich?«

»Das muß das Gericht entscheiden. Ich war übrigens bei Dr. Ceresa. Ich glaube, er meint es gut mit dir.«

Er wunderte sich, daß er dem Wunsch des Arztes willfuhr.

»Niemand meint es gut mit mir«, sagte sie. »Ich habe nicht einmal einen Verteidiger.«

»Ich werde einen finden.«

»Das Gefängnis ist voll von Mörderinnen. Warum haßt man nur mich?« Sie beugte sich nahe an das Gitter heran. »Sie brauchen mich nicht mehr zu fürchten, sag es ihnen. Ich werde alt und häßlich sein, wenn ich das Gefängnis verlasse. Ich werde niemanden mehr glücklich machen und niemanden unglücklich. Sie sollen mich in Ruhe lassen, sag es ihnen. Sag ihnen, daß ich nie gestehen werde, nie, verstehst du?«

»Tiokas halber?«

»Auch Tiokas halber.«

»Tiokas Glaube an dich hängt nicht von Geständnis und Urteil ab. Er liebt dich, das ist alles.«

»Und du? Liebst du mich noch?«

»Ich werde nie aufhören, dich zu lieben.«

»In Wien hättest du daran denken müssen.«

»Du hast damals von einer anderen Liebe gesprochen.«

Sie schüttelte den Kopf, aber er wußte nicht, was es bedeutete — ob sie sagen wollte, daß sie an seine Liebe nicht glaubte oder daß sie seine Liebe nicht verstand. »Du bist doch klug, Andrej«, sagte sie, »und hast alles richtig gemacht. Kannst du mir sagen, wie es geschehen konnte?«

»Ich habe keine Antwort gefunden.«

»Ich finde tausend Antworten, aber sie sind sinnlos. Vielleicht, weil ich die Pferde nicht zurückgehalten habe, als sie mit Nikolaj davonliefen. Oder weil Wassilij Gesangstunden nahm. Oder weil es im Park von Kossino Schlangen gab. Oder weil man meine Haare abgeschnitten hat, oder weil ich das Amulett verloren habe, oder weil die Möbel so häßlich waren, in Baden-Baden. Weil . . . weil . . . weil . . . Es muß mir doch auch einmal etwas gelungen sein.«

»Du liebst Tioka.«

»Alle Mütter lieben ihre Kinder.«

»Nicht alle.«

Sie hielt sich wieder am Gitter fest.

»Was wird mit Tioka geschehen?« sagte sie. »Es ist spät, Andrej — du mußt es mir sagen. Du kannst nicht gehen, ehe du es mir sagst. Er kann nicht ewig in Genf bleiben. Bezahlt mein Vater für ihn?«

Er überlegte, ob er lügen sollte. »Nein, er bezahlt nicht für ihn.«

»Wassilij?« fragte sie entsetzt.

»Nein.«

»Wer?«

»Ich.«

»Die Kirche? Hast du ihn an die Kirche verkauft?«

»Ich habe etwas Geld, von der Erbschaft meiner Mutter.«

»Das mußt du an den Orden abführen. Hat dir der Orden gestattet . . .?«

»Das kann der Orden nicht gestatten.«

Es war still.

»Du hast dein Gelübde gebrochen, meinethalben«, sagte sie.

»Tiokas halber«, sagte er.

Sie starrte ihn an, als wäre sie durch die Nacht getorkelt und sähe plötzlich ein Licht; als wäre sie durch Nebel geschritten und der Himmel hätte sich plötzlich geöffnet; als wäre sie durch die Verwüstung gewankt und ihre Füße hätten plötzlich Boden gefunden; als wäre sie gestürzt und eine Hand hätte sie plötzlich aufgehalten. Sie begann zu schluchzen; schluchzte, ohne ihr Gesicht mit den Händen zu bedecken, schamhaft zuerst, ungläubig, dann immer heftiger und hemmungsloser und gläubiger. Sie streckte ihre Hand durch das Gitter. Als er ihr seine Hand reichte, küßte sie seine Hand.

»Wenn du willst, werde ich gestehen«, sagte sie.

»Ich habe es gewußt«, sagte er. »Als du begonnen hast, Fragen zu stellen . . .«

Man hörte das Knarren des Schlüssels. Er entzog ihr seine Hand nicht, weil er fürchtete, sie könnte es mißverstehen, aber sie ließ sie los mit dem Lächeln eines unschuldigen Mädchens, dessen unschuldige Geste mißverstanden werden könnte.

Schwester Rosa trat ein; der lange Schatten fiel zwischen Andrej und die Gefangene. Die Wärterin blieb stehen, enttäuscht, weil sie die Tarnowska nicht zum Aufbruch mahnen konnte: schon hatte sich die Gefangene erhoben.

»Ich werde dich wieder besuchen«, sagte er.

»Besuche Tioka!«

»Du kannst ruhig sein.«

Schwester Angelica kam, um ihn abzuholen. Er folgte ihr durch den leeren Gang. Andrej war es leicht und glücklich ums Herz. Er dankte Gott, daß er ihn hatte schuldig werden lassen, weil die Schuld wie eine Last war, derer sich niemand entledigen konnte, ohne sie einem anderen aufzubürden.

Zweites Buch

Der Tatbestand

ERSTES KAPITEL

1

Maria O'Rourke war zwölf Jahre alt, als sie zum zweitenmal das Licht der Welt erblickte.

Jahrelang hatte sie in Dunkelheit gelebt. Masern, hatten die Ärzte damals gesagt; die Krankheit ging vorbei, aber das Licht kam nicht wieder. Als es wiederkam, nach vier Jahren, war es ein formloses Licht. Bäume, Tiere, Menschen spiegelten sich in einem tiefen Wasser. Unablässig schlängelten sie sich; Wellen schlugen über sie hinweg; Moos wuchs im Wasser; ein Schein wie vergossene Milch. Nie sah sie den Morgen. Die Dienstboten banden ihr die Augen zu; erzählten ihr, ob das Wetter schön war oder häßlich. Tagsüber trug sie eine schwarze Brille, an den Seiten geschlossen. Sie legte sie nie ab, weil man ihr gesagt hatte, daß sie im Licht vollends erblinden würde.

Selten spielte sie mit Kindern. Die geduldige Hand Fräulein Dobrojubowas, der Gouvernante, kannte sie, jede Krümmung der Handfläche, die Härte der Nägel. Ihr Ohr schärfte sich: wenn im Musikzimmer die ersten Takte angeschlagen wurden, wußte sie, ob ihr Halbbruder Nikolaj übte oder ihre Schwester Olga Klavierstunde hatte; wenn ein Kind weinte, erkannte sie, ob Alexander hingefallen oder Zoä unartig gewesen war. Sie hörte, was man hinter ihrem Rücken flüsterte. Wenn es mitleidige Worte waren, hielt sie sich die Ohren zu, aber die Töne plätscherten durch die vorgehaltenen Hände.

Herbst und Winter liebte sie, weil die Tage kürzer wurden. Jedem setzte die Nacht eine dunkle Brille auf: sie wurde den anderen gleich. Sie lag in ihrem Bett und wartete, bis die Geräusche des Hauses verstummt waren. Eines Nachts suchte sie Streichholz und Kerze, stand auf und tastete sich zum Wandspiegel. Die Kerze hielt sie hoch, so nahe an ihr Gesicht, daß sie ihre Wärme spüren konnte. Sie sah die kleine, magere Gestalt im langen Nachthemd; sah die blonden Haare und die blauen Augen; wunderte sich, daß man die eigenen Augen sehen konnte, obwohl man mit ihnen sah, und wunderte sich, daß sie sah.

Immer häufiger erhob sie sich des Nachts. Zuerst sah sie nur sich selber, schnitt Grimassen, steckte die Zunge heraus; dann schleppte sie Bücher, Schuhe und Spielzeug herbei und sah auch diese. Zuerst meinte sie, die Blinden könnten nur im Kerzenlicht sehen, aber allmählich sah sie auch bei Tag, das Stille und das Nahe.

Sie sprach von ihren Wahrnehmungen, verriet aber nichts von den geheimen Rendezvous mit ihrem Spiegelbild. Die Gräfin berichtete es ihrem Vater. Nikolaj O'Rourke wurde zornig. »Jetzt hat Mura auch den Verstand verloren.« Maria – man hatte sie stets Mura genannt – hörte jedes Wort, weil man vor ihr sprach, als wäre sie taub. »Dr. Orlow weiß es besser«, sagte ihr Vater. Alle nickten. Sie schwieg und floh zurück zu ihrem Kerzenbild.

Von Zeit zu Zeit brachte die Gouvernante sie zum Arzt nach Kiew. Ihr Vater fuhr nicht mit. Er war der Adelsmarschall der Provinz, Großgrundbesitzer und Statthalter des Zaren, ein beschäftigter Mann. Ihre Mutter fürchtete Hitze wie Kälte, die Übertreibungen der Natur. Der Arzt untersuchte sie in einem verdunkelten Zimmer. Er ließ sie Buchstaben von einer langen Tafel ablesen. »Das hast du nur erraten«, sagte er, wenn sie das richtige Zeichen nannte. Sie fürchtete, bestraft zu werden, wenn sie richtig sah. Nur fort, dachte sie, nur fort. Sie sah nichts mehr. Er setzte ihr wieder die dunkle Brille auf. In der Nacht erhob sie sich, schlich auf Zehenspitzen zum Spiegel.

Sie begann zu glauben, daß überirdische Kräfte ihr Spiel mit ihr trieben, im Bund mit ihrer Familie. In zitternder Dunkelheit wollte man sie halten. Der Verdacht quälte sie; dann erfüllte er sie mit elfischer Schadenfreude. Sie konnte sehen; wollte nicht, daß man es wisse. Sie nickte ihrem Spiegelbild zu; lachte die bösen Erwachsenen und die törichten Geister aus; das Mädchen im Spiegel lachte mit: sie beide wußten es besser.

2

An einem grimmig kalten Februartag des Jahres achtzehnhundertneunundachtzig änderte sich das alles mit einem Schlag.

Am Abend vorher war Onkel Edward eingetroffen. Als einziges Mitglied der Familie lebte Graf Edward O'Rourke in Irland, von wo die O'Rourkes stammten, Abkommen des ersten christlichen Königs von Connaught, Verfechter der Freiheit, Helden der Schlachten von Blakwater, Fontenoy und an der Boyne, Emigranten schließlich und Offiziere in fremden Heeren, gespalten in französische, livländische und polnische Linien. Der Vater Nikolaj und Edward O'Rourkes war Generalmajor in russischen Diensten gewesen; der jüngere von beiden führte seinen Namen nach dem väterlichen Onkel, Bischof von Danzig. Dieser O'Rourke nun, Onkel Edward, war schon in seiner Jugend nach Irland zurückgekehrt, von Heimweh oder Rauflust getrieben: kein Volk, pflegte er zu sagen, habe die Freiheit von außen errungen. Er war fünf Jahre jünger als Marias Vater, fünfzig jetzt, ein Bär von einem Mann, riesengroß und behaart. Alles an ihm war rot: Haare, Schnurrbart, Hände; sogar die Augen schienen rot zu sein, obwohl sie veilchenblau waren. In einem Streit mit seinem Bruder hatte er einmal die Faust auf eine Tischplatte niedersausen lassen; die war mitten entzweigebrochen, als hätte eine Axt sie gespalten. Er war unverheiratet, und weil er gern prahlte, prahlte er auch mit seiner Einsamkeit, doch floh er manchmal, was er zu lieben vorgab: unangemeldet erschien er in Otrada, mit Geschenken beladen wie ein Weihnachtsmann.

Diesmal kam er nicht allein. Er sprang aus dem Schlitten — niemand verstand, wie er den Weg von Kiew im offenen Wagen hatte zurücklegen können — und half einem älteren Mann beim Aussteigen, hob ihn vielmehr heraus, wie es seine Art war, Menschen, Gegenständen gleich, hin und her zu stellen. Er beachtete weder seinen Bruder noch das Gesinde, noch die anderen Kinder, sondern ging auf Maria zu, die an der Hand Fräulein Dobrojubowas im Hintergrund geblieben war. Erst nachdem er sie geküßt hatte, bis ihr kleines Gesicht von seinen Bartstoppeln ganz gerötet war, stellte er Dr. Frithof vor, den er schlankweg als den ›größten Augenarzt der Welt‹ bezeichnete.

In dieser Nacht konnte Maria nicht schlafen. Beim Abendessen hatte sie aus dem Nebenzimmer die lauten Stimmen Onkel Edwards und ihres Vaters gehört. Ihr Vater hatte sich auf Doktor Orlow berufen; hatte Onkel Edward der Überheblichkeit geziehen: man wisse in Moskau nicht mehr als in Kiew; Edward mische sich in Dinge, die ihn nichts angingen; im übrigen sei Frithof ein Jude und könne im Gesindehaus schlafen. Maria hatte in ihren Teller geblickt; hatte gewartet, daß Onkel Edward auf den Tisch schlage und das Holz zersplittere wie unter einer Axt.

Jetzt griff sie wieder nach den Streichhölzern. Wenn der Spiegel sie nur nicht im Stich lassen würde! Ließ ihr Spiegelbild sie nicht im Stich, würde auch Onkel Edward sie nicht im Stich lassen.

Auf dem Weg zum Spiegel kam ihr ein kühner Einfall. Sie bewegte sich die Möbel entlang zum Fenster; stellte die Kerze vorsichtig nieder. Sie wollte die herabgelassenen Rolläden öffnen, aber sie war zu schwach und mußte sich mit ihrem ganzen Gewicht an die Stoffschnur hängen. Endlich ließen die schmalen Querbalken einen Spalt frei. Sie blies die Kerze aus und preßte die Stirn gegen das Fenster. Vor ihr lag der Park im Opallicht des Mondes. Das Glitzern und Leuchten tat ihr weh, aber sie gewöhnte sich an den Schmerz, glücklich, weil Augen, die schmerzten, nicht tot sein konnten. Mit allem, was ihr Auge erfaßte, ging ihr Herz auf; es weitete sich mit der Landschaft. Den Himmel konnte sie nicht sehen, doch gerade ihn wollte sie sehen: sie legte sich auf den Boden, und so, das Gesicht nach oben gekehrt, fand sie die Quelle des Lichts. Sie kreuzte die Hände unter dem Kopf und sonnte sich im Mond. Als sie die Rollbalken herablassen wollte, gelang es ihr nicht: von Panik ergriffen, zog sie die Schnur bis zur Mitte des Zimmers, zerrte an ihr, ließ sie schließlich erschöpft zurückgleiten.

Sie schlief unruhig, aus Angst vor Entdeckung, aber am Morgen wurde sie von Onkel Edward geweckt. Er setzte sich an ihr Bett.

»Ich habe einen Freund aus Moskau mitgebracht«, sagte er, »Dr. Frithof. Er ist ein berühmter Augenarzt. Er wird dir vielleicht eine neue Brille verschreiben.«

»Glaubst du, daß ich keine dunkle Brille mehr tragen muß?«

Onkel Edward hob seine große rotbehaarte Hand über den Kopf. »Wieviel Finger siehst du?«

»Vier.«

»Und jetzt?«

»Zwei.«

Er lachte. »Mir ist es schon im Sommer aufgefallen. Ich könnte mir denken, daß du gar keine Brille mehr brauchst.«

»Aber Dr. Orlow . . .«

»Sag es niemandem, Mura, aber ich glaube, dieser Dr. Orlow ist ein Hornochs.«

Sie schlang ihre Arme um seinen Hals.

Nach dem Frühstück führte Onkel Edward sie in die halbverdunkelte Bibliothek. Dort hatte der Arzt seine Sehprobentafel aufgehängt, Ophthalmoskope, Lupen und Instrumente aufgebaut. Maria erschrak. Aber als sie weder in Glasaugen schauen, noch Buchstaben entziffern mußte, faßte sie Vertrauen zu dem kleinen Mann, der fast so traurig zu sein schien wie sie selbst. Sogar seine schmutzige Krawatte und sein schüchternes Russisch waren traurig und vertrauenerweckend.

»Ich möchte deine Brille sehen«, sagte er – »hast du sie bei dir?«

Nein, die Brille sei in ihrem Zimmer.

»Dann bring sie mir.«

Sie sah ihren Onkel an, der am Ofen gestanden hatte.

»Du kannst ruhig allein gehen«, sagte Dr. Frithof. »Du mußt nicht gerade laufen; wir haben Zeit.«

Sie tastete sich den Möbeln entlang.

»Es ist hier ein wenig dunkel«, sagte der Arzt.

Draußen sah sie sich um, weil sie fürchtete, ertappt zu werden, ohne Augenbinde, ohne Brille. Als sie niemandem begegnete, war sie sicher, Onkel Edward habe sie alle fortgezaubert. Stiegen, Wände, Bilder, Türen lagen in einem Schleier, aber sie bewegten sich nicht. Es hatte zu schneien aufgehört, und ein Sonnenstrahl fiel durch das Fenster. Sie blickte hinaus und hatte keine Angst vor der Sonne.

Nachdem sie die Brille gefunden hatte, schlich sie sich die Wände entlang zurück.

»Siehst du, du hast sie gefunden«, sagte Dr. Frithof.

Er betrachtete die Brille, legte sie unter ein Glas, schüttelte den Kopf, steckte sie in seine Tasche. Dann untersuchte er Maria mit Hilfe eines Instruments, das sie noch nie gesehen hatte; stellte ein paar Fragen; murmelte etwas in einer fremden Sprache.

»Und jetzt wirst du versuchen, diese Buchstaben zu lesen«, sagte er. »Du mußt nicht alle erkennen; auch ich sehe nicht alle.«

Die großen Buchstaben erkannte sie sofort. Der Arzt setzte ihr eine Brille auf die Nase, in der sich kein Glas befand. Einer Samtschatulle entnahm er verschiedene Gläser, die er in den halbkreisförmigen Rahmen gleiten ließ. Jedesmal, wenn sie den richtigen Buchstaben genannt hatte, klatschte Onkel Edward in die Hände und rief dröhnend: »Bravo!« Maria hätte das Spiel am liebsten fortgesetzt, weil es das erste Spiel war, bei dem sie gewann.

Der Arzt zog die Vorhänge beiseite. »Ich werde dir eine neue Brille verschreiben«, sagte er. »Die trägst du nur zum Lesen oder wenn du müde bist. Du bist ein großes Mädchen und kannst das selbst beurteilen. Vor der Sonne brauchst du keine Angst zu haben.«

Er öffnete das Fenster. Schneidend kalt strömte die Februarluft ins Zimmer. Er warf die Brille hinaus.

Maria lief zum Fenster. Die Brille lag im festgefrorenen Schnee. Sie fürchtete, jemand würde sie finden. Deshalb beschloß sie, die Brille zu vergraben oder zu zerbrechen.

Dr. Frithof nahm sie bei der Hand. »Bald wirst du überhaupt keine Brille mehr tragen«, sagte er und schloß das Fenster.

Sie blickte zu Onkel Edward auf. »Wirst du es Papa sagen?«

»Ob ich es ihm sagen werde!« lachte er. »Und zu Dr. Orlow brauchst du nicht mehr zu gehen. Er ist ein Hornochs.«

3

Achtzehnhundertneunundachtzig bis achtzehnhunderteinundneunzig.

Sehen, was man nicht gesehen; erleben, was man nicht erlebt hat!

Maria O'Rourke nimmt Reitstunden, braucht bald keine mehr, reitet wie der Teufel und als ob der Teufel sie ritte. Ein Stallknecht reitet mit ihr aus, obwohl es ihm verboten ist. Iwan ist blond und blauäugig, zwanzig Jahre alt; sklavisch gehorcht er ihr. Sein Gehorsam durchrieselt sie mit einem wohligen Gefühl, als preßte sie die Flanken eines Pferdes zwischen die Schenkel. Sie reiten durch die Steppe. Wie ein Meer von heißem Wasser ist der Sand, wie heiße Wellen der Staub. Durch Dörfer reiten sie; alte Leute, ehemalige

Leibeigene, ziehen tief den Hut, die jungen springen beiseite. Dann reitet Maria schneller; sie haßt die Ängstlichen. Warum er mitreitet, fragt sie Iwan. »Damit Ihnen nichts geschieht, gnädiges Fräulein.« Sie weiß nicht, was ihr geschehen könnte, aber sie fragt: »Würdest du für mich sterben?« Er nickt fröhlich.

Sie liest viel. Den Mägden listet sie Groschenhefte ab, versteckt sie zwischen den Seiten eines Buches über Napoleon. »Du solltest lieber die Bibel lesen«, herrscht ihr Vater sie an. Zwischen den Seiten des Evangeliums verbirgt sie die Groschenhefte. Es sind Liebesgeschichten. Liebe, bedroht von Eltern, Nebenbuhlern, Geschwistern, Neidern, siegreich am Ende. Die Liebenden heiraten. Zu Ende die Geschichte, zu Ende die Liebe.

Sie kann sich nicht vorstellen, daß sich ihre Eltern je geliebt haben. Zweimal im Monat läßt sich ihr Vater an das Grab seiner ersten Frau fahren. Maria überredet Fräulein Dobrojubowa, mit ihr auf den Friedhof zu gehen. In einem Mausoleum ruht die erste Gräfin O'Rourke: so hausen Fürstinnen. Geborene Sofie Fürstin Ghika steht auf dem Grabstein. »Meine Stiefmutter«, sagt Maria zur Gouvernante. Die bekreuzigt sich. »Wenn deine Mutter tot und sie am Leben wäre, wäre sie deine Stiefmutter.«

Die Zeit ihrer Blindheit ist jetzt Vergangenheit. Stolz denkt sie daran, wie der Sieger an eine blutige Schlacht. Warum hatte man sie in der Dunkelheit gehalten? Ihr Vater hat es getan – aber warum? Sie will nicht vergessen. Wer hat mit ihr gespielt, wer nicht? Sie will Olga bestrafen, ihr Böses antun, aber die ältere Schwester weicht ihr aus. Olga ist fehlerlos, alle sagen es. Sie verachtet Alexander. Er ist drei Jahre jünger als sie und betet Olga an. Weil auch er fehlerlos ist, steckt sie ihm Nadeln unter das Leintuch. Zoä, vier Jahre nach ihr geboren, fürchtet sie, weil er horchend durch das Haus schleicht. Sie liebt ihren Halbbruder Nikolaj, weil er mit ihr gespielt hat. Er ist sieben Jahre älter als sie und studiert auf der Universität in Kiew. Wenn er nach Hause kommt, bringt er Geschenke, nur ihr. Meistens hält er sich im Gesindehaus auf. Sie liebt die Dienstboten, weil sie mit ihr gespielt haben.

Ihre Mutter sieht sie selten. Sie weiß, daß Mama jünger ist als ihr Vater, aber sie scheint ihr uralt. Wenn Maria sie stürmisch umarmt, klagt sie über Kopfschmerzen. Die Tanten, Anna und Sonja, die den ganzen Tag durch das Haus trippeln, legen die Finger auf die Lippen, wenn sie an ihrem Schlafzimmer vorbeigehen. Marias Zärtlichkeit bricht sich zuweilen Bahn. Einmal träumt sie, daß das Haus brennt. Nur sie und ihre Mutter entkommen.

Immer noch hat sie wenig Spielgefährten. Die größeren Kinder besuchen Olga, die kleinen Zoä und Alexander. Man sagt, sie sei herrschsüchtig. Als einmal ein Junge lesend vor dem Kamin liegt, spielt sie Brücke und geht auf seinem Rücken auf und ab. Er küßt ihre Schuhe. Bei der Beichte gesteht sie es dem Priester; sie weiß nicht warum. Sie zieht die Gesellschaft von Knaben vor, weil sie ihr gehorchen.

Manchmal kommt Graf Wyrubow mit seinem Sohn Andrej. Er ist Gymnasiast, trägt eine bunte Studentenmütze. Olga macht sich für ihn schön. Marias Herz fliegt ihm zu, weil er sich um Olga nicht kümmert. An einem Augustsonntag gehen sie fischen. Sie bleibt allein mit Andrej. Auf einer Böschung sitzt sie, den Rock bis an die Knöchel herabgezogen. »Man darf nicht sprechen«, belehrt sie ihn. »Ich sitze gern neben dir«, sagt er. Die Frösche quaken im Bach, die Vögel in den Bäumen antworten. Maria lacht. Als sie sich erhebt, stolpert sie und läßt die Angel fallen. Der Bach trägt sie fort. Auf dem Heimweg begegnen sie Marias Vater. »Wo ist deine Angelrute?« fragt er. »Ich habe sie verloren«, antwortet Andrej schnell. Wenn sie Romane liest, überspringt sie die Beschreibung der Helden, stellt sich alle wie Andrej vor.

Kurz nach ihrem vierzehnten Geburtstag, im Juni, ist sie im Stall, um mit Iwan auszureiten. Das Gewitter kreist über Otrada; die Wolken versammeln sich von allen Seiten, wie die Bauern zum *Mir*. Iwan will das Pferd nicht satteln; sie herrscht ihn an. Ihr Vater findet sie allein mit Iwan; erfährt, daß sie oft zusammen ausreiten. Mit der Reitpeitsche schlägt er dem Jungen ins Gesicht. Das Blut spritzt ihm aus der Nase. Als er sich nicht rührt, schlägt ihn der Graf auf Rücken und Gesäß. Er läßt erst von ihm ab, als Iwan aufheult. Maria schämt sich, daß sie sich nicht zwischen ihren Vater und Iwan geworfen hat, aber ein Gefühl der Wonne überkommt sie, wie nur ein einzigesmal, als sie Olga weinen gesehen hat. Sie nimmt sich vor, nachts aus dem Haus zu schleichen und Iwan zu trösten, aber sie weiß nicht, wo er wohnt. Sie will wieder mit Iwan ausreiten und hofft, daß ihr Vater sie ertappen und Iwan züchtigen wird. In dieser Nacht kann sie lange nicht einschlafen. Wie nie zuvor empfindet sie das Verbotene ihres Tuns, aber als sie erschöpft einschläft, ruhen ihre Hände immer noch auf dem zarten Flaum ihrer Scham. Am nächsten Morgen sucht sie Iwan. Er ist verschwunden.

Im September wird sie in das Pensionat für adelige Töchter nach Moskau gebracht.

4

Das Pensionat lag im Stadtviertel *Bjely Gorod*, der ›weißen Stadt‹, an der Ecke des Twerskaja- und des Tschernyschewskij-Boulevards. Wie die meisten Häuser der Umgebung, Paläste und Villen, war es weiß, so daß es wie ein großer Schneemann die kleineren Schneemänner überragte. Wenn man Glück hatte, wohnte man in einem hochgelegenen Schlafsaal, von wo man über die Parkmauer hinwegblicken konnte, auf den Boulevard mit seinen Kutschen und Schlitten, klingelnden Feuerwehrwagen und Ausrufern der *Moskowskij Listok*, mit Gefahren und Geheimnissen, mit Priestern, Lebemännern, Mördern, Spaziergängern, Würdenträgern, Kindern und Kurtisanen.

Maria betrat mit Fräulein Dobrojubowa das Zimmer der Vorsteherin, als ginge sie hinter ihrer eigenen Bahre. Fräulein Dobrojubowa sollte nicht nach Otrada zurückkehren; sie hatte eine andere Stellung angenommen und war auf dem Weg nach St. Petersburg.

Bald versiegten die Tränen. Die Mädchen kamen aus Orel und Tula, aus Twer und Charkow und Poltawa, vom Ladogasee und vom Schwarzen Meer; sie waren blond und braun und dunkel; sie waren vierzehn und fünfzehn, einige sogar siebzehn; Prinzessinnen und Komtessen und Baronessen, und da war die Tochter eines berühmten Sängers, der mit einer Komtesse verheiratet war; manche waren leichtsinnig, andere schwermütig, doch hatten alle das Heimweh gemeinsam, nach Bergen, Steppen, Wäldern, Feldern und Seen, das gleiche Heimweh nach verschiedenen Heimen. In den nächtlichen Schlafsälen saßen sie am Fenster und tuschelten, oder sie krochen in den Betten zusammen, flüsterten, kicherten, lachten, aber die eine gestand, daß sie ihren Vater seit Jahren nicht gesehen; die andere, daß sie ihre Mutter mit dem Hauslehrer ertappt hatte; die dritte, daß ihre Mutter krank war und ihr Vater nur nach Hause kam, um sich mit seinen Eroberungen zu brüsten. Sie wärmten sich aneinander wie die Vögel im Regen, und sie waren gewiß, daß sie nur hier waren, weil sie zu Hause überflüssig gewesen waren. Sie wurden *›prepared for marriage‹*, wie Miß Stotsbury, die Englischlehrerin zu sagen pflegte, aber sie hielten nicht viel von der Ehe und weinten manchmal wie die Mägde, die von Verlobung bis Hochzeit weinen und *Swadebnyje platschi*, die alten Klagelieder, singen mußten. Die Familienbilder standen auf den Nachttischen, aber wenige sahen sie an.

Sie waren in dem Alter, in dem junge Mädchen zu wissen beginnen, aber ihre Entdeckungen ähnelten sich nicht. Als die kleine Komtesse Galizyn, ein blutarmes Mädchen aus einer bigotten Familie, zu bluten begann, wagte sie nicht, ihre Schande zu gestehen; sie wollte lieber sterben als den anderen im Geschlecht ähneln. Vor der Geschichtsstunde befeuchtete die Prinzessin Anna Nikolajewna Romodanowskaja ihre kleinen Brüste mit eiskaltem Wasser, damit die Knospen unter der weiten Anstaltsuniform sichtbar würden und die Blicke des Lehrers anzögen. Wenn sie des Nachts auf den Betten saßen, erzählte die Komtesse Czartoryskaja, schön und rothaarig, von ihren Träumen, in denen sie sich mit ihrem Vetter gepaart hatte, und obwohl alle wußten, daß sie nicht jede Nacht hatte träumen können, begehrte man, immer neue Träume zu hören, die Anita Iwanowna erfand, weil man sie um den Schatz ihrer Träume beneidete. Es gab Mädchen, wie die Generalstochter Petrowna Apraskin, die ihre Kameradinnen zu sündigen Spielen verleitete, und Mädchen, wie die Baronesse Blumberg, die an allen Spielen teilnahm, aber täglich zur Beichte ging und wie ein siamesischer Zwilling an ihr schlechtes Gewissen gewachsen war. Alle waren unberührt, und nur wenige hatten zum erstenmal geküßt, aber in allen wallte und siedete das Blut; alle stampften ungeduldig mit den Füßen wie die Rennpferde hinter dem Startseil, um, war die dünne Schnur einmal zerschnitten, wettzulaufen mit ihren Begierden und Leidenschaften und Genüssen und Enttäuschungen.

5

Um die Komtesse O'Rourke brannten die Feuer, aber ihr Körper blieb kalt. Manchmal schmerzten ihre Brüste, als wollten sie die zarte Haut sprengen; den Sechzehn näherte sie sich und hatte nicht erfahren, was die bleiche Komtesse Galizyn so erschreckt hatte. Verstohlene Gespräche, Liebkosungen, Scherze, zweideutige Stellen in Büchern erregten sie, aber es war ihr wie jemandem, der eine Narbe entdeckt, ohne zu wissen, wann und wie er sich verletzt hatte.

Stärker und stärker wurde in Maria die Lust, andere zu beherrschen. Das Institut wie die Umstände begünstigten sie. In ganz Rußland war das Pensionat seiner Strenge halber bekannt. Mit eiserner Hand regierte Gräfin Naryschkin, Witwe seit vierzig Jahren, Witwe geworden im ersten Ehejahr, in Witwentracht noch immer. Sie stammte aus kleinen Verhältnissen und haßte ihre Zöglinge nicht nur deren Jugend, sondern auch deren gesellschaftlicher Stellung halber. Kein Hehl machte sie aus ihrem Haß, setzte ihn in Disziplin um. Es war verboten, die älteren Schülerinnen zu züchtigen; die kleineren züchtigte die Prinzipalin persönlich. Mit erzieherischem Zeremoniell griff sie zum Rohrstock. Die Schülerinnen, vierzehn oder fünfzehn, der Strafe gewärtig, mußten ihr den dünnen Stab auf einem Samtkissen präsentieren. Hochrot im Gesicht, sah man sie durch die Gänge schreiten, das Samtkissen mit dem Stock vor sich hertragend wie königliche Insignien. Maria O'Rourke besaß Zuneigung und Vertrauen der Witwe, war gegen jede Strafe gefeit. Bei Tee und *Kalatschi* schilderte sie Maria die Sünden, die andere Schülerinnen begangen hatten, vornehmlich Sünden des Fleisches. Einmal ließ sie Maria an einer Züchtigung teilnehmen. Maria wollte sich abwenden, aber sie vermochte es nicht. In ihren Phantasien versetzte sie sich immer häufiger in die Rolle der Prinzipalin, ohne die Gräfin deshalb weniger zu hassen.

Die gleiche Erregung ergriff sie, wenn sie ihre Sünden beichtete. Je größer die Sünden, desto größer der Genuß. Bleich und leer verließ sie den Beichtstuhl; sie fühlte sich schuldiger als im Moment, da sie ihn betreten hatte. Dennoch ging sie oft zur Beichte; Gräfin Naryschkin pries ihre Religiosität.

Die Mitschülerinnen wußten, daß Maria O'Rourke eine besondere Stellung genoß. Sie ahnten, daß die Lehrerinnen Maria zur Denunziation aufgefordert hatten, achteten sie deshalb, und liebten sie zugleich, weil sie niemanden denunzierte. Sie genoß die Macht in ihrer reizvollsten Form, der ungenützten. Wenn die Komtesse Czartoryskaja von dem Gärtnerjungen insgeheim Blumen empfing; wenn im Bett nebenan die Komtesse Kritzkaja bettelte und schließlich schluchzte, bis Katharina Petrowna sich von ihr küssen ließ, schwelgte Maria in dem Gedanken, daß sie alles hätte berichten können, und dabei fragte sie sich manchmal, was aus Iwan, dem Stallburschen, geworden sei.

6

Im Frühjahr stieg das Ansehen des Zöglings Maria Nikolajewna O'Rourke.

Das Institut hatte einen Ausflug in die Umgebung von Moskau unternommen. Man war in Landauern nach Ismailowo gefahren, einem Landsitz des Zaren und Stammgut der Romanows, wo eine Besichtigung des Mustergutes und der Feodor-Kirche vorgesehen war. Zwei Lehrerinnen und ein Lehrer nahmen an dem Ausflug teil. Es war Mai, ein Tag von frühsommerlicher Wärme.

In dem Landauer saß dem Lehrer Maria gegenüber. Ilja Michailowitsch Gorelin unterrichtete französische Literatur. Er pflegte die Gedichte der Poeten mit Fistelstimme vorzutragen. Bei dem Wort *l'amour* pflegte er zu erröten. Es konnte kein Zufall sein, daß sich die Knie des jungen blonden Bauernsohnes während der Fahrt an Marias Knie preßten, denn immer, wenn er das Wort an sie richtete, verglasten die Augen hinter dem bürokratischen Kneifer, errötete er bis an die Haarwurzeln, und seine Arme beschrieben große Gesten, als wollten sie davonfliegen.

Sie beachtete ihn kaum, war zu sehr mit ihrem Heimweh beschäftigt. Erst als sie am Rande der Parkanlagen, am Winogradny-Teich, einen Kahn suchte und sich plötzlich mit dem Lehrer allein fand, wurde sie auf ihn aufmerksam. Wie festgewurzelt stand er da und starrte sie an. Sie erschrak und fragte ihn, was er von ihr wolle. Ohne zu erröten, begann er, ihr seine Liebe zu erklären, pathetisch, als sagte er ein Gedicht auf: dabei bewegte sich sein starker Adamsapfel auf und ab; er hustete und deklamierte weiter. Sie lachte, aber er streckte die Arme nach ihr aus und preßte seinen Mund auf ihre Lippen. Ekel überkam sie, um so mehr, als ihm der feuchte und gierige Mund nicht zu gehören schien; sie hatte die Vorstellung, daß er die Schnauze eines Hundes an ihren Mund preßte. Sie stieß ihn zurück, schlug ihm ins Gesicht. Der Kneifer fiel ihm von der Nase. Die Stimmen der Mädchen kamen näher. Maria lief nicht davon. Sie beobachtete den kurzsichtigen Mann, der sich auf die Knie niedergelassen hatte und seine Augengläser suchte. Das Glas schillerte im Gras, aber sie ließ ihn auf dem Boden herumkriechen, und so fanden ihn die übrigen, die den Waldsaum erreicht hatten.

Noch am selben Abend berichtete Maria der Vorsteherin, was vorgefallen war. Sie wußte nicht, warum sie es tat, denn sie fürchtete sich nicht vor Ilja Michailowitsch. War sie beleidigt, weil er geglaubt hatte, sie könnte ihn erhören; fühlte sie sich um den ersten Kuß betrogen; glaubte sie, was sie sprach: ihre Erregung steigerte sich immer mehr, so daß sie nur noch den Wunsch empfand, Ilja Michailowitsch zu vernichten. Die Wahrheit hatte sie ursprünglich sagen wollen, aber nun schmückte sie die Szene aus; behauptete, daß sich der Lehrer vor ihr auf die Knie geworfen und ihre Schenkel umfaßt habe; auch von einer Entführung habe er etwas geflüstert; log schließlich, daß Gorelin nach ihren Brüsten gegriffen und ihren Rocksaum berührt habe. Sie zitterte am ganzen Leib und sank auf einen Stuhl. Die Vorsteherin brachte ihr Wasser, und sie beruhigte sich erst, als sich die Gräfin den Arzt zu rufen anschickte.

Die Entlassung des Lehrers machte Maria O'Rourke zur Königin unter ihren Kameradinnen. Sie mußte immer wieder erzählen, was ihr zugestoßen war, und niemand schien die neuen Einzelheiten zu bemerken, die sie erfand.

Einige Wochen später teilte die Vorsteherin Maria mit, daß ihre neue Gouvernante, Mademoiselle Larue, sie abholen würde, nicht für Ferien, sondern zu bleibendem Aufenthalt in Otrada. Maria wußte nicht, ob es mit dem Ereignis im Park von Ismailowo zusammenhing.

ZWEITES KAPITEL

1

Die Kugel rollte ins Loch; Andrej Antonowitsch Wyrubow stellte das Billardqueue beiseite.

»Jetzt gehen wir zu den Uwarows«, sagte er.

»In meinem Aufzug?« erwiderte Sergej Burintzew lachend.

»Ich bin auch nicht gerade präsentabel. Niemand bemerkt es. Sie sind alle längst betrunken.«

»Wozu wollen wir dann hingehen?«

»Ich habe es Sonja Petrowna versprochen.«

Sie verließen das Kaffeehaus. Auf dem Kreschtschatik-Boulevard sahen sie sich nach einer Droschke um.

Der Kutscher lenkte den Wagen über die Nabereshnojie-Chaussee, den Dnjepr entlang. Es war Mitte April, die Eisschmelze hatte eingesetzt, aber Sergej fröstelte in seinem fadenscheinigen Mantel. Der Fluß war noch schmutziger als sonst. Er war aus seinen Ufern getreten und hatte den Lehmboden Kiews angefressen. Gelb war das Wasser von den riesigen Lehmklumpen.

Der abnehmende Mond stand vergrämt über den Dächern. Andrej wollte von Sonja Petrowna sprechen, aber er schämte sich, weil er wußte, daß Sergej andere Sorgen hatte. Aus Schamgefühl hatte er Geheimnisse vor Sergej. Aber auch Sergej hatte Geheimnisse vor ihm, was Andrej nicht verstand, da sich Sergej nicht zu schämen brauchte.

Seit Wochen hatte sich Andrej vorgenommen, mit Sonja Petrowna zu brechen. Es war schwer, etwas zu brechen, das nie ganz gewesen war. Sonja, zierlich, blond, mit dem Gesicht eines Engels des Trecento! Wenn Andrej an sie dachte, dachte er an ihre Brüste, die weiß und prall und etwas zu groß waren. Wahrscheinlich hatte sie keine Seele, nur Brüste. Zweiundzwanzig war sie, wie er, seit sechs Jahren mit dem Prinzen Uwarow verheiratet. Alles war der Fehler des Prinzen: warum mußte er im Ural nach Gold schürfen?

»Würde es dich stören, mit einer verheirateten Frau ein Verhältnis zu haben?« sagte Andrej.

»Ich habe nicht darüber nachgedacht.«

»Kennst du Maria O'Rourke?«

»Die ist doch nicht verheiratet.«

Andrej lachte. »Sie ist kaum sechzehn.«

»Warum fragst du dann?«

»Ich war Sonntag in Otrada.« Er konnte Sergej nicht erklären, wie er von Sonja Petrowna auf die kleine O'Rourke gekommen war.

Das Palais Uwarow lag am Schloßpark, an der Ecke der Jaketerininskystraße. Als Andrej den *Iswostschik* entlohnte, fuhr gerade eine zweite Droschke vor. Andrej erkannte Dr. Sipjagin, den Herzspezialisten. Zu der alten Fürstin sei er gerufen worden, erklärte der Arzt – »geistlicher Beistand, mein lieber Andrej Antonowitsch, wäre freilich dringender vonnöten. Natascha Pawlowna liegt seit Tagen in Agonie; der Herr allein weiß, warum ihr Herz noch immer schlägt.«

In den Gesellschaftsräumen tanzten, schwatzten oder dösten fünfzig oder sechzig junge Leute, fast alle betrunken. Sonja Petrowna küßte Andrej auf den Mund, ließ ihm und Sergej Champagner mit Wodka einschenken, verschwand unter ihren Gästen. Man drängte sich in einem kleinen grünseidenen Salon, denn hier hatte sich Professor Delphinus niedergelassen, ein Hellseher, der Rußland bereist hatte und nun schon zum zweitenmal in Kiew gastierte.

Als die beiden Freunde den Salon betraten, las der Professor gerade aus der Hand des jungen Grafen Pjotr Tarnowskij, dessen schmale weibliche Hand in den behaarten Pranken des Chiromanten verschwand, als hielte ein großes Schicksal das kleinere umfaßt. Der Professor blickte plötzlich auf; wies auf Sergej, der sich im Hintergrund gehalten hatte. Der Hellseher streckte die Hand aus, und als ihm Sergej verwirrt seine Hand reichte, schüttelte er den Kopf, murmelte etwas, flüsterte schließlich: »Besuchen Sie mich! Ich bin im *Hotel National* abgestiegen. Sie befinden sich in Gefahr, junger Mann.«

Sonja Petrowna erschien, um ihre Gäste in den Tanzsaal zu lokken. Durch die Flügeltüren hörte man die Zigeuner, die zu einem Csárdás aufspielten. Die Hausfrau nahm Andrej bei der Hand: »Willst du nicht mit mir tanzen?«

Er legte seine Hände auf ihre Hüften.

Sie zeigte ihre weißen perlenkleinen Zähne. »Keine Stimmung heute. Die meisten meiner Gäste waren bis sechs Uhr früh bei den Godunows. Anna Alexandra hat es natürlich so eingerichtet, absichtlich, um meinen Abend zu verderben.«

Sie blickte nach einer Tür, in der ein Diener erschienen war. »Ich muß zur Fürstin hinauf.«

»Du hättest das Fest absagen sollen.«

»Das Trauerjahr wird lang genug dauern. Komm — allein habe ich Angst.« Auf dem Weg drückte sie ihm eine Flasche *Veuve Cliquot* in die Hand.

Sie mußten das Palais durchqueren, um zu den Gemächern der Fürstin Uwarow zu gelangen. Es war kalt. Die Kerzen flackerten, die Köpfe der Ahnen bewegten sich in ihren dicken Goldrahmen. Die Uwarows schüttelten die Köpfe, weil eine Prinzessin Uwarow ihren Mann betrog. Sonja Petrowna schmiegte sich an Andrej, als hätte sie Angst, vor den toten Uwarows und vor der Fürstin, die beinahe schon zu ihnen gehörte.

Vor der Tür des Schlafzimmers stand ein uralter Diener, weiß wie der Tod und als wehrte er den Tod ab. Er musterte den jungen Mann mit der Champagnerflasche, aber er führte Andrej ehrerbietig in einen Salon. Sonja Petrowna verschwand im Schlafzimmer ihrer Schwiegermutter.

Andrej entkorkte die Champagnerflasche. Gläser mitzubringen hatte Sonja Petrowna vergessen. In einer Vitrine standen dunkelrote böhmische Becher. Andrej spülte die Vitrinengläser mit Champagner aus und entleerte sie durch das Fenster. Die kalte Nachtluft schlug ihm ins Gesicht. Von ferne kam Tanzmusik. Er schloß das Fenster, schenkte sich ein, zündete eine Papyrossa an und streckte sich auf dem roten Samtkanapee aus.

War er Sonja Petrownas wirklich überdrüssig? Dieses blühende, sinnliche Wesen war nicht die erste Frau in seinem Leben; auch die erste Ehefrau war sie nicht. Schade nur, daß er sich diesmal nicht einbilden konnte, die Frau zu lieben, die er begehrte. Es war bequem, sich verliebt zu stellen; man wurde es gleich darauf. Warum war es ihm bei Sonja Petrowna mißglückt? Wie vorhin, im Wagen, sah er das Gesicht Maria O'Rourkes vor sich, und diesmal war es ihm, als näherte er sich der Erklärung für ein unerklärliches Gefühl. Er richtete sich auf. Die Tür hatte sich geöffnet.

»Bleib ruhig liegen«, sagte Sonja Petrowna. Sie setzte sich zu ihm.

»Wie geht es ihr?«

»Wir haben den Episkopus rufen lassen.«

Er griff nach der Champagnerflasche, die er neben das Kanapee gestellt hatte und schenkte ihr ein. Sie betrachtete das Glas und lachte.

»Willst du nicht auf den Priester warten?« fragte er.

»Sie erkennt mich ja doch nicht mehr.«

»Du mußt zu deinen Gästen!«

»Wenn du mir vorher einen Kuß gibst ...«

Ihre Zunge schmeckte nach Champagner. Ihre Schultern waren so nackt, als trüge sie kein Kleid. Er dachte, daß Sergej wartete und daß die Fürstin starb, aber er wagte es nicht, Sonja Petrowna abzuwimmeln, weil Frauen eine sonderbare Vorstellung von der Liebe haben und meinen, Männer, die Tod und Pflicht für stärker hielten, seien Verräter oder Schwächlinge. Er küßte ihre Brüste und vergaß, daß er mit ihr hatte brechen wollen. Er hatte ihr unrecht getan, denn es gab wenige Frauen, die den Mut fanden, ihren Körper zu enthüllen, ohne ihre Seele zu verschleiern. Sie legte sich neben ihn. Im Nebenzimmer war es still geworden. Vielleicht brauchte Natascha Pawlowna weder einen Herzspezialisten noch einen Bischof.

Später kehrten sie in die Gesellschaftsräume zurück. Sonja Petrowna eilte zu ihren Gästen; Andrej blieb, nach Sergej Ausschau haltend, in der Tür stehen. Das Gefühl der Scham verstärkte sich in Andrej. Noch spürte er Sonja Petrownas Wärme unter der Haut. War es die Nüchternheit nach dem Genuß, von der es hieß, daß sie sich einstelle, wenn man ohne Liebe geliebt hatte, wie die Tiere, *omne animal post coitum triste?* Oder sah er seine Umgebung durch Sergejs Augen, als breitete die Persönlichkeit des Freundes einen Mantel über seine eigene?

Sergej stand neben Andrej.

»Wir können unbemerkt verschwinden«, sagte Andrej.

»Ich habe mich ausgezeichnet unterhalten«, entgegnete Sergej. »Der Professor hat mir geweissagt, daß ich am Galgen enden werde.«

In der Halle trafen sie den Episkopus. Ein Diener gab ihm Auskunft. »Euer Exzellenz kommen zu spät. Ihre Durchlaucht ist vor wenigen Minuten verschieden.«

Der Bischof und der Diener bekreuzigten sich.

2

Die Nachricht, daß Sergej Burintzew in Shitomir, der Hauptstadt des Gouvernements Wolhynien, westlich von Kiew, verhaftet worden sei, erreichte Andrej kaum eine Woche nach dem Fest bei den Uwarows. Sofort machte er sich auf den Weg.

Nach einer mühsamen Wagenfahrt nahm er die Kleinbahn, die ihn in zweieinhalb Stunden von Berditschew nach Shitomir bringen sollte. Es gab ein einziges halbes Abteil erster Klasse; er war allein. Seit Tagen regnete es, ein harter Regen, der gegen die schmalen Fensterscheiben schlug, als pendelten Schnüre vom Himmel.

Die Verhaftung Sergejs hatte ihn entsetzt, aber nicht überrascht. Er hatte geahnt, daß es eines Tages geschehen mußte; nur der Frage, wie er selbst sich dann verhalten würde, war er ausgewichen. Er sah Sergej, mit den kurzgeschnittenen dunklen Haaren, dem bäuerischen Gesicht, in dem alles zu breit war, Nase, Mund, Stirn, Backenknochen, und in dem die Augen leuchteten, ein trügerisches Licht in der Steppe. Eine große Zärtlichkeit beschlich Andrejs Herz, wie es geschieht, wenn das Schicksal einen Starken anfällt. Vierzehn Jahre alt war er gewesen, als sie sich kennengelernt hatten; eine langwierige Krankheit hatte ihn ans Bett gefesselt; der um vier Jahre ältere Abiturient Burintzew hatte ihm Nachhilfeunterricht erteilt. Unzertrennlich waren sie geblieben, der Sohn des reichen Grafen Wyrubow und der Sohn der Näherin. Sie waren Freunde, die besten, die einzigen — aber waren sie es wirklich? Es gab Momente, in denen der eine die Augen des anderen mit den Händen bedeckte. Sergej, der unablässig Anhänger für seine revolutionären Ideen warb, hatte Andrej nie zu bekehren versucht oder zu verführen, je nachdem, und Andrej hatte Sergej nicht von seinen Vergnügungen, Abenteuern, Liebschaften erzählt. Sergej schützte Andrej vor dem Gefährlichen, Andrej schützte Sergej vor dem Liederlichen — gab es eine so vorsichtige Freundschaft? Im Haus der Freundschaft hielt man die Kämmerchen oder die Keller oder die Dachkammern vergebens geschlossen. Eines Tages öffneten sie sich. Was würde er sehen, fragte sich Andrej.

3

Es war drei Uhr nachmittags, als Andrej in Shitomir ankam, aber der bleierne Himmel täuschte frühe Dämmerung vor. Drei Droschken warteten vor dem Bahnhof. Es waren keine Kutscher zu sehen; sie hatten sich unter die nassen Wachstücher in ihre Wagen gerettet. Triefend standen die Pferde, als hätte man sie vergessen.

Die Stadt war weit vom Bahnhof entfernt. Je mehr sich ihr die

Droschke näherte, desto verlassener schien sie. Ein ungesunder Sonntag lag über Shitomir.

»Was ist geschehen?« fragte Andrej.

Der Rücken des Kutschers bewegte sich kaum. »Es geschieht noch«, sagte er.

»Wie hat es angefangen?«

»Die Gendarmen wollten den Pöbel von der Straße jagen.«

»Warum war der Pöbel auf der Straße?«

»Das ist er hier immer, *Wasche Prewos'choditelstwo.*« Er redete den wohlgekleideten Fremden, trotz dessen Jugend, mit ›Exzellenz‹ an. »Die Leute lungern auf der Straße herum oder liegen unter den Haustoren.«

Die Vorstadtstraße war ausgestorben. Herabgelassene Rolläden, verriegelte Türen. Gendarmen und *Gorodojows* patrouillierten zu zweit. Man hörte nur das Klopfen des Regens und die Schritte der Polizisten auf den Kopfsteinen. Ein leerer Straßenbahnwagen rasselte vorbei, wie von Geisterhand gelenkt. Es roch nach Brand.

»Die Juden sind schuld«, murrte der Kutscher.

»Die Juden?«

»Vierzigtausend Juden in Shitomir, das ist das Schlimme, Euer Exzellenz. Die haben natürlich genug zu fressen, aber sie halten es mit dem Pöbel. Die Gendarmen sind mit ihnen nicht fertig geworden; die Kosaken mußte man holen. Mindestens zwanzig Judenhäuser sind verbrannt. Ein Glück, daß es keinen Wind gab.« Er blickte zum Himmel. »Der Wind weiß nicht, was er macht, das ist das Schlimme: er trägt das Feuer in die Christenhäuser.« Er knallte mit der Peitsche. »Wohin fahren wir, *Wasche Prewos'choditelstwo?*«

»Zum Großmeister der Polizei.«

Eine Reitergruppe tauchte auf. Kosaken in grünen Waffenröcken, mit flatternden Ärmeln und schmalen Ledergürteln, mit Pluderhosen, Stiefeln, grünen *Papachas.* Sie ritten durch die Stadt wie durch die Steppe; sie ritten durch den Regen, als ritte der Wind. In der Nähe des Hauptplatzes trieb eine Abteilung Kosaken gefesselte Juden vor sich her. Auf den Stufen vor der Kirche lagen ein paar Menschen, zu Skeletten abgemagert. Andre saßen da, die Beine gekreuzt, blöd vor sich hinstarrend. Sie streckten die Hände aus, um ein Almosen bettelnd, aber niemand kam vorbei; vielleicht streckten sie die Hände nur nach Gott aus. Auch Gott kam nicht vorbei. Man vernahm keine menschliche Stimme, als wären tote Kosaken an ihre Sättel gebunden, als zöge man tote Juden an einem Strick, als hungerten die Toten.

Zwei Stadtpolizisten pflanzten sich vor dem Wagen auf. Der Droschkengaul scheute: Polizisten erschreckten ihn. Sie fragten Andrej, wohin er wolle. Umständlich begannen sie zu beraten.

»Ich gehe zu Fuß«, sagte Andrej und entlohnte den Kutscher.

Er schlug den Weg ein, den ihm die Polizisten gewiesen hatten. Sie blickten ihm nach, berieten noch immer.

Andrej fragte einen Gendarmen nach der Polizeipräfektur. Er kannte jetzt den Weg, er wollte nur mit jemandem sprechen.

»Die Kosaken werden Sie nicht durchlassen«, sagte der Gendarm.

»Warum nicht?«

Der Mann zuckte mit den Schultern.

»Was haben diese Leute getan?« fragte Andrej.

Der Gendarm runzelte die Stirn. Nachdem er Andrejs Ausweis geprüft hatte, sagte er devot:

»Die Straße nach rechts, Euer Exzellenz. Dann brauchen Sie die Juden nicht zu sehen.«

Andrej ging in die entgegengesetzte Richtung. Er wollte sehen. Aus einem schmalen Haus wurde ein Mann geschleppt. Zwei Kosaken hielten ihn an den Handgelenken fest, sein Gesicht schlug auf den Boden auf, das Blut rann ihm aus der Nase. Eine Frau hatte sich vor die Kosaken geworfen, klammerte sich an ihren schmutzigen Stiefeln fest, die Stiefel schleiften sie mit.

An einer Mauer hielten die Kosaken Andrej auf. Dick, voll Rauch war die Luft. Man konnte die Soldaten kaum sehen, grüne Flecken im Nebel. Hinter der Mauer brannten die Häuser. Der Regen fiel in den Brand, der Regen plätscherte in das brennende Gebälk, ein machtloser Regen. Silberne Funken fielen vom Himmel, ein mächtiger Regen. Eine rote Schere schnitt ein Loch in eine Hauswand, langsam, mit Feuerspitzen. Oben griff ein bärtiger Mann nach einem brennenden Kind; sein Bart fing Feuer; der Mann brannte mit dem brennenden Kind; ein feuriger Balken erschlug Mann und Kind. Eine Frau schrie. Andrej hörte sie noch schreien, als sie nicht mehr schrie. Sie fiel aus dem Fenster eines Hauses; ihre Kleider brannten lichterloh, als hätte man eine Fackel aus dem Fenster geworfen; ihr Körper fiel auf die Mauer, erlosch.

Andrejs Mitleid ging in Mordlust unter. Er wollte nicht retten, er wollte töten. Das Gefühl seiner Machtlosigkeit packte ihn, würgte ihn an der Gurgel; er haßte sich, weil er nicht töten konnte. Dabei verfolgten ihn Bilder, die er sich nicht erklären konnte: Sonja Petrowna mit nackten Brüsten, die Sterbende im Nebenzimmer; Professor Delphinus unter der Quastenlampe; eine epileptische Magd, die einmal im Garten vor ihm niedergefallen war; ein Flugblatt, das er im Herbstlaub gefunden hatte; Sergej auf den Stufen der Universität; der Beichtvater seiner Kindheit. Er wollte die Hand nach dem Kosaken ausstrecken, aber der grüne Fleck war im Rauch verschwunden.

4

Andrej wurde vom Polizeimeister, dem Stellvertreter des Großmeisters, empfangen. Wie die meisten Bürokraten hatte der Polizist ausgiebig Zeit, sich über seinen Zeitmangel zu beschweren. Von Sergej Iwanowitsch Burintzew hatte er nichts gehört — »wir mußten zweiundsechzig Studenten verhaften, Graf« —, aber er schickte einen seiner Untergebenen aus, um festzustellen, ob sich der Gesuchte im Stadtgefängnis befand.

Es war still. Durch die schmutzigen Fenster sah man ein Stück des grauen Himmels, nur soviel, wie man aus den Zimmern von Polizeimeistern sieht. Der Regen rieselte trostlos über das Fensterglas. Man konnte sich nicht vorstellen, daß in der Stadt Häuser brannten, Hungernde schrien, Menschen aus den Fenstern geworfen wurden, Blut durch die Rinnsteine floß. Das Polizeigebäude war ein Koloß, mitten im Leid, blind, taub und stumm.

Andrej rückte auf seinem Stuhl hin und her. Seit er dem kleinen kurzsichtigen, ununterbrochen hüstelnden Beamten gegenübersaß, dachte er nur an Sergej. Der Student, der ihm die Nachricht von der Verhaftung des Freundes gebracht hatte, hatte ihm geraten, fünfzig Rubel in ein Kuvert zu stecken und dem Polizeibeamten zuzuschieben. Andrej brauchte lange, ehe er sich entschloß, das Kuvert wie zufällig auf den Schreibtisch des Beamten zu legen.

Der Polizeimeister schielte nach dem Kuvert. Die Versuchung machte ihn beinahe menschlich.

»Die Jugend ist nicht schuld«, sagte er. »Die Professoren sind schuld.«

Er schimpfte auf die Lehrer, die den Studenten allerlei Flausen in den Kopf setzten. Wie alle Halbgebildeten haßte er die Gebildeten mehr als die Ungebildeten.

Andrej blickte nach der Tür. Würden sie Sergej finden? Lebte er? Es schien ihm, als hätte ihm Sergej nicht viel verheimlicht: nur er hatte nicht hören wollen. Die Hinrichtung des Studenten Alexander Iljitsch Uljanow; der Anschlag auf das Leben Alexanders III.; die Verhaftung Wera Figners; die Terrororganisation *Narodnaja Wolja,* die ›Geweihte Schar‹; das Andenken des Zarenmörders Nikolas Rysakow. Es war bequem gewesen, nichts zu verstehen.

Dann richtete er sich auf. Ein Schrei gellte durch das Haus. Der Polizeimeister sah aus seinem Buch auf und blinzelte nach dem Fenster, als wollte er rügen, was in Rußland alles möglich war: undichte Fenster in Polizeikasernen.

»Wir haben die Kosaken im Haus«, sagte er. »Sie pfuschen uns ins Handwerk.«

Es war wieder still. Eine große weiße Weckeruhr, wie sie sonst in Küchen stehen, tickte auf dem Schreibtisch.

»Ihr Freund ist wahrscheinlich durch einen Zufall in die Revolte hineingeraten«, sagte der Beamte.

»Wahrscheinlich«, sagte Andrej.

»Ein unglücklicher Zufall. Bei uns geht natürlich alles ganz korrekt vor sich. Nur die Kosaken . . .«

Er blickte nach dem Kuvert. Andrej schob es näher an ihn heran.

»Sie können ja sicher dafür gutstehen, daß Ihr Freund nicht mehr die Stadtgrenze von Shitomir betritt«, sagte der Polizeimeister.

»Sicher«, sagte Andrej und schämte sich seiner Feigheit.

Der Polizist nahm eine Feder zur Hand, um das Dokument vorzubereiten. Im Zimmer war nur das Ticken der Uhr und das Kratzen der Feder. Sooft er Andrejs Namen niederschrieb, murmelte der Beamte: »Graf Andrej Antonowitsch Wyrubow.« Er ließ den Namen auf der Zunge zergehen. Dann runzelte er die Stirn. Sein Polizistenohr hatte gehört, was Andrej erst später vernahm. Es war das Schlurfen von groben Stiefeln. Ein Mann schrie. Diesmal kam die Stimme aus der Nähe. Man schleifte einen Menschen über den Fußboden. Andrej sprang auf.

Der Polizeimeister erhob sich, ging auf die Tür zu. Durch die halbgeöffnete Tür sah Andrej den zusammengesackten, blutüberströmten Körper eines Mannes. Ein Polizist stand über ihm, Lederriemen in der Hand. Die Tür wurde von außen geschlossen.

Nichts Unbedachtes tun, dachte Andrej. Er spürte die Nägel in seiner Handfläche. War er machtlos, oder sagte er sich, daß er machtlos war, weil er sich seine Feigheit nicht eingestehen wollte? Als der Polizeimeister zurückkehrte, stand er mit geballten Fäusten da. Der kleine Mann überzeugte sich, ob der Umschlag noch auf dem Schreibtisch lag.

»Man hat Ihren Freund gefunden«, sagte er. »Aber es ist schwierig, Graf. Er soll eine aufwieglerische Rede gehalten haben.«

Andrej griff in seine Brusttasche. Er schämte sich nicht mehr, noch einmal fünfzig Rubel aus seiner Brieftasche zu nehmen.

»Ich möchte mich nicht an den Gouverneur wenden müssen«, sagte er und legte die Rubelscheine auf das Kuvert.

»Ihr Freund ist schon draußen«, erwiderte der Beamte. »Er wird nur gewaschen.«

Er wird nur gewaschen. Ein Mensch wusch sich, ein Gegenstand wurde gewaschen.

Es war nicht wahr, daß Sergej gewaschen wurde. In dem halbdunklen Korridor stand er, allein, an der Wasserleitung, den Kopf nach vorne gebeugt. Andrej blieb hinter ihm stehen. Als sich Sergej aufrichtete, blickte Andrej in ein entstelltes Gesicht. Ein Auge war von Blut verklebt. Das Augenlid war gespalten. Von den Haaren rann ihm das Wasser über die Stirn. Blut hatte das Wasser rot gefärbt. Die Lippen waren geschwollen, dunkelblau. Um die Nasenlöcher, Sergejs auffallend große Nasenlöcher, hatte sich eine Kruste geronnenen Blutes gebildet.

Andrej schlang die Arme um Sergej. Er wollte Sergej stützen, aber der bedurfte keiner Stütze. Er stand aufrecht und lächelte. Nur mit einem Mundwinkel konnte er lächeln, wie jemand, den der Schlag gerührt hat, beim Lächeln. Als Andrej aufschluchzte, preßte er den Kopf des Freundes an seine Brust.

»Schon gut, mein Junge«, sagte er. »Schauen wir, daß wir hier hinauskommen. Wir versäumen sonst den letzten Zug.«

DRITTES KAPITEL

1

Ohne Übergang war der Sommer nach Otrada gekommen. Der Himmel war wolkenlos, als hätte der Herr, um besser sehen zu können, die Wolken beiseite geschoben. Schon am Morgen war es heiß. Die Glyzinien faßten die Fenster Marias in einen violetten Rahmen.

Am Morgen ihres sechzehnten Geburtstages frühstückte sie allein, wie immer. Dann zog sie ihr hübschestes Kleid an, ganz in Rosa. Es war ein Jungmädchenkleid, das letzte, ein Abschiedskleid. Um Punkt neun sollte im Boudoir ihrer Mutter die Zeremonie stattfinden.

Vor der Tür der Gräfin blieb sie stehen. Nichts rührte sich. In diesem Teil des Hauses war es immer still gewesen.

Die Familie war versammelt: Vater, Mutter, Olga, die drei Brüder, die beiden Tanten. Mademoiselle Larue, die Gouvernante, und der Friseur aus Kiew, Monsieur Patenôtre, hielten sich im Hintergrund.

Die Mitglieder der Familie erhoben sich. Einer nach dem anderen küßte Maria auf die Wangen. Die beiden Tanten nahmen sie in die Mitte: Tante Anna küßte sie von links, Tante Sonja von rechts. Dabei lächelten sie entschuldigend. Nur ihre Mutter blieb im Lehnstuhl sitzen. Sie trug einen hellblauen Schlafrock, ihr schmales Gesicht war gerötet. Sie sah aus wie die Wachsfiguren in den Dorfkirchen. Maria beugte sich zu ihr nieder. Noch durfte sie die Geschenke nicht öffnen. Die Rolläden waren herabgelassen. Es war beinahe dunkel.

Maria setzte sich auf einen samtbezogenen Schemel zu Füßen ihrer Mutter. Das gleiche Ritual wie bei Olgas sechzehntem Geburtstag: sie kannte es.

Die kleinen eiskalten Hände Katharina O'Rourkes berührten

Marias Stirn. Die vollen dunkelblonden Haare der Tochter faßte sie zusammen, hielt sie nach oben, befestigte sie in einem gewundenen Schopf. Der Friseur reichte ihr Haarnadeln. Spröde Härchen entzogen sich ihr. Sie strich sie zurecht. Marias kleine weiße Ohren wurden sichtbar. Die Gräfin lehnte sich erschöpft zurück.

Monsieur Patenôtre schickte sich an, das Werk zu vollenden. Er jonglierte mit Kamm, Bürste und Brennschere; trat zurück, den Kopf zur Seite geneigt, ein Maler, der sein Gemälde bewundert.

Im Halbkreis hatte sich die Familie niedergelassen. Niemand sprach. Die kalten blauen Augen ihres Vaters. Die spöttischen Augen Olgas. Die furchtsamen Augen Alexanders und Zoäs. Nur Nikolajs Augen lächelten. Und die beiden Tanten bewegten die Köpfe gleichzeitig, als wollten sie sagen, daß etwas Sonderbares vorging, unverständlich. Maria kam zum Bewußtsein, daß sie alle die gleichen blauen Augen hatten, bis auf Olga, auch sie selbst. Ein leiser Petroleumgeruch schwebte über dem Raum. Sie erinnerte sich an eines der alten Groschenhefte. Von einer Kindsmörderin war darin die Rede gewesen; vor ihren Richtern hatte sie gestanden. Auch sie war angeklagt, ihr Vater führte den Vorsitz.

Man steckte ihre Haare hoch, entblößte ihren Nacken, führte sie auf den Scheiterhaufen. Was war der Sinn dieses heidnischen Rituals? Solange sie ein Kind gewesen war, hatte man sie nicht zur Verantwortung ziehen können. Man steckte ihre Haare hoch, entblößte ihren Nacken und zog sie zur Verantwortung.

»Du weißt, was die neue Frisur bedeutet«, sagte Katharina O'Rourke leise. »Du bist eine junge Dame, Mura, heiratsfähig. Dein Vater – wir alle«, verbesserte sie sich, »erwarten, daß du dich würdig zeigst, als junge Dame zu gelten.« Erschöpft war sie. »Gott segne dich, mein Kind.« Sie nahm Marias Kopf in die Hände und küßte sie auf die Stirn.

2

Am Nachmittag wurden im Park allerlei Spiele gespielt. Mehr als zwanzig junge Leute waren zu Marias Geburtstag von Kiew und den benachbarten Gütern gekommen, fast alle Freunde Olgas.

Marias Ungeduld wuchs. Sie erwartete Andrej Wyrubow. Obwohl er gerade in den letzten Tagen nichts von sich hatte hören lassen, konnte sie sich nicht vorstellen, daß er ihren Geburtstag vergessen hatte. Seit ihrer Rückkehr aus dem Pensionat war er zuerst jede Woche, dann beinahe jeden Tag in Otrada gewesen. Man tat unwissend, aber selbst den Bewohnern des kühlen Hauses hatte Andrejs Werbung nicht entgehen können. Maria schien es, als hätte sie Andrej immer geliebt. In Moskau hatte sie sich nach Otrada gesehnt; es war nur die Sehnsucht nach Andrej gewesen. Andrej war schön und klug und liebenswert. Olga schwärmte für ihn. Marias schönste Stunde würde es sein, wenn sie die Schwester mit ihrer Verlobung überraschen konnte.

Der Gedanke, daß Andrej nichts von ihren Heiratsplänen wußte, beunruhigte sie nicht, amüsierte sie eher. Olga hatte von seinen Abenteuern erzählt, vielleicht um Maria zu entmutigen. Der Gedanke, daß er die schönste Frau von Kiew, Sonja Petrowna Uwarowa, besessen hatte, brachte Marias Blut in Wallung. Mit Sonja Petrowna hatte er sicher nicht stundenlang Hand in Hand gesessen; hatte ihr nicht Puschkins *Onegin* aufgesagt; hatte nicht gezaudert, sie zu küssen. Aber er täuschte sie nicht. Daß ihn der Mut just bei ihr verließ, war der Tribut, den er ihrer Liebe zollte. Seine Hand zitterte, wenn er ihre Hand berührte. Nach dem ersten Kuß würde es anders sein. Er würde entdecken, daß sie die Erfahrung der Damen von Kiew mit Phantasie zu ersetzen vermochte. Sie würden nicht leben wie die anderen Jungvermählten in Kiew, deren Liebe vor dem Altar zu Ende ging. Sie würde seine Frau werden und seine Geliebte bleiben.

»Wo bleibt Andrej?« fragte Mademoiselle Larue.

Die Gouvernante hatte Marias Unruhe bemerkt. Sie bemerkte jede Bewegung Marias. Denise Larue, Mitte Zwanzig, genug alt also und jung genug, war Marias erste Freundin, war ihre Verschworene, Beraterin und Vorbild. Ein Freund des Grafen in Paris hatte sie empfohlen; deshalb war sie wohl nicht gleich entlassen worden, obwohl sie von Anfang an Ärgernis erregt hatte. Kleider, Wäsche und Hüte der Pariserin waren nicht nur von französischem Schick, sondern eilten auch, wie alles Modische, der Mode voraus und bildeten den hämischen Gesprächsstoff der visitierenden Damen von Kiew. Das hübsche, intelligente Gesicht war von einer Schramme auf der Stirn entstellt, die Mademoiselle mit einem Unfall beim Reiten erklärte; da sie jedoch nicht reiten konnte, glaubte ihr niemand. Maria glaubte ihr alles. Die Französin war ihr stolzer Besitz, aber statt ihn zu beherrschen, glich Maria eher den Fetischisten, die zu Sklaven ihres Besitzes werden.

Mademoiselle entdeckte Andrej zuerst. Maria verließ ihre Gäste, lief ungestüm auf ihn zu.

Er trug, rührend und ungeschickt, einen delikaten Gegenstand, der mit einem losen Seidentuch bedeckt war. Er stellte ihn vor Maria auf den Rasen, lächelte und hob nun, einem Zauberer gleich, das Tuch hoch: hokuspokus, ein Vogelkäfig wurde sichtbar, darin ein Buchfink mit blauem Köpfchen, roter Brust und bunten Federn. Marias Kanarienvögel, Blaumeisen und Gimpel lebten in primitiven Behausungen, Andrej aber hatte ein altes spanisches Vogelbauer gefunden, aus farbigem Holz, mit Türen, Türmen und Bogenfenstern, so daß sich der Sänger darin wie ein Schloßfräulein spreizen konnte.

Nachdem die Gäste gegangen waren, verstand Maria es, Andrej zurückzuhalten. Mademoiselle Larue folgte ihnen in den Wintergarten, in dem die Vogelbauer hingen, doch blieb sie im Nebenzimmer, bereit zu erscheinen, sollte ein Mitglied der Familie das Alleinsein der beiden entdecken.

Sie standen am Fenster und blickten in den Park hinaus, über den die violetten Wolken des Juniabends herabschwebten, ein letzter Glanz über die Schatten.

»Warum warst du so lange nicht hier?« fragte sie.

»Das würde dich nicht interessieren.«

»Eine Frau . . .?«

»Nein, keine Frau.«

»Weißt du, daß ich eifersüchtig bin?«

Sie hoffte, er würde ihr sagen, daß sie dazu keine Ursache hatte; eine Liebeserklärung, ein Kuß, der Antrag vielleicht — und alles an ihrem sechzehnten Geburtstag.

An Frauen, sagte er, dächte er jetzt am wenigsten, Vergnügungen schreckten ihn ab: »Ich wünschte, ich könnte mein bisheriges Leben vergessen.«

»Ich weiß alles von dir«, unterbrach sie ihn. »Oder fast alles.« Sie lächelte. »Es stört mich nicht.«

Was sie meine, sei es nicht, sagte er. Und zögernd begann er, von Sergej zu sprechen, von Shitomir, von den Menschen, die hungrig nach Brot und durstig nach Freiheit waren.

Bewegt hörte sie zu, obwohl sie nicht gewiß war, was sie erregt hatte: die Ungerechtigkeit oder die Schilderung der gepeinigten Menschen, oder nur, daß er ihr wie ein schöner zorniger Engel erschien. Es wurde ihr klar, daß Phantasie Erfahrung nicht ersetzte, daß man zum Ziel nicht auf vorgezeichneten Wegen gelangte. Was ihm die Damen in Kiew gaben, vermochte sie ihm nicht zu geben, noch nicht: mit Verständnis würde sie ihn erobern. Für ein Kind hatte er sie gehalten, aber auch sie hatte sich geirrt: er war nicht jung. Er sehnte sich nicht nach einer Braut, sondern nach einer Frau.

»Du mußt mir viel mehr, du mußt mir alles erzählen«, sagte sie.

Er nannte, was in Shitomir mit ihm geschehen war, eine Erleuchtung, verhehlte aber nicht, daß ihn gerade diese Erleuchtung in Dunkelheit gestürzt hatte. Man wurde einsam, wenn man an die Sache der Rebellen zu glauben begann und ein Graf Wyrubow blieb. Dann unterbrach er sich, als fürchtete er, mit seinen ernsten Reden alles aufs Spiel zu setzen.

»Ich könnte dir ein Leben lang zuhören«, sagte sie.

Sie waren beide so erregt, als hätten sie sich den ganzen Nachmittag lang geküßt. Er hatte sich an seinen eigenen Worten erhitzt, hatte sich berauscht an ihrem Verständnis. Sie fühlte, daß er gelitten hatte und verwundet war, ihr deshalb verwandt, wenn auch durch fremde und unverständliche Leiden; daß er aber jetzt glücklich war, viel glücklicher als unter den Bäumen, als er ihre Hände genommen und Liebesgedichte rezitiert hatte. Auch sie war glücklicher, als hätte sie lange gesucht und endlich die Tür zu seinem Herzen gefunden.

»Ich könnte dir ein Leben lang erzählen, Maria«, sagte er.

Er allein nannte sie Maria. Er machte ihr keine Liebeserklärung, stellte ihr keinen Heiratsantrag. Er nahm sie in seine Arme, und sie küßte ihn, als hätte er ihr schon lange alles erzählt.

3

Bei seinem nächsten Besuch hielt Andrej um Marias Hand an. Sie bat ihn, er möge es ihr überlassen, mit ihrem Vater zu sprechen. Diese Genugtuung wollte sie selber auskosten.

Die erste, der sie ihre Verlobung mitteilte, war ihre Schwester. Olga hatte sich in das Netz ihrer eigenen Heuchelei verstrickt. Gewiß hätte sie weinen wollen oder wüten, aber wer sich so fehlerlos gab wie Olga, durfte nicht aus der Rolle fallen. Maria tat, als ob sie ihr glaubte; beklagte, daß sie, die Jüngere, zuerst heiraten würde; trieb die Qual der Schwester schließlich auf die Spitze: sie bat sie, bei ihrem Vater für sie zu sprechen.

Als Maria die Bibliothek betrat, saß der Graf über seinen Papieren. Sein Anblick — der kahle Kopf, von früh ergrauten, kurzgeschnittenen Haaren umkränzt; die Augen, transparent und zugleich undurchsichtig; der dichte Bart, in der Mitte gescheitelt, ein umgekehrtes V — sein Anblick genügte Maria, um sogleich in gereizte Stimmung zu verfallen. Am meisten reizten sie seine Hände, deren Inneres beinahe nie sichtbar wurde; nur der Rücken war sichtbar; wie segnend pflegte er die Hände auszustrecken, aber die Hand lastete auf jenen, die er segnete, und unterdrückte, was sie zu erheben schien.

Er begann, Andrejs Vater zu preisen: ein vorzüglicher Mann, vermögend und tief religiös; schlimm genug, daß die katholischen Familien in Rußland eine verschwindende Minderheit bildeten. Andrejs Mutter eine L'Ardennois, französischer Hochadel. Freilich hätte er Mura lieber als Prinzessin Trubetzkaja gesehen — hier hielt er einen Moment forschend inne. Die Verlobung: der Beginn des neuen Jahres würde die richtige Zeit sein; die Hochzeit könnte Anfang Juli gefeiert werden. Er fragte nichts, Andrej erwähnte er mit keinem Wort.

Maria wollte fragen, warum die Verlobung nicht gleich angekündigt werden könnte, aber sie wagte es nicht und haßte ihn mehr, weil sie es nicht wagte. Alles, was sie sagen wollte, würde ihr einfallen, nachdem sie das Zimmer verlassen hatte. Er hätte sich ihrem Glück widersetzt, wenn er es für Glück gehalten hätte. Er glaubte nicht, daß sie Andrej liebe und von ihm geliebt wurde. Er beglückwünschte sie nicht, weil das Glück nicht wünschenswert war. Wünschenswert war nur die Ordnung, und weil die Liebe unordentlich war, erwähnte man sie nicht. ›Man.‹ Man tat, was ›man‹ tat; was ›man‹ nicht tat, tat man nicht.

Enttäuscht, um die Genugtuung betrogen, lief sie zu ihrer Mutter. Seit Jahren verbrachte Katharina O'Rourke den größten Teil des Tages im Bett, dem trügerischen Asyl der Unglücklichen. Sie wurde im Bett frisiert; speiste oft im Bett; erledigte im Bett ihre Korrespondenz oder legte Patiencen. Im Krankenbett sah sie gesund aus. Hier hatte sie nie einen ihrer epileptischen Anfälle erlitten, die das ganze Haus fürchtete und die den Grafen für Tage forttrieben; nur zwischen den koketten Spitzenkissen ihres jungfräulichen Bettes fühlte sie sich geborgen.

Ja, sagte sie, sie habe die Nachricht schon von Olga vernommen; sei es denn auch wahr, daß ihre kleine Mura den schönen Andrej Antonowitsch heiraten wolle? Zögernd brachte sie es hervor, mit einem Lächeln, das bereit war, sich sogleich zurückzuziehen, als fürchtete sie, Maria könnte aus ihrer Frage Zustimmung heraushören. Kaum hatte Maria jedoch gesagt, ihr Vater habe eingewilligt, habe sogar den Hochzeitstermin festgesetzt, als Katharina O'Rourke in Tränen ausbrach, lachte, Maria an ihre schmale Brust zog und sie mit mädchenhaften, neugierigen Fragen überhäufte. Mit geröteten Wangen bat sie die Tochter, das Fenster zu öffnen. »Ein herrlicher Tag, Mura — alle Tage werden jetzt herrlich sein!«

4

Der Sommer verging, ein heißer Sommer; der heißeste seit Menschengedenken, sagten die alten Leute. Maria schlief bei offenen Fenstern. Die Glühwürmchen tanzten wie irdische Sterne, und auch die Sterne tanzten in der tanzenden Luft. Wenn Maria nach den benachbarten Gütern fuhr, sanken die Hufe der Pferde tief in den Staub ein. Staubgeruch mischte sich in den Geruch der Linden, die man um diese Jahreszeit schälte, um mit der Rinde die Dächer zu decken oder *Lapti* für die Füße zu flechten. Zuweilen gingen Gewitter nieder, heiße Gewitter.

Der Graf lud Andrej oft zum Essen ein. Da die Verlobung noch nicht angekündigt war, sprach niemand davon. Maria beobachtete Olga, die ihre Augen niederschlug, als hätte sie die Sünde erblickt; beobachtete ihre Mutter, die etwas sagen wollte, das sie dann doch nicht sagte; beobachtete Alexander und Zoä, die Andrej wie ein fremdes Tier musterten; beobachtete die Tanten, die mit den Köpfen wackelten; beobachtete ihren Vater, der zu warten schien, ob ein unziemliches Wort fallen würde.

In den ersten Herbsttagen traten zwei Ereignisse ein, die Maria zum Bewußtsein brachten, daß sie immer noch in Otrada war, an ihre Kindheit gefesselt.

Anfang September verließen die beiden Tanten das Haus, plötzlich, beinahe ohne Abschied, wie Aussätzige, deren man sich insgeheim entledigt. Erst später erfuhr Maria, daß ihr Vater sie in eine Irrenanstalt hatte bringen lassen, nach Warschau. Ihre Mutter erlitt einen epileptischen Anfall; Doktor Lissowskij aus Kiew blieb zwei Tage in Otrada. Niemand beantwortete Marias Fragen. Sie war auf die Erzählung einer Zofe angewiesen: Tante Anna habe sich tagelang nicht waschen wollen; Tante Sonja aber habe man weggeschickt, weil sie doch früher oder später tun würde, was die Schwester schon getan hatte. Maria fand keinen Schlaf. Sie malte sich aus, wie sie am Morgen vor ihren Vater hintreten und was sie ihm sagen würde. Der Morgen kam, und sie sagte nichts. Ihre Machtlosigkeit schüttelte sie wie ein Fieber. Sie versuchte, ihre Mutter, Olga, sogar ihre Brüder und die Dienstboten gegen ihren Vater aufzuwiegeln, aber die sahen sie nur an, als hätte sie selbst den Verstand verloren. Wie ein leeres Echo widerhallten ihre Worte.

Vierzehn Tage später erschien der Polizeimeister von Kiew in Otrada. Mit großem Gefolge war er gekommen; Gendarmen streiften durch den Park, den Blick gesenkt, als suchten sie etwas im bunten Laub. Die Dienstboten hockten auf dem Sims des Küchenfensters und tuschelten. Zwei Stunden blieb der Polizeimeister. Dann versammelte der Graf die Familie im großen Salon, unter den Bildern der irischen Ahnen, feierlich, eine Trauerzeremonie. Er verkündete, daß er seinen Sohn, Graf Nikolaj Nikolajewitsch O'Rourke, verstoßen habe und enterben werde; befahl, daß jeder, der Nikolaj in der Nähe des Gutes erblickte, es sogleich melde; ordnete an, daß Nikolaj niemand, und bettelte er auch darum, Obdach gewähre. Schrecklich sah er aus, wie ein schrecklicher Richter, der ein schreckliches Urteil spricht, aber er verriet nicht, was Nikolaj verbrochen hatte, als bedürften seine Urteile keiner Begründung. Marias Herz flog dem Halbbruder zu, obwohl sie kein Mitleid mit ihm empfand: wer Otrada nicht mehr betreten durfte, war nicht bemitleidenswert. Ihr Vater litt nur, weil Nikolaj aus seiner ersten Ehe stammte, sein eigentlicher Sohn. Es war gut, ihn leiden zu sehen.

5

Am Nachmittag kam Andrej. Mademoiselle Larue zog sich zurück.

»Hast du die Polizei gesehen?« fragte Maria. »Sie suchen Nikolaj. Kannst du dir vorstellen, was er verbrochen hat?«

»Im ganzen Land werden Studenten verhaftet. Sie sollen einen Anschlag auf das Leben des Zaren geplant haben.«

»Hältst du es für möglich, daß Nikolaj . . .?«

»Man hat auf der Universität so etwas gemunkelt.«
»Und das sagst du so einfach?«
»Ich kenne Nikolaj. Was er tut, tut er aus Überzeugung.«
»Was würdest du sagen, wenn dein Bruder den Zaren hätte ermorden wollen?«
»Ich habe dir erzählt, was ich in Shitomir gesehen habe.«
»Der Zar weiß nichts von Shitomir.«
»Es ist die Pflicht des Zaren, zu wissen, was in seinem Reich vorgeht. Keine Zeile stand in den Zeitungen. Hundert Menschen tot, und keine Zeile. Die Zensur hat es verboten. Verboten, verboten, verboten: als hätte das russische Vokabular kein anderes Wort. Die Leibeigenschaft haben wir abgeschafft, aber die Bauern können die Ablöse nicht zahlen. Lumpige dreißig Rubel für einen Mann, zehn Rubel für eine Frau! Die Wolgaschlepper schleppen die Lastkähne von Astrachan nach Nishnij-Nowgorod, fünfundsiebzig Tage lang. Und wir? Weißt du, daß sich die Prinzessin Urossowa rühmt, in Champagner zu baden? Fürst Trubetzkoj läßt seine Rennpferde töten, wenn sie nicht gewinnen. Die Fürstin Rjepnin hält zwei Pediküren, für jeden Fuß eine.«
»Gehörst du am Ende auch zu den Verschwörern?« fragte sie herausfordernd.
»Ich bin zu feig . . .«
»Die Attentäter sind feig. Was gehen dich die Bauern an? Sie werden ohnedies von Tag zu Tag frecher.«
»Sie werden von Tag zu Tag elender.«
»Du kennst mich nicht. Es würde mir unsagbaren Spaß bereiten, in Champagner zu baden.«
»Es ist kein Genuß, in Champagner zu baden. Es ist eine Sünde.«
»Du hättest Priester werden sollen.«
»Auch dazu gehört mehr Mut, als ich besitze.«
»Du willst mich nur heiraten, weil du zu feig bist, Bomben zu werfen oder ins Kloster zu gehen.«
»Ich will dich heiraten, weil ich dich liebe.«
»Du weißt gar nicht, was das heißt. Du liebst mich, als wäre ich nicht anwesend.«
Das war es. Jedesmal, wenn sie ihn festzuhalten glaubte, entglitt er ihr. Ihre Küsse erregten ihn, aber er verlor nicht die Besinnung. Er hörte aufmerksam zu, tat aber nur, was er für richtig hielt. Sie dachte nach, wie sie ihm weh tun könnte. Wenn er fern war, sehnte sie sich nach ihm, aber ihr Bedürfnis, ihm weh zu tun, wurde immer stärker. Andrejs Nähe forderte sie heraus. Er sprach nicht von Liebe, weil ihm das Los der schmutzigen Juden wichtiger war. Ihre Aufmerksamkeit hatte er mißverstanden. Seine Abenteuer hatten ihn begehrenswert gemacht; er wollte nichts von ihnen wissen — seine Kühnheit hatte sie beeindruckt; er leugnete sie — in sein Bild hatte sie sich verliebt; er zerstörte es. Sie hatte das Gefühl, daß sie ihm

Schmerz bereiten mußte, um ihn aus seinem Gleichmut zu scheuchen.

»Ich habe keine Lust, wie meine Mutter zu werden«, sagte sie. »Du irrst dich, wenn du glaubst, daß ich mich in ein Provinznest vergraben werde. Du küßt mich, wie man ein Kind küßt. Du hast dich nicht einmal gewehrt, als mein Vater die Hochzeit für Juni ansetzte. Kannst du so lange warten?«

Sie ließ sich nicht unterbrechen. Seine wunden Stellen kannte sie. Sie sagte, daß sie kein schlechtes Gewissen habe, reicher und vornehmer zu sein als die anderen; daß sie ihren Vater hasse, jedoch seinen Hochmut bewundere; daß sie zu den Frauen gehöre, die Andrej verachte; daß der Hunger schmerze, aber auch langweilig sei. Der vergeudeten Stunden klagte sie ihn an und weil Milch in seinen Adern fließe und weil er sie für seine Schwester halte.

Er ging früh an diesem Abend. Traurig erschien er ihr, nicht zornig. Die Nadelstiche und auch die Hiebe hatten ihre Wirkung verfehlt: er hatte sich nicht gebeugt und nicht widersprochen. Er wollte nicht kämpfen, also konnte sie auch nicht siegen. Sie wollte an seine Küsse denken und klagte ihn an, weil ihr Körper kalt geblieben war. In der Nacht träumte sie zum erstenmal von der Hochzeit. Vor dem Altar begann sie zu bluten. Sie hatte geheiratet und war noch keine Frau. Jetzt färbte das Blut das weiße Brautgewand rot.

VIERTES KAPITEL

1

»Ein Herr erwartet Sie«, sagte der Diener, als er Andrej öffnete.

Andrej blickte nach der Uhr. Aufgewühlt hatte er Otrada verlassen; es ging auf elf.

In seinem Arbeitszimmer trat ihm Nikolaj O'Rourke entgegen.

»Sie sind erstaunt, Andrej Antonowitsch; ich verstehe«, sagte er. »Ich muß mich entschuldigen. Ich werde Sie nicht lange aufhalten.«

»Wissen Sie, daß man Sie sucht?«

Nikolaj lächelte. »Sie selbst würden in Gefahr geraten, wüßte man, daß ich bei Ihnen bin. Seien Sie unbesorgt: die Polizei ist zu dumm, um mich zu finden. Ich hoffe, in wenigen Tagen die Grenze zu überschreiten.« Er zündete sich eine Papyrossa an. »Ich hätte Sie nicht besucht, aber ich habe es Burintzew versprochen.«

»Wo ist Sergej? Seit den Ereignissen in Shitomir ist er verschwunden.«

»Ich darf es Ihnen nicht sagen. In Sicherheit, sofern man davon sprechen kann. Er hat mir aufgetragen, Sie zu grüßen — das war natürlich, bevor der Haftbefehl gegen mich erlassen worden war.«

»Kann ich etwas für Sergej tun?«

»Seine Mutter hat seit langem keine Arbeit gefunden. Er bittet Sie, sich ihrer anzunehmen. Ich hätte es gern getan, aber ich besitze selbst nichts.«

»Wenn ich Ihnen helfen kann . . .«

»Danke, Sie haben sich schon genug gefährdet. Übrigens, verstehen Sie es richtig: meine Auslandsreise ist keine Flucht. Ich fahre mit einem ganz bestimmten Auftrag der Genossen.«

Die Ruhe, Heiterkeit beinahe, mit der Nikolaj sprach, beeindruckte Andrej. Wie weit mußte die Rebellion gediehen sein, da sie Menschen von so verschiedenem Wesen wie Sergej Burintzew und Nikolaj O'Rourke umfing. Dieser schöne Jüngling, Maria ähnlich — das gleiche Dunkelblond, die gleichen blauen Augen, sogar die gleiche etwas vorgeschobene Unterlippe —, war kein Fanatiker; ihn heizte nicht der Haß der Unterdrückten, nicht der Hunger der Armen, nicht der Ehrgeiz der Hoffnungslosen.

Nikolaj setzte sich nieder, schlug die schlanken Beine übereinander. Zum erstenmal zeigte sich ein schmerzlicher Zug auf seinem schmalen Gesicht. »Wie hat man in Otrada die Nachricht aufgenommen . . .?«

»Ihr Vater hat Sie verstoßen und will Sie enterben.«

»Und Mura?«

»Maria liebt Sie, aber Sie können nicht erwarten, daß sie Sie versteht.«

»Es würde mich wundern, wenn sie mich liebte. Man hat sie so wenig geliebt, daß ihr nichts anderes übrigbleibt, als allein sich selbst zu lieben. Die Menschen, die man beleidigt, werden zu Egoisten. Meinen Vater haßt Mura nur, weil sie ihm unter allen seinen Kindern am meisten ähnelt. Sie besitzt gute Eigenschaften, aber ihre guten wie ihre schlechten sind maßlos. Frauen sind oft gefährlich«, fuhr er wie in Gedanken fort, »weil sie in ihrer kleinen Welt tun wollen, was wir in unserer großen tun. Ihre Kriege und Revolutionen spielen sich zwischen vier Wänden ab; sie suchen ihre Feinde im Schlafzimmer. Mura ähnelt keinem jungen Mädchen, das ich kenne.« Er lachte. »Mein Vater hat Glück. Wäre Mura ein Junge, hätte er zwei Söhne verloren. Und Mura wäre den Genossen nützlicher als ich. Sie wird mir fehlen. In unserer Gesellschaft erledigen die Menschen das Leben, wie man seine Post erledigt: sie antworten, weil sie müssen. Mura gehört zu den wenigen Menschen, die leben. Sie wird Sie sehr glücklich oder sehr unglücklich machen . . .« Er stand auf.

»Hat Ihnen Sergej wirklich nichts anderes für mich aufgetragen?«

Nikolaj schüttelte den Kopf.

»Ich möchte Sie etwas fragen«, sagte Andrej. »Es beschäftigt mich seit Sergejs Verschwinden. Verachten Sie mich, weil ich nicht zu Ihnen gehören kann?«

»Sie sind im christlichen Glauben erzogen worden. Ihr Glaube steht zwischen Ihnen und Sergej, aber zwischen uns steht er nicht. Wir sind einander nicht so fremd, wie Sie annehmen. Sie sind ein geduldiger Christ, ich bin ein ungeduldiger. Geduld und Ungeduld – es kann sein, daß darin der ganze Unterschied liegt.« Er reichte Andrej die Hand. »Leben Sie wohl, und viel Glück!«

Andrej begleitete ihn zum Gartentor. Er ging ihm voran, um zu sehen, ob sich keine Gendarmen um das Haus herumtrieben. Die Straße war menschenleer.

2

In den Wochen, die auf Nikolaj O'Rourkes Besuch folgten, schwebte Andrej zwischen Glück und Elend.

Einmal überredete ihn Maria, mit ihr das Grab der ersten Frau ihres Vaters zu besuchen. Es war ein später Herbsttag; gläserne Nebel hüllten die Kronen der Bäume ein und gläserne Nebel stiegen aus der Erde, die irdischen und die himmlischen Gläser wollten miteinander anstoßen. Tief sanken die Füße in das Laub ein, das nicht mehr bunt und knisternd war, sondern schwammig und farblos. Auf halbem Weg blieb Maria stehen; beschwor ihn umzukehren. Der Witterung halber, meinte er, aber sie flüsterte, daß die Fürstin aus dem Grab zu steigen pflege, um die Trauerweiden zu knikken und Ruten aus ihnen zu flechten. Heute, beharrte sie, sei ein solcher Tag; sie wisse es, weil sie es wisse. Als er sie fragte, warum sie es früher nicht gewußt habe, schwieg sie und suchte zitternd Schutz an seiner Brust.

Ein andermal traf er sie in lebhafter Erregung an. Eines der Lieblingspferde ihres Vaters sei gestürzt, habe sich die Beine gebrochen und würde erschossen werden. Er dachte, das Mitleid habe sie aufgebracht, aber sie war auf dem Weg zum Gutshof, wo das Pferd erschossen werden sollte. Starr vor Entsetzen stand er neben ihr, weil sich in ihren Augen eine Wonne malte, die er sich nicht erklären konnte. Er wollte ihr die Augen zuhalten, sie fortziehen, aber sie blieb, bis auch die letzten Zuckungen des Tieres verebbt waren. Sie sprach nicht mehr von dem abscheulichen Erlebnis, aber sie war den ganzen Abend erregt; scherzte mehr und begegnete ihm zärtlicher, als es sonst ihre Art war.

Kaum hatte ihn ihre Grausamkeit bestürzt, da erzählte ihm Katharina O'Rourke – Marias Vater durfte es nicht erfahren –, daß sich Mura jeden Tag ans Fenster einer Zofe begeben habe, die von Scharlach befallen worden war und der sich niemand zu nähern wagte. Die Dienstboten hatten sich geweigert, dem Mädchen Nahrung zu bringen — da war Mura täglich dreimal in die Küche gegangen, hatte selbst ein Tablett bereitet und war damit ans Fenster des Gesindehauses gegangen. »Wenn man Gutes tut, beschützt einen ein guter Engel«, sagte sie und sorgte weiter für die Magd.

Trübsinn mischte sich in Leichtsinn, Oberflächlichkeit paarte sich mit Ernst, Aufrichtigkeit mit Lüge, Sentimentalität mit Kälte. Sie entschuldigte sich für das, was sie Andrej am Tage des Polizeibesuchs in Otrada gesagt hatte. Stundenlang saß sie neben ihm, während er von einem Haus sprach, das er, nicht allzu weit von Kiew, gefunden hatte und für sie beide umbauen wollte — ein Haus, in dem es keine Ungerechtigkeit geben sollte und nichts Häßliches. Einmal sprach sie bewundernd von einer Pensionatsfreundin, die ein von ihrem Großvater geerbtes Gut unter den Bauern aufzuteilen plante. Gleich darauf jedoch wollte sie wissen, ob Fürst Golowin wirklich dreizehn Häuser besaß, in denen er dreizehn Mätressen hielt, und ob sich Graf Lopuchin tatsächlich von den Zigeunern auf den Friedhof hatte geigen lassen, wo er, nach einem Gelage von drei Tagen und drei Nächten, tot umgefallen war? Einmal überraschte sie Andrej mit einer Liste aller Gäste, die sie zum Verlobungsfest einladen wollte; als er später darauf zu sprechen kam, hatte sie es vergessen und meinte, das neue Jahr sei noch weit. Sie fragte, warum er sie liebe, und als er antwortete, daß die Liebe keines Grundes bedürfe, wunderte sie sich, daß er sie liebe. Wenn er ihre Reinheit pries, deutete sie geheimes Wissen an; sagte er ihr, daß er sie begehre, fragte sie ihn, warum er nicht bei den leichtsinnigen Frauen von Kiew geblieben sei. Immer wieder gelang es ihr, Mademoiselle Larue abzuschütteln; sie führte Andrej in einen Stall, wo eine Kuh gekalbt hatte, legte ihre Arme um seinen Hals und warf sich lachend in das Heu, ließ sich von ihm küssen und küßte ihn, bis seine Lippen wund wurden und er alle guten Geister anrufen mußte, um ihren Körper nicht zu berühren. Dann vergingen Wochen, ohne daß die Erzieherin je von ihrer Seite wich, und als Andrej eine Bemerkung wagte, klagte sie ihn der Ungeduld an.

Als der erste Schnee fiel, die Tage kürzer wurden und nur noch vier Wochen blieben bis zur Verlobung, gestand sich Andrej, daß ihn das Rätsel ihres Wesens mehr anzog als ihr Wesen. Er war nicht gewiß, ob er es je lösen würde.

FÜNFTES KAPITEL

1

Anfang Dezember fuhr Maria mit Mademoiselle Larue nach Kiew. Weihnachtseinkäufe waren der Vorwand; der Plan war lange ausgeheckt, seine Durchführung von langer Hand vorbereitet worden. Schon einen Monat vorher hatte sich Mademoiselle ihrer Schutzbefohlenen eröffnet. Ein Bekannter, Baron de la Motte, ehemaliger Diplomat und ungemein wohlhabend, habe sich für den Dezember angesagt; sie müsse ihn sehen; er werde sie beide nicht nur ins Theater, sondern auch in das berühmte *Château des Fleurs* führen.

Die Erlaubnis hatte Maria nur schwer erhalten, denn sie besaß keine Verwandten in Kiew und mußte mit der Gouvernante im *Grand Hotel* absteigen. Sie war enttäuscht, weil Andrej zu einem Begräbnis nach Moskau gefahren war, aber ihr Kummer ging bald im Wirbel neuer Eindrücke unter.

Ein französisches Opernensemble hatte Massenets *Le roi de Lahore* dargeboten. Maria, ohnedies nicht allzu musikalisch, hatte wenig davon gehört: zu sehr war sie beschäftigt gewesen mit ihrem Gastgeber, einem Mann von über Fünfzig, dem die Tränensäcke wie Dackelohren über die Wangen hingen und der sich während der ganzen Vorstellung angelegentlich mit dem Knie der Gouvernante beschäftigte; mit den Toiletten, neben denen ihr eigenes Kleid, obschon von Mademoiselle umgeschneidert und nicht mehr ganz schicklich, provinziell wirkte; mit den Gesprächen im marmornen Foyer, die mit dem Puder der Intrige, Liebelei und Eifersucht überstreut waren.

Im *Château des Fleurs*, das sie am Arm des Franzosen betrat, dachte sie nur daran, sich ihr Erstaunen nicht anmerken zu lassen. Es fiel ihr leichter, als sie gedacht hatte. Das *Château des Fleurs*, Restaurant und Nachtlokal, besaß einen zweifelhaften Ruf, doch war dieser insofern unbegründet, als die Intimität im Pomp, die Heimlichkeit im Lärm und das Schlüpfrige in der Dimension unterging. Dunkelrote Plüschmöbel, sprühende Fontänen, Wodka und Champagner in Eis; Zigeuner und Balalaikaspieler, exotische Blumen wie Kraniche oder Flamingos, künstliche Grotten; überall Zigeunerinnen in weiten Röcken und anliegenden Blusen, bunte Tücher auf den Haaren, Goldmünzen in den Ohren, schamlos bemüht, ihren Gastgebern zu gefallen. Die Gäste des Barons, zehn oder zwölf an der Zahl, waren schon versammelt, aber einige Plätze waren noch leer: Sänger und Sängerinnen der Pariser Gastspieltruppe wurden erwartet.

Der Mann zur Rechten Marias war ihr, wenigstens dem Namen nach, nicht fremd. Pjotr, der Bruder Graf Wassilij Wassilijewitsch Tarnowskijs, war oft in Otrada gewesen. Um so überraschender erschien ihr Graf Wassilij. Zeichnete sich Pjotr durch ein zartes, träumerisches Wesen aus, so war sein Bruder herausfordernd männlich; war Pjotr blond und glatt rasiert, so war Wassilij dunkel, mit einem französisch gestutzten Schnurrbart unter der etwas zu kurzen Nase; glich Pjotr einem milden Hirten, so fiel einem beim Anblick Wassilijs ein kühner Jäger ein.

»Trinken Sie, Komtesse, das wird Ihnen über den ersten Schrekken hinweghelfen«, lachte Tarnowskij.

»Ich bin nicht erschrocken.«

»Wollen Sie behaupten, daß Sie solche Lokale zu frequentieren pflegen?«

»Das nicht . . .«

»Wie kommt Mademoiselle Larue zu Ihnen?«

»Ein Freund meines Vaters hat sie uns empfohlen.«

»Denise Larue als Gouvernante — ein köstlicher Einfall.«

Schon erzählte er, welche Bewandtnis es mit Mademoiselle hatte. Eine der beliebtesten Lebedamen von Paris sei sie gewesen: ein paarmal wohlhabend, wie gewonnen, so zerronnen; zuletzt habe sie es sich in den Kopf gesetzt, einen ältlichen Staatssekretär seiner Frau abspenstig zu machen; die Dame habe ihr die Polizei auf den Hals gehetzt, deshalb ihr Bedürfnis nach Luftveränderung. »Wahrscheinlich war auch der Freund Ihres Vaters einer ihrer Gönner gewesen. Noch immer nicht schockiert?«

Sie war es nicht, im Gegenteil. Sie malte sich aus, was ihr Vater sagen würde, sollte er die Wahrheit erfahren. Er hatte ihr verboten, französische Romane zu lesen, und einer Kokotte hatte er sie anvertraut! Selbstverständlich würde sie mit Mademoiselle, mit Denise richtiger, darüber sprechen. Denise mußte ihr von Paris erzählen, vom Leben einer Lebedame. Bisher hatte Denise immerhin den Schein gewahrt und nur unter heuchlerischem Protest die Zügel gelockert; nun war sie Maria ausgeliefert.

Er sei eigentlich nur der Sänger halber gekommen, erzählte Wassilij Tarnowskij, denn er lerne singen — »blutiger Dilettant natürlich, ich mache alles halb«. Es gefiel ihr, daß er sich nicht ernst nahm. Er hatte eine amüsante Art, über sich zu spotten und sich zugleich in Szene zu setzen, wie es Menschen eigen ist, die, da sie über sich selbst stehen, wohl auch über den anderen stehen müssen. Wieder sprach er von sich: »Ich habe neulich einen chinesischen Roman gelesen. Natürlich nur halb. *Der Traum der roten Kammer.* Darin hieß es von einem Mann, er trage *den Wind auf den Schultern, den Mondstrahl in den Ärmeln.* Die Beschreibung paßt auf mich.« Aus einem kleinen Flakon schüttete er Wodka in ihren Champagner.

Während sie ihm zuhörte, glaubte Maria zu fühlen, daß sie größer wurde, immer größer. Sie wuchs, bis die Fesseln rissen. Zugleich spürte sie ihren Körper, ihre Brüste und ihre Knie und ihre Lenden; sie wunderte sich, daß es ein wohliges Gefühl war, weil man doch seinen Körper sonst nur spürte, wenn er schmerzte. Am merkwürdigsten schien es ihr, daß sie das gleiche empfand wie damals, als sie zu sehen begonnen hatte. Die Balalaikaspieler und die Liebespaare, die Zigeunerinnen und die Gäste, die Champagnerflaschen und die Lüster spiegelten sich in einem tiefen Wasser, zitterten und schlängelten sich, doch wußte sie, daß sie plötzlich ruhen und dastehen würden in schönen Konturen. Es war ihr, als hörte ihr ganzes Elend auf und als wagte sie es in diesem Moment, ihrem Elend in die Augen zu blicken, dem erlegten Drachen.

»Wir wollen tanzen, Maria Nikolajewna«, sagte Tarnowskij.

Sie zwängten sich durch eine schmale Grotte, die mit bunten Muscheln ausgelegt war, Tropfsteinhöhle und Rummelplatz. Eine Damenkapelle spielte im anschließenden Saal, dürftig bekleidete Damen.

Tarnowskij hatte Maria um die Hüften genommen; es wurde ein Walzer gespielt.

»Ist es wahr, daß Sie verlobt sind?« fragte er.

»Noch nicht.«

»Ein Glück! Ich werde Sie in Otrada besuchen.«

»Sie werden die Türen verschlossen finden.«

»Habe ich vergessen zu sagen, daß ich ein Zauberer bin? Ich kann verschlossene Türen öffnen.«

Als sie zum Tisch zurückkehrte, verlangte sie ein neues Glas Champagner. Sie wußte, daß sie betrunken war. Wie konnte sie betrunken sein, da sie es wußte? Der Baron hatte seinen Kopf auf den Busen einer Sängerin gelegt; der Kopf wuchs aus dem Busen. Mademoiselle Larue winkte ihr zu; ach ja, es war Denise, die Lebedame. Einer der Gäste träufelte langsam Champagner in die Bluse einer Zigeunerin. Mut erfaßte Maria, wie einen sonst Wut erfaßt oder Sehnsucht, aber weil man doch nicht nur um des Mutes willen mutig sein konnte, suchte sie etwas, woran sie ihren Mut zu erproben vermochte. Wenn ihr Vater das *Château des Fleurs* betreten würde oder Andrej! »*Wind auf den Schultern, Mondstrahl in den Ärmeln*, das paßt auch auf mich«, sagte sie zu Tarnowskij.

Es war drei Uhr morgens, als sie aufbrachen. »Schließ den Pelz«, sagte Mademoiselle Larue. Tarnowskij knöpfte ihr den Kragen hoch, zog sie näher an sich. »Wir trinken alle noch einen Kaffee im Hotel.«

Die Schlitten fuhren vor. Eine Schar von Türstehern half den Gästen beim Einsteigen. »Ich nehme die Komtesse in meinem Schlitten mit«, sagte Tarnowskij.

Es hatte seit Tagen nicht mehr geschneit. Wie von Kinderhand gezeichnet, waren die Spuren der Schlitten auf den vereisten Straßen. Der Himmel war weit und die Sterne so fröhlich, als wären sie unecht. Der Mond hing in den Bäumen der Nabereshnojie-Chaussee.

Maria sah sich in einem Spiegel. Eine junge Frau ließ sich von einem schönen Mann in einen Schlitten heben; sie gehörte zu einer lachenden, trunkenen Gesellschaft; alle waren reich und vornehm und lustig; den ganzen Abend hatte man die junge Frau bewundert, und nun fuhr sie in das Palais ihres Geliebten; der schöne Mann breitete seinen Mantel um ihre Schultern; er nahm sie in seine Arme und küßte sie.

Ihr Körper war wach wie in den Träumen, die sie lange nicht mehr geträumt hatte.

2

Monatelang hatte sie sich gefragt, wie es kam, daß ihr Körper, der in den Nächten des Pensionats so wach gewesen war, zu schlafen schien. Die Ruhe beunruhigte sie.

Jetzt träumte sie wieder. Wassilij erschien in ihren Träumen. Nackt badete sie; er jagte sie am Waldrand entlang; sie paarten sich. Wind auf seinen Schultern, Mondstrahl in seinen Ärmeln. Das *Château des Fleurs* betrat sie; alle waren festlich gekleidet, nur sie war nackt; Wassilij kam auf sie zu, kniete nieder, küßte ihre Knie; auf dem Podium, wo die Damenkapelle spielte, wartete ein Bett.

An einem Tag, an dem der Traum der letzten Nacht in ihr noch so lebendig war, daß er die Wirklichkeit immer wieder eine Weile begleitete, erschien Wassilij Tarnowskij in Otrada. Er kam mit Jurij Tolstoj, dessen Eltern das benachbarte Gut in der Provinz Poltawa besaßen. Er blinzelte ihr zu, und sie tat, als sähe sie ihn zum ersten Male. Sie wurde seine Verschworene.

Unter allerlei Vorwänden kehrte er in den nächsten Tagen zurück. Er wußte es so einzurichten, daß er Andrej nie traf. Klug verstand er es, seine Umgebung zu korrumpieren. Er pries die Zeichnungen Olgas; er erledigte in Kiew Besorgungen, die ihm die Gräfin auftrug; sprach mit Alexander über Dampfturbinen und steckte Zoä Süßigkeiten zu. Maria gegenüber heuchelte er nie: er machte sich lustig über die Menschen, die seinen Verführungskünsten so leicht erlagen. Mademoiselle Larue brauchte er nicht zu bestechen. Ein Blick aus seinen dunklen Augen, und die Gouvernante sprang davon wie ein dressiertes Hündchen.

Mitte Dezember holte Wassilij sie in seinem Schlitten ab, den er selbst lenkte. Er wollte ihr, hatte er bei einem früheren Besuch gesagt, seine Datsche zeigen, die nur sechs Sashen von Otrada entfernt lag. Unterwegs hielt er bei einem Gasthof. Die Gouvernante stieg aus. Der Anstand gebot Maria zu protestieren, aber Wassilij und Mademoiselle handelten mit einer Selbstverständlichkeit, als wäre alles mit Marias Zustimmung vereinbart worden.

Der Schlitten schlug einen schmalen Seitenpfad ein. Wie mit Pastellstiften gezeichnet ragte die Datsche aus dem Schnee; dumm und unschuldig wirkten ihre bunten Farben auf dem Weiß der Landschaft.

Als ihr Wassilij aus dem Schlitten half, glaubte Maria die Datsche zu erkennen, und mit Sicherheit erkannte sie den alten Diener, der öffnete, sie in den einzigen großen Raum führte, ein paar Scheite in den Kamin warf und wortlos verschwand.

»Ist das nicht einer von Jurijs Dienern?« fragte sie.

»Natürlich.«

»Ist das nicht Jurijs Datsche?«

»Natürlich.« Er half ihr aus dem Pelz.

»Ich dachte, du wolltest mir deine Datsche zeigen.«

»Ich besitze überhaupt keine Datsche. Wahrscheinlich bin ich der ärmste Reiche, den du kennst.«

Er machte kein Hehl daraus, daß er sie unter falschem Vorwand in Jurijs Datsche gelockt hatte; leugnete nicht einmal, daß Jurij von dem geheimen Stelldichein wußte. Er kompromittierte sie und entschuldigte sich nicht.

Sie setzte sich in einen der buntgeschnitzten Lehnstühle vor dem Kamin. Seine Aufrichtigkeit entwaffnete sie. Wie er sie in den Betrug an den anderen eingeweiht hatte, so machte er sie zur Komplicin des Betrugs an ihr selbst.

Er brachte ihr ein Glas Wodka, schenkte sich ein großes Glas voll, und begann, von Andrej zu sprechen. Sie hatte an Andrej gedacht. Er fragte nicht, ob sie Andrej liebte: »Du hast dich in mich verliebt, also liebst du ihn nicht.« Junge Mädchen heirateten den ersten, der um ihre Hand anhielt, sagte er. In zivilisierten Ländern, wie Frankreich, fände man voreilige Ehen lächerlich. »Dort denkt man an die Ehe, bei uns nur ans Heiraten.« Und Andrej? »Er liebt dich, aber er ist nicht verrückt nach dir. Ich kann dir voraussagen, was geschehen wird, ich kenne es von meinem Vater. Er war ein idealer Bräutigam. Jetzt hat er jeden Monat eine neue Geliebte — weil er nie auf den Gedanken verfallen war, daß seine eigene Frau seine Geliebte sein könnte. Moralisch durch und durch — für den Hausgebrauch.«

Sie verteidigte Andrej nicht. Das Gewissen war wie ein hungriger Moloch: man stopfte ihm das Maul mit Anklagen gegen den, den man verraten wollte. Es war Andrejs Schuld, daß sie mit Wassilij in der Datsche Jurij Tolstojs war.

Wassilij setzte sich zu ihren Füßen, umfaßte ihre Knie.

»Du siehst wie ein Engel von Botticelli aus«, sagte er. »Es tut mir leid, daß ich mich in dich verliebt habe, aber es ist geschehen, im Augenblick, als du das *Château des Fleurs* betratst. Ich muß mir den Schlaf wieder erobern, den du mir geraubt hast. Schade, daß du Angst vor mir hast, Mura.«

»Warum soll ich Angst vor dir haben?«

»Weil ich alles von dir weiß. Du bist wie ich. Und ich halte nicht viel von mir.«

Sie verglich sein Gesicht mit dem Andrejs. Er war den Dreißig näher als den Zwanzig, sah älter aus. Der Mund beherrschte seine Züge. Wenn er lachte, erhellte sich das Gesicht; es verdunkelte sich, wenn er ernst wurde.

Er zog sie zu sich auf das weiße Bärenfell. Sie schloß die Augen, aber er küßte sie nicht, bis sie die Augen wieder geöffnet hatte, als wollte er sagen, daß er seine Leidenschaft zu zügeln vermochte; als wollte er sie zwingen, ihre eigene Leidenschaft zu bekennen, statt in eine heuchlerische Ohnmacht zu fliehen. Sie sah ihm in die Augen, lachte, schob die Unterlippe vor. Er nahm ihren Kopf in seine Hände; langsam näherten sich ihr seine Lippen.

Dann aber, als er sie geküßt hatte, ging eine Wandlung mit ihm vor, die alles, was seit ihrer ersten Begegnung in ihr verschüttet gewesen war, wachrief: ihre Erziehung und ihren Glauben und ihre Treue und ihre Jungfräulichkeit. Er küßte ihren Hals und ihre Schultern; hauchte seinen warmen Atem in ihre Ohren; tastete mit seinen Händen ihr Rückgrat entlang; ehe sie sich wehren konnte, hatte er ihre hochgeschlossene Bluse geöffnet und versuchte nun, ihr Batistleibchen zu öffnen. Sie entzog sich ihm, zögernd, noch nicht ganz; er entkleidete sie nicht weiter, noch nicht; eine Hand berührte die Brust, suchte die Knospe, die sich aufgeschlossen hatte; die andere Brust bedeckte er mit Küssen, welche die noch nicht erschlossene Knospe suchten. Einen Augenblick lang, nicht mehr, genoß sie seine Liebe mit einer schmerzenden Heftigkeit; ihre Lippen taten weh und ihre Brüste und die Haut über ihren Knien, aber die Schwäche, die sie mit der frühen und plötzlichen Erfüllung überkam, verlieh ihr, noch während sie geschah, eine kühle Kraft. Sie stieß Wassilij zurück, schlug ihn gegen die Brust und wollte sich erheben. Er hielt auch das für ein Spiel der Vereinbarung, ließ nicht von ihr ab. Sie versetzte ihm einen Tritt. Er taumelte zurück und schrie auf. Als er jedoch wieder, besinnungslos jetzt, ihren Mund suchte, versenkte sie ihre Nägel in seine Haut; Stirn und Wange begannen zu bluten, und obwohl er sich nun unflätig fluchend zurückzog, verkrallten sich ihre Nägel in sein Gesicht, als wollten sie ihre Spuren in seine Züge eingraben.

Auf dem Weg nach Borispol war Maria erregt, aber nicht aufgewühlt. Die Vorstellung, was Mademoiselle Larue, die sie dort abholen mußten, bei Wassilijs Anblick sagen würde, erheiterte sie. Der Genuß, den sie bei seiner Demütigung erfahren hatte, ließ sie die Kränkung vergessen. Sie hatte ihm Schmerz bereitet, und sie hatte gesiegt. Wie sie den stummen Mann betrachtete, der mit zusammengebissenen Zähnen neben ihr saß und wütend auf das Pferd einschlug, überkam sie eine unerklärliche Zärtlichkeit. Er liebte sie. Was verschlug es, daß er geglaubt hatte, sie sei so dumm, seine Geliebte zu werden?

SECHSTES KAPITEL

1

Das katholische Weihnachtsfest ging vorüber, das neue Jahr brach an, aber die Familien O'Rourke und Wyrubow hatten die Verlobung ihrer Kinder Andrej Antonowitsch und Maria Nikolajewna noch immer nicht gefeiert. Maria hatte Andrej um Geduld gebeten; ungeduldig hatte er sich ihrem Wunsch gefügt.

Der Frühling kündigte sich an. Mittags war es schon warm, die Eiszapfen an den Dachrinnen begannen zu tropfen, aber am Nachmittag vereisten sie wieder, und die Sonne erbleichte wie eine Kranke, die sich zuviel zugetraut hatte. Unter dem Schnee rumorte das ungeduldige Wasser. Hier und dort brach das Eis unter den Schlittschuhläufern. Ein warmer Wind flog durch die Bäume, ein junger Vogel, der seine Flügel versucht, erschrocken in sein Nest zurückflattert.

Ende März warf ein hohes Fieber Andrejs Vater zu Bett. Anfangs meinte man, es handle sich um eine Erkältung, aber eine Lungenentzündung gesellte sich dazu, die Ärzte befürchteten das Schlimmste.

Andrej verließ selten das Haus. Er schrieb lange Briefe an Maria. Dem Postboten eilte er entgegen, wartete auf Antwort. Er schlief im Zimmer des Dieners, das dem Schlafzimmer des Grafen benachbart war. Stundenlang saß er stumm am Bett des Vaters. Der alte Mann lag, gegen den Rat seiner Ärzte, flach auf seinem harten Kissen.

Erst jetzt kam es Andrej zum Bewußtsein, wie sehr er seinen Vater liebte. Es war schwer, sich das Leben eines anderen vorzustellen, am schwersten des Menschen, der einen gezeugt hatte.

Der Mann im Bett, vierzig Jahre älter als Andrej, war so hager, als müßte er immer frieren, aber er hatte wohl nie gefroren; seine Augen waren kalt wie ein vereister See, aber die Menschen und die Tiere waren zu ihm gekommen; seine Hände waren schmal und wie knochenlos, aber in der bittersten Kälte hatte er draußen gestanden und Holz gefällt. Man hielt ihn für einen Asketen, doch hatte ihn Andrej nie anders als fröhlich gesehen: freudig hatte er auf die Freuden des Lebens verzichtet. Die Wyrubows stammten aus Polen. Anton Fjodorowitsch hatte Priester werden wollen, aber er trug seine Frömmigkeit nie zur Schau, und eiferte er zuweilen, so geschah es, weil er sich, in einer orthodoxen Welt, für eine Minderheit verantwortlich fühlte. Der Graf pflegte zu sagen, daß die Menschen neben unzähligen Eigenschaften eine besaßen, um die alle anderen kreisten. Eine einzige Eigenschaft hatte Gott dem Menschen mit Sicherheit verliehen, in einer einzigen zeigte sich mit Sicherheit Sein Wille. Tugenden und Untugenden reihten sich nicht nebeneinander auf: kleine Steine waren sie um einen großen, von ihm bestrahlt oder beschattet, erhöht oder entwertet. Verantwortungsgefühl war der große Stein des Grafen Wyrubow. Er fühlte sich verantwortlich für seine Religion, deshalb lebte er danach; für sein Vermögen, deshalb verwaltete er es in strenger Ordnung; für seine Dienstboten, deshalb liebte er sie. Seit es ans Sterben ging, fühlte er sich verantwortlich für den Tod. Er gehörte nicht zu den Frommen, die das gepriesene Himmelreich fürchten. Von falscher Hoffnung wollte er nichts wissen, weil der Tod dem Christen nicht hoffnungslos erscheinen darf. Den Toten, sagte er, sei die Verantwortung abgenommen, aber es wäre doch zu bequem, wollten sich die Sterbenden benehmen, als wären sie tot. Er riet Andrej, er möge nach seiner Heirat das Haus in der Lindenstadt verkaufen, da eine falsche Pietät weder den Erben noch den Möbeln zuträglich sei. Zeigte er sich besorgt, so nur, weil er fürchtete, ohne die Letzte Ölung gehen zu müssen. Der Dominikanerpater Louis de Villemorin, Franzose und des Grafen langjähriger Freund, bezog ein Gastzimmer in der Nähe des Kranken.

An einem regnerischen Aprilmorgen, an dem sich der Zustand des Grafen überraschend gebessert hatte, so daß Doktor Nadjischdin Hoffnung schöpfte, erhielt Andrej endlich einen Brief aus Otrada. Der Brief jedoch war vom Grafen Nikolaj Nikolajewitsch O'Rourke gezeichnet und lautete:

Mein lieber Andrej Antonowitsch!

Gewisse bedauerliche Ereignisse in meinem Haus lassen es geboten erscheinen, daß Sie, sobald es Ihnen möglich ist, nach Otrada kommen. Was ich Ihnen zu sagen habe, eignet sich nicht, einem noch so ausführlichen Brief anvertraut zu werden.

Ich weiß, daß es Ihnen schwerfällt, das Krankenlager Ihres Vaters, meines lieben Freundes Anton Fjodorowitsch, zu verlassen, dessen baldige Genesung ich von der Heiligen Mutter Gottes inbrünstig erflehe. Ich könnte es mir indes nicht verzeihen, Sie weiter über eine Lage im unklaren zu lassen, die ohne Ihr Verschulden entstanden ist und die Ihnen mit männlicher Würde tragen zu helfen mein aufrichtiges Bestreben sein wird.

Der herzliche Ton des Briefes erschreckte Andrej noch mehr als sein Instinkt. Er machte sich am selben Tag auf den Weg nach Otrada.

2

Maria war nicht im Haus: Andrej wußte es, als er das Bibliothekszimmer betrat, über dessen dunkle Möbel sich ein verwandtes Dunkel gelegt hatte. »Mura ist fort!« — der Satz, mit dem ihn der Graf empfing, traf ihn wie ein Schlag, den er erwartet hatte, traf ihn doch nicht minder heftig. »Sie ist davongelaufen wie ein geprügelter Dienstbote«, fuhr der Graf fort, und es war ihm anzusehen, daß er sich fürchtete, in Andrejs Augen als Feigling zu erscheinen; deshalb sprach er alles aus, was ihn bewegte. »Ich müßte lügen – Wassilij Tarnowskij hat sie nicht entführt; sie ist davongelaufen, mit Hilfe der Dienstboten; mit denen hat sie sich ja immer verstanden; zu ihm, ohne seine Hilfe. Jeder Knecht in der Provinz Poltawa weiß, daß die Komtesse O'Rourke davongelaufen ist.«

Was er von diesem Augenblick an sprach, war Andrej unbegreiflich. Weihnachtseinkäufe in Kiew; ›zum erstenmal ließ ich mich überreden, sogleich hat sie mich hintergangen‹; Mademoiselle Larue, ein anonymer Brief, hier ist er, ›eine Pariser Lebedame‹; die Besuche des jungen Tarnowskij, wer weiß, wen er bestochen hat, ›ein Dahergelaufener, der Ruf seiner Familie nicht viel besser als er selbst‹ – der Graf sprach und sprach; Andrej konnte ihn nicht unterbrechen.

Er klammerte sich an den Wunsch, die Uhr zurückzustellen in die Unwissenheit. Seine Ahnungen erschienen ihm wie übersehene Warnungszeichen. Maria lebte, obwohl sie gestorben war, ein Gespenst aus Fleisch und Blut.

»Das ist nicht möglich«, sagte Andrej endlich. Ein Irrtum, momentane Geistesverwirrung; kein Abschiedsbrief, das sei unmöglich; vielleicht irrt sie in der Gegend herum – der Gedanke, daß sie wahnsinnig geworden sein könnte, beruhigte ihn; man konnte Wahnsinn heilen, Liebe konnte sie heilen und Nachsicht – Wassilij Tarnowskij und Maria, unmöglich – »wir müssen sie finden, müssen sie zurückbringen.«

Der Graf lachte. Sein Lachen klang nicht bitter; er machte sich lustig über den anderen, der glaubte, man könne ein verklungenes Gespräch aus dem Äther holen oder die verlorene Stunde einfangen.

»Nicht Maria zu entschuldigen habe ich Sie gerufen, Andrej Antonowitsch«, sagte er, »Sie sind da, um meine Rechtfertigung zu hören. Ich habe ihr meine Einwilligung erteilt, Wassilij Tarnowskij zu heiraten.« Maria in Charkow; bei einer Tante Tarnowskijs, seit vier Tagen, die Flucht in der Nacht vom Sonntag auf Montag. Die Rechtfertigung. »Es blieb mir nichts anderes übrig.« Angst vor Selbstmord? Nein, das war es nicht, Mura würde keinen Selbstmord begehen. Eine Anklage auch dies, als würden nur die Würdigen sich töten. Um den Namen O'Rourke ginge es, um die Ehre. »Ich habe ihr die Polizei auf den Hals gehetzt, sonst wäre sie wahrscheinlich schon bei Tarnowskij, seine Geliebte.«

»Das konnten Sie nicht«, sagte Andrej. »Sie weiß nicht, was sie tut.«

»Kommen Sie zur Besinnung, Andrej Antonowitsch. Ich verstehe Ihren Schmerz, aber kommen Sie zur Besinnung!« Der epileptische Anfall. Nein, es war natürlich kein epileptischer Anfall, alles Komödie. »Als ich diese Pariser Dirne hinauswarf, da ist es geschehen.« Da hatte sich Mura auf den Boden geworfen, hatte mit den Zähnen gefletscht, hatte sich wie eine Besessene gebärdet — »alles Komödie; die epileptischen Anfälle hat sie ihrer Mutter abgeguckt; die Ärzte konnte sie nicht täuschen.«

Andrej fragte sich nicht, ob er Maria verzeihen wollte; er wollte nur verstehen. Sie allein konnte es ihm erklären; er mußte sie sehen.

»Sie können es nicht zulassen, Nikolaj Nikolajewitsch«, sagte er. »Muras halber . . .«

»Ihr Vater würde mich verstehen. Die Ahnen der O'Rourkes waren Könige. Ich bin der Adelsmarschall dieser Provinz, Seiner Majestät Rechenschaft schuldig. Mein Sohn ist Revolutionär geworden; ich kann es nicht dulden, daß meine Tochter zur Dirne wird. Was soll mit Rußland geschehen, wenn unsere Söhne Anarchisten, unsere Töchter Dirnen werden? Ich mußte es verhindern.«

Andrej blieb sitzen, als sich der Graf erhob. Es war, als stünde er auf und bliebe zugleich sitzen, als löste sich ein sichtbarer Körper von einem unsichtbaren. Der Mann, der auf Andrej zutrat, die Hände auf seine Schultern legte, war sichtbar, aber der unsichtbare saß hinter ihm, und Andrej war nicht sicher, ob der sichtbare sprach oder der unsichtbare.

»Wenn es Anton besser gehen sollte, was der Herr geben möge«, sagte der Graf, »bitte ich Sie, mich bei ihm zu melden. Es ist meine Pflicht, ihn im Namen meiner Familie um Vergebung zu bitten. Die Tore meines Hauses stehen Ihnen immer offen, Andrej Antonowitsch.«

Kein lebendiges Wesen kann so sprechen, dachte Andrej. Wenn Nikolaj Nikolajewitsch tot war, war es auch Maria; tot war er selbst, der die Toten sprechen hörte.

Der Abend hatte das Haus in seine Arme genommen. Der Graf entzündete kein Licht, begleitete Andrej zur Tür.

Die Gänge waren unbeleuchtet. Andrej tastete sich vorwärts. Dankbar war er der Dunkelheit; er hoffte, niemandem zu begegnen.

Ein Lichtschein fiel vor ihm auf den Boden, als hätte ein silbernes Messer die Dunkelheit durchschnitten.

Olga streckte die Hand nach ihm aus. »Mein armer Andrej«, sagte sie und schlang ihre Arme schluchzend um seinen Hals. Der Zorn übermannte ihn. Sie hatte ihm aufgelauert. Er trat nicht aus der Dunkelheit. »Warum hat sie dir das getan!« sagte Olga. »Ich brauche kein Mitleid«, sagte er. »Sie liebt niemanden, sie liebt auch Wassilij nicht.« — »Du bist glücklich, daß sie fort ist.« — »Ich wollte ihr Glück«, sagte sie, »— arme, kleine Mura.« Er wollte sie von sich stoßen, aber die Tränen rannen über ihre Wangen, benetzten sein Gesicht. Ihre kleinen harten Brüste drängten sich an seine Brust, ihre Haare umspielten seine Ohren, sie warf den Kopf zurück, ihre Lippen berührten beinahe seinen Mund. Es mußte Zufall sein. Vor wenigen Tagen hatte ihm Maria gesagt, daß sich Olga mit dem Prinzen Katerinowitsch verloben würde. Dann sagte sie: »Warum sie und nicht ich?« und begann zu sprechen, und sprach von ihrer Liebe zu ihm und daß sie ihn seit ihrer Kindheit geliebt und daß sie sich nur aus Kummer und Rache und Eifersucht verlobt hatte und daß Mura seiner nie würdig gewesen sei und daß auch er sie liebte und es nur, verhext, nicht gewußt habe.

Er riß sich von ihr los und lief durch die dunklen Gänge; einen Moment lang dachte er, daß Maria unschuldig war, weil sie in diesem Haus gelebt hatte; und daß Olga Katerinowitsch verraten würde wie ihn Maria verraten hatte — er stand vor der Tür, warme Düfte trug die Vorfrühlingsnacht, die Pferde wieherten, der Wagen fuhr vor, die Kerzen tanzten in ihren Glasgehäusen, die Adler über dem Portal fielen in die Dunkelheit zurück; es war, als bohrte sich jeder Stein der Straße in das Herz Andrej Wyrubows.

3

Graf Anton Fjodorowitsch Wyrubow starb drei Tage später, an einem Sonntag.

Weil er ein Leben lang niemanden getäuscht hatte oder weil die Sterbenden der Wahrheit nahe sind, hatte er sich nicht täuschen lassen. Das Gesicht des Sohnes hatte ihm alles verraten. »Was wirst du jetzt tun?« hatte er ihn gefragt. Er war stolz gewesen, weil Andrej nicht an ein Duell gedacht hatte. Als Andrej jedoch nicht geantwortet hatte, hatte er begonnen, von Sergej zu sprechen. Er hatte Andrejs Gedanken gelesen. »Sergej ist ohne Bitterkeit«, hatte er gesagt, »deshalb bewundere ich ihn. Er hat unrecht, aber ich bewundere ihn.« Mit leiser, angestrengter Stimme hatte er Andrej vor unbedachten Schritten gewarnt. Es gab zu viele Rebellen, die nur gegen ihr eigenes Unglück rebellierten. Beinahe zornig war er geworden, als Andrej von langen Gesprächen mit Pater de Villemorin erzählt hatte. »Louis ist hier, um meine Beichte zu hören, nicht, um Seelen zu fischen. Enttäuschung ist ein schlechter Berater, Sohn. Die Kirche ist kein Asyl. Wahre Demut geht mit erhobenem Haupt. Es gibt schon zu viele fröhliche Sünder und traurige Priester.« Er hatte die zitternde Hand des Sohnes in seinen ruhigen Händen gehalten. »Wir sind zu spät Freunde geworden, aber wahrscheinlich waren wir es immer. Es wäre gut, wenn ich bliebe, aber es ist nicht notwendig. Ich habe keine Angst um dich.« Dann, am letzten Abend, hatte er Maria erwähnt. »Du wirst nie aufhören, zu fragen, wer sie ist. Vielleicht wirst du es nie ergründen. Man versteht nicht alles, und man sollte nachsichtig sein, ohne zu verstehen.« Einige Stunden später war er in Agonie verfallen. Im Morgengrauen hatte er Andrej noch einmal erkannt. Er hatte Pater de Villemorin an sein Bett gewinkt, hatte auf Andrej gedeutet, aber was er hatte sagen wollen, war sein Geheimnis geblieben. Nur die Worte: »Er war ein guter Sohn«, hatten sie noch deutlich vernommen.

Sonntag, Schlag zwölf Uhr mittags, starb Graf Anton Fjodorowitsch Wyrubow. Die Kirchenglocken läuteten. Im Zimmer war nur das leise Schluchzen der Mägde. Durch die Fenster, die Anton Wyrubow nie hatte verhängen lassen, fluteten heitere Sonnenstrahlen. Heiter summten die törichten Fliegen des Frühlings. Eine Fliege setzte sich auf das Kinn des Toten. Seine Augen waren noch offen – hell, blau, und als amüsierte ihn das freche Spiel der Insekten.

SIEBENTES KAPITEL

1

Charkow, vierzehnter April achtzehnhundertvierundneunzig. Morgen wird sie heiraten.

Im Hause von Wassilijs Tante, auf der Moskowskaja, ist ein Kommen und Gehen. Lieferanten, Postboten, Freunde Wassilijs, allerlei Frauen. Maria wird bestaunt, flüchtig und ein wenig herablassend. Die Tante, eine verwitwete Baronin Gribojedowa, ist wie ein steinaltes Wiesel. Sie nennt Maria ›mein Täubchen‹; ihre Greisenaugen haben das Lächeln verlernt. Zweimal am Tag erscheint Wassilij. Er küßt sie und summt sein Lieblingslied: *Oh, distants steppes, oh, sauvages plaines*. Als sie sagt, daß er ihr Brautkleid nicht sehen darf, lacht er über ihren Aberglauben. Bei der Anprobe sitzt er im Lehnstuhl, raucht, zupft das Kleid zurecht, küßt sie auf die Schulter. »Mein Botticelli-Engel.« Er riecht nach Wodka, Tabak, zuweilen nach einem starken Damenparfüm. Sie wartet auf einen Brief aus Otrada. »Dein Vater hat seine Einwilligung erteilt – was willst du mehr?« Sie schreibt an Andrej, zerreißt den Brief. Zofen stellen sich vor. Sie wählt Rosa, eine Ungarin.

Endlich ist sie allein. Es dämmert. Lärmend fließt die Charkow vorbei. Die Schatten der Häuser werden länger und schmäler, wie Finger liegen sie über der Stadt. Was geschieht in Otrada? Ihre Mutter schreibt Briefe, im Bett. Alexander hat Klavierstunde, Zoä horcht an den Türen, Olga arbeitet an einer Stickerei. Ihr Vater durchquert die Bibliothek. Sie sieht ihn, wie das letztemal, als sie den epileptischen Anfall gemimt hatte. Angst beschleicht sie; sie ist nicht mehr sicher, was gespielt, was echt war. Der anonyme Brief; ihr Vater hatte sie gerufen; Denises Entlassung. Da hatte sie sich an die epileptischen Anfälle ihrer Mutter erinnert. Zähne zusammenbeißen, Zähne fletschen, Augen verdrehen, Fäuste ballen. Hinfallen, in Zuckungen. Plötzlich hatte sie einen unerträglichen Schmerz in den Kinnladen empfunden, hatte sie den Mund nicht mehr öffnen können. Um Hilfe hatte sie schreien wollen; ein Stacheldraht hatte sich um ihren Hals gelegt. Die Nägel der Hand wie Stahlnägel in den Handflächen, Blut an den Fingern. Aber sie hatte es erreicht: Denise war geblieben, bis zu ihrer Flucht. Dennoch könnte es sein, daß sie krank ist. Vielleicht hat es bei ihrer Mutter genauso begonnen.

Arme Mama! Nach der Hochzeit wird sie ihrer Mutter schreiben, den Brief nach Otrada schmuggeln lassen. Leidet ihre Mutter? Ihre Mutter weiß, daß es wenigstens Mura gelungen ist, dem schrecklichen O'Rourke zu trotzen. Sie wäre Wassilijs Geliebte geworden. Es tat ihr leid, daß sie keine Schande über den Namen O'Rourke bringen konnte.

Auf der Brücke über der Charkow werden die Gaslichter angesteckt, Zyklopenaugen im Nebel. Der Brief an Andrej ist immer noch nicht geschrieben. Er leidet nicht, denn er ist des Leides so wenig fähig wie der Liebe. Seine ewigen Pläne! Wassilij macht keine Pläne. Sie werden reisen. Später, vielleicht, ein Haus in Charkow oder in Kiew. Es hat Zeit. Ein Gedanke ängstigt sie. Die Blutung hat sich noch immer nicht eingestellt. Wenn es morgen geschieht! Wenn es nie geschieht! Zu einem Arzt muß sie gehen, im geheimen. Wassilijs merkwürdiges Gebaren ist nur liebenswerte Rache. Andrej hat sie nicht begehrt, als sie längst seine Braut war; Wassilij heiratet sie, um sie zu besitzen. Wie klug war sie gewesen, in Jurijs Datsche! Wie klug, daß sie sich erst, nachdem er ihr sein Wort gegeben, zur Flucht entschlossen hatte!

2

Mitternacht war vorbei. Die Zigeuner spielten. Maria saß in ihrem rosa Chiffonkleid neben Wassilij. Ihr Brautkleid hatte sie bei der Tante abgelegt. Wassilijs Eltern lebten bei Charkow, aber er hatte sich mit ihnen vor kurzem überworfen. Zum Abendessen im *Grand Hotel* hatte er nicht einmal seine Tante geladen.

Immer wieder sah Maria nach der Uhr, die über der Tür zwischen Restaurant und Hotelhalle hing. Der einzige Gast, den sie von früher kannte, war Pjotr. Wassilijs Bruder saß am anderen Ende der Tafel; bleich, mit fiebrigen Augen blickte er zu Maria hinüber. Ein dicker Fabrikant ließ fortwährend Champagner auffahren. Er rief: »Ich zahle alles!«; sah sich gleich darauf verlegen um; bei der nächsten Flasche prahlte er wieder. Neben einem polnischen Gardeoffizier hatte eine tiefdekolletierte Blondine Platz genommen. »Julia Terlezkaja«, hatte sie Wassilij vorgestellt, »das Kleinod von Charkow.« Falsche Juwelen zierten den schönen Hals des Kleinodes. Der kleine Mann mit dem Spitzbart wurde mit ›Herr Generalkonsul‹ angesprochen; er war Franzose. Die Blicke der beiden Brüder, Grafen Maklakow, kreuzten sich über dem Busen einer üppigen Polin. Ein hoher Beamter des Gouvernements mit seiner Frau: sie sprachen mit sonst niemandem, beobachteten die anderen mißbilligend. Zu Wassilijs Rechten eine Deutsche, Baronin von Blottheim, dunkel, schweigsam, mißgestimmt, mit einer winzigen Nase und hohen Backenknochen.

Wann würde das Fest enden? Pflegte sich das Hochzeitspaar nicht früher zurückzuziehen? Maria dachte an die bäuerlichen Hochzeiten, denen sie in ihrer Kindheit beigewohnt hatte.

Wassilij hatte im Hotel ein Zimmer gemietet; noch hatte sie es nicht gesehen. Um Viertel vor eins, beschloß sie, würde sie Wassilij fragen, ob sie nicht unbemerkt gehen sollten. Um Viertel vor eins gab sie sich noch einmal fünf Minuten Zeit, dann wieder fünf. Punkt eins würde runde Zeit und gute Gelegenheit sein. Sie berührte seine Hand; die Scham hielt sie zurück. Pjotr Tarnowskij war eben dabei, ein Gedicht aufzusagen. Alle lachten, obwohl es ein trauriges Gedicht war. Pjotr tat ihr leid, aber sie lachte mit. Mit fremden Menschen mußte man mitlachen, denn man konnte nicht wissen, warum sie lachten.

Wassilij hatte Wodka getrunken, Champagner, Champagner mit Wodka. Er sah Maria mit verglasten Augen an, wie verwundert, daß sie neben ihm saß. Hier und da hob er sein Glas, trank ihr zu. »Auf Ihr Wohl, Gräfin Tarnowska.« Er sagte es wie einen Karnevalsscherz, als spielten sie für einen Abend Mann und Frau. »Warum sagst du nichts?« fragte er. Sie sagte nichts.

Er erhob sich, ging auf Julia Terlezkaja zu. Sie tanzten, als hätten sie immer miteinander getanzt. Der kleine Generalkonsul klatschte den Takt.

Über Wassilijs leeren Stuhl hinweg wandte sich die Baronin Blottheim an Maria. Sie sprach fließend russisch, mit deutschem Akzent.

»Was ist Ihnen eingefallen, dieses Scheusal zu heiraten, meine Liebe?«

Entsetzt blickte Maria die Deutsche an.

»Sie haben recht«, sagte die Baronin. »Es ist viel seltsamer, daß er Sie geheiratet hat. Wahrscheinlich hatte er Appetit auf eine Jungfrau. Und von königlichem Geblüt, wie man uns sagt. Ich würde an Ihrer Stelle lautlos verschwinden. Heute bekommen Sie ihn doch nicht mehr ins Bett. Er hat einen seiner schlechten Tage. Trösten Sie sich, manchmal hat er auch gute.«

Maria stieg das Blut zu Kopf. Sie war siebzehn, die Frau im schwarzen Abendkleid war über dreißig, mit dem schneeweißen Dekolleté wie unberührtes Glas. Hilfesuchend blickte sie nach Wassilij.

»Ich will nur Ihr Gutes, Gräfin«, fuhr die Deutsche fort. »Man darf die Männer nicht gut behandeln. Die Herren der Schöpfung sind dumme Hunde, die nichts verstehen als den Stock. Sie wollen geprügelt werden. Wissen Sie, es ist leichter, sich quälen zu lassen als sich zu bessern.« Zwei kleine bittere Linien um die Mundwinkel verrieten ihr Alter. »Zufällig kenne ich dieses Individuum. Wenigstens sollte ich es — ich habe ein Kind von ihm. Wollen Sie sein Bild sehen? Wassilij wie aus dem Gesicht geschnitten.«

Maria griff nach dem Champagnerglas. Es war ihr, als müßte sie Brand in sich gießen, um nicht zu einer Eissäule zu erstarren. Wassilij tanzte, die Hand auf dem Nacken, aufstampfend mit den Füßen. Der kleine Generalkonsul lief dem tanzenden Paar nach, klatschte, neigte sich zu Boden, als wollte er die Füße anfeuern.

Endlich kehrte Wassilij zurück. Seine Wangen waren gerötet, der hohe Stehkragen war feucht, aber er ging aufrecht, wie die Trunkenen, die sich bemühen, besonders aufrecht zu gehen.

»Was hat dir Christiane für Lügen erzählt?« fragte er.

Maria sprang auf, raffte ihr Kleid hoch, lief auf den Ausgang zu. Das Lachen der Hochzeitsgäste verfolgte sie.

In der Hotelhalle brannte ein einziges Licht, über der Portierloge. Die staubigen Palmen standen in grünen Vasen, herabgekommene Reiche in einem Nachtasyl. Bronzene Jungfrauen hielten dunkle Lampen. Es war eiskalt.

»Ihr Schlüssel ist oben, Madame«, rief der Portier Maria nach. »Zimmer Nummer achtzehn.«

Im Zimmer Nummer achtzehn war es hell. Rosa lehnte an der seidenen Stehlampe, eine Nippesfigur mit prallen Porzellanbrüsten.

»Kann ich Madame behilflich sein?« fragte die Zofe.

»Gehen Sie«, sagte Maria.

»Helfen Sie Madame beim Auskleiden«, sagte Wassilij.

Maria machte eine abwehrende Geste. »Meine Haare«, sagte sie, und setzte sich vor den Toilettenspiegel.

»Wie heißt du?« fragte Wassilij das Mädchen.

»Rosa, Euer Gnaden.« Sie knickste.

Wassilij kniff sie in die Wange.

Die Ungarin löste die Haare der jungen Frau. Maria sah Wassilij im Spiegel. Er hatte sich niedergesetzt, zündete sich eine Papyrossa an. Die Haarnadeln häuften sich auf dem Toilettentisch. Wassilijs Blick streifte über die üppigen Hüften des Mädchens. Unter dem Kamm knisterten die Haare. Maria dachte an ihren Geburtstag, sah die Augen ihres Vaters.

»Sie können gehen«, sagte sie heftig.

»Ich werde Sie rufen, wenn wir Sie brauchen, Rosa«, lächelte Wassilij. »Ihre Zimmernummer?«

Das Mädchen nannte die Zimmernummer, wechselte einen Blick mit dem Mann, knickste und ging.

»Warum bist du davongelaufen?« fragte er.

»Hast du ein Kind mit der Blottheim?«

»Sie ist eifersüchtig auf die Terlezkaja.«

»Hast du ein Kind mit ihr?«

»Zieh dich endlich aus. Du langweilst mich.«

»Willst du nicht die Lichter auslöschen?«

»Mich stören sie nicht.«

Sie begann, die Lampen auszulöschen. Mit jeder Lampe löschte sie eine Illusion aus. Die Illusion ihrer Reife und ihres Entrinnens und ihrer Freiheit und ihres Triumphes. Nur die Illusion ihrer Liebe wollte sie nicht auslöschen. Sie sehnte sich nach den Armen Wassilijs, nicht weniger als vor diesem Abend, nicht weniger. Im Schmerz, den er ihr bereiten würde, würde der Schmerz untergehen.

Nur noch eine Nachttischlampe brannte. Den Rücken Wassilij zugekehrt, begann sie, sich zu entkleiden. Als ihr Rücken nackt war, schlüpfte sie in das Batistnachthemd. Der Mann rührte sich nicht. Es war so still, als schwebte das Zimmer über dem Hotel. Mit einemmal überkam sie das Verlangen zu beten. Seit ihrer Kindheit hatte sie immer ihr Nachtgebet gesagt, in verschiedenen Sprachen, wie sie es von den verschiedenen Gouvernanten gelernt hatte, ungewiß, welche Sprache der Herr am besten verstand. Sie kniete nieder am Bett. Verzweifelt klammerte sie sich an das Kindergebet.

Sie fühlte Wassilijs Hand auf ihrer Schulter. Er stieß sie aufs Bett.

»Was willst du mit dieser Komödie?« sagte er.

»Ich habe zu Hause immer gebetet.«

»Du bist nicht mehr zu Hause.« Er blickte auf sie hinab. »Hör zu, Mura. Du langweilst mich. Du hast mich den ganzen Abend gelangweilt. Ich hasse die Langeweile mehr als die Pest. Ich bin nicht betrunken. Ich könnte zehnmal mehr trinken und wäre nicht betrunken. Deine Komödie bin ich satt, das ist alles. Ich war verrückt nach dir; du hast mich eingefangen. Ich sage nicht, daß ich es bereue. Noch nicht. Aber es ist Schluß mit der kleinen unschuldigen Mura. Sie langweilt mich.« Er hielt sich am Bettpfosten fest. »Du hast mich zu lange warten lassen. Ich will mit dir schlafen, aber erst, wenn es mir paßt. Wenn es mir paßt«, wiederholte er. »Und die Lächerlichkeit hasse ich noch mehr als die Langeweile. Ich gehe jetzt ins *Versailles*. Ich gehe mit der Terlezkaja ins Bett, oder mit deiner Zofe, oder mit der Blottheim. Sie wird nicht nein sagen, glaube mir. Inzwischen kannst du beten oder weinen oder nachdenken. Wenn du nachgedacht hast und vernünftig geworden bist, werde ich zurückkommen.«

Als er die Tür öffnete, hörte man die Zigeuner. Maria lief zur Tür, sperrte zu. Sie wollte zum Bett zurückkehren, aber ihre Füße versagten. Eine Hitze, als brächen Feuer aus ihr, überströmte ihren Leib. Blut floß über ihre Knie. Sie sank vor der Tür zusammen.

3

Als Wassilij im Morgengrauen heimkehrte, mußte ihm der Hausdiener öffnen: Maria war immer noch bewußtlos. In Panik alarmierte Wassilij alle, von denen er Hilfe erwarten konnte.

Als Maria zu sich kam, standen Julia Terlezkaja, die ungarische Zofe, das Hotelstubenmädchen und die Blottheim um ihr Bett. Im Hintergrund tuschelte der Hoteldirektor mit einer fettleibigen Frau in einem Flanellschlafrock. Wassilij kniete an ihrem Bett, klagte sich an, beschwor sie, nicht zu sterben. Sie schlug die Augen auf, schloß sie gleich wieder. Der Spuk zerfloß erst, als der Arzt erschien und sie mit ihm allein blieb.

Dr. Mayerberg beruhigte sie schnell. Nichts Ungewöhnliches sei geschehen; die Hochzeit mit ihren Aufregungen habe einen Prozeß beschleunigt, der ohnedies längst fällig gewesen war. Bettruhe von wenigen Tagen, etwas Sammlung; dann würde alles seinen gewohnten Lauf nehmen. Er bot sich an, mit dem jungen Ehemann zu sprechen. Maria, schon beruhigt, umklammerte seine Hände; sie bat ihn, mit Wassilij zu sprechen, ihm das Geheimnis des verspäteten Ereignisses jedoch um keinen Preis zu verraten.

Das Mitleid, das sie bei diesen Worten in den Augen des Arztes gelesen hatte, las sie nun in allen Gesichtern. Maria fragte sich, warum sie die zwitschernden Beileidsbesucher nicht davonjagte. Sie wollte lieber belogen als allein gelassen werden. Auch empfand sie eine bittere Gemeinschaft mit den ungebetenen Gästen: jede von ihnen liebte Wassilij, jede von ihnen war betrogen worden, jede hätte ihn geheiratet. Sie waren Wassilijs Geliebte gewesen und trugen nicht seinen Namen; sie trug seinen Namen und war unberührt. Um die erste Liebesnacht hatte er sie betrogen, doch war er nun, wie ein Kettenhund, an sein schlechtes Gewissen gefesselt. Sie konnte die Stunde ihres Glücks wählen.

Er überrumpelte sie. Wie jeden Abend hatte er sich mit einem zärtlichen Kuß verabschiedet und war in die Stadt gefahren. In dieser Nacht kehrte er etwas früher zurück, küßte sie aus dem Schlaf, legte sich zu ihr und nahm sie, noch ehe sie sich besinnen konnte. Er küßte sie und schlief ein. Er roch nach Geschlecht, Tabak und Wodka. Sie hatte nichts empfunden, nicht einmal Schmerz. Frierend, einsam, entmachtet lag sie neben ihm.

Einige Tage später fuhren sie nach St. Petersburg. Sie war froh, Charkow zu verlassen, und fragte nicht, warum just St. Petersburg ihr erstes Reiseziel sein sollte. Wassilij hatte dort, ohne es ihr zu sagen, eine Wohnung gemietet. Es war eine elegante Wohnung, in einem Palais, wo nur eine taube Gräfin wohnte: zehn Zimmer, in der Ssergijewskaja, dem Taurischen Garten benachbart, nicht allzuweit vom Newskij-Prospekt entfernt, dem siechen und hektischen Herzen der Residenzstadt. In einem Anflug von Entschlußkraft hatte Maria die ungarische Zofe entlassen; auch eine hübsche Ukrainerin blieb kaum einige Tage: sie stellte Katja ein, eine ältliche kleine Frau mit dem Gesicht einer weißen Negerin.

Wassilij war in der Hauptstadt ebenso zu Hause wie in Kiew und Charkow. Das Leben der anderen Damen glich ihrem eigenen; sie gaben Gesellschaften, machten Besuche, fuhren in Theater und zu Konzerten, blieben jedoch allein, wenn die Männer aufbrachen, um den Rest der Nacht in Restaurants oder Nachtlokalen zu verbringen. Die Frauen schienen nicht unglücklich. Maria begann zu glauben, daß Lächeln kein Ausdruck des frohen Herzens sei, daß sich vielmehr das Herz allmählich am eigenen Lächeln erwärme. Heiter gab sie sich, wenn sie weinen wollte, und zufrieden, wenn sie aufbegehrte. Sie bestellte die teuersten Kleider, unbekümmert, ob sie sich solche Extravaganzen leisten konnte; mietete eine Troika, obwohl Wassilij selbst eine geheuert hatte; gab einer verschwenderischen Köchin freie Hand.

Auf das Glück in den Armen Wassilijs wartete sie umsonst. Beinahe jede Nacht kam er zu ihr. Es geschah, daß er sie, wenn sie am Teetisch saßen, plötzlich in seine Arme schloß und wortlos ins Schlafzimmer trug; es geschah, daß er sie leidenschaftlich auf den Diwan zog. Bei einem Ausflug nach Petershof ließ er die Troika halten, führte sie in die Wälder, die zur müde dahinfließenden Ssbajelka abfielen, und liebte sie auf dem Rasen, der noch feucht war von den regnerischen Nächten des estnischen Plateaus. Aber was sich im Schlafsaal ihres Pensionats, was sich in Jurij Tolstojs Datsche ereignet hatte, ereignete sich nicht, nie wieder. Anfangs glaubte sie, daß es sein Ungestüm war, das ihr die Erfüllung verwehrte. Es hätte sie nicht bedrückt, ja hätte sie mit falschem Stolz erfüllt, daß sein Genuß an ihr vorbei- und ihr vorauseilte. Später glaubte sie sogar, in seinen Augen, die auf ihren bewegungslosen Körper hinabblickten, eine kühle Befriedigung zu entdecken. Nun hatte er wohl die Hast wahrgenommen, mit der sie ihm zu folgen trachtete, aber er hielt nicht inne: die Qual ihrer Vergeblichkeit schien ihn zu erregen.

Sinnliche Gesten und Spiele lehrte er sie, je gleichgültiger sie aber seinen Wünschen willfuhr, desto mehr schien sich seine Leidenschaft zu entzünden. Sie hörte auf, ihn für einen ungeschickten oder eigensüchtigen Liebhaber zu halten. Weil der Anblick seines Körpers ihre Sinne reizte wie eh und je und die Saiten erst rissen, wenn sie die höchsten Töne hätten wiedergeben müssen; weil sie seinen Körper entzückt aufnahm, ohne daß sich ihr Entzücken hätte vollenden können; weil sie die Erfüllung, je häufiger sie ausblieb, nur desto häufiger begehrte, begann sie, alle Schuld bei sich zu suchen.

4

Die ›Stadt der Tränen und Sümpfe‹ nannte man St. Petersburg: Maria verstand beides. Ein Geruch von Moder, Rauch und Meersalz hing den ganzen Tag über den herzlosen Gebäuden der künstlichen Metropole. Beinahe zwei Millionen Menschen wohnten hier, niemand war zu Hause. Die Anwesenheit des Zaren lastete über dem steinernen Traumgebilde Peters des Großen. Am Morgen war es Maria manchmal, als sei St. Petersburg in den feuchten Nebeln versunken; hinter einem Meer von Schummer lag Rußland, fremd und unerreichbar. Im Juni hatte es ununterbrochen geregnet. Mit unerträglicher Hitze hatte sich der Juli angekündigt, aber die Sonne versteckte sich: der Himmel wie eine gelbe, verbrannte Wiese zwischen den geizigen Dächern. Man lebte nicht mit der Stadt: man konnte von Glück sprechen, wenn man die Existenz in ihr überlebte.

Maria befand sich in gereizter Stimmung. Sie suchte nach einem Schuldigen: die Stadt, das Wetter, die hellen Nächte, die Dienstboten, Wassilij, ihr Körper. Eine ihrer neuen Freundinnen – in St. Petersburg, wo niemand lange zu verweilen gedachte, schloß man Freundschaften wie auf einem Dampfer, schnell, fröhlich und vergeßlich – hatte ihr erzählt, daß sich Wassilijs uneheliches Kind bei dessen Großmutter in St. Petersburg befinde und daß Wassilij es häufig besuche. Maria vermutete, daß auch Christiane von Blottheim, wenigstens von Zeit zu Zeit, sich in St. Petersburg aufhielt, und an einem Nachmittag im Juli stellte sie Wassilij zur Rede. Mit dem selbstgefälligen Freimut, der ihr einst reizvoll erschienen war, bekannte er, daß die kleine Natascha in St. Petersburg sei – »so lange du nicht einmal schwanger werden kannst, wirst du mir den Spaß an meiner Tochter kaum verbieten.« Ob die Blottheim in der Stadt sei, ginge sie nichts an: »Jedenfalls kann ich genug junge Mätressen haben; warum sollte ich alte Liebschaften aufwärmen?« Er redete sich in Zorn, gebrauchte seine liebste Wendung – »du langweilst mich« – und begann, die Liebeskünste der Blottheim mit der Tölpelhaftigkeit Marias zu vergleichen.

An diesem Abend mußte Maria wieder ein halbes Dutzend Freunde Wassilijs bewirten. Einer von ihnen, der alte Großfürst Alexander Dimitrijewitsch, der aussah, als wäre sein Gesicht die Auslage eines Souvenirladens von Lastern, tuschelte mit Wassilij. Sie fing die Bemerkung auf, im Hause des Großfürsten würde man sich noch heute nacht aufs köstlichste amüsieren. Der Großfürst wartete, bis Wassilij Maria auf die Stirn geküßt hatte und bereit war, mit ihm zu gehen. Es war elf Uhr.

Marias Entschluß, Wassilij zu folgen, wurde in einem einzigen Augenblick geboren, aber sie hatte ihre Bitterkeit ausgetragen, in langen Monaten. Nicht nur, daß sie es überdrüssig war, allein zu bleiben; Katjas mitleidige Blicke zu ertragen; in ihrem Bett vergebens die Hand nach einer Hand auszustrecken. Auch die Neugierde, endlich zu erfahren, wo und wie Wassilij seine Nächte verbrachte, war es nicht allein. Sie war hungrig gewesen nach dem Leben und war mit Brosamen abgespeist worden. Der Hunger nach Leben revoltierte wie der Hunger nach Brot.

Sie ließ sich von Katja ein Abendkleid bringen, das Wassilij nie gesehen hatte: purpurrot, tief ausgeschnitten. Rote seidene Unterwäsche, rote Strümpfe und rote Schuhe: sie hatte nie geglaubt, daß sie etwas davon tragen würde; es gibt Kleidungsstücke, die Frauen nur aus Elend und Rebellion kaufen. Eine Tiara aus Rubinen, die ihr der Juwelier zur Ansicht geschickt hatte, setzte sie ins Haar, den roten Chiffonschal legte sie um den Hals.

Der Kutscher wurde aus dem Schlaf geweckt. Das Palais des Großfürsten Alexander Dimitrijewitsch, an der Bolschaja Newa, in der Nähe der Eremitage, war hell erleuchtet. Durch die offenen Fenster drang Zigeunermusik auf die ruhende Straße.

Maria läutete; sagte dem Diener, wer sie sei und daß sie Seine Hoheit zu sehen wünsche, aber sie wartete nicht: schon lief sie die Freitreppe aufwärts; riß eine Tür auf; stand in einem großen, ovalförmigen Salon.

Der Salon halbdunkel; auf niedrigen Kanapees Frauen und Männer, die Kleider in Unordnung; Frauen in der Umarmung von zwei oder drei Männern; Männer, die Arme um zwei Frauen; halbnackte Frauengestalten; küssende Paare, Parfümgeruch, Zigeunermusik aus einem Nebenzimmer, Glasscherben auf dem Boden, schmutziges Lachen, die Stimme einer Frau wie der Schrei eines wilden Vogels. In der Mitte des Raumes der Großfürst. Er hatte mit dem Rücken zur Tür gestanden; hatte Maria erst bemerkt, als die Paare auseinanderstoben, sich einige Frauen in die anschließenden Räume flüchteten.

»Wo ist Wassilij?« sagte Maria, aber während sie es sagte, verging ihr Zorn, der Hunger war gestillt. »Wo ist Wassilij?« wiederholte sie, doch war die Frage weder drängend noch empört. »Wie schade, daß Sie mich nie zu Ihren Festen einladen, Kaiserliche Hoheit. Endlich weiß ich, daß es nicht immer zum Sterben langweilig ist in Sankt Petersburg.«

»Sie sehen wunderbar aus, Gräfin«, erwiderte der Großfürst, noch staunend, schon gefaßt. »Ich wagte nicht, zu hoffen ... Darf ich Ihnen ein Glas Champagner bringen?«

»Das hat Zeit. Wollen Sie mir nicht Ihr Haus zeigen? Wie ein Zaungast habe ich es oft von außen bewundert.«

Alle Räume waren im Stil Katharinas I., der prahlerischen Bauerntochter aus Litauen, eingerichtet; überall standen klassische Bronzen, Vasen, Skulpturen; an den Wänden hingen dunkle Ölgemälde, auf denen Gestalten der Geschichte ihr gelähmtes Dasein fristeten. Wo war Wassilij? Alexander Dimitrijewitsch hatte nicht geleugnet, daß er sich im Palast befand. Die Schlafzimmer würde er ihr nicht zeigen. Warum nicht? Ihre Eifersucht war tot wie die toten Helden. Je später sich Wassilij zeigte, desto größer wurde seine Schuld, ihr desto lieber.

»Die Bibliothek«, sagte der Großfürst: man sah ihm an, daß er erleichtert war, die Führung zu beenden.

Das war ein herrlicher Raum, mit Bücherregalen bis an die Decke, in purem Rokoko, ein Boucher und ein Fragonard an den Wänden. Im gedämpften Licht hatte Maria den Mann nicht bemerkt, der sich jetzt von einem Diwan erhob, wo er, lesend oder dösend, gelegen hatte.

»Hauptmann Baron Wladimir Stahl«, stellte der Großfürst vor, »— wir nennen ihn ›Doktor‹, denn besitzt er die Doktorwürde nicht, so sollte er sie doch besitzen.«

Er bat den ›Doktor‹, sich für eine kurze Weile der Gräfin anzunehmen. Maria, amüsiert über seine Flucht, nahm Platz.

Der Mann erinnerte an eine Pappel, so groß und schlank war er; sein Körper verjüngte sich nach oben, in einer spitzen Krone endend. Mit eingefallenen Wangen unter hohen Backenknochen; mit Augen, die so tief lagen, daß die Knochen des Schädels nackt schienen, sah er leidend aus, aber sein Anblick erregte kein Mitgefühl: ein böses Gesicht, und wer es sah, dem war es gleichgültig, ob der Schmerz es verhärtet hatte.

»Hat Sie Tarnowskij hierher gebracht?« fragte er nach einigen höflichen Phrasen.

»Im Gegenteil«, sagte sie gereizt, »ich bin gekommen, um ihn zu suchen.«

»Nehmen Sie es ihm nicht übel. Er ist jung, wenn auch lange nicht so jung wie Sie. Alexander Dimitrijewitsch ist ein Verführer. Er will sich beweisen, daß die anderen nicht besser sind als er. Meistens gelingt es ihm.«

»Warum sind Sie hier, Baron?«

Er lachte. »Was für eine aufrichtige Frage! Ich fehle bei keinem der Feste Seiner Hoheit. Und dann liege ich hier in der Bibliothek, lese oder schlafe. Es beruhigt mich zu erfahren, daß ich die Menschen nicht umsonst verachte.«

Je länger Wladimir Stahl sprach, desto weniger glaubte sie ihm. Es konnte in ganz St. Petersburg kein zweites Haus geben wie dieses. Sie hätte, war sie schon hierher gekommen, einen Skandal provozieren, schreien, mit den Fäusten gegen verschlossene Türen hämmern müssen. Warum wartete sie geduldig, bis die Arme einer Dirne — oder war es keine Dirne, um so schlimmer — den Mann entlassen würden, mit dem sie vor dem Altar gestanden hatte? Sie sehnte sich nach Otrada, dem verhaßten Otrada. Oder war es nicht Otrada? Der Bach, an dem sie neben Andrej gesessen hatte. Der Rasen, über den sie ihm entgegengelaufen war. Der Schlitten, in dem sie seine Hände gehalten hatte. Ihre Lippen formten sich zu dem Wort Andrej; einen Augenblick lang glaubte sie, es wirklich ausgesprochen zu haben.

»Sie hören nicht zu«, sagte Baron Stahl. »Sie haben recht.«

Ein Diener trat ein.

»Ihr Wagen, Madame«, sagte er. »Der Graf erwartet Sie.«

Sie ging, sich am Geländer festhaltend, die Treppe hinunter.

Draußen war die Nacht, St. Petersburgs flüchtiger Gast, dem Morgen gewichen. Wie Tau fielen die dünnen Sonnenstrahlen über die Dächer.

5

Wassilij wollte sie festhalten; sie riß sich los, lief durch die Wohnung, ins Schlafzimmer; versperrte die Tür.

Er klopfte an, zuerst nur leise, als könnte er es nicht fassen, daß sie ihn ausgesperrt hatte. Sie antwortete nicht. Weinend hatte sie sich auf das Bett geworfen. Sie beweinte ihre Jugend, ihren Irrtum, ihre Schwäche, ihre Liebe. Sie weinte, weil sie ungewiß war, ob sie die Tür nicht öffnen würde. Dann setzte sie sich auf und horchte. Das Klopfen war drängender geworden. »Mura, sei vernünftig ... Ich beschwöre dich ... Mura, du hast es mißverstanden.« Sie antwortete nicht. Sie weinte nicht mehr. Was sie im Palais Alexander Dimitrijewitschs gesehen hatte, wurde lebendig, wirklicher als in der Wirklichkeit. Es war nicht der erste Besuch Wassilijs gewesen. Es gab nicht nur ein einziges Palais Alexander Dimitrijewitsch in St. Petersburg. Vielleicht hatte sie deshalb in die feuchte Stadt kommen müssen. »Mura, verzeih mir ...!« Sie rührte sich nicht. Er begann zu fluchen. Auch auf dem Bärenfell in Jurijs Datsche hatte er geflucht. Sie hörte zu, gespannte Aufmerksamkeit; kein Wort wollte sie missen. Kein Liebesgeflüster hätte sie mit süßerer Lust erfüllt als seine Unflätigkeiten. Aus Machtlosigkeit hatte sie geweint. Er fluchte, weil er machtlos war. Sie stand auf, fing an, sich zu entkleiden. Knisternd fiel das Kleid zu Boden. Hörte er es? Die Schuhe nahm sie in die Hand, ließ sie laut zu Boden fallen. Er fluchte nicht mehr. Das Wimmern eines Tieres. Vor dem Spiegel stand sie, im roten Unterkleid, in den hohen roten Strümpfen. Er liebte es, Bänder und Widerhaken ihres Mieders zu öffnen. Langsam öffnete sie Bänder und Widerhaken. Sie blickte nach der Tür, deren Klinke sich auf und ab bewegte. Eine Weile sah sie dem grotesken Spiel zu: die Klinke glich der durstigen Zunge eines keuchenden Hundes. Sie hätte ihm sagen können, er möge schlafen gehen; die Tür würde versperrt bleiben. Noch aus dem bösesten Wort würde er Hoffnung schöpfen. Sie schwieg. Nackt stand sie vor dem Spiegel und erkannte sich nicht. Ihr Körper war aufgeblüht in den letzten Monaten; sie hatte es nicht bemerkt. »Mura, ich krepiere ...« Zu spät. Sie strich langsam über ihre Brüste, ihre Hüften, ihren Bauch. Nie hatte sie in Wassilijs Armen eine solche Wärme gespürt. Nur seine Macht hatte sie empfunden; jetzt fühlte sie ihre eigene. Sie hatte ihn beglücken wollen, und er hatte sie auf die Stirn geküßt und war ins Palais Alexander Dimitrijewitschs gefahren. Oder zur Blottheim. Oder zu einer anderen. Die Versuchung befiel sie, durchs Schlüsselloch zu schauen, um ihn winselnd vor der Tür zu sehen. Sie tat es nicht. Er drohte. Seine Fäuste hämmerten gegen das Holz; die Tür krachte in den Angeln. Gleich würde er wieder nur stöhnen, schluchzen, flennen. Sie legte sich nackt aufs Bett. Am liebsten hätte sie ihm zugerufen: Winsle, drohe, flüstere, hämmere! Sie fürchtete, er würde aufhören zu winseln, zu drohen, zu flüstern, zu hämmern. Seine Stimme, das Ächzen der Tür, Liebesbeteuerungen und Flüche und Selbstbezichtigungen waren die Musik, die das immer heftigere Pulsieren ihres Blutes begleitete.

Im selben Moment, in dem sie den Gipfel der Wollust erreichte, wurde es still. Maria lächelte wie in den Armen eines göttlichen Geliebten.

6

Vierzehn Tage lang versperrt Maria Tarnowska jede Nacht die Tür ihres Schlafzimmers. Kein Wort über den Abend im Haus des Großfürsten, kein Vorwurf. Tagsüber gibt sie sich sorglos, heiter, kokett. Wassilij kauft ihr die Rubinen-Tiara, die sie in jener Nacht getragen hat. Sie dankt ihm, gleichgültig und wie selbstverständlich. In Gesellschaft spielt sie die verliebte junge Frau. In der Troika, die sie heimbringt, läßt sie sich von ihm umarmen. Sie verriegelt die Tür. Eines Abends, endlich, läßt sie sie offen. Er liebt sie zärtlich, behutsam, Tränen rollen über seine Wangen. Sie empfindet nichts. Am Frühstückstisch tut sie, als wäre nichts vorgefallen.

Er läßt sie nicht mehr allein. In der Oper, bei Gesellschaften, bei Ausflügen fühlt sie sich ununterbrochen von Wassilij beobachtet. Gereizt greift er ein, wenn sie sich mit Männern unterhält, überraschend kommt er nach Hause. Einmal gerät er in heftigen Wortwechsel mit Baron Nebrasow, einem harmlosen Mann; nur der Takt der Gastgeberin verhindert ein Duell. »Du langweilst mich«, sagt sie. Immer häufiger gebraucht sie das Wort. Wladimir Stahl meldet sich an. Sie weiß es so einzurichten, daß sie allein ist, als er in der Ssergijewskaja erscheint. Täglich schickt er Orchideen. Sie vergißt, ihm zu danken; vergißt nicht, es Wassilij zu erzählen. Zuweilen packt Wassilij sie so hart an, daß sie aufschreit. Gleich darauf lächelt sie, als vermöchte er es nicht, ihr weh zu tun.

Die Post bringt einen Brief Olgas. *»Es wird Dich freuen, daß ich mich verlobt habe.«* Prinz Katerinowitsch: sie erinnert sich an ihn.

Zwanzig Jahre oder mehr ist er älter als Olga. Die halbe Provinz Poltawa gehört den Katerinowitschs. Sie erkennt die Hand des schrecklichen O'Rourke, schickt ein Glückwunschtelegramm. Andrejs Gestalt steht vor ihr. Sie hat ihm nicht geschrieben. Ihre Schuld begleitet sie wie ein Schatten, nicht störend, nur anwesend. Kein Wort von Andrej in Olgas Brief. *»Ich hoffe, Du wirst so glücklich werden, wie ich es bin«*, schreibt sie an die Schwester.

»Ich langweile mich.« Wassilij ist ratlos. Großfürst Dimitrijewitsch ist nicht der einzige, der amüsante Feste zu geben versteht. Im Haus des Grafen Beresowskij sitzen die Gäste vor kleinen Gucklöchern, die in die Wände des Schlafzimmers gebohrt sind. Aus Paris läßt der Graf Dirnen kommen, Bauernmädchen aus dem Kaukasus, dunkle Mädchen aus Martinique. »Amüsierst du dich, Mura?« Ja, sie amüsiert sich. Nach solchen Abenden schützt sie Kopfweh vor, verschließt ihre Tür. Im *Eremitage* vergnügen sich die Herren mit Zigeunerinnen. Wassilij will nach Hause gehen. »Ich fühle mich großartig«, sagt sie. Als letzte verlassen sie das Lokal. Grell scheint die Sonne. Maria Tarnowska gähnt. »Ich muß schlafen, Wassilij.«

Pjotr Tarnowskij trifft aus Charkow ein. Geduldig hört sie zu, wenn er seine Gedichte deklamiert, stundenlang. »Ich erkenne dich nicht, Mura.« Er erschauert unter der Berührung ihrer Hände. Von Tag zu Tag sieht er bleicher aus. »Pjotr ist verliebt in dich, Mura«, sagt Wassilij. »Das sagst du von jedem«, erwidert sie. »Jeder ist in dich verliebt.« Sie lacht. Unangemeldet kommt Pjotr. Er trägt einen Reiseanzug, der Wagen wartet. »Ich bin auf der Flucht vor dir, Mura«, sagt er. Sie läßt ihn ziehen.

Es bekümmert sie nicht mehr, daß sie in Wassilijs Armen kein Glück empfindet. Manchmal liegt sie neben dem Schlafenden und denkt nach. Wer ist sie? Sie weiß es nicht. Ihre Seele hat sich von ihrem Körper gelöst. Wer ist er? Ein leeres Glas, das sie für eine kostbare Vase gehalten hat. *Wind auf den Schultern, Mondstrahlen in den Ärmeln!* Stahl fragt sie, ob sie ihren Mann noch liebe. Sie bejaht es und lügt nicht. Es gibt Frauen, die ihre Hunde lieben — bis sie einen Mann finden.

Im September sagt ihr Wassilij, daß ihn dringende Geschäfte nach Kiew rufen. Sie weiß nichts von seinen Geschäften. Kiew: heißt das Otrada, Olga, Andrej? Der Abschied von St. Petersburg fällt ihr nicht leicht.

Auf der Fahrt nach Kiew befällt sie Übelkeit. Was sie geahnt hat, wird zur Gewißheit. Zum erstenmal, seit sie sehend geworden ist, überkommt sie ein Gefühl mit unbändiger Gewalt. Sie erwartet ein Kind.

ACHTES KAPITEL

1

Drei Uhr fünfzehn: das war die Stunde, zu der Graf Andrej Antonowitsch Wyrubow zum *Magister generalis*, dem Pater General des Dominikanerordens, beschieden worden war.

Er war am Tag zuvor in Rom eingetroffen. Es war kurz nach zwei: der Sommermittag brütete über Rom. Die eisernen Rolläden der Geschäfte und Buchhandlungen, in denen Devotionalien verkauft wurden, waren herabgelassen. An der Ecke der Via S. Caterina da Siena schlief ein Bettler im Schatten einer Pforte. In der prallen Sonne schien der Elefantenobelisk, der inmitten der Piazza della Minerva stand, immer noch in Afrika zu stehen, heidnisches Monument vor Kirche und Sitz des Dominikanerordens. Rostbraun gebraten waren die Mauern der einzigen gotischen Kirche Roms. Eine Droschke fuhr vorbei, das Sonnendach hochgestellt; das Trappen der Hufe war der einzige Laut in der mittäglichen Stille.

Im Inneren der Kirche war es kalt. Andrej kniete nieder. Er betete nicht; er dachte, die Hände gefaltet. Warum hatte er, nach den langen Gesprächen mit Pater de Villemorin, just den Dominikanerorden gewählt? Der Pater, selbst Dominikaner, hatte ihn gewarnt. Es gab weniger strenge Orden; Orden, die nicht belastet waren mit den Medicis und den Inquisitoren. Aber war es nicht eben diese scheinbar unbelehrbare Strenge, die Andrej angezogen, zu dem schließlichen Schritt bewogen hatte? Halb war die Welt, aus Halbheiten bestand sie. Halbe Moral forderte doppelte Strenge. Wie töricht war er gewesen, in der Geschichte der Dominikaner nach menschlichen Verirrungen, Verfehlungen und Verbrechen zu suchen! Warum sollte die Kirche nur ihren Feinden vergeben; warum sollte sie ihre irrenden Eiferer ausstoßen? In der großartigen Kälte der Kirche empfand Andrej die Demut der Kirche im Angesicht des Herrn, vor dessen Richtstuhl Päpste und Inquisitoren zu antworten hatten: steinerne Särge bargen die irdische Hülle, nicht die Seligkeit des Himmels; steinerne Aktendeckel bargen Anklage und Verteidigung. Durch die schmalen Fenster rann der Tag. Vorhalle des Gerichts und dennoch Sicherheit. Andrej hatte um Stärke beten wollen vor seinem Gespräch mit dem Pater General, aber er fühlte, daß er keiner Stärke bedurfte. Es war alles so einfach wie die Struktur Santa Marias sopra Minerva inmitten der Wirrnisse Roms. Glaube war die Erkenntnis des Sinnvollen. Wenn er jetzt zurückblickte, schien es Andrej, als hätten alle Wege in einem Weg geendet; als hätte es nichts, auch nicht das geringste gegeben, das sinnlos gewesen war. In Gottes Hand waren die Glücklichen und die Unglücklichen, aber nur die Glücklichen wußten es.

Fröhlichen Mutes betrat er durch eine Seitentür den Hof des Klosters. Die Blumenbeete badeten in der Sommersonne. Die Bienen summten, setzten sich auf die Kelche der Blumen. Unter den Arkaden war es schattig. An den wettergeprüften, zerrissenen Wänden zeigten verblassende Fresken Szenen aus der Geschichte des Ordens.

Ein Dominikaner trat auf ihn zu; fragte ihn, ob er der russische Reisende sei, den Pater Louis de Villemorin angemeldet hatte. Als Andrej bejahte, führte er ihn über eine schmale Treppe zwei Stockwerke hoch und überließ ihn einem anderen Bruder, der eine schwere Eichentür vor ihm öffnete. Er befand sich im Arbeitszimmer des *Magister generalis.*

2

Der Pater General, in der weißen Ordenstracht, war ein alter Mann, siebzig etwa, winzig klein, mit einem Gesicht, das einer verdorrten Frucht ähnelte. Andrej hatte einem mächtigen Mann zu begegnen erwartet, und er schrumpfte vor diesem verschrumpften Greis zusammen, wie es den Kräftigen und Gesunden zuweilen geschieht, wenn sie einem Schwächlichen, Dahinsiechenden gegenüberstehen. Sein eigener junger Körper erschien ihm wie eitle Prahlerei; er wurde klein vor der Winzigkeit des alten Mannes.

Er bot Andrej in einem hohen Renaissancestuhl Platz an; gedachte Pater de Villemorins, der ihm persönlich bekannt war, doch erwähnte er den Zweck von Andrejs Besuch mit keinem Wort. Nach den Zuständen in Rußland erkundigte er sich; ließ eine Bemerkung über den schweren Stand der römischen Kirche fallen und sprach von den vergeblichen Bemühungen, den Dominikanerorden im Zarenreich zu verwurzeln. Das alles tat er mit so freundlicher Gleichgültigkeit, als könnte er den zwar interessierten, im übrigen aber ein wenig lästigen Besucher jeden Augenblick mit guten Wünschen verabschieden. Schon sah sich Andrej unverrichteter Dinge hinaustreten in den römischen Nachmittag.

»Und Sie wollen also dem Orden beitreten?« sagte der Pater General — kein Wort Andrejs, keine Gesprächspause, keine Geste hatte ihn zu der Frage veranlaßt.

Andrej, der seit gut einer halben Stunde auf diese Frage gewartet hatte, war von ihr, da sie nun endlich erfolgte, so überrumpelt, daß er nicht sogleich zu antworten vermochte.

»Die Gründe, die Sie zu diesem Schritt veranlassen«, sagte der Pater General, »scheinen mir, wenn ich richtig unterrichtet bin, von höchst nebuloser Art. Die Kirche leidet keinen Mangel an Mönchen. Insbesondere die Nonnenklöster sind voll Frauen, denen es erst einfiel, sich Jesus Christus zu vermählen, weil irgendein junger Mann sich nicht mit ihnen hatte vermählen wollen. Unser Herr ist kein Lückenbüßer für irdisches Glück.«

Das sei es nicht, erwiderte Andrej, ganz gewiß nicht in erster Linie. Er habe sich geprüft und gefunden, daß es eher umgekehrt sein könnte: das Ereignis, auf das der hochwürdigste Pater General anspiele, habe er wohl selbst verschuldet, unabsichtlich selbst herbeigeführt. Nicht sicher sei er, ob er das Mädchen, von dem Pater de Villemorin offenbar geschrieben habe, hätte glücklich machen, daß er mit ihm hätte glücklich werden können: ein beinahe klösterliches Leben habe er mit diesem jungen, blühenden Geschöpf geplant, habe es wahrscheinlich durch eben diese Pläne abgeschreckt, seine Flucht verursacht. Er wolle seine Enttäuschung nicht leugnen, fuhr er fort; er nahm seinen Mut zusammen und sagte: »Es gibt schließlich viele Wege, eine Enttäuschung zu überwinden. Ich sehe nur einen. Deshalb stehe ich vor Ihnen, hochwürdigster Pater General.«

»Also doch die Enttäuschung«, sagte der General. »Vielleicht denken Sie, daß die Ungetreue Ihr Verzicht auf irdische Liebe beeindrucken würde — Sie wären nicht der erste, der aus Eitelkeit ins Kloster geht.«

»Ich sagte, es sei nicht der vornehmste Grund.«

Der General berührte den Brief, der vor ihm lag.

»Die Bitterkeit über die Ereignisse in Ihrem Leben ist kein besserer Grund«, erklärte er. »Wir halten von der passiven Rebellion so wenig wie von der aktiven. Die Kirche ist keine Insel, auf der man seine Bitterkeit verbrennt wie den Unrat im Hinterhof eines Hauses.«

»Ich glaube, frei von Bitterkeit zu sein«, sagte Andrej. »Oder möchte es doch werden.«

»Der Glaube allein befähigt nicht zum Priestertum. Er ist von der Berufung, anderen Glauben zu bringen, so verschieden wie das Vertrauen zum Arzt von der Fähigkeit, Kranke zu heilen. Nur *›wenn jemand Seinen Willen tun will, wird er inne werden, ob diese Lehre von Gott sei, oder ob ich aus mir selbst rede.‹*«

Die Inquisition, dachte Andrej. Hatte er nicht auf den bröckelnden Wänden des Klostergartens das Bild des Kardinals Carafa gesehen? Mit offenen Armen aufgenommen zu werden hatte er erwartet; Mißtrauen und Abweisung begegneten ihm.

Während er es dachte, fiel sein Blick auf die Pendeluhr, die hinter dem General hing. Es war vier Uhr und zehn Minuten. Beinahe seit einer Stunde saß er jetzt dem winzigen Greis gegenüber, und weder Müdigkeit noch Überdruß zeigten sich auf dem gelben Gesicht aus Pergament, Runzeln und schwarzen Zähnen. Der Blick Andrejs blieb auf dem Zifferblatt der Uhr haften, und wie er dem einmütigen Gang des Pendels folgte, war ihm, als strömte eine überirdische Kraft von dem engen Gehäuse auf ihn über. Der Großinquisitor wollte ihn nicht zurückweisen; er wollte ihn auf die Probe stellen.

»Hochwürdigster Pater General – Sie wollen wissen, warum ich hier bin«, sagte er.

Der Pater General nickte.

Andrej begann zu sprechen und sprach aus, was ihm selbst bis zu dieser Stunde nicht klargeworden war. Der Pater General möge verzeihen, sagte er, er müsse nochmals von dem Mädchen sprechen, das jetzt die Gräfin Tarnowska sei. Der Wunsch, der ihn hierhergeführt habe, hänge mit seinem Erlebnis zusammen, doch keineswegs so oberflächlich, wie es selbst dem Freund seines Vaters, Pater de Villemorin, geschienen haben mochte. Die unheimliche Wirklichkeit des *corpus diabolicum* sei ihm in der Person der jungen Maria O'Rourke entgegengetreten, kraß um so mehr, als sich Satan eines zarten, liebenswerten, zum Glück aufgelegten Wesens bemächtigt habe, in das Wesen gefahren sei, um allmählich ganz Besitz davon zu ergreifen. Seit er jedoch von der Besessenheit, der *possessio*, eines einzigen Menschen überzeugt sei, sei er auch von der Umsessenheit überzeugt, der *circumsessio;* ja eben deshalb erscheine ihm der Pantheismus als ketzerische Lehre, weil Gott über den Dingen, der Teufel aber in ihnen wohne.

Hier unterbrach sich Andrej, weil er sich bewußt geworden war, daß er mit religiösen Begriffen um sich geworfen hatte, wie es im Eifer neuer Wissenschaft nur allzu leicht geschieht. Er entschuldigte sich und beteuerte, dem Mädchen gegenüber weder Haß noch Eifersucht zu empfinden; doch um so tiefer sei seine Überzeugung, daß das Gute mühsam weitergetragen werden müsse, während sich das Böse von selbst fortpflanze. Die Frage, ob er das Böse mehr hasse oder das Gute mehr liebe, habe ihn beschäftigt: immerhin glaube er, auf dem rechten Weg zu sein, denn würde er das Böse mehr hassen als das Gute lieben, dann hätte er sich wohl den Rebellen angeschlossen. Wie eine Erleuchtung sei die Erkenntnis über ihn gekommen, daß das scheinbar Große gering, das scheinbar Geringe groß sei, daß die Revolution keine einzige Seele dem ewigen Feuer zu entreißen vermöge.

Er hielt inne. Er habe zuviel gesprochen und gewiß voreilige Meinungen geäußert, sagte er, er habe nichts hinzuzufügen, als daß er im Gebet den Frieden gefunden habe und erfüllt sei von der Anwesenheit des Herrn.

Mit halbgeschlossenen Augen, als würde er sogleich in Schlaf verfallen, hatte der Pater General zugehört, doch war ihm offenbar nichts entgangen.

»Sind Sie sich, mein Sohn«, fragte er – er gebrauchte das Wort zum erstenmal –, »bewußt, welche Opfer uns das Priestertum auferlegt? Gehorsam, Armut und Keuschheit sind im Ordensleben nicht symbolisch gemeint. Sie haben vom Satan gesprochen. Symbolismus ist eine der raffiniertesten Erfindungen Satans. Symbol heißt, daß ein Zeichen für das andere steht. Die Wahrheit ist eindeutig wie das Kreuz; alle Symbole sind, zumindest, zweideutig. Ich empfehle Ihnen die Lektüre des ersten Briefes Paulus' an die Korinther. Paulus fordert, *die Verheirateten sollen leben, als ob sie nicht verheiratet wären, die Erwerbenden so, als ob sie nichts besäßen, die mit der Welt Verkehrenden, als ob sie davon nichts hätten.* Hier entsteht also noch beim besten Christen ein *›Als-ob‹*. Paulus hat somit der Unmöglichkeit, in einer unvollkommenen Welt als vollkommener Christ zu leben, Rechnung getragen; außerhalb des Ordens wird das Wort Christi in bequemer Weise symbolisch. Wenn Sie die Kutte anlegen, verzichten Sie auf jede Möglichkeit des *›Als-ob‹*. Weil aber just wir Dominikaner hinausgehen in die Welt; weil nur wenige von uns ständig in Klöstern leben; weil die großen Städte und Menschenansammlungen das Feld sind, das wir bebauen, sind wir ununterbrochen mit dem *›Als ob‹* konfrontiert. Wir versuchen, das Schiff des göttlichen Realismus durch ein Meer weltlicher Symbolik zu steuern.«

Er stand auf. Stehend wirkte er noch kleiner und gebrechlicher; um so mehr überraschte es Andrej, daß er sich schnell und sicheren Schrittes fortbewegte. Er ging zum Fenster und öffnete die Fensterläden. Die Wärme des Sommernachmittags strömte gierig ins Zimmer, mit ihr der Geruch der Blumen, das Summen der Bienen, die buhlerische Erinnerung an andere Sommernachmittage. Er winkte Andrej herbei und sagte:

»Sehen Sie dort diese Wand. Bemerken Sie etwas?«

»Eine vermauerte Tür, wenn ich mich nicht täusche.«

»Sie täuschen sich nicht. Es ist die vermauerte Tür des Inquisitionsgerichts. Dahinter eine Treppe, die zum Gerichtssaal geführt hat, vermauert auch sie. Durch diese Tür wurden die Sünder vor den Großinquisitor gebracht. Die Inquisition ist vermauert, für alle Zeiten. Ich sage es nicht, um Ihnen den Orden vortrefflicher erscheinen zu lassen. Die Tür dort versinnbildlicht vielmehr das Ende unserer weltlichen Macht. Wir sind wahrhaftig ein Bettelorden geworden, nicht so sehr in dem eigentlichen Sinne, als weil wir den Glauben nicht mehr erzwingen, nur noch erbetteln können. Zu Gehorsam, Armut und Keuschheit gesellt sich die Machtlosigkeit inmitten einer Welt, die von Aufruhr, Geld, Sinnlichkeit und Machtgier beherrscht wird.« Er sah Andrej an. »Sie sind reich, tragen einen mächtigen Namen, sind mit äußeren Tugenden ausgestattet. Können Sie, was Sie wollen? Versprechen Sie sich nicht zuviel von der Zucht des Ordens, der Sie vor der Versuchung zu schützen, aber nicht zu retten vermag? Erwarten Sie nicht eine Vollkommenheit, die Sie, auch in unserer Familie, nur selber finden können und nur, wenn es Gottes Ratschluß ist, finden werden? Haben Sie keine romantischen Vorstellungen vom Priestertum, das stets radikal und nie romantisch ist? Und vor allem: Wenden Sie sich Gott zu — oder nur von der Welt ab? Was Sie mir gesagt haben, war ehrlich gesprochen, aber es hat mich nicht überzeugt. Neben der *possessio* und der *circumsessio* gibt es auch die *obsessio;* eine *obsessio* ist es, überall den Teufel zu sehen. Viele wie Sie haben vor mir gestanden. Den einen hat seine Geliebte verlassen, der zweite war von seinem Bruder betrogen worden, der dritte war angeekelt von seinen eigenen Ausschweifungen, der vierte wollte für seine Lieblosigkeit büßen. Jeden habe ich vor dem großen Schritt gewarnt. Zuweilen kommt einer und sagt, er habe den Ruf des Herrn gehört. Diesen lade ich ein, nach dem Wort Lucas': *Und er sandte seinen Knecht zur Stunde des Abendmahls, um den Geladenen zu sagen, daß sie kämen, weil schon alles bereit wäre.«* Er ging langsam auf die Tür zu. »Bruder Giacomo wird Ihnen alle Schriften geben, die Sie mit dem Orden vertraut machen. Lesen Sie sie aufmerksam, ohne je zu glauben, daß dies oder jenes symbolisch gemeint sei. Haben Sie Ihren Sinn dann noch immer nicht geändert, kehren Sie nach Rom zurück. Bruder Giacomo wird Sie anmelden.«

»Ich gedenke, Rom nicht mehr zu verlassen«, sagte Andrej.

Der alte Mann nickte.

3

Andrej blieb in Rom.

Er wohnte in dem kleinen vornehmen Hotel, wo er schon auf einer Studienreise abgestiegen war. Einen Teil des Tages widmete er seiner Korrespondenz. Das Haus in Lipki hatte er verkauft, doch erwies sich die Durchführung der testamentarischen Verfügungen seines Vaters als äußerst verwickelt. Das Vermögen, größer als Andrej angenommen hatte, war in verschiedenen Werten angelegt. Das Vermögen seiner Mutter war ursprünglich auf seinen Vater übergegangen, mußte jetzt jedoch, einschließlich zinsbringender Anlage, mit entfernten Verwandten geteilt werden. Der Anwalt seines Vaters, Dr. Stirner, kam aus Kiew nach Rom: nicht ohne Besorgnis stellte er fest, mit welcher Gleichgültigkeit der Erbe seinen Vorschlägen begegnete.

Im übrigen lebte Andrej äußerlich das Leben eines reichen jungen Aristokraten, der zu längerem Besuch in Rom weilt. Fürst Ruspoli hatte ihn zu einem Fest auf seinem Landsitz am Meer eingeladen; von Stund an rissen die Einladungen nicht ab. Andrej wies keine zurück.

Wie unter den schönsten Palästen Venedigs die Kanäle das schmutzige Wasser treiben, so floß der Unrat unter den Palazzi der Ewigen Stadt. In den Villen am Monte Pincio hausten die Kurtisanen der Hocharistokratie; ein Besuch Cléo de Mérodes, der Geliebten des Belgierkönigs, wurde wie eine Staatsvisite gefeiert; die vornehmen Damen reichten einen schönen Zigeunerprimas von Bett zu

Bett. Die Bordelle blühten wie in den Tagen Pompejis. Frauen, die ein musterhaftes Familienleben zu führen schienen, boten sich Andrej an; sie verstanden seine Ablehnung nicht und erzählten ihm von den Abenteuern ihrer Männer. Harmloseres und Schlimmeres spielte sich ab, sozusagen vor den Toren des Vatikans. Andrej schien es kein Zufall: der Teufel hatte den Krieg ins Feindesland getragen.

Daß es ihm nicht schwerfiel, den Versuchungen zu widerstehen, stimmte ihn nachdenklich. Es konnte wohl sein, daß er innerlich das Gelübde schon geleistet hatte und nur noch sein Körper außerhalb der Klostermauern weilte; aber es konnte auch sein, daß ihn die Erlebnisse der letzten Monate abgestumpft hatten, daß er sich also in einem Zustand befand, welcher der Ohnmacht mehr als der Heiligkeit ähnelte. Floh er die Verantwortung? Es konnte sein. Doch ebenso konnte es sein, daß machtlose Verantwortung Mitschuld bedeutete. Wer die Verantwortung für das Unmenschliche floh, floh die Mitschuld. Aber war es wirklich die Wahl zwischen Rebellion und Priestertum? War es die Begegnung mit dem Teufel in Maria O'Rourke? Oder war es nur Maria? Man konnte sich nicht genug mißtrauen.

In der Gesellschaft, in der er gelebt hatte, karikierte sich das Laster selbst: leicht zu erkennen, leicht zu verzichten. Aber wie stand es mit den unschuldigen Freuden? Er ertappte sich dabei, daß er den Müßiggang genoß; langen Schlaf, guten Wein, Spaziergänge im milden Abend, eine Opernaufführung, eine romantische Träumerei. Immer wieder kehrte er zu den Büchern zurück, die ihm Pater Giacomo gegeben hatte. Er las die Ordensregeln der Heiligen Basilius, Augustinus, Benedictus, Franciscus und Ignatius, und obwohl manche längst keine Geltung haben konnten, nahm er eher ein Mehr als ein Weniger zum Maß seiner eigenen Bereitschaft.

Am schwersten wogen seine Zweifel, wenn er Bekannten aus Rußland begegnete. Zar Alexander III. lag im Sterben. Nach Livadia auf der Krim hatte sich der kranke Trunkenbold zurückgezogen; der sechsundzwanzigjährige Kronprinz Nikolaj Alexandrowitsch wachte an seinem Bett. Es hieß, der Kaiser habe ihn schwören lassen, nie vom Prinzip absolutistischer Herrschaft zu weichen, doch sprachen die Reisenden von der Hoffnung, unter Nikolaus II. würde ein Frühling der Freiheit anbrechen; man munkelte sogar von einer Amnestie, die im Schreibtisch des Thronfolgers bereitliege. Frühling in Rußland, dachte Andrej, und er würde ihn nicht erleben. Es gab kein Dominikanerkloster in Rußland: weiß Gott, ob er die Heimat je wiedersehen würde!

Im September, als die Tage plötzlich kühler wurden, Regenschauer wie reitende Boten über die Plätze fegten und sich der Tiber zuweilen in durchsichtige Schleier hüllte, traf Prinz Iwan Petrowitsch Trubetzkoj in Rom ein. Er war einige Jahre älter als Andrej, aber sie waren freundschaftlich miteinander umgegangen, und der blonde Prinz hatte Andrej in der Gunst Sonja Petrowna Uwarowas abgelöst.

»Mein lieber Andrej«, sagte Trubetzkoj, als sie sich in der Hotelhalle gegenübersaßen, »ich habe gute Nachricht für dich. Am Abend vor meiner Abreise war ich zusammen mit Maria Tarnowska eingeladen, die eben aus St. Petersburg in Kiew eingetroffen war. Sie ist übrigens schöner denn je, wenn sie auch etwas bleich und mitgenommen aussieht. Den ganzen Abend schwärmte sie von dir. Ihre Ehe mit Wassilij Tarnowskij ist so unglücklich, daß ganz Kiew davon spricht. Wassilij soll sich in St. Petersburg skandalös benommen haben. Obwohl sie umworben war, hörte man von Mura nur das Beste. Es sollte mich wundern, wenn sie den Streich, den sie dir gespielt hat, nicht längst bereut hätte. An deiner Stelle würde ich morgen nach Kiew zurückkehren. Unglückliche Frauen sind ein Geschenk des Himmels, besonders, wenn sie mit einem anderen verheiratet sind. Noch ist es nicht zu spät. Es heißt, daß sich Pjotr Tarnowskij um sie bewirbt; erscheinst du nicht rechtzeitig, wird sie ihn erhören. Befolge meinen Rat, und du wirst der beneidetste Mann von Kiew werden.«

In dieser Nacht schloß Andrej kein Auge. Stimmen, die er lange nicht gehört hatte, flüsterten ihm Versprechungen zu. Neue Stimmen sprachen aus den alten Büchern. Über seinem Bett kreuzten die schwarzen und die weißen Engel ihre Schwerter.

Am nächsten Morgen betrat er zum zweitenmal Santa Maria sopra Minerva.

NEUNTES KAPITEL

1

Die Villa, die Wassilij in Kiew gemietet hatte, lag im Stadtteil Lipki, unweit von dem Haus, wo die Wyrubows gewohnt hatten. Sie gehörte fremden Leuten und sprach von fremden Erinnerungen. Ein vornehmes Haus, doch herabgekommen, wie alle vermieteten Villen. Maria litt bei dem Gedanken, daß sie ihr Kind hier zur Welt bringen sollte. Wassilij sagte, er habe nicht die Absicht, in Kiew zu sterben; auch könne er sich, wenigstens bis zum Tod seines Vaters, kein eigenes Haus leisten. Sie mußte sich fügen. Man sprach mit Frauen nicht von so trivialen Dingen wie Geld und Zukunft.

Seit Maria schwanger war, glich Wassilij wieder dem Mann, der er vor dem Abend bei dem Großfürsten gewesen. Er schlief bis Mittag, nahm Gesangstunden, ließ sie am Abend allein. Der Arzt hatte sie gewarnt, sie möge ihre zarte Gesundheit und das Leben des Kindes nicht aufs Spiel setzen. Wassilij wußte, daß sie sich ihm nur verweigerte, weil sie nicht anders konnte. Er hatte sie gequält und war zahm geworden, als sie ihn gepeinigt hatte. Nur in ihren Vorstellungen konnte sie ihn noch peinigen.

An einem Winterabend traf Wassilij keine Anstalten, das Haus zu verlassen. Sie speisten an einem kleinen Tisch vor dem Kamin. Wassilij trank. Je mehr er trank, desto roher wirkte sein Mund, dem sie jede Gemütsbewegung ablesen konnte. Über die Kerzen hinweg beobachtete er sie mit einem halb zärtlichen, halb spöttischen Blick.

»Ach ja«, sagte er, als besänne er sich einer Nebensächlichkeit, »— weißt du eigentlich, was mit Andrej geschehen ist?«

Ihr Herz stockte. Das leere Haus, die Stille, das Schweigen der Freunde. Andrej war tot. Er hatte sich ihretwegen getötet.

»Ich habe Trubetzkoj getroffen, der gerade aus Rom heimgekehrt ist«, fuhr Wassilij fort. »Andrej ist ins Kloster gegangen. Dominikaner geworden, oder so etwas Ähnliches. Ein Mann geht meiner Frau halber ins Kloster!«

Maria legte die Hände auf ihren Leib. Sie tat das jetzt immer, wenn eine Bewegung sie übermannte, als müßte sie das Leben schützen, das in ihr aufging.

»Wann?« fragte sie.

»Während wir uns in St. Petersburg amüsierten. Ich würde mir keine Sorgen um ihn machen. In deinem Zustand könnten Gewissensbisse schädlich sein. Hinter Klostermauern ist der kleine Heilige gegen alle Versuchungen gefeit.«

»Er ist nicht meinethalben ins Kloster gegangen.«

»Das wäre schade. Ich sehe es gern, daß sich Männer für das ruinieren, was ich so leicht haben kann. Pjotr, beispielsweise. Ich glaube, er säuft sich zu Tode. Wann hast du ihn gesehen?«

»Gestern.«

»Man sagt mir, er schleicht sich jeden Abend ins Haus. Ein Glück, daß ich von der Tugendhaftigkeit meiner Frau überzeugt bin. Zumindest, solange die Ärzte darüber wachen.«

In den letzten Monaten hatte sie den Gedanken an Andrej in die Tiefen ihrer Seele verbannt, wie man das Bild eines Menschen forträumt, dem man Unrecht getan hat. Die Spiele am Fluß; die Hand, die sie geführt hatte; der erste Kuß; die Flucht vor Mademoiselle Larue; der spanische Vogelkäfig; der letzte, ahnungslose Besuch.

»Ich bekam gestern einen Brief von Wladimir Stahl«, sagte Wassilij. »Er kündigt seinen Besuch an. Du ziehst den Abschaum der Menschheit an.«

»Du bist eifersüchtig.«

»Auf Stahl? Der ›Doktor‹ ist impotent. Er lebt von Morphiumspritze zu Morphiumspritze.«

»Wie alles, was du sagst, ist auch das eine Lüge.«

»Ich finde es gut, daß er dich in deinem Zustand sieht. Ich habe ihm geschrieben, daß er uns willkommen ist.«

»Weißt du, daß ich dich hasse?« sagte sie.

»Aber natürlich. Wir hassen uns. Das vertreibt uns die Langeweile. Nichts verbindet ein Ehepaar mehr als Haß.«

»Warum wolltest du ein Kind von mir?«

»Habe ich das gesagt? Obwohl ich nichts gegen eine Tochter hätte . . . Kleine Jungen kann ich nicht leiden.«

»Du haßt mich, weil ich schwanger bin.«

»Im Gegenteil. Ich werde dafür sorgen, daß du immer schwanger bist.«

»Du hast Angst vor mir.«

»Weil du mir ähnelst, halte ich dich jeder Niedrigkeit fähig.«

»Das bin ich, Wassilij. Glaubst du, dein Verhältnis mit der Kralberg ist mir entgangen? Ich werde dich betrügen. Mit einem, mit zwei, mit zehn. Ich werde immer schwanger sein, aber du wirst nie wissen, ob es dein Kind ist. Es ist mir gelungen, den Namen meines Vaters zu entwürdigen, aber ich habe ihn nicht lächerlich gemacht. Dich werde ich entwürdigen und lächerlich machen.«

Wassilij hatte sich über den Tisch gebeugt. Die beiden Daumen preßten sich auf die Tischplatte, während die übrigen Finger den Tisch von unten ergriffen hatten.

Ein unwiderstehliches Bedürfnis, ihn bis aufs Blut zu reizen, hatte sie ergriffen. Es war, als wüchse ihre Herrschaft über ihn genau in dem Maße, in dem er die Herrschaft über sich verlor. Sie sagte, was sie von ihm dachte, und manches, das sie nicht gedacht hatte. Der Unrat, den sie über ihn ergoß, enthielt alles, was aufgehäufter Unrat enthält. Als sie jedoch erschöpft innehielt, warf er den Tisch um, so daß Porzellan, Gläser und Kerzen zu Boden fielen, manches in Scherben zerbrach und eine Kerze, die im Fall nicht erloschen war, den Teppich in Brand zu setzen drohte.

Er stand nicht auf; sah zu, wie sie aufsprang und mit den Füßen das Feuer löschte. Erst jetzt ging er auf sie zu und nahm sie um die Hüften und hob sie hoch und trug sie durch die Zimmer und warf sie aufs Bett.

Sie wehrte sich und sagte etwas vom Kind, aber er erstickte ihre Schreie mit einem Kuß, der voll Haß war.

2

Werdende Mütter sehnen sich nach der Mutter, die sie geboren hat; so will es der Kreislauf des Daseins. Marias Sehnsucht war so heftig geworden, da sie täglich neue Pläne schmiedete, um sich ihrer Mutter zu nähern, ohne daß es ihr Vater erfuhr.

Die Gelegenheit ergab sich von selbst, als eines Tages — es war

Anfang Februar achtzehnhundertfünfundneunzig, im sechsten Monat ihrer Schwangerschaft — Edward O'Rourke, auf dem Weg nach Otrada, in Kiew haltmachte.

An Edwards Liebe zu seiner Nichte hatte sich nichts geändert. Er füllte den Salon mit seiner Gegenwart; erzählte Geschichten aus Irland, wunderbare Geschichten von Freiheit und Elfen; kümmerte sich nicht, ob ihm Wassilij zuhörte, und blickte Maria mit seinen rotgeränderten Augen an, als müßte sie ihm nichts sagen. Die Verschwörung lag ihm im Blut; am liebsten verschwor er sich gegen seinen Bruder. Er fuhr nach Otrada, blieb dort länger als geplant. Er wartete, bis sein Bruder zu einer Besprechung der Adelsmarschälle nach Moskau fahren mußte. Sogleich packte er die Schwägerin in seinen Schlitten und brachte sie nach Kiew.

An diesem trüben Februartag, an dem die eisigen Regentropfen, Gewehrkugeln gleich, kleine schwarze Löcher in die Schneehaufen bohrten, hatte sich Maria so elend gefühlt, daß sie nicht aufgestanden war. Sie lag im Bett, als die Stimme ihres Onkels durch das Haus hallte und die Ankunft Katharina O'Rourkes ankündigte.

Später, als Katharina am Bett ihrer Tochter saß — Edward hatte, nachdem er sich seines gelungenen Streiches ausgiebig gerühmt hatte, die beiden Frauen allein gelassen —, erinnerten sie sich, daß es sonst umgekehrt geschehen war: Maria hatte immer am Bett ihrer Mutter gesessen. Nun lag Maria in ihren Kissen, die Wangen vor Erregung gerötet, während Katharina auf einem Stuhl hockte, klein, grau, unscheinbar, ein nasser Spatz auf einem Telegrafendraht. Sie hatte den Hut nicht abgelegt und wirkte, obwohl Schrantz, Kiews berühmtester Schneider, ihr Kleid angefertigt hatte, so arm und provinziell wie die meisten Frauen, die ihre Häuser nur selten verlassen.

Eine Zeitlang logen sie beide, so gut sie konnten. Die Mutter erzählte, daß es um ihre Gesundheit viel besser bestellt sei; daß sie Freude habe an den beiden Jungen und an Maxim Katerinowitsch, ihrem neuen Schwiegersohn; daß ihr Sonja geschrieben habe und sogar Anna. Die Tochter sprach von ihren gesellschaftlichen Erfolgen in St. Petersburg, von neuen Kleidern, von ihrer mühelosen Schwangerschaft. Aber Katharina sprach nicht von Marias Vater, und Maria sprach nicht von ihrem Mann. Als es zu dunkeln anfing, begannen sie die Kerzen der Wahrheit anzuzünden; mit einer Kerze zündeten sie die andere an, wie in den Kirchen; allmählich wurde es ganz hell von Wahrheit. Katharina O'Rourke setzte sich auf das Bett Marias; sie schloß die Tochter in ihre Arme; der kleine Hut saß ihr schief auf dem Kopf; Maria lehnte den Kopf schluchzend an die Brust der Mutter, und sie waren glücklich, weil jede von ihnen bisher nur sich selbst beweint und nicht gewußt hatte, daß eine andere sie beweinte.

So fand Edward die beiden Frauen, und auch er hatte Tränen in den Augen, denn er konnte keine weinenden Frauen sehen. Er sagte, das sei einer der Gründe gewesen, warum er nicht geheiratet habe: in der Ehe ließen sich die Frauen gehen und weinten ›Töpfe voll‹. Weil der rötliche Riese aber jedesmal, wenn ihm etwas naheging, zu bramarbasieren pflegte, erklärte er, in schweren Stunden sei der Platz einer Mutter an der Seite ihrer Tochter; also werde er – wie, das sei seine Sache – dafür sorgen, daß Mura bei ihrer Niederkunft von ihrer Mutter betreut werde.

Ende April, Anfang Mai: das genüge ihm – »laß nur ein Gastzimmer vorbereiten, Mura: mit deinem Vater werde ich schon fertig werden. Es geschähe, weiß Gott, nicht zum erstenmal.«

3

Das Wesen in Maria Tarnowska schien ihr Wesen zu verändern. Sie glaubte das Ungeborene zu beschützen, weil sie nicht wußte, daß die Ungeborenen ihre Mütter beschützen.

Sie brauchte Wärme und hoffte, daß sie von den Menschen komme. Ihre eigenen Freunde hatte sie endlich; sie lebte neben Wassilij, als wäre er nicht anwesend. Wladimir Stahls Schlitten stand immer vor der Tür, wenn sie ausfahren wollte. Jurij Tolstoj, grob und ungeschlacht von Natur, umsorgte sie zärtlich. Dr. Tschitschagow, der berühmte Geburtshelfer, besuchte sie unter fadenscheinigen Vorwänden. Männer, die mit ihren Frauen gekommen waren, kehrten allein zurück. Im Samowar wurde der Tee nie kalt. Teetassen waren überflüssig; Männer tranken aus fußlosen Gläsern. Vom frühen Nachmittag bis zum späten Abend hing der süßliche Geruch der Papyrossi im Salon. Kehrte Wassilij früher als erwartet heim, zog er sich grollend ins Schlafzimmer zurück.

Mit süßer Strenge behandelte sie die Männer, anfangs erstaunt, daß beides sie anzog, die Süße und die Strenge. Wladimir Stahl hatte Arzt werden wollen und glaubte an die Heilkraft seiner Hände. Sie ließ sich von ihm Nacken und Schultern massieren, aber als er einmal ihren Hals küssen wollte, schlug sie ihm ins Gesicht. Als Jurij ungebührliche Eifersucht äußerte, wies sie ihm die Tür. Er bettelte um Einlaß. Sie begann zu ahnen, daß es Momente gab, da die Herren der Schöpfung lieber Hunde als Herren sein wollten; daß sie vorzogen, gequält zu werden, als selbst zu quälen; daß sie die Frau als Rute empfanden, mit der Gott sie züchtigte.

Der einzige, bei dem sie sich der Gefährlichkeit ihres Spieles bewußt wurde, war Pjotr Tarnowskij. Er war jetzt knapp über einundzwanzig. Sein linker Arm war von Geburt ein wenig kürzer als der rechte, und er pflegte mit hochgezogener Schulter den kranken Arm an sich zu pressen, als hielte er einen unsichtbaren Gegenstand. Er schrieb Maria schwärmerische Briefe; sandte ihr Blumenkörbe, die seiner mageren Börse keineswegs entsprachen; las ihr seine empfindsamen Gedichte vor, konnte jedoch ungestüm werden und ungeduldig, sich seines Genies und seiner Körperkraft rühmen, bei geringstem Anlaß Händel suchen. Er war unbeliebt und litt unter seiner Unbeliebtheit. Maria hatte sich das eine oder andere Mal von ihm küssen lassen, bei seiner Ankunft oder zum Abschied, und sie hatte ihn ausgelacht, wenn er ihre verwandtschaftliche Zärtlichkeit mißdeutet hatte. Sie hatte ihre Hände durch seine Haare gleiten lassen, aber sie hatte ihm das Haus verboten, wenn er sich rühmte, sie erwidere seine Leidenschaft. Hatte sie ihn dann doch wieder aufgenommen, so war es geschehen, weil seine Beteuerungen, er würde sich für sie töten lassen, so aufrichtig klangen wie die Iwans, des Stallknechts, der die Frage, ob er für sie sterben würde, treuherzig bejaht hatte.

Eines Abends, als sie wieder allein war, erschien er, wankend, lallend, sichtlich trunken. Schon nach wenigen Minuten begann er, Wassilij zu verfluchen. Er umfaßte ihre Knie und rief: »Ich werde ihn ermorden, Mura; ich werde ihn ermorden!« Trunken war er gewiß, aber er sprach nicht von Mord, weil er getrunken hatte. Er würde Wassilij zu einer Jagd einladen, sagte er, in einen Wald locken und erschießen. Oder er würde des Nachts in den Garten schleichen, Lärm schlagen; Wassilij würde hinauseilen; in der Dunkelheit würde er ihn niedermachen. Dann aber würde der Weg frei sein — »ich schwöre dir, daß ich sein Kind lieben werde wie mein eigenes; es wird nie erfahren, daß dieses Ungeheuer sein Vater gewesen ist; es ist gegen deinen Willen geschehen, ein teuflischer Zufall!«

Sie nahm seinen Kopf in ihre Hände und sprach zu ihm wie zu einem kranken Kind. Gewiß, sie sei nicht glücklich mit Wassilij, aber ändern ließe sich nichts. »Und du hast nicht recht, ich habe ein Kind gewollt.« Dabei fragte sie sich, ob sie ihn wirklich besänftigen wollte; heute hielt sie Wassilijs Leben in der Hand. Das Gefühl ihrer Macht durchströmte sie wie heiße Wellen.

Er hatte sich zu ihren Füßen niedergelassen und bedeckte ihre Hand mit Küssen, küßte ihre Arme und Knie. Sie wollte ihn, plötzlich erschreckt von den Kräften, die er besaß und deren sie nicht Herr werden konnte, abschütteln, als Wassilij das Zimmer betrat. Er packte den Knienden am Nacken, ließ ihn nicht aufstehen, versetzte ihm mit der flachen Hand eine Ohrfeige, nicht kräftig, eher wie man einen ungezogenen Jungen züchtigt. Als Pjotr sich erheben wollte, trat er ihn mit dem Fuß vor die Brust. Pjotr taumelte zurück, sprang auf und schlug Wassilij so heftig ins Gesicht, daß das Blut aus der Nase des Bruders spritzte. Nun standen sie sich gegenüber, voll Haß und Unentschlossenheit, als dächten sie nach, wie jeder den anderen demütigen könnte Wassilij war krebsrot. Pjotr ballte die verkümmerte Hand zur Faust.

Maria entging keine Einzelheit. Die Unflätigkeiten Wassilijs prallten von ihr ab. Er leckte sich die Lippen, über die das Blut geronnen war, und unwillkürlich befeuchtete sie ihre eigenen Lippen. Pjotr kniff die Augen zusammen, und unwillkürlich tat sie es auch. Einen Augenblick lang wollte sie die beiden wie wilde Tiere aufeinanderhetzen; gleichgültig, wer siegen würde.

»Scher dich zum Teufel, elender Krüppel«, sagte Wassilij.

»Ich könnte dich zu Tode prügeln«, sagte Pjotr.

»Das Kind . . .«, sagte Maria.

Sie legte die Hände auf ihren Leib. Dann floh sie in ihr Zimmer.

4

Es ist Ende April, Aprilwetter. Der Regen prasselt angestrengt gegen die Fensterscheiben, der Atem wird ihm zu kurz. Der Wind singt und treibt die Blüten vor sich her, den weißen Regen des Frühlings. Dann scheint die Sonne, voreilig, sie täuscht sich selbst und die Menschen. Der Himmel ist durchsichtig blau und bleiern grau, noch nicht erwacht und schon verbraucht, alles in einer Stunde. Die Bäume sind lebendig wie nie zuvor und wie sie es nicht mehr sein werden im Jahr.

Durch das hohe Fenster ihres Schlafzimmers sieht Maria Tarnowska den Himmel und die Wipfel der Bäume: seit Tagen sieht sie nichts anderes. Vor vier Tagen hatten die Wehen eingesetzt, aber es muß eine Täuschung gewesen sein, denn nach wenigen Stunden hatten sie aufgehört. Seither hat sie das Bett nicht verlassen.

Alles erscheint ihr unwirklich, wie der wechselnde Himmel. Es kann nicht sein, daß Wassilij fort ist. Vor vier Tagen ist er gegangen. »Ein Mann stört nur, du bist in guten Händen.« Vor der Geburt geflohen wie vor einer Krankheit. In der Tür dem Arzt die Hand gedrückt; das Gepäck auf den Kutschbock geworfen. »Ich schicke den Kutscher zurück; er wird mich rufen.« Der Kutscher war nicht wiedergekommen. Sie hatte noch die Kraft gehabt, an Onkel Edward zu telegrafieren. Er hat sie nicht im Stich gelassen, der alte Zauberer.

Mittags kommt Katharina O'Rourke, am Abend geht sie. Am nächsten Morgen ist sie wieder da, mittags wieder fort. Hereingeweht, fortgeweht. Alle scheint der Aprilwind hereinzuwehen, fortzuwehen. Wie oft kommt Dr. Tschitschagow? Sie fragt nicht nach ihm: er ist da. Sie fragt nach ihm: er ist nicht da. Pjotr glaubt sie gesehen zu haben, über ihr Bett geneigt. Sie fragt die Zofe. »Nein, der Graf war seit Wochen nicht da.« Die Stimme Wladimir Stahls hört sie, flüsternd, aus der Ferne. »Ich möchte ihn sehen.« — »Der Baron hat nur Blumen gebracht.« Das Zimmer ist ein Blumenhain, als wäre sie aufgebahrt; sie läßt die Blumen hinaustragen. Das Zimmer ist leer; sie läßt die Blumen wieder bringen. Dr. Tschitschagow gibt ihr Schlafmittel.

Die Wehen setzen um Mittag ein, am achtzehnten April. Keine Angst empfindet sie mehr, als hätte sie alles schon erlebt. Sie darf nicht sterben, weil Wassilij das Kind aussetzen wird. Es wird ein Knabe sein, und sie muß es beschützen. Sie beißt die Lippen zusammen, versucht zu lächeln. Das Haus ist ein Bienenstock. Das Geflüster wird zum Lärm. Sie will nach Wassilij fragen, aber sie beherrscht sich. Ihre Mutter sitzt am Fenster. »Du siehst nicht gut aus, Mama.« — »Jetzt kümmere dich nur um dich.« Sie sorgt sich um ihre Mutter. »Höre ich Onkel Edward?« — »Er ist gerade eingetroffen.« Sie denkt an den Tag, als er sie hinuntergeführt hatte, in die Bibliothek. Es wird ein Knabe sein, und sie wird ihm ihre ganze Liebe geben. Was man den Menschen an Liebe entzieht, das wird zu Haß.

Heißes Wasser wird gebracht. Handtücher, Leintücher, eine winzige Badewanne werden gebracht. Dr. Tschitschagow steht mit dem Rücken zu ihr, kocht seine Instrumente aus. Ein großer schlanker, dunkler Mann: von rückwärts sieht man die peinlich verborgene Glatze, eine Tonsur. Der Widerwille gegen ihn überfällt Maria; sie möchte schreien, er soll das Zimmer verlassen. »Schreien Sie ruhig, Maria Nikolajewna, wenn Sie Schmerzen haben.« Sie schüttelt den Kopf. Die Hebamme macht sich um sie zu schaffen, redet ihr zu, eine rundliche kleine Frau mit roten Wangen, ein Kopftuch über den Haaren.

Nur noch Sekunden ohne Schmerzen sind zwischen den Schmerzen. Die Abendsonne fällt ins Zimmer, zeichnet die verzerrte Form des Fensters an die Wand. Wolken ziehen über den Himmel; das Rhomboid aus Sonne verschwindet. Dann ist es wieder da, wie von Geisterhand gezeichnet, einmal sichtbar, einmal unsichtbar. Sie starrt unverwandt nach der Wand. Wenn Tioka geboren werden wird, wird die Sonne scheinen. Es wird ein Knabe sein, und er wird Tioka heißen.

5

Singen aus dem Salon kündete Maria die Rückkehr Wassilijs. Er sang *Oh, distants steppes, oh, sauvages plaines,* sein Lieblingslied, das früher auch sie entzückt hatte.

Sie ließ ihn rufen. Er küßte sie auf die Stirn, als wäre er nie abwesend gewesen. Dem Kind in der Wiege schenkte er kaum einen Blick, ihren Vorwürfen begegnete er mit einer seiner Theorien. Das Leben sei mühsam genug, sagte er, sich auf dem Kanapee ausstrekkend: man müsse sich das Störende, Unangenehme, Schwierige vom Leibe halten. Seine Frivolität unterhielt sie nicht mehr, sie war verblaßt wie ein alter Ballkalender. Störend, unangenehm, schwierig – meinte er das Kind? Er wich aus. Jedenfalls werde er nicht zu Hause sitzen und die Wiege schaukeln. Im übrigen sei das Leben in Kiew langweilig und provinziell. Er sprach von einer Übersiedlung nach Mailand.

Anfang Mai erklärte ihr Wassilij, sein Lehrer sei überzeugt, er habe das Zeug zu einem großen Sänger. Er wolle nach Mailand fahren, wo Professor Giovannari mehr als einen künftigen Stern in der Kunst des *Belcanto* unterwiesen habe. »Ich habe mit Dr. Tschitschagow gesprochen. In spätestens zwei Wochen wirst du reisefähig sein. Ich war bei meinen Eltern, allerdings Pjotrs halber. Er ist reif für das Irrenhaus. Sie sind bereit, das Kind zu sich zu nehmen.«

Maria protestierte, weinte, drohte. Kiew sei langweilig, er habe recht. Aber Mathilde, die Amme, könne sie nach Mailand begleiten. »Ich reise nicht mit einem heulenden Baby«, sagte er. Nichts vermochte, seinen Entschluß zu ändern.

Wladimir Stahl war der einzige, dem sie vertraute. Sobald sie das Haus verlassen konnte, fuhr sie zu ihm.

Baron Stahl hatte eine geräumige möblierte Wohnung in der Ssuworoskaja gemietet, nicht weit von der Lawra, dem Höhlenkloster Kiews. Es war eine düstere Wohnung, unpersönlich, mit den Flecken längstentfernter Bilder an den Wänden, mit vereinsamten Möbeln, die ihren besseren Brüdern nachtrauerten. Ein unangenehmer Geruch, wie nach alten Medikamenten, hing in den Räumen, Maria erinnerte sich, was man ihr von Stahl zugetragen hatte. Angehender Arzt, der seine Studien nicht hatte beenden können, weil er gefälschte Rezepte ausgestellt hatte; Hauptmann der Garde, ausgestoßen wegen Feigheit bei einem Duell; Mann einer reichen Frau, die ihn mit seinen Freunden und Dienstboten betrog. Vielleicht Morphinist. Eine gescheiterte Existenz, ihr Berater.

Sie saßen in der Bibliothek. Ein paar Prachtbände und einige Bücher Wladimir Stahls in den leeren Regalen. Nachdem ein hagerer, knochiger Diener mit einem kranken Gesicht, seinem Herrn ähnlich, den Samowar gebracht hatte, erzählte Maria von Wassilijs Plänen. »Sie sind mein väterlicher Freund, Wladimir Michailowitsch«, schloß sie. »Was soll ich tun?«

»Was immer ich Ihnen rate, Sie werden Tarnowskij nicht verlassen.«

»Warum?«

»Sie lieben ihn.«

»Woraus schließen Sie das?«

»Sie nennen mich Ihren väterlichen Freund.«

»Beleidigt es Sie?«

Er versuchte zu lächeln, aber Lächeln ist eine Kunst und wie jede Kunst ein behutsames Spiel zwischen Grenzen. Wladimir Stahl konnte nicht lächeln, er konnte nur lachen, denn lachen kann jeder;

sein Lächeln sprang über die Grenze des Lachens und wurde zu einem Grinsen. Er grinste, mit häßlichen Pferdezähnen.

»Seit ich Sie zum erstenmal im Hause des Großfürsten gesehen habe, brenne ich lichterloh«, sagte er. »Glauben Sie, ich sei zufällig in dieser widerwärtigen Stadt, die nach Weihrauch riecht wie diese widerwärtige Wohnung nach meinem Laboratorium? Ich habe mein Haus, meine Familie und meine Freunde verlassen, weil ich nur noch in Ihrer Nähe atmen kann.«

»Ich brauche einen Freund, keinen Liebhaber«, erwiderte sie.

»Sie werden immer nur Geliebte haben.«

»Bisher hatte ich nur Freunde.«

»Das glauben Sie. Ihre Freunde sind nichts als geduldige Liebhaber. Sie gehören zu den Frauen, in denen jeder Mann die Feindin wittert.«

»Ich bin gekommen, um Ihren Rat zu hören.«

Er schenkte ihr Tee ein. Seine Hand zitterte. Mit unsicheren Schritten ging er zu der Bücherwand, blieb an ein Regal gelehnt stehen.

»Ich wollte von Ihnen hören, ob ich in Kiew bleiben soll, bei meinem Kind«, sagte sie.

»Kennen Sie die Fabel Krylows von dem Kater und der Nachtigall? Der Kater hält den gefangenen Vogel in seinen Krallen. ›Ich könnte dich fressen‹, sagt er, ›aber ich werde es nicht tun, wenn mich dein Gesang erfreut.‹ Die Nachtigall aber, in ihrer Todesangst, kann nur heiser piepsen. ›Das ist also dein herrlicher Gesang?‹ spottet der Kater. ›Da du nicht schöner singen kannst, soll mich wenigstens dein Fleisch erfreuen‹ – und er frißt sie auf. *›Darf ich es insgeheim euch anvertrauen: / Es singt sich schlecht in einer Katze Klauen.‹* Ihre Seele kann nicht singen, solange Sie sich in Tarnowskijs Klauen befinden.«

»Also soll ich ihn verlassen?«

Sein Blick war starr auf die Tür gerichtet. Er entschuldigte sich und ließ sie allein.

Eine gescheiterte Existenz, ein alter Mann, ein kranker Mann, aber er hatte ihre Gedanken ausgesprochen, wenn auch anders als er es beabsichtigt hatte. Sie mußte sich von Wassilij befreien. Sie konnte es nicht, wenn sie in Kiew zurückblieb. Pjotr, Jurij, Wladimir Stahl waren keine Geliebten, die Wassilij fürchtete. Seine Eifersucht hatte seine Liebe überlebt. Der Mann, der ihre Seele befreien würde, würde Wassilij zerstören. Tioka! Das kleine rote, weinende Bündel, das in der Wiege lag, mit dem unfertigen Körper, dem Greisengesicht, den Greisenhänden. Sie mußte ihr Kind verlassen, weil sie seinen Vater vernichten mußte.

Als der ›Doktor‹ zurückkehrte, war er verändert: sein Körper gestrafft, seine Augen glänzten, seine Stimme klang hell und jugendlich.

»Verzeihen Sie, Maria Nikolajewna«, sagte er. »Ich mußte einen Besucher abschütteln.«

Sie erhob sich. »Ich muß gehen.«

Er ergriff ihre Hand. »Was habe ich für törichtes Zeug geredet! Ich hätte Ihnen sagen sollen, wie gleichgültig es ist, ob Sie Tarnowskij folgen. Wenn Sie nach Mailand fahren, werde ich in Mailand sein. Ich werde nicht weichen, bis ich Sie von ihm befreit habe. Ich, kein anderer.« Er sprach schnell. Die Monate der Schwangerschaft seien für ihn die Hölle gewesen. »Tarnowskij hat ein Verhältnis mit der Kralberg. Eine Person, seiner würdig.« Er klagte Wassilij der Untreue an und flehte, Maria möge seine Geliebte werden. »Ich kenne Wege, die Sie ins Paradies führen werden. Keiner dieser Laffen kennt sie, ich allein kenne sie. Ich allein vermag Ihre Seele von Ihrem Körper zu befreien.«

Er wollte sie in seine Arme nehmen. Sie stieß ihn fort. Ihren väterlichen Freund hatte sie ihn genannt. Was wollte er mehr? Pjotrs Schwärmerei, Jurijs Zärtlichkeit, Dr. Tschitschagows Höflichkeit und Wladimir Stahls Verstand: alles brauchte sie, aber sie brauchte keinen.

Am ganzen Leib zitternd, begleitete der ›Doktor‹ sie zur Tür.

6

Ein halbes Jahr war vergangen. Aus Mailand waren sie nach Rom gefahren, von dort nach Neapel, zurück nach Florenz und Mailand. Sie hatten kein Heim, sie wohnten nur: in großen oder mittelmäßigen Hotels, je nach den Mitteln, die Wassilij aus Rußland erhielt. Mathilde Skopin, die Amme, schrieb primitive, schwer entzifferbare Berichte. Oft folgten sie ihnen wochenlang von Stadt zu Stadt.

Wassilij hatte die Hoffnung aufgegeben, ein großer Sänger zu werden. In den Tagen seiner Werbung um Maria hatte er sich einen Dilettanten genannt, einen halben Menschen, aber da er auch das nur halb gemeint hatte, konnte er die Wahrheit schwer ertragen. Er suchte Bestätigung auf dem ureigensten Gebiet der Dilettanten, dem gesellschaftlichen. Auf dem Heimweg wurde er, ausgehöhlt von seiner eigenen Fröhlichkeit, wortkarg: allein mit Maria, gab er sich keine Mühe mehr, den inneren Menschen dem äußeren anzupassen. Hier und dort, in Rom und Mailand, tauchte die blonde Österreicherin auf, Olga Kralberg. Anfangs mied sie, taktvoller als Wassilij, Marias Gesellschaft. Wassilij lud sie ein, erschien mit beiden Frauen, leugnete nichts. Maria, gelangweilt, einsam im fremden Land, lehnte sich nicht auf.

Im Oktober waren sie wieder in Mailand. Professor Giovannari, den Honoraren singender Laien nicht abhold, plante eine Opernvorstellung seiner Schüler, bei der er Wassilij eine kleine, aber dankbare Rolle anvertraut hatte. Das sprunghafte Selbstvertrauen Wassilijs war emporgeschnellt; er befand sich in einem fieberhaften, glücklichen Zustand.

Maria hatte an diesem Tag das *Abendmahl* besichtigt und war über die Via Carlo Alberto dem *Hotel Cavour* zugeschlendert. Es war ein sanfter lombardischer Spätnachmittag. Der Himmel legte eine behutsame Hand über die Dächer. Maria blieb vor den Schaufenstern stehen. Sie hatte Lust, alles zu kaufen, denn ihre Freude an Kauf und Besitz war immer schon mit ihrem Unglück gewachsen, aber sie wurde sich bewußt, daß sie kein Geld hatte und von einem Mann abhängig war, von dem sie nichts erbitten wollte. Stärker empfand sie das Heimweh.

Der Portier reichte ihr ein Telegramm, an Wassilij gerichtet. Wassilij war bei einer Probe; später sollte sie zu einem Fest des Fürsten Boncompagni fahren. Maria läutete nach dem Zimmermädchen und begann sich auszuziehen. Telegramme verhießen selten etwas Gutes; von diesem Papier aber ging etwas besonders Böses aus. Sie dachte an Tioka, und ihre Muttergefühle, die in einem kranken Schlaf gelegen hatten, wurden wach. Mit offenen Haaren sprang sie vom Spiegel auf und öffnete die Depesche. Sie lautete:

Pjotr hat sich erhängt. Komm sofort. Dein Vater.

Wassilij betrat das Zimmer. Er eilte zerstreut, ein Lied summend, an Maria vorbei, wandte sich plötzlich um und nahm ihr das Papier aus der Hand.

Ein Blick auf Wassilij genügte der Zofe, um aus dem Zimmer zu fliehen. Ob ihn Schmerz überkam; ob ihn das Gewissen übermannte; ob er durch den Tod seines Bruders aus dem angenehmen Trott seines müßigen Lebens gerissen zu werden fürchtete: er gehörte zu den Menschen, die einen Sündenbock schneller finden als ihre Schuld. Er schrie: »Du hast ihn gemordet!«; packte Maria beim Handgelenk; klagte sie an, insgeheim mit Pjotr korrespondiert und ihn zur Verzweiflung getrieben zu haben; nannte sie eine abgefeimte Lügnerin; verfluchte den Tag, an dem er sie kennengelernt hatte. Sie versuchte, ihn zu besänftigen. Das Telegramm, sagte sie, enthalte nichts von der Ursache des Selbstmordes. Vernunft reizte ihn nur zu Unvernunft. Als sie einwandte, ihre Schuld könne es höchstens sein, den Verliebten nicht erhört zu haben, begann er zu toben. Sie habe mit Pjotr ein Verhältnis gehabt, genau wie mit Jurij und Wladimir Stahl; eine Dirne sei sie gewesen, vom ersten Tag ihrer Ehe; er zweifle, ob Tioka sein Kind sei; sehr wohl könne er das Kind eines ihrer Geliebten sein, vielleicht des Toten; sein Bruder sei nur in den Tod gegangen, weil sie ihn mit einem anderen betrogen habe. Maria, nun selbst immer erregter, erinnerte ihn an seine eigenen Worte: er sei zu seinen Eltern gefahren, um Pjotr als unheilbaren Geisteskranken zu denunzieren. Besinnungslos vor Wut, leugnete er, je derlei gesagt zu haben: hätte er aber doch von

Wahnsinn gesprochen, so hätte er nur die Liebe seines Bruders zu Mura meinen können. Er schrie so laut, daß sich Hotelgäste im Korridor versammelten und der Empfangschef anklopfte, um den Grund des Lärms zu erfahren.

Wassilij hatte ihn eben abgewiesen und sich, wie es geschieht, wenn Dritte eine Szene unterbrechen, ein wenig beruhigt, als Olga Kralberg erschien. Nachdem Wassilij seine Anklagen wiederholt hatte, warf sich die schöne junge Frau zu Marias Verteidigerin auf, und sie tat es echt weiblich, indem sie zwar keinen Zweifel äußerte, daß Pjotr sich Muras halber das Leben genommen habe, doch sei das nicht, meinte sie, Muras Schuld — »danke dem Himmel für Muras Keuschheit, und auch dafür, daß sich jeder Mann ihrethalben umbringen würde. Ein gefährlicher Unschuldsengel — was willst du mehr?« Sie setzte sich neben Maria auf das Kanapee und versuchte, sie zu umarmen.

Maria entzog sich ihr. Pjotr tot! Weil sie jung war, erschien ihr der Tod als eine Vereinbarung, der sich alle beugten, obwohl es ihn nicht gab. Das Sterben konnte sie sich vorstellen, den Tod nicht. Und während sie an Pjotr dachte, vergaß sie, wie oft sie ihn im letzten Jahr gesehen hatte; sie erinnerte sich nur an ihre gemeinsame Kindheit, in Otrada, lange vor Wassilij: damals schon war er zum Tode verurteilt gewesen, sein Leben eine Bewährungsfrist von zweiundzwanzig Jahren. Zweiundzwanzig Jahre, und jetzt hing er am Fensterkreuz oder an der Scheunentür. Wassilij hatte recht: sie hätte ihn erhören, die Bewährungsfrist verlängern können; gleichgültig, wem man sich verweigerte und wem man sich gab; es hatte keinen Sinn, Geheimnisse zu wahren und auf eine Liebe zu warten, die doch nicht kam. Trotzdem fühlte sie sich nicht schuldig, denn wer zum Tode verurteilt war, mußte sterben, und die Friedhöfe waren nichts als kleine Städte in den großen. Sie hörte das Schluchzen Wassilijs, der sich jetzt, da er mit dem Mitgefühl seiner Geliebten rechnen konnte, in der Rolle des trauernden Bruders gefiel. Wie durch einen Schleier sah sie ihn, von Olga Kralberg betreut, und es fiel ihr ein, daß die Nachricht sie entsetzt, aber auch erleichtert hatte. Für ihr Kind hatte sie gebangt, nur für ihr Kind. Nun mußten sie zurückkehren nach Rußland, noch heute nacht, spätestens morgen früh; sechsundsechzig Stunden bis Charkow; in sechsundsechzig Stunden würde sie Tioka in ihren Armen halten, sein Weinen hören und sein Lachen sehen, seine winzigen Fäuste in ihrem Gesicht spüren, und nie wieder würde sie ihn loslassen. Sie sah, daß Wassilij aufsprang, auf sie zukam, vor ihr stehenblieb, und sie schreckte nur auf, als er ihr mit der flachen Hand ins Gesicht schlug.

Erst jetzt wurde sie sich bewußt, daß sie gelächelt hatte.

7

Das Landhaus der Tarnowskijs, das Maria an diesem Oktobernachmittag zum erstenmal betrat, lag wenige Meilen östlich von Charkow. ›Die Burg‹ nannte man es in der Gegend, voll Achtung, doch auch so, als spräche man von einer Ruine. Ein Tarnowskij, der lange in Frankreich gelebt hatte, hatte es gebaut: mit seinen Steinmauern, Rundtürmen, Zinnen und Bogenfenstern stand es fremd im russischen Flachland. Es war so vernachlässigt, daß seine Größe leer, seine Pracht leichtsinnig und sein Stolz verächtlich wirkten. Und auch die Menschen, die es bewohnten, sich anklammernd an bröckelnden Stein und Schein, wirkten leer, leichtsinnig und verächtlich: Wassilijs Vater, ein Mann Mitte Fünfzig, der sich den Anschein eines in die Provinz verbannten Lebemannes gab; seine Mutter, die sich mit zerlöchertem Prunk umgab und mit strenger Miene stets etwas zu ahnden schien; seine ältere Schwester, die ihre Häßlichkeit wie einen Keuschheitsgürtel trug.

Vom Tor, wo sie der Graf mit seinem Majordomus erwartete – einem alten Mann von jener sarkastischen Devotion, die unbezahlten Dienstboten eigen ist –, wurden Maria und Wassilij sogleich ins Totenzimmer geführt. Es war ein Saal von verstiegenen Dimensionen, mit einer Balustrade, ganz aus Stein, mit Ritterrüstungen und Fahnen und Standarten. In der Mitte des leeren Raumes war Pjotr aufgebahrt, in seiner Studentenuniform, die er nie getragen hatte. Die Uniform war hochgeschlossen, so daß man den Streifen um den Hals des Erhängten nicht sehen konnte, aber sein Gesicht war aufgedunsen, und weil er lange so gelegen hatte, zwischen Kandelabern, Totenkerzen und Pflanzkübeln, ging ein gärender Leichengeruch vom Katafalk aus.

Als Wassilij und Maria an die Bahre traten, wichen die anderen, welche die Totenwache gehalten hatten, zurück; nur die Gräfin blieb unbeweglich stehen, ohne ihrem älteren Sohn und ihrer Schwiegertochter einen Blick zu schenken. Maria verstand immer noch nicht, daß Pjotr tot war. Sein Gesicht hatte sich im Tod verändert: etwas Bäuerisches hatte es angenommen, das Gesicht eines bleichen Knaben, der zum Spaß seine Wangen bläht, und wäre es nicht bleich gewesen, hätte es ihr runder, fröhlicher, gesünder geschienen als zu seinen Lebzeiten. Ein dunkelviolettes, reichbesticktes Bahrtuch war über die Leiche gebreitet, doch hatte seine Länge nicht ausgereicht; unten lugten die Schuhe hervor, als hätte sich Pjotr nur zu kurzer Rast hingelegt. Der Oktoberregen schlug mit harten Fingern gegen die Fensterscheiben. Ein paar Weiber murmelten.

In diese Monotonie von Regen und Gebeten schrillte das Schreien eines Kindes. Niemand beachtete es. Nur Wassilij ergriff Marias Hand, weil er fürchtete, sie könnte den Toten verlassen und zu ihrem Kind eilen. Der schmerzliche Druck seiner Hand bewirkte das Gegenteil – sie riß sich los und lief der weinenden Stimme nach.

Ein Korridor, zwei oder drei Türen, das Zimmer des Kindes. Tioka lag in seinem Gitterbett und schrie, herzzerreißend und beruhigend. Im Augenblick, in dem sich Maria über das Bett beugte, brach das Weinen ab, wich einem breiten Lachen. Maria nahm den Sohn aus dem Bett, preßte ihn an ihr Herz, liebkoste ihn, betastete seine Hände und Füße, sein Gesicht, wie um sich zu überzeugen, daß er von Kopf bis Fuß heil war.

Beim Abendessen erfuhr sie, daß Pjotr keinen Abschiedsbrief hinterlassen hatte, keine Erklärung für seinen Selbstmord. Niemand schien Maria zu beschuldigen. Lebensüberdrüssig war er gewesen, wie man es nannte, wenn man keinen besseren Grund wußte, als daß das Leben verdrießlich war.

Man nahm das karge Essen, auf teurem Porzellan serviert, in einem großen Speisesaal ein. Maria saß zwischen Wassilij und ihrem Schwiegervater, der sie ununterbrochen mit einem halb gefälligen, halb herausfordernden Lächeln beobachtete, als wollte er sagen, daß sie viel zu gut für seinen Sohn sei und daß er, ein Kenner der Frauen, sie allein verstünde. Alle anderen maßen sie mißbilligend: Wassilij, noch erzürnt wegen ihrer Flucht; seine Schwester ihres modischen Kleides halber; ein Bruder, eine Schwester der Hausfrau und die Hausfrau selbst, weil sie endlich den Stein des Anstoßes gefunden hatten. Man sprach von dem Begräbnis, das man nicht nur Wassilijs Abwesenheit halber hinausgeschoben hatte, sondern auch, weil der Schatten einer unchristlichen Bestattung über dem Haus lastete. Als Maria von dem Kind zu sprechen begann, blickten alle in ihre Teller: man spricht nicht vom neuen Leben im Todeshaus.

Später, im Gastzimmer, wo nur zwei rauchende Petroleumlampen brannten, sagte ihr Wassilij, Pjotr habe sich am Fensterkreuz des Kinderzimmers erhängt. Einst sei es übrigens sein und Pjotrs Zimmer gewesen.

8

Als das Begräbnis vorbei war, fuhren sie nach Charkow. Wassilij mietete ein Haus, in dem er einige Monate zu bleiben gedachte, teils um seinen Vater zu beraten, teils um zu verhindern, daß er selbst bei neuen testamentarischen Verfügungen zu kurz komme. Bis dahin sollte Tioka auf der ›Burg‹ bleiben; nachher würde man sehen.

In den ersten Novembertagen wurde Maria von heftigem Fieber befallen. Anfangs meinte sie, es sei nur eine Erkältung, auf den unvermittelten Temperaturwechsel zurückzuführen. In Italien war der

Sommer zaudernd dem Herbst gewichen; hier war der Winter wie aus dem Hinterhalt hervorgebrochen. Das Haus lag auf einer Anhöhe über dem Fluß Lopan, den eisigen Winden ausgesetzt, die über den *Tschernosjom*, die schwarze Erde der Charkowschen Region, hinwegfegten. Es regnete selten, noch war kein Schnee gefallen, aber der Wind trug das Eis in sich wie eine erpresserische Drohung.

Am vierten Tag der Erkrankung Marias stieg das Fieber auf vierzig Grad. Sie hustete; ihr Mund war so trocken, daß sie fortwährend nach Wasser verlangte. Ihre Gedärme stießen Schleim und Blut aus. Auf ihrer Brust zeigten sich kleine rote Flecken, wie Flohstiche. Wassilij, den Krankheiten, wie alles, das seiner Bequemlichkeit gefährlich werden konnte, in Schrecken versetzten, ließ mitten in der Nacht nach Dr. Mayerberg schicken. Es war der Arzt, der Maria in der Hochzeitsnacht beigestanden hatte. Diesmal fand der alte Mann keine beruhigenden Worte. Er stellte Typhus fest.

Trotz der ansteckenden Natur der Krankheit war an eine Überführung ins Spital nicht zu denken. Die Krankenhäuser nahmen Typhuskranke nur ungern auf; auch wäre es gewagt gewesen, die Fiebernde der kalten Luft auszusetzen. Wassilij übersiedelte zu seinen Eltern, tat jedoch alles, um Maria eine sorgfältige Pflege angedeihen zu lassen. Mathilde Skopin wurde nach Charkow beschieden. Sie wechselte sich in der Wacht an Marias Bett mit einer Krankenschwester ab, die der Chef des Charkower Universitätsspitals, Professor Weressajew, gesandt hatte. Den Kutscher schickte Wassilij zurück, damit er stets zur Hand sei, wenn der Arzt oder Medikamente benötigt wurden. Er gehörte zu den Menschen, denen der Herr die Furcht gibt, damit sie lieben.

9

Maria verlangt nach einem Spiegel. Schwarze blutende Borken auf der Zunge. Der Silberrahmen des Spiegels schlängelt sich wie eine glänzende Schlange um das Glas. Sie wird erblinden, wie nach den Masern. Sie kann den Spiegel nicht halten. Ihre Finger trommeln auf der Bettdecke. »Nicht wahr, ich werde sterben, Dr. Mayerberg?« »Sie sind jung, Maria Nikolajewna.« Pjotr ist ihretwegen gestorben. Die Jungen sterben.

Was sie im Fieber sieht, vergißt sie; woran sie denkt, versinkt im Fieber. Nur Andrej ist immer anwesend. Sie zählt die Tage, in denen sie nicht an ihn gedacht hat. Achtzehn, dreihundertvier, neunundneunzig. Sie addiert ihre Schuld, die Ziffern werden zu Schulden. Wo ist Andrej? Würde er kommen, wenn sie ihn ruft? Würde er ihr vergeben, wenn er kommt? Dem alten Arzt vertraut sie sich an. Was sie vom Dominikaner sagt, muß ihm wie Fieberphantasien erscheinen.

Kinderweinen. Hat man Tioka gebracht? Wassilij wollte kein Kind. Er wird Tioka verlassen. Sie preßt die Hände der Zofe. »Du mußt Tioka retten, Mathilde.« – »Tioka geht es gut, Gräfin.« Solange sie lebt. Mathilde wird Tioka nicht beschützen können. Sie darf nicht sterben, ehe sie mit Andrej gesprochen hat. Andrej sitzt an ihrem Bett. »Ich verspreche es dir, Maria, das Kind ist in Sicherheit.« Dr. Mayerberg muß Wassilij bewegen, Andrej zu rufen.

Als sie sich über den Kopf fährt, sind ihre Hände voll Haare. Voll Haare ist das Kissen. Sie wird kahl werden. Aufgebahrt wird sie liegen, mit kahlem Schädel. Wassilij wird sich abwenden, er haßt das Häßliche. Unter dem Bahrtuch werden ihre Schuhe hervorlugen. Sie schreit vor Todesangst, reißt der Pflegerin das Thermometer aus der Hand. Vierzig Grad, einundvierzig. Bei zweiundvierzig stirbt man. Ein schwarzer Strich, die Grenze. Der Tod sitzt im Quecksilber, ein Frosch, der die Leiter emporklettert. Glocken läuten, immer wilder. »Dr. Mayerberg. Rufen Sie Andrej!« – »Ich werde mit dem Grafen sprechen.« Ihre Blicke folgen ihm; sie will seinem Gang ablesen, ob er zu Wassilij geht.

Starke Hände heben sie aus dem Bett. Das Bett ist blutig. Man legt sie in ein kaltes Bad. Nachher kehrt das Fieber mit doppelter Stärke zurück.

Die beiden Ärzte unterhalten sich flüsternd. Sie hört jeden Laut. »Sind Sie sicher, Herr Kollege?« Dr. Mayerberg: »Zweifellos. Die Patientin ist schwanger, wahrscheinlich im zweiten Monat.« Aber sie hat doch geblutet. Nein, das war lange her, in der Hochzeitsnacht. »Ich werde dafür sorgen, daß du immer schwanger bist.« Eine tote Frau gebärt kein Kind.

Im kalten Bad sinkt das Fieber. »Hör gut zu, Mathilde. Kannst du mich hören?« – »Ich höre Sie, Gräfin.« – »Ich habe einen Freund, Andrej Wyrubow. Er ist Dominikaner geworden. Der Graf weiß, wo du ihn erreichen kannst. Du mußt ihm telegrafieren. Er muß kommen. Mein Leben hängt davon ab.« – »Gewiß, Gräfin.« Nichts ist gewiß. Niemand glaubt ihr. »Ich schwöre dir, Mathilde, ich bin vollkommen bei Besinnung.«

Sie ist nicht mehr bei Besinnung. »Die Glocken sollen aufhören zu läuten.« Die Schwester legt ihr kalte Tücher auf die Stirn. Wenn es einen Gott gibt, wird er sie nicht sterben lassen, bevor Andrej kommt. Durch die offene Tür hört sie die Ärzte. »Sie sollten mit Graf Tarnowskij sprechen«, sagt der Professor. »Nur ein Wunder kann sie retten. Die Anwesenheit Wyrubows könnte Wunder tun.«

Die Schmerzen werden unerträglich. Sie kann nicht nach der Pflegerin rufen. Es ist dunkel, die Glocken läuten.

ZEHNTES KAPITEL

1

Der Prior des St.-Jakobs-Klosters in Paris, wo Andrej das Gelübde geleistet hatte, hielt ein Telegramm in der Hand.

»Ein Telegramm aus Rußland«, sagte er, »aus Charkow. Es ist acht Tage alt. Briefe sind ihm vorausgegangen. Das Telegramm ist von einem Grafen Tarnowskij gezeichnet. Kennen Sie ihn?«

Andrej bejahte.

»Sie wissen, daß Sie keine Post empfangen dürfen.«

Auch das bejahte Andrej.

»Das Telegramm ist aus Rom weiterbefördert worden. Graf Tarnowskij telegrafiert, seine Frau läge im Sterben. Nur Ihr Beistand könnte sie retten, mein Sohn.«

Er beobachtete Andrej mit kurzsichtigen Augen. Sie straften die Worte ›mein Sohn‹ Lügen; er sprach sie aus, wie ein höherer französischer Offizier *mon lieutenant* sagen würde.

Maria liegt im Sterben, wiederholte Andrej bei sich. Das Telegramm eine Woche alt. Die Kirche kannte keine Eile. Für ihn war Maria gestorben, als die Tore von St. Jakob hinter ihm zugefallen waren. Dennoch hatte er, wie es mit Menschen geschieht, die einem viel bedeutet haben, ihre Anwesenheit empfunden. Er glaubte nicht, daß sie gestorben sein konnte.

Der Prior bot ihm einen Platz an. Es war eine ungewöhnliche Geste. Hinter dem lebensfrohen Äußeren eines Balzacschen *Mönchs Amador* verbarg Prior Jean Senequier ein hartes, unfreundliches Wesen.

»Es dürfte Ihnen nicht entgangen sein«, sagte er, »daß Sie der hochwürdigste Pater General für besondere Aufgaben ausersehen hat. Zu früh, wenn Sie es jetzt schon erführen. Es genügt, daß die Gründung eines Dominikanerklosters in Rußland seit langem ein Herzenswunsch des hochwürdigsten Paters General gewesen ist. Ansätze sind vorhanden: die Pfarre St. Katharina in St. Petersburg, die dreißigtausend Seelen, hauptsächlich Polen, betreut; die von Pater Dominikus Lucaszuwicz gegründete kleine Pfarrei des katholischen Friedhofes sowie die polnische und französische Hauptkirche in Moskau. Ansätze, doch seit Jahrzehnten ist es dabei geblieben. Der hochwürdigste Pater General wünscht, daß Sie sich auf eine Studienreise nach Rußland begeben.«

»Ich würde der erste unter den jungen Brüdern sein, der das Kloster verläßt.«

»Soll ich das als eine hochmütige oder als eine demütige Bemerkung auffassen?«

»Als ein Zeichen des Zweifels, Pater Prior.«

»›*Wer ein Amt hat, der erfülle sein Amt*‹, schrieb Paulus an die

Römer. Der hochwürdigste Pater General kann auch den jüngsten Priester von gewissen Vorschriften dispensieren.«

Brief und Telegramm, die vor dem Prior auf dem Tisch lagen, zogen Andrejs Blick an. Deshalb sah er dem Prior in die Augen.

»Wer ist diese Gräfin Tarnowska?« fragte der Prior.

»Eine junge Frau, mit der ich verlobt gewesen war.«

»Die also?«

Der Prior schien sich zu erinnern. Andrej überraschte es nicht mehr, daß seine Vorgesetzten über sein Leben unterrichtet waren. Vielleicht erwarteten sie zuviel von ihm. Die unerbittliche Zucht des Klosters kannte keine Ausnahme, und doch hatte er stets die Hand des Generals über sich gespürt. Warum war just er für besondere Aufgaben ausersehen?

»Fürchten Sie die Begegnung mit der Gräfin Tarnowska?« fragte der Prior.

»Ich fürchte die Begegnung mit der Welt.«

»Die wird Ihnen nicht erspart bleiben.«

»Später werde ich besser für sie gerüstet sein.«

»Die Entscheidung liegt nicht bei Ihnen.«

»Ich weiß.«

»Der hochwürdigste Pater General wünscht, daß Sie Ihre Rußlandreise in Charkow beginnen.«

Der General wünschte, ihn auf die Probe zu stellen, dachte Andrej. Es fiel ihm schwer, eine gewisse Bitterkeit zu unterdrücken. Gott duldete die Versuchung, damit sie der Mensch in Freiheit bekämpfe, aber es konnte Sein Wille nicht sein, daß sie wie eine Falle vor ihm geöffnet werde.

»Meinen Sie, daß die Gräfin Tarnowska einen besonderen Grund hat, Sie zu rufen?« fragte der Prior.

»Ich nehme an, daß sie sich meiner Vergebung versichern will, obwohl sie dazu keinen Grund hat. Ich habe ihr längst vergeben.«

»Sind Sie dessen sicher?«

Andrej nickte.

»Wer vergeben hat, der hat nichts zu fürchten«, sagte der Prior.

»Darf ich mir dennoch eine Bemerkung erlauben?«

»Das müssen Sie selber beurteilen, mein Sohn.«

»Wenn die Gräfin Tarnowska auf dem Totenbett zur Kirche gefunden hat, so kann jeder Priester für sie tun, was ich für sie tun könnte.«

»Ich habe nichts davon gesagt, daß die Gräfin Tarnowska zur Kirche gefunden hat. Die Ärzte schreiben, ihre Wissenschaft sei zu Ende. Die ist sehr schnell zu Ende. Sie erhoffen sich von der Begegnung der Gräfin mit Ihnen die Erneuerung ihres Lebenswillens. Kranke zu pflegen und Sterbende zu trösten gehört zu den vornehmsten Aufgaben unseres Ordens. Die Gräfin erwartet ihr zweites Kind. Dieser Umstand wird es wohl gewesen sein, der den hochwürdigsten Pater General zu seiner Entscheidung bewogen hat.«

Eine heiße Welle durchflutete Andrej. Marias zweites Kind! Er hatte nichts vom ersten gewußt. Nie zuvor war ihm zum Bewußtsein gekommen, wie hoch die Mauer war, die das Kloster von der Außenwelt trennte. War Maria glücklich geworden? Warum mangelte es ihr an Lebenswillen? Siebzehn Monate lang hatte er sich mit Glück und Elend der Kreatur wenig beschäftigt. Warum mußte der erste leidende Mensch, der ihm entgegentrat, Maria sein? Warum mußte er dort Barmherzigkeit üben, wo die Versuchung wartete?

»Ich werde gehen, wohin der Orden mich schickt«, sagte er.

»Das ist eine überflüssige Bemerkung«, entgegnete der Prior. Er stand auf. »Sie reisen noch heute. Unterwegs werden Sie die Instruktionen des hochwürdigsten Paters General lesen. Sie werden aus Rußland nicht mehr hierher zurückkehren. In Santa Maria sopra Minerva erwarten Sie Ihre weiteren Befehle.« Um seinen unnatürlich kleinen Mund war ein Lächeln, das erste, das Andrej beim Prior gesehen hatte. »Der hochwürdigste Pater General war so gütig, vor seiner Entscheidung meinen Rat einzuholen. Ich habe ihm geschrieben, daß ich Ihnen vertraue. Zwar ist meine Menschenkenntnis nicht groß, aber ich hoffe, Sie werden mich nicht enttäuschen.«

2

Andrejs Herz hämmerte, als er das Haus über der Lopan betrat. Es regnete seit Tagen; er war durchnäßt. Die alte Amme half ihm aus dem Mantel. Es war nicht leicht, sich an eine Ehrfurcht zu gewöhnen, die der Tracht galt.

»Die Gräfin erwartet Sie, Hochwürden«, sagte Mathilde. »Es geht ihr gut, Gott sei's gelobt.«

Maria saß aufrecht in ihrem Bett. Sie trug eine hochgeschlossene Bettjacke; ihr Kopf war mit einem unter dem Kinn befestigten Seidenschal bedeckt. So schmal, so bleich war ihr Gesicht, daß Andrej Mühe hatte, es zu erkennen.

»Ich will dir nicht die Hand reichen«, sagte sie.

Es war still. Selbst der Regen fiel still gegen die Fensterscheiben; er machte sich eben nur bemerkbar, ein schüchterner Gast. Die Frau im Bett und der Dominikaner sahen sich an, als erwartete jeder vom anderen das erste Wort und schenkte dem anderen doch Zeit, es auszusprechen.

»Ich bin beinahe gestorben«, sagte sie, wie entschuldigend.

»Ich bin froh, daß du mich nicht mehr brauchst«, sagte er.

Sein Herz schlug ruhiger. Da er nicht mehr der gleiche war, war auch sie nicht die gleiche.

»Ich brauche dich noch immer«, sagte sie. »Aber ich wundere mich, daß du gekommen bist.«

»Ich reise in einer Mission meines Ordens«, sagte er. »Deshalb habe ich die Erlaubnis erhalten.«

Enttäuschung malte sich auf ihren Zügen, und er war nicht gewiß, ob er absichtlich oder unabsichtlich von seiner Mission gesprochen hatte.

»Als ich wußte, daß du kommen würdest, ging es mir gleich besser«, begann sie von neuem. Sie nestelte am Knoten ihres Kopftuches. »Ich hatte niemanden, mit dem ich sprechen konnte. Meine Mutter ist zu alt, zu sehr mit ihrer eigenen Krankheit beschäftigt.«

Eines Tages war sie fort gewesen, dachte er, und er hatte in der Bibliothek Nikolaj O'Rourkes gesessen.

»Es war die Hölle, Andrej«, sagte sie. »Nicht meine Krankheit ...«

Sie sprach von ihrer Hochzeit. Die Hölle, mußte man glauben, habe sie an dem Tag verschlungen, an dem sie aus Otrada geflohen war. Sie sagte es nicht, aber sie sprach von ihrer Ehe wie von dem Purgatorium, in dem alle Sünden ausgebrannt werden. Wassilij, Wassilijs Geliebte, Wassilijs Ausschweifungen. Alles ihr Irrtum, alles Tribute an Andrej.

Heiß war es im Zimmer, die Kacheln des Ofens glühten. Als er nichts erwiderte, begann sie von Tioka zu sprechen.

»Ich habe dich gerufen, weil ich sicher war, du würdest nach meinem Tod das Kind zu dir nehmen«, sagte sie.

»Das hätte ich nicht gekonnt.«

»Du hättest es zu meiner Mutter gebracht. Nein, nicht nach Otrada! Du hättest einen anderen Weg gefunden.«

»Vielleicht.«

»Und nun erwarte ich ein zweites Kind. Wird mich Wassilij auch von ihm trennen?«

Er wußte, daß sie in Hoffnung war, aber es wurde ihm schwer, die Nachricht aus ihrem Mund zu empfangen. In Otrada hatten sie oft von ihren künftigen Kindern gesprochen. Nicht nur Leid hatte sie erfahren. Er mußte auf der Hut sein. Wenn man jemandem aus der Vergangenheit begegnete, wurde man ein wenig, der man gewesen war.

»Soll ich mit Wassilij sprechen?« fragte er.

»Es wäre sinnlos. Er ist immer noch eifersüchtig auf dich.«

Jetzt lügt sie, dachte er. Das Wort Eifersucht war eine Brücke, die in die Vergangenheit führte. Die Eifersucht Wassilijs sollte ihm schmeicheln, und die Schmeichelei sollte den Boden untergraben, auf dem er stand.

»Ich wollte dir immer schreiben«, sagte sie. »In meiner Krankheit habe ich nichts mehr gefürchtet, als sterben zu müssen, ohne dir erklärt zu haben, was damals geschehen war. Ich konnte es nicht.

Zuerst schämte ich mich meines Glücks, dann meines Unglücks. Nun bist du bei mir, und ich kann es immer noch nicht.«

»Es ist nicht notwendig«, sagte er.

»Ich bin schuldig«, sagte sie. »Du bist meinethalben ins Kloster gegangen.«

Zorn überkam ihn. Um Vergebung wollte sie ihn bitten, und Eitelkeit beherrschte sie.

»Wenn ich deinethalben ins Kloster gegangen wäre«, sagte er, »wäre ich dir dankbar. Aber ich bin nicht deinethalben ins Kloster gegangen.«

»Warum sonst?«

»Nicht deinethalben.«

Es war wieder still; nur der Regen schlug ungeduldiger ans Fenster. Ihre Wangen hatten sich gerötet. Ihr Gesicht war klein, aber um so deutlicher seine Schönheit, als wäre alles Überflüssige geschwunden und nur die Reinheit der Züge geblieben.

»Bin ich schuldig an meinem Unglück?« sagte sie. »Nur du kannst es mir sagen.«

»Ich weiß nicht genug von dir.«

»Manchmal handle ich nicht, wie ich will.«

»Manchmal handelt jeder nicht so, wie er will.«

»Manchmal bin ich besessen von dem Wunsch, Schmerz zu bereiten.«

Sie zog die Bettdecke über ihre Schultern, als ob sie fröstelte. Sie bettelte um Mitleid. Er konnte es ihr nicht geben, weil er fühlte, daß sie nicht Mitleid, sondern nur sein Mitleid begehrte.

»Ich bin sehr unglücklich, Andrej«, sagte sie.

»Du bist noch nicht zwanzig«, sagte er.

»Ich bin uralt.«

»Das glaubt man nur mit zwanzig.«

»Wir wären glücklich geworden«, sagte sie.

»Nein, wir wären nicht glücklich geworden«, sagte er.

»Warum?«

»Ich bin glücklich geworden. Und das ist der Beweis, daß wir nicht glücklich geworden wären.«

»Ich glaube dir nicht«, sagte sie.

Sie musterte ihn herausfordernd und ein wenig erstaunt, als hätte sie eben erst entdeckt, daß er das Ordensgewand trug.

»Du kannst nicht viel mehr als ein Novize sein«, sagte sie. »Du bist mit dem Kloster noch nicht eins geworden.« Jung sei er und schön, fuhr sie fort, er werde auf das Leben nicht verzichten. »Du bist stark, deshalb liebe ich dich. Du hast nicht gewinselt wie die anderen, bist nicht in den Tod geflüchtet.« Ins Kloster sei er gegangen, weil er überleben wollte, doch könne man ein guter Christ sein, ohne sich lebendig zu begraben. Sie erinnere sich noch jedes Wortes, das er gesagt habe. »Wassilij – er ist die Welt, die du gehaßt hast.

Nein, sag nicht, daß du aufgehört hast, mich zu lieben. Ich weiß es besser. Ich habe dir diese Jahre gestohlen. Ich habe dafür gebüßt.« Hochmütig beichtete sie. »Ich werde dir alles geben, was ich dir genommen habe.« Tausende vor ihm hätten die Kutte abgelegt, nach längerem Priestertum. Immer lebhafter sprach sie, wie jemand, der immer lauter ruft, da ihm kein Echo entgegenhallt.

Wenn sie ihm nackt entgegengetreten wäre, wenn sie sich ihm angeboten hätte — aber diese Frau, krank und schwanger, glaubte, es genüge, ihre Niederlage zu bekennen, und er würde seine Seele über Bord werfen und ihr folgen. Die Macht war des Teufels ureigenstes Geschenk. Wer sie einmal besaß, den besaß sie. War Maria besessen? Oder hockte der Teufel noch auf der anderen Seite des Bettes, um ihm ihre Seele abspenstig zu machen? War sie das Böse in Person oder die personifizierte Aufgabe? »Du wirst nie aufhören zu fragen, wer sie ist«, hatte sein Vater gesagt.

Sie hatte sich in ihre Kissen zurückgelegt, die Augen geschlossen. Ihre Lippen waren halb geöffnet, als erwartete sie einen Kuß oder ein Urteil.

Ein beschämendes Glücksgefühl überkam Andrej. Ich liebe dich nicht mehr, wollte er rufen, wie man ruft: Ich liebe dich! Er mißtraute sich, ungewiß, ob er über sich, oder nur über sie triumphiert hatte. In fünf Jahren, oder zehn, würde er sagen können: Ich liebe dich nicht, und sie doch lieben. In fünf Jahren, oder zehn, würde sich die Liebe, um die er flehte, gelöst haben von der Liebe, die er floh.

»Du bist noch nicht zwanzig«, sagte er, »und du hast Tioka. Bald wirst du ein zweites Kind haben. Laß dich nicht von ihnen trennen. Sie werden dir vorangehen. Unglück ist wie eine gesenkte Fackel, deren Flamme nach oben brennt. Glück ist Prahlerei. Ich habe vorhin geprahlt; verzeih mir. Ich hätte vom Frieden sprechen sollen. Ich werde beten, daß du ihn findest, wie ich ihn gefunden habe.«

Sie setzte sich auf. Ihre Lippen wurden schmal.

»Verfluchter Mönch!« sagte sie. Und sie riß sich das Tuch vom Kopf.

Ihr Kopf war kahl. Ihr Gesicht war nicht mehr schön. Es war das Gesicht eines kranken Kindes, eines armen Straßenjungen. Sie war nicht mehr schön, nicht schlecht, nicht verführerisch und nicht abstoßend. Sie war nur kahl.

»Ich verfluche den Tag, an dem ich dich gerufen habe«, sagte sie. Die Tränen erstickten ihre Stimme.

Er stand auf.

»Deine Haare werden wieder wachsen«, sagte er.

Er strich ihr über den kahlen Kopf.

3

Vier Wochen lang hatte Andrej Rußland bereist. Da es keine Dominikanerklöster gab, hatte er in den Klöstern anderer Orden gewohnt. Er war in Moskau gewesen, in Poltawa, Jekaterinoslaw und Kiew. In Kiew hatte er vor dem Haus seiner Kindheit gestanden.

Kurz vor Weihnachten traf er in St. Petersburg ein, seiner letzten Station. Das Alexander-Newskilawra-Kloster nahm ihn auf. Vier Tage lang arbeitete er an seinem Bericht. Er zerriß, was er am Vortag geschrieben hatte. Vielleicht hatte der Pater General nicht gut daran getan, einen Russen nach Rußland zu senden. Andrej hatte die Heimatkrankheit befallen: er sah alles durch ein Vergrößerungsglas. Die Erzählung eines Bauern im Eisenbahnabteil; die Zahl der Bettler auf dem Kressnaja-Platz in Moskau; ein Pope, der seinen Rausch im Schnee liegend auskühlte; die ungepflegten Gräber auf einem Friedhof; Lachen, Hunger, Geburt, Tod und Völlerei – alles erschien Andrej von einer Wichtigkeit, der er mit Zweifeln begegnete. Aus zwanzig Seiten waren zehn geworden, am Ende drei. Nun war er zufrieden.

Am Abend brachte er seinen Brief auf das Postamt am Warschauer Bahnhof, in der südlichen Vorstadt. Unter einer dicken Schneedecke lagen die Straßen. So lautlos glitten die Schlitten über sie hinweg, als würden sie von leichtfüßigen Rehen gezogen. Aus den Kirchen drang dreistimmiger Gesang. Andrej blieb stehen, weil er Orgelklänge zu vernehmen meinte.

Nachdem er tagelang nicht an sie gedacht hatte, dachte er jetzt wieder an Maria. Er schämte sich seines Jubels nach dem Besuch bei ihr. Hatte Maria die Hand wirklich nach ihm ausgestreckt, um ihn zu verführen, oder vielleicht doch, damit er sie helfend ergreife? Wer von der Hand des Bettlers Sauberkeit verlangte, half keinem Bettler; der Arzt, der Angst vor Ansteckung hatte, war jämmerlich; wer fürchtete, mitleiden zu müssen, konnte nicht helfen. Hatte sie nicht gesagt, daß sie besessen war von dem Wunsch, Schmerz zu bereiten? Mußte sie Schmerz bereiten, erlitt sie Schmerzen, war also krank. Warum wollte sie Schmerz bereiten? Nach Lust hatte sie immer gedürstet, also mußte zwischen Schmerz und Lust ein geheimnisvoller Zusammenhang bestehen. Hatte ihm Maria das Rätsel reiner und geschlechtlicher Liebe entziffert? War reine Liebe nichts anderes als Liebe ohne Schmerz, und geschlechtliche Liebe nichts anderes als durch Schmerz verunreinigte Liebe? Wenn das aber so war – war die geschlechtliche Liebe unbedingt unrein, oder wurde sie rein, indem sie sich von dem gebenden oder empfangenden Leid befreite?

Mit solchen Gedanken beschäftigt, hatte Andrej die Fontaka erreicht und war im Begriffe, die Ismailow-Brücke zu überschreiten, als er seinen Namen rufen hörte. Ein junger Mann im pelzgefütterten Wintermantel, eine Pelzmütze auf dem Kopf, hatte ihn eingeholt. Im Licht einer Bogenlampe erkannte er Nikolaj O'Rourke.

»Wenn ich an Wunder glaubte, ich würde an ein Wunder glauben«, rief Nikolaj aus. »Es ist ein Glück, daß ich Sie treffe, Andrej Antonowitsch.«

Sie schüttelten sich die Hände, aber Nikolaj verriet nicht, warum ihm die Begegnung so glücklich schien.

»Sie sehen mich nicht überrascht«, sagte er, »denn ich komme aus Kiew, wo man mir alles von Ihnen berichtet hat.«

»Dann wissen Sie auch von Marias Krankheit.«

»Ich hörte davon erst, als sie glücklicherweise genesen war.«

»Haben Sie sie besucht?«

»Charkow ist ein heißer Boden. Ich muß vorsichtig sein. Vierundzwanzig Stunden in Kiew — und nur, weil es sein mußte.« Er lachte. »Die Rücksichtslosigkeit der Polizei wird zum Glück durch ihre Dummheit gemildert.«

»Halten Sie es immer noch mit den Verschwörern, Nikolaj Nikolajewitsch?«

»Sie fragen, als ob Sie sich erkundigten, ob ich immer noch Getreide verkaufe. Sind es zwei Jahre her, seit ich Sie besuchte? Was uns beide damals bewegte, muß Ihnen heute nebensächlich erscheinen.«

»Ich fürchte, seit ich wieder in Rußland bin, erscheint es mir keineswegs nebensächlich.«

»Wie lange bleiben Sie?«

»Ich fahre übermorgen.«

Nikolaj nahm ihn beim Arm. Sein schönes Gesicht, das mehr noch als früher an Maria erinnerte, verfinsterte sich. »Kommen Sie. Ich will das Wunder nützen, ehe es entschwindet.«

Sie überquerten die Brücke. Es schneite in großen weichen Flokken. Wie oft um diese Jahreszeit in St. Petersburg, war es nicht übermäßig kalt, höchstens zehn Grad unter Null.

»Sergej ist in St. Petersburg«, sagte Nikolaj schnell. »Ich war auf dem Weg zu ihm; er befindet sich in einem Nachtasyl, nur wenige Straßen von hier entfernt. Es wäre ein hoffnungsloser Weg gewesen, ein letzter Versuch — nun, da Sie ihn an meiner Stelle unternehmen könnten, erscheint er mir nicht völlig aussichtslos.« Er beugte sich näher zu Andrej. »Der Zar soll ermordet werden. Nicht, als ob ich die Absicht mißbilligte. Seit der junge Monarch den Mord an den Streikenden in Jaroslaw gesegnet hat, ist jede Hoffnung auf eine Besserung der Zustände geschwunden. Er hat den Ständen erklärt, daß er die Selbstherrschaft ebenso fest und unbeugsam hochhalten werde, wie es sein ›unvergeßlicher‹ Vater getan hat. Unvergeßlich, fürwahr! Das Verhängnis, das über Zar Nikolaus waltet, nimmt seinen Lauf. Aber das ist es eben. Gewisse Pläne, von denen ich nicht sprechen kann, bedürfen reiflicher Zeit. Ein Attentat, selbst wenn es gelänge, würde die Revolution auf Jahre zurückwerfen. Es gibt Momente, in denen Gewaltakte die schlimmsten Feinde der Revolution sind.« Er ließ Andrej nicht los, führte ihn in eine dunkle Nebenstraße. »Ich verlange von Ihnen keine Zustimmung. Ich bin kein guter Christ: mir ist es gleichgültig, aus welchem Grund das Gute geschieht. Wenn Sie das Attentat verhindern wollen, weil Ihnen das Leben des Zaren teuer ist; wenn Sie es verhindern, weil Sergej dabei mit höchster Wahrscheinlichkeit den Tod finden würde — mir soll es recht sein. Sprechen Sie mit ihm! Überzeugen Sie ihn! Darauf allein kommt es an.«

Er war vor einem schmalen zweistöckigen Haus stehengeblieben, dessen Tür trotz der Kälte offenstand. Ein widerwärtiger Gestank, wie aus einem Ziegenstall, drang auf die Straße.

»Sie finden Sergej im Keller«, sagte Nikolaj. »Man nennt es die *Etappe*.« Er blickte hinauf: »Oben sind *Sibirien* und das *Bagno*: da leben die Verbrecher — wenn man es Leben nennen kann.« Er holte einen kleinen Beutel mit Münzen hervor. »Geben Sie ihm das. Er besitzt keine Kopeke.«

4

Als Andrej die Treppen zur *Etappe* hinunterstieg, wurde der Gestank unerträglich. Es war ihm, als watete er durch Exkremente. Rechts und links von ihm saßen Menschen auf den Stufen. Ihre Köpfe waren vornüber zwischen ihre Knie gefallen; andere schliefen mit den Köpfen auf dem Steinboden. Der Schnee, auf schmutzigen Sohlen eingeschleppt, war geschmolzen und rann den Schlafenden über die Hälse.

Auf einer der letzten Stufen blieb Andrej stehen. Die Holztür, Verschlag eines Stalles, stand offen, so daß er den Kellerraum überblicken konnte. Im Dunst nasser Kleidungsstücke und im Rauch der Petroleumlampen konnte Andrej den Freund nicht entdecken. Dutzende von Bettstellen, Holzbretter auf Pfosten, standen kreuz und quer. Auf jedem Gestell lagen zwei, drei Menschen, Männer und Frauen. Viele hatten sich unter die Betten gezwängt; man sah nur Beine, Köpfe, Arme, wie unbeerdigte Leichen. Hier und dort ein Tisch; schreibende Männer, über Papiere gebeugt.

Unmittelbar zu Füßen Andrejs saß ein Mann auf einem niedrigen Stuhl und nähte. Mit flinken Händen trennte er ein Pelzfutter aus einem Mantel, flickte den Mantel wieder zusammen. Ein halbes Dutzend Leute, darunter zwei schmutzige Frauen, hatten einen Halbkreis um ihn gebildet; feuerten ihn mit Scherzen, Püffen und Flüchen an. Immer hurtiger flog die Nadel. Am anderen Ende des Raumes zerrten zwei Frauen an einem heulenden Kind. Ein blonder Jüngling saß mit gekreuzten Beinen auf dem Boden. Er wiegte eine leere Branntweinflasche in der Hand, lullte sie mit einem Wiegenlied ein. Außer den Leuten um den Schneider schien keiner den anderen zu beachten. Jeder versoff, verfluchte, versang, verschnarchte sein Elend.

Ein dicker Mann mit einer schmutzstarrenden Schürze trat auf Andrej zu: »Was willst du, Bruder? Betteln? Du bist am falschen Ort.«

»Ich suche einen Freund.«

»Hier findest du keinen Freund.«

»Er heißt Sergej Burintzew.«

»Hier fragt man nicht nach Namen. Höchstens die Polizei. Arbeitest du mit der Polizei, Bruder?«

Das böse Wort ließ die Männer um den Schneider aufhorchen. Sie rückten näher. Die Hände des Schneiders standen still. Eine Frau schob das Pelzfutter unter den Stuhl.

»Ist das der einzige Raum im Keller?« fragte Andrej. Er trat näher.

Eine alte Frau verstellte ihm den Weg. Sie hielt ein Paar zerrissene Kinderschuhe in der Hand. Aus ihrem zahnlosen Mund strömte Wodkageruch.

»Der hat nichts mit der Polizei zu tun«, sagte sie. »Der will uns das Beten beibringen.« Das Lachen der Umstehenden feuerte sie an. »Weißt du, warum wir nicht beten, Bruder?«

»Warum, Mütterchen?«

»Weil es keinen Gott gibt.«

Einer der Männer trat vor. Hager, bleich, mit gütigen Augen, langen samtweichen Haaren, einem kleinen Bart, sah er wie Christus auf den Heiligenbildern aus.

»Sehr richtig«, sagte er, und ein häßliches Lachen entstellte sein schönes Gesicht. »Sehr richtig! Was aber folgt daraus? Wenn ich in ein Geschäft gehe und sage, ich sei der Diener Seiner Exzellenz des Grafen Soundso und er habe mich geschickt und man möge mir eine Flasche Wodka geben und Weißbrot und eine so lange Wurst und man möge nur aufschreiben, was es gekostet hat, und mein Herr, Seine Exzellenz der Graf Soundso, werde alles bezahlen, und meinen Herrn, den Grafen Soundso, gibt es gar nicht — was folgt daraus? Daraus folgt, daß ich mich als Diener bloß verkleidet habe und daß ich ein Betrüger bin und daß ich dem Kaufmann Brot und Wurst und Wodka habe entlocken wollen, und daraus folgt, daß die Rechnung nie bezahlt werden wird und ... Dieser da, beispielsweise, ist so ein als Diener verkleideter Bote eines Herrn, den es nicht gibt, weshalb die Rechnung unbezahlt bleiben wird, so daß ihr für das Seelenheil, das euch nie zuteil werden wird, allerlei hergegeben habt, Brot beispielsweise oder Gebete, und was folgt daraus? — daß ihr gut daran tut, den falschen Diener am Schlafittchen zu packen und die Treppe hinunterzuwerfen, beziehungsweise hinauf, da es hier tiefer nicht mehr geht und leider keiner abwärts befördert werden kann.«

In diesem Augenblick geschah es, daß sich zwei kräftige Arme einen Weg bahnten und Sergej Burintzew vor Andrej stand. Er hatte sich in einem der Nebenräume aufgehalten und war durch den Lärm herbeigelockt worden.

Er reichte Andrej die Hand, führte ihn durch den Raum und stieß eine Holztür auf. Sie setzten sich auf das Holzbrett, das Sergej als Bett diente.

»Nikolaj O'Rourke hat mir von dir erzählt«, sagte Sergej. »Es hat mich nicht überrascht.«

Er fragte Andrej nach dem Orden und dem Grund seiner Reise nach Rußland. Die Antworten schien er nur mit halbem Ohr zu hören.

»Ich habe Nikolaj getroffen«, sagte Andrej. »Er sagte mir, wo ich dich finden kann.«

Sie sahen sich an, diesmal voll herzlicher Neugierde. Sergej hatte sich wenig verändert. Er war glatt rasiert; seine kurzen Haare über der zu breiten Stirn waren frisch gebürstet; er trug ein fadenscheiniges, aber sauberes Hemd.

Andrej lächelte, und weil er es erklären zu müssen glaubte, sagte er: »Du wirkst hier nicht weniger fremd als ich. Vielleicht noch fremder.«

Sergej nickte. »Der Schneider, nebenan, arbeitet über Nacht die Mäntel um, die ihm die Diebe bringen, um sie am Morgen an die Hehler zu verkaufen. Die Schreiber kopieren Theaterstücke, fünfzig Kopeken pro Akt. Die Kinder gehören nicht den Frauen; sie leihen sich die Kinder aus, fünfundzwanzig Kopeken pro Stück. Wenn es dunkel wird, schläft die Frau dort drüben mit jedem, der sich ihr nähert; manchmal zehn in einer Nacht. Das wären Menschen für dich. Man könnte höchstens noch ihre Seele retten, aber dafür interessiere ich mich nicht.«

»Kann ich hier offen sprechen?«

Sergej sah sich um. »Die Polizeispitzel kennen wir. Die anderen hören nicht zu. Diese Tiere interessiert nichts mehr, wundert dich das?«

Andrej erzählte, was er von Nikolaj gehört hatte. »Was würde es nützen, den Zaren zu ermorden?« schloß er. »Die dreitausend würden nicht mehr auferstehen.«

»Es geht um die Auferstehung Rußlands, Andrej.«

»Auferstehung durch Mord?«

»Jemand muß das Feuer ins Pulverfaß werfen.«

»Und ein neues Chaos schaffen . . .«

Sergej blickte sich um. »Nennst du das Ordnung?«

»Es ist das menschliche Chaos, aus dem die göttliche Ordnung entsteht.«

»Mir genügt die menschliche.«

»Die gibt es nicht. Seit Tausenden von Jahren kämpfen die Menschen gegen das Chaos, aber ihre eigenen Vorstellungen von der Ordnung sind so chaotisch, daß sie immer tiefer im Chaos versinken.«

»Gleich wirst du von der Liebe sprechen. Es ist hoffnungslos, weil jeder etwas anderes darunter versteht. Die christliche Liebe hat mit meiner Liebe nichts gemein. Ihre Voraussetzung ist der Opfertod.«

»Der Opfertod Christi. Die Religion verlangt keinen Opfertod.«

»Aber Duldung. Ihr habt Christus mißverstanden. Als er kam, brauchte die Welt längst keine neue Religion mehr. Der Buddhismus, der Shintoismus, der Dschainismus, die Brahmanen und die Juden hatten schon alles erkannt, was die Christen heute als ihre Lehre ausgeben. Aber Christus war der große Übersetzer. Er war ein politischer Mensch, das heißt, er wollte die Zustände ändern. Was habt ihr getan? Ihr habt die Liebe, die er in die Tat übersetzte, wieder in eine unverständliche Liebe zurückübersetzt. Christus hat geduldet, damit ihr zur Ungeduld erwacht. Und ihr habt es so verstanden, als wäre die Duldung das Ende aller Dinge. Für euch ist ewig Karfreitag und Ostern nichts als Lippenbekenntnis.«

»Du hast recht«, erwiderte Andrej. »Jeder versteht unter Liebe etwas anderes. Ich bin nicht gekommen, um dich zu bekehren. Ich will dich überzeugen, daß auch der politische Mord ein Mord ist.«

»Liebe den nächsten Massenmörder wie dich selbst!«

»Nein; bekämpfe ihn innerhalb der Ordnung.«

»Wozu hat die Ordnung geführt?«

»Ich weiß nicht, da bisher eine Unordnung die andere ablöste.«

»Der Zar ist zum Tode verurteilt. Das ist die kommende Ordnung.«

»Verurteilt — von wem?«

»Von unserem Tribunal.«

»Wer hat es eingesetzt?«

»Das Volk, das stumm ist.«

»Und warum bist du zum Henker ausersehen?«

»Das Los hat so entschieden.«

»Ihr würfelt also, wer Mörder sein soll.«

»Das Gehirn bestimmt die Tat. Die Hand, die sie ausführt, ist bedeutungslos.« Er berührte Andrejs Arm. »Ich bin froh, daß ich dich gesehen habe, aber du tust besser daran, zu gehen. Man wird Nachforschungen anstellen. Den Dominikaner, der den Mörder im Nachtasyl besucht hat, wird man leicht finden.«

Unter dem Bett Sergejs tauchte ein Kopf auf. Es war der verwahrloste Kopf eines Landstreichers, wie losgelöst vom Leib.

»Wollt ihr nicht aufhören, Lärm zu schlagen?« sagte der Kopf. »Dein Platz ist hier unten.«

Sergej wandte sich an Andrej. »Er hat recht. Ich sollte die Hälfte der Nacht unten liegen. Das Lager am Boden kostet nur fünf Kopeken.«

Andrej gab ihm den Geldbeutel. »Das schickt dir Nikolaj.«

Sergej lachte. »Bleib unten, Väterchen. Ich zahle dir fünf Kopeken.«

Eine Hand streckte sich nach dem Geld aus. Gleich darauf verschwand der Kopf unter dem Bett.

Dann sah Andrej, daß ein junger Mann von der Tür auf Sergej zukam. Beim Anblick des Dominikaners blieb er verblüfft stehen.

»Du kannst ruhig sprechen«, sagte Sergej.

»Wladimir Iljitsch ist verhaftet«, sagte der junge Mann zögernd. »In der Redaktion der *Rabotscheje Djelo*. Gerade als die erste Nummer erschienen war.«

Sergej sprang auf.

»Ich soll dir sagen, daß die Pläne geändert sind«, flüsterte der junge Mann. »Du mußt dich so schnell wie möglich aus dem Staub machen.«

»Wie konnte es geschehen?« fragte Sergej.

»Wie es immer geschieht.«

»Verrat?«

Der junge Mann zuckte mit den Schultern.

Sergej sah Andrej an. Er schien magerer und älter geworden. »Gott ist mit den stärkeren Bataillonen«, sagte er. »Wladimir Iljitsch Uljanow war unsere ganze Hoffnung.«

»Wer ist Uljanow?«

»Wir nennen ihn Lenin.« Er lächelte bitter. »Er ist der große Übersetzer.«

Sie standen zu dritt, mitten im Kellerraum. »Auslöschen!« kreischte die Hure auf dem Nebenbett. Sie zog sich den Rock aus. Die Männer, die an den Tischen Theaterstücke abschrieben, blickten auf. Einer der Schläfer sprach laut im Traum. Unter dem Bett wurde der bärtige Kopf sichtbar. In der Tür erschien der Mann mit der Schürze. »Auslöschen!« rief er in den Saal. Hier und dort ging eine Petroleumlampe aus. Nur zwei Lampen brannten noch.

»Jetzt ist alles vorbei«, sagte Sergej. »Gut gebetet, Andrej!«

Andrej küßte den Freund auf beide Wangen. Er tastete sich durch den dunklen Raum.

ELFTES KAPITEL

1

Allen, die Maria Tarnowska kannten, schien es, daß sich ihr Leben, nach der Geburt Tanjas, im Juni achtzehnhundertsechsundneunzig — es war eine schwere Geburt gewesen, kompliziert durch eine Blutvergiftung — von Grund aus geändert habe.

Wassilijs Vater war wenige Wochen vorher gestorben. Er war vom Pferd gestürzt und inneren Blutungen noch am gleichen Tag erlegen. Zwar hatte er nur ein bescheidenes Barvermögen hinterlassen, aber Wassilij machte seine ganze Erbschaft zu Geld und ging daran, jeden Rubel aufs angenehmste auszugeben. Er mietete ein palaisartiges Haus am Lubjanskajaplatz in Moskau und kaufte eine Datsche in Kossino, unweit von der Stadt, am Weißen See. Seine Feste gewannen ihm schnell die Zuneigung der Gesellschaft, die so reich nicht sein konnte, daß sie nicht hungrig gewesen wäre, noch reicher bewirtet zu werden. Die Geburt einer Tochter versetzte ihn vollends in vorzügliche Laune, da er darin ein gutes Omen des Schicksals erblickte: endlich begann es, sich seinen Wünschen zu fügen. Er ließ Tioka aus Charkow bringen, teils um Maria zu versöhnen, teils damit der Bruder das Schwesterchen amüsiere; vielleicht auch, weil er seine Ruhe nicht mehr bedroht fühlte. Maria durfte eine Zofe für sich selbst engagieren, eine unscheinbare, aber tüchtige Schweizerin namens Elise Perrier.

Hatte Wassilij viele neue Freunde gewonnen, so hatte Maria keinen ihrer alten Freunde verloren. Drei oder vier Monate nach ihrer Genesung hatte sich die Vorsicht der Ärzte, die ihr die Haare bis auf die Kopfhaut hatten abschneiden lassen, um den drohenden Haarausfall zu verhindern, als klug erwiesen: reich und voll krönten wieder die dunkelblonden Haare ihre Stirn. Schöner denn je sei sie, sagte Wladimir Stahl, der nach Moskau übergesiedelt war; sagte Jurij Tolstoj, der den ersten Sommer in Kossino verbrachte; ihre Schönheit priesen auch der Bankier Maximow und der benachbarte Gutsherr, Graf Scheremetjew. Tioka, strohblond und blauäugig, wuchs zu einem gesunden und, wie es seiner Mutter schien, ungemein intelligenten Knaben heran, während Tanja, ihrem Vater wie aus dem Gesicht geschnitten, den Haushalt in Atem hielt.

Die verschwenderische Existenz, die Wassilij seiner Frau zu bieten vermochte, hatte ihn von jedem Schuldgefühl und damit jeder Rücksicht befreit. Er verhehlte nicht mehr, daß er sich mit Maria langweile, und da er die Langweile floh wie eine Krankheit, floh er auch sie. Ihre Gespräche gediehen über das Trivialste nicht hinaus; erst in Anwesenheit dritter erfuhr sie von Wassilijs Plänen. Wie ein ungezogenes Kind hatte er seine ›Nein-Tage‹; so bezeichnete er sie selbst. Er kam in Marias Schlafzimmer, wenn eine seiner Geliebten gerade abwesend oder er selbst so betrunken war, daß er nur noch das Bett fand. Seine Vorstellung von der Ehe als einer Mischung von Hygiene und Bordell forderte Maria zum Kampf heraus, aber sie erlahmte an der Gleichgültigkeit des Gegners. Versagte sie sich Wassilij, nahm er es gähnend zur Kenntnis; versuchte sie, seine Eifersucht anzustacheln, wies er sie bestenfalls zurecht; ließ sie ihre Liebeskünste spielen, meinte er, darauf verstünden sich die Dirnen besser. Sie besaß keine Macht mehr, die sie hätte mißbrauchen können.

Je mehr sie sich gedemütigt fühlte, desto öfter dachte sie an die Demütigung, die ihr Andrej zugefügt hatte. Das Wagnis, das sie unternommen hatte, erschien ihr jetzt wahnwitzig. Sie wußte nicht, ob sie Andrej ernstlich zum Verrat an der Kirche hatte verführen wollen oder ob sie wie ihr Vater gehandelt hatte, der die Grenzen seines Besitzes zu umfahren pflegte, nur um sich zu überzeugen, wie weit seine Hand reichte. Oder hatte sie sich von der Wollust treiben lassen, die während des Gespräches mit Andrej den Gipfel erreicht hatte, wie immer seit den verwegenen Beichten ihrer Kindheit?

2

Eines Nachts, in Kossino, sagte ihr Wassilij, daß er sich am nächsten Morgen duellieren werde. Die Gäste waren gegangen; es war eine heiße Julinacht. Kleine Kerzen leuchteten am Himmel; in schwarzen Samt gehüllt war das Land; in der Luft lag eine Süße wie in den Nächten, in denen man liebt oder stirbt. Sie saßen am Wasser. Er sagte, daß er sterben werde. In knappen Sätzen sprach er, wie die Helden, die Abschied nehmen von ihren Frauen: Heldensätze, die beruhigend wirken und zugleich zeigen sollen, daß die Helden Helden sind.

Sie empfand, daß er Angst hatte, und war glücklich. Anfangs kam ihr gar nicht der Gedanke, daß er sich ihrethalben schlagen könnte. Erst als er zögernd zugab, daß er sich mit Jurij Tolstoj schlagen würde, fiel ihr die lange Abwesenheit Jurijs von Kossino ein. Sie überlegte, ob sie ihm sagen sollte, daß sie ihn nicht betrogen hatte. Was war lächerlicher – ein Mann, der betrogen worden war, oder ein Mann, der sich sinnlos schlug?

»Ich werde mit ihm sprechen«, sagte sie gnädig. »Du mußt dich nicht schlagen.«

»Meine Ehre steht auf dem Spiel«, sagte er.

Sie glaubte nicht an seine Ehre; noch weniger, daß ein albernes Duell sie wiederherstellen konnte. Dennoch hatte sie eine angenehme Erregung beschlichen. Vielleicht würde Jurij ihn wenn nicht töten, so doch verletzen. Er litt nicht durch sie, doch zumindest ihrethalben.

»Ich muß früh aufstehen«, sagte er.

»Pistolen?«

»Pistolen.«

Sie gingen auf das Haus zu. Er nahm sie um die Hüften.

Sie ertappte sich dabei, daß sie sich in Witwenkleidung an seinem Grab sah. Sein Tod würde sie um ihren Sieg bringen, aber es war gleichgültig, ob man die Toten besiegt hatte. Ihre Erregung wuchs. Sie erinnerte sich jetzt ganz deutlich, wie selten er ihr vollendete Erfüllung bereitet hatte. Als er sie in die Datsche gelockt hatte, vor ihrer Ehe; als sie die Tür versperrt hatte, nach dem Abend beim Großfürsten; als er sie, nach dem Streit wegen Andrej, in ihr Schlafzimmer getragen hatte; einmal, nach Pjotrs Tod. Ohne sein Zutun, gegen seinen Willen: eine jämmerliche Bilanz. Immer wenn er elend gewesen war, gedemütigt. Sie fühlte durch das dünne Sommerkleid, daß seine Hand kalt war, wie die eines Toten. Er zitterte. Vielleicht war der Tod eine Dirne, die den Sterbenden die Wollust lehrte. Heute nacht würden sie sich lieben. Am Morgen würde sie ihn entlassen, aus ihrem Bett, vielleicht in den Tod.

3

Sechs Uhr früh, ein heißer Tag kündigte sich an. Das Zwitschern der Vögel schien die Büsche zu bewegen. Maria stand am Fenster. Ein Wagen war vorgefahren, geschlossen, winterlich. Zwei Männer waren ihm entstiegen: Graf Scheremetjew und ein Offizier der Leibgarde-Ulanen. Sie glaubte, den Grafen Alexis Bozewskij zu erkennen, den ›schönsten Mann der kaiserlichen Garde‹, wie man ihn in St. Petersburg genannt hatte, wo er ihr mehrere Male nachgeritten war. Scheremetjew betrat das Haus, erschien gleich darauf mit Wassilij. Der schwarze Wagen, die Männer im Gehrock, mit schwarzen Handschuhen, Lackschuhen und Zylinderhüten riefen in Maria Kindheitserinnerungen wach. In der schwarzen Kutsche, feierlich angetan, pflegte der schreckliche O'Rourke zweimal im Monat auf den Friedhof zu fahren, um seine tote Frau, die Fürstin, zu besuchen. Sie wurde von Mißtrauen ergriffen. Schabernack trieb man mit ihr; die beiden Männer waren verkleidete Schauspieler; das Duell würde nie stattfinden, Jurij und Wassilij würden bei Bliny und Kaviar den Spaß mit Champagner begießen.

Sie warf sich ein Tuch um, verließ das Haus, folgte den Spuren der Wagenräder. Die Büsche waren weiß vom Staub. Sie schlug einen schmalen Pfad ein. Es war kühl. Ihr Tuch verfing sich im Gezweig. Sie bückte sich tief. Ein Ast krachte. Unter einem Busch kniete sie nieder.

Sie konnte die Lichtung, zwischen weißen Birken, genau übersehen. Acht Männer, in zwei Gruppen, Scheremetjew, Wassilij, der

Offizier und Dr. Purischkjewitsch, der Dorfarzt. Zuletzt war sie ihm begegnet, als Tioka Halsweh gehabt hatte. Auch er war verkleidet. Die andere Gruppe: Jurij, Graf Sierakowskij, zwei Unbekannte. Die drei Männer an der Seite Jurijs trugen perlgraue Überzieher mit schwarzen Samtkragen. Die Gruppen näherten sich. Wassilij und Jurij neigten sich über eine flache Schachtel.

Einer der Männer führte Jurij und Wassilij aus dem Schatten der Bäume, auf die Lichtung. Er zählte die Distanz zwischen den beiden. Er war spindeldürr, winzig klein; der Zylinder glitt ihm fortwährend in die Stirn. Wassilijs Gesicht konnte sie aus ihrem Versteck nicht sehen. Jurijs Gesicht war ruhig. Der Herrgott hatte ihn mit Dummheit gesegnet. Ruhig würde er zielen und sicher treffen. Er hatte sich nicht schlagen wollen, aber sie war ihm dankbar. Wassilij wollte sie sehen. Wenn er in ihr verströmt war, ohne sich um sie zu scheren, war Triumph in seinen Augen gewesen, seine Zähne hatten geblitzt, seine Brust hatte sich gebläht. Er war stolz gewesen auf sein Geschlecht. Nur Männer waren stolz auf ihr Geschlecht; Frauen wußten, daß es kein Geschlecht gab ohne das andere. Sein furchtsames Gesicht sehen, und dabei an das Gesicht des Siegers denken! Dann, wenn er wieder über ihr lag, sich des furchtsamen Gesichts erinnern!

Jurij wog die Pistole in der Hand. Ein Tanzbär, dem man eine Pistole in die Tatze gedrückt hat. Die anderen standen abseits.

»Sind Sie fertig, meine Herren?« fragte der Winzige und schob sich den Zylinder zurecht. »Eins!« zählte er, und die beiden legten die linke Hand auf den Rücken, hoben die Rechte mit der Pistole.

Otrada, dachte Maria, und sie glaubte den Geruch des Gutshofes zu spüren. Ein Vorfrühlingstag, Staub, schüchterne Blüten, Waschküchengeruch. Hämmern aus der Schmiede, der Gesang einer Magd. Andrej hatte neben ihr gestanden.

Man hatte ein Pferd erschossen.

»Zwei!« zählte der Winzige.

Warum hatte sie gedacht, daß nur einer von beiden sterben würde? Beide würden sterben. Mit weitaufgerissenen Augen hatte das Pferd dagelegen, das Blut war ihm aus der Stirn gesickert. Ihre Knie zitterten, ein Gefühl der Wonne kroch von ihren Knien die Schenkel aufwärts, zum Unterleib.

»Drei!«

Man hörte nur einen einzigen Laut, vor dem Lauf beider Pistolen war ein kleiner Lichtstrahl aufgeflammt.

Beide Männer standen aufrecht, senkten die Pistolen. Kein Tropfen Blut. Die gleiche Enttäuschung ergriff Maria, wie im Augenblick, wenn der Mann in ihrem Leib schwach wurde und sie selbst nichts empfunden hatte.

Die Lichtung war auf einmal voll Bewegung, der Wald voll Stimmen. Maria erhob sich.

4

Bei der Frühstückstafel, die im Garten gedeckt war, saß Graf Scheremetjew zu ihrer Linken, Graf Bozewskij zu ihrer Rechten.

Wassilij war in trefflicher Stimmung. Er hatte sich umgezogen. Im hellen Anzug wirkte er blutjung neben den winterlichen Gestalten des Provinzarztes, Scheremetjews und des winzigen Mannes, der das Duell geleitet hatte, eines Barons Protopopow. Zwei andere Männer mußte Wassilij unterwegs aufgelesen haben. Die Gegner waren versöhnt geschieden. Wassilij meinte lachend, er hätte den guten Jurij einladen sollen.

Alexis Bozewskij sprach wenig. Einmal beugte er sich zu Maria und sagte: »Der deutsche Philosoph Schopenhauer hält Duelle für einen *albernen Aberglauben und die ritterliche Ehre für die kindische Verpflichtung, wegen irgendeiner Lumperei wie Gladiatoren miteinander zu kämpfen.*« Sie hatte nichts von Schopenhauer gehört, aber die Scham verband sie mit dem Unbekannten. Hätte er es bloß lauter gesagt! Beifall geklatscht hätte sie, Wassilij hätte protestiert, den Gast beleidigt: dieser Mann würde nicht in die Luft schießen wie Jurij Tolstoj.

Die Gäste drängten zum Aufbruch. Wassilij bestand darauf, ihnen den Park zu zeigen. Er wollte sich von den Zeugen seines Heldentums oder seines Glücks nicht trennen. Vielleicht wollte er mit Maria nicht allein sein.

Nur der Leutnant war noch an ihrer Seite. Er war um gut zwei Köpfe größer als sie und von jener Schönheit, die nicht mehr reizvoll wirkt, sondern aufreizend. Männer mußten in solchen Männern ihren Freund sehen, und auch für Frauen hatten sie etwas Peinliches, als hätten sie den Frauen gestohlen, was jenen gehörte, und dabei eingebüßt, was sie selbst besaßen. Indessen war die äußere Vollendung, wie alles Vollendete, nicht nur peinlich, sondern auch rätselhaft. Ein Mann wie dieser konnte nur ganz verdorben oder ganz unverdorben sein, unendlich eitel oder rührend ahnungslos, Spiegel oder Zerrbild seiner Erscheinung.

»Gehen Sie doch mit den anderen«, sagte sie.

»Ich möchte lieber bei Ihnen bleiben, Gräfin.«

Sie lachte. »Sie wenigstens glauben nicht, daß ich eine ansteckende Krankheit habe.«

Bei den Erdbeerbeeten bückte sie sich und pflückte eine Erdbeere. Als sie sich aufrichtete, sah sie, daß Schrecken und Mitleid in den Augen Bozewskijs standen. Sie steckte ihm eine Erdbeere in den Mund. Ihre Finger berührten seine Lippen. Er nahm ihre Hand und preßte sie an seinen Mund.

»Es war unerträglich«, sagte er.

»Das Duell oder das Frühstück?«

»Ihre Demütigung.«

»Es ist mir gleichgültig, was diese Leute denken.«

»Ich muß es Ihnen sagen . . .« Er zögerte. »Weil es Wassilij duldet, daß Sie sich lächerlich machen.«

»Ich verstehe Sie nicht.«

»Und ich verstehe Sie nicht«, sagte er. »Glauben Sie wirklich, Wassilij habe sich Ihrethalben geschlagen?«

Die Vormittagssonne brannte auf den Obstgarten herab, aber das Blut in Marias Adern wurde eiskalt.

»Ich verlange, daß Sie mir die Wahrheit sagen«, erklärte sie.

»Sie haben sich wegen Olga Kralberg duelliert. Jurij hat sich in Olga verliebt, will sie heiraten. Eines Nachts sind sie sich mit Wassilij im *Strelna* in die Haare geraten.« Er streckte die Hand nach Maria aus.

Keine Ohnmacht, dachte sie; Ohnmacht ist veraltet wie Duelle. Keine Szene, keine Lächerlichkeit. Wie hatte Pjotr gesagt? »Er hat dich vergewaltigt, es konnte nicht anders sein.« Gestern nacht — es hatte nicht anders sein können.

5

Alexis Bozewskij mietete eine Datsche in Kusskowo und ritt täglich nach Kossino. Wenn sie ihn auf dem Waldweg, zwischen den Bäumen, auftauchen sah, schlug ihr Herz höher. Er trug keine Uniform; seine blonden Haare flatterten im Wind, sein sonngebräunter Hals leuchtete aus dem weißen Hemd. Sie fragte nicht mehr, was seine Schönheit verbarg. Es war nichts Verborgenes im Wesen Alexis'. Sie suchte nicht mehr nach Fehlern. Es war nicht menschlich, daß er mit noch anderen Tugenden ausgestattet sein sollte, aber sie begann zu glauben, daß ihr das Schicksal ein übermenschliches Wesen gesandt hatte. Spielte er Klavier, lehnte Tioka am Flügel und sogar Tanja verstummte. Die Bücher, die er Maria brachte, waren schwierigen Inhalts, aber er wurde nie müde, sie zu erklären. Die Dienstboten wurden zu seinen natürlichen Verbündeten; Wassilij wagte es nicht, ihm das Haus zu verbieten. Sprach er von seiner Liebe, so geschah es mit einer geduldigen Leidenschaft, als hätte er sie längst besessen. Er glich nicht Andrej, der ihr körperlos erschienen war; nicht Wassilij, der keine Seele hatte; er glich niemandem.

Sie mißtraute seiner Liebe nicht; sie mißtraute ihrer eigenen. War ihre Liebe zu Alexis nicht aus ihrem Haß gegen Wassilij erblüht; blühte sie nicht im Boden des Bösen? Mußte sie ihn nicht vor ihrer Liebe schützen? Wie konnte sie jemanden lieben, ohne ihm Schmerz zu bereiten, ohne Leid von ihm zu empfangen?

Anfang August veranstaltete Wassilij eines jener Feste, die ihm seit dem Duell lieb geworden waren. Als wäre er den Waffen dankbar, die ihn verschont hatten; als wollte er die Übung nachholen, die ihm damals gefehlt hatte, kaufte er Pistolen, Revolver, Gewehre, Munition; ließ er bei Tag Zielscheiben und Weinflaschen, des Nachts Kerzen aufstellen, um sich mit seinen Freunden in der Schützenkunst zu messen.

In dieser Nacht waren ein Dutzend Gäste geladen, darunter Alexis, Graf Scheremetjew, Wladimir Stahl, der Bankier Maximow, der alte Graf Grigoriewskij mit seiner jungen amerikanischen Frau, die anscheinend Olga Kralberg in der Gunst Wassilijs abgelöst hatte. Die Nacht war schwül, die Luft schwer vom Geruch der Akazien. Die Zigeuner, die Wassilij aus Moskau hatte kommen lassen, spielten. Eleanor Grigoriewskaja hatte ein neues Getränk bereitet, einen Cocktail *Mint-jullep,* den sie aus eisgekühltem Wodka und Minzenkräutern braute. Die Kerzen brannten in Flaschen, die an der Parkmauer aufgestellt waren.

Wassilij drückte Maria ein Flobertgewehr in die Hand.

»Ich will nicht«, sagte sie.

»Sei nicht ungezogen. Ich werde dir einen Apfel auf den Kopf setzen und Wilhelm Tell spielen.« Er war betrunken.

Eleanor Grigoriewskaja, neben ihr, schoß mit einem Browning. Glas krachte, eine Kerze erlosch.

Alexis stand hinter Maria. »Ich halte Ihnen die Ohren zu«, sagte er, und legte seine Hände auf ihre Ohren. Ihr Körper erwachte unter seinen Händen, als hätte sie sie längst gespürt, auf ihren Ohren und auch auf ihren Brüsten und ihren Knien und ihrem Leib. Nichts hören, dachte sie. Nichts sehen! Sie wünschte, er hätte ihre Augen bedeckt. »Nicht so fest« sagte sie. Der zärtliche Druck seiner Hände wurde schwächer. »Die dritte Kerze von links!« schrie Wassilij. »Ich liebe dich«, flüsterte Alexis. Als sie abdrückte, fühlte sie einen Schlag gegen die Schulter; glaubte, daß sie sich verletzt hatte. Es war nur der Rückstoß des Gewehres gewesen. Alle klatschten Beifall. Die Kerze war erloschen, die dritte von links. »Ich liebe dich!« flüsterte Alexis. »Halten Sie mir die Ohren zu!« Sie kniff die Augen zu, spürte den Druck des Oberkiefers auf ihren Zähnen. Scheremetjew jagte die spielenden Zigeuner johlend im Kreis herum. Eine zweite Kerze, eine dritte, eine vierte. Auch Eleanor Grigoriewskaja schoß, auch Stahl, auch Maximow. Eine Kugel knallte gegen die Parkmauer. Alexandra Maximowa kreischte. Die Zigeuner spielten lauter. Zwei Männer tanzten die Tarantella.

Auf einmal stand Wassilij neben ihr, einen Apfel in der Hand. Er packte sie am Arm, zog sie über den Rasen. »Jetzt werde ich dir den Apfel vom Kopf schießen!« Schon standen sie zwischen den Flaschen; schon hatte er sie auf die Knie gezwungen, den Apfel in ihre Haare gesetzt; schon lief er zurück zu den anderen.

Sie ließ sich nieder. Das Gras war voll Glassplitter. Ihre Knie wurden wund. Der Apfel war ihr vom Kopf gefallen. Sie nahm eine Kerze, hielt sie sich über den Kopf. Das heiße Wachs tropfte ihr auf die Finger. Wassilij würde schießen, er würde die Kerze nicht treffen, er würde sie treffen. Sie würde sterben, und man würde ihn in den Kerker werfen, für immer. Ein heißes Glücksgefühl überflutete sie.

Sie saß im Licht und konnte die anderen nicht sehen. Lachen hörte sie, streitende Stimmen. Sie senkte die Kerze. Alexis hatte Wassilij das Gewehr entwunden. Die beiden Männer kämpften. Man applaudierte. Aus den lachenden Stimmen hörte sie deutlich die Stimme Eleanor Grigoriewskajas. Dann stand Alexis vor ihr und hob sie hoch.

Als der Morgen aus dem See tauchte, spielten die Zigeuner immer noch. Die meisten Gäste blieben. Wassilij schlief auf dem Rasen zwischen den Scherben.

6

Zwei Stunden später war sie wach. Es war sieben. Sie läutete nach Elise.

Das Mädchen, schon vollständig angezogen, in Schwarz wie immer, öffnete die Vorhänge.

»Die Fenster!« sagte Maria.

Es duftete frisch nach dem Tau der Wiesen. Munter war das Grün der Bäume, munter zwitscherten die Vögel. Das kühle Silber der Sonne brach durch die dunklen Tannen.

Maria zog sich an und ging hinunter. Die Salontür stand offen, aber es roch nach gestrigem Wein. Einer der Zigeuner schlief mit den Stiefeln auf einem Kanapee. Niemand war wach.

Sie schlug den Waldweg ein, von dem Alexis aufzutauchen pflegte. Er kam von Kusskowo, und sie erinnerte sich, daß Kusskowo unweit von Ismailowo lag, dem königlichen Besitz, den sie mit dem Pensionat besucht hatte. Sie dachte an den kurzsichtigen Lehrer, den ersten Kuß. Weiße und gelbe Falter begleiteten sie. Die Sonne fiel durch die Äste, und das herbstliche Laub zu ihren Füßen wurde lebendig. Sie dachte an Otrada, aber sie hatte kein Heimweh.

Auf einer Lichtung, unweit vom Haus, blieb sie plötzlich stehen, als hätte sich die Wirklichkeit vor ihr aufgetürmt. Hier hatte Wassilij die Zielscheiben aufstellen lassen, für den morgendlichen Spaß. Fünf oder sechs waren es, in einer Reihe standen sie, wie Soldaten in schwarzweißer Uniform, und es schien Maria seltsam, daß man nach ihnen schießen sollte; eher wie ein Hinrichtungskommando wirkten sie, bereit, auf einen Verurteilten zu feuern. Auf einem Holzgestell lagen Gewehre, Pistolen, lag Munition; die Lust befiel sie, nach den schwarzweißen Soldaten zu schießen, einen nach dem anderen umzuwerfen, damit sie nach niemandem mehr feuern konnten.

Als sie das Gewehr an ihre Schulter hob, legten sich von rückwärts zwei Hände auf ihre Ohren. Eine Halluzination, dachte sie, und drehte sich um.

»Schon so früh auf?« sagte Alexis.

»Haben Sie sich noch nicht niedergelegt?«

»Sie sehen, ich bin schon von Kusskowo herübergeritten. Ich war unruhig.« Er lachte. »Mit Recht.«

Sie wandte sich wieder gegen die Zielscheibe und hob das Flobert hoch.

»Was für ein Unsinn«, sagte er.

»Kein Unsinn.«

Er legte seine Hand auf die Mündung des Gewehrs. »Und jetzt wiederholen Sie, was ich sage: ›Ich liebe dich, Alexis.‹«

»Nehmen Sie die Hand weg!«

»Ich — liebe — dich — Alexis!« sagte er, jedes Wort betonend.

Ihr Finger war auf dem Abzug. Sie visierte. Die Zielscheibe sah sie durch seine Finger, die er gespreizt vor den Lauf hielt.

»Ich weiß, daß du mich liebst«, sagte er.

Alle Männer glaubten, daß sie sie liebe. Der Wunsch, den Drükker abzuziehen, wurde immer heftiger.

»Nehmen Sie die Hand weg!« sagte sie.

Er preßte den Handteller fester auf die Gewehrmündung.

Er glaubte nicht, daß sie schießen würde. Er wußte, daß sie ihn liebte, und glaubte es nicht. Wenn sie jetzt das Gewehr von der Schulter nehmen würde, würde er sie küssen, und sein Gesicht würde dem Gesicht Wassilijs gleichen. Sie kniff das rechte Auge zu. Der schwarze Punkt der Zielscheibe, zwischen den Fingern Alexis', kam näher. Sie drückte ab.

Alexis schrie auf. Er war totenbleich.

Sie dachte, daß sie ihn getötet hatte, und begann zu schreien.

»Schweig«, sagte er und bedeckte ihren Mund mit der Hand. Sein Blut rann über ihre Wangen, rann über ihre Lippen, schmeckte süß. Sie preßte seine Hand an ihren Mund, um sie zu küssen. Seine Handfläche war wie ein warmes Kissen. Ihre Zunge fuhr kosend, hungrig über seine Hand.

Er schwankte, nur einen Augenblick; dann beugte er sich über sie, preßte sie zu Boden, bedeckte ihr blutiges Gesicht mit Küssen. Das Gras stand hoch. Es roch nach Heu und Blut. Die Sonnenstrahlen tanzten über die Lichtung. Sie liebten sich in der Sonne, unter dem wolkenlosen Himmel, schamlos, besinnungslos, verströmend, zwei Tiere, die sich zerfleischen. Das Gras wurde blutig.

7

Der Winter hielt seinen Einzug, man war längst wieder in Moskau. Maria schien es, als wäre das Haus in Kossino, als wären der Park, der Wald, die Lichtung in den Weißen See versunken.

Sie war die Geliebte Alexis Bozewskijs. Im Sommer war sie jeden Nachmittag nach Kusskowo geritten. War Wassilij nach Moskau gefahren, war sie des Nachts aus dem Haus geschlichen. Im Haus Alexis' hatten sie sich geliebt und im Wald und auf der Lichtung. Das Schicksal hatten sie herausgefordert, waren immer wieder zurückgekehrt zu der Wiese, auf der die Zielscheiben gestanden hatten. Sie hatten nicht gefürchtet, entdeckt zu werden; sie hatten sich danach gesehnt.

Jetzt war er in Moskau. Die Dunkelheit fiel früh. Die *Iswostschiks* an der Straßenecke kannten sie: eine verschleierte Frau, die über den Warwarsk-Platz, an der Allerheiligen-Kirche vorbei, zu ihrem Geliebten fuhr. An der Tür wartete er, nahm sie in seine Arme. Sie sprachen wenig. Manchmal fragte sie sich, ob er das Glück in ihren Armen genoß, denn seine Augen waren offen, auf sie gerichtet, als wartete er, daß ihr Glück, einem Vogel gleich, der aus dem Nest fliegt, in ihren Augen aufflattere: erst dann setzte er zum Flug an, dem gemeinsamen Flug. Wenn sie ihn fragte, ob er glücklich sei, sah er sie fragend an: wußte sie nicht, daß er kein anderes Glück kannte als das ihre? Sie erinnerte sich nicht, daß sie je in den Armen Wassilijs gelegen hatte, und wenn sie, wie alle Liebenden, von dem erstenmal sprachen, sagte sie: »Das Blut im Gras war mein jungfräuliches Blut.« Obwohl er nur der zweite Mann in ihrem Leben war, war sie sicher, daß sie in den Armen eines anderen das Glück nie wieder finden würde. Ihre Liebe zu Alexis löschte nicht nur ihre Ehe aus, sondern auch ihre Kindheit. Sie träumte nicht mehr von Otrada, Iwan, dem schrecklichen O'Rourke. Sie hörte nicht mehr das Trippeln der Zwillinge im schlafenden Haus. Sie dachte nicht an Andrej.

Im Aufruhr ihres Körpers wurde ihre Seele allmählich ruhig. Nun sprachen sie oft und lange, und nach jedem Gespräch wurde sie stolzer, als hätte sie ihren Hochmut gegen Stolz eingetauscht. Sie war stolz auf seine Leidenschaft und seine Behutsamkeit; stolz auch auf seine Kenntnis der russischen und französischen und englischen und italienischen Dichter; auf seinen Reichtum und die Liebe seiner Dienstboten; auf die Gleichgültigkeit, mit der er von der möglichen Entdeckung sprach. Er gab sich nicht eitel, weil sie ihren Mann mit ihm betrog; er sprach nicht abfällig von Wassilij, wie es Pjotr getan hatte; er wich vor ihm nicht zurück wie einst Andrej: auch in ihrer Verachtung Wassilijs waren sie eins. Ihre Liebe flog so hoch, daß es ihr schien, als hätte sie sich selbst auf der Erde zurückgelassen. Unter den Flügeln ihrer Seele wurde ihr Gewissen kleiner, immer kleiner, am Ende unsichtbar. Ihre Liebe war schmerzlos.

Nur manchmal geschah es, daß sie sich fragte, ob sie Alexis ebenso lieben würde, wenn Wassilij gestorben, verschwunden wäre, sich wie ein Alp in nichts aufgelöst hätte. Sie ertappte sich dabei, daß sie im Bett Alexis' an Wassilij dachte; daß sie sich vorstellen wollte, er stünde am Bett; daß sich ihre Lust bei dieser Vorstellung zur Unerträglichkeit steigerte.

Wassilijs Misere vollendete ihr Glück. Alexis war ihm nicht gleichgültig wie einst Andrej, wie Jurij, wie Pjotr, wie Wladimir Stahl. In Mailand hatte er sie beschuldigt, eine Dirne zu sein, aber wahrscheinlich hatte er nicht geglaubt, daß sie ihn betrügen könne. Die Gesellschaft, in der sie lebten, schützte die Untreue der Männer und die Tugend der Frauen. Seine Eifersucht war eitel; erst in Alexis hatte sie den ebenbürtigen Gegner entdeckt. Schon am Weißen See hatte seine Wandlung begonnen; in Moskau vollendete sie sich. Sprach sie Alexis' Namen aus, begann er zu fluchen. Lud sie Alexis ein, wagte er zwar nicht, ihm das Haus zu verbieten, aber er betrank sich, prahlte, zog sich grollend zurück, griff Ahnungslose an. Fühlte er, daß Alexis' Augen auf ihm ruhten, küßte er Maria auf den Hals. Jetzt, da ihm sein Besitz verloren war, brüstete er sich mit seinem Eigentum. Beinahe nie mehr verließ er abends das Haus; ging er aus, brachte ihn der Kutscher in beschämend trunkenem Zustand heim. Waren sie allein, lenkte Maria das Gespräch auf Alexis, weil sie seinen Namen aussprechen, weil sie Wassilijs Miene sehen mußte. Er hütete sich, sie anzuklagen. Wenn er tobte, wartete sie geduldig, bis er sich auf die Knie warf und um Verzeihung flehte. Klagte er sie an, nickte sie nur. Sie tuschelte mit Alexis, auch wenn sie ihm nichts zu sagen hatte: Wassilij sollte wissen, daß sie ihn preisgab. Sie gebrauchte keine Ausflüchte mehr, wenn er sich ihr nähern wollte. »Geh zu Eleanor!« sagte sie. »Willst du dich wegen Olga schlagen?« fragte sie. »Unglückliche Frauen, die sich mit einer Ruine begnügen müssen«, höhnte sie. Wenn er nackt vor ihr stand, wandte sie sich um, tat, als fielen ihr vor Schlaf die Augen zu. Er schrie, warf sich auf sie, rang mit ihr. Sie schüttelte ihn ab wie eine Klette. Er jammerte, bettelte, weinte. Sie lachte ihn aus. Die Fabel Krylows fiel ihr ein. *Es singt sich schlecht in einer Katze Klauen.*

8

Feste, Bälle, Theaterabende, Ballett, Zigeuner, spiritistische Séancen: Winter in Moskau. In den drei kaiserlichen Theatern – dem Großen, dem Kleinen und dem Neuen – spielte man die Opern von Mussorgskij, die Schauspiele von Gogol; man tanzte Tschaikowskijs Ballett *Schwanensee* und die *Nußknacker-Suite*. Ein junger Regisseur, Alexejew Stanislawskij, beschäftigte die Gehirne. Im *Englischen Klub*, im *Adelsklub* auf der Bolschaja Dmitroska fanden Konzerte und Bälle statt.

Zu den elegantesten Häusern zählte in diesem Winter das Haus des ehemaligen Gardehauptmanns Baron Wladimir Stahl. Maria wußte, daß sich der ›Doktor‹ ihrethalben in Unkosten gestürzt hatte; glaubte es um so mehr, als sie meinte, jeder Tribut gelte jetzt ihr. Freilich hätte der Baron das Palais — unweit von dem Pensionat, wo Maria beinahe zwei Jahre verbracht hatte — nicht mit überschwenglichem Luxus ausstatten können, hätte er seine Frau nicht nach Moskau kommen lassen. Man munkelte, die stattliche Blondine wäre dem Ruf ihres Mannes gefolgt, weil sie, bürgerlicher Abstammung, Tochter eines millionenreichen deutschen Großindustriellen von der aristokratischen Gesellschaft Moskaus jene Anerkennung erhoffte, die ihr die Beamtenaristokratie in St. Petersburg versagt hatte.

An diesem Abend fuhr ein Schlitten nach dem anderen über die Rampe des Palais, das mit seinen griechischen Säulen und Giebeln, herausfordernd und verloren zugleich, im Herzen der zweiten Hauptstadt Rußlands stand. Hauptmann Stahl gab einen Ball; Delphinus, der deutsche Wahrsager, Geisterbeschwörer und Tausendkünstler, sollte den Gästen einen Blick in die Zukunft eröffnen.

Maria trug ein rotes Abendkleid, das die Schultern frei ließ, mit der obligaten Schleppe, eng um die Taille und von der Taille abwärts mit roten Valenciennesspitzen geziert, über der Taille mit tausend winzigen roten Pailletten neuester Kreation besetzt, schillernd wie tausend Rubine. Als sie den Ballsaal betrat, sahen sich sogar die Tanzenden nach ihr um, und die dreißig Zigeuner, Männer und Frauen, schienen für einen Augenblick leiser zu spielen.

Der Hausherr, der, erregt, mit kleinen roten Flecken auf den Wangen, nur noch kränklicher aussah, forderte sie zum Tanz auf.

»Sie sehen glücklich aus, Maria Nikolajewna«, sagte er.

»Ich bin es, Wladimir Michailowitsch. Haben Sie etwas dagegen?«

»Wissen Sie überhaupt, was Glück ist?«

»Ich frage nicht danach.«

Ihre Augen suchten Alexis; fanden ihn mit der Sicherheit liebender Augen. Ein Dutzend schöner Frauen sprach auf ihn ein, aber er beachtete sie nicht, folgte den Bewegungen Marias.

»Es gibt kein anderes Glück als die Freiheit«, sagte Stahl.

»Ich fühle mich frei.«

»Ihre Freiheit ist trügerisch.«

Sie lächelte Alexis zu. Der philosophierende Stahl erschien ihr uralt.

Endlich, als man sich im Spielzimmer um Professor Delphinus scharte, gelang es ihr, sich Alexis zu nähern. Sie berührte seine

Hand. »Ich möchte deinen Hals küssen«, flüsterte er ihr ins Ohr.
»Ich möchte, daß du meine Brüste küßt«, flüsterte sie ihm ins Ohr.

Der bärtige Mann im Frack, geschmückt mit den Orden unerreichbarer Reiche, blickte auf. Die Kerzen des Armleuchters, der neben ihm auf dem Kartentisch stand, flackerten über sein Gesicht; sein Gesicht erschien fröhlich und gleich darauf wieder wie von leuchtenden Tränen benetzt.

»Haben wir uns nicht schon gesehen, Gräfin Tarnowska?« fragte er.

»Ich wüßte nicht...« Sie wußte auch nicht, wieso er ihren Namen kannte.

Sie reichte ihm die Hand. Die Herren und Damen, die das Orakel umgeben hatten, wichen beiseite, als hätte sich der Spaß mit einemmal in Ernst verwandelt. Um den grünen Tisch war es still. Die Stille wurde von Wladimir Stahl unterbrochen.

»Sagen Sie nichts, Professor!« befahl er. »Sie sollen der Gräfin nichts sagen!«

Delphinus behielt Marias Hand. Er hatte eiskalte Hände.

»Ich will hören, was er meiner Frau zu sagen hat!« rief Wassilij.

Jetzt bemerkte sie, daß er hinter ihr stand. Er roch nach Wodka. Vielleicht hatte er gehört, was sie zuvor mit Alexis geflüstert hatte. Sie fürchtete es nicht, hoffte es. Wozu hatte sie ihn betrogen, wenn er es nicht erfuhr? War es nicht leichter für sie, daß er zufällig erfuhr, was sie ihm am Ende ohnedies sagen mußte?

Delphinus schien Wassilijs Worte so wenig gehört zu haben wie den Befehl Stahls. Zwar ließ er Marias Hand los, aber er lehnte sich zurück, schloß die Augen. Wenn er ein Komödiant war, dann war er ein großer Komödiant. Er murmelte Wörter vor sich hin, abgehackte, einzelne, wie Menschen im Schlaf, die sprechen, aber nichts sagen.

»Deutlicher!« rief Wassilij.

Der Ruf schien in die Träume Delphinus' gedrungen zu sein, denn er sprach lauter, doch waren es auch jetzt nur unzusammenhängende Wörter: »Geliebter ... Offizier ... Revolver ... das Kind ... Gefängnis ... Schüsse ... Offizier ... Wasser ... Tulpen ... Duell ... Gefängnis ... der Park ... der Geliebte.«

»Ich will wissen, wer der Geliebte meiner Frau ist«, schrie Wassilij.

Stahl versuchte, ihn zu beschwichtigen. Eine Gruppe bildete sich um ihn, Männer und Frauen hüllten ihn in ihr Geschwätz ein. Maria floh in den Ballsaal.

»Tanzen wir«, sagte Alexis.

Ihr Körper gehörte ihr nicht, doch auch ihm gehörte er nicht; er schwebte zwischen ihr und ihm, und dabei hatte sie eine Vision, als wäre sie nackt, so nackt und kahl wie in ihrer Krankheit. Ihre

Haarwurzeln schmerzten, wie damals. Sie empfand die Bewegungen des Tanzes wie unerbittlichen Zwang; sie wollte hinaustanzen aus dem Saal und mußte sich im Kreise drehen.

Männer und Frauen waren aus dem Spielzimmer gekommen. Statt sich unter die Tanzenden zu mischen, blieben sie in der Tür stehen. In ihrer Mitte stand Wassilij, wie von Leibwächtern umgeben. Maria lachte, sinnlos. Alexis hatte nichts gesagt; ihre Kehle wurde wund von Lachen.

Als sie an Wassilij vorbeitanzten, warf er sein Glas zu Boden. Sie wußte, daß er auf sie zutrat, aber der Tanz hatte sie von ihm entfernt. Nun war ihm ihr Gesicht wieder zugekehrt: über eine nackte Schulter hinweg sah sie, daß er Wladimir Stahl an der Brust gepackt hatte.

Er schrie. »Geben Sie mir einen Revolver, Stahl!« schrie er. »Ich will den Hund töten! Ich will den Geliebten meiner Frau töten!« Mitten in einer hohen Note brach der Gesang der Zigeuner ab. Die Geigen sanken. Nur der Zimbalspieler hämmerte noch einige Takte. Wassilij schüttelte die Männer ab, die ihn festhalten wollten. Niemand tanzte. Die Herren hielten die Damen noch um die Taillen; die Damen klammerten sich an die Brust der Herren. Alexis und Maria standen wie die anderen: der Arm des Mannes schützend um die Frau, die Frau schutzsuchend an der Brust des Mannes. Wassilij kam auf sie zu.

»Lichter aus! Lichter aus!« schrie er.

Niemand verstand ihn.

»Ich will Blinde Kuh spielen!« schrie er. »Blinde Kuh mit dem Ulanen! Bing, bang, Blinde Kuh!«

Nun verstanden alle. Man hatte den Namen vom Englischen übernommen, *Blind man's buff*, das sinnloseste Duell: zwei Männer schossen in einem verfinsterten Raum aufeinander; schossen, bis Vasen und Teller, Spiegel und Fenster in Scherben fielen, schossen und warteten und schossen, bis es still wurde und einer nicht mehr schoß.

»Blinde Kuh, Blinde Kuh mit dem Ulanen«, schrie Wassilij und drehte sich im Kreise, die Hand ausgestreckt, als hielte sie einen Revolver. »Lichter aus, Blinde Kuh!«

Die Paare wichen zurück, gegen die Wände; der Saal wurde größer. Es schien Maria, als wichen nun auch die Wände; Dämme waren sie gewesen, welche die Wasser zurückhielten, nun stürzten die Wasser über das Parkett; Menschen wurden weggeschwemmt, goldene und grüne und rote Kleider schwammen auf dem Wasser, Uniformen und weiße Krawatten, Köpfe tauchten auf, versanken; in ihren Ohren war das Rauschen der entfesselten Wellen, es wurde dunkel, sie ging unter.

Als sie die Augen aufschlug, sah sie einen Skorpion, der sich mit spitzem Stachel ihrem nackten Arm näherte. Dann klärte sich ihr

Blick: es war kein Skorpion, eine Nadel war es, eine Injektionsspritze. Wie durch ein umgekehrtes Opernglas sah sie dahinter, verkleinert, die Menschen. Sie versuchte, Alexis zu finden und Wassilij, aber sie erkannte nur Wladimir Stahl, der sich mit der Injektionsnadel über sie beugte.

9

Mütterchen hatte ihren Skandal, der Skandal bewegte ganz Moskau.

Ganz Moskau: das waren hundert Leute, vielleicht zwei- oder dreihundert. Diese hundert oder zweihundert oder dreihundert hatten ihre eigenen Gesetze, und weil es nicht die Gesetze des Volkes waren, nicht des Landes, in keinem Buch zu finden, in keinen Pandekten, in keinem Urteil, mußten sie die wenigen, die an sie glaubten, fortwährend wiederholen, damit sie selbst daran glaubten. Wladimir Stahl hatte Maria einmal gesagt, daß noch kein Gesetz erfunden sei, das auf die Strafe zu verzichten vermöge; da die vornehme Gesellschaft aber niemanden hängen, hinter Gitter setzen oder auch nur seines Vermögens berauben könne, habe sie den Ausschluß aus der Gesellschaft ersonnen. Kein Gesetz ohne Strafe, hatte Wladimir Stahl philosophiert, auch kein Gesetz ohne Waffe. Die Gesellschaft besaß keinen Knüppel, kein Gewehr und kein Fallbeil: ihre Waffe war der Skandal.

Maria Tarnowska erfuhr, was diese Waffe bedeutete. Wenn ihr Schlitten durch den Alexander-Garten glitt, wandten die Damen in den anderen Schlitten ihre Köpfe ab; der Spiegelrahmen, in den sie die Einladungen zu stecken pflegte, blieb leer; die Schneiderinnen baten sie morgens zur Probe, damit sie niemandem begegne; sandte sie den Kutscher in ein Restaurant, um einen Tisch zu bestellen, kehrte er mit betroffenem Gesicht heim; sogar in der Küche, dem Zerrspiegel des Salons, verstummten bei ihrem Anblick die Gespräche. Indes schien der Skandal, der den Gesprächsstoff in den Häusern, Villen und Palästen der Bjely Gorod bildete, allein von Frauen geschürt zu werden. Die Männer dagegen, nicht nur Wladimir Stahl, überhäuften Maria mit Aufmerksamkeiten; Bekannte und beinahe Unbekannte legten ihr ihre Bewunderung zu Füßen. Was war es? Standen die Männer, seit sie wußten, daß sie ihr Bett mit Alexis teilte, wartend um ihr Bett? Versetzten sie sich hoffnungsvoll in die Rolle Bozewskijs oder selbstquälerisch in die Rolle Wassilijs? Wollten sie erhört oder betrogen werden?

Immer mehr überzeugte sie sich, daß sie betrogen werden wollten, als trügen sie alle an einer unsichtbaren Schuld, die sie in selbstgewählter Sklaverei abzutragen hofften. Nicht anders ließ sich Wassilijs Verhalten erklären. Man hatte den Tobenden in besinnungslos trunkenem Zustand nach Hause gebracht. Als er am nächsten Morgen erwachte, schlief Maria noch unter dem Einfluß der Morphiumspritze, die ihr der ›Doktor‹ verabreicht hatte. Dennoch hatte sie keinen Grund, die erste Begegnung mit Wassilij zu fürchten. Er schien den Vorfall vergessen zu haben, wich nicht mehr von Marias Seite, überhäufte sie mit wertvollen Geschenken. In einen Blumengarten verwandelte er das Haus; war zur Hand, wenn sie es begehrte; machte sich unsichtbar, wenn sie allein sein wollte. Sprach er von dem Skandal, so sprach er nur von seiner eigenen Schuld. Erwähnte Maria die eine oder andere Beleidigung, so tat er, als wäre er selbst beleidigt worden. Nicht nur seine Persönlichkeit, auch seine Wünsche stellte er in den Schatten.

Ohne Maria zu verbieten, daß sie Alexis wiedersehe, verstand er es zugleich, ein Wiedersehen zu verhindern. Maria, die vor Sehnsucht nach Alexis verging, erfuhr von Stahl, daß sich Wassilij und Alexis getroffen hatten. Es war um die Weihnachtszeit gewesen; der ›Doktor‹ selbst hatte die Aussprache arrangiert. Als ihm Maria vorhielt, er habe die beiden nur versöhnt, um ihre Liebe zu Alexis zu zerstören, beteuerte Stahl, die Rettung ihrer gesellschaftlichen Stellung sei sein ganzes Bestreben. Kurz darauf erklärte ihr Wassilij selbst, er habe sich im Hause Stahls mit Bozewskij getroffen; Alexis habe ihm geschworen, daß zwischen ihm und Maria nichts vorgefallen sei. Wie ihm selbst, ginge es Alexis darum, Marias Unschuld vor der Welt kundzutun. Allerdings, fügte er hinzu, bedürfe es der Zeit: so ohne weiteres werde die Moskauer Gesellschaft auf ihren Skandal nicht verzichten. Er schlug vor, sie mögen ein Jahr in Rom und Paris verbringen, selbstverständlich mit den Kindern. Und ehe sie noch etwas erwidern konnte: »Es ist alles mit Bozewskij besprochen. Er will uns am Tatjana-Tag in die Oper einladen und im *Eremitage* ein Souper geben. Unser Abschiedsfest soll den Irrtum zeigen, den ich begangen habe; das Unrecht, das Moskau an dir begangen hat.«

Moskau: das waren hundert Menschen, vielleicht zwei- oder dreihundert. Ihnen mußte sie ihr Glück opfern.

10

Zwölfter Januar, Tatjana-Tag, Gründungsfest der Universität, Beginn des Karnevals. Von der Universität am Alexander-Garten ziehen die Studenten zum Theaterplatz. *Gaudeamus igitur*. Masken. Junge Männer als Bäuerinnen verkleidet, Tücher auf den Haaren. Klapprige Kinderwagen, darin Wodkaflaschen. Ungeheuer mit Papierköpfen, schwankende Gestalten auf Kothurnen einherstelzend, Zigeunerinnen, als Zigeunerinnen verkleidete Studenten. Seit Tagen schneit es. Bis übers Knie sinken die Pferde in den Schnee. Die Schneeschipper auf den Dächern sind an die Schornsteine gebunden.

Einer, als Hexe verkleidet, reitet, Besen zwischen den Knien, über das Dach. Studenten singen die *Marseillaise.* Grimmig sehen die Polizisten zu: es ist Karneval.

Opernvorstellung im Großen Theater. Nerze, Chinchillas, Hermeline, Tiaren aus Brillanten, schwarze Perlen, Rubinkolliers. Graf Alexis Bozewskij hat drei Logen gemietet. In der mittleren sitzt Maria zwischen Alexis und Wassilij, in den Haaren eine kleine Krone aus Brillanten. Ihr Knie berührt das Knie Alexis'. Sie wird ihn nie wiedersehen. Wenn sie ein Herz hätte, würde es brechen. In der Pause drängt sich alles in ihrer Loge. Man grüßt aus anderen Logen, vom Parkett. Sieg über den Skandal. Gleichgültig. Wassilij sieht sie an; Alexis starrt auf die Bühne. Ihr Held hat sich gebeugt, er ist ein Verräter. Nicht Wassilij zuliebe, aus Trotz gegen Alexis fährt sie nach Italien. Sie ist einundzwanzig.

Über den Neglinny Projesd in die *Eremitage.* Fünf Schlitten. Alexis ist vorgefahren, um seine Gäste zu empfangen. Maria zwischen Stahl und Wassilij. Der ›Doktor‹ fröstelt, seine Zähne schlagen aneinander. Unter der Pelzjacke hält Wassilij Marias Hand. Andrej hat ihre Hand gehalten, unter der Pelzjacke. Die Erinnerung verklärt Otrada. Alexis hat sie allein gelassen mit dem fröstelnden Wladimir, dem demütigen Wassilij.

Eremitage. Sie sieht sich im Spiegel. Nie war sie schöner. Den ganzen Tag hat sie sich schön gemacht: so soll sich Alexis an sie erinnern. Das letzte Bild zählt; das letzte Bild behält man. Er steht am Plüschvorhang, in Galauniform, küßt Wassilij auf beide Wangen. Sein Blut war über ihre Lippen geflossen. Die Lichtung in Kossino, das Bett mit den geschnitzten Engeln, der goldgerahmte Spiegel, in dem sich ihre Körper gespiegelt hatten. Nicht nur das letzte Bild zählt.

Für vierzehn ist der Tisch gedeckt. Alexis ihr gegenüber; zwischen Stahl und dem alten Grigoriewskij sitzt sie. Ruinen rechts und links. Der Bankier Maximow läßt seinen Kneifer am Seidenband baumeln; die Baronin Stahl findet alles entzückend; Scheremetjew ist bleich. Jetzt sieht Alexis sie an. Er hebt sein Glas: *»Ave Maria!«* Stahl beugt sich näher: »Geschieht es Ihnen manchmal, daß Sie ein Zitat nicht fortsetzen können, weil sich ein zweites Zitat hartnäckig vorgedrängt hat?« – »Was meinen Sie?« – *»Ave Maria – morituri te salutant.«*

Alles spricht von der morgigen Abreise. »Moskau wird leer sein ohne Sie, Gräfin.« Moskau! Die Stufen, die sie umschlungen zu Alexis' Schlafzimmer hinaufgegangen waren. *»I will miss you, really«*, sagt Eleanor Grigoriewskaja. Besiegte Gegnerin, keine Gegnerin mehr. »Ich habe das Gefühl, als wäre ich in einer Falle«, sagt Stahl. Wassilij trinkt ununterbrochen. Sie ruft ihm zu: »Bitte, nicht soviel!« Er wirft das Champagnerglas hinter sich, es zersplittert im Spiegel. Es wird still. Wassilij lacht. Er deklamiert: *»Er sah* *ihn stürzen, trinken / Und sinken tief ins Meer. / Die Augen täten ihm sinken; / Trank nie einen Tropfen mehr.«* Sie wendet sich an Stahl: »Was haben Sie gemeint — eine Falle?«

»Wir sollten gehen«, sagt Stahl. »Alexis gefällt mir nicht.« Alexis' Augen lassen Maria nicht los. Er trinkt ihr zu, er trinkt Wassilij zu, er trinkt mehr als Wassilij. »Wenn es kein so trauriger Anlaß wäre, was für ein herrlicher Abend!« schwärmt die Baronin Stahl in gebrochenem Russisch. Morgen um diese Zeit . . . Maria fühlt auf einmal, daß Alexis leidet wie sie. Er leidet; er hat sie nicht verraten. Wenn sie ihn noch ein einzigesmal sprechen, ihre Arme um seinen Hals legen könnte. Er hat sie gerettet, ohne sie zu fragen, ob sie gerettet werden wollte. Die Helden fragen nicht nach dem Untergang der anderen.

Wieder wirft Wassilij ein Glas zu Boden. Sein Gesicht ist gerötet. »Ich bin der König von Thule!« Alexis hebt sein Glas, er will sprechen. Es wird still.

»Sie sind der König von Thule, Tarnowskij«, sagt Alexis: »Aber ich bin der Ritter Olaf. Er wurde zum Tode verurteilt, weil er des Königs Tochter zu lieben wagte. Es war beim letzten Gelage. ›Nimm deinen Abschied‹, sagte der König, ›der Henker wartet vor dem Tor.‹ Da erhob sich Olaf zu einem letzten Toast.« Alexis steht auf. Englisch spricht er die Verse: *»I bless the joys that I have had / And the joys that I have missed; / I bless the eyes that have smiled on me / And the lips that I have kissed!«* Das Glas in der Hand wendet er sich an Maria: *»To thy red lips that I have kissed / I raise this cup of wine, / I bless the radiant loveliness / That made my life divine, / And I bless the hour that brings me death / For the hour that thou wert mine!«*

Wassilij springt auf. Schon sind Maximow und Scheremetjew an seiner Seite. »Die Schlitten warten«, ruft Grigoriewskij. Kellner umringen Alexis. Eleanor Grigoriewskaja küßt Maria auf beide Wangen. *»Bon voyage, darling.«*

Maria weiß nicht, wie sie den Saal verlassen hat. Die Nacht ist eisig, die Sterne sind an den Himmel gefroren. Kalter Rauch steht vor den Nüstern der Pferde. Ungeduldig läuten die Schlittenglocken. Stahl hilft Maria in den Schlitten. *»Bon voyage,* Maria Nikolajewna.« Sie wendet sich um. Von der erleuchteten Tür kommt Alexis auf sie zu. Er trägt keinen Mantel, er ist barhaupt. Es scheint, als würde er größer mit jedem Schritt, immer größer, als wüchse er hinaus über die Männer, die Pferde, die Schlitten. Er beugt sich über ihre Hand, küßt sie, läßt sie nicht mehr los. »Es ist alles aus!« sagt er. Da fällt ein Schuß. Die Pferde springen beiseite. Neben dem zweiten Schlitten steht Wassilij, eine Pistole in der Hand. Er lacht. Die Kutscher fluchen.

Alexis ist neben dem Schlitten zusammengesunken. Aus seinem Hals spritzt Blut. Sie ist neben ihm, beugt sich über ihn. Blut, Blut, wie damals. Ihr Pelz wird blutig, ihre Hand ist voll Blut. Stahl reißt sich den Seidenschal vom Hals, wickelt ihn um den Hals Alexis'. Auch seine Hand wird blutig. Blutig wird der Schnee. Blut sickert aus dem Mund Alexis Bozewskijs.

ZWÖLFTES KAPITEL

1

Im September hatte Andrej seine zweite Reise durch Rußland angetreten; jetzt war es Januar.

Die Zweifel hatten Andrej auf seiner Reise nicht verlassen. Er war in den Städten gewesen und in den Dörfern, in Klöstern und Nachtasylen, in Fabriken und Gefängnissen. Verwirrung, Misere, Aberglaube, Völlerei, Hunger, Prunksucht, Blutschande, Trunkenheit und Haß, der Haß erzeugte: nichts anderem war Andrej begegnet.

Es war nicht die Gerechtigkeit Gottes, an der er zweifelte. Der strategische Plan einer einzigen Schlacht war dem Laien unverständlich: wie sollte er Gottes ewige Strategie verstehen? An der Mission der Kirche zweifelte Andrej, an ihrer Stärke vielmehr, sie zu erfüllen. Hörte er aufrührerische Reden, so gestand er sich, daß die Aufwiegler seine eigenen Gedanken aussprachen. Zu lange hatte die Kirche mit den Mächtigen der Erde konspiriert. Gott hatte nur ein Gesicht, der Teufel hatte viele Gesichter. Gott schien mit leeren Händen am Krankenbett der Welt zu stehen. Da blühte die Quacksalberei. Jedesmal, wenn Andrej in einem Dorf gepredigt hatte, verließ er es verzweifelt. Er hatte keine schnelle Kur zu bieten, keine Wunder. Wie sollte man ihm glauben, daß er im Namen des Herrn sprach, da er doch den Sklaven Duldsamkeit gegenüber den Sklavenhaltern verkünden mußte? Wie sollte man ihm glauben, daß er Gottes Acker besorgte, nicht den Acker der Sklavenhalter? Kam es bloß darauf an, die Liebe zu verkünden; mußte man sich nicht fragen, wem man sie verkündete? Wer nichts besaß, der konnte nichts verschenken; die ausgestreckte Hand ballte sich zur Faust; wer an die Barmherzigkeit der Bettler appellierte, verhöhnte die Bettler; liebe deinen Nächsten hieß nur noch Einigkeit gegen Dritte. Unaufhaltsam drehte sich der Zeiger der Uhr, unaufhaltsam fielen die Kalenderblätter. Es war zu spät für die Armenmission; vielleicht nicht zu spät für die Reichenmission.

Im Dezember hatte es Andrej gewagt, solche Gedanken in einem Bericht an den Pater General zu Papier zu bringen. In den ersten Januartagen — er hielt sich in Tula auf — wurde ihm ein versiegeltes

Schreiben ausgehändigt. Die Befehle, die darin enthalten waren, erfüllten Andrej mit neuer Hoffnung. Es sei der Wunsch des Paters General, hieß es, daß sich der Pater Andrej Wyrubow, frei von den Fesseln klösterlicher Vorschriften und allein des Wortes Christi eingedenk, in die großen Städte begebe, um, vorerst unter den Reichen und Mächtigen, mahnend, wenn notwendig warnend, zu wirken; Einsicht und Umkehr zu lehren, wenn notwendig zu fordern. »Das, mein lieber Sohn«, lautete das Schreiben, »war die Aufgabe, die ich Dir vom ersten Tag an zugedacht habe.«

2

Andrej begann seine Mission in der ihm vertrauten Provinz Poltawa. Er hatte Graf O'Rourke geschrieben, und dieser hatte sogleich geantwortet: die katholischen Adeligen der Provinz würden sich in Otrada versammeln, um den Dominikaner sprechen zu hören.

Ein Bauer hatte Andrej mitgenommen: jetzt ging er durch den verschneiten Park.

Es war noch nicht spät am Nachmittag, aber schon beinahe dunkel. Die Raben saßen im Schnee, etwas dunkler als die Dunkelheit. Es schneite nicht mehr. Wenn sich Andrej umsah, erblickte er seine Fußspuren im Schnee, die einzigen Spuren weit und breit. Er hatte das Gefühl, als näherte er sich einem Haus, in dem alles Leben vergangen war. Er dachte an Maria. Kein Glück war so groß wie man glaubte und auch kein Unglück. Nur die Erinnerungen hätte man bewahren sollen, als hätte, was sich ereignet hatte, keine Folgen gehabt, als wären die Erinnerungen Kinder, die nicht wachsen.

Als er sich dem Haus näherte, bemerkte er, daß kein Schlitten davorstand. Ein Diener, den er nicht kannte, öffnete. Er wurde in die Bibliothek geführt.

Beim Anblick des Grafen fragte er sich, wie alt Nikolaj O'Rourke sein mochte. Vier- oder fünfundsechzig? Wie über siebzig sah er aus. Plötzlich war er alt geworden; man merkte es, wie bei den meisten Männern, am Hals, der mager und runzlig im Kragen saß, der Hals eines Greises.

Der Graf entschuldigte sich, daß er Andrej nicht verständigt hatte – »Sie verstehen, daß ich jetzt keine Gäste empfangen kann.« Jetzt? Erstaunt hörte er, daß Andrej nichts vom Vorfall in der *Eremitage* wußte. Zögernd erzählte er, dann immer lebhafter, bis sich seine eingefallenen Wangen schließlich vor Erregung röteten. »Tarnowskij hat sich der Polizei gestellt und wurde verhaftet, der Zustand Bozewskijs scheint ernst, wenn auch nicht hoffnungslos zu sein. Die Kugel ist von der Seite in den Hals eingedrungen und unter dem Kinn herausgetreten. Mura ist bei ihm geblieben. Ich habe die Kinder nach Otrada bringen lassen.« Er strich mit unsicheren Fingern über den Bart, der nicht so gepflegt war wie früher. »Geben Sie mir eine Erklärung, Andrej«, sagte er, »geben Sie mir eine Erklärung.«

»Wofür suchen Sie eine Erklärung?«

»Vieles ist mir unverständlich. Ich habe versucht, die Schuld bei mir zu suchen. Aber Mura und Olga sind zusammen aufgewachsen; Olga mein Stolz, Mura meine Schande.«

»Ich weiß nicht, ob Sie schuldig sind, Graf O'Rourke. Es ist leichter, über tausend Bauern zu herrschen, als ein Kind zu erziehen. Alltägliche Verantwortung – und beinahe übermenschlich. Weil wir Kinder zeugen, glauben wir, sie zu kennen: unbekannt fallen sie aus Gottes Hand. Die gleiche Umgebung, die gleiche Erziehung – aber auch die gleiche Liebe?«

»Ich habe mich bemüht, meine Kinder gleichermaßen zu lieben.«

»Es ist Ihnen nicht gelungen.«

»Klagen Sie mich an?«

»Sie haben mich gefragt.«

Der Graf nickte. »Was treibt Mura, die Menschen, mit denen sie in Berührung kommt, zu verderben? Oder zieht sie die Verdorbenen an? Sie wissen, was ich von Tarnowskij gehalten habe. Aber Bozewskij . . .«

»Kennen Sie ihn?«

»Ich habe das Beste von ihm gehört.«

»Ich kann Ihre Frage nicht beantworten. Selbst wenn Mura vom Teufel besessen wäre, wäre sie nicht Besitz des Teufels. Seit dem Opfertod unseres Herrn ist es niemand mehr. Der Teufel belagert die Seelen, aber sie gehören ihm nicht. Dagegen besitzt der Teufel immer noch, was wir ›Welt‹ nennen, und so wird nicht die Welt durch die Menschen, sondern der Mensch durch die Welt verdorben. Je größer das Stück Welt im Menschen, desto größer der Anteil Satans an ihm. Maria gehört zu den unglücklichen Frauen, deren Weltlichkeit schier unerschöpflich ist.«

Andrej fühlte, daß ihn der Graf enttäuscht musterte: auch ein wenig Mißbilligung war in den alten Augen.

»Sie sind nicht sehr tolerant«, sagte der Graf.

»Toleranz ist Gleichgültigkeit. Wir dulden, was wir nicht ändern wollen.«

»Sie haben also keine Hoffnung für Mura?« sagte der Graf.

»Das habe ich nicht gesagt. Jeder ist fähig, sich von seiner Sündhaftigkeit zu befreien, aber für fast jeden ist der Preis zu hoch.«

»Und was nennen Sie den Preis?«

»Die Preisgabe seiner Identität. Die Menschen sind auf nichts stolzer als auf ihre Persönlichkeit, weshalb auch viele mit der Gesundheit oder dem Geldsack oder dem Familienglück eines anderen, jedoch niemals mit dessen Wesen tauschen wollten. Sie streben die Persönlichkeit an, weil sie glauben, die Persönlichkeit unterscheide sie am meisten von der Welt. In Wirklichkeit gilt der am meisten, der am meisten Welt in sich aufgenommen hat. Die größte Persönlichkeit, nämlich jene, die mit der Welt identisch ist, ist der Teufel.«

»Sie wollen sagen, Muras einzige Rettung wäre das Kloster?«

Andrej lächelte. »Das Kloster ist weder der einzige noch der sicherste Ort, sich von seiner Persönlichkeit zu befreien.«

Es war dunkel geworden, wie damals, als Graf O'Rourke den jungen Andrej Antonowitsch nach Otrada beschieden hatte. Durch die Fensterritzen sickerte die Kälte. Der Graf ging auf und ab, ging mit gekrümmtem Rücken, sich wie ein Blinder von Möbel zu Möbel fortbewegend. Jedesmal, wenn er ein Möbelstück berührte, gab es einen knarrenden Laut. Noch fremder als zu Beginn des Gespräches erschien er Andrej, denn er trug jetzt seinen Hochmut wie den Anzug eines Fremden. War er so tief getroffen? Konnte es sein, daß die Taten der einen die Strafe der anderen waren?

»Ich weiß, was Sie von mir denken«, sagte der Graf. »Vielleicht haben Sie recht, und das Gewissen regt sich in mir nur, weil ich in manchen Nächten die Hand des Todes auf meiner Brust spüre. Gleichwohl: ich möchte Mura helfen. Sagen Sie mir, wie . . .«

»Unternehmen Sie alles, um sie mit ihren Kindern zu vereinigen.«

»Damit sie auch ihre Kinder verderbe?«

»Mütter stecken ihre Kinder nicht an.«

»Das ist nicht so sicher.«

»Es ist des Versuches wert. Die einzige Liebe, die mit Sicherheit unweltlich ist, ist die Liebe der Eltern zu ihren Kindern. Selbst das Umgekehrte ist nicht sicher. Kinder lieben in ihren Eltern oft nur die Welt.«

»Sagt das ein Priester?«

»Wir versuchen, *patres* zu sein.«

Der Graf klammerte sich an die Rückenlehne eines Stuhles. »Ich habe meine Pflicht getan.« Er wartete, daß Andrej etwas erwidere. »Sie vergessen, daß mir Mura ihre Kinder freiwillig überlassen hat. Sie ist bei ihrem Geliebten geblieben.«

»Würden Sie Maria aufnehmen?«

Der Graf richtete sich auf. Jetzt erkannte ihn Andrej, und zugleich kannte er auch die Antwort.

»In Otrada?« sagte der Graf. »Unmöglich!«

Als sich jedoch Andrej zum Gehen wenden wollte, bat er ihn, die Nacht in Otrada zu verbringen. Sie könnten, meinte er beinahe flehentlich, über die Dinge sprechen, die Andrej hierhergeführt hatten. Morgen würden sie auf das Gut des Grafen Sawinskij fahren, dem besonders daran gelegen sei, Andrej kennenzulernen.

Andrej überlegte. Schließlich nahm er die Einladung an, weil er sich seiner Aufgabe erinnerte oder weil er Marias Kinder sehen wollte.

DREIZEHNTES KAPITEL

1

Ein Jahr lang fuhr Maria mit Alexis von Land zu Land, von Stadt zu Stadt, von Arzt zu Arzt. Die Jahreszeiten zogen an ihnen vorbei wie fremde Landschaften. Die Hoffnung reiste ihnen voraus, machte Quartier, war verschwunden, wenn sie ankamen.

Jalta, Paris, Brüssel, Genua, Wien. Vermummt betrat Alexis das Hotel; verließ es nur, wenn er zum Arzt gehen mußte; schlich sich am Ende davon, wie ein Dieb. Von der Unterlippe bis zum Halsansatz war sein Kopf verbunden. Er sprach mühsam; jeden Tropfen Wasser mußten ihm Maria oder die Zofe Elise Perrier einflößen. »Bewegen Sie den Kopf nicht«, sagten die Ärzte. »Bewegen Sie den Kopf nicht«, wiederholten sie, die Wichtigtuer, die Beschwichtiger, die Siebenweisen und die Angstmacher. Sie wickelten den Kopf aus dem weißen Mull, aus der gelben Gaze; reinigten die Wunde, ein blaues Loch; legten einen neuen Verband an.

Er klagte nie. Die Selbstlosigkeit, um derentwillen sie ihn nicht zuletzt geliebt hatte, äußerte sich in ihrer seltsamsten Verkleidung, in der sie dem Egoismus am ähnlichsten sieht. Nie sagte er, daß er sich überflüssig fühle. Nie, daß sie ihn verlassen möge. Nie, daß er weniger sei als vordem. Nie, daß ihr junges Blut nach körperlicher Liebe lechzte. War es Stolz? Er empfing ihre Liebe, als ob er ihrer gewiß wäre: er vergaß nie, daß es leichter ist, mit einem Sterbenden zu leben als mit einem Bettler. Mit fröhlichen Lügen zahlte er zurück, was er an barmherzigen Lügen empfing. Er ließ sie mit leiden, aber er quälte sie nicht. Er erhob sie, weil er sich nicht demütigte.

Obwohl nur spärliche Nachrichten eintrafen, wußte Maria, was man in Rußland von ihr sprach. Ihr Mann war im Gefängnis; ihre Kinder hatte sie verlassen; mit ihrem Geliebten zog sie durch Europa. Das Gewissen plagte sie nicht. Sie haßte Wassilij; ihre Kinder waren in Sicherheit; sie liebte Alexis. Sie schlief neben ihm. Ihre Körper berührten sich nicht. »Du darfst den Kopf nicht bewegen«, sagte sie und schreckte aus dem Schlaf, weil er in ihrem Traum den Kopf bewegt hatte. Er fürchtete die schlaflosen Nächte. Nahte der Abend, stellte sie die Uhren zurück; keine zeigte mehr die richtige Stunde. »Nein, es ist erst sechs«, sagte sie; es war schon acht. Jede Nacht nahmen seine Augen den Ausdruck eines Wagnisses an; langsam wandte er ihr den Kopf zu, seine Wange fiel ins Kissen, seine blonden Haare fielen ihm in die Stirn; das heitere Blond umrahmte, einem goldenen Rahmen gleich, das dunkle Bild seines gequälten Antlitzes. So lag er ihr zugekehrt und beobachtete sie, als müßte er über ihrer Schlaflosigkeit wachen, einem furchtsamen Herrn gleich, der, aus Angst, sein Wächter könnte einschlafen, selbst nicht einschläft.

Seit dem ersten Kuß hatte sie ein unsichtbares Band der Schmerzen mit der Liebe verbunden: jetzt, neben dem Leidenden, war ihre Liebe schmerzlos geworden. Dennoch fühlte sie, daß sie nicht selbstlos handelte. Der schöne und geheimnisvolle Zwang, das Richtige zu tun, würde schwinden, wenn Alexis starb: sie klammerte sich an ihn, als wäre er ihr Retter, nicht sie seine Retterin. Manchmal gestand sie sich, daß es für Alexis besser wäre, zu seiner Familie zurückzukehren; daß er in einem Sanatorium länger leben und ruhiger sterben würde. Raubte ihr das Schicksal Alexis, dann war sie bestimmt, sich und andere zu zerstören. Ihre Kinder? Ihr Herz blutete, aber ihre Kinder beschützten sie nicht. Der Gedanke, zu Wassilij zurückkehren zu müssen, trieb ihr kalte Schauer über den Rücken. Wassilij oder ein anderer: die gleiche Machtprobe, die gleiche Zerstörungswut. Alexis durfte nicht sterben.

Es war ihr gelungen, ihr Gewissen zu beschwichtigen, aber ihre Nerven wurden immer fadenscheiniger. Sie schlief nur ein, wenn Alexis eingeschlafen war, und schlief nur, solange er schlief, drei, vier Stunden. Weil sie nicht gereizt erscheinen wollte; weil sie die Anstrengung, sich schönzumachen, zu lächeln und zu lügen, erschöpfte, floh sie oft seinen Anblick. Ihre geheimsten Nöte vertraute sie der Schweizer Zofe an, aber ihre Worte kehrten zu ihr zurück wie ein leeres Echo. In einem Wiener Park erzählte sie einer alten Frau ihre Lebensgeschichte, aber als sie zu Ende war, saß die alte Frau nicht mehr neben ihr. Zwei- oder dreimal hatte ihr Katharina O'Rourke geheime Botschaften gesandt, Berichte über Tanja und Tioka. Geheim schrieb ihre Mutter, wie den Tanten ins Irrenhaus. Ein einziger der alten Freunde bestürmte sie mit Briefen, Wladimir Stahl, aber sie verachtete sich, weil sie ihm antwortete, die Verstoßene dem Verstoßenen. Sie ertappte sich dabei, daß sie laut zu sich selbst sprach, und lief zurück in das Hotel; aus Angst, Alexis würde den Kopf bewegen und sterben, oder weil sie sich nur an der Quelle ihres Unglücks geborgen fühlte. Den Tod konnte sie sich jetzt vorstellen, aber das tägliche Sterben war ihr so vertraut geworden, daß ihr das Sterben zum Tod unvorstellbar wurde.

2

Sie stiegen im *Kurhaus Stefanie* in Baden-Baden ab. Diese Station der Hoffnung hieß Professor Hannocker. Ein alter Mann, der sich in der deutschen Kurstadt zur Ruhe gesetzt hatte, aber zuweilen noch Patienten empfing.

Alexis' Zustand hatte sich zusehends verschlechtert, aber er beruhigte Maria, ermutigte sie, nicht zu verzagen. Sein Geist war lebendig, und er unterhielt sie oft mit seinen Geschichten und Erinnerungen, sogar Plänen. Sie wußte nicht, ob er überhaupt noch schlief.

Es war ein naßkalter Februar. Der Nebel bohrte seine Zähne, wie ein hungriges Tier, in die Sträucher des Kurparks, in das Bett der Oos, in die Alleen und Straßen und Gassen. Die nackten Äste der Bäume kämpften mit den Nebeln wie Laokoon und seine Söhne mit den Schlangen. Am Abend hörte man das Geigen der Salonkapelle und das Lachen der Gäste aus der Halle.

Am Tage nach ihrer Ankunft erhielt Maria von einem anonymen Briefschreiber eine Zeitung aus Moskau, die *Russkije Wedomosti*. Nicht selten trafen anonyme Briefe ein. Scheinheilig mahnten sie Maria zur Einkehr oder hielten ihr ihre Verruchtheit vor. Die Schriften ähnelten sich: Schriften von Menschen, die das Leben anderer leben. An diesem Tag ließ sich auch ein Reporter bei ihr melden, ein gewisser Dr. Hugo Friedlieber aus Wien: er bestätigte, was sie gelesen hatte — Graf Wassilij Wassilijewitsch Tarnowskij war von einem Gericht in Gomel von der Anklage des versuchten Totschlags freigesprochen und auf freien Fuß gesetzt worden. Die Tat, so hieß es, habe er in berechtigter Empörung über den Ehebruch seiner Frau sowie über das provozierende Verhalten ihres Geliebten begangen. »Ich nehme an«, sagte Dr. Friedlieber, dem sie das Interview verweigerte, »daß Graf Tarnowskij jetzt von den Gerichten verlangen wird, sie mögen ihm die Kinder zusprechen — es dürfte Sie doch kaum wundern, Gräfin.«

Sie hatte mit dem Journalisten im Schreibzimmer gesprochen, kehrte aber nicht zu Alexis zurück. Die Nachricht hatte sie aufgewühlt: sie wollte ihm ihre Bewegung verbergen. In der Hotelhalle konnte sie nicht bleiben. Das Hotel war voll von russischen Gästen, welche die römischen Thermen und die Spielbank angezogen hatten. Bei der Ankunft hatte sie durch eine Glastür die Großfürstin Katharina Leopoldowna erblickt; jetzt wußte das Kurhaus, daß sich Maria Nikolajewna Tarnowska mit ihrem Geliebten in seinen Wänden aufhielt.

Sie ging im menschenleeren Couloir vor den Zimmern auf und ab. Maria Nikolajewna Tarnowska geborene Komtesse O'Rourke. Sie sagte den Namen vor sich her: verächtlich, wie die Menschen heute ihren Namen aussprachen; lüstern wie die Männer und entrüstet wie die Frauen; sagte es wie ein Staatsanwalt, ein Priester oder ein Henker. Mord: berechtigte Empörung? Und die Terlezkaja, die Kralberg, die Grigoriewskaja? Wer waren die verlogenen Richter, die bestochenen Geschworenen, die Wassilij freizusprechen gewagt hatten? Auf und ab ging sie, an den Zimmern vorbei, horchend, ob nicht eine Tür aufgehen würde; das Auge auf das Ende des Ganges gerichtet, wo der Fahrstuhl sich öffnen konnte. Sie mußte sich verbergen, und Wassilij würde seine Kinder fordern — Tanja, die er im Zorn gezeugt hatte, und Tioka, dessen Vater er nicht hatte werden wollen. Mit welcher der Geliebten Wassilijs würden Tanja und Tioka leben? Sie würden sich verstehen, Wassilij und der schreckliche O'Rourke: Sie können ihre Kinder haben, natürlich? Ehebruch, Provokation, Totschlag in berechtigter Entrüstung. Sie mußte heimkehren nach Rußland, den Raub verhindern. Wladimir Stahl! Er würde kommen, wenn sie ihn rief, herbeieilen voll trügerischer, eigensüchtiger Hoffnungen. Was verschlug's? Er war ein Mensch wie sie; er hatte Rezepte gefälscht und sich feig gebärdet; er war ein Morphinist. Was verschlug's?

Eine Tür öffnete sich, die Schlafzimmertür Alexis'. Professor Hannocker, ein großer Mann wie ein Muschik. Wie hatte er Alexis gefunden, was war das Verdikt?

Die Wunde hatte sich tief in die Knochen eingefressen, erklärte der Professor, eine Operation sei aussichtslos. Wie lange Alexis noch zu leben habe? Schulterzucken. »Je bewegungsloser er sich verhält, desto länger.« Andere Ärzte? »Wir wollen ehrlich sein, Gräfin: selbst die Reise nach Baden-Baden hätten Sie sich ersparen können.« Kopfnicken, Verbeugung: Geliebte trösteten sich.

3

In der Kutsche, die sie zum Bahnhof Baden-Oos brachte, steigerte sich das Gefühl, daß sie einen Fehler begangen hatte, zur Verzweiflung. Gab es schlimmere Einflüsterungen als die der Einsamkeit? Hilfe von Wladimir Stahl? Hatte er nicht auf diese Stunde gewartet?

Stahl hatte sich im Zug wahrscheinlich eine Einspritzung gegeben, denn er war von hektischer Aufgeräumtheit. Dennoch schien es ihr, als wäre er verfallen. Er hielt sich gebückt in der niedrigen Kutsche, und sie fragte sich, ob er sich je wieder werde aufrichten können. Sie hatte ein Obdach gesucht und sich in eine Ruine geflüchtet.

Es war ein ungewöhnlich milder Spätfebruarabend. Der Nebel hatte sich gelichtet, nicht gehoben: von oben nach unten wurde es hell. Der Himmel zuerst, dann die Dächer, dann die Straße. Von den Hängen des Schwarzwaldes kam der Duft der Tannen. Das Kurhaus, die beiden Schlösser, die Spielbank waren erleuchtet.

»Welch eine ungeeignete Umgebung, zu sterben«, sagte Stahl. Er betrachtete sie von der Seite. »Sie sehen schlecht aus, Mura. Ein verschwendetes Jahr!«

»Sie sind ein Ungeheuer.«

»Sie sind ein Kind. Nur die Jugend geht mit den Jahren so leichtsinnig um.«

»Ich bin nicht Vergnügungen nachgejagt«, sagte sie.

»Das eben hätten Sie tun sollen. Sie wissen, daß Alexis sterben muß. Also belügen Sie ihn und sich.«

»Sein Lebenswille . . .«

»Ist pure Täuschung. Sein Körper sehnt sich nach dem Tod, aber seine Seele zwingt ihn zu jenen Leiden, die Sie Lebenswillen nennen. Übrigens, warum gibt man ihm kein Morphium?«

»Ich habe Ihnen gesagt, daß er den Kopf nicht bewegen darf. Unter Morphium würde er nicht wissen, was er tut.«

»Klagt er viel?«

»Alexis klagt nicht.«

»Natürlich. Ein Mann vom Scheitel bis zur Sohle. Hohe Moral. Man hält die Feigheit, mit der man Leid erduldet, für Moral. Wer nicht leiden will, den hält man für unmoralisch.«

»Schweigen Sie!« fiel sie ihm ins Wort. »Sie verstehen nicht.«

Die Kutsche humpelte über grobe Kopfsteine.

»Warum lieben Sie ihn?« fragte Stahl.

»Das weiß ich nicht und will es auch nicht wissen. Er hat mich fühlen gelehrt — aber das sagt Ihnen nichts.«

»Und er hat Sie mit leiden lassen. Er leidet nicht an einer ansteckenden Krankheit, aber, Sie dürfen mir glauben, jede Krankheit ist ansteckend. Die Sterbenden vergiften die Lebenden. Sterben ist schmerzlich, aber bequem. Die ganze Last der Lüge ist Ihnen aufgebürdet. Für Alexis bedeutet die Vernichtung den Frieden; Sie müssen weiterkämpfen. Übrigens sind Sie der Liebe genauso unfähig wie ich. Selbst die Liebe zwischen Mann und Frau bedarf einer gewissen Güte: sie ist Ihnen fremd. Wenn Sie niemanden quälen können, quälen Sie sich selbst.«

»Es wäre mir am liebsten, wenn Sie gleich umkehrten«, sagte Maria. »Ich habe vergessen, daß Sie mir nur Unglück gebracht haben.«

Stahl lächelte; lachte vielmehr, denn er konnte nicht lächeln. »Schnöder Undank! Ich bin gekommen, um Ihnen zu helfen. Ich kenne einen ausgezeichneten Anwalt, Dr. Prilukow; klug wie ein Fuchs. Er wird Ihre Scheidung in die Hand nehmen. Haben Sie eigentlich Geld?«

»Ich weiß nicht.«

»Haben Sie sich nie darum gekümmert?«

»Alexis ist reich.«

»Das wird Ihnen wenig nützen. Trotzdem: Sorgen Sie sich nicht!«

4

Sie hatte Alexis gesagt, daß Stahl zufällig zur Kur in Baden-Baden weile. Er empfing den Baron zögernd, beinahe unfreundlich. Stahl setzte sich an das Bett des Kranken. Nur eine Stehlampe brannte. Ihr Licht beschrieb einen Schattenkreis auf der Decke.

»Was spricht man in Moskau?« sagte Alexis.

»Seien Sie unbesorgt: Sie sind vergessen. Man hat Andrej Makarow wegen Kartenschulden aus der Marine ausgestoßen. Das macht jetzt die Runde.«

Maria beobachtete Stahl mit lauernder Aufmerksamkeit, bereit, ihn jeden Moment zu unterbrechen. Sie hätte sich mit ihm beraten sollen, über Wassilij, die Kinder, eine Reise nach Rußland, aber sie hätte den Besuch verhindern müssen. Zwar hatte sie Stahl mit der ganzen Liste der Verbote vertraut gemacht, mit der Lügenliste, die, wie die Fieberkurve, an den Betten der Kranken hängt, aber wer sagte, daß sie sich auf ihn verlassen konnte?

Plötzlich unterbrach Alexis das Geschwätz des Besuchers. »Sie sind ein halber Arzt, Wladimir Michailowitsch. Verstehen Sie, daß ich an dieser Wunde sterben muß?«

»Sie müssen nicht sterben, mein Freund«, erwiderte Stahl. »Ihre Ärzte sind Narren. Man behandelt Sie, als wären Sie gelähmt, ja legt Sie lahm; eine völlig veraltete Methode. Je schneller Sie lernen, sich zu bewegen, desto besser.«

Marias Nerven waren wie tausend Finger, die einen sinnlosen Takt trommeln.

»Die Schmerzen . . .«, sagte Alexis. »Es ist unmöglich . . .«

»Natürlich, die Schmerzen«, entgegnete Stahl. »Man muß Sie von den Schmerzen befreien. Sie haben mich einen halben Arzt genannt. Ich war ein ganzer. Man hat mir das Diplom aberkannt, weil meine Kollegen in mir einen Feind des Schmerzes gewittert haben. Schmerzen, Wächter des Organismus! Lächerlich! Schmerzen sind die Wegweiser der Scharlatane. Ohne Schmerzen wäre der Patient gerettet, der Arzt verloren.«

»Wie hasse ich die Ärzte . . .«, sagte Alexis.

Warum vertraut er sich Stahl an, dachte Maria verzweifelt. Hatte er einen Fremden gebraucht, genau wie sie?

»Ich glaube, Wladimir Michailowitsch hat dich genug ermüdet«, sagte sie.

Alexis beachtete sie nicht, zum erstenmal. Er blickte nur den großen schwarzen Vogel an, der an seinem Bett hockte. »Können Sie mich befreien?« fragte er.

»Viel mehr als das. Sind Sie einmal von Schmerzen frei, versuchen Sie, den Kopf zu bewegen!«

Er entnahm seiner Tasche ein kleines Lederetui.

»Ich verbiete es Ihnen, Wladimir!« schrie Maria. Sie beugte sich über den Kranken. »Laß dir nichts von ihm sagen! Um Himmels willen, Alexis, er ist ein Quacksalber.«

»Sie sind bei vielen Quacksalbern gewesen«, sagte Stahl.

Alexis stützte sich auf seine Ellbogen, so daß er Stahl besser sehen konnte. Es war, als zöge der Verband, eine schwere Last, sein ganzes Gesicht nach unten.

Stahl reinigte die Injektionsnadel, hielt sie gegen das Licht.

»Ich lasse es nicht zu, Alexis«, sagte Maria. »Er ist ein Morphinist.«

»Ganz wie Sie wollen«, sagte Stahl, und schickte sich an, die Injektionsspritze zu verstauen.

Alexis streckte die Hände nach ihm aus. In einer Minute, in einer einzigen Minute, verlor er seine Selbstbeherrschung; sein Stolz geriet unter die Räder; seine Lügen zerfielen wie ein Tuch, das lange gehangen hatte und bei der ersten Berührung zu Staub wird. Er flehte, Stahl möge ihn von seinen Schmerzen befreien, für eine einzige Nacht. Dann wandte er sich an Maria, flehend, als ob sie ihn nicht ein Jahr lang gepflegt, sondern gemartert hätte; als hätte er seine Schmerzen ihrethalben erduldet; als stünde sie zwischen Freiheit und Unfreiheit. »Eine Nacht ... eine einzige Nacht«, bat er, als hätte nicht sie gewacht, als hätte er ihrethalben wachen müssen.

Warum konnte sie ihr Mitleid nicht überwinden? Oder war es nicht Mitleid? War es, daß jetzt, da er zu lügen aufhörte, auch sie nicht mehr lügen konnte; daß auch sie die Sehnsucht nach Frieden und Freiheit überkam? War es nur die Müdigkeit, die, totengleich, nach dem Tod eines Geliebten eintrat?

Stahl streifte das Hemd Alexis' hoch, setzte die Nadel an.

Schnell trat die Wirkung ein. Alexis ließ sich zurückfallen. Es war, als begänne eine der Natur widersprechende, aber um so wunderbarere Verwandlung; als würde das Vernichtete wiederhergestellt; als setzten sich die Zellen zusammen, verschwänden die Furchen, verlöschten die Spuren, so daß Maria nicht erschrak, weil sie kein neues Gesicht sah, sondern das neue Gesicht hinter dem früheren, vertrauten, geliebten versank.

»Lassen Sie ihn ruhen«, sagte Stahl. »Später werden wir es versuchen.« Er sagte nicht, was sie später versuchen würden.

Alexis schlief. Stahl saß an seinem Bett und beobachtete ihn. Maria hatte sich in den Lehnstuhl unter der Lampe fallen lassen. Es war ihr, als verwandelte sich alles um sie; als schiene die Nacht durch die zugezogenen Vorhänge wie die Sonne durch die Vorhänge scheint; als wäre Wladimir Stahl aus Papier, eine schwarze Zeichnung; als spiele das Salonorchester immer die gleiche Melodie, Rattern der Eisenbahnräder; als wäre Alexis eine Wachsfigur, mit dem Gesicht einer Wachsfigur, ohne Schmerz, das Gesicht eines Jünglings oder eines Toten. Sein Mund war halb geöffnet. Manchmal bewegte sich seine Zunge über seine Lippen, er befeuchtete sie; eine unglaubliche Geste, wie die eines Toten, den es dürstet. Er murmelte etwas, das wie ›Durst‹ klang; sie erhob sich. Stahl reichte ihr ein Glas Zuckerwasser. Sie ließ, mit geübter Geste auch dies, ihre Hand unter das Kissen gleiten, hob seinen Kopf hoch und führte das Glas an seinen Mund.

Dann riß sie die Augen auf, wie jemand, der seinen Augen nicht traut, und doch, unter einem dunklen Zwang, das Unglaubliche genauer sehen muß.

Der Verband um den Hals Alexis' war feucht geworden. Wasser, halb rosarot, halb eitergelb, sickerte durch die Gaze, sickerte durch Watte und Mull. Hatte sie das Wasser verschüttet? Wenn sie es verschüttet hatte, wie hatte es dann die Farbe von Blut und Eiter angenommen? Er trank, durstig, und je mehr er trank, desto feuchter wurde der Verband. Plötzlich, wie aus dem Hinterhalt, befiel sie die Erkenntnis: er konnte nicht schlucken; die Flüssigkeit entfloß der Speiseröhre; das Wasser lief durch die Wunde, spülte sie von innen, nahm ihre Schlacken mit und verließ den Kopf durch das Loch im Hals.

Sie schrie auf: »Den Arzt! Den Arzt!«

Stahl packte sie beim Handgelenk. »Der Arzt kann nicht helfen.« Er neigte sich über das Bett.

Von rückwärts klammerte sie sich an seine Schultern. Stahl schüttelte sie ab. Mit schier übermenschlicher Eindringlichkeit sprach er auf Alexis ein, befahl ihm, den Kopf zu bewegen. Und Alexis begann, den Kopf zu bewegen, noch langsam, wie aus Gewohnheit, ein wenig nach rechts, ein wenig nach links; seine Augen wurden lebendig, spiegelten Glückseligkeit; immer schneller bewegte er den Kopf; er schien nein zu sagen, hartnäckig und böse und fröhlich; nein, nein, nein; er schüttelte den Kopf; ein gurgelnder Laut quoll aus seiner Kehle; das rosarote, eitergelbe Wasser tropfte vom Verband auf die Kissen.

Maria bedeckte ihr Gesicht. Wie jemand, der um Atem kämpft, kämpfte sie um ihren Willen, aber sie fand ihren Willen nicht, als hätte sie ihn ausgehaucht. Die Handfläche, die sich auf ihre Augen preßte, wurde zu einem tiefen schwarzen Spiegel. Sie wollte sich wehren, aber sie war mit Alexis eins geworden: über ihre Zunge, ihr Kinn, ihren Hals rieselte das Blut; der verzweifelte Wunsch, sich vom Schmerz zu befreien, übermannte sie mit solcher Gewalt, daß sie zu schreien anfing: »Befreien Sie mich! Ich will nichts mehr wissen! Ich will nicht mehr leiden!«

Sie sah, daß sich ihr Stahl zuwandte; fühlte, daß er ihren Ärmel hochstrich; fühlte einen Stich im Arm; der Daumen des Mannes preßte sich auf ihre Vene: dann überkam sie eine feierliche Stille, alles um sie schien sich in ihre Feierlichkeit zu fügen. Alexis wurde ruhig und schloß die Augen; die Musik aus der Hotelhalle klang leise; Stahl ging auf Samtsohlen. Was sie herabgezogen hatte, trug sie empor. Ihre Seele entschlüpfte ihrer Pflicht. Zugleich stellte sich eine unendliche Dankbarkeit ein; dem Zauberer war sie dankbar, für die Schmerzlosigkeit und die Freiheit; sogar sich selbst sah sie gerührt mit den Augen des Kranken.

Sie ließ sich von Stahl bei der Hand nehmen und ins Nebenzimmer führen; ließ sich von ihm entkleiden wie ein Kind, das man zu

Bett bringt; ließ ihren nackten Körper berühren; ihre Gefühllosigkeit empfand sie wie ein überirdisches Gefühl; über ihrem Ich schwebte ein zweites Ich, das ihr Ich mit gütigen Händen bedeckte; sie dachte, daß sie, vom Schmerz befreit, auch von der Wonne befreit war; sie lag auf dem Bett und wußte nicht, wo sie war, und er nahm sie, und sie wußte nicht, wer er war.

Als sie erwachte, fiel die Sonne ins Zimmer. Sie wollte weiterschlafen, als stünde sie an der Grenze zwischen Unwirklichkeit und Wirklichkeit und könnte noch umkehren und zurückkehren in die Unwirklichkeit, aber die Erinnerung packte sie und stieß sie über die Grenze. Sie stand auf und warf sich den Schlafrock über die Schultern.

Wladimir Stahl saß am Bett Alexis'. Er war angezogen, sein länglicher Kopf war vorgesunken wie ein geknickter Baumwipfel; wie eine Beschwörung stammelte er unverständliche Worte vor sich hin. Das Bett war mit gelber Gaze und blutiger Watte und feuchtem Verbandstoff übersät. Alexis hatte sich den Verband vom Kopf gerissen. Er war tot.

5

Maria Tarnowska spricht nicht. Sie befiehlt Stahl, alle Formalitäten für sie zu erledigen. Der Professor, der Amtsarzt, die Hoteldirektion. Das Totenhaus. Sie verlangt, daß der ›Doktor‹ sie begleite. Er steht neben ihr, als sie nach dem Namen des Toten, ihren Beziehungen zu ihm, seiner Identität gefragt wird. »Er war mein Geliebter.« Ob sie verheiratet ist? »Ja, verheiratet, zwei Kinder.« Das Begräbnis, provisorisch. Der Himmel über dem Friedhof ist wolkenlos blau, die Luft kristallklar, der Frühling liegt in der Wiege. Zu zweit stehen sie am Grab. »Sein Blut wird über Sie kommen, Wladimir Michailowitsch.« Auf dem Weg in die Stadt läßt sie bei der Russischen Kirche halten. Wie Gold schimmern die Zwiebeltürme. »Sie kommen mit, Wladimir Michailowitsch!« Lange kniet sie vor der Madonna. »Ich habe um Haß gebetet.« Telegramme an die Verwandten Alexis Bozewskijs. Vorbereitung für die Überführung der Leiche nach Rußland. Rechnungen. Fahrkarten. Letzter Besuch am Grab Alexis', der Wagen voll Blumen. »Tragen Sie den Kranz, Wladimir Michailowitsch!« Er richtet das Wort an sie; sie antwortet nicht. Auf der Fahrt nach Kiew schließt sie sich mit Elise Perrier in ihr Abteil ein. Im Speisewagen sagt sie zu Stahl: »Ich verlange, daß Sie nach Moskau weiterfahren.« Jenseits der Grenze noch Schnee und Kälte. Stahl gibt ihr ein Kuvert voll Banknoten. Sie dankt nicht, reicht es der Zofe. Als er sich verabschiedet, wendet sie den Kopf ab.

Sie fährt ins *Grand Hotel.* Man bedauert: kein Zimmer frei. Im *Hotel Kontinental* nennt sie ihren Namen: kein Zimmer. Die gleiche

Antwort im *Hotel National*, im *Hotel de l'Europe*. Das *Hotel François* auf dem Funduklejewskaja-Boulevard nimmt sie auf. Das elektrische Licht ist noch nicht eingeführt; müde blinzeln die Gaslampen. Die Zimmer sind schlecht geheizt. Ein pockennarbiger Hausdiener bringt eine tönerne Wärmflasche. Maria Tarnowska schläft nicht.

Auf der Straße begegnet sie Bekannten. Sie wenden sich ab. Kiew erscheint ihr klein, ein Dorf. Sie sperrt sich in ihr Hotelzimmer. Nur mühsam erinnert sich Maria, warum sie nach Kiew gekommen ist. »Die Kinder, Frau Gräfin.« Die Kinder: alles wird gut werden. Sie schreibt an ihre Mutter. Keine Antwort. Sie trauert nicht um Alexis. Es ist bequem zu sterben. Manchmal überströmt sie eine zärtliche Wärme, aber dann ist Alexis nicht tot. Er liegt auf ihrer Brust, sie hört sein Atmen. Wenn sie einschläft, träumt sie von Wladimir Stahl. Sie sieht ihn zerlumpt, hungrig, von eitrigem Aussatz übersät. Am Morgen will sie weiterträumen. Trauer ist Liebe. Wer leben will, muß hassen. Ein Brief von ihrer Mutter. Tioka ist in Otrada, aber Tanja ist fort. *»Wassilij ist gekommen, hat Tanja mitgenommen.«* Mitgenommen, wie einen Gegenstand. Niemand hat sich gewehrt. *»Dein Vater hat Dir eine Rente ausgesetzt.«* Fünfhundert Rubel im Monat. »Ist das viel?« fragt sie Elise Perrier. »Für mich ist es viel, Gräfin.« Wenn Wassilij erfährt, daß sie in Kiew ist, wird er auch Tioka rauben. Sie mietet einen Wagen, will nach Otrada fahren. Der schreckliche O'Rourke! Als der Wagen vor der Tür steht, schickt sie ihn fort.

Eines Nachts steht sie auf, kleidet sich an, fragt den Portier nach einer Apotheke. Geschlossen. Eine zweite, geschlossen. In der dritten wird ihr geöffnet. Der Apotheker, in Filzpantoffeln, ist ein alter Mann mit gütigen Augen. Er spricht mit fremdem Akzent: er erinnert sie an Dr. Frithof, den Augenarzt. Ein gutes Zeichen. Sie setzt zu einer gewundenen Erklärung an. Ein Kranker liegt im Hotel, will keinen Arzt sehen, unerträgliche Schmerzen. Endlich spricht sie das Wort Morphium aus. Keine Überraschung. Ohne Rezept wird Morphium verkauft, wie Hustenbonbons oder Kopfwehpulver. Das große Geheimnis Wladimir Stahls! Sie beginnt zu lachen. »Können Sie sich selbst Injektionen geben?« fragt der Apotheker. Er hat ihr kein Wort geglaubt. »Sie tun am besten daran, das graue Pulver über einer Flamme aufzulösen, bis es zu einer kristallenen Flüssigkeit wird.« Sorgfältig wickelt er die Nadel ein. Sie läuft heim, als erwarteten sie die Arme eines Geliebten.

Am nächsten Tag schickt sie Elise Perrier nach Otrada. Diesmal fordert sie ihr Kind. Sie läßt ein drittes Zimmer öffnen. Ohne Angst, Bekannten zu begegnen, eilt sie auf den Kreschtschatik-Boulevard. Die Sonne scheint, das Eis glitzert, die Schaufenster glitzern, die Kirchentürme glitzern. Fröhlich singen die Schlittenglocken. Wie alt das Kind sei, fragt man im Spielwarenladen. Sie muß nachdenken. »Vier Jahre, ein Knabe.« Zwei Lehrlinge schleppen die Schachteln zum wartenden Schlitten. In ein Spielwarenparadies verwandelt sie das Hotelzimmer. Ununterbrochen blickt sie nach der Uhr. Drei Uhren, alle zeigen die gleiche Stunde; sie braucht die Zeit nicht mehr zu betrügen. Vielleicht mußte Alexis sterben, weil er die Zeit betrügen wollte. Dreizehn Monate hat sie alle Leiden auf sich genommen. Für eine Nacht ohne Leiden hat er sie verlassen. Tioka ist vier Jahre alt. Wie hieß der Anwalt, von dem Stahl gesprochen hat? Er wird Tanja zurückbringen. Für Wassilij war Tioka ein Spielzeug, mit dem sich Tanja amüsieren durfte. Tanja soll für Tioka ein Spielzeug sein. Es ist sechs. Um zehn Uhr morgens ist Elise weggefahren. Über den Funduklejewskaja-Boulevard legt sich die Dunkelheit. Ob sich Tioka nicht erkältet? Dreizehn Monate lang hatte sie nicht gefragt, ob er sich erkältet. Eine Stunde noch, dann wird sie einen Schlitten nehmen und nach Otrada fahren.

Die Tür öffnet sich. Tioka fliegt ihr entgegen. Sie weiß nicht, wie lange sie ihn in ihren Armen hält. Es ist ihr, als wäre er in den Mutterleib zurückgekehrt, als schlüge sein Herz in ihrem Leib. Elise Perrier steht in der Tür. Ihr Lächeln ist wie heitere Musik, die mancherorts im Süden das Begräbnis eines Kindes begleitet.

6

Die Kanzlei Dr. Donat Dimitrijewitsch Prilukows, im Herzen der Kitaigorod Moskaus, mußte jeden Besucher beeindrucken. Sie nahm ein ganzes Stockwerk ein und bestand aus einer Flucht saalartiger Zimmer, in denen Referendare, Kanzlisten und Sekretärinnen ein und aus schwirrten. Neben jedem Schreibtisch hing ein Telefon; Läuten und Kurbelgeräusche unterbrachen geschäftige Konversationen. Für Maria, die schon eine Viertelstunde warten mußte, war das eine neue Welt. Sie hatte nur die Gesellschaft gekannt, die Geld ausgab; hier glaubte sie die Welt zu entdecken, die Geld verdiente. Sie hatte nur Menschen gekannt, mit denen etwas geschah; hier waren Menschen, die handelten.

Die gleiche Faszination des Fremden empfand sie auch, als sie dem Anwalt gegenübersaß. Ringsum in dem weiten Eckzimmer hingen Fotografien dankbarer Mandanten, Diplome, Urkunden. Das Zimmer war mit Paravents, Akten und Topfpalmen überladen, aber der Schreibtisch war sozusagen leer: außer der bronzenen Schreibgarnitur und einem marmornen Aschenbecher, von spielenden Affen geziert, stand darauf nur ein Familienfoto, das eine blonde Frau mit zwei Kindern darstellte. Der Mann hinter dem Schreibtisch war schlank und zugleich breit, von gewaltigen Körpermaßen, vollkommen kahl und, entgegen der Mode, glatt rasiert; buschige dunkle

Brauen beschatteten die tiefliegenden Augen; die großen gleichmäßigen Zähne schienen den kleinen Mund zu sprengen.

Maria trug ihr Anliegen vor. Sie wollte ihn bitten, die Annullierung ihrer Ehe mit Wassilij Wassilijewitsch Tarnowskij zu betreiben und gleichzeitig die Herausgabe ihrer Tochter Tanja zu fordern. Prilukow hörte zu wie ein Mann, der eine ihm längstbekannte Geschichte vernimmt. Er betrachtete sie, als interessierten ihn nur die Bewegungen ihrer Lippen, doch war sein Blick eher forschend als sinnlich, ein Kunstkenner mehr als ein Frauenkenner. Unter seinen Blicken wurde sie sich bewußt, daß sich ihre Jugend stärker erwiesen hatte als ihr Unglück: ihre schneeweiße Haut, ihre blauen Augen, ihre ein wenig vorstehende Unterlippe, die Formen ihres Körpers hatten nichts von ihrem Reiz verloren.

»Ich übernehme nicht gern Scheidungsfälle«, sagte er, als sie geendet hatte. »Wie Sie wissen« — sie wußte es nicht —, »bin ich Strafverteidiger. Mein Interesse gilt hauptsächlich politischen Verbrechen. Im Privatprozeß steht der Anwalt einem oder mehreren Individuen gegenüber; im Strafprozeß hat er das Vergnügen, der gesamten Justiz gegenüberzustehen. Ich liebe das Schwierige. Wenn ich Ihren Fall übernehme, so tue ich es, weil mich der Justizirrtum reizt, der durch den Freispruch Tarnowskijs zweifellos begangen wurde. Die Korruption erscheint mir hier um so mehr bewiesen, als der Staatsanwalt keine Nichtigkeitsbeschwerde eingelegt hat. Daß man den Fall in dem Städtchen Gomel verhandelte, wo Tarnowskij offenbar Familienbeziehungen besitzt, stempelt die Angelegenheit vollends zur Justizposse.«

»Mir liegt nichts daran, die Ereignisse wieder aufzurollen«, wandte sie ein.

Er ging an den Telefonapparat, gab einem Referendar Weisungen. Sie hatte das Gefühl, daß er das Telefongespräch hätte aufschieben können.

»Überlassen Sie das mir«, nahm er den Faden auf. »Wenn wir Ihr Kind zurückbekommen wollen, müssen wir Sie reinwaschen. Wenn wir Sie reinwaschen wollen, müssen wir Tarnowskij anschwärzen. Es wird kostspielig und langwierig sein, aber wir werden selbstverständlich in beiden Prozessen obsiegen.«

»Ich weiß nicht, ob ich so viel Geld besitze.«

»Ich könnte mir vorstellen, daß Sie keines besitzen. Kümmern Sie sich nicht darum. Übrigens: haben Sie jemanden, der Ihr Söhnchen betreut?«

»Meine Zofe.«

»Verläßlich?«

»Unbedingt.«

»Ich halte es nicht für ausgeschlossen, daß Tarnowskij versuchen wird, den kleinen Tioka zu entführen.«

Ihr Herz schlug heftiger. »Er hat ihn nie geliebt.«

»Das ist gleichgültig. Tarnowskij ist wahrscheinlich immer noch in Sie verliebt. Er wird danach trachten, Sie dort zu treffen, wo Sie am verletzlichsten sind.«

VIERZEHNTES KAPITEL

1

Das Dominikanerkloster zu Wien lag in einer stillen Straße, aber der Lärm der feiernden Stadt drang durch seine abweisenden Mauern. Der Nachthimmel war hell von den Sternen, Milchstraßen, Regenbogen und Springbrunnen der Feuerwerke. Es war die Nacht des einunddreißigsten Dezember.

Andrej war seit vier Wochen in Wien, um im Auftrag des Paters General dem Prior bei der Regelung gewisser Mißstände beizustehen.

Es war jetzt beinahe zwei Jahre her, daß er Graf O'Rourke in Otrada besucht hatte. Zwei reiche Jahre waren es gewesen, zu reich, schien es manchmal Andrej. Er war noch nicht dreißig und galt doch schon bei vielen als einer der geheimen Botschafter des Paters General. Man pries seine diplomatischen Fähigkeiten, seine Rechtschaffenheit, seine Menschenkenntnis und seine stille Autorität. Er hatte Neider, aber sie waren in der Minderheit.

Dabei fragte sich Andrej, was er erreicht und ob er etwas erreicht hatte. Seine Predigten in den Kreisen des Adels, der hohen Bürokratie und der Finanz wurden zitiert, wurden einige Male sogar in Zeitungen erwähnt, aber er wußte nicht, ob er auch nur einem einzigen Wesen geholfen, eine einzige Seele gerettet hatte. Das Ergebnis seiner Missionen wurde in Rom anerkannt, aber mit jeder Mission wuchs seine Angst, zu einem Geschäftsträger kirchlicher Bürokratie zu werden: Geschäftsträger in des Wortes wahrstem Sinne. Traf er auch keine Entscheidungen, so waren seine Empfehlungen Rom doch so gerecht erschienen, daß der Pater General jedesmal in ihrem Sinne entschieden hatte: schwer lastete die Verantwortung auf den Schultern des Dominikaners.

Sechs Monate später, im ersten Sommer des neuen Jahrhunderts, fand Andrej in Santa Maria sopra Minerva eine Botschaft Jurij Tolstojs vor, der ihn bat, sich mit ihm auf dem Petersplatz zu treffen.

Andrej mußte lächeln, als ihm Jurij unter den Arkaden entgegenkam. Er hatte ihn, der in Kiew zu dem Kreis seiner Kumpanen gehört hatte, lange nicht gesehen, doch hatte sich Jurij kaum verändert. Er sah immer noch wie ein Tanzbär aus; war viel zu warm gekleidet; jedermann hätte sofort erraten, woher er kam; in der fremden Umgebung war aus dem Aristokraten ein Muschik geworden. Jurij befand sich auf der Hochzeitsreise. Er hatte, nachdem ihn Olga Kralberg verlassen hatte, eine Kusine geheiratet.

Es war ein heißer Julitag. Sie gingen unter den schattigen Bogen auf und ab, zwischen englischen Touristen, Nonnen, Fremdenführern und Priestern. Andrej fragte sich, warum ihn Jurij hatte sehen wollen, denn sie hatten sich nichts zu sagen, und in der Tat sprach Jurij nur, wie es Freunden eigen ist, die sich nichts zu sagen haben, von gemeinsamen Freunden.

Dann, auf einmal, blieb er stehen: »Weißt du, daß Maria Tarnowska in Rom ist?«

Als Andrej verneinte, begann er, von Maria zu erzählen.

»Ihre Ehe ist soeben vom Vatikan annulliert worden. Die näheren Umstände kenne ich nicht, aber ich weiß, daß sie den Kampf um ihr Töchterchen verloren hat. Wenn Wassilij wollte, könnte er ihr auch den kleinen Tioka nehmen. Deshalb, unter anderem, zieht sie es vor, nicht nach Rußland zurückzukehren.« Er ging weiter.

»Wird sie Alexis Bozewskij heiraten?« fragte Andrej.

Jurij lachte. »Ich vergesse ganz, daß du hinter Klostermauern lebst.«

»Klostermauern? Das ist übertrieben . . .«

»Immerhin, du scheinst nicht zu ahnen, was in der Welt vorgeht. Alexis ist seit anderthalb Jahren tot. Und was mit Mura seither geschehen ist . . .« Nach Alexis' Tod sei sie in die Heimat zurückgekehrt, fuhr er fort, doch sei sie dort nur wenige Wochen geblieben, gerade lange genug, um die Annullierung ihrer Ehe einzuleiten. »Es war ihres Bleibens in Rußland nicht, du verstehst. Kaum war der Skandal um den Tod des unglücklichen Alexis verklungen, da sprach ganz Moskau vom Selbstmord Wladimir Stahls.« Er plauderte weiter, im gleichen plätschernden Ton, doch sichtlich entschlossen, sich nicht unterbrechen zu lassen. »Du weißt ja, wer einmal zum Sündenbock ausersehen ist, dem wird für alles die Verantwortung aufgebürdet. Mura hatte Stahl mindestens ein halbes Jahr lang nicht gesehen, als sich der gute ›Doktor‹ vergiftete. Zum Unglück fand man seine Korrespondenz mit Mura, eine sehr einseitige Korrespondenz. Er muß ihr eine Zeitlang Briefe geschrieben haben, die sie unbeantwortet gelassen hat, aber Stahl, offenbar nicht ganz bei Sinnen, schrieb ihr unausgesetzt weiter; nur sandte er diese Briefe nicht mehr ab, er verwahrte sie in einer Schatulle; man sagt, es seien an die dreihundert gewesen. Bevor er sich in Kiew das Leben nahm, verfügte er, daß sämtliche Briefe Maria Tarnowska übergeben werden sollten, einschließlich des letzten. Natürlich behauptet man, er habe sich ihrethalben das Leben genommen, während doch bekanntlich Morphiumsüchtige häufig durch Selbstmord enden.«

»Und nun ist sie in Rom?« sagte Andrej.

»Das ist es eben. Meine Frau und ich sind ihr begegnet. Zum Glück hat sie uns nicht gesehen, es war Nacht. Sie wankte an der Mauer entlang, sah erbärmlich aus; ich glaube, sie war betrunken. Dabei wohnt sie, wie ich höre, im *Grand Hotel;* kein Mensch weiß, woher sie das Geld nimmt. Wenn ihr der alte O'Rourke jährlich fünftausend Rubel gibt, ist es hoch gegriffen. Ich glaube, sie hat eine kurze Liebschaft mit Iwan Trubetzkoj gehabt, aber er war wohl klug genug, rechtzeitig . . .«

»Ich glaube, ich muß mich jetzt verabschieden«, unterbrach ihn Andrej. »Wohin geht deine Hochzeitsreise?«

Jurij Tolstoj lehnte sich an eine Säule und trocknete sich die Stirn. Statt Andrejs Frage zu beantworten, betrachtete er den Dominikaner mit einem prüfenden Ernst, der seinem oberflächlichen Wesen nicht entsprach.

»Ich habe dich gesucht, Andrej«, sagte er, »um von Mura mit dir zu sprechen. Es steht schlimmer um sie, als du glaubst. Irgendwann muß sie unter Stahls Einfluß geraten sein; sie ist selbst dem Morphium verfallen. Sie ist aus weiß Gott wie vielen Hotels geflohen; ihre Mutter hat mehrere Male ihre Schulden bezahlt, weil sonst die Polizei eingegriffen hätte; ihr letzter Schmuck sei ihr gestohlen worden, behauptet sie . . . Du mußt ihr helfen!«

»Von der Seite des guten Samariters kenne ich dich nicht, Jurij.«

»Bin ich auch nicht, sonst unternähme ich selbst etwas. Aber wenn du sie gesehen hättest . . . Du bist Priester, Andrej.« Er nahm Andrej beim Arm, setzte sich schwerfällig in Bewegung. »Es ist fast wie ein Aberglaube. Ich war sinnlos in Mura verliebt. Wir waren es damals alle, in Kiew – Stahl und Pjotr Tarnowskij und wahrscheinlich auch Wassilij. Sie erwartete Tioka und war unantastbar, glaube mir. Trotzdem hätte sich jeder von uns für sie umbringen lassen oder hätte den anderen umgebracht. Es war die pure Besessenheit. Inzwischen hat Wassilij einen Menschen getötet, Pjotr und Stahl sind tot; ich bin ihr wie durch ein Wunder entkommen. Vielleicht hatte ich das Glück, daß sie meine Liebe nicht erwiderte – aber hat sie die Liebe der anderen erwidert? Vielleicht war ich ihr noch nicht ganz verfallen, ich weiß nicht; Denken ist nicht meine Stärke. Als ich sie sah, in der Nacht, da hatte ich das Gefühl, daß ich etwas für sie tun müßte. Schließlich hat sie auch eine Seele – oder glaubst du nicht?«

»Ich wünsche dir eine gute Reise und den Segen Gottes für deine Ehe«, sagte Andrej. »Leb wohl, Jurij.«

Er fühlte den mißbilligenden Blick Jurijs in seinem Rücken. Jurij hielt ihn für einen Feigling. Vielleicht hatte er recht. Hatte er, seit er das Gewand Christi trug, dem Teufel eine einzige Seele abgerungen? Wie einfach stellte sich das der Hochzeitsreisende vor: die Rettung einer Seele. Er, der Pater Andrej Antonowitsch Wyrubow, war ihrer nicht fähig. Er würde beten, daß Michael, der Führer der guten

Engel, einen seiner Engel Maria sende, aber er selbst konnte der Engel nicht sein. Andrej versuchte, sich zu sagen, daß ihm das Vertrauen des Paters General Pflichten auferlegte, die wichtiger waren als das Los Maria Tarnowskas. Der Sommermittag brütete über der Piazza della Minerva, wie damals, als Andrej die Kirche zum erstenmal betreten hatte. Es war sechs Jahre her. Was hatte er erreicht, in diesen sechs Jahren?

2

Im September befand sich Andrej neuerlich in Rußland. Die Pläne zur Errichtung eines Dominikanerklosters waren schon weit fortgeschritten gewesen, als sie diskrete, aber um so wirksamere Intrigen der orthodoxen Kirche neuerlich verhindert hatten. Andrej sollte mit Vertretern der orthodoxen Kirche zusammenkommen, um vorerst zu erfahren, ob die Widerstände tatsächlich vom Heiligen Synod ausgingen. Auch mit dem Oberhaupt der katholischen Kirche in Rußland, dem in Petersburg residierenden Erzbischof von Mohilew, hatte er konferiert. Da erfuhr er, daß Sergej Burintzew in Orel verhaftet worden war und möglicherweise zum Tode verurteilt werden würde. Mit Erlaubnis des Erzbischofs fuhr er nach Orel.

Obwohl er an einem strahlenden Herbsttag ankam, machte die Stadt einen trübsinnigen Eindruck. Vom Bahnhof zog sich die Moskowskaja kilometerlang durch Elendsviertel. Männer, Frauen und Kinder in Lumpen saßen vor verfallenen Holzhütten; sieche Greise lagen am Kanal; aus den Häusern und Geschäften drang der Gestank von ungelüfteter Wäsche und faulendem Fleisch. Die Orlik trieb ihr schmutziges Wasser an den ungepflegten Häusern der inneren Stadt vorbei.

Nachdem Andrej vergebens versucht hatte, Näheres über das Schicksal Sergejs zu erfahren oder gar eine Besuchserlaubnis zu erwirken, entschloß er sich, seinen Namen in die Waagschale zu werfen. Eine Stunde später wurde ihm mitgeteilt, daß ihn der Gouverneur, Grigorij Iwanowitsch Naumow, empfangen werde.

Das Palais des Gouverneurs war unmittelbar an der erst vor wenigen Jahrzehnten vollendeten Peter-Pauls-Kathedrale gelegen. »Willkommen«, sagte der Gouverneur, mit ausgestreckten Armen Andrej entgegenkommend. »Wissen Sie, daß ich Ihren Vater gut gekannt habe? Ich besitze noch einen französischen Kupferstich, den er mir geschenkt hat; Sie müssen ihn unbedingt sehen. Darf ich Ihnen ein Glas Tee einschenken?«

Andrej begann sogleich, die Ursache seines Besuches zu erklären. Er schilderte seine Freundschaft mit Sergej, flocht auch ein, daß sein Vater eine tiefe Zuneigung zu Sergej empfunden habe. Schuld oder Unschuld Burintzews: darüber vermöge er nichts zu sagen, aber er meine doch, daß gewisse Menschen gewisser Taten unfähig seien.

Sergej ein Verführter vielleicht, ein Verführer niemals. Er tat, als wüßte er nichts von der Schwere der Anschuldigungen gegen Sergej; brachte seine Bitte, mit dem Inhaftierten sprechen zu dürfen, wie beiläufig vor: gewiß sei es nur ein übrigens begreiflicher Irrtum der Ämter gewesen, der seine Unterredung mit Burintzew bisher verhindert habe. Er sprach und sprach, und sprach am Ende nur, weil er hoffte, einmal würde ihn der Gouverneur mit einem freundlichen Wort unterbrechen. Grigorij Iwanowitsch Naumow sagte nichts, wie Menschen, die es gelernt haben, ruhig abzuwarten, bis sich der andere in die Fallstricke seiner eigenen Worte verwickelt. Er war ein Mann von etwa Sechzig, mit eiskalten blauen Augen und einem blonden Schnurrbart, der an den Enden von Papyrossi-Rauch ein wenig gebräunt war; mit dichten blonden Haaren, die das Alter heller getönt hatte, so daß man zwischen Blond und Weiß kaum noch unterscheiden konnte: einer jener Männer, die üppige Witwen gern als einen ›schönen‹ Mann bezeichnen würden.

»Ich wundere mich, wundere mich sehr«, sagte er, als Andrej, beschämt ob seines eigenen Wortschwalls, mitten im Satz innehielt. »Ihr Freund Burintzew gehört nicht nur dem Revolutionären Exekutivkomitee an, er ist einer seiner Führer. Das ist, wenn Sie es nicht wissen sollten, die gleiche Organisation, die den Gendarmerieobersten Indejkin mit eisernen Stangen erschlagen hat. Wissen Sie, wer das nächste Opfer der Banditen sein sollte?«

»Man hat mir jede Auskunft verweigert.«

»Ich war als das nächste Opfer ausersehen, mein lieber Andrej Antonowitsch. Die Bombe, die meinem unnützen Dasein ein Ende bereiten sollte, wurde im Handgepäck Ihres Freundes gefunden.«

»Hat Burintzew ein Geständnis abgelegt?«

»Wir legen auf Geständnisse längst keinen Wert mehr. Bei der Verhandlung ziehen die Angeklagten sie zurück und behaupten dann noch, die Polizei hätte sie ihnen mit Gewalt entlockt.«

»Burintzew wird also wegen unerlaubten Besitzes von Sprengkörpern angeklagt werden?«

»Ist das Ihr Ernst?«

»Er kann doch nicht eines Attentates angeklagt werden, das nicht stattgefunden hat.«

Der Gouverneur hielt Andrejs Glas unter den Hahn des Samowars. »Wir haben neunundfünfzig Gouverneure in Rußland. Wir können nicht zusehen, bis alle neunundfünfzig Bombenattentaten zum Opfer fallen.«

»Hat Burintzew einen Verteidiger?«

»Das Gericht wird ihm zweifellos einen stellen.«

»Der natürlich nur die Interessen des Staates vertreten wird.«

Der Gouverneur zündete sich eine Papyrossa an. Mit der gleichen Überlegenheit, mit der er Andrej vorhin angehört hatte, ließ er sich auch diesmal nicht aus der Ruhe bringen. »Es steht nicht fest, daß nur ein vom Gericht bestimmter Verteidiger Ihrem Freund beistehen wird. Sehen Sie, Andrej Antonowitsch, diese Anarchisten, Nihilisten, Revolutionäre oder wie Sie sie sonst nennen wollen, verfügen über erhebliche Mittel. Ausländisches Geld, zum Teil. Geld von unseren Neidern und Feinden, die mit Hilfe der Rebellen das Regime Pobjedonosszew zu stürzen hoffen. Aber das wäre nicht das Schlimmste. Da sind die sogenannten Liberalen, die von einem Unterhaus oder gar einer Konstitution träumen, Männer, die sich Russen nennen, aber im geheimen mit den Nihilisten sympathisieren. Zu diesen gehören auch die Moskauer Anwälte Prilukow und Mlodetzkij oder der Petersburger Anwalt Zykler, in deren Gepäck Sie vergebens nach Bomben suchen würden, die jedoch ein ganzes Bombenarsenal im Kopf tragen. Es sollte mich nicht überraschen, wenn sich einer dieser Leute Ihres Freundes annähme.«

Andrej versuchte, sich die Namen einzuprägen. Wochenlang hatte ihn das Gefühl gequält, daß er Maria im Stich gelassen hatte. Wenigstens Sergej wollte er nicht im Stich lassen.

»Wann wird der Prozeß stattfinden?« fragte er.

Grigorij Naumow zuckte mit den Schultern. »In einigen Wochen, einigen Monaten, einigen Jahren.«

»Dann ist das Gericht seiner Sache also nicht ganz sicher?«

»Im Gegenteil. Nur ist mir Burintzew, obwohl er just meine bescheidene Person ins Jenseits befördern wollte, nicht wichtig genug. Wir wollen einmal die Führer der Organisation, zumindest im Gouvernement Orel, gleichzeitig vor Gericht stellen. Der einzelne, das liegt in der menschlichen Natur, erregt immer Mitleid. Die Sympathie, die Angeklagten entgegengebracht wird, steht in umgekehrter Proportion zu ihrer Zahl.«

»Wenn ich Sie recht verstehe, Grigorij Iwanowitsch«, sagte Andrej, »geht es Ihnen weniger um die Person Burintzews als um die Wirkung des Prozesses auf die Öffentlichkeit. Und da sind Sie nun, meine ich, in einer ungewöhnlich günstigen Lage. Sie stehen, als Gouverneur von Orel, nicht irgendeinem Anarchisten gegenüber, sondern dem Mann, der Ihnen, dem Gouverneur, nach dem Leben getrachtet hat.«

Grigorij Naumow lachte. »Sie sind Dominikaner, mein lieber Andrej Antonowitsch: Sie hätten Jesuit werden sollen. Ich weiß, worauf Sie hinauswollen. Der Gouverneur begnadigt seinen Mörder — welche Geste! Der Attentäter empfängt sein Leben aus der Hand seines Opfers — Stoff für Zeitungsartikel, Kanzelpredigten und Schulbücher. Und, sehen Sie, eben deshalb muß Burintzew sterben. Wenn ich ihn begnadigen könnte, ohne daß es jemand erführe — meinethalben. Aber wie auf der Kegelbahn die Holzkugel niemals alle neun trifft, die Wirkung vielmehr dadurch erzielt wird, daß eine getroffene Figur die anderen stürzt, so würde ich mit meinem Sturz andere mitreißen. Das ›Alle neun!‹ der Revolutionäre ist der Tod Seiner Majestät des Zaren. Ich stehe vor ihm . . .«

»Sie vergleichen sich mit einer Holzfigur«, fiel ihm Andrej ins Wort. »Wollen Sie sagen, daß die Revolution die rollende Kugel ist?«

»Ich will sagen, daß die Hand, die sie stoßen will, rechtzeitig aufgehalten werden muß. Und zwar nicht, indem man sie festhält. Das ist zu mühsam. Man muß sie abhacken. Der Liberalismus ist nichts als der Versuch, der Revolution so weit entgegenzukommen, bis das, was man verteidigt, nicht mehr wert ist, verteidigt zu werden. Was Sie von mir verlangen, ist, Gnade vor Recht ergehen zu lassen, doch ist das ein Widerspruch, da es nichts Gnädigeres gibt als das Recht. Ich will hoffen, daß Sie als Freund des Angeklagten und Mann der Kirche zu mir gekommen sind, ohne Sympathien für die Ideen des Attentäters. Sie müssen jedoch verstehen, daß uns, die wir in Rußland regieren, nicht nur unser eigenes Schicksal, sondern, wer weiß, das Schicksal der Welt anvertraut ist. Nicht nur die Sonne, auch die Finsternis geht im Osten auf, mein lieber Andrej Antonowitsch.«

Eine nicht unfreundliche, aber endgültige Geste deutete an, daß die Audienz beendet war.

»Ich habe eine lange Reise unternommen«, sagte Andrej. »Soll ich Orel verlassen, ohne Burintzew gesehen zu haben?«

»Er befindet sich in der Obhut des Gefängnisspitals«, erwiderte der Gouverneur. »Sie können ihn jetzt nicht sprechen.« Er begleitete Andrej in die Vorhalle. »Ich wollte Ihnen eigentlich noch den Kupferstich zeigen. Er stammt, soviel ich weiß, aus dem Besitz der L'Ardennois.«

Andrej dankte.

FÜNFZEHNTES KAPITEL

1

Das Telegramm ihres Vaters erreicht Maria Tarnowska in Rom. Ihre Mutter liegt im Sterben; sie will die Tochter sehen. Als Maria, mit Tioka und Elise Perrier, in Kiew eintrifft, erwartet sie eine zweite Depesche. Katharina O'Rourke ist tot. Ihr Vater stellt ihr anheim, an dem Begräbnis teilzunehmen. Es ist Ende September, Altweibersommer. Noch haben sich die Bäume nicht entkleidet. Eine kühle Herrlichkeit liegt über der Welt. Maria fürchtet sich nicht vor den Menschen in Otrada. Ihre Mutter wollte sie sehen: die Tote soll wissen, daß sie gekommen ist. Den Wagen bestellt sie so, daß sie zum

Begräbnis gerade zurechtkommen und gleich wieder abfahren kann. Seit einigen Monaten gibt sie sich keine Morphiumeinspritzungen mehr. Ein römischer Arzt hat sie von der neuesten Entziehungskur überzeugt. Man schnupft Kokain: die gleiche selige Wirkung, bequem und unschädlich. Heute nimmt sie kein Kokain. Schon am frühen Morgen sitzt sie vor dem Spiegel. Sie hat sich nur noch selten schön gemacht, für Tioka. Ihre Wangen sind hohl, ihre Augen blaß. Heute will sie schön sein. Sie werden sie anstarren: ihr Vater, Olga, die Brüder. Wie alt sind sie jetzt? Einundzwanzig und neunzehn; sie weiß es nicht genau. Sie schickt nach Schrantz, ihrem Schneider: in Eile möge er das schwarze Kleid herrichten. Schrantz bedauert: die Schulden der Gräfin betragen fünfundzwanzigtausend Rubel. Mit Elise arbeitet sie die ganze Nacht an dem Trauerkleid.

Die Halle des Hauses in Otrada ist voll Menschen. Maria kennt niemanden; niemand erkennt sie. Sie klammert sich an die Hand Tiokas. Ein Diener führt sie in den großen Salon. Ihr Vater kommt ihr entgegen, zögert, küßt sie auf beide Wangen. Sie will ihre Arme um seinen Hals schlingen, beherrscht sich. Jetzt wagen es auch die anderen, sie zu umarmen. Alexander trägt eine Brille; seine Haut ist voll Borken; von Kopf bis Fuß Primus der Klasse. Zoä ist klein, wendig, Hansdampf in allen Gassen. Olga lächelt unter Tränen, beides wie es sich gehört, Lächeln und Tränen. Sie nimmt Maria bei der Hand, stellt ihr ihren Mann vor. Prinz Katerinowitsch ist etwa Fünfzig, geht gebückt, bewegt sich wie auf Schienen, als fürchte er zu entgleisen. Hat man Katharina O'Rourkes Schwestern nicht aus Warschau kommen lassen? Verwundert sieht man Maria an — Anna und Sonja sind tot. Vor einem halben Jahr starb Anna. Eine Woche später folgte ihr Sonja.

Man fährt in den Friedhof. Im ersten Wagen: ihr Vater, Prinz Katerinowitsch, Olga, Maria. Am offenen Grab steht sie neben ihrem Vater. Leise bewegt der Herbstwind die Trauerschleier. Wenn der Wind die Schleier lüften würde, sähe man, daß niemand weint. Man hat Trauerschleier erfunden, um Gleichgültigkeit zu verbergen. Sie schlägt den Schleier hoch; Olga macht eine entsetzte Bewegung. Die Tränen rollen ihr über die Wangen. Der Friedhof ist schwarz von Menschen, zwischen den Gräbern stehen sie, bis an die Mauern. Von dem Hügel kann sie das Mausoleum der Fürstin sehen. Man senkt Katharina O'Rourke in ein provisorisches Grab. Sie hat verfügt, daß man sie nach Kiew überführe, in der Gruft ihrer Familie, der Streletzkijs, beisetze. Erst im Wagen hat es Maria erfahren. Ihre graue, fügsame, gehorsame Mutter. Ihr letzter Wille war ihr erster Wille gewesen; im Tode hat sie ihnen einen Tort angetan; sie hat nicht in Otrada ruhen wollen. Auch sie wird verfügen, daß man sie neben ihrer Mutter begrabe.

Man fährt nach Otrada zurück. Maria betritt das Haus nicht mehr. Ihr Vater, Olga, die Brüder küssen sie auf beide Wangen. Sie will niemanden umarmen. Die Nacht fällt. Elise Perrier blickt zum Fenster hinaus. »Sei froh, daß das nicht deine Heimat ist«, sagt Maria. Tioka ist eingeschlafen; sein Kopf ruht auf ihrer Schulter. In einem glücklichen Rausch hat sie das Gefühl, als habe sie ihr Kind vor Otrada gerettet.

Sie will Kiew verlassen, aus Angst, Wassilij könnte kommen und das Kind rauben. »Bezahle die Rechnungen«, sagt sie zu Elise. »Wir haben kein Geld, Gräfin.« Sie lacht. »Hast du dir dein Gehalt genommen, Elise?« – »Wir haben kein Geld.« Sie öffnet die Kuverts mit den Wochenrechnungen nicht. »Man wird uns auf die Straße werfen, Gräfin.« Sie lacht. In lichten Momenten denkt sie nach, von wem sie sich Geld leihen könnte. Sie schreibt an Onkel Edward; er schickt ihr Geld; wahllos öffnet sie einige Hotelrechnungen, kauft Kokain für sich, Spielzeug für Tioka. Es reicht nicht zur Reise. Wenn sie auf die Straße gehen, führt sie Tioka bei der Hand. Ihr Kokainrausch ist nicht immer voll seliger Bilder. Sie sieht Gesichte. Alle Türen müssen offenbleiben. Hinter geschlossenen Türen stehen die Toten, wartend, aufrecht. Alexis, gelbe Gaze um den Hals; Pjotr in seiner Studentenuniform; Wladimir Stahl, die Injektionsnadel in der Hand. Zwischen Salon und Schlafzimmer fällt eines Abends die Tür zu; sie fürchtet, Tioka zu wecken, wagt es nicht, nach Elise zu rufen; wagt nicht, die Tür zu öffnen, hinter der Alexis steht, gelbe Gaze um den Hals. Am Morgen findet Elise sie noch am selben Platz, schweißgebadet, auf die Tür starrend.

Sie fragt sich, warum sie von allen Toten am meisten Alexis fürchtet. Er war gut, und sie war gut zu ihm. Weil er gut war, konnte er nicht leben: weil sie gut zu ihm war, hat er sie verlassen. Jeden Tag verbrennt sie einen Brief von Wladimir Stahl. Noch zweihundertundvierzehn sind übrig. Wenn auch der letzte verbrannt ist, wird das Wunder geschehen.

An einem regnerischen Oktobernachmittag kehrt Elise Perrier erregt aus der Stadt zurück. Sie hat Wassilij Tarnowskij gesehen. Maria liegt die ganze Nacht wach. Am Morgen sammelt sie ihre Kräfte. Sie telegrafiert an Donat Prilukow.

2

Zwei Tage später traf Donat Prilukow in Kiew ein. Es war am Nachmittag, aber sie lag im Bett; in der Nacht hatte sie nicht geschlafen. Sie hieß ihn warten. Für wenige Stunden vermochte sie noch, auszusehen wie vor dem Tod Alexis'.

»Ich bin erleichtert«, sagte er. »Ihr Telegramm klang verzweifelt.«

»Ich bin verzweifelt, Dr. Prilukow.«

»Finanzielle Sorgen?«

»Ich besitze noch sechzig Rubel.«

»Überlassen Sie das mir.«

»Wassilij ist in Kiew. Ich bin sicher, daß er gekommen ist, um Tioka zu entführen.«

»Mit dem patenten Grafen Tarnowskij werde ich schon fertig werden.«

Sie schilderte ihr Leben, seit sie Moskau verlassen hatte, unvollkommen, aber nicht verlogen. Hauptsächlich sprach sie von den gesellschaftlichen Kränkungen.

»Ich weiß nicht, ob Sie bemerkt haben, meine liebe Maria Nikolajewna« — er wählte, ohne sie um Erlaubnis zu bitten, diese Anrede —, »welche Wandlung das Wort Gesellschaft jüngst erfahren hat. *Obschtschestwo:* bis zur Mitte des vorigen Jahrhunderts verstand man darunter einen Klüngel von mehr oder weniger reichen Aristokraten, die einen engen Kreis um Väterchen Zar gebildet haben. Dann wurde der Kreis größer, und allmählich heißt *Obschtschestwo,* wie in allen zivilisierten Ländern, öffentliche Meinung, also das Gegenteil einer privilegierten Gesellschaft. Es liegt im Wesen jeder privilegierten Kaste, daß sie die Mauern um sich just in jenem Moment am höchsten errichtet, in dem sie sie nicht mehr zu schützen vermag. Je früher Sie erkennen, daß Sie nicht von Lebenden unter die Toten verbannt werden, sondern, umgekehrt, von Gespenstern hinausgestoßen werden unter die Lebenden, um so besser.« Er ging mit großen Schritten auf und ab. »Bis das offensichtlich wird, müssen Sie ins Ausland.«

Sie wurde sich der Zwiespältigkeit ihrer Gefühle bewußt. Die Kraft, die von diesem Mann ausging, konnte man nur mit der physikalischen Kraft vergleichen. Sie fühlte sich geborgen in der Nähe Dr. Prilukows, aber sie fürchtete, er könnte ihr unentbehrlich werden und ihre Persönlichkeit zerstören. Jetzt, indes, konnte sie nicht danach fragen, wie der Rettungsring beschaffen war, der ihr zugeworfen wurde.

»Ins Ausland?« sagte sie. »Sie hören, ich kann nicht einmal die Rechnungen in diesem Asyl bezahlen.«

»Lassen Sie das meine Sorge sein.« Er blickte zum Fenster hinaus. »Ein elender Winter kündigt sich an. Sie fahren morgen an die Riviera.«

»Von Hotel zu Hotel . . . Ich bin mit Alexis Bozewskij zu lange von Hotel zu Hotel gezogen.«

Sie lehnte sich zurück, nicht mehr ganz sicher, ob sie aus Zwang oder Verzweiflung sprach, ob sie mit ihren Geständnissen den Mann erschrecken, ob sie sein Mitgefühl wachrufen wollte. Seit der einzige Mann, den sie geliebt habe, desertiert sei, begann sie, glaube sie an nichts mehr; nur die Liebe zu ihrem Kind erhalte sie am Leben. Nicht ihr Gewissen quäle sie, sie hasse die Toten, die gestorben seien, um nichts als die Erbschaft der Schuld zu hinterlassen; doch sei sie immer tiefer gesunken, oder was man so nennt; Morphium, Kokain seien ihre einzige Hilfe, aber auch der Rausch keine Rettung mehr; die Toten verfolgten sie, stünden hinter verschlossenen Türen. »Ich bin zu nichts und zu allem fähig, dem Wahnsinn nahe.«

»Lassen Sie die Toten meine Sorge sein«, sagte Prilukow.

Der Satz erschien ihr so absonderlich, daß sie lachen mußte.

»Sie haben längst erraten, daß Sie für mich nicht bloß eine Mandantin sind, Maria Nikolajewna. Ich wäre sonst nicht herbeigeeilt. Ich habe anderes zu tun. Ihr Telegramm mußte kommen. Sie meinen vielleicht, daß ich Ihre Lage mißbrauche, aber in einem halben Jahr werden Sie das anders sehen.«

»Stellen Sie mir den Antrag, Ihre Geliebte zu werden?«

»Wenn Sie so wollen, obwohl mich nur meine Ehrlichkeit zwingt, Ihre Frage zu bejahen. Was ich für Sie zu tun gedenke, gedenke ich auf jeden Fall zu tun. Ich schlage vor, daß Sie morgen nach Nizza abreisen und im *Hotel Négresco* absteigen. Sie werden im *Crédit Lyonnais* ein Konto auf Ihren Namen finden. Mein Freund, Dr. Fournier, wird sich Ihrer Gesundheit annehmen. Sobald es meine Zeit erlaubt – ich vertrete momentan den General Rhil in einem großen Vermögensprozeß –, werde ich Sie in Nizza besuchen. Sie werden dann durchaus fähig sein, Ihre eigenen Entscheidungen zu treffen. Ob Sie an der Riviera bleiben, sich ein Haus nehmen wollen: das können wir der Zukunft überlassen.«

»Wenigstens etwas überlassen Sie der Zukunft«, sagte Maria. »Sonst scheinen Sie ja alles auf Ihre Schultern zu nehmen.«

»Meine Schultern sind breit.«

Sie wollte allerlei erwidern: Daß sie keine Mätresse war, es auch nie gewesen sei; daß er seine Frau und seine Kinder vergaß, daß sie aber nichts vergessen hatte; daß ihre Liebe, mag sein, keine Rücksichten kannte, daß sie jedoch ohne Liebe nicht lieben konnte; daß die Gesellschaft sie zwar ausgestoßen hatte, daß man aber, war man eine Komtesse O'Rourke, auch noch ausgestoßen zur Gesellschaft gehörte.

»Ich danke Ihnen, Dr. Prilukow«, sagte sie. »Ich täusche Sie nicht darüber hinweg, daß ein Wunder geschehen müßte, wenn Sie mir in einem halben Jahr mehr bedeuteten als ein gütiger Freund. Ich werde, bedeuten Sie mir nicht mehr, auch nicht Ihre Geliebte werden.«

»Das ist meine Sache, Maria Nikolajewna«, sagte er. Der kleine Mund verzog sich zu einem Lächeln und ließ die großen Zähne hervortreten. »Alle großen Geister strebten danach, die Welt durch eine Zweiteilung übersichtlicher zu gestalten. Die Religion teilt sie in Teufel und Engel ein; Machiavelli spricht von Versinkenden und Überlebenden; Laotse von Schauenden und Handelnden; Marx von Satten und Hungerleidern. Ich begnüge mich, zwischen Spielern und Nichtspielern zu unterscheiden. Ich gehöre zu den Spielern ...«

3

Die Reise hatte sich mit der Präzision eines Uhrwerks vollzogen. Die Zimmer im *Hotel Négresco* waren bestellt; das Konto auf den Namen der Gräfin Maria Nikolajewna Tarnowska füllte sich wie von selbst; Dr. Fournier erschien, ohne daß sie ihn zu rufen brauchte. Daß Prilukow Nizza gewählt hatte, war kein Zufall gewesen. In Frankreich regelte neuerdings ein Gesetz den Verkauf von Rauschgiften, so daß Maria nichts anderes übrigblieb, als sich Dr. Fournier zu beugen. Sie tat es widerwillig, hinterhältig; machte bald einen Arzt ausfindig, der sie gelegentlich mit Vorräten versorgte; bezahlte zehn- und zwanzigfache Preise; bestach Hotelangestellte und Apotheker. Indes, Prilukow hatte auch das vorausgesehen. Auf Umwegen hatte er Elise Perrier zu seiner Verbündeten gemacht: das Mädchen versteckte Injektionsnadeln, verschüttete Kokain, zerbrach Flaschen, und da Maria unfähig war, ihr Geld zu verwalten, mußte sie sich der Zofe fügen. Die Schweizerin nannte Prilukow ›unseren Lohengrin‹.

Maria begann ein neues Leben, setzte vielmehr, wie alle, die ein neues Leben beginnen, ihr altes fort. Sie traf Graf Scheremetjew, und er wandte sich nicht ab; sie traf den Bankier Maximow, und er wandte sich nicht ab; sie traf Prinz Trubetzkoj, und natürlich wandte er sich nicht ab. Maria speiste im *London House*, von dem es hieß, es sei das teuerste Restaurant der Welt; ließ sich bei *Néris* von den Zigeunern, die wie Teufel aussahen und wie Löwenbändiger gekleidet waren, russische Weisen spielen; besuchte das Theater *Tiranty;* führte Tioka zur Nachmittagsvorstellung ins *Théâtre Royal;* promenierte über die sonnige Promenade des Anglais. Sie lernte junge schwindsüchtige Russinnen kennen, die nach Nizza gekommen waren, um hier zu sterben; englische Aristokraten, die ihre Badewannen mit Meerwasser füllen ließen; Abenteurer, die ihre letzten Hoffnungen auf die Roulettekugel setzten. Tioka war sieben Jahre alt und nahm einen großen Teil ihrer Zeit in Anspruch. Ein russischer und ein französischer Lehrer unterrichteten ihn: seine rasche Auffassungsgabe, sein Fleiß und seine Bescheidenheit beglückten Maria. Bilder aus den letzten Jahren tauchten in ihr auf, hüllten sie in giftige Dämpfe: das Hotel in Rom, aus dem sie durch den Hintereingang, Tioka im Arm, geflüchtet war; Jurij Tolstoj, dem sie eines Nachts begegnet war und der so getan hatte, als ob er sie nicht erkenne; der einäugige Apotheker, der ihr das Kokain aus der Hand geschlagen und sie auf die Straße gejagt hatte. Durch ihre Träume schritt Wladimir Stahl, nackt und häßlich; schritt Alexis, die gelbe Gaze um den Hals; schritt Andrej, eine Angelrute in der Hand. Aber Erinnerungen, Bilder und Träume schienen blasser zu werden. Manchmal erschreckte sie ihre Blässe. Ihr Körper, nach außen aufgeblüht, war immer noch leblos. Einmal im Monat wurde er lebendig, und da erinnerte nur der Schmerz an das Leben. In diesen Tagen schrie sie nach Betäubungsmitteln, beschimpfte Elise Perrier, warf mit Gegenständen nach ihr, entschuldigte sich, weinte ohne Grund.

Der Herbst ging vorbei, die Wintersaison. Über den Platz Masséna trabten offene Fiaker; man sonnte sich vor den Hotels und Kaffeehäusern; freundlich plätscherten die Wellen des Meeres. Mit Unschuldsmiene trat das Frühlingswetter auf. Ende März traf Donat Prilukow in Nizza ein.

4

Sie lag neben dem Schlafenden. Das heimtückische Grau des Morgens siebte sich durch die Vorhänge. Heimtückisch betrachtete sie Donat.

Der kahle Schädel. Ausgefallene Haare — undenkbar; er hatte keine gehabt. Glatt wie ein Knie. Wo beginnt die Stirn? Sie ist schön; losgelöst vom Gesicht ist sie schön. Hoch, mächtig, edel geformt, eine kostbare Vase voll Gedanken. Die Augenbrauen. Wie ein behaartes Tier springen die Augenbrauen nach vorn. Sie haben ein eigenes Leben: Affen, die im Busch lauern. Jetzt sind die Augen geschlossen. Geschlossene Augen: ein falsches Wort. Die Augen sind nicht geschlossen; nur die Lider haben sich darübergesenkt, dünne Vorhänge. Hinter den Vorhängen sind die kleinen dunklen Augen Donats offen; nicht ausgeschlossen, daß sie durch die Vorhänge hindurchsehen, hinterhältige Wärter. Die große, etwas gebogene knochige Nase. Sie hätte ihr verraten sollen, wie der Mann beschaffen sein würde, im Bett: hart, unersättlich, selbstsicher, in vollkommener Harmonie mit seiner Persönlichkeit. Der Mund, jetzt ein wenig geöffnet, nicht zuviel und nicht zuwenig, als beherrschte ihn der Mann auch im Schlaf. Zu klein für dieses Männergesicht, zu zart, zu rot, der Mund eines Lügners. Die Zähne strafen den Mund Lügen, die Pferdezähne, deren rosa Fleisch bei jeder stärkeren Gemütsbewegung sichtbar wird.

Maria legte den Kopf in die Kissen zurück.

Seine Ankunft. Das Hotel in Aufruhr, als wäre ein Kronprinz oder ein indischer Potentat eingetroffen. Geschenke. Auch für Elise Perrier und Tioka. Aber das ist es nicht. »Meine alte Eisenbahn fährt nicht«, sagt Tioka. Das ist es: Vertrauen zu dem Fremden. »Das werden wir gleich haben.« Er hat es gleich. Tioka fliegt ihm zu. Kinder können ohne Männer noch schwerer leben als Frauen. Abendessen in *L'Hirondelle*. Nur fünfzehn Tische. Vierzehn Tage vorher muß man bestellen; ein Komitee entscheidet über die Zulassung. Für Donat gilt die Regel nicht. Die Kellner kümmern sich weder um den Großfürsten noch um den Lord. Zigeuner bei *Néris*,

Donat kennt alle ihre Lieder. Angeheitert, voll Übermut, läßt sie Wassilijs Lied spielen, *Oh, distants steppes, oh, sauvages plaines.* Donat: »Sie können mir die Erinnerung überlassen.« Er zahlt in russischen Fünf-Rubel-Goldmünzen, zwanzig Stück. In seinem Appartement steht der Champagner auf Eis. Er entkleidet sie, ohne sie zu küssen. Sie läßt es geschehen, sich längst bewußt, daß sie zahlen muß. Dankbar ist sie, weil er kein Wort von Liebe spricht. Als er ihre Schultern küßt, fühlt sie, daß er mit ihr verwandt ist. Es gibt keine Blutschande; das Blut schämt sich nicht der Verwandtschaft.

Maria schloß die Augen. Sie hatte sich bewegt, und Donat hatte sich im Schlaf umgewandt. Sie wollte ihn nicht wecken. Wenn er aufwachte, würde er sie nehmen, wie er sie dreimal in diesen wenigen Stunden genommen hatte. Dreiundvierzig sei er, hatte er gesagt, mit dem Alter prahlend, wie man mit der Jugend prahlt. Wassilij! Der hilflose Egoist, dessen Liebe sie nur genießen konnte, wenn Hilflosigkeit sich in Demut verwandelt hatte. Ein böses Kind, erträglich nur, wenn bestraft. Wie oft war sie mit ihm glücklich gewesen? Dreimal, viermal? Die Nacht nur ein Ereignis, das dem Tag entsprang. Alexis! Betrog sie den Toten? Das war das Glück gewesen; aber das Glück, das im Unglück endet, ist kein Glück. Iwan Trubetzkoj: ein flüchtiges Abenteuer, vergessen. Wladimir Stahl: ein Alptraum, verscheucht. Donat liebt ohne Seele. Sein Körper ist klug wie sein Gehirn. Er läßt seiner Leidenschaft die Zügel schießen, es geht über Stock und Stein. So kühn ist nur, wer seiner sicher ist. Er nimmt keine Rücksicht und tut es doch; er wartet nicht, bis sie vergeht, sondern zwingt sie, mit ihm zu vergehen.

Der Mann öffnete die Augen, streckte seine Arme nach Maria aus. Seine Augen waren so wach, als hätten sie sich tatsächlich nur hinter einem Vorhang verborgen.

5

Prilukow blieb in Nizza. Er hatte bei seiner Ankunft gesagt, daß er vierzehn Tage bleiben wolle; Mitte April müsse er in Moskau sein, um für ein halbes Dutzend Verschwörer zu plädieren. Sie fuhren nach Monte Carlo, wo er mit hohen Einsätzen spielte und unbekümmert verlor. Marias Fragen nach seiner Frau und seinen Kindern beantwortete er ebenso gereizt wie ihre Fragen nach seinen Pflichten. Als er endlich, Ende Mai, nach Moskau zurückkehren mußte — geöffnete und ungeöffnete Briefe, ungeöffnete Telegramme sogar, hatten sich auf seinem Schreibtisch gehäuft —, ließ er Maria bei der Gesundheit Tiokas schwören, daß sie ihn Anfang September in Wien treffen würde. Inzwischen sollte sie sich in Franzensbad erholen, wo er im *British Hotel Bristol* Zimmer bestellt hatte.

Der Genesungsprozeß vollendete sich in Franzensbad. Maria

nahm Moorbäder, ließ sich massieren, trank das eisenhaltige Wasser der Franzensquelle, unternahm lange Spaziergänge im Grün des Loimannschen Parks und Ausflüge mit Tioka und Elise nach Miramonti, Kammerbühl und ins Egertal. Ihre monatlichen Schmerzen, ihre heftigen Ausbrüche wurden seltener, ihre Sehnsucht nach Morphium und Kokain schwand gänzlich. Knappheit, Kummer, Krankheit hatten im Gesicht der Vierundzwanzigjährigen keine Spuren hinterlassen.

Der Sommer stand noch im sonnigen Zenit, als Prilukow in Franzensbad eintraf. Er hatte sich nicht angekündigt. Eines Nachmittags war er da, sein Gepäck bestand aus einem einzigen Koffer. Er fuhr mit Tioka in die Stadt, verbrachte mit ihm Stunden im Spielwarenladen; kaufte Anzüge, die Tioka nicht brauchte; sie gingen zusammen zum Friseur und besuchten die berühmte Konditorei *Uhr*.

Beim Abendessen wirkte Prilukow zerfahren. Wenn er vom Glück des Wiedersehens sprach, klang es, als nähme er Abschied. Auf ihre Frage nach seiner unerwarteten Ankunft, antwortete er nur, daß er sie hatte wiedersehen müssen; aber als sie andeutete, er könne eifersüchtig sein, lachte er wie jemand, der keinen Nebenbuhler zu fürchten braucht. Seine Pläne? Er tat, als verstünde er ihre Frage nicht, und begann, vom Herbst in Wien zu sprechen. Er log ohne Anspruch auf Glaubwürdigkeit. Stolz auf ihre Ortskenntnis, schlug sie das eine oder andere Lokal vor, aber er sah nach der Uhr und hatte es eilig, ins Hotel zurückzukehren.

In ihrem Schlafzimmer küßte er sie mit einer Ungeduld, die ihr Mißtrauen eher bestärkte als besänftigte. Es war nicht die Ungeduld eines Mannes, dem die Zeit lang geworden war, eher die Hast eines Mannes, der keine Zeit zu verlieren hat.

Als er sie halb entkleidet hatte, entzog sie sich ihm. Sie setzte sich aufrecht aufs Bett.

»Ich will wissen, was das alles zu bedeuten hat«, sagte sie.

»Nachher!«

»Nein, jetzt.«

»Nachher!«

»Jetzt!« wiederholte sie.

»Willst du mir vorwerfen, daß ich ohne dich nicht leben kann?«

»Du bist nicht mit einem Koffer gekommen, um mit mir zu leben.«

»Meine Koffer sind unterwegs.«

»Du lügst.«

Er ging auf und ab. Seine Schritte waren unsicher, als wiche er verborgenen Falltüren aus. »Ich wollte es dir nicht sagen, weil es unwichtig ist. Ich will dir keinen Schmerz bereiten. Meine Frau und meine Kinder sind in Karlsbad.«

»Heißt das, daß du zwischen Franzensbad und Karlsbad hin und her pendeln willst?«

»Sie hätten es nicht verstanden, daß ich die Ferien ohne sie verbringe.«

»Was sagst du deiner Frau?« fragte sie. Wie ein eisiger Wind fegte der Zorn über ihre Seele.

»Nichts. Berufliche Besprechungen.«

»Sie muß es gewohnt sein.«

»Du hast sie ja kennengelernt«, erwiderte er. »Eine graue Maus.«

»Warum hast du sie geheiratet?«

»Das fragen alle Frauen. Keine kann verstehen, daß man eine andere geheiratet hat. Zugleich werfen sie einem vor, daß man seiner eigenen Frau untreu ist.«

»Warum hat ein Mann wie du eine graue Maus geheiratet?« fragte sie.

»In Nizza hast du keine Fragen gestellt.«

»In Nizza war deine Frau auf Tausende Meilen entfernt.«

»Warum, warum? Was weiß ich? Sie ist die Tochter eines großen Anwaltes; sie hat mich verstanden, hat meine Interessen geteilt, hat mich bewundert.«

Marias Blick fiel in den Spiegel. Das Oberteil ihres Kleides war über ihre Hüften herabgesunken. Das Fleisch ihrer vollen Brüste leuchtete durch das Batistleibchen. Sie erinnerte sich an das Gemälde eines modernen Malers, das sie kürzlich gesehen hatte. Die Dirne. Vielleicht hieß das Bild so, vielleicht bildete sie es sich nur ein. Die Dirne und der Gast. Die Gäste waren immer angezogen auf derartigen Gemälden. Sie sah Wassilij vor sich, und eine wilde Sehnsucht ergriff sie nach dem Mann, den sie über alles haßte. Was war es? Er war ein Graf Tarnowskij, Blut von ihrem Blut. Hassenswert war er und echt. Hassenswert war Donat Prilukow und unecht. Er warf mit Geld um sich und gierte nach der Bewunderung der Kellner. Er wählte die Speisen mit feiner Kenntnis und fraß unmäßig. Er wollte ein Mann von Welt sein und heiratete eine graue Maus. Er glaubte ohne die Gräfin Tarnowska nicht leben zu können, aber statt, wie es Wassilij getan hätte oder Jurij Tolstoj oder Iwan Trubetzkoj, für eine Nacht tausend Meilen zu reisen, hin und wieder zurück, siedelte er seine Familie im nächsten Badeort an. Gab es etwas Demütigenderes als die Bequemlichkeit? Wie sah er zu Hause aus? Hängende Hosenträger, Zeitung bei Tisch, Filzpantoffeln. Wassilij hielt sich Mätressen. Dieser konnte keine Mätressen haben, nur Dirnen.

Er setzte sich neben sie aufs Bett; versuchte, sie um die Hüften zu nehmen. »Du mußt verstehen. Ich werde sie verlassen, sobald es geht. Sie ist krank.«

Alle Männer sagten, daß alle Ehefrauen krank seien. Alle grauen Mäuse waren krank. Die Frauen waren krank, und die Kinder brauchten einen Vater. Man konnte sie nicht verlassen. Später! Nachher!

»Um Himmels willen, versteh mich, Mura«, hörte sie Prilukow sagen. »Ich kann jetzt keinen Skandal brauchen. Die Regierung, die Großgrundbesitzer, die Kirche ... Das Ende meiner Karriere wäre ihr größter Triumph.«

»Du bist ein dreckiger Muschik«, sagte sie.

Er biß die schmalen Lippen zusammen; der Mund wurde noch kleiner; er sagte nur: »Ich verdiene mein Geld mit Arbeit.«

»Es ist mir gleichgültig, wie du dein Geld verdienst.«

»Meine Zukunft, und damit auch deine ...«

Wenn er sie ins Gesicht geschlagen hätte, hätte sie zugehört. Nur dreckige Muschiks ließen sich dreckige Muschiks nennen. Wer sich schlagen ließ, den mußte man schlagen.

»Du glaubst doch nicht, daß ich dich heiraten würde?« sagte sie. »Deine Geliebte, vielleicht. Aber Frau Prilukow!« Sie lachte, als wüßte sie nichts Belustigenderes als diesen Namen. »Frau Prilukow geborene Komtesse O'Rourke, die Mutter des Grafen Tioka Tarnowskij.« Sie lachte.

Er verstünde ihre Bitterkeit, entgegnete er. Ihre Beschimpfungen würde er vergessen. Kein anderer wäre so nachsichtig. Er sprach von seiner Liebe, die keiner früheren Liebe glich. »Ich bin dreiundvierzig und habe erst in deinen Armen die Liebe erfahren.«

Sie hatte sich erhoben, stand vor dem Spiegel und zog sich langsam aus. Als er ihr helfen wollte, wehrte sie ab. Gebannt sah er zu. Das Kleid fiel zu Boden. Unterkleid, Leibchen, Höschen fielen zu Boden. Sie setzte sich auf das Bett, den Blick immer im Spiegel, zog die Strümpfe aus. Jede Geste genoß sie, als würde sie ihm mit jeder Geste einen Hieb versetzen. Als sie nackt war, ging sie zum Spiegel, tat, als hätte sie auf dem Kinn ein Härchen entdeckt. Dann kehrte sie zum Bett zurück, setzte sich nieder.

»Jetzt kannst du nach Hause gehen«, sagte sie. »Ich bin müde.«

Er warf sich auf die Knie, umfaßte ihre Knie. Er beschwor sie; schien nur halb zu glauben, daß sie ihn fortschicken wollte; drohte, daß er sie ihrem Schicksal überlassen, Verderben und Armut preisgeben würde; lachte sie aus; stammelte, daß ihm seine Frau nichts und seine Kinder wenig bedeuteten; zählte seine Wohltaten auf; gemahnte sie an ihre eigenen Liebesworte.

Sie blickte auf seinen kahlen Kopf hinab, der sich zwischen ihre Knie zu drängen suchte, und lachte bei dem grotesken Gedanken, daß sie plötzlich drei Knie besaß. Sie preßte seinen Kopf so hart zwischen ihre Knie, daß er vor Schmerz aufschrie und seine Nägel in ihre Schenkel bohrte. Er brauchte sie nicht an die Nächte in Nizza zu erinnern; sie erinnerte sich. Sie erinnerte sich auch, daß sie sich in den heißen Nächten dieses Sommers nach ihm gesehnt hatte; daß sie wach gelegen und jede Stunde wieder erlebt hatte; daß sie vergessen hatte, wer er war, und daß sie nie in den Armen eines anderen die gleiche Lust empfunden hatte. Aber die Wonne, die sie überkam, während er fluchte und sich wand und seinen Kopf zu befreien suchte, war nicht geringer als in jenen Momenten der Erfüllung.

Sie lockerte den Druck ihrer Knie. Nun nahm sie seinen Kopf in ihre Hände wie den Kopf eines Verwundeten; küßte ihn flüchtig auf den Mund und sagte: »Geh zu deiner grauen Maus. Ich habe heute keine Lust, dich zu lieben. Wenn du willst, darfst du morgen wiederkommen.«

6

Vier Wochen lang war Prilukow, wie sie gesagt hatte, zwischen Franzensbad und Karlsbad hin und her gependelt. Zwei Tage hier, drei Tage dort, hier drei Tage, dort ein Tag. Dann war er nach Moskau zurückgekehrt, und sie war nach Wien gefahren. Er kam nach Wien, für eine Woche, fuhr zurück, war einen Monat später wieder da, nahm von neuem Abschied.

Verließ sie ihn nicht, weil sie sich an das sorglose Leben gewöhnt hatte; weil das Elend ihrer Wanderjahre sie schreckte; weil sie fürchtete, rückfällig zu werden; weil das rührende Verhältnis zwischen Donat und Tioka sie rührte? Das alles war es, aber es war nicht alles. Maria Tarnowska begann zu ahnen, daß sie süchtig war, nicht nach Morphium oder Kokain, sondern nach Schmerz. Ihre Sucht, Leid zu bereiten und Lust zu empfangen durch Leid, wurde ihr auf einmal, doch ohne sichtbaren Anlaß, so bewußt, wie es jemandem, der lange eines körperlichen Gebrechens wegen Morphiumspritzen bekommen oder des Spaßes halber Kokain geschnupft hat, plötzlich bewußt wird, daß er ohne Rauschgifte nicht mehr zu leben vermag. Sie war gütig gewesen zu Wassilij, und er hatte sie hintergangen; sie hatte ihn bestraft, und er war zu Kreuz gekrochen. Sie hatte Wladimir Stahl wie einen Freund behandelt; er hatte sie mißbraucht; sie hatte ihn gezüchtigt, und er war ihr Sklave geworden. Jetzt jedoch erkannte sie, daß sie mit Strenge, Hohn, Demütigung nicht nur strafen, ihre Macht erproben, den anderen unterwerfen, daß sie vor allem sich selbst befriedigen wollte. So kam es, daß ihr der Bestrafte, Verhöhnte, Unterworfene unentbehrlich wurde: sie demütigte Donat, aber da sie ohne seine Demütigung nicht leben zu können glaubte, demütigte sie sich selbst, um sich den Genuß seiner Demütigung zu verschaffen. Keines anderen Mannes halber hätte sie sich, wie an manchen Tagen in Franzensbad, versteckt; an einem Doppelleben teilgenommen; das Trennende übersehen. Sie glich einem Polizisten, der einen Sünder mit Handschellen gefesselt, aber den Schlüssel zur eigenen Kette verloren hat.

Maria Tarnowska mußte nur sagen, daß sie es nie für möglich gehalten hätte, mit dem Sohn eines Bauern, dessen Vorfahren Leibeigene gewesen waren, zu schlafen; sie mußte nur andeuten, daß seine Krawatte zu laut oder sein Schuhwerk unpassend war; sie mußte nur über die Schule spotten, in die er seine beiden halbwüchsigen Töchter geschickt hatte, und Donat, der große Donat Dimitrijewitsch Prilukow der Moskauer Gerichtssäle, schrumpfte zusammen wie ein geprügeltes Kind. Auch daß er mit jeder Demütigung in ihren Augen mächtiger erscheinen wollte, entging ihr nicht. Das Bett, glaubte er, war seine Domäne; im Bett waren Muschiks Großfürsten gleich. So mochte es sein. Er vergaß nur, daß nicht sie seine Geliebte war, sondern er ihr Geliebter. Wenn sie in seinen Armen stöhnte, jubelte und verging, glaubte er, sie zu beherrschen, während sie doch das Gefühl genoß, sich mit ihrem Leibeigenen zu paaren. Er gab sich jedesmal der Illusion hin, ihren Widerstand gebrochen zu haben, und ahnte nicht, daß sie ihm nur widerstanden hatte, um seine Leidenschaft zu erhitzen.

Maria hätte das dunkle Glück ihrer geheimnisvollen Paarung mit Prilukow bis zur Neige gekostet, hätten sich nicht die Anzeichen gemehrt, daß er sich ihrer Macht entziehen wollte, vielleicht mit Erfolg. Ein Telegramm aus Moskau, ein interessanter Fall, und es geschah, daß er erklärte, der Freispruch eines zu Unrecht des Mordes Angeklagten sei ihm wichtiger als alle Liebesnächte. Es geschah, daß er sie ein wertloses Wesen nannte, von seiner Gnade abhängig und ohne ihn dazu verurteilt, in einem Armenhospital oder einem Bordell zu enden. An jenem ersten Abend in Franzensbad war ihr sein Schuldgefühl zu Hilfe gekommen, und auch später gab es Abende, an denen er sich ihr scheinbar willenlos beugte. Am Abend darauf war er jedoch fähig, im Liebesakt innezuhalten und sie erst wieder zu lieben, wenn sie die erniedrigenden Worte wiederholte, die er ihr vorgesprochen hatte. Er hatte vor ihr auf den Knien gelegen, wie Wassilij, wie Pjotr, wie Wladimir Stahl, aber sobald er sich erhob, schien es unglaublich, daß er je vor ihr gekrochen war. Seine Demut schenkte er ihr wie eine Huld, und sie mußte um den Sklaven werben wie der Sklave um den Herrn.

Sosehr sie sich den Quellen ihrer Lust näherte, sowenig wußte sie, ob sie Donat trotz dieses plötzlichen und unberechenbaren Widerstandes oder gerade deshalb liebte. Gewiß war, daß sie ihn brechen mußte. Wenn sie aber nach dem Ursprung seiner geliebten und gehaßten Kraft forschte, fühlte sie, daß er nur in einem zweiten, ihr verschlossenen Leben zu finden war. Tarnowskij, Tolstoj, Stahl, Trubetzkoj: alle hatten ein einziges Leben gehabt. Das zweite Leben Prilukows war sein Beruf, war die Überzeugung von seiner Mission, war der Stolz des Gelderwerbs, war die Sicherheit des Talents, war das Geheimnis der Handelnden. Der Ursprung seiner Kraft war seine Sprache. Sie mußte ihm die Sprache rauben. Sie mußte sein zweites Leben zerstören.

7

An einem Winterabend — Prilukow war in Moskau — wurde Maria im Wiener *Hotel Bristol* der Pater Andrej Wyrubow gemeldet.

Sie ließ ihn beinahe eine Stunde warten. Als sie den Salon betrat, waren Andrej und Tioka in so angeregter Unterhaltung begriffen, daß sie die Eintretende kaum bemerkten. Tioka entfernte sich nur ungern und erst, als ihm Andrej versprochen hatte, ihn später zu besuchen.

Obwohl sie sich auf die Begegnung vorbereitet hatte, begann ihr Herz beim Anblick Andrejs heftig zu klopfen. Er war jetzt einunddreißig Jahre alt. Seine Schönheit war nicht von der Vollendung Alexis', aber im weißen Mönchsgewand erinnerte er an die Statuen der jungen römischen Senatoren, denen man in Italien allenthalben begegnet. Gestalt und Antlitz waren wie aus Stein geformt und wirkten dennoch nicht kühl, kein zu Stein erstarrter Mensch, eher menschgewordener Stein.

»Ein überraschender Besuch«, sagte sie, nachdem sie ihm aus dem Samowar, den sie überall mit sich führte, Tee eingeschenkt hatte.

»Noch mehr wird dich überraschen, was mich zu dem Besuch bewegt hat«, sagte er. »Du erinnerst dich an Sergej Burintzew?«

»Der Anarchist? Du hast mir von ihm erzählt.«

»Sergej ist kein Anarchist, aber das tut nichts zur Sache. Er ist in ein Attentat verwickelt, das gegen Naumow, den Gouverneur von Orel, geplant war. Seit Jahren wird er, wider alles Recht, im Gefängnis gehalten. Man nennt das bei uns Untersuchungshaft, in Wirklichkeit ist es . . .« Er hätte beinahe das Wort Inquisition gebraucht. »Der Prozeß gegen Sergej und zehn sogenannte Mitverschwörer ist für Anfang März angesetzt. Die elf sollen von einem einzigen Verteidiger vertreten werden. Eine Absurdität. Der Mann heißt Schipow, und seine Aufgabe besteht darin, möglichst alle elf an den Galgen zu liefern.«

»Und ich soll Prilukow bewegen, Sergej zu vertreten?«

»Woher weißt du?«

»Ich bin nicht dümmer geworden. Du hättest mich nicht besucht, wenn du mich nicht brauchtest.«

Er betrachtete sie ruhig. Allerlei hatte er von ihr gehört, und er hatte erwartet, sie verändert zu finden. In dem seidenen Hauskleid, blaßviolett, mit einem schwarzen hochgestellten Spitzenkragen auf Art Maria Stuart sah sie jung aus; sie war immer noch berückend schön. Sie hatte noch die gleiche Gewohnheit, die volle Unterlippe ein wenig nach vorn zu schieben und sich mit dem Mittelfinger über die langen dunkelblonden Wimpern zu fahren. Er fühlte keine Befangenheit in ihrer Nähe; um so mehr wunderte er sich, daß ihn etwas wie Mitleid überkam.

»Warum hast du dich nicht an Prilukow gewandt?« fragte sie.

»Bei meinem ersten Besuch war er nicht in Moskau, das zweitemal ließ er sich nicht sprechen. Die anderen Anwälte sind zu feig oder zu beschäftigt. Alle verlangen Geld.«

»Auch Prilukow verlangt Geld.«

»Du könntest mit ihm sprechen . . .«

»Findest du nicht, daß das eine merkwürdige Bitte ist?«

»Prilukow scheint seinen Beruf nicht nur des Geldverdienens wegen auszuüben. Die Rebellen bewundern ihn, und auch die anderen bewundern ihn, freilich nur, weil sie ihn fürchten.«

»Das habe ich nicht gemeint«, sagte sie. »Merkwürdig, daß der Priester mit seiner Bitte zur Geliebten Prilukows kommt. Müßtest du mein Verhältnis zu Prilukow nicht verdammen?«

»Angenommen«, entgegnete er, »du wärest nicht, wer du bist, sondern, beispielsweise, eine Diebin. Ich aber wüßte zufällig, daß diese Diebin einem Kranken beizustehen vermag. Würde ich es verhindern, daß die Diebin Gutes tut, würde ich ihr nicht vielmehr helfen, durch eine gute Tat wenigstens einen Teil ihrer Schuld abzutragen?«

»Wie spitzfindig«, lachte sie. »Aber nicht spitzfindig genug. Du könntest der Diebin zu einer guten Tat verhelfen, ohne ihren Diebstahl zu sanktionieren. Während ich, was du eine gute Tat nennst, nur ausführen kann, weil ich eine Sünderin, das heißt die ausgehaltene Geliebte eines verheirateten Mannes bin.«

»Wenn du von mir hören willst, daß ich deine Beziehungen zu Prilukow billige, so muß ich dir sagen, daß ich das nicht kann. Oder willst du, daß ich dir eine Strafpredigt halte? Ich bin nicht dein Beichtvater. Oder willst du, was mir am wahrscheinlichsten scheint, daß ich vor dir auf die Knie sinke und dich bitte, bei Prilukow mein Fürsprecher zu sein? Dazu bin ich bereit. Bei Sergej geht es um Leben und Tod; Prilukow ist wahrscheinlich der einzige, der ihn retten kann. Ich wäre vor dem Gouverneur von Orel auf die Knie gesunken, obwohl ich dich nur für eine unglückliche Sünderin, ihn jedoch für einen gottlosen Bösewicht halte.«

Sie erhob sich und ging zum Fenster. Der Abend hatte den Tag überfallen. Sie zog die Vorhänge zu. Seine Worte hatten sie bewegt. Hätte er ihr nur gesagt, daß sie eine Sünderin sei, sie hätte gelacht. Unglückliche Sünderin, das war etwas anderes. Woher wußte er, daß sie unglücklich war?

»Wer sagt dir, daß ich unglücklich bin?« fragte sie, sich ihm wieder zuwendend. »Ich habe alles, was ich begehre. Es schmerzt mich, daß ich Tanja verloren habe, aber ich bin glücklich, daß Prilukow Tioka für mich gerettet hat. Ich lebe mit einem Mann, den selbst du bewunderst. Die Gesellschaft? Alle klugen Männer, denen ich begegnete, von dir bis zu Prilukow, sind überzeugt, daß sie in Auflösung begriffen ist. Du bist vor ihr ins Kloster geflohen; Prilukow verteidigt ihre Mörder, und ich — ich mache mich über sie lustig. Ich gebe zu, manchmal habe ich Heimweh, aber das ist alles. Im übrigen denke ich daran, nach Moskau zurückzukehren.«

Andrej hatte sich erhoben. »Ich bin gekommen, um deine Hilfe zu erbitten«, sagte er. »Ich will dir nicht beweisen, daß du unglücklich bist.«

Sie stand vor ihm. »Warum meidest du mich, Andrej? Ich weiß, daß du es in Rom abgelehnt hast, mich zu besuchen. Damals war ich unglücklich. Es war nicht christlich gehandelt. Deine einzige Entschuldigung ist, daß du Angst vor mir hattest.«

»Vielleicht hatte ich Angst vor dir, Maria«, sagte er.

»Du bist immer noch der einzige, der mich Maria nennt.«

Er tat, als empfände er nicht die plötzliche Wärme in ihrer Stimme. »Ich fürchte nicht, deiner Versuchung zu erliegen; ich fürchte, daß du versucht wärest, mich zu versuchen. Die Trennung zwischen dem Beichtkind und dem Beichtiger hat viele Ursachen: eine davon ist, daß es nicht nur leichter ist, einem Unsichtbaren zu beichten, sondern auch leichter, einem Unbekannten zu vergeben. Gott vergibt den Menschen nicht, weil Er sie kennt, sondern obwohl Er sie kennt. Je mehr die Menschen voneinander wissen, desto geringer wird die Barmherzigkeit. Ich bete für deine Reue, aber ich bin am wenigsten geeignet, sie zu vermitteln.«

»Du bist also wirklich nur Prilukows halber gekommen?«

Er nickte. Es kostete ihn Überwindung, nicht mehr zu fragen. Sein Vater hatte ihm auf dem Totenbett gesagt, daß er nie aufhören würde, das Wesen Marias ergründen zu wollen. Je länger er geblieben war, desto weniger hatte er an den eigentlichen Grund seines Besuches gedacht. Schlug man den Teufel nicht, wo man ihn traf? Es war ja immerhin möglich, daß Maria auf ein Wort, eine Geste, ein Zeichen der Liebe gewartet hatte. Würde sie die Enttäuschung nicht noch tiefer ins Unglück stoßen?

»Gut«, sagte sie. »Ich werde dir helfen. Ich werde Prilukow bewegen, Sergej Burintzew zu vertreten. Wenn ich es will, du hast richtig geraten, wird er es tun. Ich tue es nicht Burintzews halber. Ich hasse das Gesindel, das Prilukow verteidigt. Ich tue es auch nicht deinethalben, denn du bist ein Egoist und hast mich im Stich gelassen, als ich dich brauchte. Ich tue es, weil es mir Spaß macht, daß du heute beichten wirst, zu einer Sünderin gegangen zu sein, damit sie ihren Geliebten bitte, eine arme Seele vor dem ewigen Feuer zu bewahren.«

Schnell verabschiedete sie Andrej. Tränen hatten Maria übermannt. Es war ihr schwergefallen, die Unwahrheit zu sagen.

8

Im März ist die Gräfin Tarnowska in Orel. Sie hat darauf bestanden, Prilukow im Verschwörungsprozeß plädieren zu hören. Die Stadt gleicht einem Heerlager. Kutschen und Fuhrwerke werden angehalten; man sucht nach Waffen, Sprengstoff, Bomben. In der Halle des *Hotels Berlin* schlafen Polizisten auf Pritschen. Zeitungsleute belagern die Zimmerflucht Prilukows im ersten Stock. Maria wohnt mit Tioka und ihrer Zofe im zweiten Stock. In der Hotelhalle tritt ein Mann auf sie zu, grauhaarig, ungepflegt, mit schwarz umrahmtem Kneifer. Ob sie sich nicht erinnere? Baden-Baden. Dr. Hugo Friedlieber, *Neue Freie Presse*, Wien. Sie wimmelt ihn ab. Am Abend vor der Verhandlung fragt sie Prilukow, was er für die Attentäter vorbringen werde. »Ich werde unvorbereitet sprechen.« Sie weiß, daß er lügt. Der freie Vortrag soll sie beeindrucken. Am Abend vor der Verhandlung will sie sich von ihm verabschieden, aber er kommt in ihr Zimmer. Das Hotel ist totenstill; in Orel darf nach neun niemand die Straße betreten. Sie lieben sich bis vier Uhr früh. Prilukow will ihr beweisen, daß seine Kräfte unerschöpflich sind, übermenschlich. Am Morgen sieht sie Prilukow, umgeben von Journalisten, Politikern, Neugierigen. Er ist in seinem Element. Es regnet seit Tagen. In den Dünsten, die aus der Oka steigen, glaubt man, die Brücke schwebe zwischen Nichts und Nichts. Orel hat nur zweiundachtzigtausend Einwohner. Das Gerichtsgebäude, einstökkig, sieht wie ein größerer Bauernhof aus. Als Maria aussteigt, hört sie Französisch, Englisch, Deutsch. Nur offizielle Persönlichkeiten, Regierungsbeamte, Advokaten, Delegierte aus St. Petersburg, Presseleute haben Zutritt. Es sind nur neun Angeklagte: zwei sind im Gefängnis gestorben. Sergej Burintzew sitzt vorn, als erster, rechts: Maria hat das Gefühl, daß er nicht weiß, wo er sich befindet. Nach der Mittagspause wird der Kronzeuge aufgerufen, Seine Exzellenz, *Wasche Wyssokoprewos' choditelstwo*, der Gouverneur. Ein engelsschöner Jüngling, der neben Maria sitzt, wendet sich ihr zu: »Mein Vater.« Er stellt sich vor: Nicolas Grigorijewitsch Naumow. »Diese Leute wollten Ihren Vater töten«, sagt sie. »Die Welt wäre nicht ärmer geworden«, sagt Naumow. Als der Gouverneur geendet hat, erhebt sich das Gericht, der Vorsitzende dankt in bewegten Worten. Man will den Prozeß noch heute zu Ende führen. Prilukow hat das Wort. Der Regen trommelt gegen die Fensterscheiben. Prilukow müßte laut sprechen, um sich verständlich zu machen, aber er spricht leise. Es wird still. Man hört nur seine Stimme, zu der der Regen musiziert. Maria glaubt, jedes Wort zu kennen. Die Plädoyers in Nizza, in Franzensbad, in Wien. Die Liebesnächte, die ihnen folgten. Durch die Robe sieht sie ihn nackt. Vielleicht ist er wirklich nicht menschlich. Nicolas Naumow, mehr Knabe als Jüngling, sitzt vorgebeugt, mit glühenden Augen. Prilukow sagt: Die Anklage ein

Lügengebäude; die Indizien willkürlich zusammengetragen, Geständnisse erpreßt, Zeugen bestochen und unglaubwürdig; der Zar ein Vater seines Volkes, von Bürokraten sabotiert, die Monarchie von Polizeiseelen untergraben. »Er spielt mit seinem Kopf«, flüstert der Referendar Maria zu. Das Urteil wird spät nachts verkündet. Einhellig haben die Geschworenen beschlossen. Alle neun Beschuldigten werden von der Anklage des versuchten Attentats freigesprochen. Vier von ihnen, darunter Burintzew, erhalten drei Jahre Zuchthaus wegen verbotenen Besitzes von Sprengstoff. Eine nach Hunderten zählende Menge, die im Regen ausgeharrt hat, jubelt Prilukow zu. Erst die Bajonette der Soldaten zerstreuen sie.

Prilukow, der dem Gericht die Stirn geboten hat, fühlt sich stark genug, der Gesellschaft die Stirn zu bieten. Im Mai übersiedelt Maria nach Moskau. Die Villa liegt in der Nähe der Ssadowaja, ist prunkvoll eingerichtet. Sie hat einen Diener, eine Köchin, zwei Mädchen, einen Gärtner und einen Kutscher. Der Salon bleibt leer. Wochenlang erhält Maria keinen Besuch. Umsonst wartet sie auf Einladungen. Wenn sie in einem Geschäft den Namen Tarnowska ausspricht, sehen sich die Verkäuferinnen an. Prilukow führt einige Kollegen, einige Mandanten bei Maria ein: sobald deren berufliche Beziehungen zu Prilukow zu Ende gehen, bleiben sie aus. Zwei adelige Schulen verweigern die Aufnahme des Schülers Tioka Wassilijewitsch Tarnowskij. Tioka lernt zu Hause, stellt Fragen, ahnt die Wahrheit, weint. Ein einziger Freund Prilukows, der Rechtsanwalt Dr. Mankowskij, bleibt Maria treu. Er beschwört sie, Prilukow zu verlassen. »Das Vermögen Donats ist gering. Ich weiß nicht, woher er das Geld nimmt.« Im Bett sagt sie zu Prilukow: »Ich höre, daß du dich meinethalben ruinierst.« Er nennt Mankowskij einen Lügner, gibt ihr die Adresse eines Juweliers: bei der bloßen Nennung seines Namens würden sich seine Tresore öffnen. »Und wenn ich kein Vermögen hätte — ich verdiene, was ich will.« Manchmal sieht Prilukow alt aus. Er bleibt tagelang dem Haus in der Gartenstadt fern. Weder ihr Vater noch Wassilij, weder Alexis noch Stahl haben gearbeitet. Wenn die Arbeit adelt, wozu bedarf es dann des Adels? Die Langeweile lastet auf ihr wie eine dunkle Wolke. Sie haßt Moskau, wie man alle Städte haßt, deren Tore einem verschlossen bleiben. Eines Tages erzählt ihr Mankowskij zögernd, Frau Prilukow wollte die Polizei auf sie hetzen. Sie beschließt, Moskau zu verlassen. Wenn Donat sie liebt, wird er ihr folgen.

Im September muß Prilukow im größten Prozeß des Jahres plädieren; es geht um das Vermögen des Generals Rhil. Sie weiß, daß er Moskau nicht verlassen kann; verlangt, daß er mit ihr reise. Er weigert sich. Sie fährt mit Tioka, Elise Perrier und einem jungen Hauslehrer namens Zolotariew nach Paris.

Der Erbschaftsprozeß Rhil wird vertagt; Prilukow folgt ihr nach Paris. Er ist eifersüchtig auf Zolotariew, einen blonden Studenten von kaum zwanzig Jahren, verlangt dessen Entlassung. Sie entläßt den Studenten nicht, kauft ihm neue Anzüge, lädt ihn ein, mit ihr und Prilukow zu speisen. Wieder häufen sich die ungeöffneten Telegramme auf Prilukows Schreibtisch. Sie reisen von Paris nach Berlin, Brüssel, Rom; jagen den flüchtigen Jahreszeiten nach. Sie betet in der Kirche Santa Maria sopra Minerva, hofft Andrej zu treffen. Einmal träumt sie von einer Sanduhr, die mit Gold gefüllt ist, dem Gold Donats. Langsam rinnt das Gold durch das Stundenglas. Im Sommer mietet er ein Haus an der Nordsee. Ein kalter Wind fegt über die Dünen. Die Zeitungen berichten von schweren Unruhen in Rußland. Sie beobachtet Donats Rastlosigkeit wie die Unruhe eines Tieres, das jeden Moment ausbrechen kann. Er küßt sie am Morgen, in den Dünen; am Nachmittag, hinter herabgelassenen Jalousien; in der Nacht, wenn er wie aus einem Alptraum erwacht. Er begleitet sie nach Berlin und fährt nach Moskau weiter.

Sie findet keinen Schlaf, schläft nur mit schweren Pulvern. Liebe sättigt den Körper nicht; durch Liebe wird er unersättlich. Drei, vier Briefe schreibt sie täglich an Donat; schildert in krassen Farben den Hunger ihres Körpers, hofft, daß die Zensur die Briefe öffnet. Eines Nachts, als sie den Brief versiegelt hat, geht sie in das Zimmer Zolotariews. Wortlos zieht sie sich aus, legt sich zu ihm. Jede Bewegung beobachtet sie, jeden Laut nimmt sie wahr. Als er sie küssen will, schlägt sie ihm ins Gesicht. Wieder in ihrem Schlafzimmer, beschreibt sie in einem Brief jede Minute der Nacht. »Ich liebe dich wie einen Gott.« Tagelang döst sie vor sich hin, zählt die Stunden bis zu Donats Antwort. Elise Perrier beschwört sie, den Hauslehrer nach Rußland zurückzuschicken. In ihrem Zorn drückt sie eine brennende Zigarette auf Elises Hand aus. Donat muß den Brief erhalten haben. Es ist ein milder Winter, der Himmel über Berlin ist blau. Nur in den Schaufenstern der Spielwarengeschäfte liegt glitzernder Papierschnee. Elektrische Eisenbahnen fahren durch grüne Tunnels. Zinnsoldaten führen Krieg, die Zugbrücken der Burgen sind herabgelassen. »Wo verbringen wir Weihnachten?« fragt Tioka. Mehr als Erwachsene wissen Kinder von Heimweh. Wenige Tage vor Weihnachten wird sie mit einem Telegramm geweckt. Donat ruft sie nach Moskau. Am selben Abend reist sie ab.

9

Als Maria am einundzwanzigsten Dezember neunzehnhundertvier in Moskau eintraf, ahnte sie nicht, daß sie in ein Land am Rande der Revolution geraten war.

Seit beinahe elf Monaten währte der Krieg gegen Japan, den das Zarenreich in wenigen Wochen zu gewinnen geglaubt hatte, auf daß der Zar *»die Erbschaft Dschingis-Khans antreten«* und *»sich an die*

Spitze der Völker des Orients stellen« könne. Das Leben in Rußland war weitergegangen; man hatte von dem Krieg wie von einem Erdbeben in einem fernen Land gesprochen: eine Naturkatastrophe, ein trauriges Ereignis, das einen nichts anging. Aber allmählich hatten sich die Arbeitsstätten gelichtet; eine Gewalt, größer als selbst die der Gutsherren, hatte die jungen Bauern von Pflug und Hof entführt; die Nachrichten waren trauriger und die Traueranzeigen länger geworden. Im Jubel über einen gewonnenen Krieg wäre vielleicht die Not der Hungernden untergegangen; in den Trauergesängen über ein hoffnungsloses Ringen klang auch der Hungerschrei lauter. Eine Woche vor Marias Ankunft in Moskau waren in den Putilow-Werken zu St. Petersburg vier Arbeiter, Mitglieder der legalen Fabrikarbeitervereinigung, entlassen worden. Die Direktion hatte sich geweigert, sie wieder aufzunehmen; andere Arbeiter, hier und dort, hatten die Maschinen verlassen; nun standen hundertundfünfzigtausend Arbeiter in Streik. Die Unruhe griff auf die Provinz über, schließlich auch auf das zögernde Moskau. Als Maria in das *Hotel Metropol* fuhr, konnte das Automobil Prilukows eine halbe Stunde lang den Theaterplatz nicht überqueren. Tausende Demonstranten zogen über den Platz. Noch standen Polizei und Militär Gewehr bei Fuß.

Prilukow war beschäftigter denn je. Er kam für eine Stunde ins Hotel, kehrte in seine Kanzlei zurück; zuweilen weckte er Maria um Mitternacht, auf dem Weg von seinem Büro. Er hatte Zolotariew sogleich entlassen, mit einer dicken Börse, aber Maria gegenüber hatte er so getan, als glaubte er ihr nicht, daß sie ihm hatte untreu werden können. Auf den jüngsten oder auf den ältesten Aristokraten wäre er eifersüchtig gewesen: Zolotariew war ein Bauernsohn wie er, ihm ungefährlich. Wenn sie, enttäuscht wegen seiner Gleichgültigkeit, den entlassenen Hauslehrer erwähnen wollte, winkte er ab. »Das ist jetzt nicht wichtig.« Wie er früher immer wiederholt hatte, Maria möge ihm alles überlassen, so wiederholte er jetzt: »Das ist nicht wichtig.« Weder sie noch er selbst noch ihre Liebe schien ihm wichtig zu sein; sein Leben schien unterzugehen im gemeinsamen Schicksal.

Eines Nachts, in den ersten Januartagen, weckte er Maria aus dem Schlaf.

Sie hatte das Gefühl, daß sie einen alten Mann vor sich hatte. Wie von einem bösartigen Karikaturisten war sein Gesicht gezeichnet: alles, was an ihm häßlich war, trat in scharfen Konturen hervor, alles Reizvolle hatte der Zeichner weggelassen.

»Die Revolution läßt sich nicht mehr aufhalten«, sagte er. »Heute früh sind hundertvierzigtausend Menschen – Arbeiter, Frauen, Kinder – zum Winterpalais gezogen. Gapon sollte dem Zaren seine Petition übergeben.«

»Wer ist Gapon?«

Er sah Maria ungläubig an. »Ist es möglich, daß du das nicht weißt? Georgij Gapon ist ein junger Pope. Erst vor kurzem hat er das Priesterseminar absolviert; er wollte sich der revolutionären Bewegung anschließen. Ein merkwürdiges Schicksal«, fuhr Prilukow fort. Die Polizei habe den jungen Popen vor einigen Jahren festgenommen. Er habe sich bereit erklärt, die Arbeiter zu verraten; ein Agent sei er geworden, »ein Spitzel, in diesem Volk von Denunzianten.« Hochbegabt, ein genialer Redner und Demagoge. Innenminister Plehwe, diese gottverlassene Kanaille, habe geglaubt, klüger zu sein als die Geschichte; er habe der Revolution den Wind aus den Segeln nehmen wollen, und so habe er den Agenten Gapon beauftragt, eine Arbeiterorganisation ins Leben zu rufen, »natürlich nur, um die Hungernden zu betrügen«. Gapon aber habe die Sache der Unterdrückten kennengelernt und sich ihrer erst recht angenommen – »die Geschichte segelt mit dem Wind, den man ihr aus den Segeln nehmen will«. Längst kein Denunziant mehr, sondern ein Arbeiterführer, sprach Prilukow erregt weiter, habe Gapon eine Petition an den Zaren gerichtet. Er nahm ein Papier aus der Tasche und las: *»Gossudar! Wir Arbeiter von St. Petersburg, unsere Frauen und Kinder und Eltern, hilflose Greise, sind zu Dir gekommen, Gossudar, um von Dir Gerechtigkeit und Schutz zu erbitten ... Wir haben nur zwei Wege, entweder zur Freiheit und zum Glück oder ins Grab.«* Prilukow lachte. So also hätten sie heute früh den Weg gewählt, ins Grab. Zum Winterpalais seien die Ahnungslosen gezogen. Unter den Porträts des Zaren. »Kirchenfahnen und Heiligenbilder haben sie vorangetragen, eine feierliche Prozession. Man hat sie in die Falle gelockt, mit Kirchenfahnen und Heiligenbildern. Ein Hornsignal, die Offiziere haben in die Menge feuern lassen, noch sind die Toten nicht gezählt, man spricht von tausend. Dem fliehenden Volk wurden Salven nachgefeuert, die Leichen liegen unter Kirchenfahnen.« Ein Wunder habe Gapon gerettet, hier seine Proklamation, den Massen noch unbekannt: *»Ich, Priester, verfluche die Offiziere und Soldaten, die zu dieser Stunde ihre unschuldigen Brüder, Frauen und Kinder hinschlachten ...«*

Er hielt inne, als bemerke er, daß ihm Maria nicht zuhöre.

Nur mit halbem Ohr hatte sie ihm zugehört. Sie wußte, daß er von sich sprechen wollte. Mitgefühl mit den Hungernden? Er liebte den Überfluß. Haß gegen die Aristokratie? Erhebung in den Adelsstand, und er hätte aufgehört, den Adel zu hassen. Begeisterung für die Aufrührer? Er verdankte ihnen seine Berühmtheit. Nicht zwei Gesichter hatte er, wie Janus, unzählig waren seine Gesichter.

»Und warum sagst du mir das, um zwei Uhr früh?« unterbrach sie ihn.

»Weil du Rußland so schnell wie möglich verlassen mußt. Ich konnte die Ereignisse nicht voraussehen. Siegt die Revolution, wird man Frauen wie dich auf dem ersten Kandelaber aufhängen.«

»Der Gedanke scheint dir Vergnügen zu bereiten.«

»Dann drängte ich nicht auf deine Abreise.«

»Die Revolution wird nicht siegen.«

»Aber ihre Niederschlagung wird Rußland in einen Kriegsschauplatz verwandeln. Es ist kein Platz für dich . . .«

»Das heißt, daß du mich wieder allein lassen willst«, sagte sie.

»Bis sich die Lage geklärt hat.« Er setzte sich neben sie. »Du bist eine Komtesse O'Rourke, eine Gräfin Tarnowska. Aber ich habe Vertrauen zu dir. Ein Teil des Geldes, das die Revolutionäre besitzen, befindet sich bei mir. Verließe ich jetzt Rußland, würde man glauben, daß ich mich mit dem Geld aus dem Staub machen will. Es wäre mir gleichgültig, die Reichen zu betrügen, aber ich kann die Armen nicht enttäuschen.«

Obwohl Prilukow drängte, fällte sie tagelang keine Entscheidung. Die Berichte der zensierten Zeitungen widersprachen seinen Erzählungen.

Prilukow schien recht, die Zeitungen schienen unrecht zu haben: die Revolution griff um sich. Die Universität Petersburg mußte geschlossen werden. An mehreren Stellen des Landes hatten aufrührerische Bauern die Schlösser ihrer Herrschaften angezündet: in Marias Hotel trafen aristokratische Familien ein, die vor der Wut ihrer Dienstboten geflohen waren. Großindustrielle beschworen die Regierung, noch rechtzeitig einzulenken. Sogar Generale, die befürchteten, die Soldaten im Fernen Osten könnten meutern, mahnten zur Einkehr. Intellektuelle, Ärzte, Ingenieure, Schriftsteller, Professoren bildeten Berufsverbände. Der Rechtsanwalt Dr. Donat Dimitrijewitsch Prilukow wurde zum Vorsitzenden des Advokatenverbandes gewählt. Wenn Maria aus ihren Fenstern auf den Theaterplatz hinausblickte, sah sie aufgeregte Ansammlungen; man raufte sich um die Zeitungen; auf einmal tauchten Hunderte von Menschen mit allerlei Fahnen auf; in der Nacht hörte man den Gesang von Männern und auch von Frauen; hier und da fielen Schüsse. Tioka wachte auf und weinte. Elise Perrier saß zitternd und lächelnd an seinem Bett. Am siebzehnten Februar russischer Zeitrechnung — der Schnee lag hoch; niemand räumte ihn weg; die Türen der Geschäfte waren verrammelt; die Großstadt glich einem eingeschneiten Dorf; die Türsteher flüchteten sich unter die Tore der Hotels; die Kirchenglocken läuteten wie in Stunden der Not; Moskau ersoff in Schnee. Mitte Februar erschienen Extraausgaben mit Trauerrand. Unweit vom Kreml hatte die Bombe eines Rebellen namens Kaljajew den Großfürsten Sergej Alexandrowitsch getötet.

Am nächsten Tag brachte Prilukow in seinem Schlitten Maria, Tioka und die Zofe zum Bahnhof. Er war abgemagert, seine Augen waren rot umrändert, der Kragen schlotterte ihm um den Hals. Maria glaubte nicht, daß er sich den Armen opferte. Sie glaubte ihm nur, daß er die Reichen betrog.

10

Am Abend saß sie im Speisewagen einem Mann gegenüber, der sie schon bei der Abfahrt in Moskau beobachtet hatte. Sie war es immer noch gewohnt, daß die Männer sie beobachteten, die bekannten und auch die unbekannten, devot, voll Bewunderung, herausfordernd. Elise Perrier hatte ihr gesagt, daß der Herr mit seinem kleinen Sohn im selben Schlafwagen reise; die gleichaltrigen Kinder hätten sich im Korridor angefreundet.

»Unsere Kinder haben schnell Freundschaft geschlossen«, erklärte der Mann, sich leicht verneigend. Er stellte sich vor. Graf Pawel Ergrafowitsch Kamarowskij. »Sie ahnen nicht, wieviel ich von Ihnen gehört habe, Gräfin.«

Maria zuckte zusammen. Sie wurde sich bewußt, daß sie sich vor Menschen fürchtete, die ihren Namen kannten.

Der Mann lächelte müde. »Erinnern Sie sich an Ihre Mitschülerin, die Komtesse Galizyn?«

Sie erinnerte sich. Das blutarme, bigotte Mädchen, das nie an den Spielen der anderen teilgenommen, das ihre erste Blutung wie eine Schande verheimlicht hatte.

»Sie war meine Frau. Vor zwei Jahren ist Emilia von uns gegangen.«

Die salbungsvolle Redewendung erschien Maria gekünstelt, zugleich aber rührend. Erst jetzt bemerkte sie, daß der Graf Trauerkleidung trug. Zwei Jahre nach dem Tod seiner Frau! Sie fragte sich, an wen er sie erinnere. Die kleine zarte Figur, der schmale, nicht unschöne Kopf mit dem gepflegten Spitzbart und den traurigen Augen, dazu, seltsam kontrastierend, die dreieckigen Brauen, der aufgezwirbelte Schnurrbart und die auffallend großen Ohren: an wen er sie erinnerte, wußte sie nicht, aber es war eine Erinnerung, die sie aus ferner Vergangenheit anwehte, vielleicht aus ihrer Kindheit.

Der Graf sprach von seiner verstorbenen Frau; vom kleinen Granja, dem seine ganze Liebe gehörte — »wissen Sie, Gräfin, wenn einem Mann nahe an Fünfzig ein Erbe geboren wird . . .«; von Tioka und der schnellen Freundschaft der Kinder. Er erkundigte sich, ob Maria noch andere Kinder habe. Das berührte sie angenehm: es überraschte sie, mit jemandem zu sprechen, der nichts von der skandalösen Vergangenheit der Gräfin Tarnowska wußte. Sie hatte von jeher die Fähigkeit besessen, sich mit den Augen anderer Menschen zu sehen; schnell lebte sie sich in die Rolle der Gräfin Tarnowska ein, die, wie heutzutage viele Damen der Gesellschaft, mit ihrem Kind ins Ausland fuhr, um den revolutionären Unruhen zu entgehen.

»Weiß Gott, Sie tun gut daran«, pflichtete ihr Kamarowskij bei. »Nicht, als ob ich Zweifel über den Ausgang dieser selbstmörderischen Revolte hegte. Alle Vergleiche mit dem Westen sind abwegig.

Unser Volk ist nicht imstande, sich selbst zu regieren. Jede demokratische Konzession würde bei uns nur den Pöbel an die Oberfläche spülen. Das Tragische ist ja, daß unser armes Volk von verantwortungslosen Agitatoren in sein eigenes Unglück gejagt wird. Ich muß es wissen, glauben Sie mir. Auf meinen Gütern leben an die fünfzigtausend Seelen: keiner dieser gottesfürchtigen Menschen hätte je an Empörung gedacht. Nun werden sie just in einem Augenblick aufgewiegelt, da wir unsere Rechte gegen Japan verteidigen müssen.«

Kamarowskijs Rede tat ihr wohl. Beinahe hatte sie sich, den dummen Muschiks gleich, von der gewalttätigen Persönlichkeit Donats überrumpeln lassen. Er hatte ihre Lage mißbraucht, um sie von der Nabelschnur zu schneiden, die sie mit der Mutter verband, mit Rußland und ihrer Gesellschaft. Es war beruhigend, die eigene Sprache zu vernehmen, obwohl Kamarowskijs Ausdrucksweise zu feierlich war.

Kaum war das Abendessen beendet, als er sich entschuldigte. »Granja kann nicht schlafen, wenn ich ihm keinen Gutenachtkuß gebe«, sagte er mit einem bescheidenen Lächeln. »Ich muß ihm Vater und Mutter sein.«

11

Maria zweifelte, ob es Zufall war, daß auch Graf Kamarowskij im *Bristol* abstieg. Schon wenige Stunden nach ihrer Ankunft sandte er ihr Blumen; sooft sie die Hotelhalle betrat, saß er wartend in einem der Fauteuils; die Gouvernante Granjas, eine alte Engländerin, erschien, gebeten und ungebeten, um Tioka zu gemeinsamem Spiel, zu Schlittenfahrten oder Spaziergängen abzuholen. Obwohl Tioka selten Lust empfand, mit dem launenhaften, verwöhnten und hochmütigen Kind zu spielen, ermahnte ihn Maria, sich freundlich zu zeigen, teils, weil Tioka in der fremden Stadt keinen anderen Spielgefährten hatte, teils, weil es sie rührte, wie sehr sich das verwaiste Kind an sie selbst anschloß. Kinder und Dienstboten waren ihr immer ergeben gewesen, beide wußte sie zu behandeln, aber Granjas Zuneigung war so stürmisch, daß Tiokas Eifersucht erwachte. Auch begegnete Maria wieder ihrem alten Feind, der Langeweile. So geschah es, daß sie Kamarowskijs Einladungen gern annahm. Schüchtern, zögernd, in der devotesten Form wurden diese Invitationen vorgetragen; mit grenzenloser Dankbarkeit wurde ihre Annahme bestätigt. Sie speisten in den elegantesten Restaurants, tranken die erlesensten Weine und die besten Jahrgänge von *Veuve Cliquot;* alles vollzog sich jedoch mit einer bescheidenen und selbstverständlichen Diskretion, so daß es Maria schwerfiel, sie nicht mit der vulgären Prasserei Donats zu vergleichen. Es schien ihr jetzt, als ob

Donat nur eine Bestätigung seiner eigenen Erfolge gesucht; mit dem verpraßten Geld weder ihr noch sich ein bestimmtes Vergnügen, sondern nur sich selbst ein Selbstgefühl erkauft hätte, während ihr Kamarowskij jede Aufmerksamkeit so darbrachte, als sei er der unpersönliche Vermittler eines fremden Tributes. Man konnte viel Geld leichtsinnig und doch mit schwerer Hand ausgeben; selbstverdientes Geld klebte an den Fingern, war schwer wegzuwerfen. Sie hatte an der grandiosen Selbstbespiegelung Donats teilnehmen dürfen; Kamarowskij begehrte kaum einen Anteil an ihren Freuden. Seine Unterhaltungen waren unpersönlich. Wenn er nicht von Plastiken und Poesie sprach, von Pädagogik und Politik, philosophierte er von der Unsterblichkeit der Seele; von der Wiedervereinigung mit geliebten Menschen im Jenseits; von der Auferstehung der Toten am Jüngsten Tag; von der unerklärlichen Verbindung der Lebenden mit den Toten, die doch selbst auf den Jüngsten Tag warteten. Zuweilen irritierte es Maria, daß er zu häufig seine tote Frau erwähnte, seine Trauer wie eine Kirchenfahne vor sich hertrug. Das reizte sie um so mehr, als sie seine begehrlichen Blicke bemerkte, wenn er die Augen auch gleich darauf schuldbewußt niederschlug. Die Vorsicht, mit der er jeder Unterhaltung über Marias stürmische Vergangenheit, über ihre gegenwärtigen Lebensumstände aus dem Wege ging, erweckte in ihr den Argwohn, daß Pawel Kamarowskij schon im Speisewagen des Moskauer Schnellzuges aufs genaueste über sie unterrichtet gewesen war und nur aus Taktgefühl oder weiß Gott weshalb schwieg.

Nur selten erhielt sie Briefe von Prilukow. Die Revolution war niedergeschlagen, aber die Wiener Zeitungen, keiner Zensur unterworfen und schadenfroh offenbar, berichteten von fortdauernden Unruhen und den verhängnisvollen Niederlagen der kaiserlich russischen Streitkräfte bei Mukden und Tsushima. Statt Briefen sandte Prilukow Telegramme, die ganz seiner Art entsprachen: überschwenglich oder drohend, voll Eifersucht oder voll Beteuerungen, in jedem Fall aber zwei und drei, manchmal auch vier und fünf Seiten lang. Wenn Maria mit Kamarowskij von einem Opernbesuch, aus dem *Sacher* oder vom *Jockey-Klub* ins Hotel heimkehrte, reichte ihr der Portier das gefaltete Papier mit dem roten Siegel. Jedesmal fand der Graf eine Gelegenheit, sich abzuwenden, beinahe als hätte er etwas Obszönes erblickt. In einer Aprilnacht sagte ihm Maria, daß sie ihn in den nächsten Tagen wohl kaum sehen werde. Kamarowskij fragte nichts.

Erst in den Armen Prilukows gestand sie sich, wie sehr sie Donat vermißt hatte. War die Entfernung trügerisch gewesen? Sie hatte seine guten Eigenschaften verkleinert, seine schlechten vergrößert und vergröbert.

Er erhob sich und ging zum Fenster. Es war eine kühle Vorfrühlingsnacht.

»Ich friere«, sagte sie und zog die Decke über die Schultern.

Er kehrte zu ihr zurück, legte sich aufs Bett. »Ich brauche Luft.«

Sie streckte die Hand aus. »Ich lasse dich nicht mehr fort.«

Er lachte. »Ich kann nicht mehr fort«, sagte er. »Ich kann nicht mehr nach Rußland zurückkehren.«

»Die Revolution . . .?«

»Nein, nicht die Revolution. Zumindest ist es nicht der unmittelbare Grund.«

Sie setzte sich auf.

»Ich besitze noch fünfhundert Rubel«, sagte er.

»Das ist nicht dein Ernst.«

»Das ist mein voller Ernst.«

»Aber dann mußt du doch erst recht zurückkehren.«

»Du scheinst nicht zu verstehen, Mura. Ich bin ein Dieb. Ich habe hunderttausend Rubel gestohlen. Genauer gesagt hundertelftausendvierhundertundzwanzig, wenn dir das etwas sagt.«

Es sagte ihr nichts. Auch das Wort Dieb sagte ihr nichts. Es war ein lächerliches Wort, das im Zusammenhang mit Donat nichts bedeutete. Diebe waren schmutzige Gestalten, die in Kneipen soffen und in Nachtasylen hausten.

»Du willst sagen, daß du Schulden hast«, erklärte sie.

»Ich will sagen, daß ich gestohlen habe. Seit Jahren. Es war das Geld der Revolutionäre, das wir durchgebracht haben. Natürlich hätte ich es ihnen nicht zurückgeben müssen. Ich hätte es behalten können. Kein Empfangsschein, kein Stück Papier. Bloßes Vertrauen. Die Revolution kam zu früh. Sie haben das Geld gebraucht, ich habe es ihnen gegeben, bis auf die letzte Kopeke.«

»Also . . .?«

»Nichts weiter, als daß ich es nicht hatte. Ich habe das Geld anderer Mandanten genommen. Loch auf, Loch zu, die bewährte Methode der Betrüger. Natürlich könnte ich mich jetzt umbringen. Ein Graf Prilukow würde sich eine Kugel durch den Kopf schießen. Aber zum Selbstmörder wird man geboren. Auch ist mir mein Leben zu wertvoll.«

Er zündete sich eine Zigarette an. Im aufflackernden Licht sah sie einen Augenblick lang sein Gesicht. Es war nackt wie sein Körper, und sie hatte das Gefühl, daß es zum erstenmal zu seinem Körper gehörte. Sie spürte noch die Härte und die Wärme seines Körpers in ihrem Körper. Eine Rührung, deren sie sich nie für fähig gehalten hatte, überkam sie bei dem Gedanken, daß er sie den ganzen Abend und die ganze Nacht geliebt hatte, ohne mit einem Wort zu verraten, daß er ein Dieb war, ein geflohener Dieb. Hatte er gemeint, sie würde sich ihm versagen, weil er ein Dieb war und nur noch fünfhundert Rubel besaß? Er wagte nicht zu sagen, daß sie ihn ruiniert, daß er sich ihrethalben ruiniert hatte. Keine Verteidigung und keine Anklage, ihr ausgeliefert. Sie wußte nicht, woher sie das Geld beschaffen würde, aber sie würde Geld zaubern und es ihm geben. Nicht zuwenig und nicht zuviel, damit er niemals vergessen könnte, woher es kam. Und wenn er je wieder fortgehen wollte, um leere Reden zu halten, oder zu Frau und Kind, würde sie ihn anketten, und er würde betteln müssen wie ein Hund um einen Knochen. Sie würde ihm Banknoten in den Mund stopfen, wie man einem Hund zu fressen gibt. Manchmal würde sie ihn hungern lassen. Das Gefühl, ihn erniedrigt zu sehen — erniedrigt trotz des tapferen Scheins —; die Sicherheit, daß er ihr nicht mehr entgleiten, nicht seine hundert Gesichter zeigen konnte; das Glück, ihr Werk vollendet und sein zweites Ich zerstört zu haben, erfüllte sie mit einer Wonne, in der sie, ohne ihn berührt zu haben, beinahe verging. Sie schlang ihre Arme um seinen Hals, drängte ihren Körper an seinen Körper. Als sie in seinen Armen verströmte, flüsterte sie nur: »Dieb ... Dieb ... Dieb ...!«

12

Sie handelte nach dem Plan, den Prilukow ersonnen hatte, obwohl sie nicht ganz übersehen konnte, was er beabsichtigte.

Zum erstenmal lud sie Kamarowskij in ihr Appartement ein. Er hatte Orchideen geschickt. Um Punkt acht erschien er, schwarz angetan, mit hohem steifem Kragen, Gast einer Leichenfeier. Die Fenster standen offen. Der Frühling gebärdete sich wie ein vorlautes, frühreifes Kind. Milde Mailüfte wehte der Abend von der Ringstraße herein, leichtsinnige Versprechungen. Es war, als wären die Bäume verliebt ineinander, als flüsterten sie sich Liebesgedichte zu. Mehrere Male während des Abendessens küßte Kamarowskij die Hand Marias. Hauptsächlich sprach er von Granja und der geradezu wundertätigen Wirkung, die Maria auf den unglücklichen Halbwaisen geübt hätte.

»Ich segne die Revolutionäre«, sagte Kamarowskij beim Kaffee. »Sie zwangen mich an jenem Tag, Moskau zu verlassen. Seitdem gibt es Stunden wie diese, in denen die Wolken der Melancholie, die zwei Jahre lang über meinem Leben gelastet haben, zu weichen scheinen.«

Es klopfte an der Tür; ein Page meldete Dr. Prilukow.

»Ein alter Freund«, sagte Maria. »Ich muß ihn für einen Augenblick empfangen.« Lächelnd fügte sie hinzu: »Ich werde ihn gleich fortschicken.«

Wie eine Theatervorstellung, für sie allein gespielt, beobachtete Maria die Szene. Prilukow blieb, Staunen mimend, in der Tür stehen. Er hielt ein großes versiegeltes Kuvert in der Hand. Dann näherte er sich mit schnellen Schritten, verbeugte sich tief vor Maria, verneigte sich kurz vor Kamarowskij. Maria lud ihn ein, Platz zu nehmen, aber er dankte und drehte nur verstört das Kuvert in der Hand hin und her. Schließlich gab er es ihr, sich neuerdings verneigend. Als sie ihm die Hand reichte, sagte er leise, beinahe flüsternd: »Sie sollen wissen, Gräfin, daß ich die Ehre Ihres Vertrauens zu schätzen weiß.«

Kamarowskij runzelte die Stirn. »Wer war dieser Mann?«

»Ein alter Freund, ich sagte es Ihnen.«

»Der Anwalt Prilukow?«

»Der berühmte Anwalt.«

»Wie kommen Sie zu ihm?«

»Er hat die Annullierung meiner Ehe betrieben.«

In gewundenen Redewendungen, sich entschuldigend, fragte Kamarowskij, was die Abschiedsworte Prilukows zu bedeuten hatten.

»Das Kuvert enthält zehntausend Rubel«, sagte Maria und schob es, wie einen lästigen Gegenstand, beiseite.

»Haben Sie ihm Geld geliehen?«

Sie lachte. »Donat ist ein reicher Mann. Nein, natürlich leiht er mir Geld.«

Kamarowskij sprang auf. Nie zuvor hatte er sich in ihrer Gegenwart eine so heftige Geste erlaubt.

»Das können Sie nicht tun, Gräfin! Sie können nicht die Schuldnerin dieses Menschen werden. Herr Prilukow, und ist er auch Ihr alter Freund, hat in Rußland einen ungemein schlechten Ruf. Das ist kein Mann, der einer schönen Frau zehntausend Rubel leiht, ohne dafür« – er zögerte – »Gegenleistungen zu verlangen.«

»*Cher ami*«, sagte sie, »es gibt Augenblicke, in denen man nicht nach den Quellen des Geldes fragt.«

Sie warf einen Blick auf das Kuvert. Es enthielt, sie wußte es, nichts als ein gefaltetes Zeitungsblatt.

»Sie dürfen nie eine Frau werden, die nicht nach den Quellen des Geldes fragt«, sagte der Graf. »Ach, ich spreche wie ein eitler Moralist«, fügte er in geändertem Tonfall hinzu, »und dabei bin ich nur ein eifersüchtiger Egoist. Schuldig fühle ich mich auch, meine teure Mura; lassen Sie mich ein Geständnis ablegen.« Wie jemand, der sich einer seit langem aufgeschobenen Pflicht entledigt, sagte er, daß ihm Marias bedrängte Lage schon seit beträchtlicher Zeit kein Geheimnis gewesen sei. »Ich will der Vorsehung danken, daß ich Zeuge dieser entwürdigenden Begegnung geworden bin. Dank der Vorsehung, die es mir gestattet, Sie vor dem letzten, dem verhängnisvollen Schritt zu bewahren.« Sie müsse ihm versprechen, drängte er mit glühenden Augen, das Kuvert ungeöffnet ›diesem Menschen‹ zurückzugeben; seine, Kamarowskijs, Hilfe zu akzeptieren – »wir alle brauchen Freunde, Mura, Freunde, deren Selbstlosigkeit uns von der Nobilität des Menschengeschlechts überzeugt, denen wir bedenkenlos unser Vertrauen schenken können und von denen wir nur ergebene Liebe empfangen.« Damit setzte er sich nieder, um einen Scheck auf zehntausend Rubel auszuschreiben.

Sie betrachtete den schmalen schwarzen Rücken, den gesenkten Kopf mit der unter schütteren Haaren peinlich verborgenen Glatze, die abfallenden Schultern und den Hals, der ihr auf einmal, behaart und borstig und runzlig und gerötet, als der häßlichste männliche Körperteil erschien. Donat hatte vorausgesehen, daß sie das Geld Kamarowskijs nehmen würde, aber er hatte weder vorausgedacht noch vorausgefühlt, daß dieser tieftrauernde Witwer und gütig besorgte Vater bereits, wie jeder andere, mit seiner tierischen Männlichkeit dachte; daß er die Rechnung präsentieren, die Zinsen zählen würde, und daß sie bezahlen müßte. Die Lust, Donat zu bestrafen, ergriff sie mit Leidenschaft, und in diese Lust mischte sich, wie Wodka in Champagner, eine zweite: sie würde Kamarowskij bestrafen, für seine Heuchelei, sein Schweigen, seine Trauer und die Sicherheit, mit der er sie kaufen zu können glaubte. Als sie : »Mein Freund, mein Freund!« sagte, zitterte ihre Stimme vor Rührung.

»Gehen Sie schlafen, meine *duska*«, sagte Kamarowskij. »Ich weiß, wie schwer es Ihnen gefallen ist. Aber bevor Sie die Augen schließen, denken Sie daran, daß Ihr Martyrium zu Ende ist.«

13

Wenige Tage später bat Maria Prilukow, Wien für ein oder zwei Wochen zu verlassen. Er beugte sich, weil er nichts mehr besaß und weil sie schwor, ihm nach Straßburg zu folgen. Dort lebte ein reicher Weinhändler namens Gutweiler, den der Advokat einst in einer schwierigen und nicht ganz sauberen Angelegenheit erfolgreich vertreten hatte, der gewiß noch nichts von Prilukows Flucht aus Rußland wußte und ihm unter die Arme greifen würde.

Maria hatte Prilukow nicht nur fortgeschickt, weil sie ihn bestrafen wollte; nicht nur, weil sie Eifersuchtsszenen fürchtete, sondern auch, weil sie glaubte, ihn auf die Probe stellen zu müssen. Sie war nicht sicher, ob Donat selbstlos gehandelt hatte: Kamarowskij wollte sie kaufen; vielleicht wollte Donat sie verkaufen.

Eine Woche nach Prilukows Abreise schrieb ihm Maria einen Brief, per Adresse Richard Gutweiler, Straßburg, der lautete:

Mein Geliebter!

Ich verfluche den Tag, an dem ich Dich fortgeschickt habe.

Gestern abend besuchte ich K. in seinem Appartement. Er sprach, wie gewöhnlich, von der Unsterblichkeit der Seelen und wollte von mir wissen, ob er wohl im Himmel seine geliebte Emilia wiederfin-

den würde. Daß er selbst in den Himmel kommen würde, daran schien er keinen Zweifel zu hegen. Nachdem die Kellner abgetragen hatten, setzte er sich neben mich und versuchte, mich zu küssen: seine Lippen trieften noch von Emilia, Seligkeit und Paradies. Ich dachte an unser Glück und ließ ihn gewähren – Du hättest doch nichts dagegen gehabt, nicht wahr? Das Unvermeidliche, hoffte ich, würde schnell vorbeigehen. Statt dessen lenkte er das Gespräch zuerst auf Wassilij, dann auf Alexis, schließlich auf Dich. Er wolle mir, sagte er, alles geben, was mich je glücklich gemacht hatte; er wolle ein gelehriger Schüler sein; in seiner Demut sei er bereit, auch vom Niedrigsten zu lernen. Damit meinte er wohl Dich. Er wollte wissen, ob es mir Vergnügen bereitet habe, mit Wassilij und der Kralberg zu schlafen – was ja, wie Du Dir denken kannst, nie geschehen ist –; ob es wahr sei, daß ich Alexis zu Tode geliebt habe, und wie ich mit dem Sterbenden hätte schlafen können; ob ein Plebejer wie Du besondere Kräfte besäße, ich wüßte schon, was er meine. Glaube nicht, daß er etwas andeutete, verschleierte oder sich auch nur einer gepflegten Sprache bediente. Ich kann seine Ausdrücke brieflich nicht wiedergeben, aber er gebrauchte Worte, wie sie vielleicht in Bordellen üblich sind. Dabei saß er vollkommen adrett neben mir, wie ein Kondolenzbesucher.

Geliebter, ich tat natürlich, wie immer, das Falsche. Seine Unverschämtheit versetzte mich in solchen Zorn, daß ich zu erfinden begann, wovon ich annahm, es würde ihn quälen. Er flehte, ich möge ihn erhören, jammerte und weinte. Seit zwei Jahren, seit dem Tod seiner Emilia, habe er keine Frau mehr berühren können. Emilia habe sich von ihrer schweren Geburt nie erholt, und die Ärzte hätten ihr damals verboten, je wieder zu lieben. Sein heißes Blut aber habe ihn von Bordell zu Bordell getrieben, von Mätresse zu Mätresse: an seinem sündhaften Leben – acht Jahre immerhin – sei Emilia gestorben. Er schlug sich mit den Fäusten gegen die Stirn, warf sich zu Boden, beichtete mir, als sei ich seine blutarme Frau. Ich habe noch nie einen Menschen gesehen, der sich in wenigen Minuten so vollständig verwandelt hätte. Ich allein, schrie er, könnte ihn erlösen. Warum gerade ich? Nun wurde er – es geschah, ich schwöre es Dir, in einer einzigen Sekunde – wieder das salbungsvolle Männchen, das er vorher gewesen. Er setzte sich neben mich, nahm meine Hand und sprach zu mir wie ein Arzt, nur sprach er von seiner eigenen Krankheit. Er kenne genau sein Übel, nicht zufällig habe es mit dem Tod Emilias begonnen: er habe sie gemordet, und nur die Hölle auf Erden könne ihn vor dem ewigen Feuer bewahren. Ob ich die Hölle auf Erden sei, versuchte ich zu scherzen, aber er antwortete ganz ernsthaft, daß er die Hölle von mir erwarte. Ich möge ihm von meinen Geliebten erzählen: in je krasseren Farben ich das Glück in ihren Armen schildere, desto besser für seine sündige Seele. Mit der Zeit würde er noch andere Qualen erfinden, die ich ihm bereiten solle, doch fühle er, daß ich selbst imstande wäre, sie zu finden. Das alles sagte er vollkommen ruhig, mit gekreuzten Beinen dasitzend, anscheinend gewiß, daß ich seine Rezepte einlösen würde. Natürlich kam er auf Geld zu sprechen, geschickt alles vermeidend, was mich verletzen könnte. Weil er an Emilia soviel verbrochen habe — ich konnte die kleine Galizyn nie leiden, und nun kann ich ihren Namen nicht mehr hören —, könne er nur noch durch ein wohltätiges Leben sein Seelenheil retten; allein, wenn ich sein Vermögen als meins betrachte, habe er Aussicht, am Jüngsten Tag das Antlitz des Herrn zu erblicken. Sein Vermögen meins also — unter der einzigen Bedingung, daß ich ihm nie danken, alles mit kalter Selbstverständlichkeit empfangen möge; daß ich ihn, sollte er sich jemals knauserig oder auch nur unaufmerksam zeigen, auf das strengste bestrafen möge.

Erspare mir, Dir zu schreiben, was er nachher, in seinem Schlafzimmer, von mir forderte. Ich bin erschöpft. Wenn Du mir telegrafierst, daß Deine Geschäfte in Straßburg auch nur halbwegs erfolgreich abgeschlossen sind, werde ich aus Wien fliehen, wie in den Tagen, da ich meine Hotelrechnungen schuldig bleiben mußte.

Ich liege in Deinen Armen, Geliebter,

Deine M.

Es traf kein Telegramm ein, aber eine Woche später erhielt Maria einen vom sechsten Juni datierten Brief aus Straßburg. Er lautete:

Mura, meine Geliebte!

Ich schreibe Dir nur kurz, weil die Verhandlungen mit G. meine gesamte Zeit in Anspruch nehmen.

1. Ich habe kein Geld. Schicke mir sofort mindestens hundert Goldmark, ›Wiener Kreditanstalt‹. Wenn ich bei G. etwas erreichen will, muß ich standesgemäß auftreten.

2. Brich die Beziehungen zu K. unter keinen Umständen ab. Wir dürfen jetzt nicht den Verstand verlieren. Das Glück erscheint in den seltsamsten Verkleidungen. Ich stelle mir vor, K. wäre ein normaler Mann wie ich. Ich würde alles liegen und stehen lassen und, von den Furien der Eifersucht getrieben, zu Dir eilen. Das wäre verhängnisvoll, weil wir (a) K. noch brauchen, und (b) meine Verhandlungen in Straßburg erfolgverheißend begonnen haben. Ich kämpfe um Zeit.

3. Wenn Du um eine Idee verlegen bist und Dir K. unbedingt Wohltaten erweisen will, so verlange von ihm, daß er eine Lebensversicherung auf Dich abschließt. (Am besten auf eine halbe Million Francs, bei der Wiener Anker-Gesellschaft.)

Was weiß K. von der Hölle? Ich kenne sie. Jede Stunde ohne Dich ist die Hölle.

Dein D.

Am selben Tag, an dem dieser Brief in Wien ankam, schrieb Maria an Prilukow:

Mein einziger Geliebter!

Es ist eine betäubende Juninacht. Ich wußte nicht, daß Wien eine Stadt des Flieders ist. Die ganze Stadt ist in Fliederduft gehüllt. Der Duft scheint mit jedem Schritt, den man tut, mitzuwandern. Die Kastanien stehen in voller Blüte. In der Nacht liege ich wach und sehne mich nach Dir.

Welch eine poetische Einleitung für einen Brief, der nichts als Kummer und Sorgen enthalten wird!

K. hat um meine Hand angehalten.

Die Vernunft sagt mir, seinen Antrag anzunehmen. Meine zehntausend Rubel werden bald zusammenschmelzen. Du wirst von G. nie genug Geld bekommen. Wien ist schön, aber ich kenne mich und weiß, daß mich eines Tages das Heimweh nach Rußland treiben wird. Du wirst mir nicht folgen können.

Aber das wichtigste ist Tioka. Er wird jetzt zehn Jahre alt und kann nicht seine ganze Kindheit in Hotelzimmern verleben. Er ist gesund, aber schwächlich, und ich zittere um ihn. Seine Intelligenz ist außerordentlich. Wenn er mich aus seinen traurigen Augen ansieht, glaube ich, daß er alles weiß. Eines Tages wird er mich zur Verantwortung ziehen; er wird mich hassen. Das könnte ich nicht ertragen. Manchmal glaube ich, daß jeder Mensch nur eine bestimmte Menge Liebe besitzt; die ganze Liebe, deren ich fähig bin, gehört meinem Kind. Ich bin so eifersüchtig auf ihn, wie ich es auf einen Mann nie gewesen bin. Er schließt sich mehr und mehr an Elise an. Sie ist eine gute Seele, treu, hingebungsvoll und in ihrer bescheidenen Art gar nicht so einfach, wie man glauben sollte. Ich bin auf Elise eifersüchtig, denn Tioka ist mit ihr aufrichtiger als mit mir. Tioka fragt täglich nach Dir; er hat eine unerklärliche Abneigung gegen K. gefaßt. Das mag jedoch mit seiner Abneigung gegen Granja zusammenhängen. Auf der anderen Seite hat sich mir Granja, dieses ungezogene und widerwärtige Wesen, in dem die abscheulichen Eigenschaften seines Vaters noch nicht von Heuchelei überdeckt sind, geradezu sklavisch angeschlossen. Was wieder für Tioka ein Grund zur Eifersucht sein mag.

Du siehst, daß ich versuche, das Für und Wider abzuwägen.

Mein Haß gegen K. wächst stündlich. Er ist ein Tier, das man vernichten müßte. Dabei überhäuft er mich mit Aufmerksamkeiten. Vorgestern stand ein Wagen vor der Tür, mit hundert Rosen geschmückt. Auch die Räder, das Geschirr der vier Pferde und die Peitsche des Kutschers waren mit Rosen geschmückt. Ich zog ein neues Kleid an, und wir fuhren – mit den Kindern natürlich – zum Blumenkorso in den Prater. Die ganze österreichische Hocharistokratie war anwesend. Im Lusthaus stellte mir K. ein halbes Dutzend

Aristokraten und Damen der Gesellschaft vor. Sein Name, sagt er, wird mich vor allen Anfeindungen schützen; ich werde wie eine Königin in Orel einziehen, wo die K.s ihr Schloß haben. Gestern abend nahm er eine Loge zur Lustigen Witwe, einer Operette, die hier jetzt mit großem Erfolg gespielt wird. Am Nachmittag hatte er sich die entzückende Angelegenheit mit Tioka, Granja und Elise angesehen; in seiner ›Engelsgüte‹ ist es ihm gleichgültig, demselben Stück zweimal beizuwohnen. Du weißt, wie leicht ich mich von Musik verzaubern lasse und wie kindisch ich mich mit dem Glanz eines großen Theaterabends freuen kann. Während mich die Walzerklänge in die sentimentalste Stimmung versetzten; während ich mich des schmeichelhaften Kreuzfeuers der Operngläser und der Komplimente freute — ganz wie in der Zeit vor dem Skandal —, begann K., mir die unglaublichsten Unflätigkeiten in die Ohren zu flüstern. Jeden Tag ersinnt er etwas Neues. In der Loge raunte er mir einen Traum zu, den er in der vergangenen Nacht gehabt hat: Deine so rege Phantasie, Geliebter, würde daneben verblassen. Der Traum war natürlich erfunden; er forderte mich auf, ihn hinter den Portieren der Loge zu verwirklichen. Ich nannte ihn ein Schwein, und er saß den Rest des Abends gehorsam neben mir, ein Herr vom Scheitel bis zur Sohle. Ich kann mir nicht vorstellen, daß ich mit diesem Scheusal leben könnte. Aber gibt es einen Ausweg?

Laß mich nicht wieder so lange auf eine Antwort warten!

Deine M.

PS. Ich habe begonnen, von der Lebensversicherung zu sprechen. Was beabsichtigst Du damit? Kann man sie belehnen? K sagte, er werde nach der Verlobung eine Lebensversicherung auf mich abschließen.

Tagelang wartet Maria umsonst auf eine Antwort von Prilukow. Sie hatte ihm so ausführlich von Kamarowskij geschrieben, weil sie ihm ihr Elend anvertrauen mußte; weil sie nicht glauben konnte, daß ihm ihr Verhältnis zu Kamarowskij gleichgültig sein würde. Die Qualen, die sie Kamarowskij zufügte, erhitzten ihr Blut nicht: daß es ihr mißlang, Prilukow zu quälen, quälte sie. Der Graf drängte, und sie fühlte sich unfähig, eine Entscheidung zu treffen. Endlich wurde ihr ein Brief gebracht. Er trug keinen Poststempel; ein Reisender hatte ihn abgegeben. Der Brief trug das Datum des achtundzwanzigsten Juni und war in Paris, *Hotel Napoléon*, geschrieben worden:

Mura, Geliebte!

Ich kann der Post keinen Brief mehr anvertrauen. Die Staatsanwaltschaft in Moskau hat einen Haftbefehl gegen mich erlassen. Haftbefehl: das bedeutet, daß ich bei Überschreiten der russischen Grenze verhaftet werden würde. Es ist gewöhnlich das Vorspiel zu einem internationalen Steckbrief in den Ländern, mit denen Rußland einen Auslieferungsvertrag besitzt. Nicht, daß ich Angst hätte: ich kann jederzeit beweisen, man verfolge mich als einen Gegner des zaristischen Terrorregimes.

Während ich mit G. verhandelte, hat er durch einen Brief aus Moskau die Wahrheit erfahren. Er hat mich mit einem Trinkgeld abgespeist. Dankbare Freunde in Paris werden mir einen Paß unter dem Namen Zeiler verschaffen. Ich bin schon unter diesem Namen gemeldet.

Kannst Du es verstehen, daß ich trotz alledem nicht unglücklich bin? Ich fühlte, daß unsere Liebe nie stärker war. Du weißt, daß ich der einzige Mann bin, den Du lieben kannst. Ich weiß, daß ich nie eine andere Frau geliebt habe. Auch fühle ich mich wie jemand, der an Leib und Seele krank sein mag, dessen Gehirn aber um so glänzender funktioniert.

Verlobe Dich mit K.! Ich schwöre Dir, daß Du ihn nicht wirst heiraten müssen. Alles andere kannst Du mir überlassen. Wichtig ist nur, daß ich über jede Einzelheit Deines — und seines! — Lebens genau unterrichtet bin. Deine Briefe werden mich immer erreichen.

Der Gedanke, daß Dich dieses Scheusal in seinen Armen hält, treibt mich zur Raserei. Aber K. ist wie der Polyp, der unzählige Arme hat, von denen doch keiner einem Arm gleicht. Wenn er sich Dir nähert — denke an unser vergangenes und kommendes Glück.

Du brauchst mir kein Geld zu schicken.

Dein P.

Am dritten Juli entschloß sich Maria, ihren letzten Brief zu schreiben, an Monsieur Zeiler, Hotel Napoléon, Paris. Er lautete:

Geliebter und Gehaßter!

Das sind meine letzten Zeilen aus Wien. Am siebenten Juli fahren wir alle nach Venedig. Wir werden im Grand Hôtel des Bains *am Lido absteigen.*

Ich bin am Ende.

Ich werde K. heiraten. Du hast es richtig gelesen. Ich werde mich mit ihm nicht nur verloben, ich werde ihn heiraten.

K. hat das Verlobungsfest für Donnerstag, den 6. Juli, festgelegt. Sein schönstes Verlobungsgeschenk für mich soll die Gästeliste sein. Er hat nicht nur Mitglieder seiner Familie und seine besten Freunde aus Rußland eingeladen, sondern auch entferntere Bekannte, dreißig an der Zahl, alles auf seine Kosten. Ein großartiger Plan, sagt er. Die Verlobung wird sich in Rußland herumsprechen; die Gäste, mehr oder weniger bestochen, werden die Kunde von meiner ›Wandlung‹ verbreiten; wenn wir in einem Jahr als junges Ehepaar heimkehren, wird die Gräfin Tarnowska vergessen sein. Übrigens hat er mich gefragt, ob ich Freunde habe, die ich in Venedig sehen möchte. Ich habe ihn gebeten, Onkel Edward einzuladen, jedoch nicht meinen Vater und Olga, die er beide beim Fest sehen wollte. Den Namen Andrejs hat er akzeptiert, Iwan Trubetzkoj hat er mit den Worten: »Ich kann nicht alle Deine Geliebten einladen«, abgelehnt. Auf meiner Liste stand auch Doktor Donat Dimitrijewitsch Prilukow. Du wurdest mit dem Wort: »Der Verbrecher!« gestrichen.

Du bist also gestrichen, Donat. Durch Deinen Namen zieht sich ein schwarzer Strich, wie ein Trauerrand. Eigentlich bin ich froh. Vielleicht habe ich Deine Karriere und Dein Familienleben zugrunde gerichtet, aber Du hast meine Seele ruiniert. Als ich Dir von K. schrieb, habe ich Dir eine letzte Chance gegeben. Wenn Du kein Plebejer wärest – jetzt verstehe ich, Du bist nur ein Dieb geworden, weil Du ein Plebejer bist –, Du wärest nach Wien geeilt, um mich von K. zu befreien. Oder Du hättest Dich gar nicht fortschicken lassen. Statt ihn um zehntausend Rubel zu schröpfen, hättest Du K. getötet. Ich verzeihe Dir, daß Du K. um zehntausend Rubel betrogen hast, denn zehntausend Rubel bedeuten für ihn weniger als eine Kopeke für Dich. Aber ich verzeihe Dir nicht, daß Du mich zu Deiner Komplicin gemacht hast. Für ein gutes Wort – oder für eine gute Strafe, wie Du willst – hätte mir K. zehntausend Rubel gegeben, und ich hätte mich nicht mit Deiner ekelhaften Komödie besudeln müssen. Durch Deinen Namen geht ein schwarzer Strich, Donat, nicht nur auf der Gästeliste.

Deshalb werde ich K. heiraten. Deshalb und Tiokas wegen. Und weil ich am Ende bin. Ich habe Deine Lügen satt. Verlobung und keine Heirat? Was planst Du? Ich will es nicht wissen. »Laß mich nur machen, Mura.« Was hast Du gemacht? Wann warst Du da? Eine Zeitlang habe ich mich an Deinen Optimismus geklammert. Ich hasse Optimisten, die mit dem Schicksal prahlen, über das sie keine Macht besitzen. Optimisten wie Du enden mit Selbstmord. Du belügst Dich und andere. Ich werde K. heiraten, weil er durchsichtig ist. Widerwärtig, aber durchsichtig. Ich werde seine Heucheleien für bare Münze nehmen. Er nennt mich seine ›jungfräuliche Geliebte‹. Ich werde ihm zeigen, wie jungfräulich ich sein kann. Er hat mir gesagt, daß er nach Emilias Tod nur Granjas halber nicht ins Kloster gegangen ist. Unsere Ehe wird sein Kloster sein. Aber schöpfe daraus keine Hoffnung. Hasse ich ihn, so hasse ich Dich doch nicht minder.

Habe ich geschrieben: »Geliebter und Gehaßter«? Laß Dir etwas erzählen, Donat. K. hat mich gestern mit einem widerlichen Gegenstand überrascht, der jetzt in der Pariser Gesellschaft Mode ist und mit dem Männer wie K. ihre unersättlichen Damen ›beglücken‹. Ich weiß, was Du für mich warst – ein Pariser Gegenstand. Er war mir unentbehrlich. Ich hasse ihn und werfe ihn fort.

Leb wohl, Donat! M.

Am Morgen ihrer Abreise nach Venedig erhielt Maria ein Telegramm aus Paris:

Man schreibt nicht so ausführlich, wenn man den Abschied gibt stop besitze ein Vermögen stop ich bin der ich immer war und den Du immer geliebt hast stop komme um Dich von K. zu befreien.

14

Ein Teil der Terrasse des *Grand Hôtel des Bains* war abgesondert: hier war die Verlobungstafel gedeckt.

Sie wußte, daß sie in ihrem weißen Abendkleid nicht nur schön, daß sie auch jung aussah. Achtundzwanzig, und sie fühlte sich steinalt. Vor wenigen Stunden hatte sie die Nachricht erreicht, daß Onkel Edward tot war. Herzschlag, ein schöner Tod. So sagte man, als sei es schön, sich ohne Abschied zu empfehlen.

Sie warf einen Blick auf Kamarowskij. Er trug keine Trauer mehr, schien strahlender Laune zu sein.

Onkel Edward tot. Keine Nachricht von Andrej. Hatte sie der Teufel geritten, als sie den Dominikaner eingeladen hatte? Hatte sie vergessen, daß er Tioka Briefmarken aus der Mandschurei geschickt hatte? Krankenpfleger im Krieg. Und wäre er nicht in der Mandschurei gewesen, er wäre doch nicht gekommen.

Fremde Gesichter. Kamarowskijs nächste Verwandte waren nicht gekommen. Der Segen seiner alten Mutter, telegrafisch. Fast alle Gäste trugen klingende Namen, aber es waren nicht die vornehmsten Träger dieser Namen. Ein Scheremetjew, aber nicht der Scheremetjew; ein Tolstoj, aber nicht der Tolstoj; ein Uwarow, aber nicht der Uwarow. Gotha in dritter Besetzung. Pawel wollte sie schützen und machte sie lächerlich. Bei großen Gesellschaften in Otrada lieh man sich Diener vom Nachbargut. Geliehene Gäste waren es. Der dicke Graf Branicka, der unappetitlich fraß; Prinz Dolgorukij, der schon besoffen war; die Prinzessin Godunow in ihrem verwelkten Kleid: geliehene Diener. Wie hätte Donat sich über sie amüsiert! Wenn man mit einem Mann lange gelebt hatte, war es schwer, nicht mit seinen Augen zu sehen.

Der Gouverneur von Orel, Kamarowskijs bester Freund, hatte seinen Sohn geschickt. Nicolas Grigorijewitsch Naumow saß am anderen Ende der Tafel, starrte sie an. Wie Pjotr sie angestarrt hatte, beim Hochzeitsfest in Charkow. Vage erinnerte sie sich an die erste Begegnung. Orel, der Gerichtssaal, Sergej Burintzew, Donats Plädoyer, der Gouverneur. »Die Welt hätte nicht viel verloren«, hatte der junge Mann gesagt. Sie erwiderte seinen Blick. Danke, daß du gekommen bist! Ein Engel, blond, blauäugig. Mantegnas *Heiliger Georg*, auf dem Gemälde, in der *Accademia*. Kein Fremder. Sie wandte sich an Kamarowskij, fragte ihn nach Naumow. Noch nicht dreiundzwanzig, Student und schon berühmt. Rußlands berühmtester Baudelaire-Übersetzer. »Sein Vater ist stolz auf ihn und macht sich Sorgen.« Ihr Lächeln erwiderte er nicht. Sein Blick war jetzt wie ein Messer, das den Faden ihres Gespräches mit Kamarowskij durchschnitt. Toasts wurden ausgebracht; die Zigeuner spielten; sie dankte, lächelte, drückte die kalte Hand Kamarowskijs und wußte, daß man sie verhöhnen würde, mit Steinen bewerfen. Seine Tischnachbarinnen sprachen zu Naumow; wie aufgescheucht antwortete er. Kamarowskij gab ihr ein Zeichen; sie hob die Tafel auf; die verkleideten Diener zogen in den Ballsaal.

»Ich muß Sie sprechen, Gräfin!«

Es war Naumow; er stand neben ihr. Sie blieb zurück.

»Was kann ich für Sie tun?« fragte er.

Sie sah ihn fragend an.

»Sie sind unglücklich«, sagte er.

»Woher wollen Sie das wissen?«

»Ich bin ein Dichter.«

»Ein Gedankenleser, wollen Sie sagen.« Sie lachte.

»Dichter lesen nur düstere Gedanken«, erwiderte er ernst.

Hatte sie ihre Gedanken so schlecht verborgen? Vermochte sie nicht mehr, ihre Gedanken zu verbergen?

»Sie sind zu jung, um es zu verstehen«, sagte sie.

»Ich bin nicht zu jung«, erwiderte er wie ein Kind, das man aus dem Zimmer schickt, damit es etwas nicht höre, das es doch längst weiß.

»Was wissen Sie von mir?«

»Ich weiß, daß Sie leiden und daß Sie nicht zum Leiden geboren sind. Sie haben den Glauben verloren. Woran glauben Sie, Maria Nikolajewna?«

»Wollen Sie hören, daß ich an Gott glaube oder an das Heil meiner Seele?«

»An das Schicksal müssen Sie glauben.«

Er ergriff ihre Hände, drückte sie leidenschaftlich. Hatte sie ihn wirklich nur einmal gesehen, im Gerichtssaal von Orel? Tausendmal hatte sie ihn gesehen, jetzt wußte sie es. Im Kokainrausch war er ihr erschienen, tausendmal. Mantegnas *Heiliger Georg*. Lag sie im Kokainrausch, war alles um sie nur Phantasie? Die Wirklichkeit unerträglich, also die Unwirklichkeit wirklich. Die Zigeunermusik und die Musik der Wellen. Die lachenden Stimmen, das Klirren der Gläser, die verflackernden Kerzen, der Mond, das Licht aus dem Ballsaal. So war es im Kokainrausch immer gewesen: Töne hinter einer Wand, verschwommene Lichter, nur eine einzige Gestalt im Licht, eine einzige Stimme vernehmbar. Sie war nicht die Braut Pawel Kamarowskijs, sie war nicht in Venedig, die possenhaften Gäste waren ein Gemälde. Der heilige Georg war aus dem Rahmen gestiegen und sprach zu ihr mit männlicher Engelsstimme.

»Sie müssen daran glauben, daß mich das Schicksal gesandt hat«, sagte Nicolas. »Ich bin gekommen, um Sie zu retten.« Er habe sie geliebt, fuhr er fort, von der Stunde an, da er in Orel für einige Stunden in ihrer Nähe hatte sein dürfen. »Dennoch hätte ich es niemals gewagt, Ihnen unter die Augen zu treten.« Aber als die Nachricht von ihrer Verlobung Orel erreicht hatte, ›die schreckliche Nachricht‹, da habe er seinen Vater beschworen, ihn nach Venedig zu schicken. Tag und Nacht sei er gefahren, ohne Schlaf, die Räder der Eisenbahn habe er antreiben wollen, und die Räder des Eisenbahnzuges hätten ihm zugemurmelt: »Beeile dich, eile, du mußt sie retten!« Nichts sei er als der Bote eines höheren Willens, zu ihrer Errettung in höchster Not gesandt. »Der höhere Wille hat mir befohlen, Ihren Befehlen zu gehorchen, Maria Nikolajewna. Befehlen Sie mir, Sie in meine Arme zu nehmen und durch die Lüfte zu entführen: ich werde es tun. Befehlen Sie mir, mit diesen Kerzen das feiernde Haus in Brand zu setzen: ich werde es tun. Befehlen Sie mir, zu Ihren Füßen zu sterben: ich werde es tun.«

Er zitterte am ganzen Körper und schien festgewurzelt wie ein Baum, durch dessen Äste der Sturm fährt, und der alle Stürme überdauert. Hatte sie ihn wirklich gerufen, mit übersinnlicher Macht herbeigewünscht? Es konnte nicht anders sein, da sie ihr Elend den ganzen Abend mit keinem Wort, mit keiner Geste verraten hatte und dieser Jüngling doch ihr ganzes Leid kannte. Einer ihrer Ahnen, Tiernan O'Rourke, dessen Frau der König von Leicester entführt hatte, war im zwölften Jahrhundert von einem Engel in der Schlacht gerettet worden. Warum sollte es im zwanzigsten Jahrhundert keine rettenden Engel geben?

»Ich kenne Pawel seit meiner Geburt«, sagte Nicolas etwas ruhiger. »Er ist alt und häßlich und gemein. Er besudelt Sie mit seinem Anblick. Die Ehe mit ihm wäre der Abgrund. Sie sind jung, Maria Nikolajewna. Meine Jugend soll Ihr Schild sein. Sagen Sie ein Wort, und ich fordere ihn zum Duell. Sagen Sie ein Wort, und ich töte ihn.«

»Würdest du für mich sterben?« hatte sie Iwan gefragt, und fröhlich hatte Iwan genickt. Macht über Leben und Tod war ihr gegeben. Sie hatte kein Kokain genommen, und sie träumte nicht, und sie war nicht wahnsinnig. Das verloren geglaubte Gefühl ihrer Macht, wiedergefunden, durchflutete sie in heißen Wellen. Sie nahm Nicolas Naumow bei der Hand und ging mit ihm in den Saal.

15

Kurz nach Mitternacht erblickt Maria die kleine Gestalt Elise Perriers in einer der Türen. Prilukow erwarte sie in ihrem Salon, flüstert Elise, drohe mit einem Skandal.

Prilukow steht in der Balkontür, raucht eine Zigarette. Datum und Ort ihrer Verlobung habe sie ihm geschrieben, sagt er, ihr Staunen, ihre unschuldige Rolle stünden ihr schlecht. Sein Gesicht ist ihr neu. Er sieht wie ein Selbstmörder aus, der, dem gewählten Tod entronnen, sich mit falscher Lebenskraft bläht. Geld? Er habe mehr als genug. Woher? Gleichgültig. Der Name Zeiler? Lästiges Zwischenspiel. Seine Taschen beginnt er zu leeren. Banknoten, Goldstücke, ein ganzer Berg. »Ich bin gekommen, um dich zu befreien. Ich habe es dir versprochen. Was ich verspreche, halte ich.« Wie er sie befreien wolle? »Laß es meine Sorge sein.« Sie beschwört ihn, Venedig zu verlassen. Um den Skandal zu vermeiden, in dieser Nacht, schwört sie, daß sie zu ihm zurückkehren wird. Sie ist erschöpft, als es ihr endlich gelingt, ihn abzuweisen.

Naumow bleibt in Venedig. Daß es ihrethalben geschieht, kann Kamarowskij nicht täuschen; dennoch zeigt er keine Eifersucht. Ist es, weil Nicolas der Sohn des Gouverneurs ist? Oder hat er eine neue Qual für sich ersonnen, um seine Seele vor dem ewigen Feuer zu bewahren? Maria scheint es eher, daß er nur auf eine Gelegenheit wartet, sie in den Armen Nicolas' zu belauschen, die neueste der unerschöpflichen Perversitäten. Eines Abends fährt Kamarowskij mit Freunden nach Venedig, läßt sie am Lido allein mit Nicolas. Sie redet ihm zu, nach Rußland zurückzukehren. »Ich habe jedem Mann Unglück gebracht.« Sie spricht von Alexis, schildert seinen Tod. Er ist totenbleich, greift sich an den Hals. Er beneidet den Toten, sagt er. Jedes Leid sei er ihrethalben zu erdulden fähig. Seine Bereitschaft, für sie zu leiden, will er beweisen; eine brennende Zigarette möge sie auf seiner Brust zerdrücken. Er reißt sein Hemd auf, bietet ihr seine unbehaarte Brust. Sie preßt die brennende Zigarette tief in sein Fleisch. Er bedeckt ihre Hand mit Küssen.

Prilukow, oder Herr Zeiler aus Wien, wie er sich nennt, hat ein Zimmer im Dachgeschoß des *Grand Hôtel des Bains* gemietet. Er fürchtet, von Kamarowskij entdeckt zu werden; verläßt sein Zimmer nie. Fünfmal, zehnmal am Tag sendet er Botschaften an Maria. Sie ist sicher, daß es ihm wieder gelungen ist, Elise zu seiner Verschworenen zu machen. Die Zofe bringt ihm Essen, Getränke, Nachrichten. Maria erfährt, daß sich Tioka ins Dachzimmer Donats schleicht, stundenlang bei dem Gefangenen bleibt. Die meisten Spielzeuge Tiokas finden den Weg in die Behausung Zeilers. Maria stellt Tioka zur Rede. Zum ersten Male lügt er. Sein Schwur, Donats Versteck nicht zu verraten, ist ihm heilig, auch gegenüber seiner

Mutter. In der Nacht geht sie zu Donat. Mit Bitten oder Drohungen will sie ihn zur Abreise bewegen. Er geht in der Mansarde erregt auf und ab, schlägt den kahlen Kopf gegen die Wand. Sie vergißt, was sie an Donat geschrieben hat. Es ist nicht wahr, daß ihr die Qual der anderen Lust bereitet — nicht aller anderen. Erst im Morgengrauen kehrt sie in ihre Zimmer zurück. Sie schickt Donat durch Elise Kaviar, *foie gras*, Leckerbissen, die sie in eine Schachtel verpackt, auf der *Hundefutter* steht. Tagelang besucht sie ihn nicht, aber sie schreibt ihm Liebesbriefe und schildert ihre Ausflüge mit Kamarowskij und Naumow.

Mit jedem Tag wächst ihr Zorn gegen Kamarowskij. Er gibt ihr kein Geld. Sie lebt in unerhörtem Luxus, besitzt aber nichts. Auch er scheint sich mit Elise zu verschwören. Bargeld vertraut er der Zofe an. »Sie versteht mehr davon, *duska.*« Sie erinnert sich, daß er sie beschworen hat, grausam mit ihm zu sein, wenn er knausert. Unter ihren Beschimpfungen blüht er auf, eine begossene Topfpflanze. Sie will ihm kein Vergnügen bereiten, hört auf, ihn zu beschimpfen. Kein Ausweg. Bei einem Juwelier auf der Merceria bestellt sie einen fünfzehnkarätigen Brillantring, ein Kollier, ein Diadem. Lächelnd bezahlt er. In der Nacht versperrt er die Juwelen in seinem Tresor. »Es gibt zu viele Diebe.« Sie denkt an Donat: die Vorstellung, daß sie den künftigen Dieb ihrer Juwelen unter Kamarowskijs Augen füttert, bereitet ihr Genugtuung. Nur noch selten versucht der Graf, sich ihr zu nähern. *»Du weißt, er wird schwach, wenn ich ein tiefes Dekolleté trage«*, schreibt sie an Prilukow. Kamarowskij gebärdet sich wie jemand, der seines Besitzes so sicher ist, daß er ihn nicht berühren muß. Das Prahlen mit seinem Besitz im Angesicht Nicolas' befriedigt ihn. Jedes Wort, jede Geste Kamarowskijs treibt sie zur Weißglut. Zärtlichkeit und Trotz, Zustimmung und Widerspruch: alles fordert sie heraus. Von allem, das er begehrt, möchte sie das Gegenteil tun, aber sie fürchtet, daß er sie nur um so mehr lieben würde. Sie ist gefangen. Ist sie gefangen? Warum befreit sie sich nicht? Nur ein dritter kann sie noch befreien.

Nach einer durchtanzten Nacht unter freiem Himmel — der August ist schwül, es hat seit vierzehn Tagen nicht geregnet, das Wasser riecht faul, der Sand ist von Sonne getränkt — beschließt sie, sich Donats zu entledigen. Nur der Friede kann sie vor der endgültigen Zerstörung ihres Geistes retten. Friede an Pawels Seite? So weit kann sie, will sie nicht denken. Männer sind wie der Kot der Landstraße bei Otrada, im Herbst, nach dem langen Regen. Wenn man auf sie tritt, versinkt man. Dennoch muß man auf sie treten. Donat kann ihr nicht nach Rußland folgen. Sie fordert von Kamarowskij die gemeinsame Rückkehr. »Es ist zu früh, *duska.*« Er glaubt nicht, daß sie schon reingewaschen ist. Vermögen, Rang, Macht, Familie: und er zittert vor dem glatten Ungeheuer, der Gesellschaft. »Warum habe ich mich mit dir verlobt?« fragt sie. In dieser Nacht bleibt sie bei ihm. Sein Körper versagt; er spricht die ganze Nacht. Am Morgen besitzt sie sein Versprechen. Vorsichtig bereitet sie die Abreise vor. Elise muß einen Eid leisten, Prilukow nichts zu verraten. Zum erstenmal belügt sie Tioka, sagt ihm nichts von der bevorstehenden Abreise. In der Nacht vor der Flucht erscheint Prilukow in ihrem Schlafzimmer. Tioka hat im letzten Moment das Spielzeug abgeholt, hat Abschied genommen. Prilukow fegt eine Lampe vom Tisch, brüllt, will zu Kamarowskij. Er spricht von Frau und Kindern, seiner vernichteten Existenz, weint. Sie widerspricht ihm nicht, weil sie die Rührung übermannt und weil sie gerührt ist, daß sie der Rührung fähig. Prilukow rast, sie versucht, ihn zu beschwichtigen. Er stürzt aus dem Zimmer, kehrt mit zwei kleinen Flaschen zurück. Nitrat von Stärke und Chloroform. »Du mußt Kamarowskij töten, wir haben keinen anderen Weg.« Sie schwört, daß sie es tun wird. Schon morgen, denkt sie, wird sie das Gift vernichten. Prilukow scheint sie zu durchschauen. »Beim Leben Tiokas mußt du schwören, ihn zu vernichten.« Kalte Schauer durchrieseln sie. Noch nie hat sie einen Eid gebrochen. Auf Meineid steht Tod. »Nicht auf Tioka!« »Du liebst nur Tioka.« »Bei meinem Leben«, fleht sie. »Dein Leben ist dir nichts wert.« Sie denkt an die Reise in die Freiheit. Wassilijs Name vergessen. Sicherheit für Tioka. Zeremoniell läßt Prilukow sie schwören, die Hand auf dem Kruzifix, der Richter von Orel.

16

Illusion der Freiheit. Kamarowskij muß bei seiner Mutter bleiben, auf dem Schloß. Sie steigt im *Hotel Berlin* ab, wie einst mit Prilukow. Nicolas, gleichzeitig zurückgekehrt, wohnt im Gouverneurspalast. Der Gouverneur befindet sich noch in Amerika, neben Sergej Witte und Baron Rosen einer der Delegierten des Zaren. In Portsmouth wird Rußlands Niederlage im Krieg gegen Japan besiegelt.

Nicolas plant zu Ehren Kamarowskijs und Marias ein Fest. Die Gäste entschuldigen sich, im letzten Augenblick muß es abgesagt werden. Seit der Revolution fürchtet die Gesellschaft mehr denn je, durch Konzessionen unterhöhlt zu werden. Unsichtbare Kanäle verbinden die Salons; sie reichen von Kiew und St. Petersburg und Moskau in die Provinzstadt Orel. »Sie sehen, der Name Kamarowskij schützt Sie nicht, Maria Nikolajewna«, sagt Nicolas. Wenn sie Kamarowskij verläßt, können sie nach Paris fahren, der Heimat der Dichter. Seine Schwärmerei macht ihr das Leben mit Kamarowskij erträglich. Sie speist mit ihm im Gouverneurspalast. Er sitzt zu ihren Füßen und liest ihr aus seiner Übersetzung vor. Sie legt ihre Hände auf sein Haar, streicht ihm mit dem Finger über die Lippen. Er springt auf. Nicht nach Zärtlichkeit sehnt er sich, sagt er. Er braucht Stärke, um sie zu retten. Nur die Sklaven seien stark. Schon ahnt sie, was er sagen will. Stammelnd, wie ein Knabe, rühmt er sich, daß sie nicht die erste Frau sei, die er liebe. Er habe seine Erzieherin geliebt, als er zwölf war. Wenn ein Gewitter niederging, habe er geweint; um ihn zu bestrafen, habe sie ihn geprügelt, dann habe sie ihn ins Bett genommen, bis sich das Gewitter verzogen hatte. Die Gräfin Dobrinskaja habe ihn nackt, im Schnee, angebunden hinter ihrem Schlitten herlaufen lassen: Maria müsse ihm versprechen, ein Gleiches zu tun. »Ich bin ein Verdammter«, ruft er, »ein König in regnerischem Land.« Sie weiß nicht, ob er Baudelaire zitiert, nur von sich spricht. »Ich muß leiden, um zu lieben. Der Schmerz beflügelt meine Seele, Qualen tragen meinen Körper in höhere Regionen. Das Geschlecht ist niedrig, aber der Schmerz adelt es. Nur wer Schmerz zu geben oder zu erleiden vermag, ist göttlich, göttlich nur die Herren und die Sklaven.« Daß sie die Herrin sei, habe er gefühlt, in jeder Pore seines Körpers, in jeder Faser seines Herzens, an jenem ersten Abend in Venedig. Er wolle ihr die Sterne vom Himmelszelt bringen und verlange dafür nichts, als daß sie ihn prügle.

Beinahe täglich erhält sie Telegramme von Prilukow. Er fleht, droht, fordert, mahnt sie an ihren Schwur. Die Giftflaschen hat sie schon in Venedig vernichtet. Auf Meineid steht Tod. Eine leichte Heiserkeit Tiokas, etwas Halsweh, alltägliche Magenbeschwerden, auch nur eine düstere Laune des Kindes versetzen sie in Panik. Ihre Ängstlichkeit vermittelt sich dem Knaben, der immer ängstlicher wird, immer stiller, immer kränklicher. Wenn Kamarowskij mit Granja kommt, versteckt er sich, ist nicht zu finden.

Maria teilt sich Elise Perrier mit. Es ist wie in den Zeiten ihrer Wanderungen: die Schweizerin ist ihre einzige Vertraute. Nicolas Naumow kriecht zu ihren Füßen; Donat Prilukow droht mit Selbstmord; Pawel Kamarowskij liest ihr die Wünsche von den Augen — und sie ist allein mit ihrer Zofe. Ob einen Gott für einen gebrochenen Schwur auch dann bestraft, wenn man geschworen hat, ein Verbrechen zu begehen? Ob ein unschuldiges Wesen sterben muß, weil ein schuldiges Wesen einen Meineid geschworen hat? Entsetzt blickt Elise sie an. Nur ein verwirrtes Gehirn kann solche Fragen stellen. Aber wie gewöhnlich wagt Elise nicht zu antworten. Warum sich die Frau Gräfin nicht der Kirche anvertraue? Einem fremden Priester — niemals. Dann also Pater Andrej? »Ich werde ihm telegrafieren: Drahtet ob ich Kamarowskij ermorden soll«, höhnt Maria. Sie lacht, bis Elise sie zu Bett bringt.

Die Braut des Grafen Kamarowskij wird auf Schloß Kamarowskij nicht empfangen. Sie besteht auf Abreise. Kamarowskijs Mutter ist krank; er muß Weihnachten mit ihr verbringen. Ohne von Nicolas Abschied zu nehmen, reist sie mit Elise und Tioka ab.

In Kiew müssen sie die Reise unterbrechen. Neue Unruhen haben das Land ergriffen. In einer einzigen Woche werden in hundertzehn

Ortschaften dreitausendfünfhundert Juden getötet, zehntausend verletzt. Zur Bekämpfung der Streiks wird eine aus Offizieren und Verbrechern bestehende Organisation gegründet, *›Tschornyje sotni‹*, die ›Schwarzen Hundert‹. Das Volk singt: *»Der Zar in seinem Schrecken erließ ein Manifest: / Den Toten gab er Freiheit, den Lebenden Arrest.«* Die Eisenbahnverbindung nach dem Westen ist durch Anschläge unterbrochen. Tioka kämpft ununterbrochen mit Tränen. Sie verbringen Weihnachten in einem Hotel. Tioka erhält eine Karte von Andrej aus dem japanischen Krieg, die ihm seit Monaten nachgeschickt wurde. Maria überkommt die Versuchung, nach Otrada zu fahren. Das einsame Haus, der schreckliche O'Rourke . . . Am zweiten Januar setzen sie die Reise fort.

Maria hat jetzt genügend Mittel, um sich zu verbergen. Niemand teilt sie ihre Adresse mit. Es ist ihr wie einem flüchtigen Verbrecher, dem es gelungen ist, seine Spuren zu verwischen. Sie reist, manchmal ziellos, wie auf der Flucht. Das Frühjahr verbringt sie in Rom, den Sommer im Schwarzwald.

Eines Tages stürzt Tioka ins Zimmer. »Onkel Donat ist da, Onkel Donat!« »Natürlich habe ich dich gefunden«, sagt Prilukow. Sie ist glücklich. Nur er kann sie von ihrem Schwur entbinden. Tut er es, will sie bei ihm bleiben. Sie erzählt ihm alles, was sie seit dem Verlobungsfest erlebt hat. Sie fahren nach Nizza, Hyères, Paris. Fürchtet sich Prilukow vor der Polizei, so ist ihm doch nichts anzumerken. Spricht er davon, daß man ihn verfolgt, so stets mit einem gewissen Stolz: ein politisch Verfolgter, den man im Triumph heimführen wird. Er vergißt, was Maria von ihm weiß, ist nur noch ein Opfer des Zaren. Oft glaubt sie ihm. Tioka blüht auf. Onkel Donat sitzt stundenlang mit ihm auf dem Fußboden; sie lernen zusammen Gedichte; verbringen halbe Tage im Tiergarten. An einem klaren Oktobertag in Paris, als Maria auf ihre Rückkehr wartet, klopfen Beamte der Polizei bei ihr an. Sie suchen den ›ehemaligen‹ Rechtsanwalt Dr. Donat Dimitrijewitsch Prilukow. Elise fährt mit einer Droschke schnell in den Zoologischen Garten. Sie trifft Prilukow, warnt ihn. Ohne Gepäck, nur ein paar Francs in der Tasche, reist er ab. Maria findet in seiner Brieftasche neunzig Franc. Dreihundert besitzt sie selbst. Sie telegrafiert an Kamarowskij. Sofort kündigt er seine Ankunft an.

Mehr denn je ist sie gewiß, daß sie Donat liebt. Er ist ein Prolet, ein Dieb, ein Mörder. Man kann dem Teufel verfallen, ohne ihn zu lieben, aber sie liebt den Teufel. Der Gedanke, daß sich die nassen Lippen Pawels auf ihren Mund pressen werden, erfüllt sie mit Abscheu. Mit Abscheu erfüllt es sie, daß sie ihn gerufen hat. Sie klagt Elise an, ihr zu dem Schritt geraten zu haben; als ihr das Mädchen widerspricht, schlägt sie ihm ins Gesicht. Reue mischt sich in ihren Abscheu. Nur im Kokainrausch wird sie Kamarowskijs Nähe ertragen.

Wie immer mit Kamarowskij geschieht das Unerwartete. Kein Wort des Vorwurfs. Er klagt sich selbst an. Kein Versuch, sich ihr zu nähern: ein gütiger Vater, nur um sie besorgt, zu jedem Opfer bereit. Als sie ihm von Prilukow erzählt, fragt er, ob sie kein Tagebuch geführt habe. Schon nach vierzehn Tagen wartet er mit einer neuen Überraschung auf. Sie wollen das Weihnachtsfest in Wien feiern: »Unser guter Nicolas wird Granja bringen.« Ob er nicht eifersüchtig auf den schönen Jüngling sei, fragt sie. Lächelnd erwidert er: Wenn sie ihm ein Geschenk machen wolle, so möge sie den ›schönen Jüngling‹ erhören und es ihm, Kamarowskij, gestatten, von sicherem Versteck ihrem Liebesspiel zuzusehen. Ihre eigene Empörung erscheint ihr so lächerlich wie sein Wunsch. Sie verspricht ihm, was sie nicht zu halten gedenkt. Als Weihnachtsgeschenk begehrt sie eine auf sie ausgestellte Lebensversicherung in der Höhe einer halben Million Francs. Er stimmt zu, aber er gibt ihr noch immer kein Geld, verwahrt seine Geschenke. »Kamarowskij muß sterben«, sagt sie in derselben Nacht zu Elise Perrier.

Sie reist mit Kamarowskij und Naumow nach Wien, von da nach Hyères. Obwohl ihr beide gehorchen, behandelt sie beide wie ungehorsame Hunde. Sie erfindet, daß sie ein Stelldichein mit Prilukow gehabt habe. Im Kokainrausch glaubt sie manchmal, Donat zu begegnen; läuft fremden Menschen nach; steht stundenlang wartend vor einem Hotel. Naumow quält sie mit seiner Eifersucht, wiederholt bis zum Überdruß, daß er vom Himmel gesandt sei, sie zu retten. In der Nacht stellt sie ihre Schuhe vor seine Tür und verlangt, daß er sie reinlecke. Morgens bringt Nicolas die Schuhe und fleht um die Gnade, sie ihr anziehen zu dürfen. Der Retter, der heilige Georg! Sie hat kein Bedürfnis mehr, sich selbst zu sehen. Es geschieht, daß sie nicht weiß, wer sie ist. Elise Perrier kämmt sie, zieht sie an; fast nie blickt sie in den Spiegel.

Kamarowskij spricht wieder von Heirat. Willenlos gibt sie nach. Im Herbst, in Wien. Im Juli fahren sie neuerdings nach Venedig.

Sie badet allein zu früher Stunde, noch niemand ist am Sandstrand des Lido, als sie hinter ihrer Badekabine Donat erblickt. Es ist einer jener Augenblicke, da sie sich der tragischen Komik bewußt wird. In der Nacht schleicht sie sich aus dem Hotel, fährt in die Pension, wo er wohnt. Noch ehe er sie in seine Arme nimmt, sagt er ihr, daß er Kamarowskij erschießen werde. Er gibt ihr einen Brief, in dem er ihr den Mord aus Eifersucht gesteht. »Damit, sollte ich verhaftet werden, kein Schatten des Verdachts auf dich fällt.« Doch wird er, fährt er fort, nicht verhaftet werden. »Ich habe über achtzig Mörder verteidigt.« Er rühmt sich des geplanten Verbrechens wie des Freispruchs eines unschuldigen Mandanten. Sie glaubt ihm, daß er halten werde, was er sagt; glaubt ihm nicht, daß er der Gerechtigkeit entgehen werde. Später rüttelt sie ihn aus dem Schlaf. Die Wirkung des Kokains ist geschwunden. Das Unerhörte erscheint ihr nicht mehr selbstverständlich. Sie fleht, er möge von seinem Vorhaben ablassen, kehrt in ihr Hotel zurück. Es ist sechs Uhr früh, ein wolkenloser Sommermorgen. In der Nacht hat sich die Luft gewaschen, die Strandkörbe rekeln sich im Morgenschlaf, sanft ziehen sich die Wellen der Ebbe vom Sandstrand zurück.

Angezogen, in Schwarz, erwartet Elise sie. Die hat noch kein Auge geschlossen. Tioka ist krank. Das Fieber schüttelt seinen mageren Körper. Er erkennt seine Mutter nicht, phantasiert. Maria weckt das Hotel. Ärzte kommen: der Hotelarzt, der Kurarzt, ein Professor aus Venedig. Scharlach, in seiner schwersten Form. Lebensgefahr? »Unmöglich zu sagen, Gräfin.« Überführung ins Krankenhaus? Die Ärzte streiten. Die Hoteldirektion verlangt es. Kamarowskij verhandelt mit der Direktion, mit den Ärzten. Ärzte und Direktoren streiten. Kamarowskij läßt Granja fortbringen, nach Venedig. Maria beugt sich über das Bett; springt auf, wenn der röchelnde Atem des Kindes für einen Augenblick aussetzt. »Aber Sie haben doch Hoffnung, Herr Professor?« »Ich weiß nicht, Gräfin.«

Sie kritzelt einige Zeilen auf ein Papier, schickt Elise in die Pension Prilukows. »Ich bin bereit, meinen Schwur zu erfüllen.« Elise ist wieder da. Sie bringt die Antwort: *»Sei beruhigt. Ich habe einen Plan. Überlasse mir alles; jetzt wird alles gut.«*

In der Nacht wachen zwei Ärzte, eine Pflegerin, Elise Perrier und Maria am Bett Tiokas. »Die Krisennacht«, sagt der Professor. Tioka schläft. Sein Gesicht ist rot, er gestikuliert im Schlaf. Um vier Uhr früh nimmt die Pflegerin seine Temperatur. Einer der Ärzte herrscht sie an – sie muß es falsch gemacht haben; es gibt kein Wunder. Siebenunddreißigneun. Maria weiß, daß es Wunder gibt.

In der nächsten Nacht – Tioka schläft ruhig – fährt sie zu Prilukow.

Am siebenten August neunzehnhundertundsieben besteigt die Gräfin Tarnowska mit ihrem Verlobten, dem Grafen Pawel Ergrafowitsch Kamarowskij, mit dem jungen Baudelaire-Übersetzer Nicolas Grigorijewitsch Naumow, ihrer Zofe Elise Perrier und den Kindern Tioka und Granja den Expreßzug nach Wien. Sie nehmen die Pontebbabahn.

SECHZEHNTES KAPITEL

1

Enttäuscht, müde, voll Zweifel, kehrte Andrej Anfang neunzehnhundertundsechs aus dem Russisch-Japanischen Krieg nach Rom zurück.

Es war der Wille des *Magister generalis* gewesen, daß Andrej, kurz nach Ausbruch der Feindseligkeiten, als Pfleger und Seelsorger mit den russischen Truppen an die Front gehe. Der Wunsch des Paters General begegnete seinem eigenen. Sein Aufstieg im Orden – *Magister studentium, Baccalaureus* und, vor der üblichen Zeitspanne, *Magister theologiae* – war so schnell gewesen, daß er gefürchtet hatte, mehr ein Mann des Ordens als Gottes zu werden. Es war im Sinne des Ordens gewesen, daß er den Wohlhabenden, Satten und Selbstherrlichen predigte, aber das Leiden der Armen, Unterdrückten, Einsamen hatte er darüber beinahe vergessen.

Indes erwarteten Andrej auf den Kriegsschauplätzen des Fernen Ostens neue Wirrungen. Er war Russe und zog mit russischen Truppen ins Feld. Zwar hatten japanische Torpedoboote in der dunklen Winternacht des achten Februar neunzehnhundertfünf den Hafen von Port Arthur ohne Kriegserklärung überfallen; Andrej erkannte jedoch bald, daß, anders als in den meisten Kriegen, das Unrecht des einen nicht zum Recht des anderen geworden, Japan vom russischen Kaiserreich zum Krieg gezwungen worden war. Innenminister Wjatscheslaw Plehwe, ›die Kanaille‹, hatte einen *›kleinen siegreichen Krieg‹* angekündigt, aber es gab keine ›kleinen‹ Kriege, und ungewiß war, wohin die Kugel rollte. Just jene Kreise, denen Andrej jahrelang Einkehr, Umkehr und Rückkehr gepredigt hatte, hatten den Krieg vom Zaun gebrochen. Nikolaus II., der die Japaner *Makaken* genannt hatte, befand sich in der Hand rücksichtsloser Spekulanten, wie des Sägereibesitzers und Staatssekretärs Besobrasow; törichter Günstlinge, wie des Oberstallmeisters der Zarin, Graf Gendrikow; hochmütiger Offiziere, wie des Admirals Alexejew. Die Soldaten, Bauernsöhne, halbe Leibeigene, Analphabeten, denen Andrej auf den Schlachtfeldern von Dalnyj, Liaoyang und endlich vor Port Arthur begegnete, ahnten nicht, warum sie sterben mußten; viele wußten nicht einmal, wo sie sich befanden. Er hatte den Kriegsmachern Frieden gepredigt; ihre Fahnen vermochte er nicht zu segnen. Auch den zum Tode Bestimmten predigte er nicht. Er pflegte die Verwundeten, trocknete den Schweiß der Röchelnden, sprach zu den Sterbenden in ihrer Sprache. Wie in seiner Jugend, in Shitomir, überkam ihn das Gefühl seiner Machtlosigkeit, aber während er damals die Wahl gehabt hatte zwischen Liebe und Haß, mußte er jetzt die Augen schließen vor dem Unrecht, konnte nichts tun als die Opfer laben.

In den anderthalb Jahren, die er auf den Kriegsschauplätzen zugebracht hatte, hatte er wenig an die Menschen gedacht, die ihm vordem etwas bedeutet hatten. Im Namen der Familie, der Nation, der Menschheit gar wurden die Kriege geführt, aber im Krieg verloren die Menschen ihre Identität. Ein ketzerischer Gedanke mochte es gewesen sein, aber Andrej hatte es geschienen, als sei der Krieg schlimmer als die Hölle, denn die Seelen, die in diesem Hexenkessel schmorten, wußten nur von ihren eigenen Leiden; erinnerten sich nicht an die Leiden der anderen; scherten sich nicht um Mutter, Bruder, Weib und Kind, vergaßen, daß es andere Höllen gab.

Nach seiner Rückkehr kam Andrej die Existenz der anderen Höllen jäh zum Bewußtsein.

2

Er hatte die Erlaubnis erwirkt, nach Orel fahren zu dürfen. Dort war Sergej Iwanowitsch Burintzew zum Tode verurteilt worden. Für den achten Dezember war die Hinrichtung angesetzt.

Obwohl Sergej nicht römisch-katholischen Glaubens war und geistlichen Beistand abgelehnt hatte, wurde es Andrej gestattet, den Verurteilten in seiner Zelle zu besuchen und bei seinem letzten Gang zu begleiten.

Es schneite. Die schweren Schneeflocken schienen in der Luft hängenzubleiben. Auf dem langen Fußweg vom Kloster zum Gefängnis atmete Andrej tief die Luft ein, die wie von himmlischen Seifenflocken gesäubert war. Man sprach von den Schönheiten des Lebens: bestand seine Schönheit in etwas anderem als im Leben selbst? Wie konnte Sergej, wenn er hinausblickte durch die Fensterluke seiner Zelle, sich vorstellen, daß er morgen vergehen und das Leben nicht vergehen würde?

Das Gefängnis war ein großes Gebäude, das die Nachbarhäuser überragte, wie in den südlichen Ländern die Grabmäler oft die Wohnstätten überragen. Der vordere Teil, durch den Andrej geführt wurde, war laut und von einer unheimlichen Lustigkeit. Hier waren die kleineren Sünder untergebracht, denen nicht der Galgen drohte und die es sich deshalb leisten konnten, beim Bodenscheuern, Wäschewaschen und Fensterputzen Galgenhumor zu bekunden. Im Trakt der politischen Gefangenen wurden die Gänge immer stiller, aus den Zellen drang kein Laut: vielleicht dachten nur die politischen Gefangenen darüber nach, was sie begangen hatten. Hinter einer Stahltür, schließlich, befanden sich nur vier Zellen: in einer von ihnen wartete Sergej Burintzew auf seine Stunde.

Andrejs Besuch war ihm angekündigt worden: ohne Überraschung, mit einem Lächeln trat er dem Freund entgegen.

»So haben deine Warnungen also nichts gefruchtet«, sagte er.

Auf der Pritsche bot er Andrej einen Platz an. »Auch Sibirien hat nichts gefruchtet. Als ich heimkehrte, war die Revolution in vollem Gange. Es ist zwar ein wenig grotesk — oder tragisch, wenn du so willst, es ist ja meistens dasselbe —, daß ich an dem Attentat auf den Großmeister der Polizei von Brjansk nicht beteiligt war, aber ich hätte immerhin daran beteiligt sein können . . .«

Entsetzt sagte Andrej: »Da muß es doch einen Weg geben . . .!«

Sergej winkte ab. »Justizmorde werden meistens an Menschen begangen, die zwar kein Verbrechen begangen haben, denen man aber ein Verbrechen zutrauen könnte. Ich war nicht, was man einen sympathischen Angeklagten nennt. Ich erwies der Justiz wenig Reverenz. Ich hätte Berufung einlegen können, aber ich wäre mir lächerlich erschienen. Die höheren Gerichte sind größere Räder der gleichen Maschine: warum hätte ich mir bestätigen lassen sollen, was ich ohnedies wußte?«

»Du hättest Zeit gewonnen.«

»Die Revolution ist zusammengebrochen; sie braucht Zeit, um neue Kräfte zu sammeln. Mein Tod wird den Prozeß beschleunigen: mehr verlange ich nicht.«

»Ich habe in der Mandschurei viele sterben sehen. Ich wüßte keinen, der nicht sein Seelenheil geopfert hätte, um ein Jahr länger leben zu können.«

Sergej setzte sich neben Andrej. »Es ist schwerer, einer schlechten Sache wegen ein Jahr seines Lebens zu verlieren als sein ganzes Leben für eine gute zu opfern.«

»Weißt du, warum ich lächle?« sagte Andrej. »Ich muß an Shitomir denken. Ich kam, um dich zu retten, und am Ende hast du mich getröstet. Willst du mich trösten, Sergej?«

»Nein, aber ich bin dir dankbar, daß du mich nicht zu trösten versuchst.« Er stand auf und durchquerte die Zelle. Unter der Fensterluke blieb er stehen. »Offen gesprochen habe ich gezögert, als man mir deinen Besuch ankündigte. Wenn du gekommen wärest, meine Seele zu retten, hätte ich dich hinausgeworfen.«

»Ich weiß, daß du nicht an Gott glaubst . . .«

»Ich bezweifle, ob jemand an Ihn glaubt. Für die Regierenden ist Er ein Götze, den sie vor sich hertragen; für die Kranken ein Krückstock, an dem sie weiterhumpeln; für die Reichen ein Panzerschrank, der ihre Güter verwahrt; für die Kinder ein Füllhorn voll Geschenken; für die Bettler eine Sammelbüchse und für die Kirche ein Aushängeschild. Mir ist dieser Gott zu gegenständlich und zu bequem. Es gibt Ihn nicht, und Er ersetzt, was es nicht gibt.«

»Du kannst mich nicht daran hindern, für dich zu beten«, sagte Andrej.

»Bete, soviel du magst. Vergiß nur nie, daß mehr als einer durch meine Hand gestorben ist. Ich fürchte, du wirst dich mit deiner Fürsprache unbeliebt machen.«

Andrej stand auf. Er wollte das Gesicht des Freundes sehen. Der Tod hatte es nicht gezeichnet. Es war ein Bauerngesicht wie tausend andere, immer noch faltenlos, mit hellen, ruhigen Augen, einem Mund ohne Bitterkeit, mit zu großen Nasenlöchern, die ihm etwas Lustiges verliehen.

»Du magst nicht ans Jenseits glauben, Sergej«, sagte er. »Glaube wenigstens, daß du in mir leben wirst. Du wirst nie aufhören, mir zu fehlen.«

»Wenn es ein Jenseits gäbe, würdest auch du mir fehlen.« Er setzte sich wieder neben Andrej. »Ich glaube, dein Vater mochte mich gut leiden. Wenn du und ich zusammen ausgingen, pflegte er mir nachzurufen: ›Paß auf den Jungen auf, Sergej!‹ Es ist ziemlich unsinnig, aber ich habe das Gefühl, als müßte ich noch immer auf dich aufpassen.«

Das Weinen würgte Andrejs Kehle. Er biß die Zähne zusammen und sagte: »Wie kommt es, daß du und ich uns stets geliebt haben?«

»Das habe ich mich auch gefragt.« Er legte seinen Arm um Andrejs Schulter. »Ich muß dir noch danken für damals, als du Prilukow überredet hast. Inzwischen ist er ja auch in das Räderwerk der Justiz geraten.«

»Er soll gemeine Verbrechen begangen haben.«

»Wer weiß? Als sich die Athener des Alkibiades entledigen wollten – wir haben es zusammen gelernt, erinnerst du dich? –, behaupteten sie, er habe seine Notdurft an den Hermesstatuen verrichtet. Du und ich – wir haben uns geliebt wie sich nur Männer lieben können, die von der Reinheit des anderen überzeugt sind. Als wir ganz jung waren, hätte ich dich, mag sein, zur Revolution überreden, hättest du mich zur Kirche bekehren können. Hätte die gebeugte Seele des einen die gewalttätige Liebe des anderen geliebt? Was hätte die gewalttätige Liebe mit der gebeugten Seele angefangen?« Er lachte leise. »Jetzt kommt der Dominikaner aus einem fernen Land, um den Revolutionär auf seinem letzten Weg zu begleiten, und der Revolutionär tröstet den Dominikaner – das nenne ich die Liebe, die gesiegt hat, Andrej.«

»Wenn du recht hast, dann haben wir nie jemanden geliebt als uns beide. Du und ich haben seit unserer frühesten Jugend nichts getan als versucht, Seelen zu beugen. Sollte die Liebe nicht, was sie für richtig erkannt hat, anderen geben?«

Eilig fiel die Dunkelheit, als wollte sie den Tag, einem Kranken gleich, zudecken.

»Glaube nicht, daß ich ohne Zweifel sterbe«, sagte Sergej leise. »Aber es ist nicht die Sache, an der ich zweifle, so wenig du an Gott zweifelst. Nur wenn wir heute beide sterben müßten, würden wir uns gestehen, daß wir zwar der Sache, aber nicht unseres Auftrages sicher waren. Verstehst du Gott? Verstehe ich die Revolution? Bist du der Vergebung sicher? Bin ich sicher, daß ich keiner Vergebung bedarf? Laß uns dankbar sein, daß vielleicht jeder von uns allen anderen, daß aber nie einer dem anderen gesagt hat: Das ist Wahrheit.«

Von draußen hörte man Schritte.

»Die Lebenslänglichen«, sagte Sergej. »Sie werden zum Essen geführt. Unser Zarenreich ist doch ein humanes Land. Seit die Todesstrafe abgeschafft wurde, kommen nur noch Staatsverbrecher aufs Schafott.«

»Kann ich noch etwas tun, Sergej?«

»Meine Mutter ist tot, mein Mädchen auf der Schlüsselburg. Du kannst mich morgen stützen, wenn ich schwach werden sollte.«

Andrej legte seine Arme auf die Schultern des Freundes. Wie vielen hatte er in der Todesstunde geholfen und hatte nichts von ihnen gewußt. Es schien ihm, als wüßte er auch nichts von Sergej Burintzew, seinem einzigen Freund, und als bedürfte der seiner Hilfe nicht. Was war es? War es, daß Sergej schon tot war, so ruhig, so froh und so mächtig wie die Toten? Seltsam schien es ihm, daß Sergej sprach.

»Wenn du morgen unbedingt beten willst«, sagte er, »... ich will es dir nicht allzu schwer machen.«

Als der Wärter die Tür aufschloß, sah sich Andrej noch einmal um. Es schien ihm, als sei Sergej um viele Jahre jünger geworden. Er sah aus wie im Korridor des Polizeigebäudes von Shitomir.

3

Andrej schloß kein Auge. Die Kerzen brannten nieder, aber er las die ganze Nacht. Im Evangelium des Matthäus las er, im Buch der Weisheit, die Worte des Propheten Jeremias las er und Stellen in der Apostelgeschichte. Viele Psalmen kannte er auswendig; er sprach das Gebet in Betrübnis und Verlassenheit, die Bitte um Erfüllung der göttlichen Verheißung, den Psalm vom lebenden Messias und den neunzigsten Psalm. Es ging schon auf vier, als sein müder Blick auf den vierunddreißigsten Psalm fiel, und dann las er nicht mehr. Eine wunderbare Ruhe hatte ihn überkommen, nicht weil seine Seele getröstet war, sondern weil er die Stelle gefunden zu haben glaubte, die Sergej trösten würde. Das glaubte er nicht nur, dessen war er gewiß, als wäre Sergej in seine Klosterzelle getreten, als hätte er Sergej den Psalm vorgelesen und als hätte dieser zustimmend genickt. Er dachte jetzt, daß Sergej schlief, und wollte wach bleiben, um über den Schlaf des Freundes zu wachen.

Der Arzt und die Journalisten, die der Hinrichtung beiwohnen durften, trafen sich um fünf Uhr im *Hotel Berlin*. In zwei Schlitten fuhren sie zum Gerichtsgebäude. Es war noch Nacht. Friedlich fiel der Schnee. In einzelnen Fenstern der Vorstadthäuser brannten schon die Petroleumlampen, hinter schmutzigen Gardinen rumorte der kommende Tag. Die Bewohner der Häuser hatten geschlafen oder Kinder gezeugt; hatten sich in Lust gewälzt oder in Leid; hatten ihr Dasein vergessen oder verflucht; waren aufgewacht aus Alpträumen oder hatten sich in Träumen betrogen. Keiner hatte gewußt, daß ein Mensch sterben würde, um sechs Uhr fünfzehn. Noch fünfundfünfzig Minuten. Unmenschlich war es, auch nur fünfundfünfzig Minuten voraussehen zu können; übermenschlich, auch nur den kleinsten Blick in die Zukunft zu ertragen. Die beiden Journalisten, mit denen Andrej im Schlitten fuhr, sprachen von der Kälte. Der eine schimpfte auf die schlechte Zugverbindung. Andrej dachte, daß der einzige Freund, den er je gehabt hatte, sterben würde.

Sie stiegen aus, betraten das Haus, wurden durch einen Korridor geführt, Schlüssel knarrten, sie waren in einem Hof. Zwei Gaslaternen verbreiteten ein giftiges Licht. Der Schnee klebte am Glas der Laternen. Das Schafott stand an einer der Steinmauern. Nur wenige Schritte davon ein Baum, ein verlorener Vorstadtbaum; er war nicht weiß, denn seine Äste waren so dürr, daß der Schnee von ihnen gefallen war. Es waren viele Menschen im Hof, aber Andrej konnte sie nicht unterscheiden; wie Schatten tauchten sie auf und nieder, und die Schatten tauchten ineinander. Einzelne klopften sich den Schnee von den Pelzmützen, andere schüttelten sich den Schnee vom Mantel, andere stampften mit den Galoschen, alle taten viele überflüssige Bewegungen. Andrej fror in seinem dünnen Mantel und verstand nicht, daß er es bemerkte. Jetzt stand der Arzt neben ihm. Mit einem großen Taschentuch trocknete er sich den nassen Bart. »Sie waren noch nie bei einer Hinrichtung, Pater?« fragte er Andrej. Andrej schüttelte den Kopf. »Er hat ein paar Stunden geschlafen«, sagte der Arzt. »Es ist merkwürdig, sie schlafen alle in der letzten Nacht.« Die Männer gingen auf und ab. Einer rückte einen Tisch zurecht; er tat es sehr sorgfältig, damit er nicht schief stehe. Ein anderer stellte ein Windlicht auf und fluchte, weil er so viele Streichhölzer brauchte. Ein dritter machte sich um das Schafott zu schaffen, wie ein Bühnenarbeiter, bevor der Vorhang aufgeht. Alle waren sehr beschäftigt. Andrej dachte, daß einer von ihnen der Henker sein könnte, und wunderte sich, daß er ihn nicht erkannte.

Sergej wurde in den Hof geführt. Als die Wärter bei Andrej angelangt waren, traten sie beiseite. Sergej war barhaupt. Der Schnee hatte seine Haare weiß gefärbt, aber sein Gesicht schien immer noch jung. Das Wasser lief ihm über das Gesicht; seine Augen waren trocken. Er griff in seine Manteltasche. Er gab Andrej eine dünne goldene Kette, daran hing ein kleines goldenes Kreuz. Wie entschuldigend sagte er: »Ich habe es immer getragen. Es hat meiner Mutter gehört.«

Andrej nahm die Kette und stellte sich vor Sergej, damit dieser das Schafott nicht sehen sollte.

»Ich werde nicht schwach werden«, sagte Sergej.

Sie standen sich gegenüber, während ein Mann mit einer hohen Pelzmütze noch einmal das Urteil verlas, schnell und unverständlich.

Andrej überlegte, daß er Sergej kennengelernt hatte, als er selbst vierzehn gewesen war, vor einundzwanzig Jahren, und daß er doch nicht ahnte, was Sergej dachte oder empfand. Seine Füße schienen Wurzeln geschlagen zu haben, und es war ihm, als müßte er so stehenbleiben, sein Leben lang, zwischen Sergej und dem Schafott. Nun überkam ihn wieder die Verzweiflung. Er vergaß, daß er der Dominikanerpater Andrej Antonowitsch Wyrubow war; er wollte schreien und vor dem Richter in die Knie fallen, und den Henker anfallen und überwältigen. Aber er umarmte Sergej nur und küßte ihn auf beide Wangen. Sergej küßte ihn auch und strich ihm über den Kopf und murmelte: »Sei ruhig, mein Junge.«

Dann nahmen sie sich bei der Hand und gingen, als wären sie beide verurteilt, Hand in Hand zu den drei Holzstufen, die zum Schafott hinaufführten. Oben stand der Henker. Er trug einen dikken Pelz und eine Pelzmütze und gefütterte Pelzhandschuhe. Er sah wie ein Viehhändler aus, auf dem Markt von Kiew.

Sergej ließ Andrejs Hand los, wandte sich ab und ging die Stufen hinauf. Andrej aber hielt den Rosenkranz in der Hand und sagte mit lauter Stimme:

»Richte mich nach Deiner Gerechtigkeit, Herr, mein Gott, daß sie sich nicht freuen über mich! / Daß sie nicht sagen in ihrem Herzen: So recht, so recht! Das ist unsere Herzenslust! Daß sie nicht sagen: Wir haben ihn gefressen! / Es sollen sich schämen und zu Schanden werden allzumal, die zu meinem Unglück frohlocken. Es sollen bedeckt werden mit Schande und Schmach, die großsprechen über mich. / Es sollen frohlocken und sich freuen, die meine Gerechtigkeit lieben: und die den Frieden seines Knechtes lieben, sollen immerdar sagen: Hochgelobt sei der Herr!«

Sergej hatte sich umgewandt und lauschte den Worten des Psalms, als könnte er nicht glauben, daß es ein Psalm war, als glaubte er, es seien Andrejs eigene Worte.

Dann sah Andrej, daß ein beseligtes Lächeln über die Züge Sergejs ging, und auch er lächelte.

4

Andrej zögerte lange, ehe er dem Ruf Maria Tarnowskas folgte. Es war Anfang August, acht Monate nach der Hinrichtung Sergejs. Er hatte in Predigerschulen unterrichtet und befand sich in einem oberösterreichischen Kloster. Wie es Maria gelungen war, ihn dort ausfindig zu machen, erschien ihm unverständlich. Er beantwortete den Brief nicht, den ihm der Prior nach vorheriger Lektüre ausgehändigt hatte, aber er erinnerte sich der Hilfe, die ihm Maria für Sergej hatte angedeihen lassen. Als er — auf dem Weg nach Krakau — in Wien eintraf und im *Hotel Sacher* anrief, hoffte er, daß Maria schon abgereist sei. Er wurde verbunden. Seinen Vorschlag, sie noch am Vormittag zu besuchen, lehnte sie ab. Sie hätte Gründe, ihn erst am Abend zu sehen.

Obwohl er tagsüber zahlreiche Geschäfte hatte, dachte er mit steigendem Mißbehagen an die Einladung. Zwar geschah es nicht mehr oft, daß er an Maria dachte, tat er es aber, dann beschlich ihn ein Mißtrauen gegenüber seinen eigenen Gefühlen. Noch immer versinnbildlichte sie für ihn das Geschlecht. Die Liebschaften seiner frühen Jugend waren vergessen; hatten vielmehr jede Wirklichkeit verloren, so daß er ohne Scham an sie denken konnte. Die wachsende Abneigung, die er gegen Maria empfand, stimmte ihn argwöhnisch. Würde sie ihn versuchen, wie sie ihn immer versucht hatte? Sehnte er am Ende die Versuchung herbei? Daß er gewiß war, ihrer Versuchung widerstehen zu können, bedeutete wenig für einen Mann, der es für selbstverständlich hielt, daß ein Priester der fleischlichen Sünde zu widerstehen vermochte. Die Versuchung selbst hielt er für sündhaft, genau wie die Sinneslust auch ohne *consumatio* sündhaft war.

Solche Gedanken beschäftigten ihn, als er an diesem feuchtwarmen Augusttag durch die abendliche Stadt auf Marias Hotel zuging. Ein einziger Gedanke beruhigte ihn: die Erinnerung an seinen Besuch in Charkow. In fünf oder zehn Jahren, hatte er sich damals versprochen, würde seine Liebe so geläutert sein, daß er Maria beistehen könnte, ohne sich zu mißtrauen.

Sofort, als er ihr Zimmer betrat, wurde er sich bewußt, daß seine Absichten trügerisch oder eitel gewesen waren — eitel, weil er nur an sich gedacht, mit dem anderen nicht gerechnet hatte; trügerisch, weil es zwar dem menschlichen Willen anheimgestellt war, der Versuchung zu widerstehen, der Teufel jedoch befugt, offenbar von Gott befugt war, diesen Willen auf die Probe zu stellen.

Maria trug einen leichten Schlafrock, der die Formen ihres Körpers nur notdürftig verbarg. Sie war ebenso schön, wie er sie in Erinnerung hatte, aber kleine Falten hatten sich um ihre Mundwinkel eingenistet; ihre Augen wechselten zwischen Unruhe und Stumpfheit. Es erschien ihm nicht nur geschmacklos, sondern auch dumm, daß sie ihn in dieser dürftigen Kleidung empfing. Der Hochmut des Fleisches war zu offensichtlich; der Teufel seiner Sache so gewiß, daß er sich nicht verkleiden zu müssen glaubte.

»Ich habe dich gesucht und ich mußte dich finden«, sagte sie. »Seit ich dich zuletzt gesehen habe, bin ich immer tiefer ins Gestrüpp geraten. Ich weiß keinen Ausweg. Nur du kannst mich retten.«

»Warum gerade ich?«

»Weil du der einzige Mann bist, der je gesunde Gefühle in mir geweckt hat.«

»Wenn du zum Priester sprechen willst, werde ich dich anhören.«

»Du wirst mich auf jeden Fall anhören. Du kannst mich nicht untergehen lassen. Ich habe drei Geliebte. Ich liebe keinen. Von keinem kann ich mich befreien. Zwei von ihnen wollen den dritten ermorden.«

»Ich habe gehört, daß du mit dem Grafen Kamarowskij verlobt bist«, sagte er.

»Ich hasse ihn.«

»Weiß er das?«

»Sie wissen alle, daß ich sie hasse. Jeder dieser Männer schläft mit dem Tod. Ich hasse mich, weil ich ihr Tod bin, aber sie lieben mich.«

Er glaubte ihr, daß sie drei Geliebte hatte; sonst glaubte er ihr nichts. »Mein Rat ist so einfach, daß du ihn nicht brauchst«, sagte er. »Statt mit mir, der ich nichts zu unternehmen vermag, mußt du mit deinem Verlobten sprechen.«

Sie lachte. So einfach also, sagte sie, male sich in seinem Kopf die Welt. Sie habe geglaubt, er habe Theologie studiert, um helfen zu können. Sei es nur die egoistische Furcht vor der Welt gewesen? Wenn er die Welt vergessen habe: wie wolle er dann anderen helfen? Das sagte sie wie ein Ankläger, doch gleich darauf wurde ihre Stimme sanft und bittend. Seit Jahren lebe sie wie unter einem schrecklichen Fluch: jetzt, zu jeder Stunde, in dieser Nacht vielleicht, könne er sich erfüllen. Eine dämonische Kraft zwinge sie, diese Männer zu vernichten. Andere habe sie vernichtet, zuvor. Nur ein Zeichen gäbe es, daß sie nicht endgültig verdammt sei — an jeder entscheidenden Wegkreuzung habe er gestanden, Andrej, ihr Jugendfreund; der einzige, den sie je geliebt habe; der einzige, den sie nicht habe zerstören können, zerstören wollen; der einzige, bei dem sie je das Gefühl gehabt habe, daß die bösen Geister ihn fürchteten. Sie habe nach ihm gerufen, aber er habe sie nicht gehört. »Hast du je eine Seele gerettet; willst du eine Seele verschmähen?« Herausfordernd klang es, doch gleich darauf wieder bettelnd: er könne sie nicht allein lassen; allein müsse sie von zwei Wegen den falschen wählen.

Sie hatte sich neben ihn auf die Polsterbank gesetzt, war ihm ganz nahe. Er mußte ihre Brüste sehen, ihren Atem spüren. Jedes Wort mochte wahr sein, und doch war keines wahr. Kein Wort war an den Priester gerichtet, jedes an den Mann. Konnte es sein, daß er wirklich einer Besessenen gegenüberstand? Glaubte sie, sich der sündigen Liebe von drei Männern durch die sündige Liebe mit einem vierten entledigen zu können? Wollte sie sich von dem Verderben befreien, indem sie den einzigen verdarb, den sie nicht hatte verderben können? Floh sie den Fluch ihrer eigenen Macht, oder stand sie unter dem teuflischen Zwang, ihre Macht auch noch an dem letzten erproben zu müssen?

Sie sprach weiter, in wirren Sätzen, verließ die Gegenwart, beschwor die Vergangenheit herauf. »Es entscheidet sich heute nacht«, flüsterte sie. »Du mußt bei mir bleiben!«

Er lehnte sich zurück. »Was entscheidet sich heute nacht?«

»Ob er sterben muß.«

»Wer?«

»Kamarowskij.«

»Um Himmels willen, Maria, versuche, dich zu sammeln.«

»Ich habe geschworen, daß er stirbt. Du mußt den Teufel aus mir treiben!«

Noch näher rückte sie an ihn heran. Sie sah ihn an, als hätte sie bisher nichts gesagt, ihn erst jetzt erblickt. »Deine Liebe kann mich noch retten«, sagte sie. »Du mußt mich lieben ... Du mußt.« Sie schlang ihre Arme um seinen Hals, ihre Lippen preßten sich auf seinen Mund.

Er stieß sie von sich, stand auf. Er zitterte vor Zorn. Einen flüchtigen Augenblick lang versuchte er, sie zu lieben; sich zu sagen, daß sie krank sei, daß sie seines Mitleides bedürfe. Liebe und Mitleid konnten Versuchung sein. Hatte er geglaubt, daß der Teufel jemals unverkleidet erscheine? Unter allen Verkleidungen des Teufels war jene die teuflischste, in der sich Satan als ein Elender gab, der von Satan befreit werden wollte.

Er ging auf die Tür zu. Maria sprang auf, verstellte ihm den Weg. Sie warf sich ihm zu Füßen, umklammerte seine Knie. »Denke an Maria Magdalena!«

Daß sie den Namen der biblischen Sünderin in den Mund genommen hatte, ließ seinen Zorn, der sich beinahe gelegt hatte, wieder aufflammen. Er machte einen so heftigen Schritt vorwärts, daß sie zu Boden fiel. Der Schlafrock glitt ihr von den Schultern. Sie war bis zum Gürtel nackt. Noch ehe er die Türklinke ergreifen konnte, erhob sie sich, war bei der Tür. Mit der Handfläche drückte sie auf die drei Glocken, die neben dem Türpfosten angebracht waren: Kellner, Diener, Zimmermädchen. In wenigen Augenblicken würden sie herbeieilen. Sie stellte sich ihm entgegen. Ihre Haare fielen ihr in die Stirn, ihr Gesicht war weiß, ihre Lippen zitterten.

»Sie werden kommen und dich hier finden«, sagte sie.

Sie begann zu lachen und lachte so laut, daß man es im Korridor hören mußte. Sie lachte noch, als er sie beim Handgelenk packte und fortstieß.

Der Zimmerkellner stand vor der Tür. Es kümmerte Andrej nicht, daß der Kellner durch den offenen Türspalt die lachende, halbnackte Frau sehen konnte.

Der Abend hatte sich über die Stadt gesenkt. Festlich gekleidete Menschen verließen das Hotel. Die Gummiräder der Fiaker glitten über den heißen Asphalt. Es schien noch heißer, als es bei Tag gewesen war. Der Dominikaner bog um die Ecke der Kärntner Straße und ging auf St. Stephan zu. Er war dankbar für seine Errettung, aber er war nicht stolz. Einer Besessenen war er begegnet und hatte niemanden gerettet als sich selbst. Der Zerstörung war er begegnet und war nur selbst heil geblieben. Der Verzweiflung war er begegnet, und nur das eigene Unheil hatte er aufgehalten. Daß es keinen anderen Ausweg gegeben hatte? Kannte nur der Herr den Weg, der, im Gestrüpp der Liebe, im Feuer der Liebe, an den Abgründen der Liebe vorbei, zur Liebe führte . . .?

SIEBZEHNTES KAPITEL

Maria Tarnowska denkt an Selbstmord. Es ist zu viel. Zu viel: aber sie weiß nicht, was zu viel ist. Die Angst vor dem Wahnsinn; die drei Männer, von denen sie sich nicht befreien kann; die Furcht vor dem Leben mit Pawel und die Furcht vor dem Leben in Armut; ihre Liebe zu Tioka und ihre Unfähigkeit, sich ihm zu widmen. Wenn sie einen Gedanken zu Ende denken könnte, wenigstens den Gedanken an den Selbstmord!

Prilukow ist in Wien; Prilukow ist überall. Er wohnt in einer schäbigen Pension auf der Wieden. Er ruft Maria an, lauert ihr auf. Er droht mit Selbstmord. Lachend gibt sie ihm ihren Revolver. Wenn sie sich alle töten würden: Donat und Pawel und Nicolas!

In einem kleinen Kaffeehaus trifft sie sich mit Prilukow. Es liegt an der Wiener Peripherie, am *Gürtel*. Über ihren Köpfen rasseln die Stadtbahnzüge. Manchmal verschlingt ihr Geräusch die Worte. Maria hofft, daß Donat sie nicht versteht, daß sie Donat nicht verstanden habe. Er entwickelt seinen Plan, Kamarowskij zu töten. Bei einem Ausflug soll es geschehen, im Wienerwald. Sie soll Kamarowskij in eine Falle locken. »Das übrige laß meine Sorge sein, Mura.« Er spricht von der Versicherungssumme. »Die Hälfte wird genügen, um meine Schulden zu bezahlen.« Eine Witwe mit vier Kindern erwähnt er, die er um ihre Ersparnisse gebracht hat. »Das lastet auf meiner Seele.« Vielleicht glaubt er es. Er sagt nicht, was er glaubt; er glaubt, was er sagt. Sie nennt ihn einen Lügner, einen Dieb, einen Mörder. »Deinethalben, Mura!« Er spricht von Tioka. »Willst du, daß er stirbt?« Sie will nichts von dem Ausflug wissen.

Mehr und mehr ist sie überzeugt, daß Pawel sterben müsse. Er ahnt nichts von ihren Gedanken. Obszöne Fotografien bringt er ihr, von Orgien, Zeichnungen von Flagellanten. Sie speit ihm ins Gesicht. Er verhöhnt sie ob ihrer ›Zimperlichkeit‹. Tioka verletzt sich beim Spiel. Die Kopfwunde ist oberflächlich. Elise Perrier kann sie selbst verbinden. In der Nacht schreit Maria. Sie glaubt an ein Gotteszeichen. Es bedarf keines Gotteszeichens. Es kommt nicht auf ihren Eid an. Wenn Donat von der Versicherungssumme spricht, erschrickt sie nicht mehr. Sie hat den Lebenden bestohlen; warum soll sie den Toten nicht bestehlen? Wie eine Ertrinkende klammert sie sich an die Macht, die ihr entgleitet. Sie hat keine Macht über Prilukow; sie ist seine Komplicin. Sie hat keine Macht über Naumow; er weicht ihr aus. Sie hat auch keine Macht über Pawel. Kommt sie ihm gütig entgegen, mißversteht er ihre Güte. Bestraft sie ihn, genießt er. Im Eisenbahnzug, als sie ihn kennenlernte, glaubt sie, hat das Unglück begonnen.

Die Beschwörungen Elise Perriers schlägt sie in den Wind. Sie erzählt ihr von Andrejs Besuch. Er ist ihr entglitten, weil sein Gewissen rein ist. Wer rein ist, der sehnt sich nicht nach Strafe. Wer sich nicht nach Strafe sehnt, der kann nicht mit Schmerz gefesselt werden. Wem sie keinen Schmerz bereiten kann, über den hat sie keine Macht. Die Logik ihrer Gedanken beruhigt sie nicht, schreckt sie noch mehr, als wäre sie selbst Staatsanwalt in ihrer eigenen Sache und bewiese sich die Vorsätzlichkeit ihrer Tat. Sie flieht in die Verwirrung.

Kamarowskij fährt für einige Tage nach Berlin. Er läßt Maria mit Nicolas allein. Er schickt lange Liebestelegramme. In vier Wochen sollen sie heiraten. Nicolas weicht nicht von ihrer Seite. Sie raucht viel. Er beobachtet jede Zigarette wie der Hund den Knochen. Sie zerdrückt die brennende Zigarette auf seinem Arm, auf seiner Brust. Wirft sie die Zigarette weg, ohne ihn verbrannt zu haben, weint er. Eines Morgens bringt er einen Blumenkorb an ihr Bett, entfernt das Seidenpapier. Unter Blumen liegt eine Hundepeitsche. Er fleht sie an, ihn auszupeitschen. Sie lacht, sperrt die Peitsche weg. Zuweilen zeigt er sich widerspenstig. Er verweigert ihr den kleinsten Dienst, ist unhöflich, gebärdet sich wie ein ungezogenes Kind. Sie weiß, daß er bestraft werden will, nimmt die Peitsche zur Hand, schlägt ihn nicht.

Im Kokainrausch trifft sie Prilukow wieder. Alles erscheint ihr leicht und natürlich. Sie gehen in seine Pension, lieben sich. Sie erzählt ihm von Naumow. In seiner Eifersucht zerschlägt er Gläser, einen Aschenbecher. Plötzlich wird er ruhig. »Ich werde mich beider entledigen«, sagt er.

Kamarowskij kehrt zurück. Sie verlangt von ihm, daß sie in Kiew heiraten. Je mehr er sich windet, desto entschlossener fordert sie, in der Stadt ihrer Kindheit Gräfin Kamarowskij zu werden.

Prilukow lauert ihr auf. Sie sitzen in der Milchhalle im Stadtpark.

Müde plätschert die Wien dahin in ihrem trocknenden Bett; Kinder treiben Reifen vor sich her; weiße Kinderwagen stehen im Schatten der Kastanien; Kindermädchen und Soldaten spazieren Hand in Hand. Prilukow ist wieder verwandelt. Sein Selbstbewußtsein ist zurückgekehrt, die Angst aus seinen Augen gewichen. Ruhig entwickelt er seinen Plan. Sie muß Naumow überreden, Kamarowskij zu töten. Besitzt sie genügend Macht über ihn, wird er es tun. Entgeht Naumow seiner Strafe: er, Prilukow, wird ihr Naumow vom Halse schaffen. »Ich bin nicht Kamarowskij.« Wird Naumow ertappt, um so besser. Kamarowskij tot, Naumow im Gefängnis. »Und mein Schwur?« fragt sie. »Du hast nur geschworen, das ekelhafte Tier zu beseitigen, nicht deine Hand mit Blut zu beflecken. Oder meine.« Er rechtfertigt den Mord nicht wie eine geplante Tat, sondern als wäre er längst geschehen.

Den Abend verbringt sie mit Kamarowskij und Naumow in einem Weinlokal. Im hellen Sommerkleid, mit einem großen duftigen Hut, sieht sie bezaubernd aus. Kamarowskij spricht von der Hochzeit. Naumow schweigt, beobachtet Kamarowskij voll Haß. »Glaubst du, ich bin zu alt für Mura?« scherzt Kamarowskij. »Du bist nicht gut genug für sie«, sagt Naumow. »Du solltest nach Hause fahren, dein Vater sorgt sich um dich«, entgegnet Kamarowskij. Wiener Sänger singen sentimentale Lieder. Der neue Wein steigt Maria zu Kopf. Sie ist ausgelassener Stimmung. Noch ist nichts geschehen, denkt sie. Wenn sie den Augenblick festhalten könnte, würde nichts geschehen. »Es werden sich noch viele in Mura verlieben«, sagt Kamarowskij. Nicolas' Blicke schwirren hin und her, aufgescheuchte Vögel. »Du wirst Mura nie besitzen«, sagt er. Als sich Kamarowskij entfernt, sagt sie zu Naumow: »Eine Stunde, nachdem wir heimgekehrt sind, in meinem Zimmer.«

Sie liegt im Bett, als es klopft. Sie tut, als hätte sie ihn nie gerufen. Als er sie stammelnd an ihre Worte erinnert, nennt sie ihn einen Lügner und greift zur Peitsche. Sie fragt ihn, ob er ihretwegen Kamarowskij töten würde. Er zögert.

»Du hast es mir versprochen, am ersten Abend.«

»Ich sprach von einem Duell.«

»Lächerliche Komödie!«

»Ich bin zu schwach.«

»Ein anderer wird es tun.« Sie läßt sich das Geständnis entlokken, daß Prilukow, ihr ehemaliger Geliebter, in Wien ist. »Du kannst ihn morgen treffen. Er wird es dir sagen. Du bist immer nur der zweite. Ich hasse Feiglinge.«

Drei Tage später ruft ein Telegramm Nicolas nach Orel an das Krankenbett seines Vaters. Sie fühlt sich Kamarowskij ausgeliefert. Am Abend spricht er zu ihr von der Verschiedenheit der Charaktere Granjas und Tiokas, Tioka, sagt er, bedürfe härterer Disziplin, regelmäßigeren Lebens, geordneter Schulstunden. »Vielleicht ein

Hauslehrer«, sagt sie und erzählt ihm, daß sie Prilukow mit dem Studenten Zolotariew betrogen hat. »Meine Mutter will sich mit dir versöhnen«, erklärt er. »Wir werden in Kiew heiraten, aber gleich nachher auf das Schloß ziehen. In der sauberen Atmosphäre meines Hauses, unter den gütigen Augen meiner Mutter, wirst du alles vergessen, Mura.« Sie betrachtet ihn wie einen Sterbenden, der von der Zukunft spricht.

Am Tag, an dem Kamarowskij die Hochzeit für den achtzehnten September festsetzt, erhält sie ein Telegramm Naumows. *»Ich bin entschlossen.«* Er beschwört sie, ihn in Kiew zu treffen. Prilukow rät ihr, dem Grafen zu sagen, daß sie sich mit ihrem Vater versöhnen, seinen Segen erbitten will. Kamarowskij ist gerührt. Er will in der Zwischenzeit nach Venedig fahren, wo er ein Haus erworben hat. »Unser Haus, Mura.« Sie depeschiert Naumow, er möge sie in Kiew erwarten. Als sie ihren Schmuck nehmen will, sagt Kamarowskij: »Er ist besser bei mir verwahrt.« Er bringt sie, Tioka und Elise Perrier auf den Bahnhof. Als er Zeitungen für Maria kauft, wird ihm ein falscher Kreuzer herausgegeben; er streitet mit dem Zeitungshändler. In ihrem Abteil findet sie rote Rosen. Durch das offene Fenster reicht sie ihm nochmals die Hand. Sie blickt auf die peinlich verborgene Glatze hinunter. Der Gedanke, daß er zum Tode verurteilt ist, ohne es zu wissen, erfüllt sie mit so unwiderstehlicher Heiterkeit, daß sie sich das Taschentuch vor den Mund halten muß. Ängstlich, um seine Mutter besorgt, blickt Tioka sie an. Der Lachreiz wird von dem unwiderstehlichen Zwang abgelöst, Pawel die Wahrheit zu sagen. »Pawel, Pawel – ich muß dir etwas sagen.« Rauch entweicht dem Untergestell des Waggons. Kamarowskij hustet. Hustend beginnt er, neben dem Zug einherzugehen, der langsam aus der Halle rollt. »Pawel – sei vorsichtig!« Er weist auf seine Ohren, wie um zu zeigen, daß er sie nicht hört. Weiter beugt sie sich aus dem Fenster. Wie erlahmend neben dem sich immer schneller bewegenden Zug, fällt die kleine dunkle Gestalt zurück in die Nacht.

Naumow ist noch nicht in Kiew, als sie dort eintrifft. Sie liegt dösend auf dem Kanapee ihres Hotelzimmers. Pawel glaubt, sie sei in Otrada. Sie fragt sich, warum Pawel sterben muß. Ist es der Schwur? Die Liebe zu Donat? Das Grauen vor dem Leben mit Pawel? Es ist die Freiheit. Was die Freiheit bedeutet, weiß sie nicht.

Tagelang ringt sie mit Naumow. Er hat seinen Entschluß bereut. Sie sagt ihm, daß sie unter einem Vorwand nach Kiew gekommen sei, zu Kamarowskij nicht zurückkehren könne. Wenn er die Tat nicht ausführe, wiederholt sie, werde es Prilukow tun. »Mein Retter ist der Mann, der Kamarowskij tötet.« Ihm würde sie gehören, für immer. »Nur einem wahnsinnigen Gehirn konnte dieser Plan entspringen«, flüstert Nicolas. Nochmals spricht er vom Duell. Sie schüttelt den Kopf. *»Bertha zögert«*, telegrafiert sie an Donat.

›Bertha‹ ist der vereinbarte Name für Naumow. »*Brief unterwegs, zeige ihn Bertha*«, antwortet Prilukow. »*Bertha ist unentschlossen, was soll ich tun?*« — »*Bertha ist bereit.*« — »*Bertha weigert sich.*« — ein halbes Dutzend Telegramme trägt sie zur Post.

In einer heißen Augustnacht bleibt sie mit Nicolas bis drei Uhr morgens im *Château des Fleurs*. Sie trinkt Champagner mit Wodka. Sie blickt Naumow an. Dieser, denkt sie, dieser! Er kann ihr die verlorene Macht wiedergeben. Oder er kann sie vernichten. Klar sieht sie es. Vermag er es, sich ihrem Willen zu widersetzen, dann kann dieser schöne Schwächling sie vernichten. Ist er bereit, für sie zu morden, dann hat sie ihre Macht wiedergewonnen, dann hat sie sich getäuscht, ihre Macht nie verloren. Die Gestalten Kamarowskijs und Donats versinken im Nebel. Pawel muß nicht sterben; nur Nicolas muß morden. Sie sieht nur noch Nicolas Naumow, Henker oder Retter.

Im Hotel öffnet sich ihre Tür vor Nicolas. Sie küßt ihn. »Ich liebe dich. Ich liebe nur dich.« Sie zieht ihn aufs Bett. Er küßt sie, birgt seinen Kopf zwischen ihren Brüsten, weint. Die Scham über sein Versagen schüttelt seinen jungen Körper. Sie fürchtet seine Niederlage mehr, als er selbst sie fürchtet. Seine keuschen Küsse erfüllen sie mit Abscheu. Er stammelt Erklärungen, Entschuldigungen, Lügen. Wenn er ungeliebt von ihr geht, ist sie verloren. »Bring die Peitsche!« befiehlt sie. »Nein, auf allen vieren.« Er findet die verborgene Peitsche. »Nein, bring sie im Maul!« Er gehorcht. »Zieh dich aus! Nein, auf dem Boden!« Sie schlägt ihn, bis das Blut über seinen Rücken rinnt. Kein Gedanke mehr, kein Plan, keine Hoffnung. Das Bewußtsein geht unter in einer tödlichen Glückseligkeit.

Am Morgen fragt sie ihn, ob er noch zu feig sei, Kamarowskij zu töten. »Ich werde Kamarowskij töten, wenn du mir schwörst, Prilukow nie wiederzusehen.« »Ich gehöre dir, Nicolas, für immer.« Am Nachmittag fährt sie mit ihm auf den Allerheiligen-Friedhof, wo ihre Mutter und Wladimir Stahl begraben liegen. Noch einmal, scheint es, will er sich ihrer Macht entziehen. In der Nacht trennt sie alle Erkennungszeichen aus seinen Anzügen. Am ganzen Körper zitternd, sieht er ihr zu. »Wenn es mißlingt, werde ich mich töten.« »Schwörst du?« »Ich schwöre!« Sie gibt ihm ein kleines goldenes Kreuz. Er küßt es unter Tränen. Am Abend des kommenden Tages will er nach Venedig abreisen.

Sie nimmt starke Schlafmittel, schläft bis Mittag. Tastend findet sie in die Wirklichkeit zurück. Sie ruft Elise; hofft, daß sie geträumt hat. Mit bösen Strahlen stürmt der Tag auf sie ein. »Ich muß sofort Herrn Naumow sprechen.« »Herr Naumow ist abgereist.« »Was ist heute für ein Tag?« »Montag, Gräfin.«. »Was war gestern?« Erschrocken sieht Elise sie an. »Sonntag, Gräfin.« Sie sinkt in ihre Kissen zurück.

Drei Tage, drei Nächte liegt sie mit hohem Fieber. Der Arzt kommt. Am fünften September erhält sie ein Telegramm. *»Bin schwer verletzt, aber wenn meine duska zu mir eilt, werde ich bald genesen.«*

Das Telegramm ist in Venedig abgesandt worden, aus dem Hospital SS. Giovanni e Paolo; es ist von Kamarowskij gezeichnet. Die kürzeste Zugverbindung führt über Wien. Zwei Stunden später reist sie ab. Es ist ein heißer Tag, wie im Hochsommer, der fünfte September neunzehnhundertundsieben.

Drittes Buch

Der Prozeß

ERSTES KAPITEL

1

Am vierten März neunzehnhundertundzehn wurde unter dem Vorsitz des Oberlandesgerichtspräsidenten Commendatore Antonio Tusitano der Prozeß gegen die Angeklagten Maria Nikolajewna Tarnowska, Dr. Donat Dimitrijewitsch Prilukow, Nicolas Grigorijewitsch Naumow und Elise Perrier eröffnet. Die Anklage im Fall Naumow lautete auf vorsätzlichen Mord; im Fall Tarnowska und Prilukow auf Anstiftung und Beihilfe zum Mord; im Fall Perrier auf Beihilfe zum Mord und unterlassene Anzeige. Jeder der Angeklagten wurde von drei Anwälten vertreten, die Tarnowska von Italiens berühmtestem Strafverteidiger, dem jungen Cavaliere Francesco Vecchini. Das Gericht setzte sich, neben dem Präsidenten, aus zwölf Geschworenen und zwei Berufsrichtern zusammen. Über zweihundertfünfzig Zeugen, neun Psychiater und dreizehn Ärzte waren geladen. Alle Angeklagten hatten in der Haft Italienisch gelernt. Als Prozeßdauer waren drei Monate vorgesehen.

In dem blumigen Stil, der seine Artikel kennzeichnete, berichtete am Vorabend des Prozesses Dr. Hugo Friedlieber, *Neue Freie Presse*, Wien:

»Gräfin Maria Tarnowska, von königlichem Blut und angeblich mit den Stuarts verwandt, sowie ihre Mitangeklagten befinden sich seit zweieinhalb Jahren in Haft. Die skandalösen Umstände, unter denen Staatsanwalt Garzoni seines Amtes enthoben wurde und Rechtsanwalt Calzini die Verteidigung der Tarnowska niedergelegt hat, sind von der Sensationspresse über Gebühr gewürdigt worden. Weniger bekannt ist die Tatsache, daß ursprünglich Landesgerichtsrat Angioletti, beziehungsweise Oberlandesgerichtsrat Svanascani dazu ausersehen waren, den Vorsitz zu führen. Angioletti ist plötzlich unter geheimnisvollen Umständen verschieden, während sich Svanascani für befangen erklärt hat und nach Pisa versetzt wurde. Oberlandesgerichtspräsident Tusitano ist ein Mann von fünfundsiebzig Jahren, Jurist von Weltruf, ausgezeichnet mit den höchsten Orden der Monarchie, bekannt ob seiner milden, aber umsichtigen Prozeßführung. Er befand sich im Ruhestand, doch scheint man an-

zunehmen, daß allein dieser würdige Greis den Verführungskünsten der schönen Russin zu widerstehen vermag.

Die Verantwortung der Gräfin kann als eine verschlagene bezeichnet werden. Zwar hat sie nach anfänglichem Leugnen gestanden, von dem Mordplan gegen den Grafen Pawel Ergrafowitsch Kamarowskij gewußt zu haben; sie bestreitet jedoch um so hartnäckiger, die Anstifterin des Studenten und Baudelaire-Übersetzers Naumow zu sein. Kein Wunder, droht doch der russischen Loreley lebenslänglicher Kerker!

Der Student Nicolas Naumow, Sohn des ehemaligen Gouverneurs von Orel und ein Verwandter Turgenjews – wir befinden uns, wie gesagt, in bester Gesellschaft! –, hat ein reumütiges Geständnis abgelegt; es bleibt jedoch unklar, ob er von der schönen Frau oder von dem willensstarken Anwalt zur Tat verleitet wurde. Aus den Aussagen Naumows geht nicht einmal hervor, von wem der beiden er die Mordwaffe erhielt, mit welcher er am Morgen des dritten September neunzehnhundertundsieben den Grafen getötet hat.

Die dreiunddreißigjährige Angeklagte scheint von ihrer Schönheit, welche mehr als einem Mann zum Verhängnis geworden ist, nichts eingebüßt zu haben. Wie es bei Menschen, die einen lasterhaften Lebenswandel geführt haben, nicht selten geschieht, soll das Leben hinter Kerkermauern auf Frau von Tarnowska die Wirkung eines unfreiwilligen Kuraufenthaltes geübt haben. Zeigte sich die Angeklagte anfangs hysterisch – sie mußte, als ein leichtes Erdbeben Venedig erschütterte, ins Inquisitenspital übergeführt werden –, so wird ihr jetzt von der Gefängnisverwaltung das beste Zeugnis ausgestellt.

Dem ernsthaften Beobachter erscheint dies alles jedoch von geringem Interesse neben den gesellschaftlichen und sittlichen Aspekten dieses ›Sensationsprozesses‹.

In Rußland tagt die dritte Duma; der Rebellenführer Wladimir Iljitsch Uljanow, genannt Lenin, ist geflohen; man spricht von dem Eisenbahnraub Josef Dschugaschwilis, den seine Kumpane Stalin nennen; die New Yorker Börse wankt; die Umtriebe Rasputins am Zarenhof sind in aller Munde; Zar Nikolaus II. befindet sich in Potsdam; die Tripelentente bedroht unsere Verbündeten; die Hälfte der russischen Zeitungen ist verboten, aber eine gewisse Gesellschaft scheint das Wort der Madame Pompadour: »Après nous le déluge!« auf ihre Fahnen geschrieben zu haben.

Es ist wohl auch kaum überraschend, daß wir auf der Anklagebank Mitglieder der russischen Gesellschaft sehen. Soll nicht Bismarck gesagt haben: »Grattez le Russe, et vous trouverez le Tartare?« Was Wunder also, daß in dem ehemaligen Gebäude der Fabbriche Nuove di Rialto zu Venedig just über eine Gesellschaft gerichtet wird, welche die russische Freiheitsbewegung unterdrückt, die Judenpogrome gefördert und einen durch nichts begründeten

Hochmut an den Tag gelegt hat. Um so berechtigter scheint uns jedoch die Warnung Präsident Tusitanos, Privatleben und Schuldfrage sorgfältig zu trennen. Die vox populi *hat, insbesondere über die verführerische Gräfin, bereits ein Urteil gesprochen. Trügt die Stimme des Volkes? Jedenfalls dürfte sich ab morgen im Gerichtssaal am Canal Grande ein Sittenbild von ungeahnter Scheußlichkeit vor unseren staunenden Augen entfalten.«*

2

Um Punkt sieben öffnet sich die Zellentür. Eine Wärterin tritt ein, Schwester Rosa; wie ein Igel sitzt ihr die Warze auf der Nase. Oder Schwester Sofia, die unter den Sünden der Gefangenen leidet, als wären es ihre eigenen. Oder Schwester Lucia, ein junges und üppiges Bauernmädchen; man fragt sich, warum sie den Schleier genommen hat. Maria Tarnowska weiß, daß die Nonnen sich streiten, wer sie begleiten darf. Die Gondelfahrt mit den Carabinieri, die Menge, der Gerichtssaal: etwas anderes als die Alltäglichkeit der *Istituti Penali Femminili.*

Eine zweite Gondel. Elise Perrier steigt ein, mit ihrer Wärterin, ihren Wärtern. In schwarzer Seide, die Haare adrett nach rückwärts gekämmt; gleich wird sie fragen: »Brauchen Sie etwas, Gräfin?« Die Tarnowska lächelt; dankbar lächelt die Perrier.

Mit schwarzen Tüchern ist die Gondel verhängt. Man sieht die Tarnowska nicht. Sie sieht. Es ist ein sonniger März. Opalweiß ist das Wasser, wie Glas von Murano. Venedig liegt vor der Tarnowska, sittsam wie eine Ansichtskarte. Jeden Morgen hat Maria Tarnowska das Gefühl, daß das, was mit ihr geschieht, nicht geschehen kann, hier nicht; und da es doch geschieht, muß der Ort, wo es geschieht, unwirklich sein.

Die Gondeln biegen in den Canal Grande ein. Die Rialto-Brücke kommt näher, stärker riecht es nach Gemüse, Salat, Früchten. Das Gerichtsgebäude auf dem Gemüsemarkt. Da werden Kisten geschleppt, leere Kisten türmen sich auf, faule Salatblätter spült schmutziges Wasser in den Kanal, eine Orange rollt über die Stufen. Vom Fisch- und Fleischmarkt kommen Männer und Frauen, mit blutigen Schürzen. Die Fremdenführer: »Wollen Sie die Gräfin Tarnowska sehen?« Eine Attraktion wie die Tauben auf dem Markusplatz, der Löwe vor dem Campanile, der Verkaufsstand des Shylock. Dr. Vecchini holt sie von den Stufen ab. Ihr Verteidiger: sie empfindet es in des Wortes wahrstem Sinne. Aufrecht geht sie, in ihrem schwarzen Kleid, mit dem großen schwarzen Hut und dem schwarzen Schleier. Am ersten Tag hat sie die Trauerkleidung gewählt, weil ihr jedes andere Kleid unwürdig schien. Um wen trauert sie? Sie trauert. Schon am zweiten Tag gab es ein Spottlied über die

›Witwe‹, die ihr Opfer beweint. Sie sollen ihre Spottlieder haben. Sie wirft den Schleier zurück. Auch in Otrada, beim Begräbnis ihrer Mutter, hat sie den Schleier gelüftet.

Der große Schwurgerichtssaal liegt im zweiten Stock. Den Gerichtssaal betritt sie von rückwärts, vorbei an einem großen, kalten Ofen. Die Zuschauer drehen sich um, wie es im Varieté geschieht, wenn ein Clown auf die originelle Idee verfällt, aus dem Zuschauerraum zu erscheinen. Ein erlesenes Publikum, viele Frauen, Blumenhüte, Lorgnons und Lorgnettes. Rechts die Anklagebank. Ein Holzverschlag, ein enger Käfig. Wassilijs Papagei, der Buchfink Andrejs. Je ein Carabiniere sitzt zwischen ihr und der Perrier und Naumow und Prilukow. In der Mitte, vor den Zuschauerbänken, die schwarze Lederbank der Anwälte. Alle im Profil. Das römische Profil des Dr. Vecchini beruhigt sie. Die Pressevertreter sitzen ihr gegenüber, in einem luftigeren Käfig. Russen, Italiener, Franzosen, Österreicher, sogar Amerikaner. Die Welt will Einzelheiten wissen. Das Schlüsselloch des Schlafzimmers groß wie ein Tunnel. Salon im Gerichtssaal. Man trinkt mit, schwatzt mit, liebt mit. Die Journalisten nikken der Tarnowska zu: der Franzose mit den Dackelfalten, von *Le Temps;* der massive Deutsche mit der Borste über der Stirn, von den *Münchner Neuesten Nachrichten;* der Mann mit dem schwarzgerahmten Kneifer, Dr. Hugo Friedlieber, *Neue Freie Presse,* Wien.

Dann kommt der Staatsanwalt, Commendatore Randi. Erst zwischen Tür und Tisch schlüpft er in die Armlöcher der schwarzen Robe. Er reibt sich das Kinn, spielt mit den Ohrläppchen, hebt die Schultern, über die die Robe abgleitet. Die Tarnowska haßt ihn nicht. In ein Hauptbuch trägt er die Schuld ein, wie Schulden. Durch den Rundbogen der Mitteltür erscheinen die Richter. Commendatore Tusitano sieht wie die Frucht eines Kaktusbaumes aus, rotgelb, stachelig, süß-sauer, Frucht an einem Baum, von dem man keine Früchte erwartet. Wahrscheinlich würde er lieber seine Rosen impfen; was geht es ihn an, daß vor dreiunddreißig Jahren, in Otrada bei Kiew, dem Adelsmarschall Nikolaj Wladimirowitsch O'Rourke und dessen Ehefrau Katharina Steletzkaja eine Tochter geboren wurde? Nur die beiden Anwälte Feder und Carnuletti haßt die Tarnowska. Sie sitzen neben dem Staatsanwalt, Vertreter der Gräfin Kamarowskaja; sie treiben die Gerechtigkeit an wie einen hinkenden Gaul. Vom ersten Tag an teilt sie die Geschworenen in Freunde und Feinde ein. Der Professor an der Akademie, der nicht aufhört, sie zu zeichnen; der Tierarzt mit dem treuherzigen Kopf eines Bernhardiners; der Schriftsteller mit den glühenden Hungeraugen; der Abgeordnete, der sich in einem Handspiegel betrachtet und erschrickt, wenn sich die Sonne im Spiegel bricht; der Schuldirektor, der die Nase rümpft, als röche er etwas Schlechtes; der fahrige Apotheker, der sogar den Vorsitzenden irritiert.

Aus gelbem, weißem, rosa Marmor sind die Wände. In einem

Holzoval, über der Tür der Richter, die Worte: »*La legge è eguale per tutti.*« Manchmal läßt der Vorsitzende die Fenster öffnen. Gemüsegeruch, Kanalgeruch, Fischgeruch. Tauben sitzen auf dem Fenstersims, girren, fliegen lärmend auf, halten nicht viel vom Gesetz. Die Glocken der Kirche Santi Apostoli schlagen; wenn sich die Tarnowska erhebt, sieht sie den Glockenturm. Wendet sie sich um, erblickt sie den Canal Grande, den Palazzo da Mosta, den Palazzo Michiel dalle Colonne. Commendatore Tusitano läßt die Vorhänge zuziehen; seine Augen sind schwach.

3

Naumow schildert die Tat. Er hat Fett angesetzt. Die Haut gelb, die großen Augen leblos. Mit den aufgedunsenen Wangen, den blauen Tränensäcken und den weichen Kinnladen sieht er wie ein schöner junger Selbstmörder aus, den man aus dem Wasser gefischt hat. Ein fetter Schwärmer, denkt die Tarnowska.

Ja, vor seiner Abreise nach Orel habe er Prilukow kennengelernt, durch Frau von Tarnowska. Ob sie den Mordplan zu dritt besprochen hätten? Sie wären sich nur einig gewesen, daß Kamarowskij aus dem Leben Frau von Tarnowskas verschwinden müsse. »Frau von Tarnowska hat ununterbrochen die Hand Prilukows gestreichelt.« Lachen im Auditorium. Dr. Luzzatti, einer der Verteidiger Prilukows, macht eine witzige Bemerkung. Er ist der Witzbold unter den Verteidigern. »Sie wollte mich eifersüchtig machen«, sagt Naumow. »Was haben Sie sich unter solchen Umständen von der Beseitigung des Grafen Kamarowskij versprochen?« fragt der Vorsitzende. »Ich wollte ihr zeigen, daß Prilukow ein Feigling und ihrer unwürdig ist.« Ob er Prilukow später allein getroffen und mit ihm vom Mord gesprochen habe. »Ja, aber ich habe nur mit dem Gedanken gespielt.« Also habe ihn erst Frau von Tarnowska in Kiew endgültig überredet? So sei es, nickt Naumow.

Die Mordwaffe. Hat er sie von Prilukow oder von Frau von Tarnowska erhalten? Naumow erinnert sich nicht. Er knirscht mit den Zähnen. Manchmal hört man nur sein Zähneknirschen. Die Tarnowska weiß, daß sie Naumow die Waffe nicht gegeben hat. Aber es ist ihr Revolver: sie hat ihn Prilukow gegeben, als er mit Selbstmord gedroht hatte. Alle hatten mit Selbstmord gedroht. Wenn sich Donat getötet hätte, hätte Pawel nicht sterben müssen, denkt die Tarnowska. Sein Tod wäre ein Tribut an ihre Macht gewesen, der letzte. »Herr Naumow erinnert sich doch sonst an alles«, ruft einer der Verteidiger Maria Tarnowskas, Dr. Diena. »An die Tage, als er unter dem Einfluß der Angeklagten stand, erinnert er sich nicht mehr«, erwidert Dr. Marigonda für Naumow. Beide waren zu feig zum Selbstmord. Mord erfordert keinen Mut. Sie fragt sich, warum

Naumow sie belasten will. Prilukow haßt er nicht. Sie hat er geliebt, sie haßt er. Ein fettes, bösartiges Kind.

»Warum haben Sie«, fragt der Vorsitzende, »nach dem Besuch des Friedhofes, Kiew frühzeitig verlassen?«

»Ich hatte Angst, Frau von Tarnowska noch einmal unter die Augen zu treten.«

»Warum? Sie hatten ihr doch schon versprochen, den Grafen zu töten?«

»Ihre Anwesenheit war mir unerträglich.«

Der Mordtag, dritter September, sechs Uhr früh. In einer geschlossenen Gondel sei er zum Campo Santa Maria del Giglio gefahren, erzählt Naumow.

»Sie fanden den Grafen Kamarowskij schlafend?«

»Er öffnete im Nachthemd.«

Ein Lachen würgt die Tarnowska. Pawel hatte sich ihr nie im Nachthemd gezeigt. Er pflegte seine Kleidungsstücke, Hosenfalten unter dem Kinn, auf einen Stuhl zu legen. Im Bett, schon nackt, hatte sie ihm zugesehen. Vielleicht hat er sterben müssen, weil er die Hosenfalten so sorgfältig gelegt hat.

»Kamarowskij führte mich in sein Schlafzimmer«, sagt Naumow. »Er war überrascht. Ich sagte nichts, sondern zog den Revolver. Als ihn die erste Kugel traf, schrie er: ›Guter, Lieber, warum? Was habe ich dir getan?‹« Naumow schluchzt, hemmungslos, wie ein Kind, das sich weh getan hat und kein Taschentuch besitzt.

Die Tarnowska empfindet nur Ekel. Die Worte Kamarowskijs hätte er nicht erwähnen müssen. Nicolas will sich belasten. Wer geprügelt werden will, ist ein idealer Angeklagter.

Ob es richtig sei, daß er versucht habe, sich eine Kugel in den Mund zu schießen, fragt der Vorsitzende.

Eifrig nickt Naumow.

»Haben Sie Frau Tarnowska versprochen, sich zu töten?«

»Nur wenn ich verhaftet werde.« Naumow schildert, wie er, sein Gehirn leer, dem blutüberströmten Kamarowskij gegenübergesessen habe, eine halbe Stunde lang. »Ich habe geglaubt, er sei tot.«

Einer der Verteidiger Prilukows, Dr. Ronchetti, nimmt Naumow ins Kreuzverhör. Er hat einen Buckel, ein Kamelgesicht.

»Sie haben die Angeklagte Tarnowska eine ›grausame Person‹ genannt. Was verstehen Sie darunter?«

Stotternd antwortet Naumow. Über ihre Gefühle habe sie ihn im unklaren gelassen, seine Eifersucht habe sie angestachelt, lustig habe sie sich über ihn gemacht.

»Ist es richtig, daß die Angeklagte Sie körperlich gezüchtigt hat?«

Kein Laut ist im Saal. Der Märzwind bewegt die Vorhänge. Wie in einem nächtlichen Schlafzimmer hört man nur das Zähneknirschen Naumows. Endlich bejaht Naumow. Ja, die Tarnowska habe ihn geschlagen. Mit einer Peitsche? Ja, mit einer Peitsche. Mit Ruten? Ja, auch mit Ruten. Habe sie ihm mit einem Dolch ein Monogramm in die Haut geritzt? Auch das. Mit Kölnisch Wasser die Wunde gewaschen? Ja. Und die brennenden Zigaretten? Ja. Und habe sie auf ihm geritten wie auf einem Pferd? Ja. Und habe sie ihn wie einen Hund bellen und apportieren lassen? Ja, ja, ja.

Die Tarnowska will aufspringen und schreien, daß Naumow lügt. Aber sie weiß, daß er nicht lügt. Er verschweigt die Wahrheit. Sie hat ihn nicht geschlagen, weil sie grausam war, sondern weil er um Prügel gebettelt hatte. Grausam war sie gewesen, solange sie ihn nicht geprügelt hatte. Sie hat ihn nicht geschlagen, weil er ungehorsam gewesen war. Sondern weil sie ihn belohnen wollte für seinen Gehorsam. Sie hat ihn nicht geschlagen, um ihm Schmerzen zu bereiten. Sondern weil sich ihre Lust, ihre und seine, gepaart hatten. Die Psychiater: Eine Krankheit! Was wissen die Psychiater? Ist die Krankheit nicht schmutziger als die Sünde?

Und die Tarnowska wird sich bewußt, daß sie sich nur verteidigen kann, wenn sie sich beschmutzt. Und sie wird sich bewußt, daß der Prozeß nur die halbe Wahrheit zutage fördern wird, schlimmer als die Lüge. Und sie wird sich bewußt, daß sie nur die Wahl hat zwischen lebenslänglichem Kerker und lebenslänglicher Schande.

4

Ein kalter Märztag fällt über Venedig. Aufdringlich trommeln die Regentropfen gegen die Fensterscheiben. Die Fenster sind lange nicht gereinigt worden, wie in allen Gerichtssälen, überall. Schmutziges Wasser rinnt über die Fensterscheiben.

Den ganzen Vormittag war Prilukow verhört worden. Der Mordplan sei im Gehirn der Tarnowska entstanden, hatte er gesagt. Briefe und Telegramme bewiesen es. »Sie richtet die Männer zugrunde; dann tut sie mit ihnen, was sie will.« Aber der Gedanke der Versicherung? Kamarowskij sei ein Geizhals gewesen. Er, Prilukow, habe der Tarnowska beweisen wollen, daß ihr Verlobter nie eine Versicherung auf ihren Namen eingehen würde. »Ich bin nicht einmal sicher, daß er sie heiraten wollte.«

Ein Privatdetektiv hat ausgesagt, hält ihm Commendatore Tusitano vor, daß er von Prilukow beauftragt worden sei, Naumow in Venedig aufzuspüren.

»Ich wollte ihn verhaften lassen«, sagt Prilukow, »damit Frau von Tarnowska allein mir gehöre. Ich war besessen.«

»Aber Frau von Tarnowska hat Ihnen am Mordtag nach Wien telegrafiert, Sie mögen sich nach Venedig begeben. Hieß das nicht, daß Sie Graf Kamarowskij warnen oder Naumow in die Arme fallen sollten?«

»Im Gegenteil, Exzellenz. Ich sollte Naumow denunzieren.«

Sie muß ihn vernichten, denkt die Tarnowska. Vernichten! Ein altes Wort, aber ein neues Gefühl. Kein süßes Gefühl der Lust empfindet sie bei dem Gedanken. Haben die Psychiater sie geheilt? Oder ist sie nur zermürbt von der langen Haft? Sie ist nicht mehr wie ein Kind, das Tiere quält. Eine Jägerin, die das Wild erlegt. Sie will leben.

Am Nachmittag ersucht Prilukow, seine Beziehungen zu der Angeklagten Tarnowska in zusammenhängender Rede erklären zu dürfen. Ein Carabiniere, Elise Perrier, ein Carabiniere, Naumow, ein Carabiniere, trennen sie von Prilukow. Viele Gesichter Prilukows hat sie gesehen. Jetzt ähnelt er wieder dem Mann in der pompösen Kanzlei. »Lassen Sie das meine Sorge sein, Gräfin!« Was dem Bauern seine Scholle ist, ist Donat der Gerichtssaal. Unbegrenzt seine Fähigkeit, sich zu belügen. Nicht für Donat Prilukow, für den Verteidiger von Donat Prilukow hält er sich.

Er stamme aus kleinsten Verhältnissen, sagt Prilukow. Appell des Proleten an die Proleten. »Mein Großvater war Leibeigener auf dem Gut des Fürsten Trubetzkoj. Der Enkel des Leibeigenen und die Komtesse O'Rourke! Wer an meiner Stelle hätte widerstehen können, als sich ihm die königliche Frau an den Hals warf?« Die Tarnowska verliert die Beherrschung, ruft: »Lügner!« Ein witziger Kommentar des Dr. Luzzatti. »Sie bot mir kein Honorar«, fährt Prilukow fort. »Sie besaß keinen Rubel. Sie bot sich selbst!« Die Tarnowska springt auf; »Lügner!« schreit sie. Der Vorsitzende sieht sie traurig an, als bereitete sie ihm, der doch längst im Ruhestand und nur noch Rosenzüchter ist, persönlichen Kummer.

Prilukow spricht von seinem unglücklichen Vaterland. »Ich habe der revolutionären Bewegung nahegestanden. Ich war der einzige nicht, der die Freiheit von politischer Unterdrückung mit hemmungsloser Freiheit, die Freiheit zu lieben mit freier Liebe verwechselt hat.« Lauter muß Prilukow sprechen, der Regen setzt Punkte an falscher Stelle in seine Sätze. »Ich klage mich an«, deklamiert Prilukow. Hotelzimmer in Orel, in Paris, in Nizza: sie kennt seine Plädoyers. Ein Angeklagter, der sich anklagt, Liebling der Justiz. Der Eitelkeit klagt er sich an. »Es schmeichelte mir, der Geliebte einer Frau zu werden, deren Geliebte die besten Namen Rußlands trugen. Ich hatte keinen anderen Ehrgeiz mehr als den, es den Tarnowskijs an Leichtsinn, den Bozewskijs an Bravado, den Kamarowskijs an Vornehmheit nachzutun! Ich ließ mich von ihr überzeugen, daß es nichts Verächtlicheres gebe, als einen Bürger, der seine Frau liebt, seine Kinder, sein Heim und seine Arbeit.«

Die Tarnowska wendet sich ab. Prilukow spricht, und sie gibt ihm recht. Ein ungleicher Kampf war es gewesen, der Prolet und die Aristokratin. Wassilij, geliebter Wassilij! Auf Alexis hat er gefeuert, der Schnee hat sich rot gefärbt, vor dem Restaurant *Strelna*. Sie hätte Wassilij zum Mord verführen können, oder er sie, aber am

Ende hätte er alles auf sich genommen. In ihrer Welt gibt es Gesetze, die kein Prolet versteht. Auch der Apotheker versteht sie nicht und der Hoteldirektor und der Lehrer. Durch das Geräusch des Regens hört sie Donat: »Ich glaubte, die Welt zu unterwerfen, welche die Anverwandte der Könige von Connaught für mich, den Enkel des Leibeigenen, versinnbildlichte! Und dabei unterwarf ich mich selbst!« Er spricht die Wahrheit. Vielleicht hat er, wenn er sich in ihr verströmte, an die Könige von Connaught gedacht. Ein Motiv, wie es die Justiz nennt. Dr. Vecchini hat sich geirrt. »Sie haben kein Tatmotiv«, hat er ihr tröstend gesagt. Motive entschuldigen alles. Man verurteilt jene, die kein Motiv haben.

Der Vorsitzende, von Engelsgeduld oder schläfrig, traurig jedenfalls, mahnt Prilukow, zu Ende zu kommen. Sofort kommt Prilukow zu Ende. Ihren Muschik habe sie ihn genannt. Sie denkt: Einmal hatte sie es im Zorn gesagt, in Franzensbad. Dann hatte er es immer wieder hören wollen, hundertmal hatte sie es wiederholen müssen. »Was bin ich?« — »Mein Muschik.« Zu neuer Leidenschaft hatte es ihn getrieben, das häßliche Wort. Ihn trieb ein Wort, Naumow die Peitsche.

»Ihren Muschik nannte sie mich«, schließt Prilukow, »und sie hat meine Ergebenheit mißbraucht, wie die Herren auf unseren Gütern die Ergebenheit ihrer Muschiks seit Jahrhunderten mißbrauchen. Meine Herren, ich habe Ihnen nichts verheimlicht.«

Commendatore Tusitano sieht nach der Uhr. Er schaltet eine Pause ein. Maria Tarnowska zuckt zusammen. Die Ankündigung des Vorsitzenden trifft sie härter als die Rede Prilukows. In der Pause werden sie in das Loch geführt werden, hinter dem Gerichtssaal, eine vergitterte Zelle, ohne Fenster, eine einzige Bank; da werden sie nebeneinander sitzen, Körper an Körper, Naumow, die Perrier, Prilukow und sie. Sie werden nicht sprechen, sich nicht anschauen, aber sie werden für eine halbe Stunde wieder Komplicen werden, und sie wird werden, was sie gewesen war, dreißig Jahre lang.

5

Die Vertreter der Nebenklage hatten dem Gericht mitgeteilt, daß die Gräfin Anna Fjodorowna Kamarowskaja in Venedig eingetroffen sei. Sogleich hat das Gericht ihre Einvernahme verfügt.

Von der Tür, die sich neben der Tür des Gerichtshofes befindet, kommt die Gräfin auf das Auditorium zu. Tief verschleiert, die eine Hand auf dem Krückstock, die andere auf dem Arm ihres alten Dieners. Die Tarnowska kann das Gesicht hinter dem Schleier nicht sehen. Pawel hatte ihr Bilder der Mutter gezeigt; damals hatte sie nicht sagen können, wie sehr sie die alte Frau hasse.

Der Diener tritt beiseite, für die Gräfin wird ein Sessel gebracht. Hoch gewachsen ist sie, knochig, mit auffallend großen Füßen. Es würde die Tarnowska nicht überraschen, wenn hinter dem Schleier ein Mann sichtbar würde. Die Gräfin lüftet den Schleier. Die Tarnowska sieht sie von der Seite. Sie sieht nur eine starke, gebogene Nase.

Der Vorsitzende dankt der Gräfin für ihr Erscheinen.

Wie hat die Gräfin, beginnt er, die Nachricht vom Anschlag auf ihren Sohn aufgenommen? Das Telegramm, antwortet sie, hatte keine näheren Angaben enthalten. Drei Tage, drei Nächte war sie gefahren, aber als sie ankam, war ihr Kind schon tot. Man hatte ihr die Ansicht des Leichnams verweigert. Fest, ohne um Mitleid zu buhlen, spricht die Mutter Kamarowskijs.

»Sie erfuhren erst in Venedig, daß Nicolas Naumow der Täter war?«

Erst in Venedig. Unglaublich sei es ihr erschienen. Ihr Kind und Naumows Vater waren die besten Freunde gewesen. Ihr ›Kind‹: nicht vom Sohn, nur vom Kind spricht sie. »Der junge Naumow war bei uns auf dem Schloß oft zu Gast gewesen. Wir kannten und liebten ihn von seiner Geburt.«

»Fanden Sie später eine Erklärung für die Tat?« fragt Tusitano.

»Erst als ich den Namen Tarnowska hörte.«

Bewegung im Gerichtssaal: so wird es morgen in den Journalen heißen.

Ob sie von den Eheabsichten ihres Sohnes gewußt habe? Und wie habe sie reagiert, als es ihr Kamarowskij mitteilte?

»Ich habe es abgelehnt, die Dame zu empfangen.«

Die Gründe?

»Das brauche ich wohl nicht zu sagen. Pawel war mein einziges Kind.« Ja, mit ihrer verstorbenen Schwiegertochter habe sie ausgezeichnete Beziehungen gepflogen. »Sie war eine Dame.«

Ob sie sich die Beziehungen ihres Sohnes zu der Gräfin Tarnowska erklären könne?

»In dieser Zeit, Exzellenz, kann ich mir nichts erklären.«

Die Damen im Zuschauerraum schneuzten sich. Die Mutter des Opfers, denkt die Tarnowska: eine dankbare Rolle, jede Dilettantin kann sie spielen. Ein gewitzter Regisseur hat der Darstellerin geraten, die Rolle originell zu spielen, tränenlos. Vielleicht hätte er den Witwenschleier und den Krückstock und den alten Diener weglassen sollen.

»Hat sich die Beziehung Ihres Sohnes zu Ihnen geändert, nachdem er die Gräfin Tarnowska kennengelernt hatte?« fragt der Vorsitzende.

»Er war ein einzigesmal bei mir.«

»Ich weiß nicht, ob Sie meine Frage verstanden haben, Gräfin.«

»Ich habe Ihre Frage genau verstanden, Exzellenz. Seit seiner Bekanntschaft mit der Dame war mein Sohn für mich verloren.«

»Fanden Sie Änderungen in seinem Wesen?«

»Er warf mit Geld um sich.«

»Hat er von der Versicherung gesprochen, die er auf den Namen der Gräfin Tarnowska eingegangen war?«

»Er hat mit mir nicht mehr gesprochen.«

Jetzt ist der Staatsanwalt, Commendatore Randi, an der Reihe. Er kratzt sich am Kinn, indem er die rechte Schulter gegen die Wange reibt.

Ob es die Zeugin für möglich halte, daß der Angeklagte Naumow die Tat aus eigenem Antrieb begangen hat, will er wissen.

»Ich bin überzeugt, daß der unglückliche Naumow ebenso unter dem Einfluß dieser Dame stand wie mein Kind«, sagt die Gräfin.

In der Stille hört man das Schluchzen Naumows. Gleich werden sie sich in die Arme fallen, der Mörder und die Mutter des Opfers.

Die Gräfin schildert die Charaktereigenschaften des Ermordeten. Ein fehlerloses Kind, von allen geliebt. Denkt sie es wirklich? fragt sich die Tarnowska. Sind Eltern blind? Der schreckliche O'Rourke war nie blind. Mit obszönen Bildern war Pawel gereist; einige hatte man noch gefunden, in ihrem Koffer. Fehlerlos, von allen geliebt, ein Kind.

Vecchini wünscht, die Gräfin zu befragen.

Der Vorsitzende: »Muß es sein, Herr Doktor?«

»Ich bedauere, Exzellenz, es muß sein.«

Der Vorsitzende bittet die Zeugin, sich dem Anwalt zuzuwenden. Sie steht auf, dreht sich um. Werden sich die beiden Frauen ansehen? Es gelingt der Gräfin, dem Blick der Tarnowska auszuweichen.

Vecchini fragt, warum sich die Zeugin der Klage als Nebenklägerin angeschlossen habe. Commendatore Tusitano läßt die Frage nicht zu.

Die Gräfin habe, erklärt Vecchini, ihrem Sohn zu seiner Verlobung ihren Segen erteilt.

»Ich wollte der Dame nicht alle Wege abschneiden.«

Habe sie damit nicht ihren Sohn zurückgewinnen wollen?

»Scheint Ihnen das sonderbar, Herr Doktor?«

»Sonderbar?« antwortet Vecchini. »Im Gegenteil. Ich meine, daß Sie, wer weiß, das Unheil hätten verhindern können, wenn Sie damals, in Orel, Ihre künftige Schwiegertochter an Ihr Herz gedrückt hätten.«

Die Lippen der Gräfin sind so schmal, daß die Runzeln, zwischen Kinn und Unterlippe, zwischen Nase und Oberlippe, zu verschmelzen scheinen. »Ich erteilte meinem Kind den Segen; ich selbst mußte mich nicht durch den Verkehr mit seiner Verlobten kompromittieren.«

Eine gute Antwort. Rechtschaffenes Unrecht. Der schreckliche O'Rourke hätte das gleiche geantwortet.

»Ist Ihnen etwas über die Beziehungen der Gräfin Tarnowska zu Ihrem kleinen Enkel Granja bekannt?«

»Er war ihr zugetan.«

»In außerordentlichem Maße?«

»Er betete sie an. Er vergaß seine leibliche Mutter und schwärmte nur von der neuen. Die ihn küßte und umarmte, während sie daran dachte, seinen Vater zu ermorden.«

Pfuirufe. Mit seinen kleinen leberbraunen Händen tastet Commendatore Tusitano nach der Glocke.

»Als Granja erfuhr, was geschehen war«, sagte die Gräfin, »trug er das gesamte Spielzeug, das ihm die Dame geschenkt hatte, zu einem Scheiterhaufen zusammen und zündete es an. Er hat ihren Namen nie wieder erwähnt. Das Kind befindet sich in ärztlicher Behandlung.«

Tioka! Was denkt Tioka? Wird er morgen, in seinem Genfer Pensionat, die Zeitungen mit der Aussage der Gräfin Kamarowskaja lesen? Wo ist Andrej? Ist er bei dem Kind? Warum hat sie seit Wochen nichts von ihm gehört? Hat sie recht daran getan, ihr Kind Andrej anzuvertrauen? Wem hätte sie es anvertrauen sollen? Würde auch Tioka sie nicht mehr erwähnen, ihre Geschenke auf einem Scheiterhaufen verbrennen?

»Hohes Gericht«, sagt Vecchini, »ich bedaure, der Zeugin einen Brief vorhalten zu müssen, den ein Freund des verstorbenen Grafen, Korvettenkapitän Alberto Rossi, der Verteidigung zur Verfügung gestellt hat. Ist Ihnen der Name bekannt, Gräfin?«

»Er war ein Freund ...«

»Von dem Wunsch beseelt, der Gerechtigkeit zu dienen, hat mir Korvettenkapitän Rossi gestern diesen aus Wien vom zwanzigsten Dezember neunzehnhundertundsechs datierten Brief ausgehändigt. Darin heißt es: ›*Du kannst Dir von meinem Glück, mein lieber Alberto, keine Vorstellung machen. Ich kann es kaum erwarten, Dich diesem engelhaften Geschöpf, diesem überirdischen Wesen vorzustellen. Du bist wohl der einzige, der weiß, was ich für ein verabscheuungswürdiger Sünder bin. Wie habe ich gelitten, seit ich meine arme kranke Emilia in den Armen leichter Mädchen betrügen mußte! Ich übertreibe nicht, wenn ich sage, daß mich Mura von den Plagen der Hölle erlöst hat. Nach dem Gespräch, das Du und ich in jener Nacht in Rom geführt haben, wundert es Dich gewiß nicht, daß ich für meinen rettenden Engel einen Mord zu begehen imstande wäre.*‹«

Vecchini geht an der Zeugin vorbei, legt den Brief auf den Tisch vor die Richter. »Ich habe es mir überlegt«, sagt er, »— es ist der Zeugin nicht zuzumuten, etwas zu diesem Brief zu sagen.«

Vier und dann elf schlagen die Glocken von Santi Apostoli. Der alte Diener rückt den Sessel zurecht, aber die Gräfin bleibt stehen. Schwer stützt sie sich auf ihren Stock, als wollte sie ein Loch in den Boden bohren. Wie ein sehr kranker und sehr alter Mann sieht die Gräfin Kamarowskaja aus, und als ihr die Tränen über die Wangen rollen, ist es, als weinte ein alter Mann.

Vecchini geht an der Tarnowska vorbei, wirft ihr einen triumphierenden Blick zu.

6

Sie wollte schön sein, am Tag ihres Verhörs, obwohl sie wußte, daß ihre Schönheit gegen sie sprechen würde. Sie wollte schlafen, aber sie fand keinen Schlaf.

Ob sie gut vorbereitet sei, hatte Vecchini sie gefragt. Sie mußte lachen. Gut vorbereitet war sie. Sie würde den Landvermesser überzeugen, daß es ganz selbstverständlich war, wenn ein Graf Kamarowskij, hinter einem Paravent versteckt, zugesehen hatte, wie seine Verlobte die nackte Brust eines Jünglings mit Zigaretten verbrannte. Und den Schuldirektor würde es sehr beeindrucken, daß um das Bett eines Mädchens von Siebzehn die Geliebten seines Mannes gestanden hatten und daß es leider in der Hochzeitsnacht zum erstenmal geblutet hatte. Und wie sollte der Tierarzt nicht verstehen, daß sie zwar Prilukow gehaßt, aber sich nach ihm gesehnt hatte wie ein trockenes Feld nach Regen, genauso trocken, genauso gierig und genauso leblos? Und da sie gut vorbereitet war, warum sollten nicht alle begreifen, daß es Männer gab, die keine Männer sein konnten, wenn man sie nicht quälte wie Tiere, schlug wie Hunde und zertrat wie Ungeziefer? Warum sollten es die Richter nicht begreifen und die Nonnen und die Carabinieri und die Damen und die Hüter der öffentlichen Meinung?

Das alles, freilich, konnte sie verschweigen. Sie dachte an Andrej, und sie zürnte ihm, wie immer, wenn er nicht bei ihr war. Wäre sie damals nicht schwach geworden, hätte sie kein Geständnis abgelegt. Von dem Geständnis, daß sie von dem Mordplan gewußt, war nur ein Schritt zu dem Schluß, daß sie ihn ersonnen hatte. Aber sie war ja vorbereitet. Sie konnte es leichterdings erklären, daß sie ihr Leben lang nur ihre Macht hatte erproben wollen, daß sie mit dem Tod eine sinnliche Liebelei gehabt hatte; daß sie keinen anderen Liebesbeweis kannte als den Tod; daß sie hatte wissen wollen, ob Wladimir Stahl ihrethalben sterben und Nicolas Naumow ihrethalben morden würde. Daß sie aber nicht den Tod Pawels gewünscht hatte; daß sie den Mörder nur auf dem Weg, nicht bei seiner Ankunft hatte sehen wollen. Es war ja ganz leicht zu verstehen, daß sie Prilukow für den Tod Alexis' bestrafte, den Prilukow gar nicht gekannt hatte;

daß sie glaubte, den Eid beim Leben ihres Kindes nicht brechen zu können, ohne von dem Gott bestraft zu werden, den sie durch ihr Versprechen gelästert hatte; daß Pawel noch leben würde, wenn sich Wassilij nicht für die Kralberg geschlagen hätte.

Sie war gut vorbereitet, aber sie konnte morgen alles vergessen. Zwei Jahre lang hatten ihr die Psychiater alles, was sie hatte vergessen wollen, in Erinnerung gerufen. Wie Andrej vorgegeben hatte, ihr Freund zu sein, so hatten sie vorgegeben, ihre Freunde zu sein. Die Erinnerung war Zwang: weil sie sich erinnerte, mußte sie sprechen. Die Psychiater mußten ja wissen, wie leicht es war – der Vorsitzende, der Schuldirektor, die Nonnen und der Oberst würden ihr ohne weiteres glauben, daß man drei Männer gegeneinander ausgespielt, mit einem leeren Kuvert zehntausend Rubel erschwindelt und im Morphiumrausch neben einem Sterbenden geschlafen hatte und daß man doch keine Mörderin war.

Bis zum Morgengrauen blieb die Tarnowska wach. Sie betete, obwohl sie fürchtete, Gott zu beleidigen, weil sie Ihn ansprach; obwohl sie sicher war, daß Er sie nicht hörte. Sie rüttelte an den Gittern ihrer Zelle, nicht weil sie sich befreien wollte, sondern weil sie glaubte, daß draußen jemand wartete, den man nicht zu ihr lassen wollte. Sie verfluchte sich und ihr Schicksal, lachte und weinte, schrie und vergrub ihren Kopf in die Hände. Aber als am Morgen Schwester Sofia die Zelle betrat, lächelte sie, war sie angezogen, ausgeruht und bereit zu gehen. Sie war überzeugt, daß sie vorbereitet war und nicht besiegt werden würde.

7

Un grand jour du procès Tarnowska: so betitelte Madame Nicolle, die Dr. Friedlieber die *›berühmteste Journalistin der Welt‹* genannt hatte, ihren Bericht im *Matin* nach der Einvernahme Maria Tarnowskas.

Wenig Freundliches wußte Madame Nicolle über die Atmosphäre Venedigs zu berichten. Über dem Gerichtssaal läge, schrieb sie, ein beklemmender Duft von *Houbigant* und *Guerlain;* die Damen zeigten die neuesten Schöpfungen von Drecoll; musterten sich gegenseitig; fixierten mit ihren Lorgnons nicht nur die Angeklagten – *›vornehmlich den hübschen Naumow‹* –, sondern auch Richter und Advokaten. *»Sollte es wirklich so sein, daß man jene am meisten verurteilt, die man am meisten beneidet?«* Sie habe, notierte Madame Nicolle, Madame Réjane getroffen: die große Tragödin denke daran, die Tarnowska in einem Theaterstück darzustellen. Auch Degas sei anwesend; er erwäge ein Porträt der Tarnowska. *»L'appetit vient en mangeant: jede Sensation gebärt neue Sensationen. Im* Danieli *hörte ich, ein Lord habe um die Hand der Tarnowska ange-*

halten: bei Quadri *munkelte man, die Tarnowska habe einen Flirt mit ihrem Verteidiger; im* Bauer-Grünwald *erzählte man, sie wolle den Schleier nehmen; überall hieß es, der Vorsitzende gedenke, die weibliche Öffentlichkeit auszuschließen. Wahrscheinlich wird es dann heißen, die erörterten Vorgänge seien nicht für zarte Ohren bestimmt. Es scheint mir, der alte Mann fürchte weniger die Scham als die Schamlosigkeit.«*

Madame Nicolle schilderte vorerst die äußerlichen Vorgänge. *»Im schwarzen Kleid, mit dem großen schwarzen Hut, der ihre unnatürlich großen blauen Augen beschattete, war Madame de Tarnowska von bestrickender Schönheit. Nichts erinnerte an die ehemalige Kokainistin: obwohl sie ununterbrochen mit Fragen bestürmt wurde, hielt sie sich aufrecht und schien nie den Faden zu verlieren.«* Äußerst geschickt sei die Verteidigung der Tarnowska, die behauptet, seit ihrer Bekanntschaft mit Prilukow ganz unter dem Einfluß des *advocat du diable* gestanden zu haben. Würden die Geschworenen diese Verantwortung akzeptieren, dann würde das gesamte Belastungsmaterial zu den Bekenntnissen eines hypnotischen Mediums zusammenschrumpfen. *»Die Nachmittagssitzung zu schildern«*, fuhr die Journalistin fort, *»gehört zu den schwersten Aufgaben, denen ich in meiner Laufbahn begegnet bin. Nach der Pause wandte sich das gesamte Interesse zwei Männern zu, die soeben aus Rußland eingetroffen waren: dem Gouverneur Grigorij Iwanowitsch Naumow und dem Adelsmarschall Graf Nikolaj Wladimirowitsch O'Rourke, dem Vater der Angeklagten. Der Gouverneur hat sein Amt vor Beginn des Prozesses niedergelegt. Ein Mann von kaum Sechzig, wirkt er wie ein Greis. Man sagt mir, er sei einer der grausamsten Gouverneure des Zarenreiches gewesen, der Dutzende von Rebellen auf die Anklagebank gebracht hat und für den Tod vieler Revolutionäre verantwortlich ist. Um so härter scheint ihn die Tragödie seines Sohnes getroffen zu haben. Er ging auf Nicolas Naumow zu, umarmte ihn, und die beiden Männer schluchzten so heftig, daß Commendatore Tusitano die Sitzung nicht eröffnen konnte. Anders Graf O'Rourke. Dieser irisch-russische Hocharistokrat, der Ende Siebzig ist und mit dem langen weißen Bart wie ein ehrwürdiger Patriarch aussieht, hat keinen Augenblick seine Gemütsbewegung verraten. Auch er ging auf seine Tochter zu, umarmte sie, aber er streichelte der weinenden Angeklagten nur beschwichtigend über die Hände und kehrte aufrechten Ganges zu seinem Platze zurück. Den ganzen Nachmittag saß Graf O'Rourke bewegungslos neben dem Vater Naumows; nur zwei- oder dreimal schien es, als flüsterte er dem Gouverneur ermunternde Worte zu. Während der unerhörten Vorgänge des Nachmittags verriet die Miene des Grafen O'Rourke keine Gemütsbewegung, so daß ich annahm, er verstünde nicht Italienisch: in Wirklichkeit hat er jedes Wort verstanden. Wie das zerstörte Leben ihrer Kinder vor ihnen abrollte, erschienen mir* *die beiden alten Männer im Auditorium Monumente der Vergangenheit – ein Denkmal der eine, ein Grabstein der andere.«*

Madame Nicolle schildert dann ausführlich, wie Maria Tarnowska fünf viertel Stunden lang ihr Leben ausgebreitet habe. Dann kam die Journalistin zu ihren Schlußfolgerungen.

»Es wäre bequem, den Fall Tarnowska als Einzelfall zu sehen; er ist zugleich Zeitgeschichte. Wohl sind die Requisiten dieses modernen Dramas einem verstaubten Fundus entnommen, doch werden eben experimentelle Stücke fast immer mit den ältesten Requisiten gespielt. Noch stehen Kulissen und Hintergründe des Theaters der Alten; schon spielen die Jungen. Die moderne Frau hat andere Mittel als Dolch, Gift und Revolver, um die ihr gebührende Stellung zu erringen. Dennoch ist die Machtgier Madame de Tarnowskas, mit der sie ja selbst ihre Handlungen erklärt, nur als Folge und Erscheinung eines jahrhundertealten patriarchalischen Systems zu verstehen. Die ›Sklavenhalterin‹ Tarnowska, wie Naumows Anwalt sie nannte, ist nur in einer Zeit denkbar, in der das schlechte Gewissen der Männer nach Strafe lechzt. Für Madame de Tarnowska war das männliche Geschlecht le sexe hostile: *sie haßte nicht einen Mann, sie haßte alle Männer. Will man Naumow glauben, hat er seine beiden Nebenbuhler, Kamarowskij und Prilukow, beseitigen wollen. Prilukow hatte Naumow zum Mord bewogen, um sich des Ermordeten und zugleich des Mörders zu entledigen; daß er dabei auch nach der Versicherungssumme schielte, scheint mir nicht entscheidend. La Tarnowska aber wollte sich in Wirklichkeit von allen drei Männern befreien: von Kamarowskij, den sie körperlich verabscheute; von Naumow, den sie verachtete; aber auch von Prilukow, von dem sie physisch abhängig war, der sie jedoch Abscheu vor sich selbst und Verachtung ihrer eigenen Seele gelehrt hatte. Sie mußte quälen und erlitt selbst die Qualen der Hölle. Das sind vielleicht* les métamorphoses du vampire, *von denen Naumows Dichter, Baudelaire, gesprochen hat.*

Was mich indes am meisten berührt hat, das war die rücksichtslose Aufrichtigkeit Madame Tarnowskas. Wie sie da vor uns in die geheimsten, zum Teil auch dem Gericht unbekannten Winkel ihrer Vergangenheit eindrang, machte sie auf mich den Eindruck eines Menschen, der seine Seele verloren hat und das geheimste Kämmerchen verzweifelt nach der verlorenen Seele durchstöbert. Das alles tat sie in Anwesenheit ihres Vaters, vor einem feindlichen und empörten Publikum. Zwei Frauen wurden ohnmächtig; einige schluchzten, einige hielten sich die parfümierten Taschentücher vor die Gesichter; Pfuirufe wurden laut; die Öffentlichkeit wurde ausgeschlossen: La Tarnowska sprach noch immer. Zweimal schluchzte sie auf; Schweißperlen standen ihr auf der Stirn; einmal lachte sie, ohne ihrem Lachen Einhalt gebieten zu können. Sie verfiel und wurde alt vor unseren Augen. Aber nur ein einzigesmal hob sie die Stimme, ein einzigesmal schrie sie so laut, daß die wartende Menge am Canal Grande oder auf den marchés sie hören konnte: das war, als einer der Advokaten Prilukows sie fragte, ob sie nicht auch den Dominikanerpater Andrej Antonowitsch Wyrubow verführt habe. Diesmal ergoß sich eine Flut von Beschimpfungen über den Anwalt, der am Ende seine Frage zurückzog.

Warum diese Offenheit? Aufrichtigkeit und Schamlosigkeit sind Zwillingsschwestern. Betrachtet La Tarnowska den Gerichtssaal als ein Schlafzimmer, in dem sie sich entkleidet? Glaubt sie, Lichter entzünden zu müssen, weil sie in der Dunkelheit vergebens nach ihrer Seele gesucht hatte? Ist sie so stumpf geworden, daß ihr die Meinung der Welt nichts mehr bedeutet? Hat sie wirklich ihre Macht erproben wollen, oder hat sie sich in ihrem eigenen Netz so rettungslos gefangen, daß sie nur noch an Vernichtung denken kann? Wir alle, Richter und Journalisten, Nonnen und Carabinieri, kennen jetzt die Vergangenheit Madame de Tarnowskas bis zu ihrer Verhaftung. Könnte sich aber seit ihrer Verhaftung mancherlei ereignet haben, von dem wir nichts wissen? Die Vergangenheit eines Menschen endet nicht willkürlich mit seiner Verhaftung. Da diese zweieinhalb Jahre, wiewohl unerörtert, zum Leben der Maria Tarnowska gehören, fühle ich wieder, wie schon so oft, daß sich nicht nur der Verbrecher, daß sich auch der Richter ständig im Konflikt mit dem Recht befindet. Wir sind von der Wahrheit nie weiter entfernt als in dem Moment, da wir sie ganz zu kennen glauben.«

8

Elf hatten die Glocken von Il Redentore geschlagen, als man Maria Tarnowska in der verhängten Barke wieder nach La Giudecca gebracht hatte.

Jetzt ist es zwei. Das Gaslicht kriecht wie eine satte Schlange an den Wänden entlang. Sie muß das Licht nicht auslöschen: Privileg der Gefangenen während ihres Prozesses. Die Tarnowska geht auf und ab, setzt sich nieder, legt sich nieder, geht auf und ab.

Die letzte Stunde, nach der Verhandlung, allein mit ihrem Vater. Besuchszimmer im Gerichtsgebäude. »Hast du alles gehört, Vater?« Er nickt. »Warum bist du gekommen?« — »Damit du weißt, daß ich dich nicht verlassen habe.« Hat er sie nicht verlassen, gleich nach ihrer Geburt? »Ich werde nach Genf fahren, zu Tioka«, sagt er. Was ist mit ihrem Vater geschehen? Sie will ihn fragen, aber er sagt: »Es ist meine Schuld, auch meine Schuld.« Tränen treten ihr in die Augen. Über Siebzig ist er, nie hat er fremde Schuld auf sich genommen, nie die eigene bekannt. Er sitzt ihr gegenüber, steif, steinern, sicher wie immer. »Du darfst den Mut nicht verlieren«, sagt er. »Sie werden dich freisprechen.« — »Ich bin schuldig«, sagt sie. »Du hast genug gelitten, Mura.« Er spricht von Tioka. Vor Jahren schon hat er Andrej die Sorge um den Jungen abgenommen. Die Tarnowska nickt; Andrej hat es geschrieben. »Danke«, sagt sie; bisher hat sie ihm nicht gedankt. »Du wirst nur Freude an ihm haben«, sagt der Vater. Die Tarnowska lächelt. »Wem ist er nachgeraten? Sicher nicht mir und Wassilij.« — »Du warst nicht schlecht, Mura.« Warum sagt er ihr das, heute? Nach diesem Nachmittag, an dem sie alles aus sich gespült hat, das ganze Blut, den ganzen Unrat, den ganzen Eiter. Warum heute, warum so spät, warum zu spät? »Es ist einsam geworden in Otrada«, sagt er. »Und Olgas Kinder?« Ja, manchmal kommen Olgas Kinder. »Dann ist es wie früher?« Sie sieht ihn an, und auf einmal ist es ihr, als wäre nicht sie blind gewesen, als wäre er blind gewesen, der alte Mann. Wie früher! Er hat nicht gewußt, daß dieses ›früher‹ sie aus Otrada vertrieben hat. Die Fahrten zum Friedhof und der Abschied der Tanten und der geprügelte Stallknecht und die Mutter, die dahinwelkte. Früher! Er hört in seiner Einsamkeit nur das Kinderlachen, das Klaviergeklimper, die Küchenlaute. Er glaubt, glaubt wirklich, daß es ein gutes Haus gewesen war, Otrada. Er weiß nichts, er war blind gewesen. »Du wirst mit Tioka nach Otrada kommen«, sagt er. Otrada, die Antwort auf alles. Immer noch weiß er es besser. »Und wenn sie mich verurteilen?« — »Sie werden dich freilassen.« — »Die Schande«, murmelt sie. »Was weiß man in Otrada?« fragt sie. »Es ist mir gleichgültig, was man in Otrada weiß.« Es ist ihm wirklich gleichgültig, sie fühlt es. Nach Zoä fragt sie und Alexander. Alexander ist in St. Petersburg verheiratet, zwei Kinder. »Ein vorzüglicher Ingenieur.« Zoä ist in Davos, seine Lunge. »Nikolaj«, sagt der Vater — sie hat nicht gewagt, ihn zu fragen —, »treibt sich mit den Revolutionären in der Schweiz herum. Er hat einen anderen Namen angenommen. Das tun sie alle, die Rebellen. Es ist besser so. — Ich darf dich jede Woche besuchen«, sagt der Vater. »Willst du denn hier bleiben?« — »Ich bleibe bis zum Ende. Naumows Vater fährt morgen zurück. Ich kann Feiglinge nicht leiden.« Er hat Feiglinge nie leiden können, der schreckliche O'Rourke. »Du bist nicht mehr der schreckliche O'Rourke«, sagt sie lächelnd, unter Tränen. »Die Menschen wissen nicht viel von uns beiden«, sagt er. »Sie sind nicht so wichtig. Man kann ohne sie leben.« Er sieht nach der Uhr. Eine Stunde durften sie sich sehen, mit keiner Minute wird er die erlaubte Zeit überschreiten. Sie steht auf, geht auf ihn zu, will ihm sagen, daß sie ihn liebt. »Und ich habe dich gehaßt«, sagt sie. »Ich weiß. Es war mein Fehler.« Er streckt die Hände nach ihr aus. Wie immer sind seine Handflächen nach unten gekehrt, aber sie glaubt, seine Hände segnen sie. Er küßt sie auf die Wangen. Dann geht er zur Tür, winkt den Wärter herbei, als wäre der einer seiner Dienstboten.

Auf und ab geht die Tarnowska in ihrer Zelle, setzt sich nieder, legt sich nieder, geht auf und ab. Sie wagt nicht, die Augen zu schließen, sonst sieht sie sich im Gerichtssaal. Die toten Augen des Präsidenten, die schwärmerischen Augen des Schriftstellers, die Mäuseaugen des Landvermessers, die erstaunten Augen der französischen Journalistin, die gierigen Augen der Männer und Frauen. Alles, was sie heute gesagt hat, wird Tioka morgen in der Zeitung lesen. Es wäre besser für ihn, wenn er seinen Namen ablegte, wie Nikolaj. Sie sucht nach seinem letzten Brief, liest ihn, wie hundertmal zuvor. *»Wenn wir wieder zusammen sind . . .«* Sie muß ihn seiner Liebe entbinden wie eines gegebenen Wortes. Wenn sie in einigen Wochen oder Monaten das Gefängnis verlassen sollte: dann erst recht. Es ist jetzt gleichgültig, ob sie eine Mörderin ist. Gleichgültig: das Wort ihres Vaters. Des alten Mannes, der aufgehört hat, der schreckliche O'Rourke zu sein. Was würde Andrej sagen? Würde er nicht sagen, daß die Leiden des einen die anderen von der Sünde befreien? Ihre Leiden haben den schrecklichen O'Rourke befreit, seine haben sie befreit. Glaubt sie es, kann sie es glauben? Wer glaubt ihr? Hat ihr heute jemand geglaubt? Ist die Schuld des einen die Summe der Schuld aller anderen? Wenn Wassilij sie in der Hochzeitsnacht in Charkow nicht verlassen hätte . . . Wenn er ihre Hand gehalten hätte, als Tioka geboren wurde . . . Wenn sie nicht zu Alexis geflohen wäre . . . Wenn sie Stahl die Nadel aus der Hand gerissen hätte . . . Wenn sie Donat nicht hätte zerstören wollen . . . Wenn, wenn, wenn . . . Die fremde Schuld und die eigene.

Auf und ab geht die Tarnowska, setzt sich nieder, legt sich nieder, geht auf und ab. Warum hat sie gesagt, was sie gesagt hat? Die sündige Lust, anderen weh zu tun durch ihre Beichte, war es nicht; sie kennt sie längst nicht mehr. Professor Ceresa. Heilung durch Wahrheit hat er sie gelehrt; die Wahrheit hat sie gesagt und ist nicht heil geworden. Spießrutenlaufen, Haß und Argwohn. Hätte sie ihre Krankheitsgeschichte nicht Ceresa überlassen sollen? Sie hatte es sich nicht überlegt. Lebenslänglicher Kerker oder lebenslängliche Schande. Wahrheit die einzige Rettung – hat sie deshalb die Wahrheit gesagt? Mitleid mit den Kranken? Man hat kein Mitleid mit den Kranken. Nackt hat sie sich ausgezogen, wie beim Arzt, aber es waren keine Ärzte im Gerichtssaal gewesen. Nackt ihr Körper, nackt ihre Seele, nackt ihre Vergangenheit, nackt ihre Gegenwart. Und der alte Mann in der ersten Reihe. Gezögert hat sie, nachdem sie ihn erblickt hatte, und hat dann doch gesprochen. Kann es sein, daß sie gesprochen hat, nicht obwohl, gerade weil der alte Mann in der ersten Reihe gesessen hatte? War er der Arzt, der schreckliche O'Rourke?

Die Tarnowska schließt die Augen. Im Gefängnis der Männer schläft Nicolas Naumow und träumt von der Gouvernante, die ihn schlug, weil er das Gewitter fürchtete. Im Gefängnis der Männer schläft Donat Prilukow und träumt, daß ihn die Geschworenen auf ihre Schultern heben. Im *Hotel Danieli* schläft Nikolaj O'Rourke und träumt, daß die Kinder durch den Park von Otrada laufen, wie früher. In einem Hotelzimmer schläft der Gouverneur Naumow und träumt, daß er der Richter ist. In seinem Genfer Pensionat schläft Tioka und träumt, daß er mit seiner Mutter nach Venedig fährt und Tunnels zählt. In seiner Klosterzelle, irgendwo, schläft Andrej und träumt, daß er den Teufel besiegt hat. In ihrer Zelle im Frauengefängnis auf der Insel La Giudecca schläft Maria Tarnowska.

ZWEITES KAPITEL

1

Unter den Bäumen war es kühl, aber am Ufer des Genfer Sees, für das Jean Jacques Rousseau das Wort ›romantisch‹ gefunden hatte, schien die Sonne warm auf den grünen Rasen. Es war die Jahreszeit, die zwischen den Jahreszeiten steht: mit dem einen Fuß noch im Schatten, mit dem anderen schon in der Sonne; mit dem einen noch im Grab, mit dem anderen schon im Leben. Der Dominikaner und der plötzlich emporgeschossene strohblonde Junge saßen auf einer Bank, sprachen und sahen den Möwen nach, die über den See hinausschossen, als brächten sie dem kühlen See die Botschaften der grünenden Wiesen.

»Nein«, sagte Tioka, »die Jungen benehmen sich ganz ordentlich, Andrej. Die meisten kennen mich doch seit Jahren. Für sie bin ich Tioka Tarnowskij, so gut oder so schlecht wie ich bin. Deshalb möchte ich so lange wie möglich im Pensionat bleiben.«

Andrej wußte, daß das eine tapfere Lüge war. Wenn Tioka die Beleidigung, die Grausamkeit und die Schande ertragen hatte, so war es, weil die Kräfte der Existenz in ihm noch unverbraucht waren. Was würde geschehen, wenn er die Sicherheit seines kindlichen Kerkers verließ?

»Früher oder später mußt du das Pensionat verlassen«, sagte er. »Du darfst keine Angst haben ...«

»Vielleicht wird dann der Prozeß vergessen sein. Nicht als ob ich mich meiner Mutter schämte ...«

»Hast du dir überlegt, was du studieren willst?«

»Anfangs habe ich daran gedacht, Priester zu werden wie du. Aber das war eben, als ich mich verstecken wollte. Ich glaube nicht, daß ich ein guter Priester werden würde. Ich lese sehr viel. Am liebsten möchte ich Schriftsteller werden.«

»Monsieur de Vauthier sagt mir, daß deine Aufsätze ungemein gut sind.«

»Mein Großvater schrieb mir, ich könnte mir mein Studium aussuchen. Jedenfalls will ich nach dem Abitur sofort nach Rußland.«

»Du warst wenig in Rußland«, sagte Andrej erstaunt.

Tioka sah den Möwen nach. »Weißt du, in Rußland bin ich doch noch etwas anderes als der Sohn meiner Mutter. Ich meine nicht nur Großvaters wegen. Dort muß es Menschen geben, die Mama von früher gekannt haben. Hier weiß man von ihr nur, was man aus den Zeitungen weiß.«

Andrejs Herz verkrampfte sich. Wann immer sie gesprochen hatten, in den letzten Jahren, waren nie mehr als einige Minuten vergangen, ohne daß Tiokas Gedanken zu seiner Mutter zurückgekehrt wären. Wo er leben und was er werden wollte; seine Neigungen und Abneigungen, seine Gottesfurcht und sein Ehrgeiz, seine Kindlichkeit und seine Reife: alles war bestimmt von dem ›Fall Tarnowska‹.

»Es könnte immerhin sein, daß deine Mutter freigesprochen wird«, sagte Andrej.

Tioka schüttelte den Kopf. »Das glaube ich nicht. Ich bete dafür, jeden Tag, wirklich, Andrej, aber ich glaube es nicht.«

»Würdest du mit ihr gehen, wenn sie doch freigesprochen würde?«

Tioka wandte sich ihm zu. »Das wollte ich dich fragen. Was würdest du an meiner Stelle tun?«

Von dem Tag an, als er den Knaben in Wien aufgelesen hatte, hatte ihm Tioka immer verfängliche Fragen gestellt. Kinder stellen verfängliche Fragen. Man log, wenn man ihnen auswich.

»Ich würde am Gefängnistor stehen«, sagte Andrej. »Ich würde eine Weile mit ihr verbringen, aber ich würde nicht für immer bei ihr bleiben.«

Wie herausfordernd fragte Tioka: »Hast du Angst, sie würde meine Seele verderben?«

»Nein. Ich glaube nur, daß man die Seele oft mit dem Herzen verwechselt. Die Seele ist mehr. Es ist keine Sünde, zu denken, daß die Seele denkt. Wenn du mit deiner Mutter bliebest, würdest du sie für eine Weile beglücken, aber da sie dich liebt, würde sie bald erkennen, daß du nicht das Richtige tust.«

»Warum sagst du, daß es für mich nicht das Richtige wäre?«

»Weil das, was geschehen ist, das künftige Leben deiner Mutter bestimmen wird. Also würde es auch dein Leben beeinflussen.«

»Verlangst du, daß ich Mama verrate?«

Andrej überlegte. Wie vielen hatte er geraten, in diesen Jahren. Wie schwer war es, jenen zu raten, die man liebte.

»Ich verlange nichts, Tioka«, sagte er. »Du wirst deine eigenen Entschlüsse treffen. Versuche, mich zu verstehen. Ich habe dir viel vom Krieg mit Japan erzählt; habe dir auch gesagt, daß wir Russen auf diesen Krieg nicht stolz sein sollten. Trotzdem ist es geschehen, daß ich versucht war, die Fahne, die ein Verwundeter hatte fallen lassen, aufzuheben und weiterzutragen. Es wäre heldenhaft gewesen, aber auch mißverstandene Liebe, ein schlechter Rat des Herzens. Du darfst nie aufhören, deine Mutter zu lieben, die dich über alles liebt. Du darfst sie nie verurteilen, denn sie war krank oder verwundet. Aber das heißt nicht, daß du die Menschen hassen mußt, die sie verurteilen. Das heißt nicht, daß sie böse sind oder auch nur ungerecht. Es heißt auch nicht, daß sie dich hassen, obwohl manche vielleicht dumm genug sind, den Anschein zu erwecken. Du brauchst weder zu beweisen, daß du deiner Mutter gleich, noch daß du besser bist.«

»Im ersten Jahr im Pensionat hast du mir das Gegenteil gesagt. Du hast mir gesagt«, erklärte Tioka, »daß ich an Mutters Unschuld glauben muß, auch wenn niemand daran glaubt.«

»Du warst damals kaum zwölf, und du hättest mich nicht verstanden. Ich konnte dir nicht sagen, daß du sie lieben mußt, auch wenn sie vor dem Gericht und den Menschen schuldig sein sollte.«

Es fiel ihm in diesem Moment nicht leicht, ohne Zorn an Maria zu denken. Zwar hatte sie im Prozeß nichts vom Eid beim Leben ihres Kindes erwähnt, aber sie hatte zugelassen, daß ihn ihr Verteidiger erwähnte. Konnte ihre Sehnsucht nach Freiheit so groß sein, daß sie dafür die Achtung ihres Kindes aufs Spiel setzte? Warum hatte sie nicht geleugnet? Hatte er selbst unrecht getan, sie zu einem Geständnis zu bewegen? War die herzlose Wahrheit nicht schlimmer als die Lüge? Wie kam er dazu, von Tioka Liebe für die Schuldige zu verlangen, die den Unschuldigen nicht genug geliebt hatte? Hatte jemand — er oder Maria — das Recht, die kindliche Seele mit der schrecklichen Frage von Schuld und Sühne zu belasten?

»Weißt du, Andrej«, sagte Tioka endlich, »es fällt mir am schwersten, nicht ununterbrochen zornig zu sein. Eigentlich bin ich immer zornig. Ich lese die Zeitungen und bin zornig über Mama, und gleichzeitig bin ich zornig über die, die sie verurteilen. Ich bin zornig, weil sie nicht an mich gedacht hat, und wenn man ihr vorwirft, daß sie nicht an mich gedacht hat, bin ich ebenso zornig.«

»Deshalb habe ich dir geraten, was ich dir geraten habe«, erwiderte Andrej. »Man soll nicht in Zorn leben. Ich habe immer viel von dir verlangt.« Er lächelte. »Und es ist doch ganz gutgegangen, nicht wahr, Tioka? Was ich jetzt von dir verlange, ist, daß du aufhörst, wie ein Advokat zu denken, und beginnst, wie ein Arzt zu denken. Du sollst deine Mutter nicht verteidigen, sondern dazu beitragen, daß sie gesund wird.«

Der Junge blickte ihm in die Augen, und das Gefühl des Glücks wurde so stark in Andrej, daß er vergaß, was ihn in Rom erwartete. Tioka hatte ihn verstanden. Er war gekommen, um einen Damm zu errichten zwischen Tioka und den Wellen von Schmutz: er hatte keinen Damm errichtet, aber er hatte die Flut in Bahnen gelenkt.

Sie standen auf und gingen, am See entlang, auf das Pensionatsgebäude zu.

»Glaubst du wirklich, daß sie freigesprochen werden kann?« fragte Tioka zögernd.

»Es ist nicht ausgeschlossen.«

Tioka zuckte mit den Schultern. Die eine Schulter trug er immer noch etwas höher als die andere. »Warum mußte sie dann das alles sagen, Andrej? Hat sie dabei gar nicht an mich gedacht?«

»Du fragst mich etwas, worüber ich mir selbst den Kopf zerbreche. Ich will mit dir sprechen wie mit einem Erwachsenen oder mit mir selbst. Du weißt, was Psychiater sind. Sie nennen sich Seelenärzte, weil sie glauben, man könne die Seele heilen wie einen Knochenbruch. Sie haben deine Mutter nicht nur untersucht, sie haben sie auch beraten. Diese Ärzte versprechen sich von der Aufrichtigkeit die Heilung der kranken Seelen. Ich glaube an die Aufrichtigkeit, aber ich erwarte mir von ihr keine Wunder. Ohne den Glauben an Gott vermag die Wissenschaft keine Seele zu retten. Das aber ist jetzt, da es gilt, deinen Zorn zu bekämpfen, bedeutungslos. Deine Mutter versucht, ihre Seele zu retten; das ist, in jedem Fall, ein schöner Versuch. Deshalb tut sie es auch für dich. Wir wollen beten, daß es ihr gelingt.«

Er war nicht mehr sicher, daß ihn Tioka verstand, aber er glaubte, daß er dem Sohn Maria Tarnowskas geholfen hatte, das Ungeheuerliche, das ihm widerfahren war, das Ungeheuerliche, das ihn noch erwartete, zu tragen. Nicht ohne Leid, doch ohne Zorn. Und auch ihm fiel es leichter, den schweren Gang zu gehen, der ihm bevorstand.

2

Nur ein großes Kruzifix und ein Bild der heiligen Katharina von Siena hingen an der Wand des Vorzimmers. Andrej war allein. Die Fenster standen offen. Man hörte die Kirchenglocken, die nahen wie einen Gesang, die fernen wie ein Orchester. Die Aprilsonne begann, die feuchten Blätter der Bäume und der Blumen zu trocknen, aber im Westen türmten sich schon neue Regenwolken. Man wußte nicht, ob das Grau blau, oder das Blau grau war; ein unwilliges Wetter. Ein Dominikaner ging durch den Garten, an der vermauerten Tür vorbei, die einst zum Inquisitionsgericht geführt hatte. Mitleidig betrachtete er die Blumen, die ihre Köpfe hängen ließen.

Vor sechzehn Jahren hatte Andrej zum erstenmal dieses Zimmer betreten. Konnte es sein, daß er es nie wieder betreten würde? Was er begangen hatte, hieß in der Sprache des heiligen Basilius ›Kirchenraub‹, und unter den drei Gruppen von Vergehen gehörte es zu den *culpae gravissimae*. Wenn nicht Ausstoßung aus dem Orden, so mußte er lange währende Ungnade, gewiß Verbannung von Santa Maria sopra Minerva gewärtigen. Er liebte Santa Maria sopra Minerva, und er liebte den alten Mann, der hinter der schweren Eichentür auf ihn wartete. Zwar hatte er ihn nicht oft und seit drei Jahren nicht mehr gesehen, aber er hatte die kleinen Greisenhände schützend über seinem Haupt gefühlt. Der Pater General war hoch in den Achtzig. Man sah ihn selten. Einsam fällte er seine Entscheidungen. Niemand kümmerte sich um seine Jahre und seine Gesundheit. Eine Weile dachte Andrej nicht an sich; nur an den Kummer, den er dem Pater General bereiten mußte. Wenn er wenigstens Reue hätte empfinden können! Es war seltsam, daß er nicht mehr verstand, wie er sich gegen den Orden hatte vergehen können und doch nicht von jener Reue durchdrungen war, die allein sein Seelenheil retten konnte. Seine Gedanken flogen über die Mauern von Santa Maria sopra Minerva, über die Weinhügel der Toskana, nordwärts, nach den Lagunen Venedigs. Maria stand vor Gericht, und nun würde auch er vor Gericht stehen.

Die Eichentür öffnete sich. Der Sekretär des Paters General ließ Andrej eintreten. Hinter Andrej schloß sich die Tür.

Der Pater General schien nicht älter geworden zu sein, nur etwas kleiner. Auf seiner winzigen Nase saß eine Brille. Zwei weitere Brillen lagen vor ihm; manchmal legte er eine Brille ab und setzte die andere auf, aber er tat es wie zum Spiel und schien keine zu brauchen.

»Treten Sie näher, mein Sohn«, sagte er, »und sprechen Sie laut. Man sagt, daß mein Gehör gelitten hat, obwohl ich immer noch hören kann, was ich hören will.«

Auch das noch, dachte Andrej. Laut mußte er sagen, was schwer genug war, mit leiser Stimme vorgebracht zu werden.

Andrej begann mit lauter Stimme zu bekennen, daß er sich an dem Vermögen des Ordens vergriffen habe, vor drei Jahren; vielmehr habe er die sich bietende Gelegenheit benutzt, einen Teil seiner Revenuen aus der mütterlichen Erbschaft an eine Bank zu überweisen, die ihrerseits für die Erziehung des kleinen Grafen Tioka Tarnowskij gesorgt habe. Daran nicht genug, habe er das gleiche Verbrechen ein zweitesmal begangen, ein halbes Jahr später, und hätte es wohl wiederholt, wäre der Großvater des Kindes, Graf O'Rourke, nicht dazwischengetreten.

Andrej hatte geendet. Er wollte seine Tat nicht begründen, und tat es erst, als ihn der Pater General dazu aufforderte. Nun schilderte er seine früheren Beziehungen zu Maria Tarnowska – »Das weiß ich«, unterbrach ihn der Pater General –; schilderte die Verhaftung Marias, die Sorge um ihr Kind, sein Gespräch mit Olga Katerinowitsch in Venedig. Er war damals überzeugt gewesen, sagte er, daß das Kind in der feindlichen Umgebung verderben würde. Die Mutter aber würde endgültig in die Finsternis gestoßen werden.

»Maria Tarnowska hing an einem dünnen Faden über dem Abgrund. Das war die Liebe zu ihrem Kind.«

Der Pater General setzte eine neue Brille auf, ungläubig schüttelte er den Kopf, als traute er seinen Augen nicht, als sähe er einen Pater Andrej vor sich, den er nicht kannte.

»Sie sprechen wie ein Laie«, sagte er endlich. »Die Augustinerregel. Aber das ist nicht alles. Haben Sie die Regeln des heiligen Basilius von der Ablegung der Güter nicht gelesen? *›Solchen, die das nicht einsehen, muß man erklären, sie machten sich der Sünde des Kirchenraubes schuldig.‹* Ihnen muß ich es nicht erklären: Sie wissen es. Ich habe Sie nicht in die Welt hinausgeschickt, damit Sie die Welt in sich aufnehmen, sondern damit Sie der Welt das Wort des Herrn bringen.«

»Ich war Ihres Vertrauens nicht würdig, hochwürdigster Pater General.«

»Auf mein Vertrauen kommt es nicht an. Setzen Sie sich!«

Er betrachtete Andrej, ohne Zorn, mit Mißbilligung kaum, eher fassungslos.

»Vor drei Jahren«, sagte er — genau schien er sich jeder Einzelheit zu erinnern —, »sandte mir der Prior Johannes Redlich in Krakau einen Bericht, in dem er schrieb, er habe Ihnen gestattet, nach Wien zu reisen. Sie sollen damals gesagt haben, daß Sie den Teufel in Maria Tarnowska erkannt hätten. Was haben Sie damit gemeint?«

Auf diese Frage war Andrej nicht vorbereitet. Fragen über das veruntreute Geld hatte er erwartet; ob er etwas für sich verwendet habe; warum er nicht früher gekommen; ob er bereue und bußfertig sei. Er hatte den alten Mann bewundert und doch unterschätzt. Nun zählte er seine Begegnungen mit Maria auf, in Charkow und Wien und Wien nochmals; sprach von dem Mord an dem Grafen Kamarowskij und von dem Prozeß.

»Und Sie haben sich also selbst mit der Teufelaustreibung betraut?« sagte der Pater General. »Kennen Sie nicht die Vorschrift des feierlichen Exorzismus: *›Imprimis ne facile credat aliquem a Daemonis obsessum esse.‹* Das gilt selbst für jene, die einen Auftrag des Heiligen Vaters besitzen. Sie besaßen keinen.«

»Ich habe die Besessenheit Maria Tarnowskas nicht wörtlich gemeint.«

»Natürlich nicht! Was nehmen die jungen Priester wörtlich? Hätten Sie die Besessenheit dieses Weibes wörtlich gemeint, hätten Sie sie der Kirche übergeben müssen. Sie meinten sie nicht wörtlich, aber Sie wollten den Teufel aus ihr treiben. Was soll ich glauben?«

»Ich bin viele Jahre durch die Welt gezogen, hochwürdigster Pater General. Nie habe ich geglaubt, den Teufel so deutlich zu erkennen wie in Maria Tarnowska. Ich wollte ihre Seele retten, noch ehe der Teufel sich ihrer ganz bemächtigt.«

»Schreien Sie nicht«, sagte der Pater General. »Ich bin nicht taub. Wissen Sie nicht, daß sich der Teufel nur dann ohne Maske zeigt, wenn er gewiß ist, daß ihm jemand nachlaufen will? Sie haben den Teufel nicht entdeckt; er hat sich Ihnen gezeigt. Immer wieder tauchte er vor Ihnen auf, damit Sie ihm folgen. Vor drei Jahren hat er endlich den faulen Handel mit Ihnen geschlossen. Er tat, als gäbe er die Seele dieses Weibes frei, und dafür verschrieben Sie ihm Ihre Seele.«

Andrejs Finger verkrampften sich in die Lehne des Sessels. »Nein, das habe ich nicht getan!« schrie er.

»Keines Ihrer Motive war selbstlos«, sagte der Pater General. »Sie wollten ein Kind von diesem Weib, und weil Sie es nicht zeugen konnten, haben Sie es sich angeeignet. Zum anderen haben Sie zwischen sich und dem Weib ein unzerreißbares Band geschaffen. Daß Sie Ihren Orden um Geld betrogen, ist nebensächlich: der Orden hat größere Verluste verschmerzt. Daß Sie sich um das Heil und den Orden um einen Priester betrogen haben, schmerzt mich.«

Andrej senkte die Augen, schwieg. Ein plötzlicher Aprilregen ging draußen nieder, als gösse eine Hausfrau schnell einen Scheffel voll schmutzigen Wassers auf die Straße.

»Schließen Sie das Fenster«, sagte der Pater General.

Andrej erhob sich, erleichtert, weil ihm der alltägliche Dienst Gutes zu verheißen schien.

»Warum sind Sie zu mir gekommen?« fragte der Pater General. »Über Ihre Strafe befinde ich nicht. Sie werden sich vor dem Provinzialconsil verantworten müssen. Haben Sie geglaubt, ich werde Sie beschützen?«

»Ich habe Ihr Vertrauen genossen, hochwürdigster Pater General. Da ich es mißbraucht habe, mußte ich zu Ihnen kommen.«

Der Pater General legte die Brille ab, aber diesmal nahm er keine andere. Er strich sich mit seinen winzigen Fingern über den Nasensattel. Mit geschlossenen Augen saß er eine Weile da.

»Sie sind nicht nur deshalb zu mir gekommen«, sagte er. »Bloß wagen Sie nicht mehr vorzubringen, was Sie sagen wollten, mein Sohn. Ich sehe wenig Menschen, weil zu viele ja sagen. Ich habe Sie geliebt, weil Sie tapfer waren. Sie haben nichts zu verlieren. Sprechen Sie!«

Was bedeutete es, daß der Pater General sagte, er habe nichts mehr zu verlieren, dachte Andrej. Hatte der Pater General den Stab über ihn gebrochen?

»Jahrelang«, sagte er, »habe ich um die Seele Maria Tarnowskas gekämpft. Jetzt werde ich es nicht mehr können.«

»Wollen Sie sagen, daß Sie nichts bereuen als Ihre Unfähigkeit, das vermeintliche Werk zu vollenden?«

»Zutiefst bereue ich, was ich an der Kirche verbrochen habe. Aber ich bereue es auch, weil mir eben durch mein Verbrechen das Rettungswerk mißlang. Und doch glaube ich, daß eine Seele jetzt, gerade jetzt, gerettet werden kann. Senden Sie einen der Patres nach Venedig, hochwürdigster Pater General.«

»Warum gerade jetzt?«

Andrej vergaß, daß er als Angeklagter vor seinem Richter stand. Das alte Fieber hatte ihn ergriffen, riß ihn fort. Maria Tarnowska, sagte er, habe gestanden; habe mehr gestanden als ihrem irdischen Wohl zuträglich war; die Arme nach dem Retter strecke sie aus; sie suche nach ihrer Seele und sei in Gefahr, endgültig den falschen Weg zu gehen. Ob der Pater General wisse, daß in diesem neuen Jahrhundert, überall in der Welt, eine neue Lehre verbreitet werde. Psychoanalyse heiße sie oder Seelenheilkunde, eine gefährliche und verführerische Wissenschaft. Ein Christentum ohne Liebe, auf der Beichte ohne *attritio* beruhend; sie huldige nur dem irdischen Glück und täusche ein Paradies auf Erden vor, das in ewiger Verdammnis enden müsse; nicht vom Laster, sondern auch vom Gefühl des Lasterhaften befreie sie die Menschen, die mit ihrem schlechteren Ich zu leben lernten, so daß sie mit Gott nicht mehr zu leben brauchten; sie gehe den richtigen Weg bis zur letzten Weggabelung, die in den Abgrund führe; logisch bis zur vorletzten Konsequenz; eine Heilökonomie von äußerster Ökonomie, doch des Heiles entratend; egoistisch bis zum Exzeß, weil sie die Erträglichkeit, nicht die Pflicht des Zusammenlebens predige; die letzte Kriegserkärung des Atheismus, die sich der Schamlosigkeit nicht mehr schäme, sondern sie zum Postulat erhebe; gefährlich und verführerisch aber vor allem, weil ihre Künder und die ihrer Kundigen guten Willens seien, so daß sie sich selber täuschten und die Täuschung daher unkenntlich werde.

Ohne Ungeduld hatte der Pater General zugehört. Zum erstenmal zeigte sich ein Lächeln auf seinen Zügen, ein so verschmitztes Altmännerlächeln, daß Andrej verblüfft innehielt. Da der Schreibtisch groß und die Arme des Paters General kurz waren, mußte er sich ein wenig erheben, um das Ende des Tisches zu erreichen; von dort nahm er ein Buch und schob es vor Andrej hin. Es war neunzehnhundertundeins erschienen, hieß *Zur Psychopathologie des Alltagslebens* und stammte von Dr. Sigmund Freud.

»Wenn ich Sie recht verstehe«, sagte er, »hat der Teufel, den Sie ja so genau zu kennen glauben, die Seele Maria Tarnowskas zur Exekution den Kündern der neuen Lehre übergeben. Und ich soll einen Mann des Ordens nach Venedig entsenden, um mit den Gelehrten zu disputieren, wie der Dominikaner Johann Tetzel mit Martin Luther disputiert hat? Ein absonderlicher Fall . . .«

Er setzte wieder eine der Brillen auf, als wollte er mit dieser Geste die Audienz beenden. Ohne Tadel oder Trost ließ er Andrej gehen.

3

Ein Jahr in strenger Klausur, fern von Santa Maria sopra Minerva; zweimal in der Woche Fasten bei Wasser und Brot — so hatte das Urteil des Provinzialconsils gelautet.

Nach dem Süden führt Andrej der Zug, nach Neapel, von wo er sich nach Nordafrika einschiffen wird. Er hadert nicht. Es war ein mildes Urteil gewesen, so milde, daß er gewiß ist, der Pater General habe seine Hand über ihn gehalten. Die Urteilsbegründung war beinahe eine *laudatio* gewesen: alle Verdienste des Dominikaners mußten für ihn zeugen, um die Nachsicht des Consils zu begründen.

Indessen fällt es Andrej nicht leicht, die Gedanken zu unterdrükken, die er seinen Richtern verschweigen mußte. Umsonst klagt er sich der Hoffart an: obwohl er verurteilt wurde, noch ehe das weltliche Urteil über Maria gesprochen ist, will er dem Teufel keinen Sieg einräumen. Tioka ist gesund an Leib und Seele: ein Wunder und ein Fingerzeig. Graf O'Rourke ist — so hat ihm Tioka gesagt — unterwegs nach Venedig, ist vielleicht schon bei seiner Tochter. Mag sein, daß Maria unter dem Einfluß der Psychiater gehandelt hat; mag sein, daß sie meint, aus dem Boden der Selbsterkenntnis wüchsen Früchte auch ohne Gottes Segen: der Boden ist reif, Gottes Sonne und Regen wird ihn befruchten. Nicht die Fähigkeit der Menschen, Gutes zu tun, ist der Beweis Gottes, sondern ihre Fähigkeit, sich zu bessern. Trotz allem, was Rechtsgelehrte und Seelengelehrte so schlüssig bewiesen zu haben glauben, hätte Maria einen anderen Weg gehen können, aber wer sagt, daß sie ihn nicht mehr gehen kann? Es gibt ein einziges Heimweh, das mit Heimkehr gleichbedeutend ist: das Heimweh nach Liebe. Und er selbst? Einen langen Weg ist er gegangen, von der Stunde, da er die Kranke in Charkow nicht trösten konnte, weil er die Lockungen des Fleisches fürchtete, bis zu dem Tag, an dem er es wagte, Marias Kind nach Genf zu bringen. Der Sieg Agapes über Eros? Das auch, doch das nicht allein. Wo die Sehnsucht nach dem Schmerz aufhört, hört die Liebe auf, unrein zu sein. Wer mit seinem Gewissen ins reine gekommen ist, hört auf, Schmerz empfangen oder geben zu wollen. Der Teufel ist die Versuchung, aber da auch die quälerische Liebe Versuchung ist, sitzt der Teufel in der Qual. Und Andrej beginnt zu verstehen, sechzehn Jahre nachdem er die Schwelle des Klosters überschritten hat, was Liebe bedeutet: daß sie, um sie selbst zu sein, sich befreien muß von ihrem dämonischen Zwillingsbruder, dem Schmerz. Die Jünger der neuen Lehre haben ein Wort gefunden für die Liebe, die, um sich zu erfüllen, Schmerz bereiten muß oder Schmerz empfangen, und ahnen nicht, daß erst die Liebe, die sich vom Schmerz befreit hat, Liebe ist. Der Schmerz ist Eros' großer Kuppler, Agapes großer Feind. Er weiß heute mehr von Liebe, als er je gewußt hat. Der Teufel hat keinen guten Tausch gemacht.

In Neapel verläßt Andrej den Zug, geht langsam auf den Hafen zu. Beinahe sommerlich scheint hier die Aprilsonne. Andrej blickt zum blauen Himmel empor. Vielleicht trägt er zu frohen Mutes seine Strafe. Vielleicht hat er verlernt, sich zu mißtrauen.

DRITTES KAPITEL

1

Am zweiten Mai neunzehnhundertundzehn berichtete Dr. Hugo Friedlieber der *Neuen Freien Presse, Wien:*

»Beinahe zwei Monate währt nun der Prozeß Tarnowska, und doch dürfen wir sagen, daß kein Tag ohne neue, aufsehenerregende Ereignisse verstreicht. Insbesondere die letzten drei Tage waren reich an Ereignissen, welche möglicherweise den Ausgang des Prozesses zu beeinflussen geeignet sind.

Nicht weniger als dreizehn medizinische Sachverständige marschierten auf, um die eigentliche Todesursache des Grafen Kamarowskij zu klären. Dabei wurde aber nur klar, wie wenig wir, selbst in diesem Jahrhundert des Fortschritts, da wir glauben, dem Tod Schach geboten zu haben, vom menschlichen Körper wissen, wie wenig Ursache wir haben, unsere Fortschritte mit Hochmut zu betrachten.

Die Verteidigung hatte den Spitalsarzt Dr. Italo Menini vom Hospital SS. Giovanni e Paolo mobilisiert, welcher die Operation an dem Opfer des Anschlages vorgenommen hatte. Dr. Menini, ein junger Arzt, der einen vorzüglichen Eindruck vermittelte, berichtete den Geschworenen, daß von den vier Kugeln eine den Unterleib getroffen habe: diese Wunde mußte als die schwerste angesehen werden. Die Kugel hatte die Eingeweide gerade an einer Windung getroffen und dadurch acht Löcher verursacht. Ein Teil der Gedärme war dagegen nur tangential getroffen worden. Dr. Menini, der die Kugel in einem Muskel fand, machte eine dreifache Naht und brachte, wie er sagte, ›auf alle Fälle noch einen Zapfen an‹. Die Operation mußte ohne Vollnarkose vorgenommen werden. Der Patient habe sich außerordentlich tapfer benommen und während der Operation mit dem Untersuchungsrichter und dem russischen Konsul sich unterhalten. Am vierten Tag sei Primarius Professor Dr. Enrico Cavazzini erschienen. Als der Zapfen entfernt wurde, stellte man einen Erguß fest und befürchtete, da der Patient auch über Brechreiz klagte, eine Bauchfellentzündung. Auf Anordnung Professor Cavazzinis habe er, Dr. Menini, eine Magenauspumpung vor-

genommen. Hierauf habe sich der Zustand Kamarowskijs erheblich verschlimmert, und es trat das Delirium ein.

Es wäre jedoch ein Irrtum, wenn man annehmen wollte, daß Dr. Meninis Ansichten unbestritten blieben. Zwar fand er bei Assistenzarzt Dr. Facta bedingungslos Unterstützung, wurde jedoch von dem Gerichtsmediziner Professor Dr. Trevisan leichtfertiger Behauptungen geziehen. Eine weitere Ansicht vertrat der gegenwärtige Primararzt des venezianischen Hospitals, Professor Dr. Giordano, ein Chirurg von internationalem Ruf, welcher erklärte, die Operation hätte nicht vorgenommen werden dürfen. Professor Giordano zufolge verlaufen Bauchoperationen fast immer tödlich, wogegen die Erfahrungen des Russisch-Japanischen Krieges zeigen, daß bei einfacher Unbeweglichkeit des Kranken Mutter Natur fast immer ihr heilsames Werk verrichtet. Noch im Transvaalkrieg, meinte er, habe man durch Laparotomie bei Unterleibswunden Hunderte von Soldaten überflüssigerweise ›umgebracht‹. ›Nicht die unsicheren Hände, sondern der unsichere Kopf des Chirurgen sind für die meisten Fehlleistungen verantwortlich!‹ rief Professor Giordano aus. Indes erklärte auch der neue Primarius, daß Graf Kamarowskij dem Attentat Naumows nicht unmittelbar zum Opfer gefallen sei. Dieser Ansicht schloß sich auch Dr. Coccon, ein bekannter Chirurg, an, der seinerseits den Verdacht aussprach, schmutzige Hände bei der Wiedereinfüllung der Gedärme hätten den letalen Ausgang verursacht. So viele Ärzte, so viele Ansichten!

Den Höhepunkt bildete jedoch die Einvernahme des greisen Professors Cavazzini, welcher die Magenauspumpung angeordnet hatte. Selten hat sich menschliche Schwäche in so krasser Form offenbart. Der vor kurzem in den Ruhestand getretene Professor erklärte nicht nur, daß er unfähig sei, sich seiner Anordnungen zu erinnern: er behauptet sogar, daß er sich eines Patienten namens Kamarowskij überhaupt nicht entsinne. Er habe sich bei einer Operation ein Leiden zugezogen, sein Gedächtnis sei seither geschwächt. Die Verteidigung ließ jedoch nicht locker, und das Gericht setzte sich telefonisch mit dem Spital in Verbindung. Eine Flut von Assistenzärzten, Krankenschwestern und Pflegern ergoß sich über den Gerichtssaal: keiner dieser Zeugen hatte bei Professor Cavazzini Anzeichen von Gedächtnisschwäche bemerkt. Stundenlang schien es so, als säßen nicht die Tarnowska, ihre Zofe und ihre Liebhaber auf der Anklagebank, sondern als wäre der bedauernswerte Greis der eigentliche Angeklagte.

Trat die Tarnowska in diesen Tagen in den Hintergrund, so trat sie heute morgen um so deutlicher ins Scheinwerferlicht des öffentlichen Interesses. Aufmerksame Beobachter bemerkten, daß unter den zwölf Geschworenen ein neues Gesicht aufgetaucht war. Zögernd erklärte der Vorsitzende, daß sich der Geschworene Luigi San-

telli für befangen erklärt habe, weshalb das Gericht nun die Vereidigung des Ersatzgeschworenen Giuseppe Barbera, Schiffskapitän aus Murano, vornehmen werde. Präsident Tusitano machte keine näheren Angaben über die Gründe des Ausscheidens von Santelli. Die leider nur allzu zahlreichen Vertreter der Sensationspresse verließen jedoch alsogleich den Gerichtssaal, um Jagd auf den neununddreißigjährigen, übrigens wenig erfolgreichen Schriftsteller Santelli zu machen. Es gelang ihnen — und was sollte ihnen nicht gelingen? —, den Dramatiker in einer Kneipe ausfindig zu machen, wo er ihnen, bereits zu morgendlicher Stunde in berauschtem Zustand, mitteilte, er habe sich in die Angeklagte Tarnowska verliebt. Er bestritt jede Schuld Frau von Tarnowskas, die er persönlich nicht kenne und die ihm auch — so behauptete er! — keine verführerischen Blicke zugeworfen habe. Er könne sich die Faszination dieser ›wunderbaren Frau‹ nicht erklären, wolle ihre Gestalt aber in einem Drama festhalten. Er hätte unbedingt für den Freispruch Frau von Tarnowskas votiert.

Erwähnenswert wäre noch die Aussage der Zofe Elise Perrier, welche reich an komischen Einzelheiten war. Die Schweizerin verteidigte Frau von Tarnowska und beschrieb sie als eine ›Dame von großer Herzensgüte‹. Und dies, obwohl die Tarnowska auch sie wiederholt geschlagen und mit brennenden Zigaretten versengt habe! Als sie Verteidiger Luzzatti fragte, ob ihr denn das keine Schmerzen bereitet habe, antwortete die Zofe mit: ›Und ob!‹, was allgemeine Heiterkeit erregte. Die Zeugen, welche die Verteidigung der Perrier aufbot, haben die Schweizerin erheblich entlastet, doch war dies, andererseits, für Frau von Tarnowska nicht unbedingt günstig. Die Zeugen sagten aus, Elise Perrier sei an die Launen ihrer Herrin dermaßen gewöhnt gewesen, daß sie Maria Tarnowskas Absichten, Graf Kamarowskij durch den jungen Naumow ›erledigen‹ zu lassen, ebensowenig ernst nehmen konnte wie Frau von Tarnowskas Behauptung, diese habe bei der Gesundheit ihres Söhnchens geschworen, Kamarowskij müsse sterben.

Es bedarf wohl keiner weiteren Erklärung, daß die vox populi *die strengste Bestrafung der schönen Aristokratin verlangt. Dennoch steht der Ausgang des Prozesses nicht fest. Insbesondere die Verwirrung, welche die Mediziner verursacht haben, könnte sich zugunsten der Angeklagten auswirken. Nach einer zweimonatigen Prozeßdauer reißt man sich in Venedig die Zeitungen aus der Hand und scheint selbst so bedeutungsvolle Ereignisse wie den Besuch Zar Nikolaus' II. in Potsdam, die Abdankung Manuels II. von Portugal und die Ausrufung der Republik, die neuerliche Marokkokrise und die Annexion Koreas durch Japan zu vergessen. Es brodelt überall in der Welt. Nur wenigen scheint es jedoch gegeben, den Zusammenhang zwischen dem Behagen der Menge angesichts der im venezianischen Gerichtssaal klar zutage tretenden moralischen*

Verlotterung einerseits und dem Unbehagen der Menschheit angesichts der sich über ihr zusammenballenden Gewitterwolken andererseits zu erkennen.«

2

Vor der Richtertribüne ist eine lange Bank aufgestellt worden. Als die Tarnowska hereingeführt wird, haben neun Männer Platz genommen. Alle tragen schwarze Anzüge. Der älteste ist über siebzig, der jüngste noch nicht vierzig; sie stammen aus Venedig und Padua, aus Rom und Neapel. An der äußersten Rechten, ihr zunächst, sitzt Professor Ceresa, hager, mit tiefliegenden Augen, die wie das ferne Licht am Ausgang eines Tunnels leuchten.

Bei der Nennung ihrer Namen erheben sich die Psychiater: Professor Bossi aus Genua, Professor Tanzi aus Florenz, Professor Morselli aus Rom, Professor Belmondo aus Padua; die Professoren Cappeletti, Angelo und Ceresa aus Venedig; Professor Franconi und der ehemalige Unterrichtsminister, Professor Bianchi, aus Neapel.

Die Sachverständigen, erklärt Professor Bianchi, seien übereingekommen, ihre Gutachten nur insofern vorzutragen, als sie nicht mit denen der anderen Psychiater übereinstimmten oder diese ergänzten: die Schlußfolgerungen dagegen sollten Professor Ceresa vorbehalten bleiben. Der Vorsitzende fragt Exzellenz Bianchi, ob ihm ein Ausschluß der Öffentlichkeit wünschenswert erscheine. Der Professor wendet sich der Pressetribüne zu: »Allzulange sind die Erkenntnisse der Heilkunde ein Privileg weniger gewesen.« Eine nackte Frau liegt auf dem Operationstisch, denkt die Tarnowska. Weit öffnen sich die Türen des Operationssaales. Kommet, sehet und staunet, hier sind die Erkenntnisse der Wissenschaft!

Professor Bianchi weist mit einer großen Geste auf die offenen Fenster. Warm flutet die Maisonne in den Saal. Man hört den Flügelschlag der Tauben, wie raschelndes Papier. In diesem venezianischen Frühling, sagt der Professor, falle es schwer, sich in das Klima Rußlands zu versetzen. Wenn er sage, daß Rußland um hundert Jahre hinter der westlichen Zivilisation zurückgeblieben sei, dann urteile er noch zu milde. Man solle sich nicht durch die Größen der russischen Literatur beirren lassen: »Genies wachsen aus der Opposition gegen ihr Volk.« Auch die scheinbare Intelligenz der Angeklagten Tarnowska beweise nichts: »Sprachkenntnisse sind oft der Ausdruck einer unartikulierten Seele.« Je größer die Kluft zwischen dem Volk und der privilegierten Gesellschaft, desto hemmungsloser glaube sich diese Gesellschaft gebärden zu können. Auf der anderen Seite fühle diese russische Gesellschaft ihr Ende nahen, sie sei von einer Sintflutpsychose ergriffen. »Es handelt sich um Orgien auf einem sinkenden Schiff. Je dekadenter eine Gesellschaft, desto verworrener ihr Liebesbegriff! Desto eher identifiziert sie, einerseits, Liebe und Geschlecht; desto bereiter ist sie, andererseits, die geschlechtliche Liebe ohne seelische Liebe zu akzeptieren.« Gerade gestern hätten die Zeitungen von einer Selbstmordepidemie in Kreisen des russischen Adels berichtet. »Die Todessehnsucht des einzelnen entspringt der Todesahnung einer ganzen Gesellschaft.« Die Angeklagten Naumow und Prilukow, mit aller Wahrscheinlichkeit aber auch der ermordete Graf Kamarowskij wären typische Selbstmordkandidaten. Wie sich jedoch viele besiegte Feldherren des alten Rom nicht selbst töteten, sondern in die Schwerter ihrer Sklaven oder Freunde stürzten, so suchten Menschen wie Naumow, Prilukow und Kamarowskij ihre Mörder.

Die Tarnowska denkt an Andrej, der, als sie kaum sechzehn war, ähnlich zu ihr gesprochen hatte. Empfiehlt Professor Bianchi die Anwendung des Artikels siebenundvierzig – bedeutende Verminderung der Verantwortlichkeit –, weil er sagen will, daß sie in einem Irrenhaus aufgewachsen sei?

Vornehmlich mit Prilukow beschäftigt sich Professor Morselli. Er ist ein alter Herr und spricht so leise, daß der Vorsitzende die Hand an die Ohrmuschel legt. Man könne bei Prilukow von der Tragödie des Parvenüs sprechen. »Das Verhalten des Parvenüs ist die unbewußte Karikatur der Gesellschaft, in der er lebt.« Prilukow habe bewundert, was er gehaßt, und gehaßt, was er bewundert habe. »Der Parvenü gleicht dem Kind, das anderen Kindern zuerst die Unarten abguckt.« Mit Kamarowskij habe er die ganze Gesellschaft, die ihn niemals aufgenommen hatte, beseitigen wollen.

Die Geschworenen blicken verständnislos vor sich hin, einige Damen im Auditorium gähnen. Wohltuend empfindet die Tarnowska die Interesselosigkeit des Publikums. Da erhebt sich Professor Bossi. Der Genueser mit dem mongolischen Gesicht hat sie im Hospital wiederholt untersucht.

Seine verehrten Kollegen, sagt Professor Bossi, scheinen bei der Beurteilung der Gräfin Tarnowska die physischen Aspekte zu unterschätzen. Mit der Krankheitsgeschichte der Angeklagten ließen sich Bände füllen. Beinahe vollständige Blindheit als Folge von Masern; das Ausbleiben der Menstruation bis zum siebzehnten Lebensjahr; Typhus in schwerster Form; Blutvergiftung bei der Geburt des zweiten Kindes – all das müßte auch dann ein pathologisches Bild ergeben, wenn keine epileptische Veranlagung vorhanden und die Gesundheit der Angeklagten nicht durch Morphium und Kokain unterhöhlt worden wäre. »Wer täglich dreißig Zentigramm Kokain schnupft, der ist keiner vernünftigen Überlegung mehr fähig.«

Die Tarnowska weiß, daß kein Verteidiger überzeugender für sie plädieren könnte als Professor Bossi. Dennoch muß sie sich an die Bank anklammern, um nicht aufzuspringen und »Genug! Genug!« zu rufen. Pawel wurde ohne Narkose operiert. Nun erlebt sie in wachem Zustand ihre eigene Operation. Professor Bossi spricht von der Mutter der Angeklagten. Die Tarnowska empfindet eine innige Gemeinschaft mit ihrem Vater. Zusammen hatten sie am Grab Katharina O'Rourkes gestanden. Damals hatte sie ihn gehaßt. Ihre Mutter ist keine traurige, verwelkte Blume mehr: man hat sie entblättert. Verzeih, Mutter, denkt die Tarnowska. Tante Anna und Tante Sonja. Und ein Urgroßvater, der im Irrenhaus geendet hatte: sie hat es nicht gewußt. Und ein O'Rourke, der zehnjährig gestorben war, schwachsinnig, Otto Gustav Gerhard, achtzehnhunderteinundzwanzig. Verzeih, Vater! Die stolzen O'Rourkes, die königlichen O'Rourkes! Ein Gerichtssaal in Venedig, ein Operationstisch, Professor Bossi aus Genua. Geburtshelfer und Totengräber.

Dr. Eugenio Tanzi, Professor an der Universität und Direktor der Klinik für Geisteskrankheiten in Florenz, ist ein winziges Männchen mit einer dichten Haarkrone um die Glatze, adrett gekleidet, doch mit einer Lavallière-Krawatte: er sieht aus wie der Geiger in einem Nachtcafé. Während er spricht, verläßt er die Bank und geht, unbekümmert um Richter und Auditorium, auf und ab. Er hält einen Vortrag für seine Studenten.

Man müsse den Fall sowohl medizinisch als auch geschichtlich verstehen. Zwei Begriffe, um die es hier geht, habe man bisher nicht ausgesprochen. »Es handelt sich um Liebesbeziehungen zwischen Sadisten und Masochisten.« Der Professor verliest die Definition des Sadismus in Doktor Eugen Dührens grundlegendem Werk: *Der Marquis de Sade und seine Zeit;* verliest eine nicht minder zutreffende Definition des Masochismus von Krafft-Ebing, der — nach den Helden des Romanciers Sacher-Masoch — das Wort Masochismus geprägt hat. In einem ausgezeichneten Buch habe der französische Gelehrte Dr. E. Laurent gesagt: *»Im allgemeinen ist der Masochismus das Gegenteil von Sadismus; dieser ist die Wollust des Henkers, jener ist die Wollust des Märtyrers.«* Indes entwickle sich die Seelenkunde so revolutionär vorwärts, daß heute schon als überholt gelte, was gestern als Entdeckung gefeiert wurde. Dr. Schaefer habe noch vor kurzem im *Jahrbuch für Psychologie* Kampfgier und Mordlust ›in allen Tiergattungen‹ als *›Attribut des Männchens‹* bezeichnet, während es heute erwiesen ist, daß sadistische Elemente sich häufiger beim Weib, masochistische häufiger beim Mann finden. »Beispielsweise begehren die Besucher von Dirnen diese nur selten zu schlagen, während viele Dirnen ein ganzes Arsenal von Folterwerkzeugen bereithalten.«

Die Tarnowska fühlt eine Leere im Gehirn. Sie ist die Dirne, von welcher der Professor spricht. Alle Augen sind erwacht. Es ist neunzehnhundertzehn, sie befindet sich in einem Gerichtssaal, schwarze Roben, Anwälte, aber in Wirklichkeit gleicht sie den Ehebrecherinnen, die man im Mittelalter mit glattgeschorenen Köpfen durch die Dörfer jagte. Eine physische Kranke, Dirne, Ehebrecherin, Wahnsinnige, Sadistin — das alles kann sie nicht sein und doch leben. Wer hat recht und wer ist sie?

Hier beginnen, sagt der Professor, den Blick auf den Boden gerichtet, die medizinisch-historischen Zusammenhänge. In ihrem Werk *Das Weib im achtzehnten Jahrhundert* berichten die Brüder Goncourt, man habe *»zuviel mit den Leiden des Frauenherzens gespielt, um nicht Lust zu bekommen, das Weib in allem Ernste leiden zu sehen«*. Das sei die Epoche des Marquis de Sade gewesen. Der Marquis war der Ansicht, Gott habe bei der Erschaffung des Weibes einen *›Konstruktionsfehler‹* begangen und aus dem Weib *›die schlechteste aller Kreaturen von geradezu widerlicher Leibesbeschaffenheit‹* gemacht. Im neunzehnten Jahrhundert, fährt Dr. Tanzi fort, habe sich alles geändert, alle latenten sadistischen Instinkte der Frau habe die Emanzipation entfesselt. »Die Gleichwertigkeit oder die Gleichberechtigung der Frau«, sagt Professor Tanzi, »ist eine monströse Vorstellung, nicht weil die Frau dem Mann unterlegen ist, sondern weil es eine Gleichwertigkeit der Geschlechter nicht gibt: der natürliche Sexualinstinkt fordert, daß ein Geschlecht, das männliche oder das weibliche, dem anderen überlegen sei.« Emanzipation sei also, unter dem Mantel des Strebens nach Gleichwertigkeit, Streben nach Vorherrschaft. An die Stelle des Marquis de Sade sei die Marquise de Sade getreten.

Wie nun — der kleine Mann spricht wie zu sich selbst — verhalte es sich mit dem männlichen Masochismus? Die Emanzipation der Frau sei eine männliche Erfindung. Die Ursachen des Masochismus wurzelten fast immer im Schuldgefühl. Jahrhundertelang sei der Mann für alles in der Welt — »und was geschah nicht alles in dieser Welt!« — verantwortlich gewesen. Seit der Vertreibung aus dem Paradies, wo eine vollkommen emanzipierte Eva die Hauptlast der Verantwortung trug, sei Adam die Verantwortung, und damit die Schuld, aufgebürdet. »Adam lechzt nach Strafe.« Kein Zufall also, daß es im eben abgeschlossenen Jahrhundert keinen bekannten männlichen Repräsentanten des Sadismus, in Sacher-Masoch jedoch einen Repräsentanten des männlichen Masochismus gegeben habe.

Die Tarnowska fühlt, seit Jahren zum ersten Male, wieder den Wunsch, einen Mann zu quälen: eine Stunde mit diesem Geiger aus dem Nachtcafé, und er würde ihr winselnd zu Füßen liegen.

Professor Tanzi pflanzt sich herausfordernd vor den Richtern auf. Und als besänne er sich nun erst, warum ihm die Richter so lange zugehört haben, beginnt der Florentiner den Mord vom vierten September zu erläutern. Es handle sich bei den Angeklagten Prilukow und Naumow um Masochisten. Bei Naumow liege ein klarer Fall von Algophilie vor, dem Drang, nicht nur seelische, sondern auch körperliche Schmerzen zu erleiden. »Wie Sacher-Masoch, der Autor der *Venus im Pelz*, stammt Naumow aus altem Adelsgeschlecht, ist Dichter, lebt in einem Land grausamer Wandlungen; er hatte in

Frau von Tarnowska seine Wanda von Dunajew, gleichfalls eine Slawin, gefunden.« Prilukow sei ein larvierter Masochist. »Es ist nicht nur möglich, sondern geschieht häufig, daß der Masochist seine Befriedigung auf gewalttätige, scheinbar sadistische Weise sich beschafft.«

Während der Psychiater von ihr spricht, fühlt die Tarnowska, daß sie die Übelkeit nicht mehr überwinden kann. Sie haben in einem Irrenhaus gelebt, sie und Naumow und Kamarowskij und Prilukow, Wassilij auch und Alexis, und die Ärzte haben es nicht verhindert, daß sie sich paarten, sie und Prilukow, sie und Naumow, sie immer wieder; zugesehen haben die Irrenärzte, wie die Irren sich paarten, und nun breiten sie vor der Öffentlichkeit ihre Erfahrungen aus. Als Professor Tanzi zu seinem Sitz zurückkehrt und, wie nebenbei, die Worte spricht: »Ich schließe mich meinen Kollegen insofern nicht an, als ich die bloße Anwendung des Artikels siebenundvierzig für ungenügend erachte – ich beantrage den Freispruch der Angeklagten und ihre zeitweilige Internierung in einer Nervenheilanstalt« –, da verschwimmen Richter und Möbel, Vorhänge und Zuschauer vor den Augen der Tarnowska, und sie bricht auf der Anklagebank zusammen.

Sie kommt erst zur Besinnung, als sie eine Stimme hört: »Hundertfünfzig Puls, vollständige Unempfindlichkeit«; kaltes Wasser rinnt ihr über die Stirn; sie fühlt, daß man sie hochhebt; nur die Zimmerdecke sieht sie, die Fresken des Gerichtsgebäudes. »Platz! Platz!«; die Menge johlt; »Komödiantin!« johlt die Menge; es riecht nach Salat und Obst und faulendem Gemüse; ein Carabiniere spricht mit dem Gondoliere, Schwester Lucia bettet sie in ihren Schoß; zwischen den Lücken des schwarzen Vorhanges gleiten die Lichter Venedigs vorbei.

3

Samstag, Sonntag, Montag vormittag sprechen die Psychiater Angelo, Belmondo, Cappeletti und Franconi. Am Nachmittag erhebt sich Professor Ceresa.

Er habe, sagt er, die Gräfin Tarnowska über zwei Jahre lang beobachtet. Seit den Theorien Sigmund Freuds sei der Wissenschaft die Bedeutung von Jugend-, insbesondere von Kindheitserlebnissen bekannt. Dr. Ceresa versucht, den Richtern den Begriff des Ödipus-Komplexes klarzumachen. Den schrecklichen O'Rourke habe man den Vater der Angeklagten genannt – »wir hassen die Schrecklichen, meine Herren, aber wir wollen ihnen nacheifern. Schrecklicher als der schreckliche O'Rourke zu werden: das war der erste Impuls der kleinen Komtesse O'Rourke. Die Disziplin des väterlichen Hauses war ihre erste Begegnung mit sadistischen und masochistischen

Elementen. Die Disziplin, die wir zum Götzen erhoben haben, ist die anerkannte Mischung von Sadismus und Masochismus: sie funktioniert aber nur, wenn der Untertan ein Masochist ist. Das war bei der jungen O'Rourke nicht der Fall.«

Die Tarnowska blickt auf ihre gefalteten Hände hinab. Ceresa will sie retten. Wenn sie die Augen hebt, wird sie den schrecklichen O'Rourke sehen, für den sie nur noch Zärtlichkeit empfindet. Kann sie nicht gerettet werden, ohne daß sie ihren Vater kreuzigen?

Professor Ceresa spricht von der magischen Anziehung, welche die Tarnowska auf masochistische Männer ausübte. Aus dem Instinkt des Masochisten gab der Lebemann Wassilij Tarnowskij seine Freiheit auf: Masochisten wollen stets ihrer Freiheit beraubt werden.

»Sprechen Sie von der Ehe als Freiheitsberaubung?« ruft Staatsanwalt Randi. Diesmal hat er die Lacher auf seiner Seite.

Professor Ceresa beachtet ihn nicht. »Ich will Ihnen die Angeklagte verständlich, nicht sympathisch machen. Beispielsweise enthielt die aufopfernde Pflege, die sie dem Grafen Bozewskij angedeihen ließ, zweifellos eine sadistische Komponente.«

»Nein, nein!« ruft die Tarnowska.

Die Beziehungen der Tarnowska zu Baron Wladimir Stahl böten keine Rätsel, erklärt Ceresa. Morphinisten seien oft Masochisten; sie fliehen den Schmerz, um sich nur um so größere Leiden zuzufügen; bei den meisten beginnt die masochistische Lust, wenn sie sich mit der Injektionsnadel stechen.

Ein Gefühl der Dankbarkeit überkommt die Tarnowska: Ceresa erwähnt die Nacht in Baden-Baden nicht, obwohl sie ihm gestanden hat, was damals geschehen war.

»Sie werden sich gefragt haben«, sagt der Professor, »warum die Gräfin Tarnowska den Angeklagten Naumow just an das Grab des verhaßten Barons geführt hat. Unter allen ihren Sklaven war dieser Mann, der ihr über dreihundert unbeantwortete Briefe geschrieben hat, der gehorsamste: er war für sie die Inkarnation des Sklaven schlechthin. Wenn sie Naumow am Grabe Stahls sagte, der Baron hätte sie von Kamarowskij befreit, so handelte sie wie eine Lehrerin, die einem Schüler die bedingungslose Disziplin des Musterschülers vorhält. Nicht zufällig fühlte sich Naumow zu Baudelaire hingezogen. Baudelaire beschreibt, wie mehrere Freunde über den Begriff der Liebe diskutierten. ›*Ich aber sprach: Die einzige und allerhöchste Wollust der Liebe ist die Gewißheit, das Böse zu tun. Und Mann und Weib wissen seit aller Zeit, daß im Bösen alle Wollust ist.*‹« Aus diesen und ähnlichen Äußerungen habe man geschlossen, der Dichter der *Fleurs du Mal* sei Sadist gewesen, während die Lektüre einer einzigen Strophe von *Une charogne* genüge, um ihn als Masochisten zu entlarven.

»Was wissen Sie von Baudelaire?« ruft Naumow – sein erster Protest seit Beginn des Prozesses.

»Ich möchte Sie allerdings davor warnen«, fährt Professor Ceresa fort, »Sadismus und Masochismus säuberlich zu trennen. Alle Sadisten haben masochistische, alle Masochisten sadistische Impulse . . .«

»Und Gesunde gibt es überhaupt nicht«, unterbricht ihn der Staatsanwalt.

»Nein, Commendatore Randi, Gesunde gibt es überhaupt nicht«, antwortet Ceresa.

»Wozu verhandeln wir dann noch?« ereifert sich Randi. »Verlegen wir die Verhandlung in die Irrenanstalt! Bemerken Sie denn nicht, Herr Professor, daß es niemanden in diesem Saal gibt, den Sie nicht beleidigt hätten?«

»Vielleicht entdecken dann die Herren und Damen«, sagt der Professor, »die Naumows und Tarnowskas, die in ihnen wohnen.«

Männer im Auditorium springen auf. Damen klopfen mit ihren Regenschirmen gegen den Fußboden. »Bei der nächsten Demonstration werde ich die Öffentlichkeit ausschließen«, erklärt der Vorsitzende.

»Ich komme zum Schluß«, sagt Professor Ceresa. »Auf der Anklagebank sitzt eine Sadistin, sitzen zwei Masochisten. Der dritte, Graf Kamarowskij, ist tot. Obwohl sich Sadisten und Masochisten mit sicherem Instinkt anziehen, bedeutet das nicht, daß jede Sadistin jeden Masochisten lieben muß. Den Grafen Kamarowskij hat sie zweifellos gehaßt. Im Augenblick der Bluttat aber war ihr der einst geliebte Prilukow nicht minder verhaßt, so daß von einer bewußten Anstiftung Naumows im Interesse Prilukows nicht die Rede sein kann. Andererseits wäre es verfehlt, wenn wir den Masochisten von der Verantwortung freisprächen; dem Sadisten aber, weil wir ihn fälschlich für eine Herrennatur halten, die Verantwortung aufbürdeten. Der Wunsch, sich beherrschen zu lassen, ist nicht minder stark als der Wunsch zu herrschen, aber da unsere ganze Zivilisation auf der Bewunderung der Herrennatur, also des Sadisten, beruht, ist er schwerer zu entdecken. Wir bewundern den Sadisten bis zu dem Augenblick, da seine Gewalttaten in einer sozialen, politischen oder persönlichen Katastrophe enden; in diesem Augenblick jedoch identifizieren wir uns mit den Masochisten, ohne deren Wunsch nach Unterdrückung, Bestrafung oder Schmerz jedoch die durch den Sadisten hervorgerufene Katastrophe unmöglich gewesen wäre. Die Rolle des Masochisten in der Gesellschaft ist permanent: er ist der Sklave, mißhandelt und bemitleidet. Die Rolle des Sadisten dagegen ist dauernden Wandlungen unterworfen: Bewunderung bei Erfolg, Verdammnis bei Mißerfolg. Die masochistische Welt, in der sie lebte, hat die Gräfin Tarnowska bewundert; seit jenem Septembertag des Jahres neunzehnhundertundsieben, als sie in

Wien verhaftet wurde, ist sie verdammt. Wenn Sie sich in Ihr Beratungszimmer zurückziehen, bitte ich Sie, an die Mitverantwortung der Beherrschten zu denken! Ich spreche im Namen meiner Kollegen, wenn ich erkläre, daß es in dem tragischen Fall, über den Sie richten, weder Verführer noch Verführte gegeben hat; daß die Versicherung der Gräfin Tarnowska, wonach sie nur, und nicht zum erstenmal, die Grenzen ihrer Macht habe erproben wollen, durchaus glaubwürdig ist; daß, andererseits, die Sklaven Naumow und Prilukow die letzten Konsequenzen ihrer Handlungen nicht bedacht und nur ihrer Herrin haben dienen wollen, wie ihr übrigens auch der Ermordete hatte dienen wollen und gedient hatte; daß wir die Tat von dem Milieu, in dem sie sich abspielte, nicht trennen können; daß es sich hier, obschon niemand von sadistischen und masochistischen Instinkten frei ist, um drei kranke Menschen handelt, die hinter Kerkermauern nicht genesen werden. Keiner der hier versammelten Ärzte vermag Ihnen eine vollkommene Genesung der Angeklagten zu versprechen. Wir glauben, auf dem richtigen Wege zu sein, aber solange die beiden großen menschlichen Emotionen, Liebe und Schmerz, nicht nur untrennbar miteinander verbunden, sondern im Leben der Geschlechter identisch scheinen, sind wir von der letzten Antwort weit entfernt. Verlangen Sie nicht von drei Kranken eine Antwort, die Ihnen neun Ärzte kaum zu geben vermögen, und hüten Sie sich, zu glauben, daß Sie sie besitzen. Im Namen meiner Kollegen billige ich den drei Hauptangeklagten die in Artikel siebenundvierzig unseres Strafgesetzes vorgesehenen Milderungsgründe zu.«

Wie aus der Ferne vernimmt die Tarnowska, was sich ereignet. Der Staatsanwalt verlangt, daß der Vortrag Professor Ceresas – ›kein Gutachten, sondern ein Plädoyer!‹ – aus dem Protokoll gestrichen werde; der Vorsitzende mahnt die Geschworenen, sich ihr eigenes Urteil zu bilden und nicht zu vergessen, daß das leidenschaftliche Bekenntnis zu einer neuen Wissenschaft die Objektivität der Sachverständigen getrübt haben könne; die Mienen der tuschelnden Verteidiger verraten, daß sich Enttäuschung über die ihnen entwendete Rolle mit Genugtuung über das Urteil der Professoren paart; die Erregung im Publikum und auf den Journalistenbänken ist so groß, daß laute Gespräche hörbar werden; die beiden Beisitzer wenden sich besorgt an die Geschworenen, um ihnen die Worte des Psychiaters wie eine Fremdsprache zu übersetzen. Graf O'Rourke hat zum erstenmal seinen Kopf in seine Hände begraben. Maria Tarnowska sieht nur, daß sich die neun Männer in Schwarz erheben, sich verbeugen, einzeln, hintereinander, und ohne ihr, als wäre sie ein lebloser Gegenstand, einen Blick zu widmen, den Saal verlassen.

4

Drei Tage lang: Plädoyers, Repliken, Plädoyers.

Unaufmerksam hört die Tarnowska zu. Es ist ihr, als spräche man von einer Fremden, die sie gekannt hat, aber nicht mehr erkennt.

Staatsanwalt Randi greift vornehmlich die Psychiater an. Die Krankheiten der Tarnowska. Wieder werden sie aufgezählt. Commendatore Randi: »Wenn alle Frauen, die Gynäkologen aufsuchen, zu einem Mord anstifteten, gäbe es mehr Morde als Geburten.« Ob er die Geschworenen überzeugt, weiß die Tarnowska nicht. Sie überzeugt er. »Soll Franzensbad etwa die Brutstätte für Mörderinnen sein?« Lacherfolg. Staatsanwalt Randi spielt mit seinen Ohrläppchen. Er ist ein scheuer Mensch, denkt die Tarnowska: pflichtgemäß erzielt er Wirkungen, am liebsten spräche er nur zu den Richtern. Verminderte Verantwortung? »Sie entwickelte genug Willensstärke, um drei Männer gegeneinander auszuspielen.« Nein, dieser Fremde kennt sie nicht. Es bedarf keiner Willensstärke, um drei Männer gegeneinander auszuspielen: es ist Schwäche, sich an drei ungeliebte Männer zu klammern. Der finanzielle Ruin? »Die Angeklagte kann sich drei Anwälte leisten; sie bezahlt die Anwälte ihrer Zofe; sie hat zwanzigtausend Franc für die Reisen der Entlastungszeugen hinterlegt: warum hat sie sich nicht früher an ihren Vater gewandt?« Die Tarnowska sieht ihren Vater an. Er könnte die Frage stellen, wenn er der Staatsanwalt wäre, oder der Verteidiger ... Randi spricht längst über andere Dinge; sie fragt sich noch immer, warum sie sich nicht früher an ihren Vater gewandt hat. Weil er kein Wort sprach, als man ihre Haare hochsteckte. Niemand würde es verstehen. Und das ganze Gerede von einer unglücklichen Kindheit, fährt der Staatsanwalt fort, von Komplexen, Sadismus, Masochismus, oder wie die *termini technici* der Herren Psychiater sonst heißen mögen. »Die Herren haben ein neues Spielzeug gefunden.« Sadismus sei einfach ein schönes Wort für Grausamkeit, Masochismus für Willensschwäche. »Die Verbrecher sind grausam, sie verführen die Schwachen.« Die Tarnowska könnte es ihm erklären. Signor Randi würde es verstehen, Staatsanwalt Randi nie. Wenn sie dem Staatsanwalt glaubt, ist sie eine Verbrecherin; wenn sie den Anwälten glaubt, eine Irre. Immer hat sie den Wahnsinn gefürchtet. Soll jetzt der Wahnsinn ihre Zuflucht sein? Sie hat Angst, klar zu denken, denn denkt sie klar, ist sie eine Verbrecherin. Sie hat Angst, daß sich ihr die Gedanken verwirren: dann ist sie eine Irre. Es könnte sein, daß der Gerichtssaal, die Tauben, die Marktgeräusche, das zuckende Gesicht des Staatsanwaltes nur Gewebe einer Wahnsinnigen sind. Gleich werden die Ärzte kommen, die Pfleger, werden sie beruhigen oder in eine Zwangsjacke stecken.

Dr. Feder spricht, im Namen der Mutter des Grafen Kamarowskij. »Man hat uns die Angeklagte als einen bezaubernden Dämon dargestellt. Wir haben sie drei Monate gesehen: sie hat uns nur mit Ekel erfüllt.« Sie hat niemanden bezaubern wollen. An den Ekel hat sie sich gewöhnt. Man möge bei den Tatsachen bleiben, ruft Dr. Feder. Er erfüllt nicht bloß seine Pflicht; er spricht erregt, mit gerötetem Gesicht, die Adern treten hervor. Der Staatsanwalt hat noch von Donat und Nicolas gesprochen: Dr. Feder spricht nur von ihr. »Als Graf Kamarowskij die Versicherung einging, hat er sein Todesurteil unterschrieben.« Niemand anderer als die Tarnowska habe ihn zur Unterschrift bewogen. Die Briefsammlung Prilukows? »Eitle Menschen sind schlechte Wahrer von Geheimnissen.« Die Tarnowska, auf der Anklagebank, glaubt zu wissen, warum sich alle gegen sie verschworen haben. Die Rache des anderen Geschlechts. Sie sucht die Augen ihrer Schwestern, findet verschlossene Augen. In der entscheidenden Schlacht desertieren die Frauen zu den Männern. Oder ist es Verfolgungswahn? Überall sieht sie Feinde, doch sind es, ist sie wahnsinnig, eingebildete Feinde. Wer an Verfolgungswahn leidet, der glaubt an keinen Freund. Das Bild Andrejs taucht vor ihr auf: also leidet sie nicht an Verfolgungswahn. Ist es besser so? Sie habe Prilukow zugrunde gerichtet, plädiert Dr. Feder, aber sie wollte mit ihm leben — vom Geld des Ermordeten. Ein Versicherungsmord, nichts weiter.

Die Anwälte plädieren für Elise Perrier. Die Tarnowska zwingt sich zur Aufmerksamkeit. Warum hätte die Angeklagte ihre Zofe in den Mordplan einweihen sollen? Gottlob, es klingt überzeugend. Die Geschworenen wissen nichts von einsamen Frauen, die nur sprechen, um zu sprechen. Und warum sollte die Perrier ihrer Herrin geglaubt haben? »Die Angeklagte Tarnowska ist eine pathologische Lügnerin.« Gut gesprochen! Was sollte die Zofe mit einem Versicherungsmord zu tun haben? Die Tarnowska nickt. Die Richter scheinen den Anwälten zu glauben.

Die Verteidiger Nicolas' und Donats.

Naumow: ein willenloses Werkzeug, krank, jung, liebesbesessen. Reuig vom ersten Moment, geständig, zerknirscht. Ein gesundes Heim würde ihn aufnehmen, das Heim des Gouverneurs. Will man ihn seiner Reue wegen bestrafen, die Tarnowska ihrer Hartnäckigkeit halber belohnen? Ein Freibrief wäre es für reuelose Verbrecher. Der Blick der Tarnowska wandert zu dem fetten Schwärmer, der mit Tränen in den Augen zuhört. Ein gesundes Heim? Sie denkt an den Gouverneurspalast in Orel; weiß, was von gesunden Heimen zu halten ist. Daß Prilukow den Schwächling verführt haben könnte, wollen die Verteidiger nicht wahrhaben. Von Prilukow hätte er sich nicht verführen lassen; die Tarnowska hat er geliebt. Die Tarnowska weiß, daß er auch sie nicht geliebt hat. Briefe zitieren die Verteidiger, Prilukows Aussage. »Frau von Tarnowska hat nur deshalb nicht Prilukow zum Mord angestiftet, weil sie fürchtete, keinen Mörder lieben zu können.« Liebe, Liebe, Liebe. Was wissen sie davon? Vor Gott alles verworren, vor den Richtern alles einfach. Es muß Ordnung sein. Auch in Otrada war alles ordentlich.

Und Prilukow! Man vergleiche, fordern seine Advokaten, das blütenreine Vorleben Prilukows mit dem der Angeklagten Tarnowska. Habe seinethalben jemand Selbstmord begangen? Sei er Morphinist gewesen? Die Sache mit dem Detektiv. Es zeige nur seine Liebesbesessenheit, strafbar sei es nicht. Die Tarnowska weiß, daß Donat nie von einem Detektiv gesprochen hat. Aber wenn sie es zu beweisen versuchte, würde sie sich im Labyrinth der Beweise und Gegenbeweise verlieren. Die Briefe? Ein Verbrecher bewahre nicht sorgfältig Belastungsmaterial auf, ein ehemaliger Rechtsanwalt am wenigsten. Über dreihundert unbeantwortete Briefe hat ihr Wladimir Stahl geschrieben. Warum? Warum tut jemand, was er tut? Frauen treffen ihre eigenen Entscheidungen, kommentiert Dr. Luzzatti, aber wenn sie fehlschlagen, wird der Mann zum Angeklagten. Die Anwälte zerpflücken die Beweise, die auf Prilukows Anstiftung zu einem Versicherungsmord hingewiesen haben. Auf wen war denn die Versicherungspolice ausgestellt? Und konnte sich Prilukow darauf verlassen, daß die reiche ›Witwe‹ bei ihm bleiben würde? Bei wem war sie vorher geblieben? »Nur von zwei Männern hat die Angeklagte liebevoll gesprochen: von einem Toten und einem Mann hinter Klostermauern.« Sie haben recht, die Advokaten. Sie hat nicht an Pawels Geld gedacht, aber sie wäre auch bei Donat nicht geblieben. Oder wäre sie es doch? Sie kennen die Vergangenheit nicht, wie wollen sie die Zukunft kennen?

Ihre eigenen Verteidiger sprechen von einer fremden Frau. Vecchini läßt nichts unversucht. Sie denkt an Donats Plädoyers. Mehrere Male wird ihr Anwalt von Applaus unterbrochen. Dann blickt die Tarnowska auf, wie aus dem Traum. Was hat er gesagt? Daß ein so raffinierter Mordplan nicht im Gehirn einer Frau hätte entstehen können. Warum nicht? Daß man Naumow und Prilukow als Zeugen betrachte, während doch in Wirklichkeit ihr eigenes Leben von der Vernichtung der Gräfin Tarnowska abhinge. Hängt nicht ihr Leben von Donats Vernichtung ab? Daß sich Naumow an alles erinnere, nur eben nicht, von wem er den Revolver erhalten habe. Daß die Gräfin Tarnowska eine reiche Frau hätte werden können; neben Kamarowskij hätte sie sich Geliebte halten können, sogar Prilukow. Propheten! Daß der Staatsanwalt in unzähligen Fällen selbst auf Grund psychiatrischer Gutachten plädiert habe; nur weil die Psychiater diesmal die Angeklagte entlasteten, spreche er von Spielzeug. Mit gesenkten Augen verharrt die Tarnowska. Sie will nicht hören, was Vecchini sagt. Einig sind sie sich, Staatsanwalt und Zeugen und Verteidiger. Von verschiedenen Seiten sehen sie etwas, das es nicht gibt. Wenn die Richter den Anklägern glauben, wird sie hinter Kerkermauern enden; glauben sie den Anwälten, in Schande.

Der Vorsitzende muß zweimal das Wort an sie richten, ehe sie sich erhebt. Ob sie noch etwas zu sagen habe? Nein, schüttelt sie den Kopf, sie hat nichts zu sagen. Niemand weiß, wer sie ist und was geschehen ist. Sie weiß es selbst nicht.

5

Nichts hat Maria Tarnowska mehr gehaßt, in diesen Jahren, als den Spaziergang im Gefängnishof. Immer im Kreis, wie die Zirkuspferde. Fünf Schritte Abstand. Die Untersuchungsgefangenen hatten gewechselt. Eine Gattenmörderin vor ihr, eine Juwelendiebin hinter ihr. Gekrümmte Rücken und fette Hintern und knochige Schultern und krumme Beine. Elise Perrier hatte nie vor oder hinter ihr gehen dürfen, aber immer hatten sie sich gesehen, hatten sich zugenickt. Und die Mitgefangenen hatten sie angestarrt: da liefen sie, die Herrin und die Zofe, im gleichen Kreis. Hunderte Male der gleiche Spaziergang. Auch im Regen hatten sie hintereinander hertrotten müssen, der Himmel ein viereckiges Blechdach. Auch in der Sonne, der Himmel ein glühender Spiegel. Immer hatte eine Nonne in der Gefängnistür gesessen. Immer hatten die Nonnen gestrickt; hatten von der Strickerei aufgeblickt, mit lauernden Augen. Immer waren in den Fenstern Köpfe von Nonnen aufgetaucht: Trotten die Pferdchen, trotten sie brav?

Nun war es wieder Sonntag, eine halbe Stunde länger dauerte der Spaziergang; nachher durften die Gefangenen fünfzehn Minuten miteinander sprechen, wenn keine Bedenken bestanden, wie im Fall Maria Tarnowska und Elise Perrier.

Vor der Tarnowska schaukelte das riesige Hinterteil einer Diebin. Schon zum sechsten Male war sie hier. Hinter sich hörte die Tarnowska das Husten einer jungen Frau. Ihr Neugeborenes hatte sie in einer Toilette erwürgt. Wenn die Tarnowska nach links schaute, sah sie Elise Perrier, im schwarzen Sonntagsstaat: so dienstbeflissen eilte sie, als müßte sie der Gräfin etwas bringen; zuweilen mußte sie stehenbleiben, denn die Distanz war zu gering geworden.

Die Nonne an der Tür legte die Stricknadeln beiseite. Elise Perrier und zwei Gefangene wurden abgeführt. Die Tarnowska wollte gehen, aber es war Sonntag: den Segnungen der Gefängnisse konnte man weniger entgehen als ihren Strafen.

Die Frau mit dem fetten Hintern trat auf die Tarnowska zu. Sie hinkte ein wenig, wie die meisten Frauen mit einem schlanken Oberkörper und einem unförmigen Unterleib. Ein kluges, verschmitztes Gesicht hatte sie, das kluge Diebsgesicht eines Mannes.

»Also morgen ist Ihr großer Tag«, sagte die Frau.

Die Tarnowska nickte.

»Was glauben Sie?« fragte die Frau.

»Ich weiß nicht.«

»Ich glaube, man wird Sie freisprechen.«

»Warum?« fragte die Tarnowska dankbar.

»Ich spüre so etwas. Es gibt Leute, die passen ins Gefängnis, und andere, die passen nicht dorthin. Mit den meisten passiert nur, was zu ihnen paßt.«

Sie hat recht, dachte die Tarnowska. Sie erinnerte sich an die Lehrerin im Wiener Polizeigefängnis. Mit wie vielen Frauen hatte sie seither gesprochen! Mit Mörderinnen und Diebinnen und Einbrecherinnen, und einigen, die unschuldig waren. Von allen hatte sie etwas gelernt.

»Wenn Sie schöne Reisen machen«, sagte die Frau, »schicken Sie mir eine Ansichtskarte. Mein Sohn sammelt Briefmarken.«

»Ich werde Ihnen von überall Ansichtskarten schicken. Ich verspreche es Ihnen.«

Die Frau lachte. »Ich glaube es Ihnen. Sie sind nicht schlecht.«

Die Tarnowska fühlte, daß ihre Augen naß wurden. Sie weinte jetzt leicht, anders als früher, als sie nur aus Zorn oder aus Freude hatte weinen können.

»Es ist ja gar nicht sicher, daß Sie verurteilt werden«, sagte sie zu der Diebin.

»O ja, das ist sicher. Erstens ist es das sechstemal: je besser man einen bei Gericht kennt, desto weniger mag man einen. Und zweitens passe ich hierher.« Sie blickte zu den Fenstern des Gefängnisses hinauf, hinter denen die schwarzen Rüschenhauben der Schwestern von *Maria Bambina* auf und nieder tauchten.

»Sie müssen mir auch schreiben«, sagte die Tarnowska.

Sie war auf einmal sicher, daß man sie freisprechen würde. Nie mehr würde sie im Kreis laufen. Andrej würde kommen und Tioka bringen. Sie würde ihm erklären, was sie selbst nicht verstand, und er würde verstehen, was sie selbst nicht verstand. Nach Otrada werden sie gehen. Otrada würde die Wunden heilen, die Otrada geschlagen hatte. Der Geruch der Steppe, Gras und Staub. Die Sonnenuhr aus Blumen. Das Wiehern der Pferde, das Geklimper der Bestecke. Kamarowskij, Naumow, Prilukow, Stahl, Tarnowskij ...

Namen aus einem der Bücher, die ihr Vater zu lesen ihr verboten hatte.

Die Nonne an der Tür klatschte in die Hände.

»Ich werde morgen an Sie denken«, sagte die Diebin.

6

Die Geschworenen ziehen sich zur Beratung zurück. Um zehn Uhr, nach zwei Stunden, beraten sie noch immer.

Die Tarnowska, Naumow, die Perrier sitzen nebeneinander, von den Carabinieri getrennt. Nur Prilukow steht. Lächelnd unterhält er sich mit seinen Verteidigern. Optimismus strahlt er aus. In jedem Verbrecher steckt ein Stück Optimismus, denkt die Tarnowska. Manchmal sieht er sie an. Ohne Haß, wie werbend. Alles war Theater. Feinde waren wir auf der Bühne; wir wollen uns im Theatercafé treffen; nachher steigen wir in dein Schlafzimmer hinauf. Die Tarnowska erschauert. Wenn alles wieder beginnen müßte: lieber der Kerker. Alle, im Saal, können sich vorstellen, daß sie in den Armen Prilukows gelegen hatte; tausendmal haben sie es sich vorgestellt. Die Tarnowska kann es sich nicht vorstellen.

Immer noch beraten die Geschworenen. Vecchini tritt auf sie zu. »Ein gutes Zeichen, Gräfin.« Er geht. Am Büfett ißt man Sandwiches, trinkt Rotwein. Wenn sie verurteilt wird, werden ihre Anwälte nach Hause gehen, zu ihren Frauen. Oder sie werden in einem Restaurant essen, am Rialto, mit gutem Appetit.

Die Fenster stehen offen. Zwanzigster Mai. Sommerlich summen die leichtsinnigen Fliegen. Man hört die feilschenden Stimmen der Marktweiber. Wie wichtig, was ein Salatkopf kostet. Die Tarnowska steht auf. Durch das Fenster in ihrem Rücken sieht sie den Canal Grande. Zwei Gondeln stoßen beinahe zusammen, natürlich nur beinahe. Wie geschickt sind die Gondolieri. Wie interessant, daß Gondolieri geschickt sind. Ihr Magen zieht sich zusammen, ihr Herz schlägt ihr bis in den Hals.

Um elf Uhr dreißig erscheint der Gerichtshof. Der Obmann der Geschworenen — es ist ein Reedereibesitzer, den sie nie beachtet hat — verkündet das Urteil. Nicolas Grigorijewitsch Naumow, schuldig des vorsätzlichen Mordes mit Zubilligung verminderter Zurechnungsfähigkeit, einhellig. Elise Perrier: Freispruch, neun Stimmen gegen fünf. Gräfin Maria Nikolajewna Tarnowska, schuldig, dreizehn Stimmen gegen eine. Die Frage auf verminderte Zurechnungsfähigkeit wird mit neun Stimmen gegen fünf verneint. Donat Dimitrijewitsch Prilukow, schuldig, dreizehn Stimmen gegen eine. Die Frage auf verminderte Zurechnungsfähigkeit wird verneint, dreizehn Stimmen gegen eine. Die zusätzliche Frage, ob die klinische Behandlung am Tode Kamarowskijs mitschuldig gewesen war, haben die Richter einhellig bejaht.

Der Vorsitzende verkündet das Urteil. Naumow erhält zweieinhalb Jahre Zuchthaus, die durch die Untersuchungshaft als verbüßt gelten. Freispruch der Elise Perrier. Maria Nikolajewna Tarnowska wird zu achteinhalb Jahren Zuchthaus, unter Anrechnung der Untersuchungshaft, verurteilt.

Das Urteil gegen Prilukow – zehn Jahre Zuchthaus, unter Anrechnung der Untersuchungshaft – hört die Tarnowska wie im Traum. Wie im Traum hört sie die Urteilsbegründung. Zwar haben die Geschworenen sowohl bei Prilukow als auch bei der Tarnowska die Zubilligung des Artikels siebenundvierzig verneint, aber die Vorsätzlichkeit der Anstiftung zur Tat konnte nicht als erwiesen angenommen werden. Zwar war Naumow von zwei Seiten zur Tat angestiftet worden, doch hat das Gericht angenommen, daß der Gedanke der Tat ursprünglich bei Prilukow entstanden war.

Die Tarnowska ist auf ihrem Sitz zusammengesunken. Der Hut ist ihr vom Kopf gefallen. Er liegt vor ihr, auf dem schmalen Gang zwischen Anklagebank und Bank der Verteidiger. Niemand hebt ihn auf. Alles hastet zum Ausgang, man beschreibt einen Bogen um den Hut. Endlich hebt Vecchini den Hut auf, legt ihn auf die Bank. »Mein Kind, versuche dich zu beruhigen!« Es ist die Stimme ihres Vaters. Sie blickt auf, sinkt wieder schluchzend auf die Bank. Die Carabinieri warten. »Ich werde Sie nie vergessen, Gräfin!« Jetzt erhebt sich die Tarnowska, umarmt Elise Perrier. Die Perrier streichelt ihr über den Kopf. Ihr Lächeln ist wie die heitere Musik, die mancherorts im Süden das Begräbnis eines Kindes begleitet. Die Tarnowska schluchzt so heftig, daß jemand nach einem Arzt ruft. Als sich der Arzt nähert, richtet sie sich auf. Sie nimmt den schwarzen Hut, auf dem der Staub des Gerichtssaales liegt; er sitzt ihr schief auf den Haaren. Prilukow will ihr die Hand reichen. Sie erkennt ihn nicht, wendet sich ab. Naumow verbeugt sich. Sie reicht ihm die Hand. Ohrenbetäubender Lärm dringt von der Straße in den Gerichtssaal. »Feuerwehr!« ruft jemand. Brennt es? Sprechchöre. Die Menge jubelt. Die Tarnowska denkt, daß Tioka in Venedig sei, auf sie warte. Gott gebe, daß er nicht in Venedig ist, nicht auf sie wartet. Achteinhalb Jahre haben achteinhalbmal dreihundertfünfundsechzig Tage. Dreiunddreißig und acht gibt einundvierzig. Als Vecchini sie durch den Saal führt, wünscht sie, der Prozeß würde ewig dauern. Ewig die Illusion. Erst jetzt weiß sie, daß sie nie an ihrem Freispruch gezweifelt hat.

Im Tor des Gerichtsgebäudes bleibt Vecchini plötzlich stehen. Auch die Carabinieri zögern. Draußen warten Tausende. Ein Spottlied ertönt im Sprechchor. Eine Frau schreit: »Hängt sie! Hängt sie!«

Die Arkaden unter dem Gerichtsgebäude sind schwarz von Menschen. Auf den Stufen stehen sie. Auf den leeren Orangenkisten sitzen sie. Aus den Fenstern der Palazzi starren sie. In den Gondeln warten sie. »Werft sie ins Wasser!« ruft eine dünne Kinderstimme. »Bravo!« rufen Hunderte. Langsam fährt ein Vaporetto vorbei; Hunderte stehen an der Brüstung. Orangen fliegen, klatschen gegen Tor und Wände. Einige Gesichter erkennt die Tarnowska. Drei Monate lang hat sie sie gesehen, jeden Tag. Sie sind nicht menschlicher geworden. »Seien Sie vorsichtig, Gräfin«, sagt jemand neben ihr. Es ist der Journalist mit dem schwarzen Kneifer. Sie erinnert sich des Tages, als sie ihn zum erstenmal gesehen hat, in der Hotelhalle, in Baden-Baden. Oben starb Alexis. Ihr Mund verzerrt sich zu einem Lachen. Sie wird nicht lachen. Sie wird nicht weinen. Sie wird nicht vorsichtig sein.

Sie reißt sich von Vecchini los. Noch ehe der Carabiniere sie hindern kann, ist sie auf den engen Gehsteig zwischen Gerichtsgebäude und Kanal hinausgetreten. Jemand neben ihr kreischt. Eine Frau lacht. Aus einem Motorboot schießt die Feuerwehr mit Wasserstrahlen gegen die Menge. Manche verharren, manche ziehen sich prustend zurück, manche fliehen lachend. Ein Wasserstrahl trifft Maria Tarnowska. Sie rührt sich nicht. Das Wasser rinnt ihr über den Hut, über Haare und Gesicht. Das schwarze Kleid wird naß. Der Carabiniere packt sie von rechts, Schwester Sofia von links. Triefend von Wasser besteigt sie die Gondel. Sie nimmt den Hut vom Kopf, wirft ihn ins Wasser. Einen Augenblick lang schwimmt er oben, ein schwarzer Kranz, den man den Toten auf hoher See ins nasse Grab nachwirft. Schwester Sofia wischt ihr mit einem Taschentuch über das Gesicht. Es ist nur Wasser. Die Tarnowska weint nicht.

7

Im Hochsommer wurde Maria Tarnowska nach Trani übergeführt.

Sie saß am Fenster, wie damals, als man sie von Wien nach Venedig gebracht hatte. Schwester Rosa und zwei Carabinieri begleiteten sie. Der Vorhang über dem Korridorfenster war zugezogen. Der Personenzug paffte durch den Sommermittag.

Trani: sie hatte den Namen nie gehört. Ein Städtchen zwischen Barletta und Bari, unweit der Straße von Otranto. Sie war nie weiter südlich gewesen als Rom. Man fuhr nach Italien, weil der Sandstrand des Lido lockte oder weil man die Gemälde in den Uffizien bewundern wollte oder, weil es sich so gehörte, auf der Hochzeitsreise. An Trani hatte niemand gedacht. Sechs Jahre würde sie in Trani verbringen. T-R-A-N-I.

An der adriatischen Küste fuhr der Zug entlang. Das Meer war blau wie das Blau der Landkarten, so eintönig und so tot.

Ravenna, Rimini, Riccione. Es war die große Saison. Weißgekleidete Frauen, Hoteldiener mit grünen Schürzen, Strandkörbe, Sonnenschirme, Badeanzüge. Ein Funke flog herein, erlosch auf dem Kleid der Tarnowska. Sie entfernte die Asche, und es fiel ihr ein, daß es überflüssig war. Sie würde die Kleider nicht mehr tragen, nach sechs Jahren. Andere Kleider würde man tragen, andere Hüte. Nur das Gefängniskleid würde gleich bleiben. Sie gingen nicht mit der Mode, die Gefängnisse.

Wie jemand, der sich weh tun will, um zu wissen, ob er lebt, wollte sich die Tarnowska an Tioka erinnern, an ihren Vater, an Andrej. Es tat ihr nicht weh. Man tröstet die Sterbenden damit, daß sie fortleben werden in den Lebenden. Aber wer lebt in den Toten?

Pescara, Termoli: landeinwärts fuhr der Zug, als liefe er davon vor der Flut. Immer heißer wurde es. Die Tarnowska dachte an vergangene Sommer. Verlorene Sommer waren verlorene Jahre. Die Olivenwälder, zu beiden Seiten der Schienen, schenkten keine Schatten.

Das Gebetbuch und der Rosenkranz lagen im Schoß Schwester Rosas. Sie schnarchte um die Wette mit der Lokomotive. Die Carabinieri hatten ihre Kragen geöffnet. Es roch nach Schweiß, saurem männlichem Schweiß. Die Tarnowska kämpfte mit Übelkeit.

In der Nacht blieb das Licht brennen. Die Tarnowska lehnte den Kopf gegen die Holzlehne. Sie schlief, wachte, schlief. Gegen den Schlaf kämpfte sie, weil sie das Erwachen fürchtete.

Am Morgen hielt der Zug in Trani. Vor dem Stationsgebäude stand eine Schwester, schwarz-weiß, klein; wie ein Pinguin sah sie aus. Die Tarnowska sah sich nach einem Wagen um. Die Schwester wies nur geradeaus. Dort, beim Denkmal! Sie begannen zu gehen, die beiden Nonnen, die beiden Carabinieri, die Gefangene.

Menschenleer war die Straße. Eine schnurgerade Oleanderallee führte zum Meer, an dem das Gefängnis lag. Wie in Töpfe gepflanzt waren die Oleanderbäume, ihre spitzen Blätter hingen herab, die rosa Blüten waren gefallen. Trani, T-R-A-N-I. Die Tarnowska konnte nur an eine Farbe denken. Weiß. Trani war weiß. Die Häuser waren weiß gemeißelt, und die Via Cavour war weiß von Staub, und das Denkmal war weiß, und die Oleanderbäume waren weiß, und auch der Himmel war weiß. Kein Morgenhauch wehte. Fischgeruch schwebte über der Stadt wie Leichengeruch.

Sie kamen auf einen großen weißen Platz. Die Nonne berührte den Arm der Tarnowska. Rechts erhob sich ein großes Gebäude, einstöckig, langgestreckt, weiß. Die Fenster waren vergittert, aber über den Gittern waren die Jalousien herabgelassen. Noch die

Sträflinge mußte man vor der Sonne schützen; vielleicht gehörte sie nicht zur Strafe.

»Sie dürfen in die Kirche gehen«, sagte die Nonne.

Die Kirche grenzte ans Gefängnisgebäude. *Chiesa di S. Domenico e della Madonna del Rosario.* Die Nonnen und die Carabinieri blieben beim Weihwasserbecken stehen. Langsam ging die Tarnowska zum Altar.

Dörflich, beinahe armselig war die Kirche. Die Heiligen standen in Glaskästen. Ihre Gestalten waren aus dem Material geformt, aus dem man Puppen fabriziert. Sie waren auch so rosa, so heiter, so ausdruckslos wie Puppen. An den Glaskästen hingen schwere Schlösser. Die Tarnowska dachte, daß man hier fürchtete, die Heiligen würden entkommen oder die Sträflinge würden sie stehlen. Vor dem gefangenen Heiligen kniete sie nieder, weil sie wußte, daß es die Wärter von ihr erwarteten. Es fiel ihr kein Gebet ein als das Paternoster. *»Und vergib uns unsere Schuld, wie auch wir vergeben unseren Schuldigern.«* Dabei dachte sie, daß sie keine Schuld mehr hatte, denn die Menschen hatten Gott die Gerechtigkeit aus der Hand genommen. Sie hatte niemanden um Vergebung zu bitten und niemandem zu vergeben. Als sie zurückging, durch die Kirche, glaubte sie, daß die Puppen hinter Glas sie auslachten, Gefangene hinter Glas, die Frau hinter Gittern.

Istituto di Pena per Donne Trani stand über der Tür. Die Tarnowska lehnte sich an die Mauer. Renitente Verbrecher sind lächerlich, dachte sie, und doch überkam sie jetzt zornige Verzweiflung. Tausend Verzweiflungen waren es, von allen Seiten drangen sie auf die Gefangene ein. Am Tor der Hölle stand sie und war nicht tot. Sie wollte schreien, sich wehren, laufen. Die Carabinieri würden ihre winzigen Pistolen ziehen und feuern. Auf dem weißen Asphalt würde sie liegen, und ihr Blut würde ihn rot färben, wie das Blut Alexis' den Schnee rot gefärbt hatte, vor *Strelna.* Jetzt war alles wieder da. Die Musik aus dem Restaurant und die Datsche Jurijs und Mademoiselle Larue und das Pensionszimmer in Wien. Und Rußland und der Schnee und die klare Luft Kiews. Aber sie schrie nicht und wehrte sich nicht und lief nicht.

Vier oder fünf Nonnen nahmen sie in Empfang. Eine dicke Nonne mit einer dicken Brille trug etwas in ein dickes Buch ein. Gräfin Maria Nikolajewna Tarnowska geborene Komtesse O'Rourke. Sie hätte den Namen nicht nennen sollen, wegen des alten Mannes. Geboren am neunten Juni achtzehnhundertsiebenundsiebzig, in Otrada bei Kiew, Provinz Poltawa. Es war eine Lüge, ihre Geburt und Otrada. Verheiratet, Heirat annulliert, zwei Kinder. Sie wußte nicht, von wem sie sprach.

Eine Schwester führte sie in ein Bad. Das Fenster war vergittert, die Jalousie herabgelassen. Die Kleider ließ sie auf den nassen Holzboden fallen, das seidene Unterkleid, das seidene Höschen. Die Schwester blickte zum Fenster hinaus. Sie hob Marias Kleider nicht auf; auch die Tarnowska hob sie nicht auf. Als sie aus dem Bad stieg, reichte ihr die Schwester etwas, das wie ein weiß-braun gestreifter Sack aussah.

VIERTES KAPITEL

Ein Jahr später, am zwölften August neunzehnhundertundelf, verließ Pater Andrej das Stationsgebäude von Trani.

Im April war er aus Nordafrika zurückgekehrt. Strafen kannte die Kirche, doch Vorstrafen kannte sie nicht. Als wüßte der Orden nichts von seinem Vergehen, so hatte er den Pater aufgenommen.

Einige Wochen später hatte ihn der Pater General zu sich befohlen. Krank war der Pater General gewesen; der Tod hatte ihm die Hand gehalten. Bald würde das Kapitel einen neuen Pater General wählen. Viel habe er gedacht, hatte der Pater General gesagt, mehr vielleicht als der Pater Andrej. Und weil er viel gedacht und infolgedessen auch vieles, das er früher gedacht, verworfen habe; und weil der Fanatismus doch ein seltsamer Stoff sei, aus dem nicht allein Sünder gemacht würden; und weil es bei Johannes heiße: *»Der Sohn ist aber dazu erschienen, daß er die Werke des Teufels auflöse«;* und weil die Strafe sinnlos wäre, wenn der Bestrafte der gleiche bliebe wie vordem; und weil doch niemand heimgehen sollte, ohne wenigstens einen von denen, die *»das ganze Leben hindurch der Knechtschaft verfallen waren«*, befreit zu haben – deshalb also möge sich Pater Andrej nach Trani begeben, um zu sehen, ob er das begonnene und durch seine eigene Irrung unvollendete Werk beenden könne. Erst als er Andrejs Zögern bemerkt hatte, hatte der Pater General ihm mehr anvertraut. Vor zehn Monaten habe die Gräfin Tarnowska Briefe an den Orden zu schreiben begonnen, jeden Monat einen. Vor einem halben Jahr habe er, der *Pater generalis*, einen reisenden Dominikaner beauftragt, die Gefangene zu besuchen: der Bericht des Paters aber habe ihn bewogen, Andrej nach Trani zu schicken. Mehr hatte der Pater General nicht gesagt, weitere Fragen Andrejs schien er nicht gehört zu haben.

Um die Mittagsstunde wurde Andrej im Frauengefängnis erwartet. Es war noch früh. Er ging die Oleanderallee hinunter, durch die versengte Stadt, die ihm wie eine Insel der Verdammnis erschien. Wegen der Hitze waren die meisten Rolläden herabgelassen, und die wenigen Geschäftsleute, die im Schatten saßen, sahen wie Zuchthäusler aus, in einer Arbeitspause. Eine Kutsche – geschlossen, als scheuten selbst die Fremden, ihre Gesichter zu zeigen – trottete über den weichen Asphalt. Ein Sträfling in Handschellen wurde vom Bahnhof die Via Cavour hinuntergeführt. Niemand beachtete ihn. Andrej folgte dem Sträfling. Das Männergefängnis war eine Festung mit Wall und Graben, aus dem Mittelalter ragte es herüber. Wie das Frauengefängnis lag es auf einer Landzunge; man konnte von hier das Frauengefängnis sehen. Alles war weiß. Mancherorts im Süden war Weiß die Farbe der Trauer. Andrej kehrte um.

Unmittelbar am Frauengefängnis lag ein großer Park, mit Fontänen, Terrakotta-Vasen, Statuen, einem Musikpavillon. Die Stühle und Notenständer standen angelehnt. Am Sonntag promenierten die Bewohner von Trani unter den Fenstern des Gefängnisses. Der Rasen in der Sonne war verbrannt und der Rasen im Schatten der Pinien schwarz. Die Parkmauern fielen steil zum Meer ab. Böse schlugen die Wellen an die Mauern. Andrej blickte zum Gefängnis hinauf und dachte, daß Maria den ganzen Tag und die ganze Nacht das Schlagen der Wellen höre. Er dachte an Rußland, den Schnee, die Kastanien von Otrada. Es war Andrej, als müßte er dem Schicksal ›Genug!› zurufen, ›Genug!‹

Man hieß ihn, in einer kühlen Steinhalle zu warten. Neben der Tür des Wärterzimmers stand ein Glasschrank, in dem sich allerlei primitive Gegenstände befanden, Gefangenenarbeit: venezianische Gondeln, aus Stroh geflochten; Stickereien blauer Madonnen; ein Zirkuspferd aus Seidenschnüren, mit einem violetten Sattel und glitzernden Hufen.

Er wurde in ein kleines Wartezimmer geführt. Das Fenster war nicht vergittert, die grünen Fensterläden standen halb offen. Andrej blickte auf den endlosen, trostlosen steinigen Sandstrand hinab. Warum hatte ihn der Pater General hierher gesandt? Der Gedanke, daß Maria die Absicht haben könnte, nach Abbüßung ihrer Strafe den Schleier zu nehmen, erfüllte ihn mit Unbehagen. Doch konnte ihn der General deshalb nicht geschickt haben; er war der letzte, der geeignet war, Marias Hand zu führen. Weshalb also? Um das Werk zu vollenden? Welches Werk? Er war bestraft worden, weil er geglaubt hatte, in Maria Tarnowska den Teufel gesehen zu haben. Unter seinen Augen hatte der Teufel sein Werk vollendet. Hatte ihn der Pater General geschickt, um Maria zu trösten? Jeder Fremde konnte es besser. Es war schwer, an den Entscheidungen des alten Mannes nicht zu zweifeln.

Maria trat ein. Sie trug ein weites Sträflingskleid, braun-weiß gestreift. Schmäler und jünger sah sie aus, als Andrej sie in Erinnerung hatte. Ihre dunkelblonden Haare waren in einen langen Zopf geflochten; das ließ sie so jung erscheinen.

Sie dankte ihm, daß er gekommen war. »Wann hast du Tioka zuletzt gesehen?« fragte sie.

»Gleich nach meiner Rückkehr. Er war mit deinem Vater in Rom.«

Sie sprachen von Tioka. Sie sagte wenig, zerstreut, als dächte sie über etwas nach, das sie aussprechen wollte. Sie lächelte, als er sich nach ihrem Leben erkundigte. »Früher habe ich mir zu Anfang eines Jahres immer vorgenommen, Tagebuch zu führen. Manchmal führte ich es bis zum März, manchmal bis zum April. Dann wurde das Leben zu reich. Hier habe ich anfangs die Tage gezählt. Ich zähle sie nicht mehr.«

Schließlich unterbrach sie ihn mitten im Satz, setzte sich nieder und begann zu sprechen.

»Es ist etwas mit mir geschehen, das du wissen mußt.« Die Zeitungen, habe sie gehört, hätten von ihrer Bekehrung geschrieben. Er möge sich beruhigen, das sei es nicht. Sie sei nicht frommer geworden, als sie es früher gewesen; höchstens schäme sie sich jetzt manchmal einer Frömmigkeit, die keine gewesen war. An den Orden habe sie geschrieben, weil sie lange nichts von Tioka gehört hatte. Dann, eines Tages, sei Pater Anselmus erschienen. Von ihm habe sie erfahren, warum sich Andrej in Afrika aufhielt. »Ich wußte lange nicht, ob er gekommen war, um mir von deiner Bestrafung zu erzählen, oder ob ich es ihm entlockt habe.«

Sie befeuchtete die Lippen, strich sich über die Stirn.

Viel Zeit zum Nachdenken habe sie gehabt, fuhr sie fort: jetzt sei sie gewiß, jemand habe den Pater beauftragt, ihr alles zu sagen. Denn als der Pater geendet, als sie erfahren hätte, daß Andrej bestraft worden war, noch ehe das Gericht sie selbst verurteilt hatte; daß sie ihn verdorben habe, aus dem Gefängnis; daß er aber, was er getan, getan habe, um den Teufel aus ihr zu treiben, und daß er dafür habe büßen müssen – da sei es ihr gewesen, als wäre der Teufel wirklich aus ihr gefahren. »Es geschah nicht mit Blitz und Donner und Pestgestank, und ich habe mich auch nicht gewunden wie eine Hexe. Es ist plötzlich ganz still geworden, Andrej.«

Jetzt sprach sie erregt, als fürchtete sie, mißverstanden zu werden. »Es war nicht meine Krankheit – oder wie du es nennen willst.« Daß er litt, habe sie nicht mit Lust erfüllt. Das Gegenteil sei es gewesen: »Ich habe zum ersten Male beim Schmerz eines anderen Schmerz empfunden, so heftig, wie du es selber vielleicht gar nicht empfunden hast.«

Sie stand auf, ging zum Fenster, setzte sich wieder. Andrej vergaß, wo sie sich befanden; daß die Zeit drängte; daß sie beide nicht mehr unschuldig waren. Die Mauern weiteten sich, eine kühle Sonne strich durch die Jalousien, das Meer rauschte wie die Kastanien von Otrada.

»Es ist auch nicht der Kerker«, sagte sie. Hier würde sich niemand bessern, denn man könne die Strafe nur überleben, wenn man sich tot stelle, und die Toten wüßten nichts von Gut und Böse. Sie selbst habe die Strafe zwar zermürbt, aber nicht gebessert, so daß sie sich, als Pater Anselmus erschienen war, in einem Zustand vollkommener Stumpfheit befunden habe. »Dann aber hat sich alles geändert. Nicht plötzlich, nicht wie durch ein Wunder: langsam, allmählich. In den Steinfliesen der Gedächtniskirche ist das Wort *Veritas* eingelassen; ich habe jeden Tag darüber nachgedacht. Es hätte auch woanders stehen können; ich sagte es dir, man wird hier nicht gläubig. Jetzt weiß ich, wann ich begonnen habe, es zu verstehen. Als du mir sagtest, daß du Tiokas halber dein Gelübde gebrochen hast. Bei deinem ersten Besuch in Venedig. Aber Mißtrauen hat bald meine Dankbarkeit überdeckt. Ich habe mich gefragt, warum du es getan hast, und ich gab mir die altgewohnte Antwort. Dann kam mein Vater nach Venedig, und der schreckliche O'Rourke verwandelte sich vor meinen Augen. Ich weiß, was die Psychiater dazu sagen würden, aber es ist nicht durch die Psychiater geschehen und nicht durch das Urteil und vielleicht auch nicht durch dich. Zumindest hast du es nicht gewußt. Ich habe erfahren, daß mich jemand liebt, und was mir Pater Anselmus erzählt hat, hat es mir bewiesen.« Ruhiger fuhr sie fort: »Nach meiner Verhaftung, in Wien, war mein erster Gedanke: Rufe Andrej! Ich hatte oft nach dir gerufen, vorher; oft hatte ich nicht gewußt, weshalb. Manchmal kamst du, oft kamst du nicht. Und wenn du mich verließest, wußte ich nicht, daß du mich liebst, denn ich hatte nach einer falschen Liebe gesucht. Aber als du tausend Meilen entfernt warst, ich im Gefängnis, du in der Verbannung – da wußte ich, daß du mich liebst und daß ich es eines Tages würde aussprechen können, ohne etwas anderes darunter zu verstehen als Liebe.«

Sie versuchte mühsam, sich verständlich zu machen, obwohl er sie längst verstanden hatte. »Da du mich liebst, mußt du unter meinem Schicksal leiden«, sagte sie. »Deshalb bin ich froh, daß du gekommen bist. Ich will nicht, daß du leidest.«

Eine Stunde später ging Andrej auf den weißen Bahnhof zu. Wie die Hand eines Riesen lastete die Hitze auf Trani. Ein paar Sträflinge kamen von der Arbeit, und die Menschen sahen aus, als hätten sie ein schlechtes Gewissen, und der Bahnhof sah aus, als würden hier Züge nur ankommen, nie abfahren. Andrej dachte an die Frau hinter den Mauern des Gefängnisses am Meer, und er wünschte, er könnte sie immer so im Gedächtnis behalten: aufrecht, lächelnd, Seligkeit in den Augen, und so jung, als wären die Jahre nie verloren. Er wußte nicht und wagte nicht zu denken, daß er den

Teufel aus Maria getrieben hatte. Er wußte nicht, ob Maria frei war und frei bleiben würde; fünf Jahre waren eine lange Zeit, die Wellen schlugen an die Mauern von Trani, und Gefängnismauern sind kein sicherer Wall. Er wußte nicht, ob er einen Auftrag gehabt und richtig gehandelt oder ob sich der Auftrag trotz seiner Irrtümer erfüllt hatte. Er wußte nicht, was auf Maria warten würde, in fünf Jahren, am Tor von Trani: Haß und Bitterkeit, Zorn und Enttäuschung, Rache und Schmerz, der Liebe Feind, oder Reue und Unschuld und in ihrem Gefolge der blinde Sänger, Hoffnung. Er wußte nur, daß der Fürst der Welt keine Macht mehr besaß über Maria Tarnowska und daß sie zurückgefunden hatte zu dem Kreuzweg, wo, neben vielen falschen Wegtafeln, eine den Weg weist.